1940년 애런들 캐슬 호에 타고 있는 로맹 가리(망원경을 들여다 보고 있는 사람)

1941년 8월, 포르 아르샹보와 포르 라미 사이, 샤리 강을 항해하는 고래잡이배에서 샤워를 하는 로맹 가리

카르툼으로 가는 블레넘 기에 탑승한 로맹 가리 드 카체브 소위

1941년 8월 16일, 카르툼에서……

로맹 가리

〈흰 악마〉에 출연한 이반 모주힌

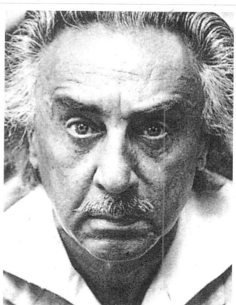

로맹 가리

이반 모주힌

1945년 비평가상을 수상했을 당시의 로맹 가리

1956년 공쿠르 상을 수상했을 당시의 로맹 가리

1958년 뱅센 동물원에서 코끼리들과 함께

로맹 가리와 레슬리 블랜치

1963년 로크브륀의 로맹 가리와 진 시버그

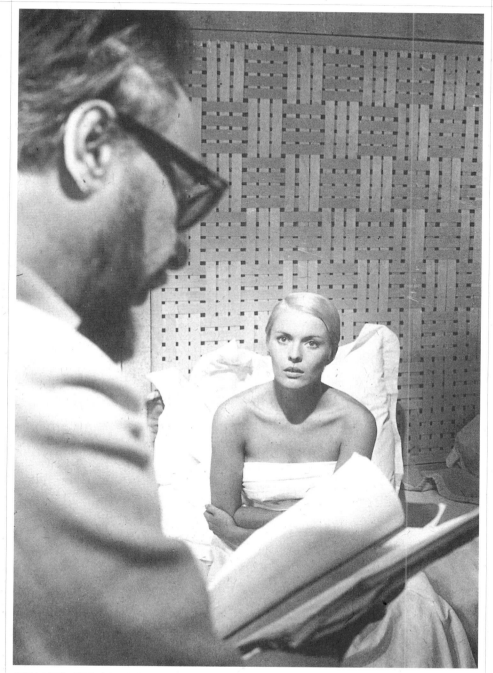

1967년 〈새들은 페루에 가서 죽다〉 촬영 현장의 로맹과 진

1970년 11월 12일, 콜롱베, 드골 장군 장례식에서

1967년의 로맹 가리

에밀 아자르, 코펜하겐 여행 후 언론에 넘긴 최초의 사진 속의 폴 파블로버치

파블로비치의 사진이 공개되었을 당시의 로맹 가리

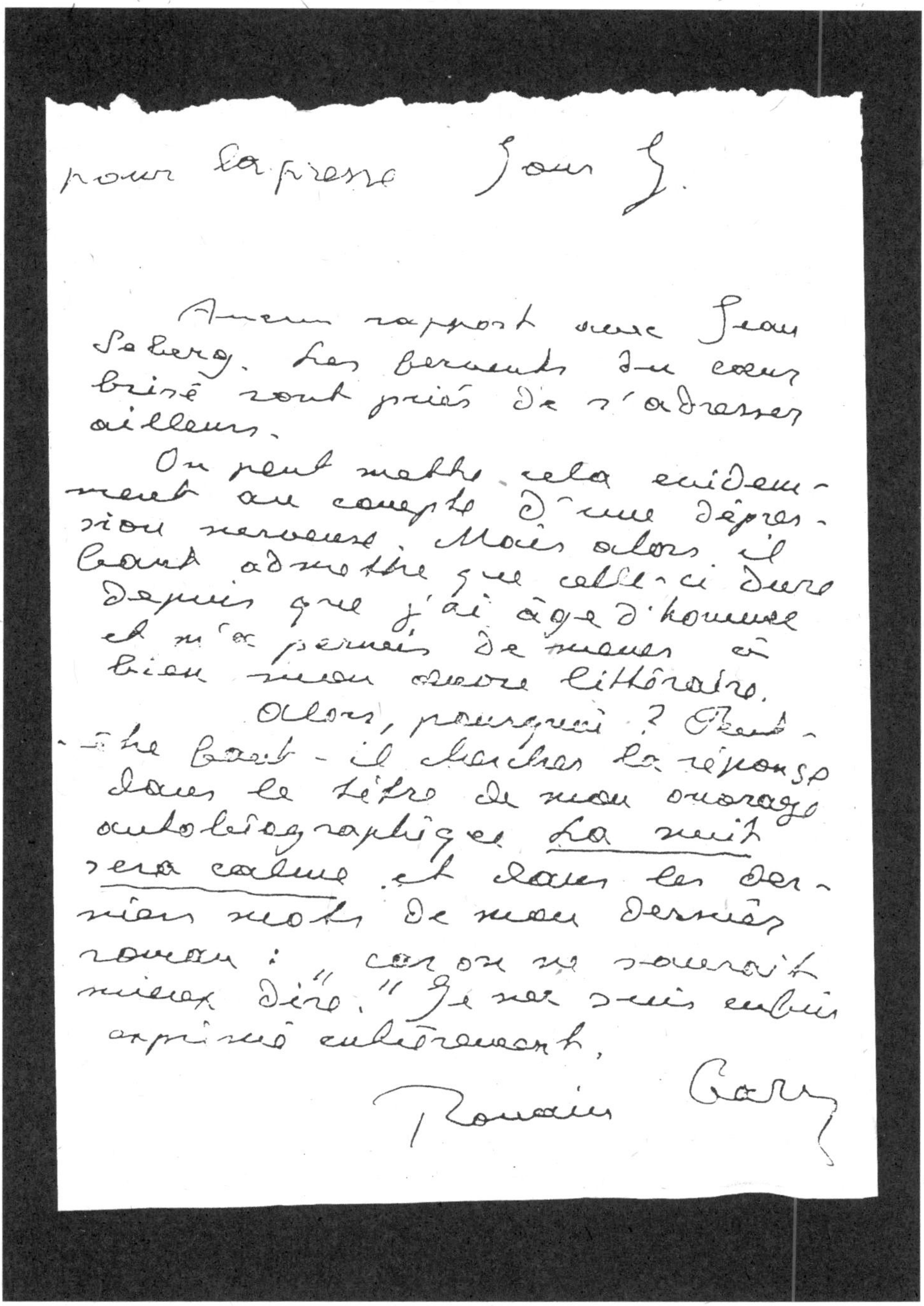

pour la presse Jour J.

Aucun rapport avec Jean Seberg. Les fervents du cœur brisé sont priés de s'adresser ailleurs.

On peut mettre cela évidemment au compte d'une dépression nerveuse. Mais alors il faut admettre que celle-ci dure depuis que j'ai âge d'homme et m'a permis de mener à bien mon œuvre littéraire.

Alors, pourquoi ? Peut-être faut-il chercher la réponse dans le titre de mon ouvrage autobiographique *La nuit sera calme* et dans les derniers mots de mon dernier roman : „car on ne saurait mieux dire." Je me suis enfin exprimé entièrement.

Romain Gary

로맹 가리의 마지막 메시지

로맹 가리

Romain Gary
by Dominique Bona

Copyright © Editions Mercure de France, 1987
Korean Translation Copyright © MUNHAKDONGNE Publishing Corp., 2006

This Korean Edition is published by arrangement with
Editions Mercure de France through Sibylle Books Literary Agency.
All Rights Reserved.

이 책의 한국어판 저작권은 시빌 에이전시를 통해
Editions Mercure de France 와 독점 계약한
(주)문학동네에 있습니다.
저작권법에 의해 한국에서 보호를 받는 저작물이므로
무단 전재 및 무단 복제를 금합니다.

이 도서의 국립중앙도서관 출판예정도서목록(CIP)은
서지정보유통지원시스템 홈페이지(http://seoji.nl.go.kr)와
국가자료공동목록시스템(http://www.nl.go.kr/kolisnet)에서 이용하실 수 있습니다.
(CIP제어번호: CIP2006001999)

로맹 가리

도미니크 보나 지음 | 이상해 옮김

문학동네

그의 꿈…… 그가 그걸 보는 것은 꿈속일까?
아니면 우리 삶이 아무것도 아닌 것일까?
우리 삶은 한낱 꿈, 하늘이 땅에게 한 농담일 뿐일까?

— 푸슈킨, 『청동 기마상』에서

차례

어느 주변인의 청춘

  가무잡잡한 얼굴에 맑은 눈, 큰 키에 비쩍 마른 한 소년이 몽상에 잠겨 데 장주 만을 따라 거닐고 있다. 남프랑스는 그의 마음을 완전히 사로잡았다. 어린 시절의 혹독한 겨울에 비하면 천국이나 다름없는, 놀랍도록 사치스러운 이곳 기후를, 태양을 그는 사랑한다. 소년의 이름은 로맹 카체브(Romain Kacew). 열다섯 살에 유대인이며, 가난하고 아버지가 없다. 그는 이 년 전인 1927년에 폴란드에서 어머니와 함께 이곳 니스로 피난을 왔다. 빌노와 바르샤바에서 겪은 전쟁의 쓰라린 기억은, 신기루처럼 금방이라도 사라질 것만 같은 멋진 무대, 지중해 연안의 야자수와 부겐빌리아, 재스민이 빚어내는 풍경 앞에서 조금씩 지워져간다.
  동유럽에서 태어난 로맹 카체브는 리무진들이 샹티이 크림처럼 하얀 궁전들 발치에 공주, 무용수, 스타 들을 내려놓는, 들떠 있는 동시에 게으르고 쾌활하고 생기 넘치고 수다스러운 이 남프랑스의 도시에 애착을 느낀다. 이곳에서는 꿈이 손 닿는 곳에 있다. 바다, 하늘, 도시의 불빛들은 허황한 약속들을 던져준다. 소년 로맹에겐 지중해에서 수영을 즐긴 후 윗도리를 어깨에 걸치고 몽상에 잠겨 바닷가 산책로를 따라 거니는 것보다 더 즐거운 일은 없다.

그의 머리칼은 지중해 연안의 이탈리아인처럼 짙은 갈색이지만, 사람들은 대개 그를 터키 사람으로 착각한다. 구릿빛으로 그을린 얼굴, 툭 튀어나온 광대뼈, 길게 찢어진 눈이 남프랑스 사람들로 하여금 먼 나라에서 온 이민족을 떠올리게 하는 것이다. 심지어 그를 몽골인으로 여기는 사람들도 있다. 그의 눈빛은 사람들을 놀라게 만든다. 부드러운 푸른빛을 띤, 거의 투명할 정도로 맑은 두 눈은 무거운 눈꺼풀 아래 숨어 바라보는 사람의 마음을 단번에 어지럽히며 출생에 관한 수수께끼를 던져놓는다. 로맹 카체브는 아랍인의 아름다움을 지닌 잘생긴 소년이다. 아랍 놈, 가끔 그의 귀에 들리는 욕설이다. 그의 과거가 하나의 미스터리라면, 선이 굵은 이목구비와 굵직한 목, 입술이 두툼한 얼굴은 동방에 모든 걸 빚지고 있다. 푸른 눈조차 서구인보다는 코사크 기병이나 칭기즈 칸을 연상시킨다.

로맹은 트렌치코트에 넥타이 차림이다. 가난한 그는 차림새에 공을 들인다. 무엇보다도 땡전 한 푼 없는 이민자처럼 보일까 봐 두려워한다. 그는 유복한 젊은이의 분위기를 연출한다. 말끔하게 포마드를 바른 영화 속 주인공들을 선망하고, 헌옷 가게를 뒤져 그가 우아함의 절정으로 여기던 낡은 영국제 트렌치코트를 장만한다.

니스에 도착한 그가 셰익스피어 가에 있는 방 두 칸짜리 아파트에서 거주한 건 고작 몇 달이었다. 그의 집은 도시 자체만큼이나 다국적인 하숙식 호텔 메르몽이다. 그에 따르면, 바다(메르) 같고 산(몽타뉴) 같은 곳이다. 카를론 대로와 단테 가가 만나는 사거리(현재의 프랑수아 그로소 가 7번지)에 위치한 이 호텔은 전면에 'since 1900'이라고 적힌 아주 진부한 간판 말고는 아무런 특징도 없는 8층짜리 베이지색 건물이다. 로맹은 건물 1층, 아담한 정원을 향해 창이 나 있는 널따란 방을 차지한다.

그는 어머니와 함께 산다. 가족 사진에 있는 카체브 부인은 조금 마른 편에 키가 크고 늘씬한 여인이다. 마흔여섯 살인 그녀는 희끗희끗한 회색 머리를 묶어 쪽을 찌고, 회색이나 엷은 보라색 원피스 같은 수수한 차림새다. 그녀는 푸른색 골루아즈 담배를 끊임없이 피워댄다. 여전히 아름답지만, 상복에 가까운 색조의 옷을 주로 입어 이혼녀나 과부로 보인다. 그녀는 남자 없이 혼자 힘으로 유복자를 키우며 당차게 살아간다. 녹색 눈을 가진 그녀의 이름은 니나다.

일찍이 서유럽에 전 재산을 투자해 큰돈을 번 메르몽 호텔의 소유주인 리투아니아인 덕분에 관리인이 된 니나는 이 호텔에 둥지를 틀어 가난과의 오랜 경주를 마감한다. 마침내 갖가지 혁명과 궁핍의 발톱을 피할 수 있게 되자, 그녀는 자신은 환기도 잘 안 되는 다락방을 쓰면서 아들만은 왕자처럼 지낼 수 있게 해준다. 영국인들과 벨기에인들이 주로 드나드는 임시 숙소인 이 보잘것없는 호텔이 니스에 발을 들여놓은 니나와 로맹의 정착지, 지상에 하나밖에 없는 모자의 집이다. 단, 소년은 호텔 일에는 전혀 관여하지 않는다. 가끔 가방을 옮겨주거나 열쇠를 전해주는 경우도 있긴 하지만, 대개는 방에 틀어박혀 책과 노트와 함께 시간을 보낸다.

키예프와 상트페테르부르크를 그리워하는 사람들이 거주하는 구역에 위치한 호텔은 외국어 억양과 신나는 일들로 가득한 하나의 섬이다. 라 프롬나드와 파르크 앵페리알 사이, 정교회당과 차르들의 옛 별장들로 둘러싸인 그곳에는 귀족과 부르주아, 식료품상, 변호사, 간병인, 예술가, 그리고 니나도 알고 지내는 한 대공에 이르기까지, 온갖 신분의 러시아인들이 성모상과 사모바르(러시아 주전자 — 옮긴이)를 모아놓고 살아가고 있다. 돈 많은 사람들은 저 위쪽, 청록색과 금색으로 칠한 휘황찬란한 성당의 둥근 지붕 근처에 터를 잡았고, 돈 없는 사람들은 아래쪽의 바닷가에 옹기종기 모여 지낸다. 메르몽 호텔은 그 중간에 위치해 있다.

로맹은 이웃들인 차르군 전직 장교 아프렐레프 대령, 노부인 빌더링, 단테 가의 '워싱턴' 카페 위층에 검소하게 둥지를 튼, 윈저 공작 부인 '월리스(Wallis)'가 선물한 금으로 된 네잎 클로버를 자랑 삼아 목에 걸고 다니는 칸타쿠제네 왕가의 공주와 얘기를 나눌 때는 러시아말을 사용했다. 그런데 이 망명사회에서 카체브 모자의 위상은 독특했다.

우선 그들은 유대인이었다. 그것만으로도, 교회를 드나들며 이웃과 우의를 다지기는 하지만 같은 러시아인이라 할지라도 유대인에 대해서는 무조건 불신과 멸시감을 드러내는 정교주의자들과 두 모자를 떼어놓기에는 충분했다. 그들은 길에서 만나면 인사를 나누기는 하지만 절대 집에 들이지는 않았다. 그들의 코카드(Caucade) 묘지에도. 유대인들은 다른 곳, 몽타뉴(Montagne)에 묻혔다.

카체브 모자는 어떤 종교도 믿지 않았다. 그들은 들루아 가에 있는 유대교 회당에도 나가지 않았다. 호적상 유대인이지만 다른 유대인 집안과도 교제하려 들지 않았다. 니나 카체브는 신이나 자신의 태생에 관한 얘기는 절대 입에 담지 않았다. 아마 그것들이 아예 잊혀지기를 바랐는지도 모른다. 사춘기 소년 로맹은 아직 자신이 남들과 다르다는 것을 자랑스러워할 나이가 아니었다.

니스에 자리잡은 러시아인, 러시아인 사회에서는 유대인, 유대인 사이에서는 무신론자인 카체브 모자는 어떠한 패거리에도, 어떠한 그룹에도 속하지 않았다. 그들은 망명사회를 결속시켜주는 우애의 변두리에서 오로지 서로를 위하고 의지하며 살아갔다.

신앙 이상으로 니나와 로맹을 다른 러시아 이주민들과 갈라놓은 것은 프랑스에 뿌리를 내리려는 강력한 의지였다. 난센 여권*을 소지한 이상 아직 그들은 무국적자였다. 이웃들은 위대한 러시아의 영화와 전통을 여전히 꿈꾸는 반면, 카체브 모자는 모스크바와 빌노, 바르샤바를 잊으려 했다. 그들의 과거는 향수를 불러일으키기엔 너무 비참했다. 그들은 더 나은 삶을 시작하고자 이곳까지 왔다. 자유와 인권의 나라가 약속하는 미래에 모든 희망을 걸었다. 로맹은 자신의 혈관 속에 타타르인이나 보헤미아인의 피가 흐르고 있음을 막연히 느끼기는 했지만 다른 운명은 상상조차 하지 않았다. 언젠가 프랑스인이 될 것이고, 국적을 허가하는 공무원들이 그렇게 꾸물대지만 않았어도 벌써 프랑스인이 되었을 거라고 생각했다. 망명을 위해 밟아야 했던 복잡한 절차들은 더 떠올리고 싶지도 않았다. 세계 각지에서 니스로 몰려온 실향민들 사이에서 그는 이미 진짜 프랑스인인 한 젊은이를 그려보려 애썼다. 그래서 잃어버린 고국에 대한 이야기는 결코 입에 담지 않았다.

니나는 프랑스를 숭배하며 아들을 키웠다. 그에게 프랑스어를 가르쳐준 것도, 빌노에 살 때 〈라 마르세예즈〉**를 외우게 한 것도 그녀였다. 1914년과 1917년의 혼란과 폴란드에서의 궁핍을 겪는 와중에 그녀가 세운 여러 계획에서 프랑스는 늘 성공과 행복을 상징했다. 그녀는 자신이 이룰 수 없었던 야망, 너무 높고 터무니없어서 스페인에 있는 성처럼 아득하기만 한 야망들을 하나뿐인 아들을 통해 이루려 했다. 아무리 힘든 순간에도 그녀는 로맹의 미래를 포기하지 않았다. 아들을 아카데미 회원이나 프랑스 대사로 만들 수만 있다면 어떠한 희생이라도 치를 각오가 되어 있었다……

원대한 야망을 품고는 있지만 니스의 로맹은 아직 멸시받는 이방인, 폴란드에서 온 유대인, 변두리를 떠도는 천민에 불과했다. 학교에서 친하게 지내는 친구들의 이름 역시 카르도 세소예프, 글릭스만 또는 지글

---

* 1차 세계대전 뒤에 발생한 러시아 난민 150여만 명을 위해 발급한 신분증명서.
** 프랑스의 국가.

러였다. 그들도 그처럼 이주해 온 아이들이었다. 잔 다르크와 빅토르 위고의 나라에서는 카체브 또한 낯선 이름이었다. 프랑스 땅에 발을 들여놓자마자 로맹은 이름을 바꾸기를 꿈꾼다. 물론 그가 꿈꾼 것이 그것만은 아니지만.

중앙유럽의 거부들이 휴양을 즐기는 리비에라 해안의 타는 듯이 뜨거운 풍경도 버겁고 참담한 현실을 감쪽같이 감추지는 못한다. 로맹은 니스에서도 오랫동안 가난했다. 빌노나 바르샤바에서보다는 덜했지만, 그 가난은 사춘기 시절에 그곳에 도착한 로맹에게는 더 굴욕적으로 느껴졌다. 첫 몇 달 동안, 그는 어머니를 따라 피난길에 겨우 챙겨 온 은주전자와 몇몇 식기를 팔기 위해 온 도시를 돌아다녔다. 하지만 그 일은 헛고생으로 끝나고 만다. 니나는 살아남기 위해 가장 굴욕적인 일거리들을 받아들여야만 했다. 개들을 씻기고, 고양이나 새들을 맡아 돌보고 청소를 해야 했다. 다행히도 여전히 아름다운 귀부인의 풍모를 지닌 덕분에 네그레스코 호텔 안의 작은 매점을 불하받아 장사를 할 수 있었다. 그녀는 거기서 호텔 고객들에게 넥타이, 스카프, 향수 등을 팔아 가욋돈을 벌었다. 그 뒤에는 보석을 들고 다니며 팔았다. 자신을 몰락한 귀족으로 소개해가며, 있지도 않은 러시아 억양을 섞어가며—그녀의 프랑스어는 완벽했다—윈터팰리스, 에르미타주, 네그레스코 호텔의 고급 객실 문을 두드렸다.

돈이 떨어질 때가 잦았지만 로맹은 배고픔을 몰랐다. 니나는 자신이 굶는 한이 있어도 아들의 밥상에는 늘 고기를 올렸다. 그녀는 아들을 위해 모든 것을 희생한다. 하지만 니나의 영웅적인 노력에 전적으로 의존하는 생활은 로맹에게도 위태롭고 불안정하게 여겨진다. 메르몽 호텔에 둥지를 틀어 생활의 안정을 찾았을 때조차 그의 운명은 불평을 늘어놓는 법이 없는 니나의 쉼 없는 노고에 완전히 의존하게 된다.

당뇨로 수차례 혼수상태에 빠지기도 한 니나는 인슐린 없이는 하루를 시작하지도 끝내지도 못했다. 그녀는 외출할 때마다 망토 안쪽에 핀으로 쪽지를 찔러놓았다. '저는 당뇨 환자입니다. 실신한 저를 발견하시면 제 가방 속에 있는 봉지 설탕을 먹여주십시오. 감사합니다.' 하지만 병도 그녀가 일하고 웃는 것을 막지는 못했다. 그녀는 매일 아침 여섯시면 일어나 메르몽 호텔 손님들을 위해 장을 보고, 식단을 짜고, 방을 배정하고, 종업원들을 관리하고 — 한창때엔 네 명이나 됐다 — 장부를 정리했다. 그녀는 하루에 스무 번도 넘게 호텔 계단을, 특히 식당과 지하 주방을 이어주는 가파른 나선형 층계를 오르내렸다.

메르몽 호텔 발치에 자리잡은 라 뷔파 시장에서 일하는 젊은 세대의 생선 장수, 치즈 장수, 야채 과일 장수들은 예전에 매일같이 장을 보러 오던 니나 카체브라는 부인을 기억하지 못한다. 판탈레오니, 레누치, 부피, 체자리, 파솔리…… 그녀의 이름만큼이나 프랑스적 울림과는 거리가 멀지만 그녀에겐 어느 누구보다 친근했던 상인들의 이름이 진열대 한 구석에 게시되어 있다. 그녀는 축제에 가듯 라 뷔파에 갔다. 그만큼 시장의 색조와 냄새, 떠들썩한 분위기는 그녀를 메르몽 호텔이라는 폐쇄된 세계의 진부한 일상에서 벗어나게 해주었다. 이렇다 할 친구가 없던 그녀에게 그곳은 정을 나눌 수 있는 유일한 장소였다.

소심하고 비사교적인 로맹은 이렇듯 용감하고 자존심 강한 어머니의 그늘에서 어린아이처럼 순종하며 성장해갔다. "사랑으로 충만하지만 독재적이고, 의지가 강해 자식을 지배하는 전형적인 유대인 어머니였어요." 로맹의 러시아인 친구 카르도 세소예프는 이렇게 회상한다. 니나는 로맹이 성공하도록, 자신을 극복하도록 몰아붙인다. 로맹은 존경심으로, 그리고 사랑으로 순순히 어머니 뜻에 따른다. 그는 어머니를 쉴 새 없이 일하게 만드는 세상의 불의에 분노를 느낀다. 어머니를 도와주고는 싶지만 아직 어머니의 욕망을 충족시켜줄 수 없는 자신의 처지에 좌절감을 느낀다. 로맹은 미래를 꿈꾸지만 그 모습을 확실히 그릴 줄도, 어떻게 접근해야 할지도 모르는 어린 소년이었다. 아무에게도 털어놓지 않은 계획들을 가슴에만 품고 있는, 그래서 불안에 시달리는 진지한 소년.

소년은 그런 답답한 마음을 스포츠를 통해 푼다. 녹초가 될 때까지 달리고 헤엄친다. 해변에 있는 '그랑드 블뢰' 수영장의 수영 강사가 그를 수영 챔피언으로 만들어주겠다고 제안한 적도 있다. 사실 소년에게 수영은 파도에 대고 하는 분풀이에 다름 아니었다. 신중하고 조용한 그의 내부에는 분노와 폭력이 들끓고 있었다. 어느 날, 그는 외상만 하려 든다며 어머니를 가게에서 내쫓은 상인의 뺨을 때린다. 또 어느 날은 어머니에게 욕을 한 식료품 가게 주인의 뺨을 치기도 한다. 그리고 결국 동네 러시아 동포들이 '악취'라는 뜻의 러시아어 '자라자(zaraza)'에서 따와 '자라조프'라고 부르던 고리대금업자에게 무차별 폭행을 가한다. 자라조프가 찾아와 빚 독촉을 하자, 그에게 달려들어 폭행하고는 거리로 내쫓아버린 것이다. 일주일 후, 자라조프는 살해된 채 발견된다! 그라스에서 열린 탁구 대회에 참가한 것이 알리바이로 인정되지 않았다면, 세 번이나 경찰서에 불려간 로맹은 자칫 전과자로 삶을 시작했을 터였다.

절망을 폭력으로 표출하던 로맹 카체브는 할 일 없이 빈둥거리며 가슴속에 응어리진 분노를 키우던 지중해 연안의 젊은이들과 많이 닮아 있었다. 그는 친구 글릭스만과 함께 은행을 털거나 극장이나 카지노에서 나오는 부르주아들을 공격할 계획을 세우기도 한다. 훗날 『커다란 탈의실 Grand Vestiaire』의 주인공, 가슴속에 복수의 칼날을 품은 불량배 뤼크 마르탱은 그 시절의 로맹 카체브를, 그의 욕구 불만과 치밀어오르는 분노를 떠올린다.

끓어오르는 분노는 원동력이 되기도 한다. 니스는 로맹에게 분노를 느낄 만한 주제들을 끊임없이 제공한다. 부르주아 스포츠인 테니스를 치고 싶어하던 그에게 한 친구가 라켓을 선물하고 기본자세를 가르쳐준다. 하지만 파르크 앵페리알 클럽의 비싼 입회비를 낼 능력이 없는 그는 흙을 다져 만든 멋진 코트에는 발도 들여놓지 못한다. 그러자 니나가 개입한다. 그녀는 지팡이를 짚고 헐떡거리며 파르크까지 올라가 지팡이를 무기처럼 치켜들고 회장에게 아들을 클럽에 받아달라고 떼를 쓴다. 그녀는 아들의 재능을 추호도 의심치 않는다…… 냉랭한 거절밖에 돌아오지 않자, 그녀는 유명한 맥고모자 때문에 금방 알아볼 수 있는 스웨덴 왕을 붙들고 늘어진다. 구스타프 5세는 해마다 지중해를 찾는 단골손님으로 훌륭한 테니스 선수였다. 니나는 로맹을 장차 프랑스 챔피언감이라고 그에게 소개한다! 니나에겐 콤플렉스나 주눅이 들어 머뭇거리는 구석이 조금도 없었다. 그녀의 큰 야망이 그러한 감정이 드는 것을 금했다. 결국 구스타프 5세는 어머니와는 반대로 창피해 죽을 지경인 로맹에게 자신의 코치와 한번 볼을 주고받아보라고 요구한다. 헐떡거리며 코트를 뛰어다니는 로맹의 테니스 솜씨는 그야말로 한심하고 우스꽝스러울 지경이었다. 하지만 그는 슬그머니 꼬리를 감추지 않는다. 아무리 힘들고 창피해도 끝까지 버틴다. 여기저기서 웃음이 터져나온다. 구스타프 5세는 웃지 않는다. '시범'이 끝나자 그는 회장을 불러 로맹의 입회비를 대신 지불하겠노라고 선언한다. 니나는 회심의 미소를 짓는다. 그럼 그렇지, 내 아들이 누군데! 하지만 로맹은 두 번 다시 파르크 앵페리알에 발을 들여놓지 않는다. 그는 운동장 벽에 대고 공을 치러 가거나, 해변에 상상의 그물을 쳐놓고 이쪽저쪽을 오가며 연습한다.

　복수의 욕망이 로맹에게 날개를 달아준다. 그에겐 오로지 하나의 강박관념밖에 없었다. 어머니의 모든 소원을 성취시켜주기 위해 성공하는 것―그것도 되도록이면 빨리―, 그래서 마침내 어머니가 키워가는 야망을 실현할 인물이 되는 것. 니나는 풍부한 상상력으로 아들을 위해 그들의 도피처이자 위안인 금빛 찬란한 정원을 건설한다. 신탁을 받은 무녀 니나가 장밋빛 미래를 그릴 때면, 로맹은 그녀의 미소에 실려 달콤한 시간 여행을 한다. 니나는 아직 뭘 몰라 자기들을 무시하는 이 나라에서 로맹이 명성과 부를 얻을 거라고 예언하고, 외교관으로서, 장군으로서 또는 올림픽 메달리스트로서 보무도 당당하게 개선행진을 하는 아들을 그린다…… 사랑은 질병과 과로로 늙어가는 어머니를 눈부신 발퀴레* 로 변모시킨다. 그녀는 별들을, 행운을, 자신들을 보호해주는 빌노의 정령들을, 그리고 단 하나의 신인 아들을 철석같이 믿는다. 세상 누구보다 사랑하는, 자존심 강한 어머니를 실망시키지 않기 위해 로맹은 언젠가 위대한 유명 인물이 되고 말리라는 불가능한 내기를 한다.

세상에 대한 증오와 자신의 비참함에 대한 혐오감으로 이따금 격렬한 반항과 무정부주의에 빠져들기도 하는, 사랑으로 가득한 소년은 사람들이 그에게 정해준 틀, 제복과 훈장들로 장식된 순응적 부르주아 세계 속으로 들어가는 데 동의한다. 강베타 대로의 식료품 장수들이 아무리 비웃어도 상관없었다. 어쩌면 그가 아카데미 회원이 될지도 모르잖은가…… 이따금 걷잡을 수 없는 분노에 사로잡히면 소년은 바다로 뛰어든다. 그리고 미친 듯이 수영을 한 뒤 꿈들로 진정된 마음을 안고 해변으로 되돌아온다.

로맹 카체브는 자신의 재능을 아직 파악하지 못했다. 자신의 가치를 아직 몰랐다. 하지만 그의 내부는 욕망으로 들끓었다. 아직 의지의 힘으로 내적 충동을 한데 모으지는 못하지만, 어떠한 전투든 치러낼 각오가 되어 있었다.

니스의 일상에도 마법이 전혀 없는 것은 아니었다. 처음에는 셰익스피어 가로, 이어 카를론 대로로 미지의 우편환들이 도착한다. 니나는 창가에 서서 학교에서 돌아오는 로맹을 향해 그 우편환을 흔들어댄다. 그

---

* 북유럽 신화에 등장하는 최고신 오딘의 명을 받아 전쟁의 승패를 결정하고, 전사자를 천국으로 인도하는 여전사들.

작고 푸른 종이들은 축제의 날을 알리는 깃발이다. 어디서 왔는지도, 보낸 사람이 누구인지도 알 수 없는 종이들은 집 안에 약간의 사치와 보호받고 있다는 푸근한 분위기를 가져다준다. 니나도 마음이 가벼워 보인다. 그녀는 로맹에게 입을 맞추고 눈을 들어 하늘을 쳐다보게 한다. 그 푸르름에 취하게 한다. 이어 집시 악사들의 연주를 들으러 루아얄 호텔로 그를 데리고 간다.

라 프롬나드에 있는 그 하얀 궁전에서는 매일 저녁 러시아 축제가 벌어진다. 테라스에서는 오케스트라가 연주를 하고, 향수에 젖은 힘찬 목소리들이 갖은 핍박에도 삶의 강렬한 의지를 잃지 않는 유랑 민족의 낡은 곡조들을 불러댄다. 심금을 울리는 그 노래들은 카체브 모자를 정신적으로 고양시키고, 행복한 꿈속에 빠져들게 한다. 그럴 때면 로맹을 피해 달아나던 충일감이 손에 닿을 듯 그에게 다가온다. 욕구 불만으로 짓눌려 있던 가슴은 한결 가벼워진다. 음악은 그를 지상의 무게로부터, 첫 충동들을 구속하는 사슬로부터 해방시켜준다. 공연이 끝나면 모자는 해변에 앉아 바다를 바라본다. 니나가 가방을 열어 검은 빵과 절인 오이 '말로솔(Malossol)'을 꺼낸다. 그들은 말없이 러시아 식으로 절인 오이의 맛을 음미하며 형용할 길 없는 행복감에 빠져든다.

그 러시아 오이는 묘한 효능을 갖고 있었다. 집시의 노래처럼 즐거움과 위안을 주고, 향수 어린 행복감을 전해주었다. 로맹 가리는 평생 고향을 떠나 길고 긴 방랑을 함께한 오랜 친구처럼 그 오이를 곁에 두고 즐겼다.

보이지 않는 마법사의 알라딘 램프 덕분에 가끔 오렌지색의 토만 경주용 자전거 같은 신기한 선물들이 니스에 도착한다. 로맹은 그 고급 자전거를 타고 온 도시를 누빈다.

아마 그도 자신을 계속 돌봐주는, 값비싼 선물로 자신을 잔뜩 흥분시켜놓고는 몇 달 동안 아무 소식이 없다가 또다른 신비스러운 소포의 모습으로 다시 불쑥 나타나는 정체불명의 인물, 선한 사마리아인 혹은 돈 많은 후원자가 도대체 누구인지 의문을 가져보았을 것이다. 로맹을 기억하고 있는 사람이 과연 누구일까? 어머니의 전남편? 친구? 아니면 애인? 우편환들은 그의 호기심을 일깨우고, 희미한 지평들, 그의 기억 속에서 지워져버렸거나 금지된 채로 남아 있는 얼굴들을 향해 나아가게 만든다. 하지만 로맹은 마음씨 좋은 밀사의 이름을 알려고 들지 않는다. 어머니에게도 전혀 묻지 않는다. 그 미스터리와 자신의 삶에 아버지가 없다는 사실을 받아들인다.

늘 보라색이나 회색 옷만 입는 니나는 치장에는 전혀 관심이 없었다. 거침없는 성격으로, 치근대는 남자들의 유혹을 단호히 뿌리치고 모든 것을 아들에게 바친다. 그녀는 차를 마시고 골루아즈를 즐겨 피웠다. 그녀에겐 아들 외에는 어떠한 열정도 없었다.

로맹은 어머니에게 잔 랑뱅의 드레스, 아주 비싼 향수 혹은 장미 꽃다발을 선물하고 싶어했다. 하지만 그녀에게 가장 멋진 선물은 아들의 성적표였다.

로맹 카체브는 우수한 학생이었다. 특히 국어 과목은 늘 선두를 다투었다. 프랑스어가 아직 능숙하지 못한 데다, 다른 소년들에 비해 학습 진도도 무척 뒤진 상태에서 명문 니스 중학교 2학년에 입학한 그는 이듬해에 즉시 우등생 명단에 이름을 올려놓는다. 1929년, 유리에 끼워져 학교 로비에 게시된 중학교 3학년(B3) 우등생 명단에는 이렇게 적혀 있었다.

우등생 명단 :
니스의 장 앙드레
니스의 모리스 비췰
니스의 샤를 드마지스트리

니스의 에드몽 뒬방
빌루스의 로맹 카체브

　명단에는 '빌노(Wilno)' 대신 '빌루스(Wilus)'라고 적혀 있었다. 승리감에 흠뻑 취해 있던 로맹은 폴란드 도시명의 철자를 정정할 생각은 하지 않았다. 그것에는 거의 신경 쓰지 않았다. 그날, 그는 역사-지리 1등, 수학 1등, 과학 1등 그리고 반 최고 타이틀 획득의 관건인 국어에서 1등을 차지해 최우수 학생으로 뽑힌 샤를 드마지스트리만을 생각했다. 그래도 로맹은 그에게서 암송 1등 자리만은 빼앗았다. 암송은 로맹이 빼어난 실력을 보이는 과목들 중 하나였다. 그는 완벽한 발성법, 정확한 톤과 몸짓을 찾아내는 본능, 마치 극장에서 울려 퍼지는 듯한 굵고 낮은 목소리를 갖고 있었다. 니나에게서 물려받은 이 재능 덕분에 그는 카체브라는 이름을 가진 학생이 보들레르나 롱사르를 어느 누구보다 멋지게 암송하며, 드마지스트리라는 이름을 가진 학생마저 능가할 수 있음을 전교에 증명할 수 있었다.
　니스 사람으로 막 문과 교수 자격증을 획득한, 고등학교 2학년 때 담임인 앙토니 뮈소는 남프랑스의 햇살이 가득 밴 억양으로 로맹의 국어 시험 답안을 처음부터 끝까지 읽어준다. 로맹은 20점 만점에 17.5를 얻었다. 2등인 폴 다르몽의 점수는 12.5에 불과하다. '프랑스어에 뛰어난' 학생이라는 그의 명성에는 논란의 여지가 없어진다.
　고등학교 3학년 때, 그는 국어 작문 1등상을 받는다. 마침내 큰 꿈이 이루어진 것이다. 담임인 루이 오리올은 제자들의 도움을 받아 휠체어에서 일어나 교단에 서는 장애인이었다. 1차 세계대전의 영웅이자, 가슴이 따뜻한 만큼이나 교양도 풍부한 휴머니스트인 그는 로맹에게 충고를 아끼지 않고 직접 작품을 써보라고 권하며, 18세기 유럽을 발견할 수 있게 해준다. 그해 1932년, 로맹은 '보통' 성적으로 첫번째 대학입학 자격시험*을 통과한다.

고등학교 문과 현대반인 B섹션에 등록한 그는 제1외국어로 영어를, 제2외국어로 독일어를 공부한다. 영어의 경우 육 년 동안 차석은 단 한 번뿐이고, 독일어 실력은 그야말로 월등했다. 하지만 다른 과목들은 거의 낙제에 가까워 단 한 번도 우등생 명단에 오른 적이 없다. 심지어 체육 과목조차!

철학 수업 시간, 브룅슈비크**의 제자이며 투르 사람인 푸아시에 선생의 강의는 로맹을 열광시킨다. 로맹은 칸트와 스피노자를 탐독하고, 1933년에는 '양호한' 성적으로 대학입학 자격시험을 통과한다.

라틴어를 공부해본 적은 없어도, 로맹 카체브는 고전들을 줄줄이 외운다. 마음에 드는 선생들과 대화하는 것도 좋아하지만 고전 비극의 소네트와 12음절 시 또는 계몽시대의 아름다운 산문을 암송하는 것을 더 좋아한다.

로맹에겐 학교 친구가 거의 없었다. 그는 모든 그룹에서 멀찌감치 떨어져 지내는 비사교적인 소년이었다. 그의 주머니는 쉬는 시간이나 수학, 물리학, 화학 같은 흥미 없는 수업 시간에 끼적거린 메모들로 가득 차 있었다. 그는 살쾡이만큼이나 고독했다. 급우들은 자신들보다 두세 살이 많고 글재주가 뛰어난 데다 범접하기 어려울 만큼 성숙한 그를 존중했다. 단체 사진들을 보면, 그는 큰 키에도 불구하고 맨 앞줄에 서 있다. 다른 소년들은 기껏해야 그의 어깨까지밖에 오지 않는다. 그는 어른처럼, 선생보다 더 우아하게 차려입고 있다. 급우들의 생각은 한결같다. 카체브에게 존경의 시선은 보내도 섣불리 접근하지는 않는다.

---

* 바칼로레아. 고등교육기관인 대학, 고등전문학교, 고등기술전문학교에 진학하려는 학생을 대상으로 중등교육 후기 과정인 3학년 말에 실시한다.
** Léon Brunschwig(1869~1944), 프랑스 철학자. 파리 대학교, 고등사범학교 교수를 역임했고, 아카데미 회원을 지냈다.

사실 그는 우정이 침투해 들어올 수 없는 내적인 세계에서 살고 있었다. 어머니의 광기가 꾸며놓은 그 은밀한 정원에서 그는 앞으로 사랑하게 될 여인들과 쓰게 될 책들을 꿈꾼다. 끝없는 모색 끝에 마침내 위대한 연인과 위대한 작가가 되기로 맹세했으므로. 겸손이 장기가 아닌 만큼 적어도 돈 후안과 도스토예프스키를 한데 모아놓은 인물이 되기로 다짐했으므로.

열네 살의 로맹이 사랑한 여자라곤 일주일에 한 번씩 카체브 부인의 마루에 윤을 내러 오는 니스 처녀 마리에트밖에 없었다. 그에게 설레는 첫 애무를 가르쳐준 것도 그녀였다.

그는 급우들과 함께 파용 근처, 생 미셸 가에 있는 창녀촌에 가기로 마음먹는다. 화대를 지불하기 위해 가지고 있는 모든 것—테니스 라켓과 프랑스어 1등상으로 받은 발자크의 작품들—과 자신의 것이 아닌 것—그는 빌노에서 가져온 주전자를 저당잡힌다!—을 팔아 치운다. 하지만 성병에 대한 두려움 때문에 차마 창녀촌 문턱을 넘지는 못한다. 그는 매독에 대해 병적인 공포를 느낀다. 그 공포증은 평생 그를 짓누른다. 그는 동화에서처럼 불쑥 모습을 드러낼 아름답고 이상적이며 신비로운 여인을 기다리는 편을 택한다.

니나는 두 가지 재앙만은 꼭 피해야 한다고 아들에게 주지시켰다. 그중 하나가 바로 매독이고, 나머지 하나도 러시아 미신에서는 마찬가지 의미인 집시 여자들이었다. 새끼를 보호하려는 어미의 본능에 따라 그녀는 평생 단 한 번 아들을 오스카 2가에 있는 성당으로 데려가 성모상 앞에서 그 두 가지만은 절대 조심하겠노라고 맹세시켰다.

한시라도 빨리 자신을 실현하고픈 마음에 안달이 난 로맹은 늘 소설의 마지막 장부터 쓰기 시작한다. 그의 서랍들 속에는 시, 단편소설, 희곡 등이 쌓여간다. 하얀 종이 위에 더없이 다양하고 이질적인 텍스트들이 오로지 몇 줄, 늘 마지막 몇 줄만이 덩그러니 씌어 있는 대서사시나

대하소설의 초고들에 이어진다. 로맹은 쉴 새 없이 글을 쓴다. 아들이 작품에 매진하고 있다고 철석같이 믿는 어머니의 허락을 얻어 학교에 자주 결석하기도 한다. 그는 어머니가 발자크의 것을 모델로 삼아 구해준 실내 가운을 입은 채 몇 날 며칠을 방에만 틀어박혀 여러 뭉치의 백지들을 시커멓게 만들어놓는다. 영감으로 번뜩이는 그 고독의 방에 발을 들여놓을 수 있는 사람은 니나뿐이다. 그녀는 공모자의 표정을 지으며 아무 말 없이 과일 쟁반을 들고, 혹은 골루아즈의 푸른 연기를 흩날리며 아들의 방을 찾는다.

　그녀는 절대 아들의 작업을 방해하지 않는다. 절대 자신의 불안이나 근심을 아들에게 쏟아놓지 않는다. 너무도 힘들고 적대적인 모든 현실을 책임진다. 아들에게 구두를 직접 닦아 신으라는 요구도 하지 않는다. 그녀가 아들에게 부과하는 유일한 의무는 공부하고 글을 쓰는 것이었다. 로맹에겐 그들의 눈부신 미래, 그들의 영광을 실현할 책임이 있었다. 로맹이 금방 다듬은 문장들을 읽어줄 때면 그녀는 아들의 재능을 추호도 의심하지 않았다. 그녀는 비판이나 유보적인 의견은 결코 입에 담아본 적이 없었다. 로맹의 재능은 신성한 것이었다. 그녀는 로맹이 상상해내는 모든 것에 매료된다. 그는 자신의 책이 출간되었다는 환상을 맛보기 위해 처음 쓴 시들을 인쇄체로 한 자 한 자 정서해보기도 한다. 그는 『새벽의 약속 La Promesse de l'Aube』에서 이렇게 쓴다.

　　짧은 반바지 차림으로 식탁 맞은편에 앉아 가끔 어머니를 향해 고개를 들 때면, 어머니에 대한 내 사랑을 담기에 세상이 너무 작은 것처럼 느껴졌다.

　　서툰 연인이자 책을 낸 적이 없는 작가 로맹 카체브는 자신을 대신할, 자신의 꿈을 짊어질 인물을 찾는다. 청춘의 모든 불안과 열병 그리고 욕구 불만에 시달리는 자존심 강한 청년의 과대망상은, 자신의 정체성에 대한 상상으로 이루어진 놀라운 시(詩)인 이름 사냥으로 표출된다.

그는 라신이나 몽테를랑보다 먼저 태어나지 못한 걸 아쉬워한다! 세익스피어와 괴테, 빅토르 위고를 질투한다. 하루 종일 매력적인 이름들의 긴 목록을 작성한다. '알렉상드르 나탈, 롤랑 드 샹트클레르, 바스코 드 라 페르네, 로맹 드 미조르, 알랭 브리자르, 로맹 코르테스……' 저녁이 되면 그는 기뻐 어쩔 줄 모르는 어머니에게 그 이름들을 하나씩 읽어준다. 그는 막 시작한 소설, 쓰다 만 단편은 까맣게 잊고 이어지는 영웅들의 이름 속에서 자신의 운명을 찾아보려 애쓴다. '롤랑 캉페아도르, 위베르 드 롱프레, 아르망 드 라 토레……' 아직 충분히 아름다운 이름을 찾지 못한다. 아직 충분한 울림을 가져다주는 이름도 찾지 못한다. 중세 소설에서처럼 로맹 카체브는 아직 자신에게 '아름다운 미지인'으로 남아 있었다.

로맹 가리는 후에 그의 작품들 중 가장 자전적 성격이 강한 소설, 인정받는 작가의 가면을 뚫고 소년 시절의 애틋한 추억과 상처가 모습을 드러내는 『새벽의 약속』에서, 니스에서 보낸 소년기에 대해 어렴풋이나마 이야기한다. 하지만 이 소설에서 전기의 구체적인 디테일을 찾아보려 애쓴다면 헛수고일 것이다. 이 소설에 묘사된 것은 온갖 유혹과 비참함으로 얼룩진 니스의 분위기이기 때문이다. 아주 조심스러운 필치로 그려지고 선별된 몇몇 일화로 이루어진 이야기의 중심에는 무엇보다 한 어머니와 아들의 사랑이 있다.

이 소설에서 니나 카체브는 당뇨병을 앓는, 회색 망토에 눈이 푸른 부인으로 그려진다. 하지만 로맹은 약간 흐릿하지만 무한히 감동적인 그 실루엣을 제외하고는 단 한 번도 어머니의 진짜 모습을 묘사하지 않는다. 고등학교 생활도, 우등생 명단도, 프랑스어 1등상도, 옛 급우들의 이름도 일절 언급하지 않는다. 그는 이 그림 같은 소설에서 실제로 경험한 사건들에 대해 일정한 거리를 유지하고, 모든 과거에 대해 의도적으로 어느 정도의 애매함을 고수하려 한다.

따라서 산산조각이 난 기억의 퍼즐을 다시 짜맞추기 위해서는 그의 소년 시절을 지켜본 증인들—피에르 다르몽, 프랑수아 봉디, 사샤 카르도세소예프와 같은 급우, 친하게 지냈던 친구인 실비아와 르네 아지드 혹은 이웃들, 라 뷔파 시장의 상인들 혹은 '워싱턴' 카페 같은 가게의 주인들—에게 도움을 청해야만 할 것이다. 오늘날 메르몽 호텔은 예전과 같은 모습을 여전히 간직하고 있지만, 이젠 호텔도 아니고 정원도 사라져 버렸다. 라 뷔파 시장 역시 조금도 변하지 않았지만 젊은 세대는 카체브부인도 그녀의 아들도 기억하지 못한다. 파르크 앵페리알 클럽과 루아얄호텔도 아직 예전 그 자리에 있다. 그리고 마세나 고등학교의 학적부에는 로맹 카체브의 흔적이 고스란히 남아 있다.

모든 증인에 따르면, 그의 삶을 그린 이 소설에서 로맹 가리는 자신의 과거를 드러내지도, 그렇다고 거짓말을 하지도 않았다. 아마도 그는 공부와 꿈에 바친 고독했던 청소년 시절을 시적인 안개로, 어머니가 그를 위해 세워놓은 조금은 무분별한 계획들을 하나씩 실현하기 위해 언젠가는 깨고 나오게 될 일종의 껍데기로 감쌌던 것 같다.

러시아의 수수께끼

어머니는 그를 로만(Roman) — 로만치크(Romantchik) 또는 로무치카(Romouchka) — 이라 부른다. 그곳에서처럼.

그곳, 러시아어로 말하고 이디시어로 기도하는 리투아니아 유대인들의 머나먼 유럽, 대다수 인민들이 가난과 독재에 시달리는 동유럽의 광활한 평야에 대한 이야기를, 어머니와 아들은 본능적으로 금기시한다. 그들은 과거를 결코 입에 담지 않고, 니스에 살기 전의 세월에 대해서는 조심스러운 침묵으로 일관한다.

집안의 요람은 툭소르 강과 쿠라 강이 합류하는 검은 대지인, 모스크바에서 남쪽으로 500킬로미터 떨어진 곳에 위치한 쿠르스크 — 예전에는 리투아니아에 속했던 러시아 영토 — 이다. 그곳에서는 식료품상, 곡물상, 직물상 등 먼 옛날부터 오크진스키 가(家)의 사람들이 상업과 수공업의 전통을 이어가고 있었다. 『새벽의 약속』에 따르면, 니나의 아버지는 시계 수리공이었던 듯하다. 그녀는 1883년에 그곳에서 태어났다.

하지만 열여섯 살 때 연극배우가 되겠다는 반항적인 소명을 안고 무작정 집을 떠나, 자신을 둘러싸고 있던 세계와 인연을 끊는다.

니나는 당시 한창 연극의 열기로 들끓고 있던, 조예가 깊고 열광적인 관객들이 매일 저녁 오스트로프스키와 고골리의 드라마, 그녀의 우상인 안톤 체호프의 슬픈 코미디에 박수를 보내던 모스크바로 올라가고 싶어 했다. 당시 모스크바 사람들은 서민층, 부유층을 가리지 않고 모스크바 대극장, 말리 극장, 코르치 극장, 인민 극장…… 혹은 스타니슬라프스키와 네미로비치 단첸코가 막 창설한 아방가르드 극장으로 체호프의 상징인 흰 갈매기가 그려진 깃발이 나부끼는 유명한 모스크바 예술극장 등 국립 혹은 개인 소유 극장들의 객석을 가득 메운다.

니나는 드넓은 러시아를 돌아다니다가 성이나 창고, 마을 광장에 설치된 무대 위에서 연기를 펼쳐 보이던 한 유랑극단에 들어간다. 그녀는 동료들이 내놓은 가장 그럴듯한 의견에 따라, 가끔 고향으로 순회공연을 하러 오는, 모스크바나 상트페테르부르크 여배우들의 동작과 목소리를 흉내내가며 연기를 익히던 아마추어들에게서 연기를 배운다.

니나는 자유분방한 처녀로, 집시 여자로, 어릿광대들과 어울려 유랑 생활을 한다. 언젠가는 예르몰로바나 페도토바 같은 여배우가 되기를 꿈꾸며 길 위에서 노래하고 춤추고 울고 마음껏 웃는 역할들을 배운다. 쿠르스크의 장인들이 보기에, 여배우란 고급 창녀나 다름없는 타락한 여자였다. 그녀는 소시민의 체면보다는 광대들의 환상을 더 좋아했다. 그건 그녀로서도 어쩔 수 없는 일이었다. 핏속에 광대의 기질을 타고났으므로.

니나는 넓은 광대뼈 위로 녹색 눈이 반짝이는 맑은 얼굴을 갈색 머리로 감싼 아리따운 처녀였다. 큰 키에 호리호리한 몸매, 가는 허리에 가슴이 불룩 솟은 그녀는 손가락이 누렇게 변색되는 것을 막기 위해 긴 궐련용 파이프를 사용하기는 하지만 이미 줄담배를 피워대는 골초였다.

당시 러시아에서 여성의 흡연은 천박하달 것도 특별하달 것도 없는 기호였다. 사회 각계각층의 여성들이 심지어는 식탁에서, 식사중에, 남들이 보는 앞에서도 버젓이 우크라이나나 볼가 강 산 담배를 말아 피웠다.

그녀에겐 배우로서의 재능이 있었던 듯하다. 전쟁 발발 직전에 마침내 모스크바로 올라온 그녀는 로페 데 베가*의『정원사의 개 *El perro del hortelano*』의 여주인공인 벨플로르의 젊은 백작 부인 디안 역을 맡아 프랑스 극장의 무대에 오른다. 그녀는 프랑스어로 연기한다. 모스크바에서 가장 우아한 극장 무대에 오를 요량으로 프랑스어를 미리 익혀둔 터였다. 하지만 대개는 여주인공을 돋보이게 하는 하녀 역에 그쳤다. 아무리 위대한 18세기 프랑스어를 구사하고, 사라 베른하르트처럼 목소리를 가다듬어도, 그녀는 이제껏 맡았던 것 중 최고의 역인『희망의 좌초 *Le Naufrage de l'espoir*』의 로자 역을 넘어서지 못한다.

니나 보리소프스카야는 영광도 광채도 없는 무명배우로 남는다. 하지만 곧 가장 멋진 역인 어머니의 역할을 맡게 된다.

로만은 1914년 5월 8일에 모스크바에서 태어났다. 그는 니나의 두번째 남편 레브야 카체브 ― 유대인의 성 ― 의 성을 물려받는다. 로만이 태어나자마자 니나가 남편과 헤어진 탓에, 그 성은 유령이나 다름없는 아버지가 로만에게 남겨준 유일한 추억거리가 된다. 로만은 자신이 정말 카체브의 아들인지 결코 알지 못한다.

주변 사람들은 그의 아버지에 대해 쉬쉬하고, 그의 질문들을 애써 피한다. 발생학적으로 로만에게 확실한 건 어머니 니나뿐이다. 니나는 남자의 도움 없이, 미혼모처럼 혼자서 유복자를 키우게 된다. 모자는 일찌감치 한 쌍이 된다.

유모를 두고 배우의 생활을 유지하기에는 수입이 변변찮았던 니나는

---

* Lope de vega(1562~1635), 스페인 극작가.

곧 빚쟁이와 집달리 들의 빚 독촉에 시달린다. '어음(wechsel)'이라는 말이 그녀의 입에 붙어 다닌다. 그녀는 배역을 찾아 동분서주하고, 아무리 시시한 역할이라도 마다하지 않는다. 전쟁이 비참한 미래를 예고하는 사이, 혁명이 니나의 앞날을 완전히 가로막는다. 그녀는 또다시 길을 나선다. 하지만 이번에는 광대 친구들과 함께하는 아무 걱정 없는 방랑의 길이 아니라, 무질서와 굶주림에 시달리며 가족도 친구도 없이 젖먹이를 품에 안고 홀로 하는 고행의 길이 된다.

1917년 3월, 차르가 권좌에서 쫓겨나자마자 로만은 가축용 화물칸에 실려 모스크바를 떠난다. 그곳을 기억하기에는 너무 어린 나이에, 목에는 티푸스 성(性)이를 쫓는 데 특효인 장뇌 목걸이를 건 채로.

기차는 빌나(Vilna)에서 멈춘다. 18세기 이래 빌니우스(Vilnious)라는 이름의 러시아 영토였지만, 당시에는 폰 아이히호른 장군이 이끄는 독일 군대에 점령되어 있던 리투아니아의 수도. 니나는 더 멀리 달아날 수 없었다. 파리에서 베를린에 이르기까지 전 유럽이 불길에 휩싸여 있고, 폴란드 국경은 감시가 심해 넘어갈 수 없었다. 망명길에 오른 모자에게 빌나는 첫 기항지, 첫번째 피난처가 된다.

훗날, 로맹 가리는 모스크바에서 보낸 몇 해를 깨끗이 지워버리고 자신은 빌나에서 태어났다고 단언한다. '빌노(Wilno) 출생,' 그는 모든 서류에 폴란드어 철자로 이렇게 기입한다.

보석들이 박힌 긴 망토를 걸친 성모상이 순례자들을 맞이하는 남쪽의 오로라 문에서, 백 년 묵은 나무들이 나란히 서 있는 테아트르 광장을 거쳐, 북쪽의 식물원과 성 스타니슬라스 성당에 이르기까지, 포장도 제대로 안 된 좁은 도로들이 빈민굴에서 대성당, 노점에서 호화로운 저택으로 이어지는 꼬불꼬불한 지형을 모자 앞에 펼쳐놓았다. 몇몇 저택은 예전에 그곳에 거주했던 폴란드나 러시아 가문의 독수리 문장을 아직 간직하고 있었다. 15세기만 해도 영토가 우크라이나와 백러시아*까지 뻗어 있던 한 제국의 수도인 빌나에는 찬란했던 시대의 광채는 거의 남아 있지 않았다. 모자를 맞이한 건, 포격에 여기저기 구멍이 패고 아이들이 맨발로 떼지어 돌아다니며 감자 한 알을 구걸하는, 상처로 얼룩진 초췌한 도시였다.

당시 폰 이젠부르크 비르슈타인 왕자의 치하에 있던 빌나는 기름진 땅 한가운데에 있으면서도 점령자의 폭정 때문에 굶주림에 허덕였다. 늘 침략에 시달려, 사 세기 동안은 폴란드인, 그다음 삼 세기 동안은 러시아인이 주민이었던 그곳 사람들은 새로운 정복자 독일의 치하에서 어떻게든 살아남기 위해 필사적으로 투쟁한다.

카체브 부인과 그녀의 아들은 도시에서 가장 부유한 서쪽 지역, 18세기까지는 빌나 주교들의 거처였다가 나중에는 총독의 관저이자 황제들의 궁궐로 사용된 '샤토'까지 거슬러 올라가는 대로인 비엘카 포홀란카가 16번지에 자리잡는다. 니나는 게토는 아니지만 도시 중앙과 남쪽 지역에서 그들만의 관습, 그들만의 독특한 복장, 그들만의 법과 기도를 지키며 동떨어져 살아가는 유대인 구역에 결연히 등을 돌리고, 로마 가톨릭이나 그리스정교를 믿는 옛 부르주아 사회 사람들과 교제하려고 애쓴다. 그녀는 이디시어를 입에 담지도 아들에게 가르치지도 않는다. 그 언어는 가난과 유대인 박해만을 상기시키기 때문이다. 그녀는 러시아어나 프랑스어만을 사용한다.

빌노의 유대인들은 유대인 구역에만 거주하지는 않았다. 그들은 리투아니아가 각종 특혜를, 살아남아 번창할 권리를 부여해준 후로, 도시 주민의 반 이상을 차지해 도시 전역으로 뻗어나갔다. 그렇다고 해도 카체브라는 이름은 반유대주의가 극성을 부린 그 시대에는 빌노에서조차 지

---

* 벨로루시. 구소련을 구성하던 슬라브 3국(러시아, 우크라이나, 벨로루시) 중 가장 작은 나라.

니고 있기 힘든 이름이었다. 주민의 나머지 반을 차지하는 폴란드인과 독일인, 백러시아인 들은 전통적으로 유대인에게 깊은 증오심을 품고 있었다.

그의 어린 시절을 이야기한 『새벽의 약속』에서, 로맹 가리는 러시아 혁명 ─ 그 낱말 자체를 찾아볼 수 없다 ─ 이나 세계대전에 대해선 전혀 언급하지 않는다. 빌노의 가난, 반유대주의, 공포에 대해선 일절 함구한다. 동네 개구쟁이들과 어울려 자지러지게 웃어대는 한 어린애를 그릴 뿐이다. 그는 미슈카 제과점 케이크들과, 어머니의 손님이었던 부유하고 아름다운 부인들의 드레스를 묘사한다. 번쩍이는 새 자전거를 타고 도시를 돌아다니며 겪은 일들을 이야기하고, 발성법, 서예, 춤, 펜싱, 노래, 사격 등 황태자의 교육에 버금가는 수의 가정교사들을 일일이 열거한다.

그가 거짓말을 하고 있는 것일까? 그렇다면 왜? 『새벽의 약속』을 읽다보면, 빌노가 마치 전쟁을 피해 이주해 온 가난한 꼬마가 행복한 나날을 보낼 수 있었던 피안의 항구처럼 여겨진다. 전쟁이 극으로 치닫고, 시시각각 혁명이 다가오고, 온 빌노 사람들이 굶주려 죽어가는데도 말이다.

카체브 부인이 어떤 특혜를 누렸던 것일까? 그녀를 도와줄 정도로 영향력이 있거나 부유한 누군가가 있었던 것일까? 니나는 변변한 직업도 없이 아들을 키우며 홀로 살았지만 매우 아름다운 여자였다. 아마도 그 아름다움은 강철 같은 의지, 아들을 위해 무슨 일이 있어도 그곳에서 벗어나라고, 어떠한 대가를 치르더라도 살아남으라고 명령하는 철녀의 의지와 더불어, 그녀가 가진 모든 재산이었을 것이다.

아니면 단지 새끼를 품은 어미의 사랑으로, 아들이 삶에서 엄마가 보여주는 색깔만을, 부드럽고 환한 색깔만을 보도록 음울한 현실을 감추는 데, 아들을 추위와 굶주림, 공포로부터 보호해주는 데 성공한 것일까? 아들에게 무엇 하나 부족한 것이 없게 하기 위해 정작 그녀는 아무 것도 누리지 못했을 수도 있다.

어쩌면 니나는 개미 같은 에너지로, 세 살, 네 살, 다섯 살에 이어 여섯 살, 어머니의 가슴을 통해 세상을 인식하는 나이의 순진한 로만치크를 소용돌이치는 역사에 상처 입지 않도록 치마폭에 감싸안고 빌노의 시궁창에서 혼자 힘으로 빠져나왔을 가능성이 크다.

니나는 바느질을 한다. 모자도 만든다. 후에 로맹 가리는 "메종 누벨, 폴 푸아레* 지부"라고 말하지만, 분명 그것은 손쉽고 화려한 일이 아니라 아무리 해도 끝나지 않는 고된 작업이었을 것이다. 아마도 브레스트-리토프스크 휴전 조약**이 있은 후에는 그녀의 조그만 사업이 견습공 한둘을 고용할 수 있을 정도로 번창했을지 모른다. 로맹 가리는 니나라는 여인을 드레스와 모자를 팔기 위해 파리 억양으로 온갖 감언이설을 늘어놓는, 교활하고 허풍이 심한 여자로 묘사한다. 하지만 이것은 결코 과장이 아니다. 니스 사람들이 기억하는 니나는 풍모와 재능, 예사롭지 않은 개성을 지니고 있었다. 그녀는 망명과 가난에 충분히 맞설 능력이 있고, 러시아 판타지에 빠져 있긴 해도 아주 영리한 여자였다.

로맹 가리는 혁명과 전쟁에, 무엇보다 미친 여자처럼 일해서 키워야 했던 아들의 탄생에 젊음을 희생한, 평범한 가정주부가 아니라 다부지고 억척스러운 어머니, 자식에게 무조건적인 사랑을 바치지만 몹시 엄격한 유대인 어머니의 손에서 자랐다고 할 수 있다. 서른다섯의 나이에 이미 니나의 머리칼은 희끗희끗했고, 실루엣은 앙상하게 시들어 있었다. 로맹 가리는 『새벽의 약속』의 한 장에서 병든 노파의 이미지를 단

---

* Paul Poiret(1879~1944), 프랑스의 유명 의상디자이너.
** 소련과 독일이 1차 세계대전의 전쟁을 중단하면서 맺은 조약.

한 번 묘사할 뿐, 그 외에는 그녀의 푸른 눈만을 그린다.

그는 자신의 과거에 대해 거짓말하지 않았다. 아무것도 지어내지 않았다. 그보다는 고통을 가져다준 너무도 음울하고 추한 진실을 변장시켰다고 하는 편이 옳을 것이다. 그는 이야기를 하며 미화시킨다. 자기 삶에 분을 칠하고 반짝이를 뿌린다. 모든 것에 시적인 마법을 거는 그는 허풍쟁이보다는 마법사에 가깝다.

은행 직원의 아들이었던 앙드레 말로는 자신이 은행가의 아들이라고 말했다. 어느 누구의 아들도 아니었던 로맹 가리는 무성영화의 스타인 이반 모주힌*이 아버지 ─ 가능성은 있지만 불확실하다 ─ 라고 주장하게 된다.

〈세르게이 영감 *Otets Sergei*〉〈스페이드의 여왕 *Pikovaya dama*〉〈킨 *Kean*〉〈무갈의 사자 *Lion des Mogols*〉〈고(故) 마티아스 파스칼 *Feu Mathias Pascal*〉의 남자 주인공을 둘러싸고 확인이 불가능한 소설 한 권이 쓰인다. 훤칠한 키에 도도한 표정, 전설 속 왕자의 풍모를 지닌 이반 모주힌 ─ 지주 집안의 후손으로 볼가 지역의 펜자에서 태어났다 ─ 은 진짜 미하일 스트로고프**보다 더 미하일 스트로고프다운, 향수를 불러일으키는 매력적인 기사(騎士)의 분위기를 풍기는 배우였다. 차레비치, 곤차로프, 차르디닌, 바우어 같은 연출가들은 그에게 번득이는 칼을 휘두르는 코사크족이나, 영화로 각색한 푸슈킨, 고골리 혹은 도스토예프스키의 낭만적 주인공들을 연기하게 한다. 당시 스타 중의 스타였던 이 배우의 매력은 무엇보다 더없이 맑고 투명한 푸른 눈빛에 있었다. 그 바이킹의 눈은 사탄의 눈썹처럼 둥글게 휜 짙은 눈썹 아래 드러난 어두운 안색의 얼굴이 몽골인을 연상시키는 동양적인 것인 만큼 더욱 매

---

* Ivan Mozzhukhin(1889~1939), 러시아의 유명 배우이자 영화감독.
** 프랑스 소설가 쥘 베른의 『황제의 밀사』(1876)에 등장하는 주인공. 〈미하일 스트로고프〉는 동명의 소설을 영화화한 것.

력적으로 보였다.

1889년에 태어난 이반 모주힌은 니나보다 여섯 살 아래로, 전쟁 전 모스크바의 드라마 극장에 데뷔했을 무렵에 니나와 조우했을 가능성이 있다. 1917년 혁명이 일어날 때까지, 그는 러시아에서 칠십 편의 영화를 찍은 대중의 우상이었다. 그는 러시아어로 자신을 표현하고, 20년대에 프랑스로 망명했을 때도 러시아어만을 사용했다. 실제로 니나에게는 아들을 극장에 데려가 결투를 벌이거나 사랑의 눈물을 흘리는 모주힌을 보여줄 특별한 이유가 있었던 것일까? 아니면 꿈이 완전히 박탈된 생활 속에서 약간의 꿈이나마 가지려 했던 것일까?

로만은 자신의 출생에 관해 주변 사람들이 집요하게 감추려는 비밀이 있다는 것을 일찌감치 알아차렸다. 하늘에서 떨어지는 신비로운 선물들—빌노에서는 아동용 자전거, 니스에서는 우편환들과 오렌지색 자전거—의 정체를 궁금해한다. 심지어는 그 자신이 만들어냈을지도 모르는 한 장면을 애써 기억해내려 하기도 한다. 영화 속 체르케스인을 닮은 멋진 사내가 호사스럽게 차려입은 금발 미녀를 대동하고 비엘카 포훌란카 가까지 그의 어머니를 만나러 왔다는 것이다. 로만의 자전거들만큼이나 번쩍거리는 노란색 자동차를 몰고 왔다고! 이 일화는 당시가 모주힌이 막 프랑스로 망명했던 때라, 개연성이 그만큼 희박한 이야기로 보인다. 1919년이나 1920년에, 그때가 아무리 분별없는 시기라 해도, 자동차로 동유럽의 대평원을 가로지른다는 것은 상상하기 어렵다…… 로맹 가리는 니스에서도 모주힌과 자주 접촉했다고, '그랑드 블뢰'의 테라스로 그를 만나러 갔다고, 그 배우가 메르몽 호텔로 찾아와 밤을 보내는 날도 있었다고 이야기했다. 로맹 가리의 옛 친구 중 어느 누구도 이 아름다운 이야기의 사실 여부를 확인시켜주지는 못할 것이다. 로맹 가리가 모주힌이 조연을 맡은 자크 드 바론첼리의 영화 〈니체보Nitchevo〉(1936년)에 단역으로 출연했다는 이야기도. 오늘날에는 사라지고 없는 메가필름 프로덕션과 프로덕션 사장 오스카 단치거가 단역들의 목록을 남기지 않은 탓에, 이 일화 역시 확인이 불가능하다⋯⋯ 이렇게 해서 아주 예술적으로 처리된 흐릿한 광채는 로맹 가리의 기억을 감싸고 있게 된다.

하지만 스케일이 큰 마법사 모주힌은 니나와 그의 아들에게 익숙한 놀이 하나쯤은 남겨주었다. 슬픔이 밀려들거나 되는 일이 아무것도 없을 때, 니나는 로만을 물끄러미 바라보며 눈을 들어 하늘을 쳐다보라고 다정하게 청했다. 로만은 영문도 모르는 채 눈을 크게 뜨고서 몇 분간 하늘을 바라보았다. 니나는 그 눈에서 용기를, 새로운 행복을 길어냈다. 아주 어렸을 때부터 로만은 자신의 눈빛 속에 약간의 마법과 많은 연금술이 담겨 있다는 것을 알고 있었다.

가리와 모주힌, 로만과 이반의 외모는 놀라울 만치 서로 닮았다. 동양적 얼굴과 맑은 눈. 흑갈색 피부, 눈썹, 툭 불거진 광대뼈, 넓고 둥근 이마. 둘 다 슬라브계 아시아인 같은 외모와 맑은 눈 때문에, 금기시된 관계 혹은 야만적인 결합, 바이킹의 강간이나 집시의 통정이 떠오르는 동유럽의 혼혈을 드러냈다. 둘 다 건장한 체격과 볕에 그을린 듯한 얼굴빛으로, 중세 때 러시아 국가들을 지배 아래 두었던 칭기즈 칸이나 티무르* 군대의 타타르 전사들을 연상시켰다. 둘 다 '황금 유목민'**의 후손일 수도 있다.

이반 모주힌이 그리스정교를 믿었다 해도 그건 그리 중요치 않다. 그의 출생지인 볼가는 타타르인들의 출신 지역 중 하나다. 로맹 카체브는 거울을 바라보며 너무도 전설적이고 불확실한 이 혈통을 아무런 어려움 없이 자신의 것으로 만든다. 거울은 그에게 유대인보다는 몽골인에 가

---

* Timur(1336~1405), 중앙아시아 티무르 제국의 건설자.
** 13~14세기에 러시아 대평원을 정복하고 다스린 몽골 왕조의 이름.

까운, 어느 동양인의 이미지를 비춰준다.

바크 가, 금박 액자에 끼워져 가리의 책상 위에 놓인 모주힌의 사진은 대답 없는 똑같은 질문을 마지막까지 던지게 된다.

왜냐하면 로만 카체브는 우연한 만남, 샴페인을 터뜨리거나 비탄에 젖은 밤의 자식일 수도 있기 때문이다. 아름답고 열정적인 여자 니나에게 정부가 있었을 수도 있다. 왕자, 부르주아, 사교계 인사, 불량배, 동료 배우…… 모든 꿈이 가능하다. 악몽 역시. 하룻밤 풋사랑의 자식이라고 의심하는 것이 악몽 중 하나라면, 유대인이 분명한, 흔하디흔한 익명의 카체브의 아들로 밝혀지는 것은 더 큰 악몽이다. 그래서 로만은 안개에 휩싸여 있지만 백러시아인이고 귀족적이며 영광을 누리는 모주힌에게로 도피하는 편을 더 좋아했다.

니스에서는 로맹 가리가 에두아르 코르니글리옹 몰리니에 장군의 이복형제라는 소문이 떠돌았다. 자세히 살펴보면 같은 집안의 분위기를 발견할 수 있는 이 하늘의 기사를, 로맹은 나중에 자유 프랑스군*에서 만나게 된다. 니나는 전쟁 전에도 니스에 온 적이 있다. 파리에도. '막심스'에서 춤을 춘 적도 있다. 로맹 가리는 모스크바가 아니라 프랑스에서 잉태되었을 수도 있다. 정상에 오른 배우 아버지보다는 조금 덜 소설적이긴 하지만.

빌노에서 소년은 아버지 없이, 그의 유일한 요람으로 영원히 남을 여인의 치마폭 안에서 커간다. 소년은 학교에 가지 않는다. 아마도 유대인과 폴란드인 사이의 운명적인 차별을 피하게 하기 위해, 카체브 부인은 로만에게 러시아어와 프랑스어로 읽고 쓰는 법을 가르쳤을 것이다. 그녀는 아들에게 가난한 노동자들이 쓰는 이디시어보다는 귀족 언어인 프

---

* 2차 세계대전중인 1940년 여름, 프랑스 수도권 방위군이 붕괴된 후 대(對)독일전에 참여한 유격대원의 통칭.

랑스어를 어떻게든 가르치려 했다. 차르들보다는 잔 다르크나 나폴레옹의 일생을 큰 목소리로 읽어주어 아들에게 기초적인 역사를 가르쳤다. 로만은 일곱 살 때 이미 〈라 마르세예즈〉를 외워 부를 줄 알았다. 라 퐁텐의 우화와 빅토르 위고의 몇몇 시도 알고 있었다. 프랑스어는 니나에게 여배우로서의 황홀했던 과거를 일깨워주었다. 니나는 미래가 그곳에 있다고 확신했고, 또한 모든 자유와 달콤한 삶이 보장되는 땅 프랑스의 상류사회 이미지를 숭배했다.

아들을 최고로 키우고 싶었던 그녀는 아들에게 모든 기회를 제공하려고 애썼다. 아들을 진정한 '사교계 인사' — 그녀의 이상적인 남성상 — 로 키우기 위해 모든 것에 세심한 신경을 썼다. 그녀는 로만에게 춤과 손에 입 맞추는 법을 가르쳤…… 밤이 되면, 로만은 어머니의 허리를 안고 마루에 널려 있는 실타래 위에서 하나, 둘, 셋, 〈탱고 밀롱가〉나 〈아름답고 푸른 다뉴브 강〉을 흥얼거리며 멋진 춤 솜씨를 발휘했다. 그러면 니나는 물고 있던 담배를 끄고, 보니파스 드 카스텔란*에 버금가는 흠잡을 데 없는 키스로 한 판의 춤을 끝낸 아들을 흐뭇한 표정으로 바라보며 아들의 품에 안겨 꿈에 빠져들었다. 로만은 벌써 프랑스 바람둥이를 흉내냈다. 그렇다고 해서 니나가 일하는 동안에 로만이 하루 종일 폴란드어로 말하며 동네 개구쟁이들과 거리를 뛰어다니고, 전염병이 무서우니 먹지 말라고 한 수박을 게걸스레 훑어 먹는 것을 그만둔 것은 아니다. 일찍부터 그의 교양은 러시아적인 것(그의 모어), 폴란드적인 것(커가며 배운 언어), 프랑스적인 것(니나가 눈부신 미래를 쌓아올리는 데 사용하려고 했던 언어)으로 이루어졌다.

로만의 마음속에 뿌리 내린 최초의 풍경은 숲이다. 전설 속에서처럼 깊고 어두운 숲. 하지만 빌노 근처에 실재하는, 리투아니아만큼이나 오

---

* Boniface de Castellane(1867~1932), 프랑스 정치가. 매너가 세련된 댄디로 유명했다.

래된, 거대한 참나무와 너도밤나무 들로 이루어진 숲. 아이는 어둠을, 그 숲의 어둠을 무서워했다. 하지만 그 속에 감춰진 비밀과 이야기 들이 궁금했다. 로만은 숲이 보호해주기도 한다는 것을, 숲으로 달아나면 무시무시한 괴물들 — 튜턴 기사와 코사크 기병 들 — 을 피할 수 있다는 것을 알고 있었다. 그는 어머니가 숲을 따라 강을 거슬러 올라가는 증기선에 자신을 태워 베르키(Werki)까지 데려갔을 때처럼, 어머니와 함께 숲의 언저리까지 감히 접근하여 숲의 신비를 조금씩 발견하게 된다. 이야기를 즐기는 니나는 러시아의 바바야가* 이야기에 나무들이 아이들, 새들과 함께 말하고 노래하고 눈물을 흘리는 그 지역 동화들을 뒤섞는다. 아들에게 천둥과 번개로 무장한 페르쿠나스라는 이름의 무시무시한 신이 님프와 정령들 — 인간의 부끄러운 결점, 멍청함, 광적인 믿음 혹은 비열함 등등을 이용해 인간들을 골리는 짓궂은 요정들 — 과 더불어 그 숲에 살고 있다고 이야기해준다. 그녀는 아들을 위해 오랫동안 이교적이었고 길들여지지 않았던 한 나라의 판테온을 부활시킨다.

리투아니아의 전래동화 세계는 어린 로만을 흔들어 재워주고, 가난과 증오로부터 위로해주고, 보호해주고 황홀하게 만드는 마법의 베일을 주위에 둘러준다. 무의식적으로 그는 어린 시절을 넉넉하게 만든 신비로운 이야기들 속에서, 박해받은 나라의 소박한 지혜와 토템 신들, 야생 숲에 대한 사랑을 자신의 것으로 맞아들인다. 훗날 리투아니아로부터 멀어지긴 하지만, 뭐니 뭐니 해도 그가 러시아인이긴 하지만, 그가 계속 빌노를 폴란드 이름(리투아니아인들이 말하는 이름은 빌나다)으로 부르기는 하지만, 어느 날 그가 다시 발견하게 되는 것은 정겨운 동시에 무시무시한, 어린 시절의 숲이다.

리투아니아의 숲은 로맹 가리가 쓴 첫 소설의 무대가 된다. 그리고 삼

---

* 러시아의 숲 속에 사는 요괴로, 뼈와 가죽만 남은 노파의 모습을 하고 있다.

십오 년 뒤, 이번에는 마지막 소설을 위해 그곳으로 되돌아간다. 『유럽의 교육*Education Européenne*』에서 『연*Cerfs-Volants*』에 이르기까지, 그는 그 숲에 대한 기억을 간직한다. 카체브 부인이 약간은 경멸 섞인 어투로 즐겨 회상한 것처럼, 그는 그저 "잠시 스쳐 지나가듯" 빌노에서 살았지만, 초토화된 야기에우오* 제국의 수도는 그의 상상 세계에 지울 수 없는 흔적을 남긴다.

빌노에는 두 개의 강, 빌리아와 빌렌카가 흐른다. 하지만 어느 누구도 본 적이 없는, 지하를 흐르는 세번째 강, 성당 지하를 가로질러 아무도 모르게 빌리아 강으로 흘러드는 코그제르가 강은 그 흐름을, 그 비밀을 발견하려는 소년들의 호기심을 끌었다.

그에 못지않게 신비롭고 깊이 감추어진 로맹 가리의 과거는 하나의 수수께끼를 제기한다. 그는 자전적인 요소가 강한 작품들을 통해, 반진실 혹은 반거짓으로 가리거나 광채나 눈속임 장치로 꾸밈으로써 그 수수께끼를 더 깊이 감추어버리는 데 성공한다. 빌노나 바르샤바에서 보낸 그의 어린 시절보다 더 진실된 것은 없다. 그를 괴롭히는 모든 힘 — 세계대전, 내전, 반유대인주의 등 그가 말하기를 꺼리는, 몸으로 느낀 모든 광기 — 에 대한 반항으로서, 그가 자신에게 부여한 황금빛 전설보다 더 거짓된 것 또한 없다.

그는 니스에서 가깝게 지낸 친구들에게도 끔찍한 과거 — 망명, 가난 혹은 유대인들에 대한 증오 — 에 대해서는 일절 언급하지 않는다. 물론 절친한 친구들인 사샤 카르도 세소예프나 에드몽 글릭스만 역시 그들의 과거와, 그들이 버린 나라, 혹은 그들에게 근심거리만 안겨준 종교와 단절한 이민자들, 도망자들인 것은 사실이다. 1960년에 발표된 『새벽의 약속』에서는, 진실을 심하게 왜곡시키지는 않으면서 감추기 위한, 어린

---

* 16세기에 폴란드와 리투아니아를 통치한 왕조의 이름.

시절의 기억에 대한 충실함을 훼손하지 않고 과거를 다시 쓰기 위한 교묘한 장치들이 발견된다.

로맹 가리는 민족주의자들이 세운 경계선과는 동떨어져, 선혈이 낭자한 비참한 유럽, 유럽적인 유럽, 동쪽으로부터 온 야만족들이 돌연 행진을 멈추어야만 했던 그 아시아의 경계, 경계가 명확하지 않아 여권의 논리를 벗어나는 영토에서 자란 유대계 슬라브인, 유대인의 피와 러시아–폴란드의 상상 세계가 어우러진 놀라운 혼합물이다.

이미 빌노에서부터 그는 폴란드인도 러시아인도 아니었다. 리투아니아인은 더더욱 아니었다. 1920년에 리투아니아가 다시 탄생했다 하더라도. 그는 유대인으로 만족하려 하지 않았다. 프랑스는 아직 머나먼 신기루에 불과했다. 그러니 그 자신을 유럽의 시민이 아니라면 무엇으로 정의할 수 있었을까?

어린 나이에도 불구하고 그가 자신의 뿌리를 찾으려 했다면, 불편하지 않을 정도로 모호하고, 그에게 모든 것을 허락할 정도로 광활한 이 공간에서만 찾을 수 있었을 것이다. 러시아의 속담에서 폴란드의 해학, 유대의 격언에서 프랑스의 전설, 리투아니아의 콩트에서 독일어 — 그가 막 배우기 시작한 언어 — 의 통사 구조에 이르기까지, 그는 자신을 위해 하나밖에 없는 독창적인 세계, 진정한 조국이라 할 수 있는 내적 풍경을 건설해낸다. 그리고 그것이 어떤 모습이든, 거짓으로 꾸미거나 가장하면서까지 그 조국에 충실하게 남아 있게 된다.

1922년 혹은 1923년, 카체브 부인은 빌노를 떠나 바르샤바로 간다. 그녀가 당시 약속된 땅으로 보이던 자유 폴란드에 정착한 것은, 로맹 가리가 밝히고 있는 것처럼, 정말 빌노의 빚쟁이들의 독촉을 피하기 위해서였을까, 아니면 좀더 서쪽에서 더 나은 미래에 적합한 환경을 찾기 위해서였을까?

리투아니아가 존재를 되찾은 1920년과, 빌노가 폴란드 군대에 침공

당해 리투아니아 영토 내 폴란드 소유지가 되어버린 1922년 사이에 역사는 변화에 변화를 거듭한다. 우선 폴란드가 해방된다. 막심 베강* 군대의 도움을 받아 러시아와의 전쟁에서 승리를 거둔 것이다. 투카체프스키와 트로츠키의 병사들은 후퇴해야만 했다. 지칠 대로 지친 페트로그라드**와 모스크바에 무질서가 확산되는 동안 — 병든 레닌은 1924년에 숨을 거둔다 —, 바르샤바와 크라코프에는 새로운 광채가 빛을 발한다. 피우수트스키***가 독립을 되찾은 나라를 장악한다. 카체브 부인과 그녀의 아들이 본 것은 걷잡을 수 없는 기쁨과 미친 듯한 희망에 들떠 있는, 부활한 국가였다.

카체브 모자에게 환희는 그리 길게 이어지지 못한다. 로만과 니나의 가난은 바르샤바에 와서 점점 더 깊어진다. 삯바느질만으로는 더는 살아갈 수 없었다. 니나는 푼돈이라도 벌기 위해 담배 마는 일을 한다. 큰 명성을 누리는 프랑스 학교에는 아들을 입학시킬 수가 없었다. 학비가 너무 비쌌기 때문이다. 니나의 아들은 명성과는 거리가 먼 크레치마르 김나지움에서 폴란드 식 교육을 받게 된다. 로만은 1924년에야 학교에 들어간다. 그 이전에는 어머니가 직접 철자법, 수학, 역사의 기초를 가르쳤다. 로만은 열 살, 그림책을 놓고 모험소설을 집어 드는 나이였다. 그는 월터 스콧, 카를 마이, 메인 리드****를 폴란드어로 읽는다.

그는 수업중에 아담 미츠키에비치, 율리우스 스워츠바키, 또는 지그문트 크라신스키의 시들을 암송하고, 볼레수아프 프루스나 스테판 제롬

---

* Maxime Weygand(1867~1965), 프랑스 육군 장교. 1차 세계대전 때는 참모였고, 2차 세계대전 때는 총사령관이었다.
** 1914년부터 1924년까지 현재의 상트페테르부르크를 지칭하던 이름.
*** Józef Piłsudski(1867~1935), 폴란드 혁명가. 1918년 11월에 새로 수립된 폴란드의 초대 대통령.
**** 카를 마이(Karl Friedrich May, 1842~1912), 인디언 이야기를 다룬 모험 소설로 인기를 모은 독일 작가. 메인 리드(Mayne Reed)는 1880년대에 살았던 미국의 모험 소설가.

스키*의 글을 받아 쓴다.

　로만은 어머니가 매일 아침 책가방에 빵과 초콜릿을 슬쩍 넣어주었다고, 어머니의 헌신적인 사랑 덕분에 무엇 하나 부족한 게 없었다고 말한다. 하지만 전쟁, 혁명 등의 역사적 정황들로 볼 때, 진실은 훨씬 더 암울했을 것이다. 바르샤바에서는 니나가 더이상 혼자가 아니긴 했지만. 그녀는 그곳에서 오빠인 로바와 그의 아내 그리고 그들의 딸, 로만의 사촌 누나로 당시 스무 살이었던 디나를 만난 것으로 보인다. 그 가족은 한동안 바르샤바의 어느 치과의사 집에 묵었다. 매일 밤, 그들 다섯 식구는 아침이면 비워줘야만 하는 환자 대기실에서 잠을 잤다.

　니나는 곧 로만과 함께 가구가 딸린 방 하나를 얻어 자리를 잡는다. 하지만 주인에게 쫓겨나 두번째 방을, 세번째 방을 찾아 나서게 된다. 그녀는 눈이 빠져라 바느질을 하거나 전쟁 전의 옥수수 종이로 담배를 말면서 비탄에 잠겨 살아간다.

　로맹 가리가 늘 숨긴 것은 영화로웠던 피우수트스키 시대의 폴란드 꼬마다. 그는 나쁜 기억이 어머니의 사랑에 녹아 지워져버린 빌노의 시절은 기억하지만, 바르샤바의 시절에 대해선 영원히 입을 다물었다. 『새벽의 약속』에서, 그는 허공에 몸을 던지며, 아니 그보다는 4층 창가에 올라서서 마지막 순간에 허리를 비틀어 추락의 아찔함만을 맛보는 위험한 장난을 치며 함께 놀았던 친구들 중 하나를 — 이름은 밝히지 못한 채 — 떠올린다. 아주 문학적인 이 이야기는 러시안룰렛을, 톨스토이와 그의 피에르 베즈호프**를 연상시키고, 소년의 자살에 대한 환상을 드러낸다.

　자신의 삶에 대한 이야기 속에서, 그는 가족의 비극을 익살스럽게 다루고, 악과 공포에 베일을 씌워 불행을 감춘다. 바르샤바의 모든 학교에

---

* 미츠키에비치, 스위츠바키, 크라신스키, 프루스, 제롬스키는 모두 폴란드 작가.
** 『전쟁과 평화』의 작중인물.

서 반유대인주의가 극으로 치달았던 당시 상황으로 볼 때, 그의 이름만
으로도 멸시와 증오의 대상이 되었을 텐데도, 그는 그에 대해선 일언반
구도 하지 않는다. 점수를 따기 위해, 카체브는 두 배로 빨리 먹고 두 배
로 공부하고 두 배로 싸워야만 했다. 가톨릭 꼬마들에게 주먹을 휘둘러
자기를 함부로 대해서는 안 된다는 인식을 심어놓아야만 했다. 바르샤
바의 인종차별적 분위기는 그에게 인종이나 사회계급과 관련된 불의와
편견에 대한 증오를 심어놓는다. 1920년대의 승승장구하는 폴란드에서
가난한 유대인 꼬마로 자란 그는 궁지에서 벗어나려면 자기 힘 말고는
아무것도 믿어서는 안 된다는 것을 배운다. 니나는 더이상 아들을 하이
에나들로부터 보호해줄 수 없었다. 그는 혼자 힘으로 고난을 헤쳐나가
야만 했다. 김나지움의 사바나에서, 그는 늑대가 되는 법을 배웠다.

사라져버렸거나 도저히 찾을 길이 없는 로만 카체브의 출생 기록은
러시아에, 요새보다 접근이 더 어려운, 호적에 관한 비밀스러운 고문서
들 틈에 묻혀버리게 된다. 프랑스 당국조차 폴란드에서 온 이 러시아 청
년이 태어난 날짜와 장소를 확인하기 위해 그의 진술에 의존할 수밖에
없게 된다. 마치 그의 출생을 추적하는 사람들을 혼란에 빠뜨리기 위해
서인 양, 1927일 8월 10일 법령 제6조 1항에 의해, 1935년 7월 14일에
프랑스인으로 귀화한 로만 카체브의 국적은 폴란드로 되어 있다.

긴 명단에 여덟번째로, 스위스인 나탈 아틸리오 잔페라리와 벨기에인
로베르 반 토른후트 사이에 이름을 올린 그는 프랑스 시민이 된다. 공화
국 대통령 알베르 르브룅과 법무부 장관 레옹 베라르의 서명 아래,『주르
날 오피시엘*Journal Officiel*』은 정체를 알 수 없는 한 젊은이의 흔적을
간직하게 된다.

'카체브(로만), 대학생, 1914년 5월 8일 출생(폴란드), 니스 거주(알
프 마리팀).'

그때 그의 나이, 스물한 살이었다.

유럽 호텔에서

1933년 니스, 대학입학 자격시험에 합격한 로맹은 법학을 전공하기로 마음먹는다. 문학에 뛰어난 자질을 보였고, 프랑스어 과목에서 1등 자리를 놓친 적이 없지만, 그는 '수재'들의 요새이자, 울름 가의 고등사범학교에 이르는 왕도인 카뉴*에 들어가지도, 학위를 따기 위해 문과대학에 입학하지도 않는다. 현대반에 다닌 그에게는 당시 문학적 경력을 쌓는 데 필수적이었던, 라틴어와 그리스어 교육이 부족했다.

아마 로맹은 자신이 이미 뛰어난 재능을 보이고 있고 자신의 내적 음악으로 더욱 풍부하게 만들고자 한 언어를 더 배우느라 긴 세월을 보낼 필요가 없다고 판단했을지도 모른다. 그는 구두창을 갈면서 구두 수선공이 되듯, 차라리 손에 펜을 들고 끙끙대며 작품 초고와 첫 원고를 써내며 문학을 배우는 쪽을 택한다. 이미 그는 문학이란 학교에서 배우는

---

* 고등사범학교 문과 수험 준비반.

게 아니라고 확신할 정도로 강한 자부심을 가지고 있었다. 그는 자신감을 갖고, 하지만 백지를 앞에 놓고 피땀을 흘려가며, 고치고 또 고치다 보면 더 나은 결과가 나올 거라고 확신하며, 문학을 향해 나아간다.

법과대학은 대개 양갓집 자제가 진학하는 곳이었다. 당시 법대생은 대학 내에서 가장 품위 있는 학생들로 치부되었다. 사실 이러한 종류의 공부는, 특히 로맹처럼 나중에 변호사, 판사 혹은 재판소 서기가 될 생각이 없을 경우에는 뚜렷한 직업을 약속해주지 않는다. 원형 강의실에는 내로라하는 집안의 자식들, 적어도 물질적으로 현재를 즐기고 미래에 대해서도 불안을 느끼지 않는 부류의 학생들이 앉아 있었다.

호감 가는 특권층 자식들 틈에 끼겠다는 야망을 품고, 로맹은 엑스의 법과대학에 등록한다. 1933년 10월, 그는 하염없이 눈물짓는 어머니 곁을 떠나 차로 다섯 시간을 달린 끝에 프로방스 지방의 수도, 하얀 셔츠 차림의 젊은이들이 카페 테라스에 앉아 레몬주스나 파스티스*를 앞에 두고 한가로이 시간을 보내는, 비밀스러운 매력을 간직한 장밋빛 도시에 도착한다. 성당에서 알베르타스 광장까지 이르는, 플라타너스 그늘이 드리워진 아름다운 노정이 로맹에게 가볍고 평화로운 남프랑스 생활의 전망을 열어준다.

로맹은 루 잘페랑 가에 월세 육십 프랑짜리 방 하나를 얻는다. 니나는 소시지, 계란, 치즈 등을 보내어 그의 방을 이탈리아 식료품 냄새로 가득 채운다. 그는 강의를 들으면서도 자신만의 글쓰기를 계속한다. 미라보 광장, 카페 데 되 가르송에서, 그는 왁자지껄한 학생들 틈에 묻혀 '죽은 자들의 포도주 *Le Vin des Morts*'라는 제목을 붙인 새 소설을 쓰며 긴 오후를 보낸다. 로맹은 불쑥 치솟는 스탕달적인 열정으로 그 소설에 뤼시앵 브륄라르(뤼시앵 뢰벤에서 따온 뤼시앵, 그리고 스탕달의 필명 앙

---

* 아니스 향료를 넣은 술.

46

리 브릴라르에서 따온 브릴라르)라고 서명한다.

'좀더 노력하여 십 년 후에 다시 응모하길……'이라는 논평을 『엔에르에프NRF』지*에서 보낸 것으로 보인다. 하지만 나머지 부분은 확인이 불가능하고, 『새벽의 약속』에만 그 흔적이 남아 있다. 좀더 친절한 로베르 드노엘은 여자친구인 정신분석학자 마리 보나파르트의 분석이 첨부된 — 역시 불확실하지만 가능한 사실 — 거절의 긴 편지를 써 보냈다고 한다. 배포 큰 출판인 로베르 드노엘은 재능 있는 신인 작가의 발굴에 열성적이었고, 마리 보나파르트는 가끔 그를 위해 스승 프로이트처럼 출판을 원하는 젊은 작가들의 원고를 읽어주곤 했다.

마리 보나파르트는 깊은 학문적 관심을 드러내며 이 작품을 읽었다. 그녀는 거기서 거세 콤플렉스, 대변 콤플렉스, 시간(屍姦)적이고, 나아가 악마적인 성향들, 간단히 말해, 번민에 휩싸인 어두운 한 영혼을, 프로이트 박사가 관심을 보였을 한 예를 찾아냈다. 로맹의 주장에 따르면, 그녀의 분석은 장장 스무 쪽에 달했다고 한다. 소설의 주제가 그녀를 완전히 사로잡았던 것으로 보인다.

공동묘지를 무대로 한「죽은 자들의 포도주」는 바로크적이고 환상적이며 터무니없는 분위기 속에서, 반은 미치고 반은 괴물 같은, 음침하고 공격적인 인물들을 그리고 있다. 에드거 포의 『페스트 왕King Pest』에서 영감을 받은 이 작품은 구조가 허술하고 엄격함이 완전히 결여되어 있었다. 로제 마르탱 뒤 가르는 지나치게 선정적인 이 작품을 끔찍이 싫어했다. 하지만 로맹에게는 소중한 텍스트였다. 너무 소중해서, 아무것도 간직하지 않는 그가, 언젠가는 출판될 날이 오리라는 희망을 안고 이 텍스트를 영원히 간직하게 된다. 그는 『새벽의 약속』에서 스스로를 비

---

*『신프랑스 평론La Nouvelle Revue Française』의 약칭. 20세기 프랑스의 대표적 월간 문예지.

웃으며 이렇게 쓴다.

　생애 처음으로 나는 내가 '누군가가 되었다'고, 어머니가 나에 대해 품어온 희망과 신뢰를 드디어 정당화시키기 시작했다고 느꼈다……
　또한 아주 그럴듯하게 인상을 쓰며, 보란 듯이 미라보 광장을 돌아다녔다. 나는 곧 법과대학에서 프로이트의 제자로 알려졌다. 전혀 거론한 적은 없지만, 나는 그의 저작을 늘 손에 들고 다녔다. 마리의 분석 사본 스무 부를 직접 타자로 쳐서 여학생들에게 나누어주었다. 그중 두 부는 어머니에게 보냈는데, 어머니의 반응은 나와 거의 다를 바 없었다. 드디어 내가 유명해진 것이다. 스무 쪽에 달하는 보고서, 그것도 한 공주가 쓴 보고서의 대상이 될 만한 인물이 된 것이다.

　로맹은 몇 달 동안 무슨 일을 저지를지 모르는 악마적인 광인을 연기한다. 모주힌 식의 야만적인 분위기를 풍기며 고색창연한 교정을 배회한다. 자신의 역에 몰입해 비정상적인 정신 상태를 뽐내며, 천재를 흉내내며.
　이러한 성공에도 불구하고, 카체브는 지방 생활을 달가워하지 않는다. 그의 높디높은 야망은 파리를, 그 현란한 별과 광채를 요구한다.
　1934년 가을, 니스 대성당의 성모상들 앞에서 어머니에게 여자와 질병을, 특히 매독을 조심하겠다고 맹세한 후로 '예수 그리스도(Yessous Christoss)'라는 말이 후렴처럼 반복되는 해묵은 러시아 기도의 향이 물씬 배어 있는 약속을 한 후로, 그는 이번에도 자동차 편으로 파리에 입성한다. 니나에게 파리는 현대판 바빌론이나 다름없었다. 유복자를 그곳으로 보내며 어머니는 끔찍한 두려움에 휩싸였다.
　로맹은 콩트르스카르프 광장 근처에 있는 롤랭 가의 유럽 호텔에 작은 방 하나를 얻는다. 침대 하나, 의자 하나, 옷장 하나, 탁자 하나. 방은

기도에만 전념하는 수도사의 생활을 연상시킨다. 화장실 겸 욕실은 층계참에 있었다.

파리 법과대학에 등록한 로맹은 곧 '공부벌레'와 '곰'이라는 두 가지 별명을 얻는다. 그는 뛰어난 집중력을 발휘해 법과 법령 조항들을 모조리 암기해버린다. 모든 과목에서 두각을 드러내려고 노력하며 혼자 힘으로 미래를 준비한다. 늘 인상을 찌푸리고 투덜대며, 자신의 비밀과 생각 속에, 자신의 밀실 속에 갇혀 많은 시간을 보낸다. 그가 친구들의 아지트인 콩트르스카르프 광장의 당구장에 모습을 드러내는 일은 드물었다.

유럽 호텔에는 일군의 니스 출신 학생들이 묵고 있었다. 로맹은 거기서 사샤 카르도 세소예프 같은 고등학교 친구들과 재회한다. 사샤는 스포츠를 좋아하고, 빈털터리에다 사기꾼 같은 인상이 짙은, 잘생긴 러시아 청년으로, 조제프 케셀의 『왕자들의 밤 *Les Nuits des princes*』에 어울릴 매력적인 인물이었다. 시앙스포*에 입학한 사샤는 공부보다는 마르뵈프 가에서 탁구 가르치길 더 좋아하고, 배는 곯아도 파리의 모든 쾌락을 맛보려 했다. 그리고 폴란드 뚱보 에드몽 글릭스만은 은행을 털거나 배낭을 메고 세계일주를 하는 등의 '한탕'을 늘 구상하지만 결코 행동에 옮기지는 못하는 허풍쟁이로, 그 역시 또다른 종류의 유대계 슬라브족이다. 그리고 마지막으로 아지드 형제, 르네와 로베르가 있다. 형인 르네는 진지하고 분별 있는 의대생으로, 조금 떨어진 무프타르 가의 독신자 아파트에 살지만 동생이 있는 호텔로 자주 놀러 왔다. 아지드 형제는 망명객들 사이에서는 왕자들이나 다름없었다. 폴란드에서 피난을 와 코트다쥐르(리비에라 해안)에서 큰돈을 번 그들의 아버지는 니스에 호화 호텔 두 채, 윈터팰리스와 에르미타주를 소유하고 있었다.

친구들은 보스 기질이 있는 사샤에게 여자 문제나 가슴속에 품고 있

---

* 그랑제콜의 하나인 파리 정치대학교.

는 꿈을 털어놓았다. 낙천적이고 삶을 즐길 줄 아는 사샤는 늘 심각하기만 한 로맹에게 미래에 대한 불안에서 벗어나게 해줄 기분전환거리를 제공했다. 모든 스포츠에 두각을 나타내는 사샤의 재능을 부러워하는 로맹은 그에게 이끌려 운동 겸 산책을 하러 밖으로 나갔다. 그는 사샤를 '사촌'이라고 소개하며—사샤를 영원히 그렇게 소개한다—자랑스러워했다. 그만큼 친구들이 즐겨 부르던 사샤의 애칭 '카르도'에는 배짱과 당당함이 넘쳐흘렀다. 카르도는 그 패거리의 플레이보이였다. 그리고 자신의 가족, 있지도 않은 형제와 사촌들을 너무도 그럴싸하게 꾸며내는 로맹의 이야기에 귀를 기울였다.

에드몽은 공부와 글쓰기에 여념이 없던 로맹에게는 이미 끝나가고 있던, 욕구 불만과 분노에 휩싸인 사춘기를 한창 겪고 있던 것으로 보인다.

로베르 아지드는 바보짓을 하거나 짓궂은 장난을 쳐도, 밤을 하얗게 새며 고민을 해도, 친구들이 관대함과 약간의 부러움이 담긴 시선으로 보살펴주는 막내였다.

너그러워야 할 수 있는 가장 막중한 역할, 걱정과 불안을 털어놓을 수 있는 현명한 친구의 역할은 르네 아지드의 몫이었다. 형제보다는 아버지 같은 친구, 달래고 설득하고 위로해주는 그늘과 같은 친구였다. 무엇보다 그는 의사였다. 곧 그렇게 될 터였다. 늘 건강에 대해 노심초사하는 상상 질환 환자, 의사 친구의 말에 따르면 대개는 '정신적인' 원인으로 초래되는 이상한 장애들에 시달리는 로맹에게, 르네는 없어서는 안 될 친구였다. 그는 진단을 내리고 보살펴주었다. 매독의 공포가 엄습해올 때마다 로맹은 검사를 받아보기 위해 르네에게 달려갔다…… 트레포네마 팔리둠*에 사로잡혀 평생 그 유령에 시달리게 될 로맹에게 수치

* 매독을 일으키는 기생체.

심 따윈 사치였다.

인내와 관용, 놀라운 헌신으로, 르네 아지드는 생애 마지막 날까지 둘도 없는 벗으로 남는다. 한때 음악가이기도 했던 이 의사는 생애 마지막 날까지 로맹의 곁에서 그 누구도 대신할 수 없는 충실하고 사려 깊은 멘토르* 역을 맡는다.

로맹은 형편이 그리 넉넉하지 못했다. 어머니가 매달 보내오는 돈으로는 먹고살기에도 빠듯했다. 그는 3.5프랑짜리 메뉴에 '빵을 낭비하지 말아달라'는 호소문이 붙어 있는 투른포르 가의 노점 '셰 플로랑스'에서 저녁 식사를 했다. 점심때에는 불미치 한구석에 위치한 '뒤퐁 라탱'이나 L. F. 셀린**이 『밤의 끝으로의 여행 *Voyage au bout de la nuit*』을 막 끝낸 '라 수르스'에서 커피와 크루아상으로 배를 채웠다. 또한 라탱 구역에서 햄샌드위치가 제일 낫다고 소문이 났고 관리인 오베르뉴의 젊은이 로제 카즈가 외상을 허락한 '발자르'와 '카풀라드'에도 자주 드나들었다.

부족한 생활비를 충당하기 위해 그는 닥치는 대로 아르바이트를 했다. '런치 디너 르파 팽'에서는 배달을, '라뤼' 식당에서는 접시닦이를, 라페루즈 호텔에서는 심부름을, 러시아 카바레인 '셰라자드'에서는 종업원 일을 했다.

글쓰기 말고는 어떤 일에도 관심이 없던 로맹 카체브의 일손은 서툴기 짝이 없었다. 꿈에 빠져 있는 탓에, 손 대는 족족 깨뜨렸다.

가난한 학생인 그의 생활은 아리따운 얼굴들, '그랑 좀' 같은 안락한 호텔에 방을 얻어 생활할 여유가 있고 유럽 호텔 패거리의 초대에 기꺼이 응하는 부유한 스웨덴 여대생들로 환하게 빛난다. 개중에는 엘바 그

---

* 오디세우스의 아들의 교육을 맡은 사람. 충실하고 현명한 조언자, 스승의 의미로 쓰인다.
** Louis-Ferdinand Céline(1894~1961), 프랑스 소설가이자 의사.

레타…… 후에 르네 아지드와 결혼하는 화가 실비아…… 그리고 로맹의 여자친구 크리스텔이 있었다. 큰 키에 탄탄한 몸매를 가진 아름다운 금발 처녀 크리스텔은 로맹의 애절한 만류에도 불구하고, 동포와 결혼하기 위해 결국 스웨덴으로 돌아가고 만다. 로맹은 이별 선물로 「죽은 자들의 포도주」 원고를 그녀에게 준다. 훗날 그녀는 로맹이 이 스무 살 적의 관능적이고도 애절한 사랑에 할애하는 『새벽의 약속』의 한 장에서 브리지트로 불린다. 청춘의 풋사랑을 그린 이 장에는 다른 요정들인 프랑스 여대생들도 등장하는데, 로맹은 그중 르네와 로베르의 누이인 아름다운 쉬잔을 위해 셔츠를 팔기도 한다……

사랑을 하지 않을 때, 푼돈을 가져다줄 일거리를 찾아 파리를 헤매지 않을 때, 로맹은 글을 썼다. 그는 여러 신문사에 단편소설들을 투고한다. 신경을 곤두세운 채 초조해하며, 자기와 마찬가지로 앙드레 말로의 운명을 탐하고 마침내는 세인들의 입에 회자되는 작가가 되기를 꿈꾸는 무수한 젊은이들 가운데에서도 자신의 재능이 눈에 띄기를 기다린다.

달리 방법이 없던 로맹은 『그랭구아르 *Gringoire*』에서 주목받기 시작한 또다른 앙드레—앙드레 코르티스—의 글들을 오려, 자신이 필명으로 발표한 글이라며 어머니에게 보낸다. 어머니의 희망에 힘을 실어주고 자신의 슬픔을 달래기 위해, 얄밉게도 계속 기다리게 만드는 그 운명을 조금 앞당기기 위해 로맹이 한 효성스러운 거짓말 때문에, 니나는 「능지처참당한 올빼미 *La Chouette écartelée*」「크로제 아줌마 *La petite madame Crozer*」 또는 「고행 *La pénitente*」을 앞에 두고 기쁨의 눈물을 흘린다. 아마 이 작품들은 로맹의 정신과 니나의 마음속에서는, 그가 투고했지만 잡지에 발표되지 못한 모든 글들을 대신했을 것이다.

1935년 2월 15일, 선망의 대상인 유명 작가들의 미발표 작품이나 미문(美文)을 탐독하기 위해 로맹이 금요일마다 75상팀을 주고 사던 '파리 지역 정치, 문학 관련 유력 주간지 『그랭구아르』는 10면에 그의 첫 작품, '로맹 카체브의 미발표 단편'인 「폭풍우 *L'Orage*」를 게재한다.

굵은 활자로 찍힌 이 제목은 에디시옹 드 프랑스의 두 광고, 필립 아미게의 「식스트 드 부르봉 왕자의 생애 *La vie du Prince Sixte de Bourbon*」와 앙리 베로의 「붉은 포석 *Pavés Rouges*」, '도둑과 총살 집행자들' 사이에 큼직하게 모습을 드러낸다. 이 텍스트는 11면에 실린 연재소설로 그해 1월에 성공을 거둔 작품들 중 하나인 J.G. 플뢰리의 「제국의 길 *Routes Impériales*」 바로 맞은편에 6단에 걸쳐 『그랭구아르』 대형판 한 페이지 전체를 차지한다.

로맹 카체브는 처음으로 활자화되어 유명 문인들과 어깨를 겨루는 자신의 이름 — 자신의 진짜 이름 — 을 본다. 그 호에는 오래전부터 로베르 드 플레르와 함께 일하며 「케루빔 *Chérubin*」과 「공작 *Paon*」을 발표했고, 아시아 여행기인 「요정의 나라 실론과 비취 해안 *La Féerie Cinghalaise, La Côte de Jade*」으로 여인들의 마음을 사로잡은 인기 작가 프랑시스 드 크루아세의 새 소설 「말라카 부인 *La Dame de Malacca*」 첫 연재분과, 폴 리발이 월초부터 연재해온 「앙리 8세의 여섯 여인 *Les Six Femmes du Roi Henri VIII*」의 한 회가 실려 있었다.

문학면, 장 피에르 막상스가 『엔에르에프』에서 첫 소설 『노예 형제 *Frère Esclave*』를 출간한 신예 작가를 한껏 치켜세운다. 그는 작품 속에 숨어 있는 알퐁스 도데와 모리스 바레스의 영향을 지적한다. 문제의 작가는 아직 젊은 — 하지만 로맹보다 두 살이 더 많은 — 자크 드뷔 브리델이다.

연극 비평가인 앙리 토레스는 뒤발레스와 에드몽드 기가 출연한 '더없이 쾌활한 여흥', 〈비텔 부인 *La Dame de Vittel*〉을 공연하고 있는 팔레 루아얄에서 실컷 웃었다고 전한다.

사회면, '부인, 당신을 위해'란은 모자를, '건강'란은 동상을 다룬다.

'저녁 나들이'란에서는 '셰 조르주'에서 '막심스'에 이르기까지 파리의 유명 카페들로 밤 산책을 나가보기를 권유하고 있다.

『그랭구아르』는 정치와 문학이 하나가 되어 열정적인 논쟁을 벌이는 장이었다. 말과 생각은 불처럼 뜨거웠고, 미온적인 태도는 여성적인 결함으로 몰려 발붙일 자리가 없었다.

1면, 북을 치는 듯한 목소리를 가진 웅변가이자 보르도의 하원의원인 필립 앙리오가 신문에 전문이 게재된, 대사들에게 던지는 담화를 통해, '슬픔과 희망, 승리를 일깨우는 삼중의 기념일'을 맞아 1934년 2월 6일*을 잊지 말자고 호소한다.

화가 폴 이리브는 1면의 삼분의 이를 차지하는 풍자화로, 앙리오의 혈기 넘치는 문장에 힘을 실어준다. 풍자화에는 국가적 축제의 '살인자들'이 손에 칼을 쥔 채 험상궂은 표정을 짓고 있다. 코안경을 쓴 알베르 사로, 헝클어진 머리의 조제프 폴 봉쿠르, '긴 코에 큰 귀를 가진 침울한 사내'이며 프리메이슨 단의 보스인 카미유 쇼탕, 사나운 강아지이자 일명 '2월 6일의 살인자'인 내무부 장관 외젠 프로, 그리고 맨 앞에는 툭 불거진 이마 때문에 공격적으로 보이는 보클뤼즈의 황소, 에두아르 달라디에.

『그랭구아르』가 프랑스 우파를 위해 사회주의인터내셔널과 싸우고 있다는 사실은 명백하다.

폴 르부가 묘사한 아벨 보나르**의 초상. 러일전쟁 동안 『시대 *Temps*』지의 만주 특파원으로 일했던 탁월한 리포터이자, 포슈***와 조프르****

---

* 공산당을 지지하는 대규모 시위가 벌어져 공권력이 투입되는 과정에 수천 명이 부상당하고, 열여섯 명이 숨졌다.
** 프랑스 모럴리스트. 대표작으로 『우정론』이 있다.
*** Ferdinand Foch(1851~1929), 1차 세계대전 종전 때 연합군 승리에 큰 공을 세운 프랑스 연합군 사령관.
**** Joseph-Jacques-Césaire Joffre(1852~1931), 마른 전투에서 독일군의 진격을 저지한 프랑스 장군.

54

에 관한 역사물을 쓴 저작자 레몽 르쿨리가 '사태를 꿰뚫어 보는 능력 덕에 환상의 대가를 치르지 않는 사람' 베니토 무솔리니의 최근 저작들에 대해 쓴 기사……『그랭구아르』의 선택은 '국가적 에너지에 관한 소설', 종족과 전통에 대한 자부심, '유일한 프랑스'에 대한 열광 속에 뿌리 내리고 있는 이데올로기와 일치한다.

하지만 신기하게도 이러한 비타협적인 입장들과는 대조적으로, 식민주의 주제에 대한 파비스의 풍자화들은 반(反)식민주의자의 신랄한 유머를 선명하게 드러내고 있다.

더욱 신기하게도,『그랭구아르』는 얼마 전 아비시니아와 수단에서 인종차별주의나 분파주의와는 전혀 무관한 작업들을 해온 소르본 대학의 한 교수에게 그랭구아르 상을 수여했다. 마르셀 프레보의 주재 아래 앙리 드 레니에, 아벨 에르망, 조제프 케셀, 앙드레 모루아, 자크 드 라크르텔, 피에르 브누아, 롤랑 도르젤레스, 모리스 드코브라, 프랑시스 카르코, 폴 모랑으로 구성된 화려한 심사위원단이 마르셀 그리올이 쓴 「인간 도박꾼 *Les Flambeurs d'hommes*」에 상을 준 것이다. 그리고 그 주 금요일, 신문은 클로드 레비 스트로스의 사상적 조상이라 할 수 있는 위대한 민족학자의 미발표 단편 「아디에의 목 매달린 자 *Le Pendu d'Addiet*」를 실어 신문이 지향하는 사상적 폭이 넓다는 것을 증명한다.

1928년에 세 거두 — 지중해 코르시카 출신으로, 불같은 기질을 가진 기자 오라스 드 카르부치아, 기품 있는 작가이며 바레스*의 열렬한 지지자인 조르주 쉬아레즈, 끝으로 「승무원 *L'Equipage*」과 「붉은 초원 *La Steppe Rouge*」, 「왕자들의 밤」을 발표한 유명 작가 조제프 케셀 — 가 창간한 『그랭구아르』는 1935년에는 아직, 이듬해에 분연히 일어나 입에 독기를 품고 삼색기를 휘날리며 인민전선에 맞서, 특히 레옹 블룸 내각

---

* Auguste-Maurice Barrès(1862~1923), 프랑스의 작가이자 애국주의 정치가.

의 내무장관 로제 살랑그로에 맞서 싸우게 할 격렬함을 띠고 있지는 않
았다. 그리고 유대인과 프리메이슨 단과의 투쟁도 아직 시작되지 않았
다. 말하자면 신문은 휴머니스트 시절이라 부를 수 있는 시기를 거치고
있었다.

　설립자 중 하나인 조제프 케셀은 이 신문에 「흑진주 *La Perle Noire*」
같은 미발표 작품을 연재소설 형태로 실었다. 「공포 *La Peur*」 같은 스테
판 츠바이크의 단편들을 번역해 싣기도 했다.

　프랑시스 카르코나 앙드레 모루아 같은 다양한 인사들이 충실한 협력
자로서 글을 보내주었다.

　신문의 질과 문학적, 예술적 엄격함이 아직은 모욕과 비방으로부터
『그랭구아르』를 보호해주고 있었다. 『그랭구아르』는 화려한 명성을 지
닌 주간지로서, 때때로 무명의 작가들에게 지면을 할애해줄 배짱을 가
지고 있었다. 로맹 카체브는 이 신문에 이름이 실린 것을 자랑스러워할
만했다. 이번에는 러시아와 유대인―『그랭구아르』가 배척하는 모든
것―을 떠올리게 하는 성을 감추거나 바꾸려 들지 않음으로써 익명에
서 벗어난다. 카르부치아와 쉬아레즈, 케셀―로맹의 성과 마찬가지로
러시아와 유대인을 떠올리게 하는 성―은 각자 투고 작품들을 검토했
다. 그들은 전혀 이름이 알려지지 않은 작가가 추천서도 없이 우편으로
보내온 단편을 무척 마음에 들어했고, 신문에 실어주었다. 그것은 결국
그들의 아량과 안목을 드러낸 대담한 결정이었다.

　저자에 대한 언급은 전혀 없었다. 『그랭구아르』에는 저자의 프로필을
소개하는 관례가 없었다. 이름만으로 충분했다. 양질의 텍스트와 더불
어. 아마 이 년 전에 공쿠르 상을 수상한 앙드레 말로의 아시아 소설들이
이 단편의 이국적인 틀에 영감을 주었을 것이다. 첫 소설, 첫 스승. 로맹
가리는 문학에서 두 명의 '아버지'인 고골리와 말로만을 인정한다.

　무대는 동양으로, 소나기가 몰아치는 어느 날이다.

숨 막힐 듯한 더위! (……) 베란다 앞에는 후끈거리며 떨리는 공기 속에서 야자나무들이 꼼짝도 않고 서 있었다. 밤보는 눈부신 태양 아래 맨머리를 드러낸 채 짜증이 날 정도로 천천히, 방갈로에 이르는 오솔길의 잡초를 뽑고 있었다. 해변에서 그리 멀지 않은 곳에 닻을 내린 추 랑의 쾌속선이 거의 움직이지 않아, 마치 모래 위에 좌초된 것처럼 보였다. 파르톨은 모자를 벗고 헐떡이며 혀로 입술을 훔쳤다.

"밤보!" 그가 외쳤다.

파르톨은 의사다. 주민 대부분이 흑인 노예와 중국인 밀매꾼 들인 태평양의 한 고도(孤島)에서 살고 있다. 그곳 기후도 원주민들도 더는 참아낼 수 없는 지경에 이르자, 그는 더 나은 세계로 떠나기를 꿈꾼다. 그의 관능적인 아내 엘렌은 권태와 습기에 점점 시들어간다.

엘렌은 집을 나서는 남편을 바라보고 있었다. 그녀는 남편이 언덕의 가파른 비탈을 내려가 종려나무들 사이로 갑자기 사라지는 것을 보았다. 그들이 이 섬에 자리잡은 지도 어느덧 사 년째였다. 열대 지방의 태양은 그에게서는 남자를, 그녀에게서는 사랑을 질식시켜버리고 말았다.

그때 세번째 인물이 불쑥 나타난다. 푸른 눈에 검은 수염, 햇볕에 그을린 얼굴과 타오르는 듯한 붉은 눈꺼풀을 가진 이 식민지 정착민은 신기하게도 식민지 모자를 쓰지도 않고, 무기를 갖고 다니지도 않는다. 그가 바로 페슈다.

쉴 새 없이 짓누르는 무더위 속에서, 열대 지방의 소나기가 꿈틀대는 낮잠 시간에, 페슈는 엘렌을, 눈처럼 흰 그녀의 아름다움을 발견한다.

그의 시선은 혼절한 듯이 너부러져 있는 그녀의 몸을, 셔츠를 뚫고 나올 것만 같은 풍만한 가슴을, 얼굴을, 다리를 잽싸게 훑어보았다. 그는 맨가슴을 드러낸 채 양 무릎을 한껏 벌리고 의자에 앉아 털로 뒤덮인 양팔을 천천히 흔들어댔다. 그의 검은 턱수염, 타는 듯이 붉은 눈꺼풀에 덮인 눈, 부어오른 관자놀이에 불거져나온 푸른 핏줄들이 낯설고 음험한 인상을 주었다. 그는 주위를 둘러보았다. 아무도 없었다. 울타리 안은 텅 비어 있었다. 여자가 투박한 천으로 만든 셔츠 하나로 눈부신 맨몸을 가린 채 그의 손 닿는 곳에 있었다. 갑자기 그의 얼굴로 피가 끓어올랐다.

그는 그녀를 범하지 않는다.

나중에 파르톨이 귀가하자, 엘렌은 자리를 뜬다. 천둥 번개가 치며 소나기가 쏟아지기 시작한다. 한차례 폭풍우가 준비되고 있다. 그녀는 페슈에게 자신을 바친다. 그는 그녀와 격렬한 정사를 나누고는, 그녀의 간절한 애원에도 불구하고 배에 몸을 싣고서 미친 듯이 날뛰는 바다로 멀어져간다. 자살일까?

열대 지방의 더위가 등장인물들을 에워싸듯, 정체를 알 수 없는 잠재적인 위협이 이야기 전체를 감싸고 있다. 훌륭하게 암시된 불안이 이야기가 진전됨에 따라 점점 더 증폭된다. 열대의 숨 막히는 분위기 전체가 위험을 가중시키고 공포를 불러일으킨다. 개략적으로 묘사된, 섬에 갇혀 대양 속에 격리된 등장인물들은 각자 나름대로의 이야기를, 각자에게 고유한 성격을 갖고 있다. 아시아에 매료된 선교 의사인 파르톨은 섬의 일상에서 이상을, 정열을 잃고 만다. 엘렌은 권태와 고독에 병들어 있다. 그리고 페슈는 단단한 껍데기 속에 비밀스러운 상처를 감추고 있다.

이야기의 구성은 효율성과 균형의 모델이라 할 수 있다. 손이 풀린 듯 활달한 문체는 잡스러운 기교나 응석을 부리지 않고 목표를 곧장 향해 달려간다. 그는 등장인물들을 그럴듯한, 스릴 넘치는 이야기 속으로 끌어들인다. 마지막 추락의 순간까지.

"그는 내가 의사인 걸 알고 날 만나러 왔어. 자기 몸에 대해 의심을 품고 있더군. 그것도 아주 당연한 의심을."

파르톨은 시원한 물방울들이 자신의 얼굴에 떨어져 목을 따라 흘러내리는 것을 느끼고는 형언할 수 없는 기쁨을 맛보았다.

"그는 푸지의 원주민들에게서 나병이 옮았어. 거기선 흔히 있는 일이지. 게다가 여기엔…… 엘렌, 왜 그래, 무슨 일이야?…… 이런…… 무슨 일이야, 왜 그러는지 말해봐!……"

먹구름으로 뒤덮인 하늘 여기저기서 번갯불이 번득였다…… 갑자기 무거운 으르렁거림이 방갈로를 지붕까지 뒤흔들어놓았다.

천지를 뒤흔드는 천둥소리로 내린 결론.

케셀은 격정을 다룬 이 이야기, 스무 살 약관의 청년이 서명한, 간간이 유머가 섞여 있고 약간은 냉소적이지만 힘이 실려 있는 이 이야기를 무척 마음에 들어했을 것이다.

승리에 도취한 카체브는 '그의' 페이지, 그가 저자이고 온통 그의 것인 페이지 상단에 큰 활자로 적힌 자신의 이름을 읽고 또 읽었을 것이다.

니나는 라 뷔파 시장 상인들에게 『그랭구아르』를 나누어주고, 메르몽 호텔 주인에게 「폭풍우」의 발췌문들을 무대 위에 선 양 큰 목소리로 읽어준다.

1면 아래쪽에 자그마하게 적힌 숫자가 모자의 자존심을 한껏 부풀려주었을 것이다. 『그랭구아르』 328호, '그들의' 호는 481,850부가 인쇄되었다. 적어도 구독자 수의 두 배에 달하는 부수였다!

단편의 출간으로, 카체브는 1,000프랑의 수입을 벌어들인다. 니나는 그중 250프랑을 한 달 생활비로 그에게 부쳐준다.

자유 프랑스 시민

로맹의 PMS* 성적은 뛰어났다. 1938년, 그는 자신처럼 지휘관을 꿈꾸는 수많은 젊은이들 중 4등으로 장교 양성 과정을 마친다. 비행사의 길을 선택한 까닭에 살롱 드 프로방스**에 보내졌다가, 공군 장교들을 경쟁을 통해 선발하는 부르주 근처 아보르로 보내진 그는 어느 군복 재단사에게 장교복과 챙이 짧은 모자를 미리 주문해놓는다. 하지만 이 낙관적인 행동도 행운을 가져다주지는 못한다.

로맹 카체브는 290명의 동기 중 졸업과 함께 장교로 임관하지 못한 유일한 생도가 된다.

그의 상관들로서는 컴퍼스 조작이 몹시 서툴다는 점을 제외하고는 모든 일에 열심인 이 성실한 청년에 대해 나무랄 게 아무것도 없었다. 군

---

* 고등군사교육(Préparation Militaire Supérieure). 사관 후보생으로 입대하기 위해 대다수 대학생들이 듣는 교육 과정으로, 단기간에 중위로 진급할 수 있다.(원주)
** 이곳에 공군사관학교가 있다.

기 문란이나 불손한 태도를 현장에서 적발한 적도 없었다.

하지만 생도의 기질이나 태도, 간단히 말해, 생도가 불러일으키는 감정들에 주어지는 평점인 '호감도'에서 로맹은 돌이킬 수 없는 감점을 당한다. 아보르의 지휘관들은 장교 후보생 명단에서 그의 이름을 아예 지워버렸다. 최근에 프랑스인으로 귀화한 것이 그에게 불리하게 작용할 수밖에 없었다. 전쟁 전에는 토박이 프랑스인이나 귀화한 지 적어도 십 년이 지난 사람들만이 군 지휘관으로 받아들여졌다. 아마 로맹에게는 1차 세계대전 당시 마른이나 베르됭 전투에 참여했던 아버지나, 생텍쥐페리와 함께 비행한 큰형이 없는 게 큰 흠이었을 것이다. 드레퓌스 사건* 이후에도 계속 군에 남아 있던 반유대주의도 저울의 추를 기울게 하는 데 큰 역할을 했을 것이다.

이유야 어떻든, 로맹은 아보르에서 엄청난 굴욕을 맛보아야만 했다. 그는 욕구 불만에다 들끓는 분노를 가슴에 품은 일개 병사로, 보잘것없는 하사 신분으로 전쟁을 맞이한다.

그는 며칠간의 휴가를 받아 재회한 어머니에게, 자신이 사령관의 아내와 바람을 피웠고, 그 빗나간 사랑 때문에 사관 후보생의 장식줄, 소매에 새겨지는 유명한 감마 장식을 빼앗겼다고 털어놓는다. 어머니는 아들이 지어낸 황당한 이야기를 곧이곧대로 믿는다.

1940년 4월에 군에 소집된 그는 1차 세계대전 때 하늘을 누빈 포테즈-25와 레오-20 기들이 새로운 비행팀을 기다리고 있는 살롱 드 프로방스로 보내진다. 비행 중대를 지휘하고, 로맹을 곧 공중사격 교관으로 임명하는 사람은 고풍스러운 풍채로 〈위대한 환상La Grande Illusion〉의 피에르 프레스네를 연상시키는, 생 시리앵 사람인 물리냐 대위다. 로맹은

---

* 19세기 말, 유대인 포병 대위 알프레드 드레퓌스가 독일 대사관에 군사 정보를 흘린 혐의로 체포됐다가 십이 년 만에 무죄로 판결된 사건.

어린 신병들에게 비행, 폭격, 사격에 대한 생생한 지식을 전수한다.

로맹은 게리 쿠퍼처럼 날렵한 콧수염과, 아가씨들이 사족을 못 쓰는 파일럿 윗도리인 가죽 점퍼를 과시하며 다닌다.

부대에서 보내는 하루하루는 평온하기 짝이 없었다. 전쟁은 첫 매미들이 울어대는 남프랑스의 풍경을 조금도 바꾸어놓지 않는다. 로맹은 시간이 날 때마다 보(Baux)로 간다. 바다를 이루는 올리브나무들을 마주 보고 앉아 시간 가는 줄 모르고 꿈에 빠져든다.

거의 일 년 전인 1939년 1월 18일, 이반 모주힌은 뇌이이의 생 피에르 가에 있는 한 요양소에서 숨을 거둔다. 결핵에 걸린 그는 요양소 17호실에서 잊혀진 채, 익명으로 비참하게 죽어간다. 미하일 스트로고프 역시 더는 존재하지 않는다. 그 소식은 큰 반향을 불러일으키지 못했다. 로맹이 지면을 통해 소식을 접할 수 있었다 해도, 더 슬펐을 뿐일 것이다. 어린 시절을 지배했던 스타는 다른 걱정거리들로 골머리를 앓던 프랑스의 무관심 속에 조용히 사라졌다. 젊은 로맹은 이제 먼지가 되어 산산이 흩어져버린 낡은 전설에 취할 수조차 없게 된다.

과감히 행동의 장에 뛰어들고 싶던 그는 전출 명령이 떨어지기만을 초조하게 기다린다.

니나가 작별 인사차 아들을 찾아온다. 그녀와 동업 관계에 있던, 니스의 택시 운전사 리날디 씨가 자기 택시에 그녀를 태워 부대까지 찾아온다. 아들을 보기 위해 하루에 500킬로미터를 달려온 것이다. 살롱 드 프로방스에 도착한 리날디 씨는 니나를 부대 식당 앞에 내려준다. 그녀는 전 연대 병사들이 보는 가운데 로맹을 얼싸안고는 러시아어로 축복을 내리고, 그가 언젠가는 기느메르 같은 훌륭한 군인이 될 거라고 큰 소리로 외쳐—프랑스어로—온 부대의 우레 같은 박수를 받는다. 로맹은 '사나이' 답고 '터프한' 표정을 유지하려고 애쓴다. 그는 장군처럼 어머니를 대동하고 사열해 있는 비행기들을 구경시켜준다. 떠나기 전, 니나는 싸가지고 온 잼과 절인 오이 보따리를 아들에게 건네준다. 이어 아들이 멀리 지나가는 중대장 물리냐 대위를 소개하자, 택시로 부리나케 달려가 햄과 살라미*를 가져와서는 중대장에게 안겨준다. 그는 물론 깜짝 놀라긴 하지만 정중함을 잃지 않는다. 로맹이 거북한 눈길로 쳐다보고 있는 가운데, 보랏빛 모자를 쓴 노부인의 손에 예의를 갖춰 입을 맞춘다.

택시의 유리창에 대고 십자가를 그리는 니나의 모습은 로맹이 어머니에 대해 간직하게 될 마지막 추억 중 하나로 남는다.

예비 연대가 보르도 메리냐크로 옮겨 가자, 로맹은 포테즈-540을 조종하는 법을 배우기 시작해, 매일 대여섯 시간을 하늘에서 보낸다. 여전히 교관인 그는 백여 시간의 비행 경력을 쌓아 중사로 임명된다.

그는 한 폴란드인이 조종하는 포테즈에 동승했다가 사고를 당해 코뼈가 부러지고 왼쪽 턱뼈에 금이 가는 큰 부상을 입는다. 이 부상으로 전쟁 내내 편두통과 구역질에 시달리지만, 군복무 부적합 판정을 받지 않기 위해 그 사실을 숨긴다. 코는 1944년에 영국에서 수술을 해서 바로잡지만, 왼쪽 턱에는 씹는 동작을 방해하고 웃음을 어색하게 만드는 뻣뻣함이 영원히 남는다. 이 때문에 사람들은 '지저분하게' 먹고 '흉하게' 웃는다며 그를 자주 흉보게 된다.

독일군이 거둔 대대적인 공세의 놀라운 성공은 곧 프랑스가 역사상 가장 치욕적인 패배 중 하나를 겪고 있다는 사실을 조금도 의심할 수 없게 만들어놓는다.

가믈랭의 부대들은 맹렬히 돌진해 오는 구데리안과 롬멜의 탱크에 속수무책으로 당한다. 매일 프랑스 조종사들은 빗발치는 총탄을 맞아 날개에 구멍이 숭숭 뚫린 '드부아틴'과 '모란'을 몰고 전장에서 되돌아온다. 보르도 메리냐크는 곧 곤경에 처한 군의 도피처로 전락한다.

---

* 이탈리아 소시지의 일종.

로맹은 무기력하게 프랑스군의 패퇴를 목격하지만, 계속 전우들에게 비행중 폭탄 투하 이론을 가르친다. 그는 아직 독일군의 전투모조차 본 적이 없었다.

프랑스의 거울이라 할 수 있는 보르도 메리냐크 비행장은 걷잡을 수 없는 공포와 참화를 반영한다. 각종 비행기들이 침략자의 가차 없는 공세에 밀려 와해된 부대 지휘관들과 뒤섞여 도망쳐 온 유명 인사들, 대사들, 장관들, 의원들을 루아르 강 남쪽에 부려놓는다. 로맹은 잠든 계집아이를 품에 안고 '갈매기'에서 내리는 파일럿을 본다. 무공십자훈장을 뜯어 바닥에 팽개치고 마구 짓밟는 장교도 본다.

신이 난 것은 1914년 전쟁에 참여했던 옛 조종사들뿐이다. 그들은 그때까지 나이 때문에 비행 작전에 참여할 수 없었다. 그들은 이 무질서한 상황을 틈타 다시 비행에 나선다. 비행이 가능한 포테즈-25를 모두 징발한 뒤, 승마 바지에 실크 스타킹을 머리에 뒤집어쓰고 '미래의 전투'를 위해 훈련을 시작한다.

'위뷔 왕,'* 절대적으로 부조리한 이러한 상황 속에서도 로맹 카체브는 희망을 버리지 않는다. 패배를 믿으려 하지 않는다. 페탱 원수가 서명하게 될 휴전 협정이 예고하는 미래는 암울하기 짝이 없다. 그를 기다리고 있는 것은 전쟁 포로나 독일인들의 손아귀에 붙잡힌 유대인 인질의 운명뿐이다.

베강, 조르주, 가믈랭, 블랑샤르…… 프랑스의 희망을 짊어진 모든 위대한 이름들이 가져다주는 것이라곤 실망뿐이다. 독일군에 맞설 수 있는 가능성은 조금도 없었다. 점령되어 사슬에 묶인 프랑스, 이제 인종을 차별하기 시작한 프랑스에 예고되는 암울한 미래를 직시한 로맹에게

---

* 프랑스의 극작가 알프레드 자리(Alfred Jarry, 1873~1907)의 5막 산문극 『위뷔 왕』에 나오는 극악무도하고 야비한 인물.

깊숙이 파묻혀 있던 유목민의 본능이 길을 가리켜준다. 가슴속에 묻어버렸다고 믿었던 오랜 기억들이 되살아난다. 러시아의 모든 차르들에게 박해받았던 유대인들에 대한 기억, 동유럽의 모든 왕국에서 추방당했던 보헤미아 집시 민족들에 대한 기억이. 유대인 박해의 전설은 그의 어린 시절을 줄곧 맴돌았고, 발트의 신들은 언제나 달아나는 법을 알고 있었다. 빌노의 숲들은 승승장구하는 모든 이데올로기에 대항하는 사람들을 숨겨주었다. 충절과 자유에 취해 사는, 유대 민족과 같은 민족들에게 생존의 본능은 가장 질겼다. 떠나야만 했다.

전투가 계속되는 곳으로, 자유가 잃어버린 보석이 아닌 곳으로 떠나야만 했다.

게다가 이러한 집시적인 충동에 더해진 열렬한 애국심은 로맹에게 굴욕 속에 조인된 휴전 협정을 거부하라고, 늙은 원수가 설파하는 복종, 신중 또는 중용의 충고에 대항하라고 명령한다. 그는 프랑스인이었다. 마침내 프랑스인이 된 것이다. 오 년 전인 1935년, 복잡한 절차를 모두 거치고 간절히 기다린 끝에 마침내 프랑스인이 된 그는 푸른 새 여권을 받아 들고 가슴 뿌듯해했다. 어머니가 그의 가슴속에 심어준 프랑스는 독일 총통의 발아래 무릎을 꿇는 무기력한 나라가 아니었다. 그것은 눈부신 빛을 발하는 조국, 바야르, 잔 다르크, 가브로슈가 빛으로 지은 옷을 입고 당당히 행진하는 전설 속의 성스러운 길이었다. 이런 프랑스를 흠모하며 자란 그에겐 프랑스의 비굴한 얼굴이 낯설었다. 그는 온몸으로 패배를 거부한다. 자신이 조국으로 선택한 나라가, 그토록 오랫동안 꿈꾸어온 나라가 약속을 저버리려 한다는 사실을 인정할 수 없었다. 그는 이렇게 쉽사리 정복되고 길들여지고 거세당하는 나라를 찾아 리투아니아와 폴란드를 떠나온 게 아니었다.

온 신경의 거부, 본능적인 충동. 로맹에게 떠난다는 것은 명백한 사실이자 억누를 수 없는 욕구였다. 그는 단 한순간도 망설이지 않는다.

로맹은 BBC 방송의 전파를 타고 전해지는 드골—아직은 그가 전혀 모르는 이름—장군의 부름을 접하지는 못한다.

전쟁은 아직 끝나지 않았다고, 영국이나 북아프리카에는, 자유로운 민족들의 모든 희망을 집결시키고 있는 듯 보이는 윈스턴 처칠 주변에는, 모로코를 손아귀에 움켜쥐고 선두에 서서 저항의 힘들을 이끌 수 있으리라 여겨지는 노게스* 장군 주위에는 아직 희망이 남아 있다고 확신한 로맹은 다른 많은 사람들처럼 드골의 부름이 있기 전에 이미 길을 찾아 나선다.

6월 15일 혹은 16일 오후 5시, 그는 특무상사 들라보가 모는 포테즈-63 기에 몸을 싣고 프랑스를 떠난다.

그 전날, 그는 같이 영국으로 건너가자고 설득했다고 그를 '탈영병'으로, 그의 인상이 마음이 들지 않는다고 '더러운 유대인'으로 취급한 세 명의 하사관과 주먹다짐을 벌였다. 또 그 전날, 메리냐크에 온 후 처음으로 걸려온 어머니의 전화 덕분에, 천만다행으로 그는 프랑스를 떠나기 위해 이륙하던 도중 폭발해 세 명의 사망자를 낸 덴-55 기에 탑승하지 않았다.

영국으로 바로 건너가자는 로맹의 강력한 주장에도 불구하고, 포테즈는 북아프리카로 향한다. 비행기는 군용기들이 지중해를 건너기 전에 잠시 들러 연료를 공급받는 자그마한 비행장이 있는 피레네 오리앙탈의 생 로랑 드 라 살랑크에 잠시 착륙했다가, 곧 순풍을 타고 알제의 메종 블랑슈를 거쳐 마침내 메크네스에 도착한다.

하지만 포테즈는 길을 잘못 택했다. 비행기는 주둔군 사령관이 휴전 협정을 받아들인다는 성명을 엄숙하게 발표하는 바로 그 순간에 모로코

---

* Charles Auguste Paul Nogues(1876~1971), 프랑스 장군. 1936년 당시 모로코 총독이었고, 1942년 11월에는 연합군 상륙작전에 저항했다.

에 내려앉는다. 노게스 역시 무기를 내려놓은 것이다.

공군학교가 폐쇄되고, '탈영'을 막기 위해 기지의 모든 비행기들을 고장내라는 명령이 떨어진다. 동료들과 함께 메크네스에 갇힌 꼴이 되어버린 로맹은 구천을 헤매는 영혼처럼, 비행기들이 잠든 야수같이 누워 작열하는 햇빛을 온몸에 받고 있는 황량한 비행장을 떠돌아다닌다. 모로코의 더위를 못 이긴 그는 프랑스를 떠날 때부터 입고 있던 가죽 점퍼를 벗어 어깨에 아무렇게나 걸친다. 그것이 그가 권총과 함께 프랑스에서 가져온 전부였다.

베이스캠프의 숨 막힐 듯한 분위기 속에서는 낮잠도 전혀 달콤하지 않았다. 활주로와 막사의 침묵은 돌처럼 무거웠다. 사막과 같은 그곳에 좌초된 파일럿들은 어느 때보다 탈출 계획에 집착한다. 버려진 비행기들을 검사해보고, 적의 수중에 들어간 프랑스의 어느 한구석에서 드물게 날아와 착륙하는 '시문스(Simouns)'들을 눈여겨본다. 로맹은 비행기를 꼭 손에 넣으리라 다짐한다. 하지만 아무런 대답 없는 하늘, 매일 똑같은 신기루만 보여주는 활주로를 살피느라 지쳐 낙담과 불안에 사로잡힌다. 늘 그를 찬란한 승리를 향해 실어다주던 꿈들은 패배의 구렁으로 곤두박질치고 만다. 그는 끈끈이 덫에 걸린 듯, 공군 헌병들이 보초를 서고 있는 열대의 활주로에 발이 묶여 꼼짝도 하지 못하는 자신의 초라한 모습을 바라본다.

불가능한 탈출의 욕망에 시달리다 초조할 대로 초조해진 그는 메디나로 산책을 나가, 떠나야 한다는 강박관념을 질질 끌며 거지들, 베일로 얼굴을 가린 여자들, 조그만 나귀 등에 물을 싣고 다니며 파는 상인들 사이를 돌아다닌다. 카페 테라스에 앉아 하루 종일 담배를 피워대고, 녹차를 마시고, 점점 더 세게 가슴을 짓누르는 실망을 곱씹는다. 가끔 창녀들이 우글거리는 우범 지역인 부스비르에 들른다. 메크네스에서는 사랑과 전쟁이 똑같이 구역질 나는 악취를 풍긴다. 그는 빈민굴 입구에 위치한 부스비르의 더러운 골목길에서 마주치는 군인들에게서 자신의 모습을 발견한다. 그들은 모두 주정뱅이나 망나니의 얼굴을 하고 있다. 프랑스에 염증이 느껴질 정도로.

니나의 기도가, 니나가 십자가를 앞에 두고 그에게 시킨 모든 맹세가 메크네스의 창녀들로부터 그리고 완전한 절망으로부터 그를 구해준다. 만취해 몇 번의 추태를 벌인 후 매독에 대한 두려움으로 혹은 자신에 대한 염증으로, 그는 결국 그곳에서 달아나고 만다. 차를 타고 카사블랑카로 향한다. 허겁지겁 떠나느라 가죽 점퍼를 기지에 놓고 왔다는 걸 알아차린 그는 오랜 친구를 잃은 듯한 서운함을 맛본다.

프랑스 광장에서, 그는 주머니에 돈 한 푼 없이 어슬렁거리다가, 영국으로 건너갈 방법을 찾고 있던 공군학교 사관 후보생인 포르상과 딜리고를 곧 만난다. 천만다행으로 행운의 여신이 미소를 지어준다. 로맹에게 폴란드어로 그들의 상황을 전해 들은 한 폴란드 하사의 도움을 받아, 그들은 북아프리카에 주둔하고 있던 폴란드 병력을 영국으로 실어나르는 영국 선박 '오크레스트'에 몰래 승선한다. 그들은 석탄 저장고에서 하룻밤을 보낸다. 하지만 이튿날 수염이 덥수룩한 더럽고 지친 모습으로 거기서 나왔을 때, 영국 해군들에게 영웅과 같은 열렬한 환영을 받는다.

바다에 던져지리라 예상했던 로맹은 자신을 형제처럼 맞아주는 어제의 동맹군의 환대에 뜨거운 눈물을 쏟는다.

하지만 곧 깊은 자괴감이 그들을 덮친다. 오크레스트가 지브롤터의 정박지에 닻을 내렸을 때, 세 명의 프랑스인은 메르엘케비르*에 정박중인 프랑스 함대를 기습 공격하여 혁혁한 전과를 올린 영국 전함의 귀환을 목격하게 된다. 아마 7월 5일이나 6일쯤에 일어난 일이었을 것이다.

---

* 1940년 당시 프랑스 영토였던 알제리의 항구.

'위뷔 왕'의 부조리는 계속된다. 독일군에게 짓밟히고, 깨지고, 능욕당한 프랑스는 이제 주요 동맹국이 프랑스의 배들을 침몰시키고 병사들을 살해하는 것을 지켜보아야만 했다. 프랑스인들은 이제 이쪽 편도 저쪽 편도 아니었다. 로맹 카체브는 더이상 자신이 어느 프랑스에 속하는지 알지 못하게 된다.

그가 보인 최초의 반응은 계획을 포기하고 배반의 깃발을 펄럭이는 배에서 떠나는 것이었다. 그는 바다로 뛰어든다. 수영은 늘 그에게 좋은 결과를 가져다주었다. 지브롤터의 차가운 물은 갈피가 잡히지 않는 생각들을 정리해주었다. 그는 다시 오크레스트에 올라 메르엘케비르 사태에도 불구하고 알비옹*과 동맹을 맺기로 완전히 마음을 굳힌다. 게다가 그 배 위에서, 처음으로 드골 장군에 대한 소문을 접하게 된다.

샤를 드골, 그 이름은 우선 로맹의 내부에 잠들어 있던 필명들의 시를 일깨워낸다. 라신이나 몽테를랑 같은 이름을 부러워했던 것처럼, 그는 너무도 울림이 좋고 프랑스적인 이 이름을 진작 떠올리지 못한 것을 아쉬워한다. 샤를 드골(Gaulle)…… 아마 로맹이었다면 엘(l)을 하나만 썼을 것이다.

오크레스트는 지브롤터에서 '탈영한' 십여 명의 프랑스 비행사들을 태워 십칠 일 동안 항해한 끝에, 진홍색 축제 옷을 입은 백파이프 연주자들이 팡파르를 울리며 부두에서 기다리는 글래스고에 닻을 내린다. 프랑스의 푸른 제복을 입은 열두 명의 비행사는 뱃속에 들끓는 분노를 간직한 채 고개를 빳빳이 세우고 낡은 화물선에서 내린다. 두 번이나 우롱당한 그 제복은 입고 있기가 버거웠다. 그들은 제복을 자랑스러워해야 할지 부끄러워해야 할지 더는 알지 못했다. 하지만 그것은 그들이 가진 모든 것이기도 했다. 앞으로 어떤 역할을 하게 될지 아직 확실히 모

---

* 영국의 옛 이름.

르는 그들은 영웅 대접을 받는 것이 기쁘기보다는 당혹스러웠다. 영국인들은 프랑스의 휴전 협정과 메르엘케비르의 시체들을 벌써 잊을 정도로 기억력이 나쁜 것일까? 그들은 연이은 실망으로, 쓰라린 회한을 아직 되씹고 있었다.

로맹 카체브는 이 방랑자들 중 하나였다. 그는 이제는 공허한 불꽃놀이의 의미밖에 없는 혁명 기념일 축하를 일부러 생략한 후, 먼 길을 함께 온 동료들과 함께 7월 말에 런던에 도착한다.

칼튼스 가든스에서, 그는 전쟁이 계속되는 한 유효한 자원입대서에 서명하고 전투부대에서 근무할 수 있게 해달라고 요청한다.

1940년 8월 8일, 자유 프랑스 공군(FAFL)에 편입된 그의 군번은 30.349번이다.

로맹의 계급은 드골 장군이 사무실로 그를 맞아들이기에는 너무 보잘것없었다. 로맹이 그 유명한 실루엣을 알아보는 것은 단지 신문에서 그의 사진을 보았기 때문이다. 카체브는 그야말로 별 볼일 없는 이름이었다. 하지만 여기서는 어느 6월 15일에 보르도 메리냐크를 탈출했다는 사실이 혈통을 대신한다. 살쾡이 한 마리가 다른 젊은 늑대들과 합류한다. 그는 처음이자 마지막으로 하나의 그룹에 편입된다. 그가 영원히 인정하게 될 단 하나의 그룹에. 그는 숨을 거두는 그날까지 자유 프랑스인으로, 드골주의자로 남게 된다. 전우애가 함께 자원입대해 똑같은 전투를 치른 모든 사나이들과 그를 굳게 이어준다.

런던에 주둔하는 그들은 장교와 하사관, 사병, 민간 승무원까지 포함해 겨우 500명에 불과했다. 가문, 사회적 지위, 학력, 교양이 아무리 차이가 나도, 그들은 우정 이상의 것인 신앙으로 결합되어 있었다. 그들은 전설 속의 기사들처럼 충성을 맹세했다. 새로운 바야르*들인 그들은 소수에 불과했지만, 그들 내부에서는 싸워 이기려는 의지의 불꽃이 맹렬히 타올랐다.

로맹 카체브는 전쟁중에 사용할 이름 하나를 고른다. 이번에는 망설이지 않는다. 중학교 시절의 셀 수 없이 많은 필명 목록을 단숨에 쓸어버리는 이름이 불현듯 떠오른다. 그는 '가리(Gary)'라 불리게 된다. 러시아어의 한 동사 명령형에서 따온 것으로, '태워버려라'라는 뜻이다. 어느 집시의 노래에 대한 기억이 때마침 떠올랐던 것이다. '가리(Gari)……가리……, 태워버려라, 태워버려라, 내 사랑.'

이렇게 그는 더이상 자신의 과거를 부정하지 않는다. 친구들과 런던의 술집에서 만나는 아가씨들에게, 있는 그대로의 자신을, 프랑스인이고 집시이며, 러시아인이고 드골주의자인 자신을 떳떳이 밝힌다.

거기에다 덧붙이기까지 한다. 전우들에게 자신을 로맹 가리 드 카체브라고 소개한다. 그는 아주 귀족적이고 독창적인 그 이름이 자신의 출생이 품고 있는 시(詩)와 푸른색을 띤 피를 더 잘 말해주리라고 확신한다. 자유 프랑스 공군의 옛 전우들은 그의 영광과 죽음을 넘어, 그를 그렇게 알고 또 그렇게 명명하게 된다. 가리 드 카체브로……

다만 그의 출생에 어울리게 지어진 동양적인 이름에, 아메리카의 맛을 내는 소금인 가리의 와이(Y)가 서서히 자리를 잡아간다.

사람들은 그를 '가리'라고 부른다. '카체브'라고는 절대 부르지 않고 드물게는 '로맹', 대개는 '가리 드 카체브'라고 부른다. 가리는 이름으로 통한다. 아마 게리 쿠퍼가 이 시절의 우상으로 군림했기 때문일 것이다.

곧 로열 에어포스의 휘하에 들어간 젊은 프랑스 비행사들은 처음에는 웨일스의 세인트 아탄 기지로, 이어 앤도버로 보내져 집중 훈련을 받는다. 삼 주간의 조종 훈련 과정(OTU, Operation Training Unit)을 통해,

* Pierre Terrail(1473년경~1524), 프랑스 군인. 일명 바야르 경으로 '두려움 없고 나무랄 데 없는 기사'로 알려져 있다. 루이 12세가 벌인 무수한 전투에 참가해 무공을 세웠다.

그들은 미터를 마일로, 리터를 갤런으로 환산하고, 고도를 피트로 계산하는 법을 배운다. 영국 비행기를 조종하려면 어쩔 수 없이 치러야 하는 대가였다. 프랑스 비행사들이 영국으로 건너올 때 몰고 온 낡은 모란, 파르망, 포테즈 등의 모든 프랑스 비행기들은 부품이 없어 곧 창고에 처박히는 신세가 되고 만다. 가리는 로열 에어포스의 비행기들, 특히 최대 속도 시속 456킬로미터, 최고 고도 8,300미터, 항속 거리 1,800킬로미터로 1937년에 실전에 투입된 쌍발형 경폭격기 브리스톨 블레넘 MKI(Bristol Blenheim MKI)에 적응해야만 했다. 7.7밀리미터 기관총 두 정이 장착된 이 폭격기에는 폭탄 450킬로그램을 실을 수 있었다. 이처럼 그에게 전쟁은 무엇보다 정확도와 테크닉에 관련된 일로 다가온다.

가리는 블레넘을 타고 전쟁 내내 하게 될 항법사의 역할을 익힌다. 비행하기 위해 프랑스 제복을 벗어던지고, 소매 위에 '프랑스(France)'라는 글자가 새겨진, 로열 에어포스의 '배틀 드레스'를 입는다.

런던 서쪽, 레딩과 바다 사이에 위치한 공군 기지 오디햄에 집결한 프랑스 비행사들은 영국군의 단위부대로 조직되어 영국군 사령부의 지휘를 받는다. 전통에 따라, 장교들의 식당과 하사관들의 식당은 다른 막사에 위치해 있었다. 여전히 중사인 가리는 하사관 식당에서 저녁 식사를 한다. 물론 런던에 도착했을 때 장교가 되지 못한 것에 콤플렉스를 느끼던 그는 잠시 소위로 자처하고픈 욕망에 사로잡히기도 한다. 하지만 속임수는 쓰지 않는다. 앞으로 쌓을 무공이 자신에게 더 확실한 계급장들을 가져다줄 거라고 믿는다.

영웅들은 그와 똑같은 전투복을 입고 있었다. 하지만 그들은 영국인들이었다. 영국 전쟁은 극을 향해 치닫고 있었다. 가리는 말이 없는 기사처럼 하늘만 올려다보며 무기력하게, 무용하게, 철저히 그를 외면하는 그 전쟁을 지켜본다. 때때로 영국 비행사가 총탄에 벌집으로 변한 '허리케인'을 몰고 오디햄의 활주로에 내려앉았다가, 연료와 탄약을 가득 채운 후 다시 전장으로 날아갔다. 극히 소수의 동포들 — 최고의 비행사들 — 만이 전투에 참가하는 영예를 누렸다. 가리는 그들을 존경하는 만큼 부러워한다. 땅에 발이 묶여 있다는 사실이 견딜 수 없이 분해, 한시라도 빨리 행동의 장으로 뛰어들고 싶어한다.

훈련이 없을 때 불행한 프랑스인들이 할 수 있는 일이라곤 딱 두 가지밖에 없었다. 카드 놀이를 하거나 맥주를 마시거나. 오디햄에 하나밖에 없는 거리인 메인 스트리트의 술집은 프랑스 군인들로 바글거렸다. 카드 놀이를 즐기지도, 술을 마시지도 않는 가리는 차라리 그 틈을 타 런던 행 기차에 오른다. 런던에서 긴 휴가나, 폭격이 이어지는 틈틈이 뜨거운 포옹을 즐긴다.

그는 영국 아가씨들에게서, 니스 고등학교에서 배웠지만 아직은 서툰 언어를 배운다. 런던은 끊임없이 폭격에 시달리고, 도시 생활은 그로 인해 더욱 혼란에 빠져든다. 지붕마다 도시 정장 차림에 망원경을 든 남자들이 가두 시위를 벌일 때처럼 확성기에 대고 어느 구역에 폭탄이 떨어졌는지 알리는 사이, 가리는 여가를 보낸다. 그는 대도시의 우정과 사랑이 맺어지는 멋진 호텔마다 모습을 드러낸다. 그에게는 여자와 명예가 얽힌 복잡한 문제를 놓고 어느 폴란드인과 리전츠 파크 호텔의 복도에서 권총 — 6.35구경 — 으로 결투를 벌일 시간까지 있었다. 훗날 『새벽의 약속』의 아이러니로 가득한 한 장에서 묘사될 이 사건 — 그는 폴란드인에게 부상을 입혔다 — 으로, 그는 스코틀랜드야드*에서 몇 시간을 보내고, 프랑스 임시정부로부터 질책을 받는다.

다행히도 길에서 마주치는 영국인들이 서툰 프랑스어로 "프랑스 만세"라고 인사해 그를 놀라게 만든다. 전 영국이 그에게 우정을 표시한다. 가리는 영국을 택한 자신이 옳았다는 것을 더이상 의심치 않는다.

---

* 런던 경찰국.

로맹은 장 아스티에 드 빌라트 대위가 지휘하는 '토픽' 비행 중대로 발령을 받아, 1940년 11월 18일에 아프리카로 떠난다.

'넘버 원 예비 폭격 그룹(GRB 1)' '토픽' 은 포르 라미*로 가서 '넘버 원 전투 그룹(GC 1)'의 리오넬 드 마르미에 중령이 지휘하는 비행 중대 '잠(Jam)'과 합류해, 무솔리니 군대의 손아귀에 들어간 쿠프라 오아시스를 점령하기 위해 차드 사막을 횡단하고 있는 르클레르 장군의 군대를 지원해야 했다. 리비아, 이집트, 수단에 걸쳐 있는 엘 타그 산맥 발치에 위치한 쿠프라는 전략적 거점으로 이탈리아군의 주요 기지가 들어서 있었다.

'이번 비행은 축제가 될 것이다.' 르클레르 장군은 미래의 영웅들에게 이렇게 약속한다.

그들이 승선한 '애런들 캐슬' 호의 대서양 횡단은 오케스트라와 연미복을 입은 호텔 지배인들만 없을 뿐, 묘하게도 평화로운 시절에 호화 여객선을 타고 즐기는 유람을 연상시킨다. 밤이 되면 적의 잠수함에 포착되는 것을 피하기 위해, 모든 불이 꺼지고 갑판에 나가 담배를 피우는 것까지 금지된다. 하지만 여행하는 보름 내내 선상 축제는 계속된다. 여군에 자원입대한 백여 명의 영국 규수들이 비행사들과 함께한다. 그들은 노래하고 웃고 사랑을 나눈다.

연애를 즐기는 와중에도 가리는 글을 쓴다. 그는 전우들이 아가씨들과 삶의 열정을 나누는 그 배 위에서보다 더 외로웠던 적이 없다. 어딘지 모를 곳의 하늘 아래, 언제 끝날지 모르는 그 기이한 휴전 기간 동안, 어느 때보다 풍부한 영감이 찾아온다. 날치들이 그의 작업을 지켜본 유일한 증인이다. 그는 날치들이 파도 위에서 춤추는 것을 바라본다. 그리

---

* 아프리카 중북부 내륙에 있는 차드의 옛 수도명.

고 글을 쓴다. 이렇게 해서 나중에 그가 첫 소설 『유럽의 교육』에 넣을 네 편의 단편 중 첫번째 것이 쓰인다. 책의 주제에 사로잡혀 있을 때면 언제나 그렇듯, 가리는 자신의 내부로 침잠해 들어갔다. 세상과, 그가 세상에서 가장 좋아하는 여자들을 잊고, 내밀하고도 긴 꿈속으로 빠져들었다.

나이지리아의 수도 라고스에서, 가리는 하나의 대륙을 발견한다. 발트 해를 에워싼 침엽수림과 프랑스 지중해 연안의 꽃 정원들을 사랑한 그는 생애 처음으로 덤불, 사막, 가뭄으로 쩍쩍 갈라진 회색 대지 그리고 비할 데 없이 강렬한 아프리카의 푸른 하늘을 만난다. 타는 듯이 뜨거운 나날이 이어진다. 게으른 보이가 창문 아래에서 부채질을 해대는데도 화로 속같이 뜨거운 방갈로의 열기 속에서, 그는 벗은 채 낮잠으로 하루하루를 보낸다.

11월 말, 부대는 철도 편으로, 비행 중대가 이탈리아인들과 벌일 미래의 전투를 위해 대기하고 있는 포르 라미 인근의 캠프인 마이두구리로 이동한다. 르클레르 장군의 약속은 연기가 되어 사라지고 만다. 가리는 '축제'에 참여하지 못한다. 폭격기를 타고 쿠프라의 상공을 비행하지 못하게 된다.

전쟁은 끊임없이 달아나며 가리를 기다리게 만든다. 마치『타타르인들의 사막 Désert des Tartares』의 시나리오 같다. 보이지는 않지만 적은 거기, 가까운 곳에 있었다. 적과 대결을 벌이기 위해 지겹도록 준비하지만, 적은 언제나 다른 곳에 있거나 살짝 비켜 갔다. 적과 마주친 사람은 아직 아무도 없었다. 위대한 장군들의 후광도 이러한 운명의 아이러니를 조금도 바꿔놓지 못한다. 젊은 비행사들은 용감하게 싸우러 이곳에 왔지만 여전히 훈련만 반복하고 있었다.

적은 그들이 있는 곳을 제외한 모든 전선에서 모습을 드러냈다. 단조롭고 졸린 하루하루가 흘러갔다. 한가로움은 기분전환거리라곤 카드와

주사위밖에 없는 만큼 더욱더 견디기 힘들었다. 비행사들은 모기장 안에 눕거나 몇 안 되는 식당의 밀짚 의자에 죽치고 앉아 빈둥거리거나, 먼지만 폴폴 날리는 야영지를 거닐며 기다렸다. 뿔닭, 멧돼지 혹은 쥐를 사냥하며 시간을 보내는 이들도 있었다.

가리는 무리와 멀찍이 떨어져 글을 쓴다. 자신의 소설에 완전히 빠져든 그는 아프리카 한가운데에서 폴란드 레지스탕스의 고난과 투쟁을 생생하게 그려낸다. 자신을, 자유로운 공간을 꿈꾸지만 러시아인들을 몰아낸 독일인들이 장악한 빌노에 포로로 잡혀 있는 병사로, 무정부주의자로 상상한다. 아프리카 한가운데에서 리투아니아의 매서운 추위를 일깨우고, 풀, 뿌리와 더불어, 폴란드 빨치산들의 유일한 식량이었던 리투아니아의 감자 맛을 되찾는다.

그의 첫번째 책은 전쟁을, 그가 직접 나설 수 없어 꿈꿀 수밖에 없는 전쟁을 이야기하게 된다.

로맹은 자신의 근원으로, 폴란드로, 리투아니아로, 잊을 수 있다고 믿었지만 아프리카가 그의 상상력을 해방시킴으로써, 그로 하여금 자신의 가장 심원한 곳으로 침잠하도록 강요함으로써 그에게 되돌려준 동유럽의 고국들로 되돌아간다. 권태 속에서, 낮잠 시간의 고요 속에서 승리를 거둔 건 아주 오래된 이미지들이었다.

비행기들 역시 마이두구리의 활주로에서 기다리고 있었다. 비행팀은 너무 많고 비행 기재는 불충분해서, 훈련을 하려면 자기 차례를 손꼽아 기다려야만 했다. 피에르 드 생 페뢰즈 중위의 지휘 아래, 프랑스 비행사들은 번갈아 중대에 할당된 여덟 대의 블레넘에 올라 사막 한가운데에서 비행 훈련을 한다. 훈련이라고는 해도, 비행은 육체적으로 몹시 힘든 시험이다. 산소 없이 고도 4~5,000미터까지 올라가면, 인체는 그야말로 끔찍한 기온 변화(지상 영상 35도, 비행 시 영하 5도)에 시달리게 된다. 그것은 기술적인 동시에 정신적인 시험이기도 하다. 예측할 수 없는 데다 수시로 불어대는 모래 폭풍 속에서 시계(視界)가 십오 킬로미터 이하로 떨어지면 모든 지표가 사라져버려, 방향타와 지상도의 척도들에 전적으로 의존할 수밖에 없다. 그사이 비행기는 하늘도 땅도 아닌 안개 속으로 계속 빨려들어가기 때문에, 항법사의 사소한 실수도 치명적인 것이 되고 만다.

책상에 앉아 하는 계산은 쉬워 보일 수도 있다. 하지만 요동치는 블레넘의 기수(機首) 안에서 수시간 동안 뒤흔들리고 엔진의 굉음에 귀 먹고 모래 폭풍에 눈먼 상태로, 가리는 상황의 모든 위험을 헤아렸다. 이렇게 해서 그는 하루가 다르게 시계와 컴퍼스, 편류계(偏流計)의 거장으로 변해갔다. 지도에 표시되어 있지 않은 절벽에 여러 차례 부딪힐 뻔한 뒤로, 지도와 지도 제도사들을 무작정 신뢰해서는 안 된다는 것을 깨닫는다. 그는 후에 큰 도움이 될 두 가지 힘인 냉철함과 직감에 대한 신뢰를 키워나간다. 마이두구리 시절 이후로, 그는 유럽의 기술자들에게 알려져 있지 않은 일곱번째 감각, 끝내 그에게 행운을 가져다줄 '감(感)'의 예술을 발전시켜나간다. 그는 사막을 길들인다.

많은 고통을 대가로 치르고. 어쨌든 가리는 그리 영광스럽지는 않은 세 번의 비극적인 사고에서 살아남는다. 첫번째 사고는 나이지리아의 카노에서 일어났다. 그의 블레넘이 모래 폭풍 속을 헤매다 나무에 부딪혀 땅에 추락하고 만다. 다행히도 팀원 전원이 무사했다. 며칠 후에는 비행기의 엔진 두 개가 모두 고장나 라고스 북쪽 덤불 한가운데 추락한다. 조종사와 항법사는 사망하지만, 이례적으로 뒤편 기관총 망루를 맡은 가리는 그 위치 덕분에 가벼운 찰과상도 입지 않는다. 그는 구조팀이 도착할 때까지 파리 떼를 피해 한 오두막에 들어가 여러 시간을 보낸다. 구조팀이 거의 탈수 상태에 빠져 있는 그를 찾아낸다…… 몇 달 후, 한 동료와 함께 벨기에령 콩고 상공에서 모험에 굶주려 위험을 찾아다니던 그는 코끼리 떼 위를 저공비행한다. 비행기가 코끼리 등에 부딪혀 코끼리와 동료 조종사가 그 자리에서 즉사한다. 로맹은 반쯤 넋이 나간 채 정찰용 소형 비행기 '뤼시올'의 잔해 더미에서 나오다가, 화난 삼림 관리인이 내리친 개머리판에 맞아 정신을 잃고 만다. 그는 영창에서 한 주를 보낸다.

가끔 일어나는 이러한 불상사에는 아랑곳없이, 틀에 박힌 비행이 단조롭게 이어지는 가운데 하루하루가, 몇 달이 훌쩍 지나간다.

영국 비행기들은 부품 형태로 상자들에 실려 타코라디('황금 해안')*에 도착한다. 그것들을 기지의 작업장에서 조립한 다음, 아프리카를 횡단하여 리비아 전선으로 옮겨야만 했다. 가리는 '황금 해안'에서 나이지리아와 차드, 수단을 거쳐 이집트까지 이어지는 호송 작전에 투입된다. 하지만 그는 첫번째 임무조차 끝내지 못한다. 블레넘이 덤불에 처박히는 사고로, 첫 기항지에 닿기도 전에 호송팀에서 쫓겨나고 만 것이다.

1941년 3월, 일찍이 드골주의자들의 영토가 되어버린 프랑스령 적도 아프리카(AEF)의 방어를 위해 몇몇 동료들과 함께 우방기 샤리**의 수도인 방기에 파견된 그는 여전히 전투를 경험하지 못한다. 반드시 필요한 기재가 없어, 비행 중대는 무기를 내려놓고 땅에서 빈둥댄다. 그들이 할 수 있는 일이라곤 미래의 전투에 대비하는 것뿐이었다. 떼를 지어 괴롭히는 모기들과 벌이는 전쟁이 그들의 유일한 전쟁이었다. 진짜 전쟁 대신 그들은 회반죽 폭탄을 폐허로 변한 옛 총독의 저택에 던지며 전쟁 놀이를 한다. 지휘관 카르티에 연대장이 받은 지시라곤 '별도'의 전투 비행 중대를 구성해 대기시키라는 것이 전부였다. 이렇게 해서 비행팀은 '해적'들처럼 덤불 숲 위를 비행하거나 코끼리 떼를 놀라게 하며 시간을 때운다.

---

* 가나의 항구 도시.
** 중앙아프리카공화국의 옛 이름.

1941년의 가장 큰 사건은 드골 장군이 프랑스령 적도 아프리카를 방문한 것이다. 기지 전체가 장군을 맞이하기 위해 축제를 준비한다. 패배가 끝날 조짐을 보이지 않던 그해, 병사들은 노래하고 퍼레이드를 벌여 정신적 지주에게 드높은 사기와 낙관주의를 증명하고자 한다. 가리는 소설을 제쳐두고 공연 시나리오와 촌극 대본을 쓴다. 오쟁이 진 남편과 여장 남자들이 무대 전면을 차지하기 위해 다툼을 벌이는 익살극을. 가리는 창녀로 변장을 하고 프렌치 캉캉을 춘다!

동료들은 함께 준비한 이 천박한 익살극에 박수를 보낸다. 하지만 하얀 제복을 입고 맨 앞줄에 앉은 장군은 모자를 무릎에 올려놓은 채 시종일관 냉담한 표정을 짓는다. 웃지도, 박수를 치지도 않는다. 중고등학생 학예회 같은 그런 장난은 프랑스의 위풍당당함과는 어울리지 않았다. 공연은 실패로 끝난다.

그날, 젊은 가리 드 카체브가 장차 문학 혹은 연극에서 성공을 거둘 거라고 생각한 사람은 드골 장군을 비롯해 아무도 없었을 것이다.

하지만 그 익살극 때문에 가리가 장교로 승진하지 못한 것도 아니고, 군 당국에서 지나치게 오랫동안 그에게 주기를 꺼리던 금 장식줄을 마침내 보란 듯이 달고 다니지 못한 것도 아니다.

이를 계기로 그는 더 적절한 시기에 다시 시작하겠다고 다짐하며 글쓰기를 그만둔다. 또한 사기도 되찾는다. 어느 날 오후, 같은 방갈로를 쓰던 동료 페리에가 관자놀이에 권총을 대고 죽어버리겠다고 소리를 질러대는 그를 발견할 정도로, 그는 깊은 우울증에 빠져 있었던 것이다.

게다가 행복은 혼자 찾아오는 법이 없다는 말처럼, 사령부에서 뜻하지 않은 전보 한 통이 날아든다. '비몽 소위와 카체브 소위에게 카르툼* 전출을 명함.' 이 명령 하나만으로도 비참한 뮤직홀 데뷔와 견딜 수 없

* 수단의 수도.

는 무위도식이 가져다준 절망감을 잊기에 충분했을 것이다.

당시 카르툼에서는 영국군과 드골주의자들이 이탈리아가 점령하고 있던 아비시니아를 공격하기 위해 준비하고 있었다. 대대적인 공세가 펼쳐질 것이 분명했다. 정황은 '무장 해제된 군인들'에게 다시금 희망을 불어넣기에 충분했다. 드디어! 비몽과 카체브는 저주받은 사막에서 계속 훈련할 '넘버 원 예비 폭격 그룹'의 동료들을 뒤로한 채 마침내 전투에 참여할 수 있게 된 것이다. 그들이 소속될 부대가 엘리트들로 구성된 로열 에어포스 203 그룹인 만큼 그것은 확실했다.

차편으로 방기에서 포르 아르샹보*까지 사흘 만에 가야 했다. 모래와 자갈로 이루어진 도로는 때로는 회색, 때로는 황갈색을 띤, 팜파스의 단조로움을 지닌 황량한 풍경을 가로지른다. 판타지가 없는 음울한 자연은 절망감을 뿜어낸다. 하지만 1차 세계대전에 참전한 상이군인과 알자스 여자 사이에서 태어난, 참나무처럼 건장한 청년이며, 베르사유 공군학교 출신으로 일찍이 자유 프랑스인이 된 로베르 비몽은 그런 을씨년스러운 환경 속에서도 노래를 흥얼거리고 휘파람을 불 정도로 낙관적이었다. 그는 투사였다. 가리는 어느새 또다시 비관적인 생각에 빠져들었다. 그는 행동에 직접 뛰어들지 않는 한 완전한 자신감을 찾지 못했다.

7월 말의 일요일 아침, 안개구름 위로 프랑스 삼색기가 펄럭이는 포르 아르샹보의 작은 항에서, 두 장교는 고래잡이 배에 오른다. 샤리 강을 거슬러 올라갈 참이었다. 브라자빌** 해군사관학교를 갓 졸업한 소위 후보생 여섯 명이 동행한다. 물론 그들 각자에게는 카키색 복장의 보이가 하나씩 딸려 있었다. 장교 계급장을 단 지 가장 오래된 비몽이 그들 분견대를 지휘한다. 그는 대원들에게 일주일치 식량을 각자 알아서

---

* 차드 남부 지방의 옛 이름.
** 콩고의 수도로, 프랑스령 적도 아프리카의 옛 수도.

마련하라고 명령한다. 그 자신은 고기 통조림 여러 개와 커다란 빵 두 개, 여과시킨 물이 든 담잔* 하나를 준비한다.

가리는 사과설탕절임 일곱 통만 달랑 들고 배에 오른다. 하루에 하나씩. 빵도, 말린 고기도, 식수도 없이 오로지 설탕절임만.

동료의 경솔함에 화를 내긴 하지만, 심성 고운 비몽은 자신의 물을 가리와 나눠 마신다. 사흘이 지나자 샤리 강물을 퍼마셔야만 하는 상황에 처하게 된다. 태양이 세균들을 죽인다는 원주민들의 말에 따라, 그들은 수면의 물만 조심스레 퍼서 마신다⋯⋯

세 척의 고철 배를 밧줄로 이어 만든 고래잡이 배는 느리고 단조로운 리듬에 따라 게으른 물 위를 미끄러진다. 배의 부드러운 흔들림이 승객들의 혼을 빼서 멍하게 만들어놓는다. 샤리는 모래 강이다. 강안은 어떠한 바람도 흔들어놓지 못하는 가시덤불들로 뒤덮여 있다. 살인적인 태양 아래, 강은 구불구불 돌아가며 일렁인다. 고래잡이 배의 철판 지붕은 타는 듯이 뜨거운 그늘을 드리운다. 낮에는 아무것도 움직이지 않는다. 누런 흙탕물 속에 몸을 담근 하마조차. 날이 저물면 흑인 어부들이 벌거벗은 채 샤리 강으로 내려와 엠바크 나무 다발을 말처럼 타고 고기를 잡는다. 긴 망토 차림의 목동들이 마른 풀잎들 사이로 흰 소들을 몰고 다닌다. 그리고 새들이 나타난다. 참새, 홍학, 푸른 뻐꾸기.

가리는 좀처럼 입을 열지 않는다. 유형에 처해졌다는 생각에 지나치게 빠져든다. 그는 잊지 않고 챙겨온 작은 시가를 내내 피워대며 투덜거린다. 그가 갈망하는 활약 대신, 전쟁 대신 그 앞에 펼쳐지는 건 아프리카의 삭막하고 태평스러운 풍경뿐이다. 그는 울분을 삭이고 있었다.

어둠이 깊어지면 그들은 닻을 내리고 땅에 야영지를 설치했다. 열대의 수많은 벌레들을 막기에는 너무도 빈약한 방책인 모기장을 치고 침

---

* 버들가지 따위로 싼 보존, 운반용의 목이 가는 큰 병.

낭 속에 들어가 잠을 잤다. 새벽에 일어나 보면 모래톱 위에는 밤새 그들을 노린 하이에나와 사자의 흔적이 있었다. 어떤 때는 보이가 깔끔하게 청소해 야전침대를 설치해놓은 아프리카 전통 가옥에서 자기도 했다. 하지만 가리는 낮의 열기를 간직한, 혼자 밤하늘을 바라보며 마음껏 호흡할 수 있는 고래잡이 배 지붕 위에서 자는 걸 더 좋아했다.

줄지어 늘어선 짙은 초록색 나무들 — 여행을 나선 후로 처음 보는 나무들 — 위로 프랑스 삼색기와 화염목, 하얀 집들이 드디어 모습을 드러낸다. 샤리 강 상류는 온갖 종류의 오아시스들을 보게 되리라 기대하게 만든다. 하지만 포르 라미 — '그 추함' '그 볼품없음', 지드는 이곳을 이렇게 묘사했다 — 는 아주 초라한 부락이었다. 총독 관저마저 모래와 습기에 갉아먹혀 흉측한 모습을 하고 있었다. 본대에 합류하지 못해 그곳 군사기지에 머물러 있는 비행사들에게는 없는 비행기 대신 말을 타는 습관이 있었다. 가리 역시 말을 타고 차드의 가시덤불 속을 내달린다. 그는 고급 마술(馬術)의 규칙은 전혀 모르지만 본능적으로 말을 몰 줄 아는 타고난 기수였다. 그는 사랑하지는 않지만 결국 익숙해져버린 삭막한 풍경 속을 말을 타고 홀로 질주하는 걸 좋아했다.

캠프는 텅 비어 있었다. 쿠프라에서 전투를 벌인 전투부대는 에리트리아*로 떠난 뒤였다.

차드의 관목 숲, 그 회색 대평원은 가리의 상상력에 깊은 흔적을 남긴다. 활약에 대한 갈증을 조금도 풀어주지 못하는 그 적대적인 고장을 당장은 외면하지만, 그는 나중에 그곳을 기억해내고 그의 가장 아름다운 소설 중 하나의 무대로 삼는다. 1941년, 『하늘의 뿌리Les Racines du Ciel』는 아프리카에서 가장 유명한 사냥터 중 하나로 가리가 암사슴, 코끼리, 코뿔소, 가젤, 표범, 영양은커녕 직설적으로든 은유적으로든 바퀴

---

* 아프리카 북동부에 있는 나라.

벌레밖에 잡은 적이 없는 그곳에서 탄생한다.

차드 사람들의 실루엣, 길고 헐렁한 푸른색이나 흰색 옷을 걸친 영주 같은 자태, 한없이 느리고 무거운 움직임은 가리의 기억 속에 영원히 각인된다. 또한 그는 마을이나 야영지 근처 시장에서 발견한 여인들의 얼굴과 멋진 몸매를 오랫동안 기억하게 된다. 말하자면, 하루하루는 스스로 목숨을 끊고 싶을 정도로 권태로웠던 반면, '문학적' 사냥은 나름대로 수확이 짭짤했던 셈이다.

폭격기를 몰고 네 대의 전투기를 카이로까지 안내하는 어느 영국 비행사가 가리와 비몽을 흰 나일 강과 푸른 나일 강이 합류하고 사막과 오아시스가 만나는 바로 그 지점에 세워진 도시 카르툼까지 태워다준다. 지옥의 열기에 짓눌린 카르툼은 아프리카에서도 태양 빛이 가장 뜨거운 도시였다. 멋진 풍경도 가리의 인상을 펴주지는 못한다. 카르툼 남부, 고든스 트리에 있는 프랑스군 기지 역시 비워지고 있었던 것이다. 아비시니아 작전이 막 끝나, 어떤 동지들은 죽고, 어떤 동지들은 동지중해로 떠날 채비를 하고 있었다. 영국군 47 비행 중대는 전기도 위생 시설도 없는, 벽토로 지은 숙영지와 그늘 기온이 때때로 50도까지 올라가는 수단의 폭염을 뒤로하고 떠난다.

가리는 너무 늦게 도착했다. 또 한 판의 전투가 그가 없는 사이에 끝나버린 것이다. 전선은 그를 피해 계속 달아난다. 비몽과 그는 지휘관을 찾아 계속 돌아다니기만 하는 듯한, 늘 '한 발 늦게' 도착하는 듯한 인상을 받는다.

워털루의 파브리스 델 동고……, 로맹은 당시로서는 멀리서만 치열한 전투 소식을 접한다.

그들은 수단에서 이집트까지 기차로 이동한다. 이어 한 외륜선에 올라 아스완에 들러 필라이 신전을 관광하고, 카이로까지 가서 낙타를 타고 피라미드를 구경한다. 그리고 수에즈 운하를 통해 엘 칸타라까지 나일 강을 거슬러 올라간다. 그곳에서 아프리카에 발을 들여놓은 뒤, 처음이자 마지막으로 공습을 당한다. 민간인처럼 무기도 없이 부대에서 떨어져 있지만 않았다면, 아마 그들은 환호성을 터뜨렸을 것이다.

그들은 하이파를 거쳐, 8월 15일경에 드디어 다마스쿠스에 도착한다. 비시 정권의 프랑스군과 원정 사투를 벌인 시리아는 막 자유 프랑스와 동맹을 맺은 상태였다. '넘버 원 예비 폭격 그룹'은 그곳에 집결해 조직을 재정비하기로 되어 있었다. 기지로 합류하러 가는 길에 으슬으슬하고 어지럽던 로베르 비몽이 길에서 쓰러지고 만다. 가리는 그를 부축해 기지까지 데려간다. 동료들은 그들이 얼근히 취해 돌아온 것으로 생각한다. 하지만 며칠 후에는 가리가 쓰러진다. 고열, 구토, 의식불명. 의사는 장티푸스 진단을 내린다. 샤리 강물이 원인이었다. 백신을 맞은 비몽은 산전수전 다 겪은 사나이로서, 매일같이 39도와 40도를 오르내리는 고열과 그 때문에 불편한 몸을 묵묵히 견뎌낸다. 그는 수척하고 약해진 몸으로도 리비아 전투가 벌어지는 내내 관측 장교로서의 역할을 훌륭하게 수행한다. 전투복 위에 염소털 저고리를 입고도 오한에 벌벌 떨며. 그사이, 백신을 맞지 않은 가리는 사경을 헤맨다.

1941년 9월, 다마스쿠스 병원 전염병 병동에 입원한 가리는 십팔 일 동안 병과 사투를 벌인다. 그의 장티푸스는 극히 위험한 내출혈을 일으킬 정도로 악화된다. 그는 혼수상태에 빠진다. 다섯 차례에 걸쳐 수혈을 받지만 출혈은 멈추지 않는다. 군의관 기용 대위와 비뉴 소령은 그가 완쾌될 확률이 일 퍼센트도 안 된다고 판단한다. 그들은 가리를 위해 종부성사를 한다. 생 조제프 드 라 프티 타파리시옹 교단에 소속된 아르메니아 출신의 젊은 수녀 펠리시엔이 그의 머리맡을 떠나지 않는다. 그녀는 그를 간호하고 그의 영혼을 위해 기도한다.

하지만 살고자 하는 욕망이 더 강했다. 의료진의 예상과는 달리, 가리는 장티푸스를 끝까지 이겨낸다. 그의 몸은 화농성 상처로 뒤덮이고, 혀는 궤양으로 패며, 보르도 메리냐크에서 금이 간 왼쪽 턱뼈 — 뼈 조각이 떨어져 잇몸을 뚫고 나온다 — 는 감염되고, 담낭은 손상을 입는다. 그는 심근염, 다리 정맥염까지 앓는다. 세상에 곧 드러날 동유럽의 포로들만큼이나 비쩍 마른다. 그래도 용케 버텨낸다.

10월 말, 로베르 비몽은 가리의 소식을 알아보기 위해 휴가를 얻어 병원으로 달려가며, 시체를 보게 되리라고 생각한다. 하지만 2층 복도에서 아담처럼 벌거벗은 모습으로 불쌍한 펠리시엔 수녀를 잡으러 이리저리 뛰어다니는 가리와 마주친다. 수녀는 당황한 나머지 낯을 붉힌 채 치마를 부여잡고 사티로스*를 피해 도망다닌다!

가리는 다마스쿠스 병원에서 육 개월을 보낸다. 1942년 3월, 마침내 회복된 그는 발레리 라르보가 사랑한 호텔, 야자수 나무와 꽃 들에 파묻힌 하얀 궁전인 룩소르의 윈터팰리스에 휴양차 보내진다. 가리는 테라스의 쿠션 위에 누워 펠러카 선(船)들이 지나가는 것을 바라보며 나일강과 깊은 사랑에 빠진다.

가리가 병상에 누워 있는 동안, 로렌 부대가 창설된다. 1941년 9월, 자유 프랑스 공군 예하 부대는 프랑스 지방명을 하나씩 부여받는다. '브르타뉴' '알자스' '일 드 프랑스'. 비록 로(Lot)에서 태어났지만 줄곧 낭시에서 자라 로렌 지방 토박이임을 자부하는 장 아스티에 드 빌라트는 자기 부대명으로, 발랭 장군으로부터 '로렌(Lorraine)'이라는 이름을 얻어낸다. 그가 지휘하는 두 비행 중대의 이름은 '메츠'와 '낭시'다. 비행사들은 그들의 블레넘에 가로 작대기가 둘인 로렌의 십자가를 그려넣는다.

로렌 부대는 블레넘 폭격기 스물한 대와 새 운송 기재를 보급받는다. 이집트에서 간단한 훈련을 마치고 11월에 리비아로 급파된 가리의 동료

---

* 그리스 신화에 나오는 반인반수의 괴물.

들은 1942년 1월까지 롬멜 원수의 군대와 치열한 전투를 벌인다. 로렌 부대는 단 삼 개월 만에 대원 절반을 잃는다.

1942년 8월, 그리 충실하지 못한 의료 검사를 거친—가리의 건강은 '정상'과는 거리가 멀었다—그는 이 년이 넘도록 기다려온 군사 작전 수행에 마침내 참여하게 된다. '낭시' 비행 중대에 배속되어 비행기 측면을 감시하고 방어하는 '코스탈 커맨드(costal command)'로 임명되어, 팔레스타인의 난바다에서 잠수함을 사냥하러 다닌다.

피에르 드 생 페뢰즈 사령관이 지휘하는 생 장 다크르 기지에 소속된 그는 폭격기 항법사 겸 폭탄 투하수의 자리를 되찾는다. 임무는 까다로웠다. 바다 위를 비행하며 간혹 물 위로 부상하는 잠수함을 포착하는 것은 쉬운 일이 아니었다. 일단 목표물이 포착되면 곧장 급강하해야만 했다. 폭탄을 투하할 때는 방향을 바꿀 수 없기 때문에 기총소사를 당할 위험은 당연히 무릅써야 했다. 폭격은 위험하기도 하지만 극히 드물기도 했다. 어느 날, 아르노 랑게르가 조종간을 잡고 있는 동안, 가리가 마침내 잠수함 한 대를 발견한다. 그들은 일주일 전부터 함께 적을 찾아다니고 있었다. 그들은 곧장 급강하한다.

"폭격…… 폭격…… 폭탄 쏴!"

하지만 가리는 몇 초 전에 안전장치 푸는 걸 잊었다는 걸 그제야 알아차린다. 폭탄 투하는 불가능해진다. 블레넘은 아무런 성과도 올리지 못한 채 풀이 죽은 가리를 싣고 기지로 돌아온다.

그의 한순간의 실수가 다 잡은 고기를 놓치게 만들고, 팀 동료들을 위험에 빠뜨린 것이다. 급강하하는 비행기는 먼저 쏘지 않으면 잠수함의 포격과 기총소사에 속수무책으로 당하게 되어 있었다. 우연이 그들을 보호했다. 다행히도 잠수함에서 발포를 하지 않은 것이다.

사실, 그날 키프로스 섬 먼 바다에서 그가 표적을 놓친 것은 전혀 놀라운 일이 아니었다. 그는 생 장 다크르에서 글쓰기 작업을 다시 시작했던 것이다. 자유 시간을 모조리 바쳐 『유럽의 교육』을 쓰고 있었다. 1942년 10월, 부대가 영국으로 배속되었을 때, 소설의 절반이 이미 끝나 있었다.

부대들을 실은 배 세 척이 아프리카를 출발한다. 그중 두 척은 침몰된다. 가리가 탄 세번째 배 '오르두나(Orduna)', 만 명에 달하는 승객들이 '오르뒤라(Ordura)'라고 부른 낡은 여객선은 서부전선 작전에 즉시 투입시킬 비행사들이 절실한 시기에, 로렌 부대의 생존자들을 글래스고 인근의 그리녹 항에 무사히 부려놓는다.

하늘에서 벌인 모험

영국에 도착한 로렌 부대는 영국에 기지를 둔 비행 연대의 소속 부대가 된다. 그들의 최종 목표는 유럽의 해방이었다. 그들은 1943년 1월부터 캠벌리에 머물다가, 3월 말에 노픅에 있는 웨스트 레인햄 기지에 합류해, 아름다운 이름을 그대로 간직한 채 342 비행 중대가 되어 중대장 맥도널드가 지휘하는 영국군 88, 107 비행 중대와 함께 연대를 형성한다. 1943년 6월까지 가리는 아프리카에서 온 모든 '고참'들과 함께 조종 훈련 과정에 들어가, 로열 에어포스가 보유한 신형 비행기 '보스턴'을 다루는 법을 배운다.

'보스턴'은 스페인 내전 때 개발된 미국 비행기로, 기체가 모두 강철로 이루어진 무게 구 톤의 경폭격기다. 최대 속도 시속 540킬로미터, 최고 고도 8,300미터, 작전 반경 2,000킬로미터로, 250킬로그램급 폭탄 네 정을 탑재할 수 있었다.

런던에서 몇 킬로미터 떨어진 서리(Surrey)의 하트퍼드 브리지 기지에 집결한 로렌 비행사들은 영국인들이 '니센 오두막(Nyssen huts)'이라 부르는 양철 막사에서 내무반마다 열두 명이 함께 생활한다. 뿔뿔이 흩어져 생활한 아프리카와는 달리, 여기서는 훨씬 엄격한 규율과 병영 생활의 빡빡한 일과표에 따라야 했다. 지휘부의 명령에 따라 임무를 수행하러 떠나는 비행사들에게, 하루는 한밤중에, 대개 새벽 서너시경에 시작되었다. 작전일 아침 식사에는 차와 계란이 곁들여진다. 지프가 와서 관측 요원들을 싣고 부대 반대편, 비행사들이 작전이 있는 날에만 드나드는, 외딴 건물에 있는 정보실로 데려간다. 벽에 걸린 커다란 지도에는 작전 항로가 붉은 실로 표시되어 있다. 항법사들은 자기 지도에 따라야 할 항로를 그리고, 위험 지점을 표시하고, 기상 정보를 수집하고, 편각, 편류, 속도 등 잠시 후 비행할 동안에 유용하게 쓸 모든 요소를 계산한다. 마지막으로, 로렌 부대장과 정보 장교의 작전 설명과 더불어 집단 '브리핑'이 이루어진다. 지도, 사진, 지표와 함께 목표물이 기술된다. 가리는 매번 질문을 던지고 이의를 제기한다. 그는 '브리핑'에서 그냥 넘어가는 경우가 결코 없다. 늘 작전 지시에 토를 달고 싶은 욕구를 느낀다.

하트퍼드 브리지에서 로렌 비행 부대를 이끈 중대장은 두 명이다. 1943년 4월부터 1944년 3월까지 중대를 이끈 앙리 드 랑쿠르는 이미 레지스탕스에서 활약한 공로로 무공훈장을, 빼어난 비행 실력과 통솔력을 인정받아 공군십자훈장을 받은 바 있는 서른세 살의 중령이었다. 기병 장교의 아들로, 우아하고 기품 있는 젊은이인 그는 가리 드 카체브의 자질을 높이 평가하고, 비행에 나설 때마다 벌벌 떨며 무섭다고 털어놓지만 일단 작전에 들어가면 두려움을 완벽하게 제어할 줄 아는 휘하의 비행사에게 큰 호감을 느낀다. "우리들 중 두렵지 않은 사람이 누가 있겠나?" 당시 랑쿠르는 가리에게 용기를 불어넣기 위해 이렇게 말한다……

후에 그는 가리에 대해 이렇게 말한다. '집시' 같은 친구, 때로는 아주 쾌활하고 때로는 아주 침울한, 격한 기질을 가진 고독한 남자, 그리고 이론의 여지가 없는 '탁월한 참전용사', 명예를 아는 군인.

1944년 3월부터 1944년 11월까지 가리를 이끈 새 중대장은 미셸 푸르케다. 그는 부대원들 사이에서 전쟁명 '고리(Gorri)' — 유명한 바스크족 산적의 이름을 따서 지은 이름 — 로 알려져 있었다. 바스크족임을 자부하는 고리는 자기 비행기 동체에 바스크족의 상징인 뒤집힌 만(卍)자를 그려 넣었다! 고리 중대장 — 가리와 마찬가지로 서른 살이었다 — 은 그룹 최고의 조종사 중 하나였다. 루이 르 그랑 고등학교와 파리 이공과 대학을 나온, 약간은 거만한 이 젊은이의 존재는 '전투 명령'에 따라 활주로에 집결한 대원들에게 힘을 불어넣어준다. 랑쿠르처럼 공정하고 너그러워 모두에게 사랑받는 고리는 전투 대형의 선두에 섰다. 향도 비행기는 늘 그의 차지였다.

미셸 푸르케가 보기에 '가리는 전사가 아니'었다. 가리는 기질상 행동보다는 꿈에 더 경도되고, 예술가적인 감수성은 진정한 병사의 거칠고 엄격한 원칙과는 어울리지 않았다. 하지만 그가 의무를 회피한 적은 단 한 번도 없었다. 그와는 반대로, 로렌 부대의 군의관 베르코 박사는 임무를 끝까지 수행하려는 가리의 놀라운 의지에 대해 증언한다. 가리는 결코 꾀병을 부리지 않았다. 하지만 스스로에게 부여하고자 하는 이미지에 부합하기 위해, 그는 행동보다는 명상에, 단체 생활보다는 고독에, 그리고 의심의 여지 없이 전쟁보다는 평화주의에 이끌리는 충동을 억눌러야만 했다. 미래를 확신할 수 없는 그는 자신을 끌어당기는 다양한 충동을 누르고 마침내 '뭔가'를 이루고 '누군가'가 되고 싶어한다. 그에게 전쟁은 의무인 동시에, 두각을 드러내고 자신에게 용기와 의지를 증명할 수 있는 기회였다. 본능보다는 의지에 기초한 그의 영웅주의는 인내력과 도전 정신, 미래에 대한 계획의 혼합물로 보인다.

하지만 가리는 규율이라면 질색이었다. 그는 오랫동안 자리를 비웠다는 이유로 여러 차례 주의를 받는다. 말할 필요도 없이, 런던은 여자를 좋아하는 그에게 기지보다 더 큰 즐거움을 제공한다. 가리는 그곳에 자주 묵었다. 특히 그린 파크 인근에 있는 '프티 클뢰브 프랑세'에 자주 드나들었다. 사람들로 북적이고 와자지껄하며, 담배 연기 자욱한 지하 클럽에서, 그는 조제프 케셀, 레몽 아롱, 로베르 칼만 등과 아리따운 아가씨들을 만난다. 작전 참가자 명단에 자신의 이름이 올라 있지 않으면, 스테이크와 감자튀김, 적포도주가 나오는 캠벌리의 육군 장교 식당이나, 절인 오이 — 그에겐 만병통치약이나 다름없었다 — 를 넣어 작은 샌드위치를 만드는 전통을 간직한, 예를 들면 도체스터 같은 런던의 고급 호텔로 달려갔다.

이런 날이면 그는 흰 물방울 무늬가 있는 검은색 실크 머플러를 목에 둘렀다.

'몽상가' '묘한 친구' '괴짜', 로렌의 동료들은 나중에 그를 이렇게 묘사한다. 그들 중 하나는 이렇게 덧붙인다. "사실 당시 나는 우리 중 사람들 입에 오르내릴 사람이 가리일 거라고는 상상도 하지 못했어요."

니스 고등학교 시절처럼 가리에겐 친구가 거의 없었다. 그는 무리에서 떨어져서 혼자 생활하는 것을 더 좋아했다. 과묵하고 비밀이 많은 그가 기꺼이 털어놓는 거라곤 세세한 묘사까지 덧붙여진 기상천외한 사랑 이야기들뿐이었다. 그것들이 사실에 근거를 둔 이야기인지 아니면 이미 소설이었는지는 아무도 알 수 없을 것이다.

1943년 10월부터 1944년 4월까지, 가리는 스무 회에 걸친 작전에 참여해 육십여 회의 전투 비행을 실시한다. 목표물이 있는 지역은 다양했다. 브레스트, 베르네 생 마르탱, 미무아예크, 오디강 빌라주, 마르탱바스트, 에스댕, 리주쿠르, 에칼 쉬르 베르쉬, 픽스쿠르, 르 부아 코크렐, 르 부아 데스케르드, 라 롱그빌, 이뮈당, 이르송, 라 로비에르, 고랑플라.

로렌 비행 부대는 적에게 점령되었지만 작전 반경이 '보스턴'의 능력을 넘어서지 않는 지역인 프랑스, 네덜란드, 벨기에에 있는 구체적이고 미세한 목표물 ─ 발전소, 조차장 혹은 브이원*(V1, 유명한 '노 볼스no balls') 발사대 ─ 폭격을 전문적으로 수행한다. 프랑스 비행사들은 전투의 긴장감 말고도 추가적인 불안감에 시달린다. 독일군을 공격하면서 동포들에게 해를 입히지나 않을까, 비행 부주의나 실수로 조국이나 다른 우방국의 마을, 농장, 학교를 폭격하지나 않을까 하는 불안감이었다.

오폭을 피하기 위해, 최대한 정확히 목표물을 가격하기 위해, 조종사들은 '로우 레벨 어택(Low-Level attack)' 혹은 '라즈모트(rase-mottes)'라 불리는 테크닉에 따라 초저공비행을 한다. 표현을 문자 그대로 이해하면 된다. '보스턴'들은 울타리 위를 스칠 듯 지나가고, 말뛰기 놀이를 하듯 줄지어 선 나무나 고압선 위로 훌쩍 솟아오른다. 조종사는 비행에 온 신경을 집중해야 한다. 항법사 역시 마찬가지다. 자세히 그려진 지도에 모든 장애물이 빠짐없이 기록되어 있지만, 잠시라도 한눈을 팔았다가는 탑승 대원 전체를 죽음으로 몰아넣을 수도 있다. 목표물을 포착하고 단 일 초의 오차도 없이 폭탄 투하 명령을 내리는 까다로운 임무가 바로 항법사의 몫이다. 그것은 팀의 진정한 '보스'인 조종사보다는 덜 화려하지만 매우 중요한 역할이다.

항법사 겸 폭탄 투하수는 '보스턴' 앞쪽 부분, 두툼한 시가 끝처럼 반원 형태인 강화유리로 된 선실에 탄다. 선실 아랫부분의 삼십 도로 기울어진 두꺼운 유리는 경무기 사격으로부터 스스로를 보호하고 목표물을 조준하는 데 사용된다. 장갑 철판으로 조종사와 분리된 항법사는 무전기로 조종사와 교신한다. 후미의 작은 망루에 타고 있는 라디오 기관총 사수나 꼬리 현문에 누워 있는 기관총 사수와도 마찬가지다. 네 사람은 운명을 함께하는 한 팀이다.

---

* 2차 세계대전 말에 독일이 영국을 공격할 때 사용한 무인비행폭탄.

시가 끝은 비행기에서 가장 취약한 부분이다. 사고가 일어날 경우, 그곳에 타고 있는 항법사는 죽음을 면치 못한다. 비행기가 들판에 불시착할 때, 약간이라도 경사진 비탈이 있거나 낮은 담이 있으면 저속에서도 앞쪽 선실은 박살이 나고 만다.

가리는 일명 '아들 랑게르'라 불리는 아르노 랑게르와 조를 이룬다. 스물두 살밖에 안 된 아르노는 무슨 일에든 유명한 경구 "언제나 준비완료!"를 외치기를 좋아하는 공군 정찰병 출신으로, 재치와 유머가 넘치는 발랄한 청년이다. 아르노에게는 두 살 위인 일명 '아버지 랑게르', 1938년에 파리 이공과대학을 졸업한 형 마르셀이 있다. 그 역시 로렌 부대 대원이다. 가리와 랑게르 조는 기관총 사수인 제르베르, 크라스케르 또는 보당 중사와 한 팀을 이룬다.

그들은 샤르보노 대위와 파튀로 중위, 랑게르('아버지') 소위와 그의 항법사 망데스 프랑스 대위, 또는 수많은 다른 조와 마찬가지로 서로를 아끼고 신뢰한다……

1943년 11월 25일, 가리는 심각한 부상을 입는다. 복부에 충격을 입었지만 다행히도 낙하산 버클이 충격을 완화시켜준 덕분에 목숨은 구한다. 바지가 피로 흥건히 젖는다. 그는 반사적으로 자신의 남성이 무사한지부터 확인한다. 안도의 한숨을 내쉬던 그는 무전기를 통해 랑게르가 울부짖는 소리를 듣는다.

"눈에 맞았어! 아무것도 안 보여……"

하지만 랑게르는 냉정을 유지하며 가리의 지시에 따라 목적지에 도달해, 에스케르드 숲에 감춰진 브이원 발사대에 폭탄을 투하한다. 임무를 완수한 랑게르는 항법사가 안내하는 대로 기수를 돌리는 데에 성공한다. 영국 해안이 눈에 들어올 무렵, 기관총 사수 보당과 가리는 낙하산을 메고 탈출하는 걸 포기할 수밖에 없게 된다. 대공포에 맞아 훼손된 조종석 뚜껑이 열리지 않아 랑게르의 탈출이 불가능했던 것이다. 동료가 죽을 걸 뻔히 알면서 버릴 수는 없어, 그들은 목소리로 조종사를 안내해 '눈먼' 착륙을 시도하기로 결정한다. 수동 조종 장치를 사용할 수 있는 후미 기관총 사수(그날 '보스턴'에 탄 대원은 셋뿐이었다) 보당이 비행 방향을 유지한다. 가리가 눈먼 조종사에게 고도를 알려주고, 활주로와 마주할 수 있도록 안내한다. 그들은 어려움에 처한 비행기들이 착륙할 수 있도록 특별히 고안된 맨스톤 비행장을 선택한다. 그들은 착륙 시도와 선회를 거듭한 끝에 마침내 무사히 착륙한다.

아르노 랑게르는 시력을 완전히 회복하게 된다. 강화유리 파편과 함께 눈꺼풀이 안구에 박혀 있었지만 시신경은 전혀 손상되지 않았다. 그는 전후에 에어 트랜스포트 조종사로 일하다가 1955년 6월, 포르 라미에서 비행 도중 벼락을 맞아 사망한다.

복부 관통상을 입어 '보스턴'에서 기절한 채로 실려 나온 가리는 몇 주 입원 후에 완전히 회복된다. 그사이, 『이브닝 스탠더드』*가 영웅들의 무공을 대대적으로 보도하고, 가리는 난생처음 BBC와 생중계 인터뷰를 갖는다.

1943년 크리스마스, 하트퍼드 브리지로 돌아온 그는 자신에게 많은 애정을 보인, 프레몽트레 수도회 수사이자 로렌 부대의 교목인 고다르 신부가 집전하는 미사에 참석한다. 저녁 식사에 적포도주가 곁들여지고, 피에르 다크의 코미디 공연이 펼쳐진다.

야참 시간, 얼큰히 취해 신이 난 가리는 아이티 출신 지원병들의 기타 반주에 맞춰 형편없는 연가(戀歌) 〈수의사였던 내 형님은……〉을 부르고, 영국 전통에 따라, 마침내 중위로서 그룹의 모든 장교들과 함께 부대원들에게 음식을 나눠 주는 영예를 누린다.

1944년 1월, 그는 샤를 드골이 서명한, 그에게 해방무공훈장을 수여

---

* 영국 일간지.

한다는 내용의 전보를 받는다. 일 년 뒤, 그에게 다음과 같은 서류가 발급된다.

프랑스 공화국 임시정부는
공군 장관 샤를 티용의 보고에 따라,
프랑스 국가해방위원회를 창설한 1943년 6월 3일자 법령에 의거,
해방무공훈장 수여와 관련된 1944년 1월 7일자 법령에 의거,
1944년 11월 13일에 열린 해방훈장 수훈자 심사위원회의 의견에 의거,
아래 열거된 이름의 비행사들에게 해방무공훈장을 수여함과 동시에
그들을 해방무공훈장 수여자 동지회 회원으로 인정한다.

소령 장 모리스(실명 게즈)
소령 이브 에자노
대위 베르나르 푸크스
소위 자크 마티스
중위 로베르 구비
대위 미셸 부디에
소령 장 푸르니에
대위 마르셀 랑게르
대위 조르주 구아크망
중위 폴 이보스
중위 로맹 가리
중위 모리스 파튀로
중위 아르노 랑게르
중위 에드몽 장
중위 마리 로주아

중위 앙리 라퐁

중위 마르셀 루셸로

파리, 1944년 11월 20일.

이 시행령은 샤를 드골 장군이 서명한 것이다.

　표창장 초안에 가리는 '끈기, 희생정신, 직업의식의 훌륭한 본보기'
로 소개되어 있다. 영국 주둔 프랑스 공군 사령관은 그의 '인내심'과 '용
기'를 강조하고, 장교 가리가 '1940년 6월부터 프랑스의 해방을 위해 전
투에 참여하고자 하는 열성을 보였다'고 인정하고 있다.

　가리는 약속을 지켰다. 그는 고개를 높이 들고 프랑스로 돌아갈 수 있
었다. 니나는 아들을 자랑스러워한다. 그는 조국을 지킨 영웅으로, 두려
움도 흠결도 없는 기사로 당당하게 니스에 입성한다. 마침내 인정을 받
고, 두각을 드러내고, 훈장을 받은 것이다.

　하지만 검은색과 푸른색 리본이 달린 아름다운 메달만이 그의 유일한
명예는 아니었다. 그는 전쟁의 폭풍 속에서도 첫 소설을 완성할 수 있었
다. 1944년에 『유럽의 교육』이 출간된다. 소설과 저자의 성공을 확신한
한 발행인(『더 크레싯 프레스 *The Cresset Press*』)에 의해 서둘러 영어로
번역('비올라 가르뱅 번역')되어, '분노의 숲 *The Forest of Anger*'이라
는 제목으로.

　애런들 캐슬 호에서 시작되어 수단과 차드, 룩소르의 윈터팰리스에서
도 계속된 『유럽의 교육』 집필은, 하트퍼드 브리지에서 임무를 수행하
고 휴가를 보내는 틈틈이 이어져 드디어 끝을 본다. 런던에서 여자들과
풋사랑을 나누지 않을 때면, 가리는 기지에 남아 동료들이 떠나간 하늘
을 살피며 길고 따분한 나날을 보낸다. 모두가 전날 '전투 명령'을 받고

출격한 비행사들의 귀환을 초조하게 기다린다. 불안 속에서 시간이 흘러간다. 멀리 수평선 위로 까만 점들이 나타나면, 사람들은 우선 그 개수부터 센다. 사망자 수가 점점 더 늘어난다. 아프리카 시절부터 함께 싸운 고참 ― 바르브롱, 랑게르, 스톤, 장, 페리에 ― 들은 자주 서로를 훑어본다. 그들 중 몇 명이나 살아남을까?

안개나 바람 혹은 비 때문에 '보스턴'이 뜨지 못하는 날이면, 가리가 아프리카에서 지겹도록 경험한 짜증스러운 기다림의 분위기가 하트퍼드 브리지에 자리잡았다. 동료들은 포커나 브리지 게임을 하며 시간을 때웠다. 가리는 런던의 바를 전전하며 권태를 달랬다. 낮의 초조한 분위기 속에서는 글을 쓸 수 없어, 거의 매일 밤 소설 집필에 매달렸다.

그는 새벽까지 켜놓은 환한 등 때문에 잠 못 이루는 내무반 동료 피에르 루이 드레퓌스의 불평 따윈 아랑곳하지 않았다. 글쓰기의 행복에 취한 가리가 곤히 잠든 그를 깨워 금방 쓴 글을 큰 소리로 읽어주는 경우도 허다했다.

루이 루이 드레퓌스, 일명 더블 루이의 아들로, 프랑스에서 몇 손가락 안에 드는 거부의 후계자인 피에르 루이 드레퓌스는 가리와는 적어도 두 가지 감정을 공유하고 있었다. 그는 드골주의자이자 유대인이었다. 하지만 기질은 완전히 달랐다. 드레퓌스는 앞만 보고 달려가는 사람, 오로지 프랑스 해방을 위한 전투에만 매진하는 군인이었다. 그는 가리의 번잡함, 태도, 뜨내기 배우 같은 면모를 못마땅해했다. 가리의 물방울 무늬 실크 머플러와, '브리핑' 때 지휘관들의 계획을 문제 삼으려 드는 도발적인 태도를 비난했다. 이목을 끌려는 그 욕구를 탐탁지 않게 여긴 사람은 피에르만이 아니었다.

하지만 피엘디(P.L.D., 피에르 루이 드레퓌스의 친근한 별명)에게 가장 견디기 힘든 시련은, 마치 연극에서처럼 깊고 어두운 목소리가 아직 완성되지 않은 첫 소설을 읽어주는 불면의 밤들이었다. 루이 드레퓌스는 소리를 꽥 지르고는 성가시고 염치없는 동료를 피해 귀를 틀어막은 적이 한두 번이 아니었다.

1943년 겨울, 하트퍼드 브리지는 무척 추웠다. 가리는 글을 쓰기 위해 비행복 상의를 입고 털가죽 부츠를 신는다. 침대에 누워 큰 어려움 없이, 소설의 무대인 폴란드의 눈 덮인 평원의 분위기를 재구성한다. 한파에 얼어붙은 나무에서 까마귀들이 떨어지는, 빌노를 둘러싼 너도밤나무 숲을, 그 하얀 지옥을 상상한다.

그는 자신의 이야기에 사로잡혀, 난로에 석탄 채우는 걸 — 내무반원들이 돌아가며 하는 '부역' — 잊고 만다. 아침이 되자 전 막사가 시베리아의 추위 속에서 깨어난다. 가리는 머리끝까지 화가 치민 동료들에게 욕을 얻어먹는다. 차드의 고래잡이 배에서처럼, 생 장 다크르의 비행기에서처럼, 그의 꿈은 그를 현실과 단절시켜놓는다. 그는 어이없는 실수를 저지르고, 공동체 생활을 방해하고, '괴짜'라는 평판이 그냥 얻어진 게 아님을 증명한다.

임무를 수행할 때를 제외하면, 그는 자신의 내면 세계 속에서 살아간다. 폴란드 이름들을 떠올리고, 열네 살짜리 소설 주인공인 야네크 트바르도브스키만을 생각한다.

『유럽의 교육』은 1942년 겨울을 무대로, 폴란드 레지스탕스의 이야기를 그리고 있다. 독일 점령군을 피해 빌노를 에워싼 드넓은 숲으로 도피한 빨치산들은 땅을 파서 만든 은신처에서 두더지처럼 생활한다. 리투아니아의 겨울이 쳐놓은 덫에 걸려 완전히 고립된 그들은 이따금 은신처에서 나와 적군 수송 행렬을 기습한다. 하지만 그들을 괴롭히는 가장 무서운 적은 추위와 배고픔, 그리고 절망이다. 자살의 유혹과 광기를 이겨내게 하는 유일한 희망은 스탈린그라드다. 그들은 러시아 군대가 그곳에서 치열한 전투를 벌이고 있다는 것을 알고 있다. 그들의 목숨 자체가 붉은 군대의 항전에 걸려 있다. 모든 폴란드 빨치산들은 숲에서 나가 러시아 군대와 어깨를 나란히 하고 점령군에 대항해 싸울 순간만을 기다린다.

야네크는 단순하고 순수한 소년이다. 소년에게 전쟁은 부조리 그 자체다. 소년은 어떠한 정치도, 이념도 믿지 않는다. 전사의 영혼을 갖고 있지 않다. 단지 리투아니아에서 태어났다는 우연 때문에 그 폭풍우 속에 내던져진 것이다. 소년은 일종의 원시적인 용기로, 우애로, 자신과 동지들을 위해, 사랑하는 사람들을 위해 싸운다.

단순하고 순박하긴 하지만, 야네크는 자기 임무의 덧없음, 더 일반적으로 말해, 인간 조건의 덧없음을 깊이 확신한다. 야네크를 통해, 가리는―최초로―자신의 심원하고 결정적인 염세주의를 드러낸다. 개미와 비교될 수 있는 인간은 '우스꽝스럽고 비극적이며 지칠 줄 모르는 종'에 속한다.

인간들이 고통스러워하며 죽어가는 세상은 개미들이 고통스러워하며 죽어가는 세상과 똑같다. 어디에 쓰일지도 모르는 잔가지, 지푸라기를 늘 더 멀리, 이마에 흐르는 땀과 피눈물을 바쳐서라도 늘 더 멀리, 늘 더 멀리 옮기는 것만이 중요한, 잔인하고 이해할 수 없는 세상!

그럼에도 불구하고 광신주의에 대한 거부, 염세주의, 질긴 생명력 등 가리와 닮은 점이 아주 많은 야네크 주위에는 아름다운 인물들이 버티고 있다. 폴란드 기병대의 사각모를 눌러쓴, 사랑의 열정을 품은 빨치산 대장 야블론스키, 시인들에 관한 이야기를 좋아하는 과묵하고 무뚝뚝한 농부 체르프, 마을을 지키기 위해 싸우는 우크라이나의 구두 수선공 크릴렌코, 딸들이 독일군들에게 능욕당하자 빨치산이 되어 끔찍한 전리품―독일 병사들의 잘린 성기―을 수집하는 빌노의 이발사 스탄치크, 금요일 저녁마다 숲의 다른 유대인들과 함께 폐허로 변한 화약고로 기도를 하러 가는 유대인 정육점 주인 얀켈 쿠키에르, 또는 어린애나 다름 없는 젊디젊은 아내의 마음을 사로잡기 위해 영웅 놀이를 하는 육십대 변호사 '선생님(Pan mecena)'. 그리고 밤에 다른 사람들에게 자신의 책을 읽어주는, 하나가 된 평화로운 유럽을 맹목적으로 믿고자 하는 소설가 도브란스키. 그는 세상과 인간, 전쟁에 대한 코믹하고 신랄하고 풍자적인 단편소설들을 쓴다.

유일한 여자로 독일 병사들과 잠을 자는, 눈이 크고 검은 열다섯 살의 계집아이 조시아 ─ 조시엔카 ─ 는 기 드 모파상의 '비곗덩어리'를 떠올리게 한다. 남자용 레인코트에 모직 베레모 차림으로 폴란드의 숲들을 돌아다니는, 고결한 마음씨를 가진 첩자이자 너그럽고 사랑스러운 어린 창녀이고, 반은 성모, 반은 집시인 그녀는 가리가 꿈꾸는 여자를 구현한다. 순결하고 관능적인 이상적 여성상은 푸슈킨에게 어린 계집아이들이 그랬듯, 가리에겐 하나의 강박이자 주요한 문학적 주제다.

너무 전형적이어서, 가리가 쓸 미래의 소설에서 어김없이 발견되는 등장인물이 두 명 더 있다. 피아노로 가곡을 연주하고, 장난감과 자동인형을 만들어내는 일종의 마법사 아우구스투스 슈뢰더. 그리고 바이올린을 연주해 빨치산의 끔찍한 생활에 마법을 부여하는 고아 악사이자, 못생기고 천하고 더러운 유대인 아이 분더킨트.

가리의 염세주의는 인간이 아니라 사랑, 음악, 꿈과 같은 인간의 몇몇 가치에 대한 믿음에서 비롯된 휴머니즘을 통해 약간 순화된 것처럼 보인다.

아이가 바이올린을 집어 들었다…… 게토에서 부모를 잃은 유대인 아이가 더러운 누더기를 걸친 채 악취 풍기는 지하 창고 한가운데에 서서 세상과 인간을, 그리고 신을 복권시켰다. 아이가 연주를 했다. 아이의 얼굴은 더이상 추하지 않았고, 서툰 몸짓은 더이상 우스꽝스럽지 않았다.

아이의 앙상한 손안에서 활은 마술봉으로 변했다. (……) 세상이 혼돈에서 벗어났다. 세상이 조화롭고 순수한 형태를 취했다. (……) 문득 야네크는 두려워졌다. 죽음이 두려웠다. 독일군의 총탄, 추위, 배고픔이. 야네크는 인간의 성배로 영혼을 가득 채워보지도 못하고 사라지고 말 것이다.

『유럽의 교육』은 한 작가의 색깔을 예고한다. 흠집 없는 첫 소설을 통해, 가리는 투박하고 시적인 문체와 풍부한 상상력을 갖춘, 준엄한 사상을 고골리 식의 유머로 따뜻하게 데우는ー냉소와 해맑은 웃음의 슬라브적 혼합ー탁월한 이야기꾼을 드러낸다.

첫 독자들의 반응은 뜨거웠다. 1차 세계대전 당시 프랑스군 비행사 제복을 보란 듯이 입고 '프티 클뢰브 프랑세'에 드나들던 조제프 케셀은 원고를 읽어보고는 그 젊은 작가에게 열광한다. 가리와 케셀은 공통점이 많았다. 둘 다 유대인, 러시아 출신, 프랑스 이민자, 니스 고등학교 동문, 그리고 똑같이 비행사였다…… 무엇보다 둘은 교훈적인 모험 이야기라는 문학 개념을 공유하고 있었다.

자유 프랑스의 또다른 스타로 '프랑스 연대기'의 저자인 레몽 아롱은 가리에게 성공을 예언하고, 말로에게 그에 대해 잘 말해뒀다고 귀띔해준다.

하지만『유럽의 교육』을 영국 출판사에 소개하고 출간을 권유한 것은 가리가 한 영국 아가씨의 소개로 얼마 전에 알게 된 무라 부드베르그, 고리키와 H. G. 웰스의 연인이었던 바로 그 무라 부드베르그였다.

『유럽의 교육』은 영국에서 큰 성공을 거둔다. 잡지사들은 하트퍼드 브리지로 리포터들을 보내 가리의 사진을 찍어 오게 한다. 가리는 전투복 차림으로 팔에 헬멧을 낀 채 자신의 더글라스 보스턴 앞에 서서, 바람둥이의 오랜 습관대로 푸른 눈을 들어 하늘을 바라보며 체르케스인의 포즈를 취한다.

심지어 그는 영국 외무부 장관의 아내인 에덴 부인의 초대를 받아 함께 차를 마시기도 한다.

레몽 아롱에게 가리를 소개받은 런던에서, 피에르 칼만은 프랑스에서 『분노의 숲』을 출간하겠다고 약속한다. 『분노의 숲』은 『유럽의 교육』으로 변한다. 그것은 가리 식의 아이러니다. 초토화된 피투성이 유럽에 과연 미래란 있는 것일까?

외교 행랑에 담겨 런던에서 파리로 출발한 소설 교정지는 칼튼스 가든스 4번지 102호 사무실에서 레드우드 부인이 수령한다.

니나는 여전히 먼 곳에 있었다. 로맹은 하루라도 빨리 니스로 돌아가, 초록색 눈에 눈물을 글썽이며 담배에 찌든 걸걸한 목소리로, 아마도 러시아어로 "네가 최고다, 최고야, 장하다 내 아들……"이라고 말해줄 소중한 어머니를 다시 볼 수 있기를 탕아의 설레는 심정으로 기다린다. 전쟁 동안 그는 희망과 뜨거운 사랑, 낙관으로 가득한 십여 통의 편지를 받았다. 저 먼 곳에서도 어머니는 '그들' 공동의 천재성에 대한 믿음을 버리지 않았다.

하지만 슬프게도 니나의 사망 소식을 알리는 르네 아지드 박사의 전보가 니스에서 날아든다. 니나는 아들의 성공 소식을 접하지 못한 채 1942년에 암으로 사망한다. 죽음을 예감한 그녀는 아들에게 보낼 편지들을 미리 써놓는다. 나중에 가리가 밝힌 것과는 달리, 부탁을 받은 어머니의 친구는 그에게 편지들을 한 통씩 보내주지 않았다. 『새벽의 약속』에서 가리는 쓴다. 편지가 무려 250통이었다고……

사실 니나는 병상에 누워 초등학생용 공책에 매일 한 통씩 장문의 편지를 썼다. 폭격으로 초토화된 런던에 기적적으로 도착한 한 통을 제외하고, 그 편지들은 환자의 머리맡을 떠나지 못하게 된다: 주로 러시아어로 쓴 사랑의 말들로 뒤덮인 작은 공책들이 쌓여간다. 공책들은 사랑하는 아들을 그리며 병상에서 외롭게 죽어간 한 어머니의 속내 이야기를 들어준 친구였다.

니나는 아들에게 편지를 썼다. 오직 아들을 위해서만 생각하고, 오직 아들을 위해서만 살아 있었으므로.

그녀를 무료로 돌본 로자노프 박사와 르네의 아내 실비아 아지드, 실비아의 누이 쉬잔이 — 폴 파블로비치의 어머니와 함께 — 그 깊은 사랑과 고통의 유일한 증인이었다. 그들만이 그 공책들을 읽어봤으므로.

이럴진대 약간의 과장이, 지어낸 부분이 뭐 그리 대수일까? 진실이 거기, 한 어머니가 아들에게 보내는 사후 메시지들 속에 고스란히 들어 있는데. 분명 니나는 자신의 사랑이 로맹을 버티게 해준다고, 아들에게 행운과 행복을 가져다준다고 확신했을 것이다. 어머니가 없었다면, 어머니와 재회해 자신의 무훈을, 자신이 살아 있다는 것 자체를 선물로 바치겠다는 희망이 없었다면, 장티푸스로 사경을 헤맸을 때 혹은 적군의 총탄이 날아들었을 때 그는 삶을 포기하고 말았을 것이다. 니나의 따뜻한 존재감, 모든 장애를 극복한 어머니의 억척스러움이 어둠의 힘을 몰아내는 부적처럼 그를 보호했다.

전쟁이 극에 달한 시기까지, 시간을 무시하고 쓰인 편지들이 어머니는 영원하다는 멋진 환상을 지켜주었다. 가리는 어머니가 살아 있다고 믿으며 싸웠다. 그리고 실제로 그녀는 아들로 하여금 죽음을 두려워하지 않게 만든 뜨거운 사랑을 통해 살아 있었다.『새벽의 약속』에서 — 1960년에 — 그는 이 멋진 이야기를 하게 된다. 그가 상상해낸 온갖 치장으로 장식해가며. 하지만 아무것도 지어내지 않았다. 특히 그로 하여금 자신을 넘어서게 한, 자신을 영웅은 아니더라도 남자로 만들어준 사랑의 마법에 대해서는.

"내가 이렇게 오래 살아남은 것은 사랑으로 충만했기 때문입니다."

그는 『마법사들 *Enchanteurs*』에서 이렇게 쓴다.

영웅, 사실 자기 극복의 논리로 볼 때 그는 영웅이었다. 그가 치른 전쟁은 몽상적이고 홀로 있기 좋아하고 싸우기 싫어하는 자신의 본성을 극복하기 위한 처절한 노력이었다.

가리는 이미 신도, 예언자들도 믿지 않았다. 어떠한 광신주의도 회의적인 기질을 가진 그에게 영향을 끼치지 못했다. 어떠한 신앙도 그의 극단적인 염세주의를 완화시키지 못했다. 하지만 야네크처럼 전쟁의 톱니바퀴에 끼여버린 그는 투철한 의지로 자신의 본성을 극복하고 용기와 인내력을 발휘한다. 폭력적인 정신에 알레르기 반응을 보이듯, 모든 집단 정신에 본능적으로 거부감을 느끼는 그는 열정, 무정부주의, 무(無)에 대한 취향—그의 진정한 욕망들—을 억누른 채 드골주의자라는 대가족의 일원이 되어 끝까지 충실하게 남는다. 학생운동이 한창인 1968년 5월에도 해방무공훈장을 보란 듯이 달고 다니고, 앵발리드에서 참전 동지들에게 둘러싸여 연극을 끝냄으로써.

사 년에 걸친 전쟁 기간 동안, 그는 어떠한 결점도 드러내지 않는다. 그의 본성에 가장 어울리지 않는 것인 의무와 우애 속에서, 지속적이고 영웅적인 행진을 계속한다. 때때로 전사를 누르고 시인이 모습을 드러내기는 하지만—차드의 고래잡이 배나 생 장 다크르의 블레넘에서처럼—영웅보다는 비열한 자가 더 활개를 친 시기에, 그는 빛나는 무공으로 점철된 흠결 없는 투사의 길을 걸어간다. 그가 쓴 어떠한 소설에도 너무도 훌륭한 이야깃감인 전쟁은 등장하지 않는다. 가리는 자신에 대해 많은 것을 썼지만, 비행사로서 쌓은 무공에 대해서는 단 한 번도 언급하지 않았다. 랑쿠르, 푸르케, 그 외의 모든 동지들처럼 겸손하게, 눈부신 추억에 대해서는 침묵을 지켰다.

아이러니가 담기거나 코믹하게 이야기된 『새벽의 약속』의 몇몇 일화를 제외하고, 가리의 작품 중 그가 자유 프랑스의 영웅이라는 사실을 상기시키는 것은 없다.

참전 동지들에게 바친 마지막 소설 『연』은 『유럽의 교육』처럼 리투아
니아, 폴란드 등 그가 활약하지 않은 영토를 무대로 펼쳐지는 사랑 이야
기다.

이 사려 깊은 침묵은 오히려 늘 오만한 모습을 보여준 한 작가가 남긴
겸손의 유일한 흔적이다. 자존심이 강한 가리는 옛 무공을 자랑스레 늘
어놓는 것은 온당하지도 필요하지도 않은 일이라고 판단했을 것이다.
그는 그 전쟁을 깊은 신념에 따라, 그리고 어머니를 위해, 자신을 위해
치렀다. 스스로를 단련시키고 자신감을 갖기 위해.

전쟁 전의 연약하고 우유부단한 청년은 자신의 힘과 자질을 믿는 서
른 살의 어른에게 자리를 넘겨준다.

1944년 6월 6일, 로렌 부대는 노르망디 해안에 상륙하는 연합군을 엄
호하는 연막작전을 수행한다. 비행사들은 생 마르쿠프 군도에서 이지니
만에 이르는 바다에 연막탄을 투하해, 독일군이 미군 함정들을 포격하
는 것을 막는다. '보스턴'들은 날개 아래로 넓은 흰 띠를 늘어뜨리며 비
행한다.

가리는 대원들과 함께 비트리 앙 아르투아에 주둔하며, 1944년 11월
에 고리의 후임으로 임명된 자크 수플레 소령의 지휘 아래 프랑스 전투
에 참여한다. 후에 전쟁 회고록을 쓴 자크 수플레는 가리의 이름을 단
한 번도 언급하지 않는다. 그것만으로도 그가 가리에게 어떠한 감정을
갖고 있었는지 알 수 있다……

그사이, 로맹 드 카체브는 로맹 가리가 된다. 이미 런던에서 명성을
얻은 스타로서, 파리 전체를 정복하고 싶은 가리의 머릿속에는 한 가지
생각밖에 없었다. 전쟁과 끝장을 보고, 다시 연애와 문학을 즐기고, 로
열 에어포스의 비행기 속에서 너무도 힘들게 얻어낸 영광을 마침내 누

리고, 축제가 벌어지는 파리의 행복에 몸을 내던지는 것. 그리고 용감한 전사의 역할보다 훨씬 마음에 드는, 완전히 새로운 역할, 작가의 역할, 그것도 성공을 누리는 작가의 역할을 하는 것.

그리하여 그는 1944년부터 또다른 전투에, 프랑스 문예계라는 전장에 뛰어든다.

1944년 6월 18일, 가리는 낭시에서 모든 로렌 부대 동지들과 함께 발랭 장군으로부터 해방무공훈장을 받는다.

1945년 7월 14일, 드골 장군이 개선문 아래에서 가리의 가슴에 레지옹 도뇌르 훈장을 달아준다.

그해 여름, 가리는 니스의 코카드 묘지에 있는 어머니의 무덤에 백합 꽃다발 — 니나가 가장 좋아했던 색 — 을 바친다.

1945년 6월, 칼만 레비에서는 그해 가을에 비평가상을 받게 될 『유럽의 교육』을 출간한다.

소설은 1943년 말에 하트퍼드 브리지 활주로에서 훈련중 사망한 자유프랑스인들 중 막내인 로베르 콜카나프에게 바쳐진다.

언젠가 『밤은 고요하리라 *La Nuit sera calme*』에서 가리는 이렇게 쓴다.

"자기 목숨은 한 번, 단 한 번만 바친다. 비록 살아남는다 하더라도."

레슬리

"고골리를 닮으셨네요." 그녀가 가리에게 말한다. 이것은 둘 모두에게 가장 멋진 칭찬이다. 작은 키, 호리호리한 몸매, 금발에 청록색 눈동자, 빨갛게 칠한 입술. 그녀는 도자기 인형을 연상시킨다. 값비싸고 깨지기 쉬운 영국 인형을.

1944년 런던, 폭격이 잠시 뜸한 사이, 그녀는 휴가 나온 병사들이 하룻밤을 함께 보낼 아가씨들을 찾는 한 나이트클럽에서 가리를 만난다. 그 자유 프랑스인이 그녀의 호기심을 자극한다. 그녀는 본능적으로, 첫눈에 그에게서 묘하고 색다른 뭔가를 느낀다. 친구들이 춤을 추거나 여자들을 유혹하는 사이, 가리는 바에 홀로 앉아 짭짤한 땅콩을 게걸스레 주워 먹고 있다.

'고골리를 닮으셨네요……' 가리에 대해 아무것도 모르면서, 그녀는 그에게서 러시아인을 본다. 그리고 그 러시아인은 단번에 그녀를 사로잡는다.

먼 옛날 성 바르텔르미 대학살을 피해 영국으로 건너온 프랑스인 조상이 세운 집안 출신의 순수 혈통 영국 여자로, 런던에서 태어나 런던과 서식스에서 유모 손에 자란 그녀는 가장 강렬하고 특이한 방식으로 러시아에 매료된다. 편집광적으로 취미에 집착하는 영국의 속물 신사들처럼 꽃이나 우표를 모으는 게 아니라, 그녀는 책, 오브제, 연인 등 러시아적인 모든 것을 수집한다…… 아주 예외적인 취향을 가진 그녀는 열렬한 러시아 팬이다.

그녀의 이름은 레슬리 블랜치다.

러시아는 레슬리의 첫사랑이었다. 네 살 때, 그녀는 한 러시아인, 한 '마법사'에게 푹 빠져버렸다. 그녀는 그를 '여행자'라 칭했다. 그리고 평생 그렇게 부른다. 모스크바 사람이지만 타타르인의 혈통과 길게 찢어진 눈, 빡빡 깎은 머리, 아시아인의 낯빛을 가진 이 마법사, 런던에 들를 때마다 그녀의 부모를 방문하는 이 친구는 레슬리의 아버지만큼 나이들어 보일지는 몰라도 한없이 매혹적이고 재미있었다. 어른들의 살롱을 슬그머니 빠져나와 그녀와 함께 차를 마시러 그녀 방으로 올 때, 그는 광활한 벌판의 기운을 몰고 왔다. 그는 누구와도 닮지 않았고, 유모도 그의 변덕스러운 장난 앞에서는 뜻을 굽혔다. 이렇게 해서 레슬리는 그에게 러시아 식으로, 받침 접시에 버찌잼 스푼 하나를 놓고 유리잔에 차를 따라 대접하는 법을 연습하게 된다. 그는 늘 보석 같은 이야기들을 가지고 그녀의 영역 안으로 들어왔다. "마술 중의 마술." 그는 이렇게 말하곤 했다. 지칠 줄 모르는 이야기꾼인 그는 레슬리에게 「일리야 무라메츠*Ilya Mourametz*」나 「꼽추의 망아지*Konyok Gorbunok*」 같은 러시아나 몽골 전래동화의 주인공들을 소개하거나, 자신이 중앙아시아 호수에서 낚시로 뱀을 어떻게 낚았는지 설명했다. 그 자신이 동화 속 인물이었다. 모피와 호박 염주, 탁월한 상상력으로 그는 어린 계집아이를 매료시켰고, 레슬리에게 신비한 대륙의 문을 활짝 열어주었다. 그리고 '여행자'에게 홀린 그녀는 조금도 망설이지 않고 그를 따랐다. 아버지와 함께 미술관을 방문할 때면, 램프 속 요정처럼 전혀 예상할 수 없는 방식으로 불쑥 나타났다가는 사라지는 이 두번째 아버지에게서 영롱한 색깔들의 세계를 감상하는 법을 배웠다.

'여행자'는 입을 다물지 못하는 어린 계집아이에게 시베리아의 눈부신 경치를 구리 침대, 서재, 욕조, 그랜드피아노가 갖춰진 궁궐처럼 묘사했다. 하지만 그는 그곳의 비참한 생활, 사슬에 묶인 도형수들로 가득한 화차 감옥, 그들이 부르는 절망의 노래 〈밀로세르드나야*Miloserdnaya*〉역시 생생히 그려주었다. 레슬리의 가장 큰 꿈은 언젠가 똑같은 여행을 하는 것, 전설적인 시베리아가 구현하는 약속의 땅까지 상상의 왕국, 러시아를 횡단하는 것이었다.

그는 레슬리에게 물건을 수집하는 취미를 심어주었다. 올 때마다 그녀에게 갖가지 선물을 했고, 그녀는 공작석 조각, 코사크 기병 모자나 어느 몽골족 족장의 말꼬리가 매달려 대롱거리는 창 등, 선물들이 상기시키는 나라와 그에 대해 똑같은 경외심을 느끼며 그것들을 모았다. 청소년기 내내 부활절만 되면 그녀는 끝없이 유랑하는 그 친구가 살아 있는 한, 세상 끝에서라도, 잊지 않고 보내주는 러시아 전통 달걀을 의례적으로 받았다. 그것들 중 청자로 된 것에는 작은 보석들이 박혀 있었다. 그는 레슬리에게 그녀의 첫 성모상을 선물하기도 했다. 이렇게 해서 어린 계집아이는 무서워 잠 못 이루는 밤마다 희미한 은 전등 불빛에 어두운 얼굴을 드러내는 성모의 보호를 받을 수 있었다.

아주 어린 시절부터 레슬리는 자기가 직접 선택한 책들만 꽂아놓는 책꽂이를 갖고 있었다. 자유주의자인 그녀의 아버지는 아무 선입견 없이 무슨 책이든 다양하게 접해봐야 폭넓은 식견을 기를 수 있다고 믿었다. '여행자'가 세상을 돌아다니느라 오랫동안 찾아오지 않을 때면, 그녀는 꿈에 자양분을 주는 소설들 속으로 빠져들었다. 그녀는 푸슈킨, 고골리 등 모든 '마법사'들의 책을 읽었다. 러시아의 역사와 지리를 공부했다. 이렇게 해서 러시아는 그녀의 진정한 조국이 되었다. 매일 밤, 침대에서는 책을 읽지 않는 것이 영국의 규범인 탓에, 그녀는 눈을 감고 '여행자'가 가르쳐준 '달아나기 놀이' — '런 어웨이 게임' — 를 했다. 그녀는 런던의 장밋빛 침실을 떠나 기나긴 기차 여행을 떠났다. 열정적인 사랑이 기다리는 신비의 땅 시베리아까지…… 레슬리는 늘 꿈속으로, 이국적인 나라로 도피하고자 했던 낭만적인 여자, 신비롭고 환상적인 것에 열광하는 섬세한 여자였다. 그리고 디킨스보다는 푸슈킨을 더 좋아했다. 이 이중적인 정체성에서 비롯된 매력을 발산하며, 그녀가 로맹 카체브 앞에 모습을 드러낸 것이다.

그는 그녀를 영국 여자라고 믿었다. 그녀의 창백한 아름다움과 숙녀의 억양, 반듯한 행동거지 때문에. 하지만 그녀는 보기보다 훨씬 슬라브적인 면모를 드러낸다. 묘한 환상과 기발한 상상력을 통해, 그에게 러시아 여자로, 하지만 가리 자신과는 다른 백러시아 여자로 비치게 된다. 러시아 구체제 귀족들을 멋들어지게 흉내내는 그녀는.

가리를 만났을 당시, 그녀는 기르던 고양이 두 마리에게 옴스크와 톰스크라는 이름을 붙여준다. 청어는 실리옷카(siliodka), 까치밥나무 열매 시럽은 키시엘(kiciel), 비록 런던 식일지라도 배추수프는 스체(stchee)라 부른다. 예전에는 어머니의 도움을 받아, 빅토리아 여왕 시대 인형 집을 파스텔로 칠하고 둥근 금색 지붕으로 장식해 일종의 모스크바 궁-성당으로 변모시켜놓은 적도 있다. 가리도 곧 이 '인형의 집(doll's house)'을 보게 된다. 물건을 좀처럼 버리지 않는 레슬리는 그것을 베레모와 밀짚모자들을 넣어두는 모자 상자로 활용하고 있었다.

"마술 중의 마술!"

첼시에 있는, 18세기에 지은 레슬리의 집에서, 로맹은 사모바르가 보글보글 끓고 있는, 러시아 성상과 성유물이 가득한 이국적인 무대장식

110

의 형태로 오리엔트를 다시 발견하게 된다. 그녀는 로맹의 어머니처럼 차를 유리잔에 담아 오이와 잼 스푼과 함께 내놓았다. 그녀는 키릴 자모를 알기는 하지만 영어 말고 다른 말로 로맹과 대화를 나누기에는 러시아어가 너무 서툴렀다. 둘은 로맹이 막 발견한 언어, 탁월한 언어적 재능과 레슬리의 가르침 덕분에 그 미묘함을 금방 깨우치는 언어로만 언제나 대화를 나누게 된다. 하지만 그는 러시아어와 프랑스어에 대한 자신의 지식을 그녀와 나누려는 노력은 전혀 하지 않는다. 그는 레슬리가 영어 외의 언어로 말하는 것을 아주 싫어했다…… 사실 레슬리는 모범적인 계집아이처럼 모어를 다뤘다. 아주 순수하고 우아하고 섬세한 영어를 썼다. 교육을 잘 받은 여자일 뿐만 아니라 책, 미술관, 음악회에서 획득한 개인적인 문화를 소유하고 있었기 때문이다. 비록 대학을 나오진 않았지만, 그녀는 이국적인 취향을 과시하는 지식인이었다.

레슬리는 유식한 척하는 속물과는 전혀 달랐다. 그녀 자신의 말에 따르면, 최고의 연인인 러시아 남자들만 사랑한다고 털어놓았다.

짧은 결혼생활—그녀는 끝내 비밀로 간직하려 했다—끝에 이혼한 그녀는 자유롭고 행복한 생활을 영위한다. 그리고 전쟁을 모험과 축제로 가득한 시기로만 기억하고 싶어한다…… 지상보다는 자신의 '보스턴'을 더 편하게 여기던 가리 드 카체브가 민간인들 사이에 있을 때는 슬그머니 층계 아래로 피신해 홀로 있는 것을 더 좋아한 반면, 그녀는 폭격이 있을 때면 베개로 얼굴을 덮고 침대에 계속 누워 있는, 배짱 두둑한 여자였다. 레슬리의 영국인 친구로, 유고슬라비아 남자와 결혼한 페트로비치 부인 역시 지하실로 대피하지 않고 공습 해제 경보가 울릴 때까지 숨죽이고 기다렸다고 이야기한다. "뭐든 익숙해지게 마련이니까요." 그녀는 당시 영국인들의 인내심과 용기를 이렇게 간단히 말한다.

'여행자'는 레슬리에게 여러 가지 놀이 가운데 사랑도 가르쳐주었다. 그것은 그가 탁월한 재능으로 그녀에게 보여준 하나의 마법이었다……

레슬리가 스무 살이 채 되기도 전에 그녀의 삶에서 영원히 사라져버린 그는 위대한 사랑에 대한 향수를 남겨놓았다. 그녀는 만나는 모든 남자들에게서 그의 추억과 매력을 찾았다. 아마 그녀가 만난 남자들은 이 눈부신 인물의 밋밋한 복사본에 지나지 않았을 것이다.

로맹 가리 드 카체브는 곧 레슬리를 매료시킨다. 러시아 남자이므로, 그리고 무엇보다 예술가이므로. 그녀는 반(反)순응주의를 잘 드러내는 예술을 열렬히 숭배했다. 그녀는 결코 소시민을 사랑할 수 없을 터였다. 로맹을 보고 첫눈에 반할 당시, 어린 시절의 영웅을 찾아 헤매던 그녀는 자신을 푸슈킨의 여주인공으로 상상하며, 절대적인 사랑을 믿는 정열적인 여자였다.

레슬리는 서른일곱 살—로맹보다 일곱 살 연상—이고, 잡지계에서 경력을 쌓아 명성을 얻은 뛰어난 기자였다. 『보그 Vogue』지 기자로 주로 영화와 연극을 다뤘는데, 그 계통에서는 잘 알려져 있고, 높이 평가받고, 때로는 두려움의 대상이 되기도 했다. 그녀는 낸시 밋퍼드*와 피터 유스티노프**의 친구였다. 피터의 경우, 레슬리는 그의 첫 희곡들을 원고 상태로 읽어보고 글이나 연출에 대해 충고를 해주기도 했다. 그녀는 날카롭고 간결하고 권위적인 문체로 탄성을 자아내는 기사들을 썼다. 다양한 영국 신문에, 심지어 『데일리 텔레그래프 Daily Telegraph』에도 글을 실었다.

레슬리는 가리를 깜짝 놀라게 만들 수도 있었을 것이다. 파리에서 이반 모주힌을 만난 적도 있고, 라흐마니노프와는 자주 접촉했으므로.

유명한 예술가와 작가 들의 친구로 런던에서 한창 잘 나가던 레슬리에 비하면, 로맹 가리 드 카체브는 아직 풋내기처럼 보였다. 한낱 신인으로

---

* Nancy Mitford(1904~1973), 영국 전기작가.
** Peter Ustinov(1921~2004), 영국 극작가, 배우, 영화감독.

자신의 책을 출간해줄 발행인을 찾는, 여러 유수 출판사의 에이전트로 일하는 아름다운 무라 부드베르그 백작부인에게 아첨하는 초보 작가들 중 하나에 불과했다…… 레슬리의 활동 무대는 언론계에 국한되지 않았다. 그녀는 사교계의 예법 역시 잘 알고 있었다. 로맹은 기껏해야 기본에 불과한, 손에 입 맞추는 법밖에 몰랐던 반면, 레슬리는 한없이 섬세하고 교양 있고 우아해 보였다. 그녀는 그에게 예법을 가르쳐 그녀의 세계로, 선별된 친구들과 유명 인사들 틈으로 데리고 들어간다.

그녀는 경험과 성격, 나름대로의 생활 철학, 어쨌거나 한 청년을 성장시키기에 — 장차 그가 이루어낼 것보다는 있는 그대로의 그에게 훨씬 더 매료되어 있긴 했지만 — 충분한 인내심과 사랑을 갖춘 성숙한 여자였다.

1944년, 로맹은 어느 관공서에서 아무런 종교 의식 없이 레슬리와 결혼한다. 랑쿠르 대령이 신랑 측 증인이고, 장밋빛 투피스에 챙 없는 둥근 모자를 쓰고, 검은 여우털 토시를 하고, 손목에는 이브를 상징하는 뱀 팔찌를 찬 랑쿠르 부인이 신부 측 증인이었다. 로맹은 파일럿 유니폼을 입고 있었다. 아주 조촐히 치러진 예식에 이어, 프뤼니에 식당에서 피로연이 열렸다. 사랑에 빠진 신부는 아마도 그리스정교 신부의 축복을 받지 못하는 것이 조금 아쉬웠을 것이다. 그녀는 늘 성상들을 앞에 두고 서서 거행하는 정교 의식을 선망했다.

둘의 결합은 가리 드 카체브(Gari de Kacew)라는 성으로 공식 등록된다. 레슬리는 언젠가 로맹이 로맹 가리로만 불릴지도 모른다는 생각에 몸서리친다. 그녀는 그냥 로맹 카체브와 결혼하고 싶었을 것이다. 그녀는 자신이 '진부하고 천박하고 미국적……'이라고 평한 가리(Gary)보다는, 그녀 귀에 훨씬 더 매혹적이고 친밀한 울림을 주는, 러시아를 연상시키는 그 성을 간직하라고 그에게 애원하게 된다.

유머는 문학적 공모감과 더불어, 그들 사이를 견고하게 해주는 최고의 접착제 역할을 한다. 프뤼니에 식당을 나서면서 장난기가 발동한 레슬리는 로맹에게 결혼반지를 귀고리로 사용하면 어떻겠느냐고 넌지시 말한다. "해적 같을 거예요." 그녀가 말한다. 로맹은 그 해괴한 짓을 거부한다.

파리의 코미디

1945년 11월 7일, '11인단'은 점심 식사를 마친다. 쥘 르메트르는 송어, 티보데는 엷게 저민 쇠고기, 생트 뵈브는 거위 간…… 비평가상(Prix des Critiques)을 제정해 문학계 원로들의 의견을 들어보자는 아이디어를 낸 것은 신생 출판사 에디시옹 뒤 파부아(Editions du Pavois)였다. 그날 마르셀 아를랑, 앙드레 빌리, 모리스 블랑쇼, 장 블랑자, 장 그르니에, 에밀 앙리오, 아르망 우그, 로베르 캉프, 프레데리크 르페브르, 가브리엘 마르셀, 장 폴랑, 당시 짧막한 글 한 편으로 책 한 권을 죽이기도 하고 살리기도 하는 거물들이 투표를 실시한다.

앙드레 도텔의 『여명 속의 길들 *Les Rues dans l'Aurore*』에 네 표, 자크 르마르샹의 『주느비에브 *Geneviève*』에 두 표, 그리고 로맹 가리에게 다섯 표.

앙드레 빌리와 에밀 앙리오가 『유럽의 교육』을 적극적으로 민다. 결국 그들의 유망주는 작품 활동을 지원할 목적으로 주어지는 상금 십만 프랑을 거머쥔다.

누군가 연락을 취해 가리를 부른다. 사진기자와 기자 들이 몽테뉴 가를 오락가락하며 끈기 있게 기다린다. 그 무명의 작가가 어떻게 생겼는지 아느냐고 서로 물어가면서. 그가 나타난다. 검은 군복 상의를 입고, 넥타이를 매진 않았지만 그가 받은 훈장을 모두 단 채, 웃음기 없는 무거운 표정으로, 말없이.

"로렌 비행단 소속입니까, 아니면 보리스 고두노프* 소속입니까?"
'비잔틴-코사크'적인 그의 얼굴을 보고 놀란 『프랑스 프레스France-Presse』의 한 기자가 묻는다.

가리는 쏟아지는 질문에 비교적 간결하게 대답한다. 특히 고골리와 말로를 읽었다고, 이미 두번째 소설을 손에 쥐고 있다고…… 하지만 무엇보다 존재감과 풍모로, 침울한 목소리와 연극적인 침묵으로 깊은 인상을 남긴다. 플래시가 연방 터지는 와중에도 그는 유유히 심사위원들과 악수를 나누고, 특별히 빌리와 앙리오에게 감사의 말을 전한다.

이튿날과 이어지는 며칠 사이, 그에 관한 전설이 자리잡는다. 가리는 그것을 전혀 부인하려고도 하지 않는다.

『프롱 나시오날Front National』은 가리가 프랑코 치하 스페인에서 감옥살이를 했고, 헤밍웨이처럼 스페인 내전에 참여했다고 발표한다. 『프랑스 프레스』는 그의 어머니가 프랑스 프로방스 출신이고, 아버지는 우크라이나 사람이라고 단언한다. 『프롱 나시오날』은 그를 미국 아니면 영국 작가(기자는 망설인다)로 착각하고, 그가 이집트에서 롬멜 장군에 대항해 싸웠다고 주장한다. 전사 가리, 괴짜 가리, 싸움닭 가리, 언론은 케셀의 모든 자질을 그에게 부여한다. 전설이 그의 피부에 달라붙어, 대

* Boris Godunov. 푸슈킨의 역사 비극 「보리스 고두노프」의 주인공. 표트르 황제의 권신인 보리스는 황제의 동생 드미트리를 암살하고 황제 사후에 제위에 오르지만, 양심의 가책과 민심의 이반으로 고뇌하다가 변사한다.

중은 보다 어둡고 미묘한 진실을, 전 생애에 걸쳐 행동에 뛰어든 건 단한 번뿐인 고질적인 몽상가이며 욕구 불만의 이상주의자인 가리의 비밀을 알지 못하게 된다. 우유부단하고 머뭇거리고 쉽게 상처 입는 그는 해방훈장 수훈자의 가면을 벗으면, 오히려 반(反)케셀 혹은 반헤밍웨이처럼 보일 터였다. 사실 그는 모험가보다는 시인에 가까웠다. 하지만 비평계는 무엇보다 당시 그가 자신에게 부여한 연극적 이미지, 세기의 폭풍속에 온몸으로 뛰어든 작가들의 막내동생 이미지를 간직하게 된다.

『몽드 일뤼스트레*Monde Illustré*』크리스마스 특별호에서, 앙드레 빌리는 이 새로운 작가를 '레지스탕스 문학의 제1열'에 위치시키고, '놀라운 발견, 로맹 가리'라는 제목을 붙인다. 『라 르뷔 드 파리*La Revue de Paris*』에 실린 마르셀 티보데의 반응은 좀더 조심스럽다. 그도 가리의 '거침없는 연극적 상상력, 뛰어난 구성 감각'을 인정한다. 하지만 '그의 작품에는 연습한 흔적이 역력하다'며 아쉬워하고, 그것을 '댄디적인 면모'라 칭한다.

언론은 뜨거운 반응을 보이며 장래가 촉망되는 첫 소설을 두 팔 벌려 환영한다. 루이 랑베르는 『르 페이*Le Pays*』에서 '주제에 값하는 이 상징적인 작품은 놀라운 재능을 가진 진정한 작가를 드러낸다'고 평하고는 그의 등장을 '문학적 사건'으로 소개한다. 한편 가리가 마음에 담고 있는 유일한 고장 니스에서는, 조르주 발랭이 『오피니옹*Opinions*』에 이렇게 쓴다. '로맹 가리는 신인이다. 하지만 보통 신인이 아니다! 이야기를 하는 예술에서 단번에 그토록 완벽한 경지에 도달하는 것은 그야말로 놀라 넘어갈(과장이 아니다) 일이다.' 그러고는 니스 고등학교를 졸업한 사람에 대해 말하고 있는지 짐작도 못한 채 덧붙인다. '무엇보다 놀라운 것은 방법의 단순성과 경제성이다. 그 결과 묘한 효율성이 창조되었다.'

아마 가리는 흡족했을 것이다. 첫 작품이 세상을 떠들썩하게 만들고,

그에게 그토록 원하던 지위를 가져다준 것이다. 그는 이제 작가였다. 그 증거를 보여준 참이었다. 물론 비평가상 수상으로, 며칠 후 장 루이 보리의 『독일 시대의 우리 마을Mon village à l'heure allemande』에 돌아간 공쿠르 상을 놓치기는 하지만, 가리는 양질의 명성을 얻고 수준 높은 작가들과 어깨를 나란히 하게 된다. '11인단'은 유명한 문학상들을 탈 가능성이 충분한 가리를 선택하여, 그가 다른 상들을 못 타게 만든 것이다.

이와 관련해서, 로맹 가리와 그의 발행인 로베르와 피에르 칼만 형제 사이에 불안이 담긴 서신이 오간다. 영리한 전략가인 가리는 아롱의 충고에 따라 가브리엘 마르셀에게 비평가상 후보 자격을 포기하겠다는 편지를 쓴다. 이어 에밀 앙리오에게 흠모와 존경, 고마움을 표현하는, 첫 번째 편지와 모순되는 또 한 통의 편지를 쓴다. 그처럼 강력한 영향력을 가진 비평가를 화나게 만들고 싶지는 않았던 것이다. 칼만 형제에게 보낸 세번째 편지에서, 가리는 자신이 러시아 태생이라는 사실을 밝히지 말아달라고 부탁한다. 공쿠르 상 심사위원들이 옛날 아보르의 대위들처럼 카체브라는 이름을 가진 작가를 싫어하지 않을까 염려한 것이다. 그는 발행인에게 자신의 조상들을 보증해달라고, 자신을 니스 출생으로 발표해달라고 부탁한다!

작전은 기대한 대로 착착 진행된다. 아롱과 칼만이 심사위원들에게 영향력을 행사하려고 애쓴다. 하지만 비평가들이 가리에게 상을 주려고 고집을 부릴 거라는 사실은 금세 명확해진다.

가리는 가슴을 친다. 비평가상도 명예롭긴 하지만, 오직 공쿠르 상만이 명예와 소설의 신속한 출간을 동시에 보장해줄 수 있었다…… 전후 프랑스에는 물자가 절대적으로 부족한 탓에, 『유럽의 교육』의 출간은 종이가 없어 나중으로 연기될지도 몰랐다. 공쿠르 상, 그것은 생명, 그의 책과, 장차 그가 써낼 책들의 생명이었다.

결국 짜증이 난 가리는 모든 것을 운명에 맡기고, 이 모든 이야기에 돌연 초연한 태도를 취하며 로베르 칼만에게 보내는 한 편지에서 이렇게 결론짓는다. '이 모든 게 나를 진절머리 나게 만드는군요. 우정을 담아, 로맹 가리.'

공연한 걱정이었다. 책은 엄청난 성공을 거둔다. 일 년 만에 무려 80,000부가 팔려 나간다!

전쟁 기간 내내 문학을 박탈당했던 프랑스 독자들은 알게 모르게 비시 정권에 협조한 늙은 세대의 작가들을 경원시하기 시작한다. 지로두나 샤르돈 같은 작가들은, 가리처럼 레지스탕스에서 이름을 떨쳤고 용기를 통해 많은 치욕을 잊게 해줄 수 있는 젊은 작가들에게 많은 독자를 빼앗기고 만다.

자유를 되찾은 행복감 속에서, 아름다운 이야기를 토대로 한 로맹 가리의 첫 소설은 단번에 베스트셀러의 대열에 진입한다. 1945년 7월 25일, 알베르 카뮈는 『유럽의 교육』을 읽고 느낀 '감탄과 감동'을 전하는 편지를 로맹 가리에게 보낸다. 카뮈는 그에게 자신이 막 갈리마르 출판사에서 만든 컬렉션에 참여해달라고, 원고를 보내달라고 부탁한다.

흑해를 떠도는 불안

　검은색 넥타이에, 단춧구멍이 장미 문양으로 장식된 단정한 짙은 색 정장을 입은 그는 이제 프랑스를 대표하는 젊은 외교관이다. 로맹 가리 —이제 사람들은 이 이름으로 알고 있다—는 새로운 역할을 마음에 새긴다. 소외된 소년, 불가해한 천재성을 지닌 대학생, 전투를 즐기는 영웅에 이어, 이제 보다 고전적이고 프랑스적인 인물—폴 클로델*과 생 종 페르스**처럼 최근에 귀족으로 승격된, 격조 높은 전통의 인물, 즉 작가 외교관—을 연기한다.

　드골주의자들과 맺은 인연 덕분에, 가리는 최근 발표된 법령에 따라

---

* Paul Claudel(1868~1955). 일생 동안 외교관으로 일하면서 문학사에 남을 많은 시, 연극, 평론 등을 써냈다.
** Saint John Perse(1887~1975). 본명은 알렉시스 레제르(Alexis Léger). 프랑스 외교관이자 시인으로, 1940년에 런던의 드골 장군 편에 서기를 거부한 탓에 미국 망명을 강요당한다. 1960년에 노벨 문학상을 받았다.

드골 장군의 충복들에게 모든 문을 활짝 열어젖힌 외무부에 예비 시험을 거치지 않고도 들어갈 수 있게 된다. 그가 '아직 성숙하지 않다'고, 책임을 맡기에는 너무 젊다고 판단한 가스통 팔레브스키의 반대에도 불구하고, 앙드레 말로와 레몽 아롱의 지지를 등에 업은 가리는 1945년 10월 25일에 이등 대사 서기관으로 케 도르세*에 들어간다. 눈부신 경력이 보장된 것이다.

야망에 찬 가리는 우선 런던 주재 프랑스 대사 문화참사관 자리를 탐낸다. 작가에게는 무조건적인 호의를 보이는 앙드레 말로가 가리에게 그 자리를 약속했던 것이다. 하지만 드골 장군 내각은 가스통 팔레브스키를 통해 그 인사에 단호히 반대한다. 후보자가 '너무 젊고' 또한 '너무 가볍다'는 것이 이유였다. 장관의 아름다운 약속이 취소되었다는 것을 가리에게 알리는 역할을 맡은 레몽 아롱은 런던 대신 소피아를 제안한다. 로맹과 레슬리는 약간 실망하지만 어쩔 수 없는 일이었다.

불가리아로 발령을 받은 가리는 파리에 들러 불가리아 공사관 일등 서기관 르벤 토도로프를 방문하는 일부터 시작한다. 가리와 동갑인 불가리아 외교관은 마르소 가에 있는 자신의 사무실로 그를 맞아들이고, 그들의 열정적인 대화 — 반은 프랑스어로, 반은 러시아어로 나눈 — 는 오랜 우정의 시초가 된다. 감수성이 풍부하고 섬세한 사람으로, 예술과 문학에 심취한 르벤 토도로프는 조국을 사랑하고, 요원해 보이는 조국의 자유를 꿈꾸는 애국자이자 위대한 레지스탕스이기도 했다. 키가 크고 금욕적이며 눈동자가 맑은 그는 천천히, 부드럽게 말한다. 하지만 그 부드러움은 감정의 격렬함을 감추지 못한다. 토도로프는 『유럽의 교육』에 등장하는 도브란스키와 이상주의, 깊은 슬픔을 공유한다. 그는 폭넓은 교양과 정치사상으로, 그에게서 자신처럼 러시아 소설가들, 특히 도

---

* 프랑스 외무부.

스토예프스키와 고골리를 경배하며 자란 슬라브 형제들 중 하나를 알아본 가리를 매료시킨다.

12월, 가리는 모피로 멋들어지게 온몸을 감싼 아내를 대동하고 소피아에 도착한다.

부부는 조국 불가리아의 해방 두 해 전에 터키인들에게 처형된 혁명 작가 하지 디미타르의 동상이 지키는 상징적 주소인 크리스토프 보테프 가에 정착한다…… 가리가 불가리아의 잔인한 역사와 시인들에 대해 명상하는 동안, 레슬리는 집 안을 장식하느라 바삐 움직인다. 그녀는 외교관 아내로서의 새로운 역할을 알아서 척척 해낸다. 언젠가 남편이 ― 아마 어느 정도는 그녀 덕분에 ― 대사가 되리라는 것을 믿어 의심치 않는다. 남편을 위해 사람들을 맞이하고, '그들의' 품격을 지키고 싶어한다.

레슬리는 약간의 상상력을 발휘해, 공사관이 그들 부부를 위해 마련해놓은 을씨년스럽고 소시민적인 아파트를 완전히 변모시켜놓는다. 우선 너무 구태의연해 보이는 거실의 흰 레이스 커튼을 당장 벗겨내 핑크빛으로 염색한 다음 식탁보로 사용한다. 염료는 소피아에서는 구경조차 할 수 없는 사치품인 탓에, 커튼을 버찌주스에 담그게 한다. 다마스쿠스 천으로 된 식탁보는 창문에 건다. 이것은 모순에 빠진 그녀의 정신, 반순응주의에 대한 확고한 결의를 보여주는 확실한 증거다. 사실 그녀는 독특한 여자라는 자신의 명성에 집착하고, 작가의 아내라는 사실도 잊지 않는다. 그것은 보헤미안적인 자유분방함과 고전적인 엄격함, 예술가의 생활과 공식적인 의식들을 절묘히 결합시켜야 하는, 양면성을 띤 완수하기 힘든 임무였다. 레슬리는 로맹에게 너무 '스마트하게', 너무 '빼어나게' 입지 말라고 잔소리를 한다. 그가 어쩌다 공사관의 리셉션에 늦으면 서슴없이 호된 질책을 퍼부었다. 그녀는 상상력이 풍부하고 격정적인 소설가로서 경직된 케 도르세의 틀

안에서 생활해야 하는 로맹의 애매한 상황을 보호하기 위해 온 힘을 다한다.

이 대소란 앞에서 가리는 어깨를 으쓱하고 만다. 물질적인 디테일은 그에게 조금도 중요하지 않았다. 실내장식은 아예 레슬리에게 맡겨버린다. 그리고 그 실내장식은 레슬리의 환상을 너무도 잘 반영한다. 그녀는 집시 시장에서 대나무를 엮어 만든 병풍, 구운 흙으로 만든 흰색 접시들을 사고, 모든 벽에 그토록 좋아하는 성상과 동양 양탄자를 걸어 자신의 행복에 없어서는 안 되는, 용연향 냄새가 물씬 풍기는 이국적인 분위기를 연출한다. 가리는 근본을 숭상하며 성장하지 않은 자기보다는 레슬리에게 훨씬 더 친숙한 러시아-터키 민속의 어지러운 장식에서, 약간은 시골 장터 같은 느낌을 받는다. 이처럼 환상적인 과거에 집착하고, 그것을 그의 눈앞에 펼쳐놓은 것은 그녀였다. 그런 그녀가 측은하기도 하고 짜증이 나기도 하는 로맹에겐 다른 근심거리가 있었다.

가리 부부에게는 물질적으로 모든 게 부족했다. 레슬리에게는 실크 스타킹이, 로맹에게는 매일—그에게 익숙한 리듬—글을 쓰는 데 꼭 필요한 소중한 종이들이. 일요일이면 소피아를 벗어나 인근에 있는 비토사 산의 아름다운 숲들을 둘러보기 위해, 그들은 자동차를 주문했다. 하지만 자동차는 국경을 넘지 못하고 묶여 있었다. 그나마 다행스럽게도 외교관 전용 가게가 있어서, 교분이 있는 사람과 친구 들을 부끄럽지 않게 대접하는 데 없어서는 안 될 식료품들을 구입할 수는 있었다. 공식 만찬에 내놓기에는 그곳에서는 너무 흔한 진미인 캐비아도 있었다. 레슬리는 프랑스 식으로 요리를 해보려고 애썼다. 밖에서는 불가리아 국민들이 굶주려 죽어가는 동안에.

첫 임지에 부임하면서부터 가리는 폭풍우 한가운데로 떨어지고 만다. 1946년, 왕 보리스 3세에 의해 나치 편에서 미친 듯이 전쟁에 끌려 들어간 불가리아는 소련군에게 점령된 패전국이었다. 1944년부터 톨부힌*

의 소련군 부대가 불가리아를 점령하고 있었다. 애국전선이 해체되고, 권력의 주요 거점들은 공산주의자들에게 장악된다. 처단을 일삼는 가혹한 체제가 공포의 침묵을 퍼뜨리기 시작한 소피아의 거리마다 소련군의 군화 소리가 울려 퍼진다. 소련의 전체주의에 위협받는 불가리아는 이미 지평선 너머로 사라진 꿈에 불과한 자유를 위해 사슬에 묶인 사자처럼 몸부림친다. 가리는 『밤은 고요하리라』에서 이렇게 쓴다.

　　당시 붉은 군대는 불가리아 곳곳에 들어와 있었다. 그것이 러시아 혁명 이후로 내가 나의 근본과 가진 첫 접촉이었다.

　　겨울과 공포, 눈과 체카**, 그는 소피아에서 빌노의 분위기를 다시 발견한다.

폭풍우 속에 던져진 나라의 조종간은, 히틀러가 감히 처형하지 못한 베를린 국회의사당 방화 소송 사건의 주인공이자, 공산당 연합 코민테른의 옛 수장이며, 스탈린의 개인적인 친구이자 충실한 부관인 게오르기 디미트로프가 쥐고 있었다. 가리의 정의에 따르면, 디미트로프는 '그루지야의 차르에게 굴복한 국제 볼셰비키'였다. 실제로 그는 납처럼 창백한 얼굴을 붉은 분으로 가린, 심각한 동맥경화와 당뇨에 시달리는 산송장이나 다름없었다. 하지만 비극적인 연극에 버금가는 연설을 통해 여전히 포효할 수 있는 그는 놀랍고 비장한 존재감으로, 최고의 볼셰비키를 훌륭하게 구현한다. 프랑스 공사관의 한 리셉션에서 디미트로프와 러시아어로 대화를 나눌 기회를 가진 가리는 자신이 러시아에서 태어났고 1921년에 소련을 떠났다고 차분하게 밝힌다.

---

* 불가리아 북동부의 도시.
** 1917년 10월혁명 성공 후 국내외 상황을 타개하기 위해 창설한 소련 비밀정보기관. 소련 비밀경찰(KGB)의 전신.

그가 나에게 말했다. "많은 걸 잃으셨군요."라고. 그 아이러니한 말 속에는 너무 큰 회한이 담겨 있어서, 프랑스에 대한 경멸감에서 나온 것인지 아니면 러시아에 대한 증오에서 나온 것인지 말하기란 불가능했다.

유고슬라비아와 불가리아를 위대한 러시아의 신하국으로 통합하는 남(南)슬라브족 대연맹을 꿈꾸고, 세계 적화를 향한 공산주의 대장정의 연속적인 단계들을 쉴 새 없이 계획하는 늙은 독재자에 맞서, 고만고만한 석고상 같은 불가리아 반체제 인사들이 들고일어난다. 서유럽의 자유를 그리워하는 이 자유주의자들, 이 사회주의자들에게 '민주주의'라는 말은 아직 세상에서 가장 아름다운 낱말이었다.

농업이 부의 유일한 수단인 농부들의 나라에서 농본당은 집단화와 콜호스* 신봉자들과 싸우도록 농민들을 부추긴다. 이처럼 야당이 한창 목소리를 높이고 있을 때, 가리는 소피아에 도착한다.

야당 신문들은 투지와 용기, 간담을 서늘하게 하는 도발 정신을 드러내며 거의 욕설에 가까운 공격적인 어조를 취한다. 기자들은 서슴없이 통치자들을 '공산주의 패거리' '공산주의 갱'이라고, 내무장관 유고프를 '붉은 손을 가진 살인자'라고 부른다.

농본당 당수이자 민족주의를 표방하는 신문 중 하나인 『나로드노 젬레델스코 즈나메*Narodno Zémlédelsko Zname*』의 편집장인 니콜라스 페트코프는 공산주의자들과 필사적인 투쟁을 벌인다. 소피아의 한 명문가의 후예인 그는 소르본 대학에서 익힌 멋진 프랑스어를 구사하고, 서유럽에서 발견한 자유와 여유로운 생활을 조국에 어느 정도 심어놓고자 한다. 그는 막강한 뚝심으로 하나의 제국 전체에 맞서 콧김을 뿜어대는 황소를 닮았다. 폭력은 이미 그의 개인사에 새겨져 있었다. 아버지가 살

---

* 구소련의 집단 농장.

해당했던 것이다. 놀라운 용기와, 희생정신을 발휘해, 그는 거의 홀로 디미트로프에 대항해 정신 나간 전투를 벌인다. 희생정신은 곧 그를 순교자로 만든다.

페트코프는 무엇보다 미합중국이 개입해줄 거라고 희망한다. 불가리아의 마지막 자유주의자들이 위험을 무릅쓰고 서유럽 외교관들과 교분을 나누는 구체제 단체인 유니언 클럽에서 미국 대사 메이나드 반즈는 듣기 좋은 말만 늘어놓는다. 그리고 니콜라스 페트코프는—가리에겐 불행하게도—그 미국인의 말을 믿는다……

역시 유니언 클럽을 드나들던 가리는 '용기의 한 형태와 다름없는 낙관주의를 자주 드러내는 올곧고 용감한 남자'* 페트코프의 친구가 된다.

『유럽의 교육』이 불가리아어로 번역되어 연재소설 형태로 『나로드노 젬레델스코 즈나메』에 실린다.

소피아에서 가리는 그의 작가로서의 재능을 높이 사고, 그에게서 슬라브족의 형제애를 발견하는 많은 불가리아인들의 우정을 얻는다. 그의 첫 소설에 대한 반응은 매우 뜨겁다. 그의 소설은 음지에서 히틀러와 싸운 불가리아 레지스탕스들에 대한 기억을 일깨워놓는다. 또한 유럽의 실패, 동유럽의 소국들에 대한 서유럽의 무관심에서 비롯된 끔찍한 슬픔을 되새기게 하는 한편, 자유나 개인 같은 사라져버린 가치를 이야기한다.

가리는 평범한 외교관이 아니었다. 무엇보다 그가 러시아어를 할 줄아는 까닭에, 불가리아 외교계에서는 누구나 그의 의견을 듣고 싶어했다. 그는 모든 현지 신문들을 모두 읽고, 소피아 사람들과도 아무 어려움 없이 대화를 나누었다. 러시아어와 불가리아어는 사실 아주 가까운 언어여서, 러시아어를 아는 가리는 불가리아어로도 쉽게 의사소통을

---

* 프랑스 외무부 보고서.(원주)

할 수 있었다. 그는 하나같이 반체제 인사인 부르주아 지식인들 ― 교수, 작가, 예술가, 기자 ― 과 이내 교분을 쌓는다. 가리의 친구들인 불가리아 민족주의자들은 적어도 러시아를 증오한 만큼 공산주의자들을 증오한다. 어제 나치 군대와 싸웠듯이, 오늘 그들은 스탈린의 병사들과 싸운다. 하지만 그들의 대열은 십분의 일로 줄었다. 일자리를 잃은 사람들이 태반이고, 어떤 이들은 가족이 위협을 받고 있으며, 또 어떤 이들은 감옥에 갇히지 않으면 실종된다. 모두가 반체제 인사와 반역자의 집단 수용소인 로지차 수용소의 망령에 시달리며 하루하루를 악몽처럼 살아간다.

프랑스 공사관의 서기관은 위험한 줄타기를 한다. 공산주의자들이 보기에, 가리는 악마와 시시덕거리고 있었다. 그것을 감추려 들지도 않았다. 그 자신이 이미 소련 체제를 거부하고 달아나지 않았던가! 그는 아내와 함께, 저항할 가능성이 큰 부르주아들을 크리스토프 보테프 가로 맞아들였다. 소설을 페트코프의 신문에 연재하는 것 역시 공산당 지도자들의 불신과 의심을 살 만한 일이었다.

하지만 공사관 내에서 로맹 가리의 입지는 공고했다. 법학과 고전 문학, 역사학 학위를 가진 전권공사 자크 에밀 파리는 본국에서 보내준 이 젊은 작가의 진가를 제대로 평가한다. 서열상 한참 아래이기는 하지만, 가리는 레지옹 도뇌르 훈장뿐만 아니라 풍문을 몰고 다니는 지적 광휘로 그에게 깊은 인상을 남긴다. 공사 그 자신이 1938년 이래로 기사 휘장을 보란 듯이 과시하고 다녔다. 비시 정권 때 외교관 직을 접고 1941년에 자유 프랑스에 합류한 자크 에밀 파리는 겨우 마흔한 살로, 외무부에서 가장 젊은 공사였다.

친슬라브적인 가리의 정치적 자유분방함이 약간 우려되긴 했지만, 그는 활기에 넘치다가 금방 침울해지고, 역동적으로 일하다가 금방 무기력해지는, 너무 변덕스러운 기질을 가진 서기관을 최대한의 아량으로 감쌌다. 가리는 폭풍우의 영향권 밖에 있는 섬인 공사관에 바깥의 분위기를 전해준다. 불가리아의 비극은 자유주의를 신봉하는 친구들의 실패로 사색이 되고 마는 가리의 얼굴에서 훤히 읽혔다.

가리는 사회주의 공화국을 선포하는 1946년 9월의 국민투표, 공산주의자들이 압도적 과반수를 획득하는 11월의 제헌의회, 즉 소브라니 선거, 끝으로 소련을 등에 업은 공산주의자들이 행정부와 군부, 나라 전체를 장악하는 것을 내부에서 지켜본다.

자크 에밀 파리는 가리에게 그 위기의 한 해에 관한 보고서를 작성하라고 명하고는, 그 보고서를 '로맹 가리 서기관이 작성한 이 보고서에는 본인이 보기에 지극히 객관적인 상세한 분석과 더불어, 지난해 불가리아의 정치 상황을 결정한 중대한 요인들이 담겨 있습니다'라는 코멘트를 달아 총리이자 외무부 장관인 레옹 블룸에게 보낸다.

질 나쁜 누런 종이에 타자기로 작성한, 프랑스 시앙스포의 과제물처럼 네 부분으로 나뉜 300쪽짜리 보고서는 불가리아의 정치 상황을 명확하고 효율적으로 그리고 있다. 외무부에서 다루는 문서의 문체는 중립적이고 차분하며 객관성을 추구해야 한다. 많은 야당 정치인들의 개인적인 친구로서 불가리아의 비극적인 상황에 격분해 있으면서도, 가리는 마치 폭풍우에 휩싸이긴 했지만 어떤 제3의 눈이 있어 그가 비극에 완전히 매몰되는 것을 막아주기라도 하는 것처럼, 뒤로 한 걸음 물러나서 상황을 성공적으로 분석해낸다.

그의 보고서는 러시아와 불가리아의 역사를 구성하는 아주 오랜 관계를 고려하면서, 불가리아에만 특별히 존재하는 공산주의자들의 논리를 설명한다. 그는 이렇게 쓴다.

공산당을 평가하고 비난하기에 앞서, 이십 년이 넘도록 그 당원들이 겪어야 했던 혹독한 학대와 수모를 상기해야만 한다. 1925년, 찬코프에 의해 많은 수의 동포가 처형당했고, 피비린내 나는 공포정치가 실행된 오년간 공산당 지지자들이 보리스 왕과 필로프의 경찰에게 거리에서 무자비하게 진압된 사실로 보아, 마침내 무소불위의 권력에 도달한 공산당 지도자들의 성격이 부드럽지 않으리라는 것은 능히 짐작할 수 있다.*

또한 11월 선거에서 공산주의자들이 압도적인 승리를 거둔 이유를 이렇게 설명한다.

이 결과를 이해하려면, 민주주의를 전혀 경험해보지 못했고 무기력과 자신감 결여로 정부가 바라는 대로 고분고분 투표를 한 유권자들의 성향을 염두에 두어야 한다. (……) 끝으로, 선거의 결과가 어떻든 간에 공산당이 계속 실권을 쥐고 있을 것이므로, 공산당의 비위를 건드리기보다는 공산당의 '손을 들어주는' 편이 낫다는, 분명 근거가 있는 깊은 확신이 있었다. 이러한 고찰은 불가리아 국민에겐 그리 듣기 좋은 소리가 아닐 수도 있다. 하지만 사실 이 고찰을 통해 비난하는 것은 과거의 정치 지도자들이다. 이 나라에서는 정상적인 민주주의가 단 한 번도 존재한 적이 없었다. 자유로운 선거가 실시된 적이 단 한 번도 없었다.**

볼셰비키 혁명 때문에 러시아를 떠났고, 이십 년 후 소피아에서 그 혁명을 다시 경험했으면서도, 신기하게도 가리는 결코 공산주의나 반공주의를 작품의 주제로 삼지 않는다.
'나는 공산주의에 전혀 영향을 받지 않았다.' 그는 『밤은 고요하리라』에서 이렇게 말한다.

---

* 프랑스 외무부 보고서.(원주)
** 같은 보고서.

가리의 침묵을, 그가 자신을 아프게 하는 모든 것을 억압했음을 보여주는 최고의 증거로 해석하지 않는 한, 공산주의는 그가 즐겨 꺼내는 이야기가 아니었다.

불가리아 자유주의자들과 공감을 나누었고 친구들이 모두 철저한 반공주의자들이었지만, 정작 가리 자신은 그 문제에 접근하기를 거부했다. 그는 모든 것을 잃은 가문에 도움을 주고, 투옥, 강제 이주, 살해의 위협을 받는 남녀들에게 프랑스 비자를 발급해준다. 인색하다고 알려진 그가 불가리아 친구들에게 개인적으로 돈을 집어준다. 그중에는 오늘날까지도 그의 관대함을 증언하는 사람들도 있다.

하지만 가리는 어느 편도 들지 않는다. 드골 장군을 제외하고는, 어떠한 정치적, 이념적 대의도 편들지 않는다. 상처 입고 떠돈 어린 시절의 메아리를 일깨우는 이 전투에서조차.

1946년, 그는 더없이 명철한 정신으로 야당의 모든 결점, 서서히 정치적 게임에서 물러나는 정치인들, 모든 책임을 덮어쓰고 점점 고립되어가는 니콜라스 페트코프를 묘사한다. '다른 나라들의 경우와 마찬가지로 에너지와 생명력, 규율 같은 특징을 가지고 있고, 거기다 절대적인 헌신을 불러일으키는 힘까지 갖춘' 강한 공산당을 그린다. 몇 달 내로 소련이 불가리아를 장악할 것이므로 자유주의 저항 세력의 몰락이 임박했다고 프랑스 외무부에 예고한다.

1947년에 대한 두번째 보고서에서, 그는 불가리아가 인민공화국이 되었다는 명백한 사실을 확인할 수밖에 없게 된다. 니콜라스 페트코프는 교수형에 처해진다. 미국은 개입하지 않는다. 미국은 한 작은 국가의 난파를 멀리서 지켜보기만 한다. 프랑스 역시 인도주의적인 관심을 표명하는 것 말고는 아무것도 하지 못한다. 레옹 블룸의 공문도, 프랑수아 모리악*이 보낸 또다른 공문도, 자신의 절대 권력에 걸림돌이 되는 공적 1호를 처형하려는 디미트로프의 뜻을 꺾지는 못한다.

꽃이 만발한 버찌나무들이 프랑스 공사관 수영장 주변에 향기로운 그늘을 드리우는 동안, 로맹 가리는 어느 불가리아 아가씨와의 관능적인 연애를 통해 정치적 불안에서 탈출한다. 그는 돈 후안처럼 벌써 레슬리를 속이고 바람을 피운다. 그녀의 이름은 넬리 트라이아노바다. 아버지가 공사로 재직한 바르샤바에서 자란 그녀는 가리에게 향수를 불러일으키는 폴란드어를 구사한다.

젊은 서기관이 사생활을 즐기는 동안, 프랑스는 불가리아에 매년 오십 편의 영화를 수출한다. 피에르 에마뉘엘**이 강연차 소피아를 방문하고, 매력적인 피아니스트 브뤼콜리 부인이 알리앙스 프랑세즈에서 뜨거운 환영을 받는다.

모험을 즐기는 무정부주의 전사 밀카 주나드비아 뵈프는 대사관 정원에 현지 화폐인 레바(leva)가 가득 든 가방을 던진다. 당시 이 사건은 세간을 떠들썩하게 만든다.

파리 주재 공사인 네보라 씨는 프랑스를 여행하며 받은 인상을 담은 책을 출간해 공사관을 발칵 뒤집어놓는다. 그는 책에 '프랑스에서는 아가씨들이 렌즈콩 한 접시를 얻기 위해 몸을 팔고, 먼지가 폴폴 날리는 극장에서는 16세기 작가인 몰리에르를 공연한다'고 적었다.

낡고 진부한 외교적 관례에 반대하는 가리는 외무부에 보내는 한 보고서에서 '기발한 상상력에 기초한 문화 선전 시스템'을 도입해 프랑스의 영향력을 유지하자고 제안하기도 한다.

레슬리는 '옹졸한 정신을 가진 흉한 도시(provincially, ugly place)' 소피아에서의 생활에 대해 불평을 늘어놓는다. 그리고 로맹은 많은 여자들과 바람을 피우면서도, 악몽 속을 떠도는, 교수형에 처해진 친구 니

---

* François Mauriac(1885~1970), 프랑스 소설가. 1952년에 노벨 문학상을 받았다.
** Pierre Emmanuel(1916~1988), 프랑스 여류시인, 평론가.

콜라이 페트코프의 검은 혀에 사로잡혀 있었다. 싸우다 지친 그는 파리로 달아나, 첫 소설이 나온 지 정확히 일 년 후에 칼만 레비 출판사에서 『튤립*Tulipe*』을 출간한다.

비극에 맞서는 유머. 『튤립』은 로맹이 크리스토프 보테프 가에서 쓴 껄끄러운 블랙 코미디다. 그는 1946년 3월에 코멘트를 달아 칼만 형제에게 교정쇄를 보냈다. '저는 전혀 확신이 서지 않으니 누굴 시켜 접속법과 접속법 반과거 등을 손보게 하십시오.' 마지막 순간에는 책 제목을, 그가 중요하게 여기는 행위인 '항의(la Protestation)'로 고치고 싶어 했다. 하지만 너무 늦어 제목은 '튤립'으로 남게 된다.

『튤립』의 무대는 먼 미래로, 3000년대의 한 석학이 낡은 고문서들을 뒤져, 나치에 대항해 싸운 전사 '튤립'의 일화를 재구성하는 이야기다.

독자들에게 도움을 주기 위해, 저자는 레지스탕스라는 단어를 자신 있게 이렇게 정의한다. '샤를 드골이라는 부족장의 지휘 아래 프랑스 군대가 독일을 점령한 1940년부터 1945년까지 독일 국민이 침략군에 대항해 전개한 저항 운동. 샤를 드골은 결국 스탈린그라드에서 중국인들에게 패배하고, 폐허로 변한 파리에서 정부 에바 브라운과 함께 자살한다.'

드골주의자로서 얼마나 발칙한 상상인가! 해방훈장 수훈자로서 얼마나 아이러니한 착상인가!

자신의 역사에 속하는 것이라 할지라도, 성유물의 경배나 숭배를 용납하지 않는 가리의 시선은 늘 냉소적이다.

"하! 하! 하! 제복 입은 것들에게 죽음을."

드골은 가리에게 소중한 존재였다. 그래도 가리는 드골을 조롱한다. 해방훈장 수훈자들은 그의 형제였다. 하지만 그는 종족 본능을 비웃는다. 전쟁은 그의 젊은 시절이었다. 하지만 그는 그 참담한 결과를 고발하고, 영웅들, 지휘자들, 떠버리들에게 조소를 보낸다.

홀로코스트가 막 조종(弔鐘)을 울렸다. 전 세계가 수용소에서 자행된 만행에 눈물을 흘린다. 아이작 바셰비스 싱어*가 유형지에서 그랬듯, 가리는 웃는다. 곤봉을 휘두르는 경찰에게 달려들듯 유머에 달려든다. 그는 웃는다. 그것이 그가 생존하는 방식이었다.

책에서 책으로 넘어가면서 더욱 분명히 드러나는, 때로는 이해되지 못하는 근본적인 불손함은 가리에게 친구들만 만들어주지는 않는다……

한때 부셴발트의 유형수였던 튤립은 할렘의 누옥에 거주하며 줄무늬 파자마와 실내화 차림으로, 습관처럼 계속 〈세계에서 으뜸인 독일 *Deutschland über alles*〉을 불러댄다. 할 일이 없어서, 절대적인 조롱으로서 ─ 더는 아무것도, 어느 누구도 믿지 않기에 ─ 튤립은 이 세상 백인들의 비참한 삶에 대해 관심을 끌기 위해 단식 농성을 시도한다!

얼간이들에게서 '할렘의 백인 마하트마'라는 별명을 얻은 순 사기꾼, 빈민의 착취자 튤립은 결국 자기가 판 함정에 빠져 스스로를 이상주의자 혹은 성인으로 여기게 된다. 가리가 '진정성의 함정'이라 부르는 것에 빠져 스스로에게 속은 튤립은 자신의 배역에 지나치게 몰입한 배우처럼 머리를 빡빡 깎고 재 항아리를 든 채 간디로 변장을 하고서, 인류의 운명에 대해 간절히 기도하기 시작한다.

1945년의 집단 학살 직후여서 더욱 껄끄러운, 튤립의 발칙한 유머의 한 예를 보자. 플랍스라는 흑인과 '슬픈 코를 가진 비쩍 마른 사람'으로, 유대인이 분명한 그린버그 사이에 오가는 대화다.

"착한 개로구나, 플루토. 아주 착한 개야."

"암컷이군요." 플랍스가 말한다.

"성적 편집광이지." 그린버그가 말한다.

"무슨 종이죠?" 플랍스가 묻는다.

"됐어요, 그놈의 종 좀 가만 내버려둬요." 그린버그가 말한다.

"아일랜드 푸파르? 폭신폭신한 털을 가진 폭스? 독일 쥐프*?"

"어쨌거나 흑인 혈통은 아니에요. 중요한 건 바로 그거예요."

"잘 좀 살펴봐요." 플랍스가 말한다.

"아리안 종이에요, 나한테 그걸 증명하는 서류도 있어요." 그린버그가
말한다.

때때로 잔인한 익살극은 철학적 콩트로, 『운명론자 자크와 그의 주인
Jacques le Fataliste et son maître』**을 모방한 것 같은, 다음과 같은 가
슴 훈훈한 소희극으로 변한다.

　　"불쌍한 사람, 도대체 뭘 증명하고 싶은 거요?"

　　"난 증명을 하려는 게 아니에요. 내 발자국이 남길 바라는 것뿐이지."

　　"멍청한 양반, 그게 무슨 소용이 있겠소?"

　　"사람들이 내 뒤를 따르지 않을게요. 그건 우릴 뒤따르지 않을 사람들에
　　게 아주 유익할 거예요. 기억해두세요, 선생님. 인류는 길을 잃은 순찰대
　　라는 사실을.(……)"

프랑스적인 코미디보다는 W. C. 필즈나 막스 브라더스***의 유머에
더 가까운, 기괴하고 음울하며 극도로 염세적인 이 책은 프랑스에서 참

---

* 프랑스어로 '유대인'이라는 뜻.
** 프랑스 작가이자 사상가인 드니 디드로(Denis Diderot, 1713~1784)의 소설(1796).
*** Marx Brothers, 20세기에 활동한 미국의 희극 영화배우 5형제.

담한 실패를 맛본다. 가리는 이 책을 통해 자신의 절망을 비웃으려 했지만, 『튤립』은 하나의 도박이었다.

오페라 극장 인근의 루아얄 호텔에 투숙한 저자는 몇몇 인터뷰에 응한다. 『가제트 데 레트르*Gazette des Lettres*』에 가리의 초상을 싣기 위해 나온 폴 귀트는 그의 목소리, '이야기꾼, 불을 뿜는 자, 검을 삼키는 자의 목소리, 냄비가 끓고 있는 난로의 불꽃에 붉게 물든 것 같은 걸걸한 목소리'에 반하고 만다.

봄에는, 같은 신문에서 엄하고 까다롭기로 유명한 비평가 로베르 캉테르가 우리의 젊은 소설가를 이렇게 평한다. '이 책은 아주 재미있고도 중요하다. 그리고 가리 씨가 많은 것을 기대할 수 있는, 우리 시대의 가장 독창적인 작가들 중 하나라는 사실을 확인시켜준다.'

하지만 최고의 문필가들이 찬탄과 격려를 쏟아내도 아무 소용이 없었다. 이 두번째 소설을 읽는 독자는 거의 없었다. 설상가상으로 가리는 『튤립』을 희곡으로 개작해 루이 주베에게 보낸다. 그 대배우가 마음에 들어할지도 모른다는 희망을 안고. 하지만 주베는 아무런 반응도 보이지 않는다. 로맹의 작품 중 어느 것도 무대에 올리지 않는다.

소피아로 돌아온 가리는 버찌나무 그늘에 앉아 로베르 칼만에게, 야망이 꺾인 쓰리고 참담한 심정을 담은 편지를 쓴다.

독자들이 나를 잊었다는 사실을 잘 알고 있습니다. 하지만 어쩌겠습니까, 그게 삶인걸요. 나는 일장춘몽처럼 잊혀버렸을 겁니다. 끔찍한 일이죠. 가끔 내 눈부신 출발과 오늘날 내가 처한 참담한 처지를 돌이켜보면 목이 메어옵니다. (……) 불행한 『튤립』을 홍보하기 위해 돈이 많이 드는 광고를 일절 하지 않은 것은 정말 잘한 일입니다. 미국과 영국의 발행인들이 당신의 신중한 처신을 따르지 않은 것이 정말 유감이군요! 아, 허영심, 먼지와 부질없음! 만약 내가 아름다운 대작을 쓸 수만 있다면…… 아니, 그런 얼토당토않은 꿈은 그만 꿉시다. 우리의 관계는 짧았지만 아름다웠습니다. 애정을 담아, 로맹 가리.(1947년 6월)

기질적인 이유로도 그렇고, 아마 개인적인 이력 때문에 쉽게 낙담하고, 사건을 비극적인 방향으로 해석하는 로맹 가리는 평생 상승과 하강, 정신적 고양과 의기소침 사이를 오락가락하게 된다. 전쟁과 결혼, 첫 소설의 행복감에 이어, 『튤립』은 문학 자체가, 그가 무엇보다 사랑한 문학이, 그에게 여자보다 더 아픈 상처를 입히는, 불안과 의심의 시기를 관통한다. 문학은 그를 괴롭히는 최악의 형리가 되기도 한다.

흑해에서의 여름도 그를 사로잡고 있는 절망을 어쩌지는 못한다. 유일한 구멍 튜브인 유머의 도움 없이는 그가 빠져들고 말 절망을.

"도대체 누구를 비웃는 겁니까, 친구?" 누가 튤립에게 물었다.
"나 자신이오."

공 동 시 장 의 선 창

가리는 아직 전쟁을 피부로 느끼고 있었다. 그에게 세상은 아무런 뉘앙스 없이 두 개의 범주로 나뉘었다. 친구들—자유 프랑스를 믿은 모든 이들—과 '개자식들'—알게 모르게 독일에 협력한 사람들—로. 후에 멕시코 대사에 이어 프랑스-아메리카 협회 회장을 역임하는 젊은 신참 외교관 장 벨리아르에게, 가리는 그토록 많은 사람들이 저지른 비겁함 혹은 야비함 앞에서 느끼는 분노를 털어놓았다. 벨리아르는 장 카수*와 함께 레지스탕스로 투옥된 경험이 있는 반면, 외무부에는 '개자식들'이 수없이 많았다. 그에 따르면, 전쟁 전에 외무부에 발을 들여놓은 외교관 중, 1943년 이전에 비시 정권과 인연을 끊은 사람은 스물한 명뿐이었다……

가리는 이런 양심뿐만 아니라 독일인들에 대한 증오도 거침없이 드러

---

* Jean Cassou(1897~1986), 스페인 태생의 프랑스 소설가이자 평론가.

낸다. '난 독일놈들을 증오해.' 1950년에 그는 분노를 터뜨리며, 또다른 외교관 친구 자크 비몽에게 이렇게 쓴다.

가리의 집요하고 격한 개인적 감정은 전쟁의 기억에서 비롯되고, 프랑스를 위해 산화한, 한창 젊은 나이에 히틀러의 병사들에게 무참히 살해된 동지들에 대한 우정에 뿌리를 박고 있었다. 가리는 죽은 사람들, 콜카나프를 비롯한 오랜 친구들을 잊으려 하지 않았다. 그들을 잊는 것은 배신이었다.

하지만 1948년 초에 가리가 송환되어 돌아왔을 때, 케 도르세에서는 대화합의 분위기가 무르익는다.

취리히에서는 윈스턴 처칠이 '유럽이여, 일어나라!'라는 슬로건을 내걸고 유럽 합중국의 구성을 제안한다. "우리는 과거의 참혹함에 등을 돌리고 미래를 바라보아야 합니다.(……) 유럽을 끝없는 재난과 종국적인 파괴에서 구하려면 유럽 가족 간에는 서로 믿고, 과거의 모든 범죄와 광기는 잊어야만 합니다.(……) 따라서 저는 여러분께 이렇게 외치고 싶습니다. 유럽이여, 일어나라!(……)"

한편 파리에서는 7월에 외무부 장관으로 임명된 로베르 슈만이 프랑스와 독일의 우정만이 미래의 유럽을 건설할 수 있을 거라고 확신한다. 그는 견고한 토대 위에 새로운, 가히 혁명적인 합의를 창출하기 위해 민족주의자들의 저항을 와해시키려 애쓴다. 라인 강 너머에서 프랑스와 독일의 우정을 꿈꾸는 또다른 견자(見者)인 독일연방 총리 콘라트 아데나워를 만난다. 벨기에의 폴 앙리 스파크, 이탈리아의 알시데 데 가스페리, 룩셈부르크의 조셉 베크가 민족주의자들의 해묵은 증오심을 막을 방책을 마련하기 위해 똑같은 열의와 희망을 안고 참여한다. 열기 넘치는 회담과 협상을 통해 유럽의 틀이 조금씩 잡혀간다.

그 무렵, 외무부의 최고 한직인 중앙행정실에서 일하던 가리는 갑자기 유럽 분과로 발령을 받는다. 당시 중요하게 취급되던 유일한 분과인,

독일과 오스트리아 문제를 다루는 중앙유럽 분과로. 외무부의 '귀족' 층인 4층의 작은 사무실에 모인 다섯 명의 협력자는 독일의 운명과, 독일의 운명을 통해 전 유럽의 운명을 결정할 모든 협상을 하나씩 검토하는 막중한 임무를 맡는다.

관료 가리 ─이급 삼등 행정관─ 는 예외적으로 외무부의 높은 벽을 뚫고 불어닥친 열풍에 휩쓸린다. 그를 유럽으로 이끈 우연의 일치가 그를 성찰하게 하고, 새로운 길로 안내하고, 그에게 더없이 중요한 지평을 열어준다.

구체제 타입의 호인으로 유럽 분과 책임자인 프랑수아 세두 포르니에 드 클로존과, 나중에 바티칸 대사를 역임하는 정치 분과 책임자 기 르루아 드 라 투르넬은, 흔히 말하듯 목숨을 걸고 싸웠기에 '개자식'이 아닌 젊디젊은 중앙유럽 분과 부책임자, 고등사범학교 출신이자 독일어 교수 자격증을 가진 장 소바냐르그에게 모든 것을 일임한다.

가리보다 한 살 아래인 소바냐르그는 소련 문제를 담당하는 동료 장 랄루아와 함께 장관을 따라 모든 협상에 참여하는 비중 있는 인물이었다. 독일 문화에 정통하고, 괴테와 횔덜린의 애독자인 소바냐르그는 드골주의자이면서도 아무런 내적 갈등 없이 독일을 좋아하는 사람도 있을 수 있음을 증명하며, 유럽 건설을 위한 투쟁에 투신한다.

그에 비하면, 가리는 음지에서 일하는 협력자, 외무부 내에서 사람들이 '일반 외교관'이라고 완곡하게 부르는 공무원들 중 하나에 불과했다. 그는 젊은 동료 셋─피에르 마야르, 크리스티앙 도말, 피에르 레스트랑주─ 과 함께 소바냐르그를 보좌하는 소규모 팀을 구성한다.

그들은 공문들을 요약하고, 분석하고, 분류했다. 그것은 세세하고 기술적인, 관료의 작업이었다. 가리는 자신이 검토한 문서 각 페이지 왼쪽 위 여백에 아주 겸손하게도 R. G.라는 이니셜을 남긴다. 예를 들어, 그는 독일 기독교사회당(CDU)에 대한 바티칸의 영향력, 예산처와 협력하여 프랑스의 오스트리아 점령 비용을 줄이는 방법, 또는 아마 그의 가슴에 가장 와 닿았을, 점령군 당국에 의한 인스브루크의 폴란드 대학생 캠퍼스 징발 등 그의 원대한 비전에 걸맞지 않은, 일시적이고 긴박하고 한정적인 문제들을 검토한다. 작가로서 높은 평가를 받는 가리이지만, 장관을 위해 글재주를 발휘할 기회는 거의 갖지 못한다……

하지만 그는 말단 서기의 업무를 맡고 있음에도 불구하고, 그에게서 너무 멀면서도 가까운, 정치라는 거대한 무대 위에서 전개되는 모든 것에 민감한 반응을 보인다. 그는 유럽인인 자신을 발견한다. 어쩌면 그의 개인사, 삶에 의해 이미 오래전부터 본능적으로 유럽인이었는지도 모른다. 하지만 유럽을 건설하기 위한 전투 한가운데 그를 데려다놓은 보잘것없는 직책 덕분에 그것을 의식하게 된다. 가리는 다시 관찰자가 된다. 그것은 이미 전쟁 내내 그가 고수했고, 드골에 대한 충성심만큼이나 강하고 결정적인 믿음을 갖기 위해 수개월간—1948년 3월부터 1949년 11월까지—다시 맡은 역할이었다.

가리는 유럽을 믿게 된다. 정치가들이 준비하는 것보다 훨씬 더 방대하고 너그러운 유럽을. 이 유럽은 서유럽에 한정되지 않는다. 자신을 입양해준 프랑스에도, 아직 가증스러운 권력욕이 느껴지지만 언젠가는 잔혹함을 뉘우치고 고귀한 의도를 증명하리라는 희망을 가져보는 독일에도 한정되지 않는다. 그의 유럽은 서유럽과 동유럽을 포함하고, 폴란드까지, 리투아니아까지, 우랄 산맥 저 너머까지 펼쳐진다. 그것은 벽도, 철의 장막도 없는 유럽이다.

가리에게 유럽은 하나의 이상보다 훨씬 많은 것을 나타낸다. 그것은 그가 오래전부터 은밀하게 거주하고 있는 그의 내적 풍경이다. 그는 그곳을 마치 고향 집처럼 편하게 느낀다.

그는 미래의 유럽연합(EU) 의회 구성과 관련된 유럽연합 연구위원회의 작업을 보고하는 임무를 맡아, 인구 통계나 정치적 중요도에 따라 다

양한 독일 '영토'에 배분될 의석 수에 대한 일곱 쪽짜리 까다로운 보고
서를 작성한다. 통계 수치를 열거하고, 각 주의 인구 수를 밝히고, 슐리
스비히 홀슈타인을 작센, 팔라티나트와 비교하고, 독일연방 주들의 크
기를 가늠하면서도, 그는 신참의 역할을 넘어서서 외무부에서 강요하는
'우리'라는 겸양의 표현을 빌려, 자신의 개인적인 관점을 밝히는 의견
서를 장관을 겨냥해 보고서에 슬쩍 끼워넣는다.

독일의 분할은 우리가 보기에 결정적인 것이 아니다. 그리고 우리는 독
일이 하나로 통합되면 다음과 같이 네 개의 독일 영토에 적절한 의석 수
를 배분할 것이다. (……) 이러한 태도는 우리가 독일의 분단을 승인하
지 않는다는 사실을 드러내줄 것이다.

분명 가리는 독일의 분단도, 철의 장막을 중심으로 두 개의 적대 진영
인 공산주의와 자유주의로 갈라진 대륙의 분단도 승인하지 않는다.
장 소바냐르그는 정치인들이 내놓은 대담한 계획보다 늘 열 걸음 앞
서 나가는 이 젊은 유럽인의 열정에 박수를 보낸다.
로맹 가리는 반(反)바레스주의자임을 자처한다. 문학적으로, 영적으
로, 그는 세계를 고국으로 여기는, 뿌리 뽑힌 자였다. 그의 소설들은 모
든 경계를 벗어나 니스에서 빌노까지, 상트페테르부르크에서 홍해 연안
을 거쳐 미들웨스트*에 이르기까지, 전설적인 여정을 긋고 또 그을 터였
다. 어디든 그의 집이다. 그는 어디서도 자신을 이방인으로 느끼지 않는
다. 유럽, 그는 민족주의에서 해방된 자유의 땅으로서의 유럽만을 사랑
한다. 모든 분파주의는 그에게 소름이 돋게 한다. 레지옹 도뇌르 훈장을
받은 해방훈장 수훈자, 전도유망한 젊은 외교관이 감히 자기 조상이 집

---

* 미국의 중서부 지방.

시였다고 주장한 것도 아마 그 때문이었을 것이다. 옆모습이 아시아인을 닮은 떠돌이 집시, 동유럽 출신의 유랑민은 사실 최초의 진정한 유럽인, 여권도 국경도 없었던 최초의 여행자들이므로.

가리는 사실 조롱 — 사랑을 외치는 그만의 방식 — 삼아 『유럽의 교육』을 썼다. 1972년에는 『유로파*Europa*』를 쓴다. 『유로파』는 예술과 계몽 정신, 인도주의적인 문화와 아름다움에 매료된 한 프랑스 대사가 옛 정부 말비나 폰 레덴에게 세뇌되어 망상에 빠지고 마는 풍자적인 콩트다. 미쳐버린 대사는 오랜 꿈을 이루기 위해 "유로파! 유로파!"라고 외치고 다니다가 환멸을 느끼며 죽는다. 장 단테스 — 대사의 이름* — 는 가리처럼 오랫동안 유럽을 믿었다. 모든 희망이 하나씩 파괴되지만, 대사는 죽어가면서도 유럽을 믿는다. 단테스는 이렇게 쓴다.

꿈은 높이 난다. 하지만 땅으로 내려오면 기어다니다가 죽고 만다.

1972년, 저 높은 곳에서 떨어진 로맹 가리는 자신의 책을 한 친구에게 바친다.

장 벨리아르에게,
'유로파',
글쎄 어떨지,
키스를 보내며, 로맹 가리.

『유럽의 교육』의 회한을 겪고, 『유로파』의 파멸을 경험하기 전까지

---

* 뒤마의 주인공인 몬테크리스토 백작, 에드몬드 단테스에서 따왔거나, 푸슈킨의 전기에서 시인의 적수로, 결투에서 시인을 죽인 단테스 남작에서 따왔을 수도 있다.(원주)

는, 가리는 아직 환상을 품을 수 있었다. 몇몇 선의의 사람들이 건설하고자 애쓰는 — 가리 역시 아주 겸손하게 동참한다 — 작은 정치 경제적 조국을 훨씬 넘어서는 자신의 유럽을 창조해내는 환상을. 단테스의 꿈처럼 그의 꿈은 아주 높이 난다. 우발적인 사태와 협상 너머 저 멀리로.

그의 유럽 — 가리는 자각하고 있었다 — 은 '상상 속의 걸작', 일종의 '다른 곳', '현실과는 어떠한 탯줄로도 이어져 있지 않은' 혹성이었다. 자신의 유럽이 시시하게도 공동 시장으로 줄어들 수도 있다는 생각에 씁쓸한 미소를 지으면서도, 그는 열정적인 유럽인으로서 평생 — 단테스처럼 미칠 때까지 — 그것을 믿는다.

서른네 살의 외무부 관리인 로맹 가리는 유럽을 지향하는 드골 파, 말하자면 소수파에 속했다.

하지만 유럽석탄철강공동체(ECSC)와 유럽연합 의회의 미래 법령이 다듬어지는 사무실에서, 그는 낙관론에 사로잡혀 있다가도, 막 태어나려 하지만 그가 보기에는 이미 하나의 신기루, 마법사가 만들어낸 환상에 불과한 새로운 세계를 비웃는다.

하지만 가리는 도형수처럼 일하고 임무에 전념한다. 열광적으로 참여할 수 있는 이 기회를 흘려보내기에는, 유럽의 건설은 그의 가슴에 너무 절실히 와 닿는 문제였다. 그 계획은 그의 더없이 광대한 내적 세계에 걸맞은 것이었다. 과대망상증 환자를 위한 계획이었다…… 가리는 1940년에 드골과 함께했을 때처럼, 고개를 숙이고 돌진한다. 그는 정신 나간 절망적인 계획을 좋아했다. 실패할 게 뻔한 시도, 깨지기 십상이거나 허상에 불과한 이 멋진 시도는 그의 마음을 한없이 들뜨게 한다.

그리하여 가리는 투신한다. 거의 이 년 동안 하위 공무원으로 일하면서 미래의 유럽을 기준으로 살아간다. 그는 전념한다. 그리고 싫증을 낸다. 결국 때려치우고 만다.

정열, 열광적인 활동, 이어 실망, 혐오. 이것이 그가 직책을 옮길 때마다 반복되는 시나리오의 첫번째 도식이었다. 그는 희망과 절망이라는, 이율배반적이고 분리가 불가능한 두 개의 극을 오간다. 정열은 절도와는 조화를 이루지 못한다. 가리는 어떠한 외교적 임무도 끈기 있게 해낸 적이 없었다. 소피아에서처럼 직면한 사건들을 가슴 가장 깊은 곳에서 느끼면서 너무 치열하게 살아내는 탓에 결국 지레 지쳐버리고 만다. 한 업무에 관심이 있으면 열광하고, 폭주하고, 일이라는 영벌을 받은 사람처럼 괴로워하다가 끝내는 진이 빠져 오직 한 가지 생각, 달아날 생각밖에 하지 않는다. 평화롭게 글을 쓸 수 있는 조용하고 작은 항구를 찾아…… 외무부에서 부여하는 직책이 별 볼일 없으면, 적어도 그가 보기에 별 흥미가 없으면, 그는 졸고 삐치고 지겨워하다가 똑같은 욕망, 떠나려는 욕망을 키우기 시작한다. 간단히 말해, 그는 외무부에서 행복을 찾기에는 지나치게 열정적이고, 지나치게 개인적이고, 지나치게 독립적이었다.

가리가 외교에서 좋아하는 것은 대토론, 그의 상상력을 자극하는 모든 것이었다. 이 음유시인의 발명품인 유럽은 그를 흥분시키고 투신하게 만든다. 어머니가 그를 대신해 꿈꾸었던 대로, 훗날 프랑스의 대표자로서 미국에서 중요한 역할을 할 수 있다고 확신한 그는 미국에 전념하게 된다.

하지만 그는 진부하고 단조롭고 절차만 복잡한 외교관의 작업, 일정표와 부역을 끔찍하게 싫어했다. 대토론으로 불붙은 열정은 금방 사그라져 일상의 권태 속에 매몰되고 말았다.

"지겨워 죽겠어…… 정말이지 지겨워 죽겠어……" 그는 장 벨리아르에게 이렇게 말한다.

대개 그의 짜증은 공무원의 의무를 다하느라 글을 전혀 혹은 거의 쓸 수 없을 때 더욱 증폭된다.

가리에게서 한결같이 섬세함과 총기로 충만한, 교양 있고 개화된 독창적인 정신을 보고, 업무에 대한 뜨거운 열의를 눈여겨본 상관들 — 폴 클로델의 사위인 자크 카미유 파리나 그의 후임자인 프랑수아 세두 포르니에 드 클로존 — 에게 높은 평가를 받은 가리는 전혀 '딜레탕트'*로는 보이지 않는다. 그가 외교를 위장물로 사용한다고도 생각할 수 있을 것이다. 자신의 진정한 활동과 소명을 은폐하기 위해 외교를 생계 수단으로 이용한다고, 아니면 단순히 외교관 생활을 통해 명예욕을 해소한다고, 그러면서 알 수 없는 방식으로 어머니의 영향을 받아, 속으로는 여자나 문학을 생각하면서도 거기서 제 역할을 하려고 노력한다고…… 어쨌든 성격상 가리에게는 딜레탕티즘이 발붙일 여지가 없었다.

몇 달 동안 그는 북유럽을 담당하는 자크 르프레트와 비좁은 사무실을 함께 썼다. 외무부에서는 자리 부족으로 그런 지리적 '혼합'이 자주 일어났다. 가리가 열한시 이전에 사무실에 도착하는 경우는 드물었다. 그는 언제나 신경질적인 몸짓으로, 문이 요란한 소리를 내며 미끄러지는 커다란 나무 캐비넷을 열어젖힌다. 그러고는 하나는 '출발,' 또 하나는 '도착'이라고 쓰인 두 개의 바구니 앞에 앉아, 꿈속을 헤매는 듯한 표정으로 코를 파기 시작한다. 그가 분명 별 내용 아니라고 판단했을 상관의 메모들은 쓰레기통으로 직행한다. 가리는 그 메모에 대답하지 않는다. 정오가 되어야 그는 마침내 깨어난 것처럼 보인다. 시계를 쳐다보고는 나가버린다.

하지만 자크 르프레트는 가리가 장관에게 보고할 목적으로 두 시간 만에 작성한 동서관계 분석에 대해 놀라운 기억을 간직하고 있었다. 그것들 중 하나로, 1948년 5월 22일자로 작성된 네 쪽짜리 보고서는 '소련의 정치적 현실주의'에 대한 성찰을 담고 있는데, 가리는 그것을 한 판의 체스처럼 분석했다. 1949년 5월 21일자로 작성된 또다른 보고서는

---

* 학문이나 예술이 직업이 아니라 취미인 사람.

동맹 4강국의 장관급 회담 첫 회기 연설문 초안으로, 가리 특유의 자유 분방함과 너그러운 아량으로 주제들을 다루고 있다.

'본인은 우선 프랑스가 독일의 통일성이 복원되기를 바란다는 사실을 천명하고자 합니다.'*

가장 크고 중대한 문제만이 가리의 관심을 끌 수 있었다. 그는 외교상의 사소한 문제라면 질색을 했다……

하지만 원대한 문제에는 지나치게 열광한 나머지 노력을 적절히 조절, 분배하지 못했다. 당시 그는 문학에 몰두하는 만큼 외교에도 몰두했다. 돈 후안이라는 명성에도 불구하고 여자들에게 몰두하는 것보다 훨씬 더. 하지만 외교에서는 그 정도의 행복이나 고통을 끌어내지 못했다. 외교적 업무는 어떤 것이든 결국에는 늘 그를 싫증나게 만들지만, 문학은 작가와 최악의 대결을 벌여도 언제나 상처 하나 없는 생생한 모습을 되찾는다.

가리는 생 페르 가에 있는 호텔의 작은 방 하나를 임대해 그곳에서 매일 점심 시간마다 『커다란 탈의실』을 쓴다. 나중에 그는 그 작품을 비데 위에 앉아 썼다고 자랑한다……

그는 외무부의 사무실에서는 유럽 대화합의 꿈에 참여하는 반면, 세 번째 소설에서는 별 볼일 없고 상스러운 시대, 몇 년 후 장 뒤투르의 『양질의 버터 *Au Bon Beurre*』에 영감을 줄 그 프랑스를 묘사한다. 로베르 슈만과 장 모네의 조국은 불량배, 벼락출세자, 벼락부자, 대세에 편승하는 독일 협력자들의 조국이기도 했다. 그곳에서는 한 소년이 신뢰할 수 있는 무엇인가를 혹은 누군가를 헛되이 찾아 헤맨다.

전쟁고아인 열세 살 소년 뤼크 마르탱은 지하 시장에서 큰돈을 번 늙은 사기꾼이자 헌옷을 주우러 다니는 천박하고 더러운 거지인, 일명 '방

---

* 프랑스 외무부 보고서.(원주)

데르퓌트(Vanderputte)'의 손에 넘어간다. 뤼크에게 세상은 헛것들이 만들어내는 풍경인, 방데르퓌트의 옷 보관소를 닮았다.

거리는 저고리와 바지, 모자와 신발로 가득했다. 그것은 세상을 속이 려고, 하나의 이름, 하나의 주소, 하나의 생각으로 치장하려고 애쓰는, 버 려진 거대한 물품 보관소였다. 유리창에 이마를 대고 아무리 찾아봐도, 아버지가 목숨을 바쳐 구하려 한 사람들은 어디에도 없었다. 내 눈에 보 이는 건 하찮은 물품 보관소, 인간의 모습을 비방하며 흉내내는 수없이 많은 얼굴들뿐이었다. 아버지의 피가 내 안에서 깨어나 내 관자놀이를 때 렸다. 나는 내 모험의 의미를 찾기 위해 나아갔다. 삶에 의미를 물을 수는 없고 단지 의미를 부여할 수만 있다고, 우리 모험의 위대함은 빈손으로 우리를 향해 오지만 풍성해져 완전히 변한 모습으로 우리를 떠날 수도 있 는 그 삶 속에 있다고 내게 말해줄 사람은 아무도 없었다.

형이상학적이지만 소설에 충실한 가리는 대부분 괴상망측하고 비도 덕적인 모험들 한가운데에, 초록색 눈에 빨간 머리, '귀여운 다람쥐의 머릿결'을 가진 열다섯 살 소녀 조제트를 위치시킨다. 그녀는 '럭키 스 트라이크'를 피우고, 오후는 늘 영화관에서 보낸다.

"럭키?⋯⋯"
"옙?"
"내가 마음에 들어?"
"옙."
"이것 좀 봐⋯⋯"
그녀는 파자마 단추를 풀고 고동치는 하얀 젖가슴을 내게 보여주었다. 마치 손에 비둘기 두 마리를 쥐고 있는 것처럼 보였다.

"예뻐?"

나는 목이 메어왔고, 옙이라고 말할 힘조차 없었다.

"훌쩍 날아가버릴 것 같아. 럭키……"

나는 넘어가지 않으려는 뭔가를 삼키려고 애썼다.

"이리 와……"

나는 담배를 멍청히 물고 그녀에게 다가가 침대에 걸터앉았다. 내 한쪽 눈에 눈물이 고였다. 그녀의 젖가슴을 바라보았다. 감히 만지지는 못했다. 이유는 알 수 없지만, 그 가슴을 보호해주고 싶었다……

『유럽의 교육』의 열렬한 옹호자인 아카데미 프랑세즈의 에밀 앙리오는 '여전히 감탄하지만 덜 좋아한다'. 『르 몽드 *Le Monde*』(1949년 3월)에서, 그는 가리의 '회화(戲畵) 정신' '껄끄러운 부조리', 미르보*적인 면모를 탓한다. 그리고 '불량배들을 호감 가는 인물로, 사회를 부조리가 가득한 곳으로 그린' 가리의 윤리에 분개한다.

이 소설은 또다시 가리의 부조리 감각, 그가 '난장판'이라 부른 것, 간단히 말해, 삶에 대한 비관주의를 명백히 드러낸다.

얼마 전 칼만 레비에서 가리를 빼앗아온 가스통 갈리마르에 의해 출간된 이 소설은 그리 많이 팔리지 않았다. 이 부진은 첫 소설의 성공을 이어가, 오래전부터 목말라하던 명성과 부를 마침내 거머쥐고 싶어하는 가리의 사기를 올려놓지 못한다.

로맹은 역시 1945년에 『회의론자들을 위한 콩트 *Contes pour les Sceptiques*』를 출간한 신진 작가 미셸**의 아버지인 생 피에르 후작에게 임대한 방에서 레슬리와 함께 지낸다. 넓은 아파트의 창들은 포부르 생

---

* Octave-Henri-Marie Mirbeau(1850~1917), 프랑스 소설가, 저널리스트.
** Michel de Grosourdy (1716~1987), 프랑스 소설가.

토노레 가에 있는 미국과 영국 대사관 정원 그리고 내무부 정원을 향해 나 있었다. 돈 한 푼 없는 부부가 살기엔 너무 귀족적인 곳이었다. 삼등 행정관의 봉급으로는 수지를 맞출 수 없는 곳이었다.

가리는 갈리마르로 떠나며 로베르 칼만에게 털어놓는다. "나더러 어쩌라는 겁니까? 난 돈이 필요해요!"

레슬리는 해외 근무를 요청해보라고 로맹을 부추긴다. 아마도 그녀는 파리보다 선호하는 도시인 런던, 이스탄불 혹은 아테네로 그가 발령받기를 기대했을 것이다.

중앙행정실의 엄격한 일정에 시달리고, 따분한 관료 생활에 지치고, 금전적인 근심으로 짜증이 나고, 보다 넓은 의미로는 새로운 소설을 쓰기 위해 유럽의 열기에서 달아나고 싶은 그는 마침내 새로운 직책을 청한다. 외국으로 나가면 삶이 훨씬 더 수월해질 거라 여기며……

『유럽의 교육』에 탄복했고, 그 저자가 새로운 직책을 찾는다는 말을 전해 들은 스위스 대사는 서둘러 인사부에 편지를 쓴다. 대사의 편지는 적기에 도착한다. 하지만 남편이 생 종 페르스와 똑같은 길을 밟는다며 기뻐한 레슬리에게는 큰 실망일 수도 있었다. 그들을 위한 모험은 베른에서 시작될 참이었다……

곰 우리에서

'십팔 개월의 공백.' 이것이 로맹 가리가 스위스에 대해 기억하는 모든 것이다……

"병졸 인형들이 돌아가며 시간을 알리던 괘종시계가 희미하게 떠오른다……"

부르주아 살롱에 있던 작은 난로들, 슈트루델토르테처럼 무거운 대화들, 그리고 견디기 힘든 문화적 결핍 역시. 베른은 가리에게 최소한의 기분전환거리도 제공하지 않는다. 전시회와 음악회, 국제 행사로 분주한 제네바에서 너무도 멀리 떨어진 지방 수도에서 가리는 몹시 따분해한다. 예쁜 베른 아가씨와 연애를 한 자취조차 찾아볼 수 없을 정도로 의기소침하게 지낸다…… 그는 평온함이라는 감옥에 갇힌 포로였다.

우울의 극치로, 술게네크슈트라세 44번지에 위치한 사무실은 대사관 지하 전체를 차지하고 있었다. 지하 창고에서 일하는 것이었다! 물론 편

150

안하긴 하지만 공기와 빛 ─ 당시 가리에게 부족한 모든 것의 상징 ─ 이
들어오지 않았다.

자존심이 상하고 질겁한 레슬리는 베른의 민속 예술이나 구경하라며
로맹을 남겨둔 채 몇 주 동안 튀니지로 달아나버린다. 로맹은 결코 발표
되지 않을 『커다란 탈의실』의 연극 각색본을 준비한다. 한편 정치는 그
의 삶에 아무런 자극도 주지 못한다. 아무 일도 일어나지 않는다……
유일하게 중요한 사건이라고는, 스위스 중립의 역사를 상기시키는 편지
를 연례적으로 작성해 장관에게 보내는 일이었다!

하지만 죽은 듯한 이 도시에는 가리가 깊고 변함없는 애정을 갖게 되
는 몇 안 되는 인물들 중 하나이며 후에 가리의 정신적 지도자 역할을 하
는 비범한 인물인 프랑스 대사 앙리 오프노가 있었다.

58세로 크고 호리호리한 몸매와 왕자처럼 곧은 자세에 눈동자가 맑
은 대사는 샹파뉴 출신이었다. 그는 샹파뉴 사람답게 매우 예의바르
고 온화했다. 늘 상냥하고 정중하며 젊은 부하들을 더없이 너그럽게
대했다.

그는 선인으로, 결코 파벌이나 당파의 맹신에 빠져들지 않는, 르네상
스나 계몽주의 시대에나 있을 법한 유럽 휴머니스트들 중 하나였다. 차
라리 그의 사상은 정의와 관용을 구현해야 하는 좌파 쪽으로 기울어져
있었다. 예술과 문학에 열광하는 그는 문화에 신앙과도 같은 사랑을 바
친다. 하지만 취향은 전혀 순응주의적이지 않았다. 그는 다다, 초현실주
의 화가들을 좋아하고, 피카소, 모네, 뒤피, 브라크, 클레의 작품 몇 점
으로 구성된, 놀라운 그림 컬렉션을 소유하고 있었다!

그는 현대인이었다. 고전주의에 푹 빠진 고리타분한 노인네가 아니라
색다른 취향을 가진 외교관이었다. 그는 가리를 양자처럼 보살펴준다.

외무부에서 오프노는 중국통이었다. 1937년의 중일전쟁 동안에는 베
이징에서 참사관으로 일했고, 아시아 분과장을 역임했다.

레슬리가 숭배하는, 이목구비가 또렷하고 귀부인의 풍모를 지닌 오프노의 아내 엘렌은 예술가적인 기질을 감춘다. 그녀는 폴 클로델이 서문을 쓴 '중국'이라는 제목의 사진집을 스키라(Skira) 출판사에서 출간한 바 있었다. 이 사진집에는 명암을 잘 살려 흑백으로 찍은 마카오의 정크선, 연꽃, 고목, 회양목으로 만든 용, 자금성의 층계, 또는 난징의 눈(雪) 사진, 다시 말해 놀라운 재능으로 포착된, 그들 부부와 떼어놓을 수 없는 배경들이 실려 있었다.

세계대전 동안, 앙리 오프노는 리우데자네이루에서 서기관으로 일했다. 그곳에서 평생 우정을 나눌 클로델과 다리우스 미요*를 알게 된다. 그는 딸 비올렌을 불러 미요와 함께 1928년에 비스바덴 오페라 무대에 오른 일종의 음악 개그, 오페라-미뉘트(opéras-minute)** 세 편을 작곡한다……

오프노는 엘렌과 함께 조지프 콘래드***의 작품 『암흑의 핵심 La Ligne d'Ombre』을 번역한다. 오프노 자신이 시인으로, 발레리 라르보가 박수를 보낸 『잃어버린 대륙 Continent Perdu』과 『삶과 환상의 장난 Jeux de la Vie et de l'Illusion』, 『에스트 시 화원에서의 아리안의 명상 La Meditation d'Ariane dans les jardins de la ville d'Este』을 썼다.

'당신은 또다른 땅, 또다른 유배지, 어디선가 작은 만을 쓰다듬는 종려나무, 아시아의 벽이나 지붕 위로 드리워진 나뭇가지를 그리워하는가?'

오프노는 가리의 마음에 들기에, 드문 모델들 가운데 한 자리를 차지하기에 충분한 무게와 반순응주의적 면모를 갖추고 있었다. 드골, 말로, 케셀, 오프노, 그 외에는 없을 터였다.

1942년 10월에 사표를 낸 오프노는 앙리 오노레 지로****에게 가담하

---

* Darius Milhaud(1894~1974), 프랑스 작곡가.
** 소형 오페라(miniature opera). 고유한 연출법과 미학에 따라 제작된 짧은 오페라.
*** Joseph Conrad(1857~1924), 우크라이나 태생의 영국 소설가, 해양문학의 대표 작가.

는 실수를 저질렀다. 하지만 로맹이 진저리 치는 '개자식'이기는커녕, 앤틸리스 제도에 파견된 프랑스 국가해방위원회 특별 대표단 단장을 역임하고, 공화국 임시정부 대표로 미국을 방문해, 미국이 자유 프랑스를 공식적으로 인정하게 하려고 노력했다.

이론의 여지 없이 오프노는 베른과 같은 한직에 있을 외교관이 아니었다. 아마 그에겐 드골주의자라는 카드가 부족했는지도 모른다. 하지만 가리는 그에게서 관대하고 현명한 아버지의 이미지를 발견한다. 게다가 오프노에게는 지조가 있었다. 사람들은 오프노가 알렉시스 레제르와 우정을 나눈 걸 결코 용서하지 않는다. 하지만 그는 그 우정을 숨기지 않는다. 생 종 페르스의 친구라는 자부심으로 우정을 공공연히 드러내기까지 한다⋯⋯

오프노는 가리를 옹호한다. 외무부 인사과에 칭찬 일색의 평가 보고서를 보낸다. 이 보고서에서 가리의 지적 자질뿐만 아니라 훌륭한 교육(아마 가리가 오프노 앞에서는 말조심을 했을 것이다), 완벽한 사생활(사막 같은 베른의 분위기가 한 몫을 했다!)을 호평한다. 필시 오프노 부부를 둘러싼 현대적 그림들에 자극을 받은 듯, 가리는 자신이 진정한 소명을 모르고 있었다고 생각하고는 미친 듯이 그림을 그리기 시작한다.

고양이와 풍경을 즐겨 그리는 아마추어 화가 레슬리의 충고는 아랑곳 않은 채 자기 안의 악마에게 떠밀려, 가리는 방에 처박혀 이젤을 앞에 두고 몇 시간 동안 씨름을 벌이고, 캔버스 위에 두꺼운 유화 물감을 칠하고 또 칠한다. 붉은색, 자주색, 밤색, 검은색 등의 짙은 색깔들로 묵시록, 환각에 사로잡힌 장면, 선혈이 낭자한 악몽들을 그린다. 떠오르는 이미지들을 매번 구체적으로 표현할 수 있는 것은 아니어서 ─ 그에게는 솜씨와 기술이 부족했다 ─ 그는 괴로워하고, 짜증을 부리고, 흥분하

**** Henri Honoré Giraud(1879~1949), 드골과 대립한 프랑스 육군 장교.

고, 화를 내고, 캔버스 위에 물감을 내던지고, 물감 튜브들을 모조리 짜버리고, 결국에는 흰 캔버스 위에 손으로 물감을 짓이기고 만다.

마음대로 되지 않아 미친 듯이 화가 난 그는 작품을 갈기갈기 찢어 씹어 먹기 시작한다! 레슬리가 달려들어 가리의 손에 쥐인 그림 조각들을 빼앗지 않았다면, 니스 고등학교 동창이자 참사관인 친구 자크 비몽이 진정시키러 달려오지 않았다면, 가리는 물감으로 배를 채웠을 것이다……

폴 클레 같은 천재가 아니라는 사실에 마음이 무척 상했지만, 가리는 평상시의 거친 언어로 아주 유머러스하게 저지된 욕망을 표현한다. "똥…… 똥 딱 한 덩이만……"

스위스의 진부한 일상을 휘저어놓기 위해서라면 무엇이든 할 준비가 되어 있던 가리는 어느 날 바렌그라벤*의 곰 우리로 내려가 구조대원들이 도착할 때까지 꼼짝도 하지 않는다. "전혀 아무 일도 일어나지 않았어. 곰들은 꼼짝도 하지 않았지. 베른 곰들이었으니까!"**

권태와의 전쟁에 지친 가리는 외무부로 두서없는 공문 한 통을 보낸다. 자신의 정신적 장애를 증명해 귀환 명령을 받을 요량으로 쓴 이 공문은 아쉽게도 고문서철에서 누락되어버렸는지 찾아낼 수 없게 된다. 소문이 인사과를 떠돌아다닌다…… 보고를 받은 슈만의 후임자 조르주 비도는 즉시 이렇게 말한 것으로 보인다. "이 친구 미쳤군…… 유엔으로 보내세……"

가리가 스위스를 떠날 때쯤 '로만 카체브'는 사라지고 없었다. 참사원의 동의를 얻은 후 총리 르네 플르방과 법무장관 에드가르 포르가 서명한, 성(姓) 대체와 관련된 1951년 10월 9일의 법령에 따라, 그의 성 '가리'가 합법화된 것이다. 이제 '가리'는 여권에서나, 알파벳 K가 사

---

* 베른의 곰 공원.

** 『밤은 고요하리라』에서.(원주)

라져버린 외무부 명단에서나 그의 공식적인 성이 된다. 그날 세 명의 레비(Lévy), 두 명의 베이(Weil), 이다 기르쇼비츠(Ida Guirchowisch), 조제프 칸테로비츠(Joseph Kanterowitz), 카사피앙(Kassapian), 클라이너만(Kleinermann), 크바피제브스카 르그리(Kwapiszewska-Legris), 마르코비츠(Markowitz), 로젠바이크(Rosenwajg), 모리스 코퀴(Maurice Cocu)와 더불어, 로만 카체브(Roman Kacew)는 영원히 땅속에 묻히고 만다.

미국에 디딘 첫걸음

　서쪽으로는 1번가에 의해, 북쪽과 남쪽으로는 41번가와 42번가에 의해 경계가 지어지는 이스트리버 강가에 우뚝 선 유엔 건물은 가리가 벌일 새로운 모험의 배경이 된다. 세계 평화에 바쳐진 이 현대적 기념물은 미국의 자부심 중 하나인 자유의 여신상과 함께 미국이 가장 아끼는 상징물의 하나로, 존 록펠러*의 옛 도살장 터에 세워졌다. 가리는 썩 좋지는 않은 징조인 이 디테일을 새겨둔다.

　미국인 K. 월리스 해리슨이 르 코르뷔지에와 니마이어를 비롯해 다양한 나라에서 온 예술가 열 명의 도움을 받아 건설한 네 동의 주 건물과 39층짜리 탑으로 구성된 유리 건축물 앞에 선 가리는 광채나 웅장함보다는 그 '취약함' — 재료에서 비롯된 인상 — 에 큰 충격을 받는다. 본회

---

*John Rockefeller(1874~1960), 미국의 석유 사업가이자 자선사업가. 맨해튼의 토지를 유엔 본부 건물 대지용으로 기증했다.

의장은 페르낭 레제르의 거대한 프레스코화로 장식되어 있었다. 건물의 모든 벽은 보편적 사상을 나타내는 걸작들로 뒤덮여 있었다. 그 안에서 약 3,500명에 달하는 국제 관료들이 평화와 전 세계 국민의 권리를 보호하기 위해 일했다. 1950년대에 미국의 심장은 미국의 낙관주의와 평화를 향한 희망을 구현하는 이 기구를 위해 아주 힘차게 뛴다.

가리는 유엔을 통해 미국의 코미디 속으로 들어간다. 그는 겨울에 뉴욕을 발견한다. 프랑스 대표단의 다른 일원들과 함께 여객선 '일 드 프랑스'에서 내려, 그의 작품 전체에 영향을 미치고 그의 삶에 다른 색깔을 부여할 대륙에 첫발을 디딘다.

앙리 오프노가 미합중국에서 프랑스를 대표하기는 했지만, 당시 워싱턴 주재 프랑스 대사는 앙리 보네였다. 대사는 휘하의 일등 서기관을 '대변인'과 '언론 담당 공보관'으로 임명하여 언론 관계를 맡긴다. 이 대표단에는 가리 말고도 여덟 명이 더 있었다. 공사이자 부대표인 샤를 뤼세, 일등 참사관으로 재무부 검사관인 셴, 참사원의 소원 심사관 오르도노, 이등 참사관 자크 티네, 이등 서기관 하나, 문서 담당 부영사 하나, 암호 담당관 둘. 대표단에서 서열상 여섯번째인 가리는 마침내 어둠에서 벗어난다. 스포트라이트를 받으며 두 해를 보내게 된다.

1952년, 동서 냉전은 가장 치열한 국면에 접어든다. 루스벨트에 이어 미국 대통령이 된 해리 트루먼은 소련의 팽창주의에 맞서 강경책을 펴면서 두 해 전 북한의 침공을 받은 남한 편에 서서 한국전쟁에 적극적으로 개입한다. 유엔의 깃발 아래 미군은 조용한 아침의 나라에서 끔찍한 전쟁을 수행한다. 태평양의 맹주 더글러스 맥아더 장군은 그보다 덜 공격적이고 북한의 동맹국인 중국을 핵폭탄으로 위협할 의도가 없는 리지웨이 장군에게, 나중에는 클라크 장군에게 지휘권을 넘겨줘야 했다.

전선이 안정되고 개성과 판문점에서 협상이 진행되는 사이, 유엔의 복도에는 쌍방의 맹세와 아름다운 약속이 울려 퍼진다.

아시아뿐만 아니라 독재 정권 지원을 통해 남미에서도 각축을 벌이던 '두 대국'은 적대적인 두 개의 윤리를 통해 공식적으로 평화와 자유에 대한 똑같은 신앙고백을 한다. 그들은 서로 자신이 반제국주의자라고 맹렬히 주장한다. 미국 여론은 제국주의를 희생양으로 만들기까지 한다. 모든 언론은 식민지를 갖고 있는 열강들을 비난하고, 미국으로선 양심에 거리낄 게 없다는 것을 보여주기 위해 민족자결권을 옹호한다……

그런데 프랑스는 이미 식민지 전쟁에 깊숙이 발을 담그고 있었다. 민간과 군사 권력을 한 손에 쥔 라트르 장군은 베트남 혁명군의 하노이 공세를 막 무력화시켰고, 살랑은 붉은 강 삼각주에서 전투를 벌여 보 구엔 지아프*의 통킹 공격을 물리쳤다. 그리고 이미 혁명군의 라오스 습격을 '진압할' 계획을 세우고 있었다. 인도차이나 전쟁이 맹위를 떨친다. 그리고 가리는 유엔의 기자들 앞에서 매일 그 전쟁을 설명하고, 논평하고, 프랑스의 이름으로 변호해야 했다.

다른 차원의 갈등, 즉 동서의 갈등을 반영하는 인도차이나 전쟁은 아직은 제국주의 정책을 펴면서도 인간의 생명을 희생시켜가며 식민지 방어에 전적으로 개입하려고는 하지 않는 서유럽의 망설임을 잘 보여준다. 이 전쟁은 자아비판적인 기괴한 대화를 통해, 프랑스와 미국, 식민지를 갖고 있는 늙은 유럽과 모든 자유의 선봉에 서고자 하는 국가가 격렬히 맞서게 만든다.

앙리 오프노는 급진사회주의적인 신념을 갖고 있었다. 골수 반제국주의자이긴 하지만 프랑스 제4공화국의 정책을 옹호하지 않을 수 없었던 오프노는 너무 신속하게 답변하는 일등 서기관에게 상부의 지시에 복종하라는 엄격한 명령을 내린다. 앙투안 피네 총리와 비도 장관의 명령에 이의를 제기해서는 안 된다는 충고와 함께. 후에 가리는 이렇게 쓴다.

---

* Vô Nguyên Giap(1912~), 베트남의 군사. 정치 지도자.

내 직업은 랑드뤼[*]를 변호한 모로지아페리, 라발을 변호한 노의 직업과 같았다.[**]

1952년부터 1954년까지 가리는 수백만 미국인들 앞에서 자기 것이 아닌 생각을 위해 변론을 펼쳐야 했다. 인도차이나 전쟁도, 튀니지와 모로코, 아프리카 식민지 전체의 독립 — 사람들은 아직 '프랑스 영토'인 알제리에 대해서는 말하지 않는다 — 에 대한 거부도, 어떠한 대가를 치르더라도 가능한 한 모든 자유 — 정치적, 윤리적 혹은 예술적 자유 — 를 원하고 자유에 봉사하고자 하는 그의 철학 속에서는 메아리를 찾지 못한다.

로맹 가리의 강박관념, 그의 작품 세계의 기저에 흐르는 음악인 자유는 처음부터 마지막까지, 다른 이름으로 출간한 작품들까지 포함해 그의 모든 책에서 되풀이되는 주제다. 그의 작품에는 언제나 자유를 옹호하거나 구현하는 열정적인 인물이 적어도 하나는 있다. 외교관이든, 불량배나 곡예사든, 부르주아나 무정부주의자든, 로맹 가리의 주인공들은 늘 자유로운 인간, 혹은 그렇게 되기를 갈망하는 인간들이다. 그들에게 그보다 더 위대하고 아름다운 꿈은 없으므로. 그의 소설 속 주인공들은 갖은 편견, 당파 정신 혹은 계급 정신을 비웃는다. 그리고 거기서는 하나의 광신, 인간의 자유가 저자에게 불러일으킬 수 있는 광신밖에는 만날 수가 없다.

민주주의만이 자신의 아름다운 이상을 허락할 거라고 확신하는, 민주주의의 열렬한 지지자 가리는 비록 그 자신에게는 구속적이고 억압적이고 맥 빠지게 하는 것일지라도 그 법칙들을 받아들인다. 새로운 외교 임

---

[*] 1차 세계대전 당시 십여 명의 여성을 살해한 연쇄살인범.
[**] 『밤은 고요하리라』에서.(원주)

무를 맡은 그는 동전의 이면을 받아들인다. 그리고 오프노를 모델 삼아 프랑스 정책을 무조건 옹호하는 데 전념한다.

나는 이 변호사의 일을 내가 가진 모든 기술적 솜씨를 발휘해 충심을 다해 수행했다.*

대화 상대자가 그 충심이 어디까지 나아갈 수 있느냐고 묻자, 그는 이렇게 덧붙인다.

민주주의가 끝나는 곳까지.

올곧은 그는 잔을 끝까지 비울 터였다……

대사는 그에게 편한 임무를 맡긴 게 아니었다. 아니, '언론 담당 공보관'은 편하기는커녕 잠시도 쉬지 못했다. 미국에 도착한 그해, 가리는 라디오와 텔레비전에서 25회, 언론과 50회의 회견을 가진다. 이듬해에는 라디오와 텔레비전에서 22회, 그리고 기자들과는 무려 200회에 달하는 회견을 가진다! 같은 해, 그는 미국 정치 생활에서 상당히 중요한 역할을 하는 그룹, 협회, 친목회, 동호회, 클럽, 리그, 사회단체 등에서 청한 200여 회의 초대에 응한다.
이처럼 1953년 4월 단 한 달 동안, 그는 세계 문제 심의회(Council on World affairs), 민주주의 다운타운 클럽(Democratic Downtown Club), 공화당원 클럽(Republican Club), 뉴저지 교사 협회(New Jersey Teachers Association), 인터내셔널 하우스(International House), 콜롬

---

* 『밤은 고요하리라』에서.(원주)

비아 대학에서 연설을 한다.

그리고 11월 17일부터 12월 16일까지는 미국 위그노 협회(American Huguenot Society), 연합 기독교 선교사 협회(United Christian Missionary Society), 필라델피아 국제 문제 심의회(World Affairs Council), 미국 친구 봉사 위원회(American Friends Service Committee), 유엔을 위한 로체스터 협회(Rochester Association for the United Nations), 형제애 위원회(General Brotherhood Board), 메이플라워 협회(Mayflower Society), 브루클린 대학, 매우 투쟁적인 S. M. 유대교도 여성 기구(S. M. Synagogue Women Organisation)를 방문한다.

질문과 답변 형식의 전체 토론에 앞서 가리가 4~500명의 청중을 대상으로 한 강연은 대부분 라디오로 중계방송된다. 다시 말해, 그의 강연은 뉴욕 소집단에 한정되지 않고, 미들웨스트 중심부까지 이르는 매우 광범위한 계층의 청중들에게 전해진다.

미국은 유엔의 활동에는 열광적으로 호응하는 한편, 유럽의 늙은 국가 프랑스의 정책에 대해서는 많은 호기심을 표명한다. 1954년 2월에 외무부에 보낸 장문의 보고서에서, 가리는 단순하고 순응적이며 자신을 환대해주는 청중의 몽타주를 그린다.

극히 현실적이라는 평판이 있지만, 미국 청중들은 머리보다는 가슴에 호소하는 것에 훨씬 더 민감하다. 가슴에 호소하면 그들은 어김없이 관대하게 반응한다. 이것은 그들의 몸에 밴 친절함, 상부상조 정신, 환대와 짝을 이루는, 이 국민의 근본적인 특징 중 하나이자 장점이다. 그들은 논쟁의 '수위를 높이면' 깊은 인상을 받는다. 미국 토론장의 분위기는 언제나 호의적이다. 그들의 뜨거운 반응은 생활과 생각의 기계화에 손상당하지 않은 듯 보이는 감수성을 증명하는 것이다.

미국과의 끊임없는 대면을 통해, 가리는 신세계가 프랑스에 대해 갖고 있는 근본적인 편견 스물네 가지를 아주 재미있는 방식으로 추출한다. 그중 몇 가지만 살펴보자.

1. 프랑스인들은 세금을 내지 않는다.
3. 프랑스는 공산주의에 물들어 있다.
4. 프랑스인들은 분열되어 있다.
6. 프랑스는 제국주의 열강이다.
11. 프랑스는 기술적으로나 경제적으로 덜 발달된 국가다.
13. 유럽 합중국을 이루어내기 위해서는 프랑스에 대한 원조를 중단해야 한다.
14. 프랑스 국민은 미국을 싫어한다.
17. 프랑스 자본주의는 시대에 뒤떨어졌다.
19. 드골 장군은 공산주의자들과 결탁되어 있다.
23. 프랑스인들은 일하는 걸 싫어한다.

그중에서도 가장 기막힌 명제는 이것이다.

24. 프랑스는 유럽의 병자다.

언론 담당 공보관이 보기에 상황은 미묘했다. 가리가 장관에게 보고하고 있는 것처럼, '이곳 사람들은 더이상 프랑스의 과거를 한없이 써먹을 수 있는 자산으로 여기지 않는다'. 프랑스의 위신은 땅에 떨어졌다. 그것을 다시 끌어올리는 것이 문제였다. 애국자의 도전, 니나가 마음에 들어했을 내기…… 가리는 마이크와 풍부한 '조크', 내기에서 이기려는 불굴의 의지로 무장한 채 미국인들의 편견과 전쟁을 벌인다. 유엔의 경계를 훨씬 넘어서는 이 선전 작업을 통해 가리는 인도차이나 전쟁, 젊은 처녀들의 교육, 프랑스 내의 공산주의, 모리스 에르조그의 안나푸르나 등정 같은 다양한 주제에 대해 발언하게 된다.

그의 국가적 자부심은 사람들이 '짜증이 날 정도로 솔직하게'* 그에게 제기하는 질문, 드골주의자인 그의 피를 끊임없이 들끓게 만드는 질문에 숱하게 부딪힌다. 긴 목록 가운데 단연 으뜸은 인터내셔널 하우스에서 한 대학생이 던진 질문이다.

"프랑스는 열강의 지위를 잃은 지 이미 오래되었는데, 무슨 권리로 유엔 상임이사국 자리에 올라 거부권을 행사하는 거죠?"

언론사 기자 258명, 텔레비전 방송국 기자 144명, 라디오 방송국 기자 49명, 사진기자 128명, 총 579명의 기자들이 유엔의 복도들을 가득 메운다. 가리는 그들 중 50명과 개인적으로 긴밀한 관계를 유지한다. 하지만 그가 가장 선호하는 대화 상대자는 많은 시청자를 확보하고 있는 캐머런 코넬, 배리 그레이, 해밀턴 컴스 같은 음성 영상 매체의 스타들이었다. 그들 각각은 한 시간 동안 귀를 기울이는 약 백만 명의 청취자를 대표했다!

입을 열자마자 가리는 프랑스를 위해 말한다. 말 한마디 한마디가 중요했다. 억양 하나하나가. 가리는 대부분 즉흥적으로, 현장에서, 마지막 순간에 결정된 절묘한 답변으로 눈부신 활약을 펼친다. 수족**만큼이나 영악하고 재빠른 기자들의 함정 질문에 단 몇 초 만에 대답해야 했다.

매 순간 순발력, 유연성, 역량, 효율성을 발휘해야 하는 그 길은 곳곳에 매복과 함정이 숨어 있는 전사의 여정이었다. 무엇보다 중요한 것은

---

* 프랑스 외무부 보고서.(원주)
** 미국 인디언의 한 부족.

두각을 나타내는 것이었다. 로맹 가리는 '쇼'에는 타고난 재능이 있었다. 재치 넘치는 많은 대답이 증명하듯, 그는 연예인으로서의 끼를 드러낸다.

프랑스 정부의 위기에 분개한 공화당원 클럽의 한 멤버가 가리의 말을 끊고 끼어들었다.

"의장님, 의장님께선 저희에게 프랑스 대변인이 나온다고 예고하셨습니다. 하지만 미국인이라면 누구나 한 달 전부터 프랑스에 정부가 없다는 사실을 잘 알고 있습니다. 저로서는 저기 계시는 저분께서 누구의 이름 혹은 무엇의 이름으로 우리에게 말하고 있는 건지 묻지 않을 수 없군요."

밤 아홉시에 라디오로 생중계되고 수천 명의 청취자가 귀를 기울인 회견은 가리의 이 영감 넘치는 대답이 없었다면 참담한 결과를 낳았을 것이다.

"의장님, 죄송하지만 방금 질문하신 분께, 이천 살 된 프랑스 대변인이 삼백 살 된 미국 청중에게 말할 때는 이런저런 정부가 아니라 스무 세기에 걸친 문명의 이름으로 말하는 것이라고 설명해주십시오."

재치 넘치는 답변에 매료된 청중의 뜨거운 갈채가 쏟아졌다.

유엔의 회의장에서 튀니지 문제의 의사일정 등재에 관한 토론이 한창일 때, 캔자스시티의 한 신문사 통신원이 벌떡 일어나 가리에게 외쳤다.

"우리 의견을 바꾸려고 애쓰지 마십시오. 당신은 한때 식민지였다가 혁명을 통해 제국주의의 속박에서 해방된 나라에 와 있다는 사실을 잊고 있군요."

미국인들에게 솔직함보다 더 잘 통하는 것은 없다고 확신한 가리는 조금도 동요하지 않고 개인적인 의견을 밝히는 것으로 만족한다.

"당신들은 제국주의 열강에 대항해 독립을 쟁취한 식민지 토착민이 아닙니다. 해외 영토를 정복하고, 토착민을 멸종시킨 제국주의 열강의 국민들입니다. 당신들은 더는 필요가 없어지자 본국과 인연을 끊은 식민지 개척자들입니다. 당신들은 아프리카의 프랑스 식민지 정착민들과 똑같은 상황에 처해 있습니다. 그 정착민들이 프랑스에 반기를 든다면 말이지요. 아프리카에서는 토착민의 수가 줄어드는 대신 늘어났고, 식민지 정착민들이 토착민의 생활환경을 개선시키기 위해 최선을 다했다는 차이는 있겠지요."

그것은 공격자의 논리로 공격자에게 역공을 가하는, 외교관이 하기에는 너무 격한 대답이었다. 『타임 매거진』의 통신원인 미스 반 하임버거는 그다음 주 호에서 두 페이지 전체를 할애해 가리의 답변을 다루었다. 그리고 마침내 프랑스는 호의적인 — 아니면 덜 적대적인 — 반응을 얻게 된다.

CBS의 거물 리포터 래리 레수어에게 질문을 받았을 때도, 가리는 한창 토론이 진행되는 도중에, 답변을 미리 준비했다면 결코 사용하지 않았을 문장을 말한다. 이는 외교적 실언이 되기는커녕 청취자들에게서 호감의 물결을 불러일으키게 된다.

"프랑스에서는 한 시간마다 한 어머니가 인도차이나 반도에서 사망한 아들의 소식을 듣고 있습니다……"

가리는 대중을 '꿰뚫어 보았다'. 언제나 본능적으로 반응하고, 분위기를 통해 청취자의 심리를 즉각 파악했다. 무뚝뚝한 기질에, 과묵하지는 않지만 의도적으로 말을 아끼는 그는 관객을 설득하거나 매료시킬 수 있는 말과 억양을 현장에서 찾아냈다. 그는 연극에 능한 사람이었다. 마이크나 스포트라이트는 그를 말 많고 재치 넘치는 전혀 다른 사람으로, 명상을 좋아하는 침울한 성격의 작가를 키케로 같은 달변가로 변모시켰다. 그는 미국인들이 능란한 '토론가'라고 칭하는 인물로서의 면모를 드러냈다. 공격이 맹렬할수록, 그의 답변은 재치로 더욱 번뜩였다. 그는 토론의 달인으로서 대중을 간파하는 제7의 감각을 지니고 있었다.

대중과 눈높이를 맞추고, 민감한 부분들을 살짝 건드리고, 부드럽게 결대로 쓰다듬어 더 간질여주거나, 때로는 날카로운 말로 정곡을 찔렀다.

한 미국인이 프랑스 제국주의의 위선을 비난하자, 가리는 프랑스가 이미 인도차이나에서 장교만 웨스트포인트의 세 기수(基數)를 모두 합한 숫자만큼 잃었다는 사실을 상기시켰다. 그러고는 만약 미국이 지난 삼십오 년 동안 1차 세계대전부터 인도차이나 전쟁까지 프랑스가 입은 것과 똑같은 피해를 입었다면 미국은 900만 명에 달하는 '아들'들을 잃었을 거라고 덧붙였다. 이 대답은 하나의 술책이다. 진짜 질문에 쏟아지는 청중의 관심을 교묘히 돌려, 희생이나 조국을 위해 흘린 피 같은, 미국인들에게 소중한—멜로드라마적인—주제에 쏠리게 한다. 물론 뜨거운 갈채가 쏟아진다.

가리는 언론 담당 공보관에 알맞은 외모를 갖고 있었다. 맑은 눈동자, 타타르인 같은 얼굴, 돈 후안의 어깨. 그는 관료보다는 영화 스타를 연상시켰다. 여성지들이 소녀들을 꿈꾸게 만드는 프랑스 대변인과 인터뷰를 하기 위해 앞 다투어 달려왔다.

가리의 말은 다른 연설들의 관습적인 어조와는 뚜렷이 구별되었다. 그의 낮게 깔리는 목소리는 늘 장엄하게, 위압감이 느껴질 정도로 천천히 그리고 절도 있게, 그가 선언하는 모든 것에 무게감을 부여했다.

가리는 카메라 앞에서 연기하는 것을 무척 좋아했다. 라디오 방송국 녹음 스튜디오나 텔레비전 방송국 촬영장에 있는 그를 보면 마치 물 만난 물고기 같았다. 그는 아무런 문제 없이 모든 상황에 적응했다. 오히려 대중 앞에 혼자 나서서 즉흥적인 답변을 할 때면 어느 때보다 영감에 넘쳤다.

의심할 여지 없이 연예인 기질을 타고난 그는 천재적인 마케팅 능력까지 지니고 있었다. 하나의 이미지, 자신의 이미지, 하나의 스타일, 하나의 매력을 받아들이게 만들었다. 그렇게 하는 것이 그리 유리하지 못한 당시의 역사적 상황에서는 하나의 메시지, 프랑스가 당시 미국인들이 믿고 있는 것보다 덜 복고주의적이고 덜 분파적이며 덜 뒤떨어졌다는 메시지가 될 수 있는 만큼 더욱더.

간단히 말해, 사람들은 가리를 마음에 들어했다. 그리고 대사 오프노는 젊은 일등 서기관의 성공을 불편해하기는커녕 그를 곁에 둔 것을 자축했다. 1954년 2월에 외무부에 보낸 한 공문에서, 오프노는 '자신에게 부여된 까다로운 임무를 수행하는 데 로맹 가리 씨가 보인 지혜와 열의, 그가 벌인 활동의 놀라운 성과'를 지적했다.

또다른 카드. 가리는 '토론에 적합한' 열정적인 영어를 구사했다. 옥스퍼드나 케임브리지에서 가르치는 엘리트 영어도 아니고, 동부의 옛 요새인 보스턴이나 하버드의 세련된 미국 영어도 아닌, 일반인이 사용하는 자연스럽고 현대적인 영어, 간단히 말해 미디어에서 사용하기에 이상적인 영어를.

하지만 대중들이 보기에 가리의 영어에는 중대한 결점인 억양이, 그것도 프랑스어가 아니라 러시아어 억양이 있었다.

50년대의 인종차별적인 미국에서는 더 중대한 또다른 결점이 있었다. 그곳에서는 멕시코인들, '멕시코 개들'을 연상시키는 구릿빛 안색, 휜 코, 넓은 광대뼈가 그것이었다. 하지만 그런 그를 그냥 봐주는 것은 그가 프랑스의 이름으로 말하기 때문이었다.

반면 유엔에서는 그를 거슬려하는 외교관이 한둘이 아니었다. 특히 미국인들은 카체브라는 성을 가진 프랑스 언론 담당 공보관이 스탈린의 대표자들과 러시아어로 대화를 나누는 것을 곱지 않은 시선으로 바라보았다. 하지만 러시아인들과 러시아어로 말하는 것은 가리의 행복 중 하나였다……

데탕트는 아직 요원했다. 유엔의 연단에서 매카시*의 추종자들이 공산주의 대표자들을 맹렬히 공격했다. 마녀 사냥은 계단식 회의실과 프레스 센터까지 이어졌다. 『시카고 트리뷴』의 한 통신원이 모든 대표들에게 습관적으로 "선생님, 당신은 공산주의자입니까?"라고 묻고 다녔다. 이 질문은 좌파 자유주의 지식인이자 자타가 공인하는 사회주의자인 인도 대표 크리슈나 메논으로 하여금 신경 발작을 일으키게 만들었다. 그는 거품을 문 채 연단을 떠났다…… 같은 질문을 받은 로맹 가리는 잠시 침묵을 지키다—라디오 생방송중인 탓에—세 아이를 둔 유부남인 그 반공 기자에게 되물었다. "선생님, 당신은 동성애자입니까?……"

가리는 냉전의 지지자가 아니었다. 친미주의자도 반공주의자도 아니었다. 판단을 내릴 때는 골수 드골주의자이고, 두 대국에 대해서는 절대적인 독립을 유지하는 그는 미국 속의 유럽인으로 남아 있었다.

미합중국은 그의 관심을 끌었다. 또는 그를 즐겁게 해주었다. 그리고 그에게 몇 가지 훌륭한 소설 주제를 제공해주었다. 하지만 그는 미국을 분석하며 빈정대고 비판하고 조롱하는 프랑스인이었다. 그의 진정한 조국은 유럽이었다. 그에게 진짜 문제는 대서양 건너편, 특히 유럽방위공동체(EDC) 프로젝트가 부결의 벽에 부딪힌 프랑스 의회에 있었다. 유럽 군대는 존재하지 않을 터였다.

1953년 9월, 투표가 이루어진 지 약 일 년 뒤, 가리는 막 조르주 비도의 비서실에 들어간 자크 비몽에게 편지를 보내, 유럽주의자로서 자기가 느끼는 분노를 격하고 외설적인 용어로 표현한다.

난 우리나라 일이 슬프고 걱정스럽네. 우리는 독일을 놓치고 말 걸세. 하지만 독일은 독일을 놓치지 않을 거야.

독일에 대한 두려움은 그 자체로 패배를 뜻하네.

---

* Joseph Raymond McCarthy(1908~1957), 미국의 상원의원. 1950년대 초 미국 정부의 고위직에 공산주의자들이 침투해 체제 전복을 꾀하고 있다는 근거 없는 고발로 미국 전역을 떠들썩하게 만든 매카시 선풍의 장본인.

난 독일인을 증오해. 내 핏줄 속엔 유대인의 피가 흘러. 하지만 나는 두려움을 훨씬 더 증오하네.

우리가 독일과 어깨를 나란히 하지 못할까 봐 독일과의 협력을 두려워하는 것은, 이미 우리가 그들과 어깨를 나란히 하지 못한다는 것을 뜻하네.

아무리 그래도 프랑스의 정신적인 임무는 꽁무니를 빼는 것과는 다른 것일세.

하나로 통합된 강력한 유럽에 대한 아름다운 희망이 무너지는 것보다 가리에게 더 큰 상처를 주는 것은 없었다. 그는 의회의 투표 결과를 개인적인 모욕으로 느꼈다. 프랑스 의회 의원들은 그가 가장 미워하는 종자, 희생양이 된다. 그는 그들을 소련 공산주의자들만큼 싫어했다. 격분한 가리에게 제4공화국 의원은 비열함, 두려움 또는 그의 말을 빌리자면 "불알도 없는 놈"의 상징이었다.

코르네유적인 상황. 그 '비열한' 투표를 극도로 경멸하고 증오하면서도, 가리는 스포트라이트 앞에서는 그것을 옹호해야만 했다.

그런데 유럽방위공동체에 깊은 관심을 가진 미국 언론인들은 앞 다투어 프랑스 언론 담당 공보관을 라디오와 텔레비전 방송에 초대했다. 슬프고 분하지만 평온한 모습을 유지하지 않을 수 없는 가리는 모든 질문에 끈기 있게 대답한다. 그의 심정은 십분 이해하지만 최대한 신중하게 처신하라는 대사의 꾸지람을 듣고서, 그는 몇 달 전 유럽의 미래에 대한 프랑스의 믿음을 설명할 때 보여준 것과 똑같은 확신을 가지고 미국인들에게 그 투표를 소개하려고 노력한다.

『밤은 고요하리라』에서 그는 멋진 말을 남긴다. '프랑스에 쏟아지는 야유는 옹호자를 요구했고, 나는 모르는 척하고 있을 수 없었다.'

그리하여 그는 1954년 8월 31일에 WABC*에 나가 조지 해밀턴 컴스에게 이렇게 말한다.

"우리는 동맹국들에게 충실합니다. 늘 똑같은 동맹국들이죠. 그들은 언제나 똑같았어요. 동맹관계의 급변은 지적인 놀이, 일종의 체스 게임, 현실 정치와는 아무 관계가 없는 종이 위의 전쟁 놀이(kriegspiel) 또는 정치 놀이(politikspiel)라고 생각합니다."

그리고 이번에는 유엔의 엄격한 테두리를 벗어나 프랑스 내정 문제에 정면으로 접근하는 이 회견의 특별한 성격을 강조하기 위해 이렇게 덧붙인다.

"지금 우리, 미국에 거주하는 프랑스인들이 해야 할 일은 고통스럽고 불필요한 몇몇 오해를 불식시키는 것입니다."

늘 다른 각도에서 관대하고 현대적인 프랑스를 소개하면서 미국 순응주의의 함정을 피하려고 애쓰는 한편, 지도자들의 이미지와 항상 일치하지는 않는 프랑스의 어떤 이미지를 지키기 위해, 가리는 일개 외교관인 자신의 보잘것없는 힘을 키워나갔다. 그가 사랑하는 프랑스는 유럽을 지향하는 프랑스였다.

앙리 오프노의 비호를 받은 그는 아마 공보관 자리에 더 오래 남아 있을 수도 있었을 것이다. 1954년 9월, 외무부에 가리에게 불리한 소문이 번져가자 오프노는 매우 공식적인 어조로 이렇게 쓴다.

'원칙적으로 그리고 본인이 그에게 내린 엄격한 훈령에 따라 우리 대표단의 고유한 영역에서 벗어나는 질문에 대한 답변은 거부해야 하는데도 불구하고, 현 상황으로 보아 유럽방위공동체 문제에 관한 모든 토론을 피하는 것은 그로서는 불가능했습니다. 본인의 훈령에 따라, 그는 의회의 투표 결과를 정당화하기 위해서가 아니라 청취자들에게 이유를 납득시키기 위해, 그리고 여기저기서 나온 편향적인 해석을 논박하기 위해 노력했습니다. (……) '레이팅(rating)', 다시 말해 여러 스튜디오에

---

* 뉴욕의 가장 영향력 있는 라디오 방송국 중 하나.

서 객관적으로 평가한 바 있는 이 토론 프로들의 시청률은 매우 높았습니다. 그것은 프랑스 의회의 토론을 통해 이곳에서 촉발된 높은 관심을 증명합니다.'

정중하면서도 반어적이고 고분고분하면서도 독립적인, 이중적인 성격을 띤 글쓰기의 걸작이었다. 대사는 개인적으로 자신이 미는 유망주의 편을 들고 있었다.

이미 프랑스 정책의 부조리에 염증을 느낀 가리는 유엔의 공허한 놀음 앞에서도 혐오감에 휩싸인다. 허영에 찬 담론과 선언만 일삼는 그 기구의 무력(無力)을 일찌감치 확신한 그는 정작 자기네 나라에서는 타타르인들의 강제 이주나 아르메니아인들의 학살 ─ 그것을 비난하는 사람은 아무도 없었다 ─ 이 자행되고 있는데도 연단에 올라 인권을 부르짖거나 프랑스 제국주의, '인도차이나 반도에서 프랑스가 저지른 범죄들'을 고발하는 스탈린의 검찰관 비친스키를 조소가 담긴 눈길로 바라본다. 심지어 그는 스탈린이 사망한 날, 각국 대표들이 떼 지어 몰려와 비친스키와 악수를 나누기 위해 줄을 서는 경악스러운 광경을 목격해야 했다.

그는 『밤은 고요하리라』에서 이렇게 쓴다.

시체는 모든 길가에 널려 있었다.
나는 상상조차 하지 못한 방식으로 유엔에서 보낸 몇 해 동안, 세계인에 대한 내 희망과 우정 속에서 괴로워했다.

또는 개인적으로 느낀 쓰라린 실패의 조서(調書).

유엔, 그것은 인류가 품은 원대한 꿈의 지속적인 유린이다……

가리가 안에 차곡차곡 쌓아둔 모든 분노는 1958년에 ─ 아직 외교관

으로 남아 있을 때였다─포스코 시니발디(Fosco Sinibaldi)라는 필명
으로 출간하는 『비둘기를 안은 남자*L'Homme à la Colombe*』에서 폭발
한다. 『튤립』의 스타일과 아주 유사한 풍자적 소극을 위해 터키-이탈리
아 풍의 가면을 쓴 가리는 생전에는 이 작품을 결코 자기 것으로 인정하
지 않는다. 『비둘기를 안은 남자』는 그가 사망한 후인 1984년에 그의 이
름으로 다시 출간된다.

　이야기의 무대 : 유엔. 시대 : 50년대. 등장인물: '슬픈 얼굴로 치유할
수 없는 고뇌를 드러내는' 사무총장 트라크나르, 그의 측근 부하들, 즉
'우선 누군가를 보내 탐색해보기 전에는 절대 걸음을 내딛지 않는다고
알려질 정도의 전설적인 신중함을 가진' 약삭빠른 프레이즈워디와 '이
세상의 덧없는 소란을 조용히 지켜보는 데 너그럽고 맑은 눈길을 던질
준비가 되어 있는' 문인 바그티르, 기자들, 대표들, 경비원들, 타자수들
그리고 '아름다운 생각을 갖기 전에 우선 두 발로 땅을 단단하게 딛고 서
야 한다' 고 생각하는 유일한 인물이자 '괴팍하고 냉정한 늙은 현실주의
자' 인 구두닦이, 호피족 인디언 싱킹 호스(Thinking Horse)……
　비둘기를 안은 남자, 그는 스물다섯 살의 카우보이 조니다. 텍사스에
자신의 말과 올가미를 남겨두고 한국으로 전쟁을 하러 떠난 그는 공격
에 나설 때마다 속으로 유엔 헌장 구절들을 왼다. 이상주의의 허망함을
깨달은 그는 환상을 잃어버리게 만든 세상에 복수하기 위해 어마어마한
정신적 사기극을 펼치기로 결심한다. 간디처럼 변장을 하고 거짓 단식
을 해가며 유엔의 한 후미진 방에서 양털을 잣기 시작한다. 그는 금세
미국의 우상이 된다. 그의 비둘기가 이곳저곳을 날아다니며 유엔을 난
장판으로 만들어놓고, 사무총장이 비둘기를 잡기 위해 매들을 풀어놓을
때는 특히!
　신비주의 계열의 모든 종교 단체와 미국에 우글거리는 각종 종파에

의해 성인으로 추대되어 평화와 희생의 상징이 된 그는 결국 자신의 행위가 사기였음을 털어놓는다. 하지만 아무도 그의 말을 믿으려 들지 않는다. 자신이 파놓은 함정에 빠진, '유엔의 사면이라는 덫'에 걸린 그는 결국 스스로 굶어죽음으로써 유엔이 열광적으로 좋아하는 추상적인 걸작품들 중 하나가 된다. 이번에도 어김없이 머리 색깔이 붉고 얼굴이 붉은 점들로 뒤덮인 텍사스 출신의 약혼녀 프랭키의 노력에도 불구하고, 그는 비둘기와 함께 숨을 거둔다.

외교관 로맹 가리로서는 그 자신이 공식적인 업무를 수행하는 기구에 대한 악의에 찬 풍자 소설보다는 차라리 탐정 소설이나 포르노 소설을 쓰는 편이 더 쉬웠을 것이다. 코믹한 상황, 부조리한 말장난에도 불구하고 음산하기 짝이 없는 이 이야기는 모든 희망을 잃어버린 인간의 깊은 환멸을 드러낸다. 로맹은 — 조니와 마찬가지로 — 세계 평화 기구의 효율성을 그리 오래 믿지 않았다. 그는 이 경험에서 쓰라린 감정을, 그가 비밀스러운 작은 책자에 고골리 식의 씁쓸한 유머와 함께 다시 뱉어놓는 모든 울화를 얻는다.

그의 첫 필명: 시니발디(SINIBALDI)*……

필명 뒤에 숨은 작가를 알고 있는 갈리마르는 원고를 받아들여 공쿠르 상 수상작 발표 후에 출간한다. 당연히 작가 이름이 주는 홍보 효과는 누리지 못하고, 판매 부수는 소량에 그친다.

『비둘기를 안은 남자』를 쓰기 전에, 가리는 다른 방식으로 울분을 푼다. 반바지와 티셔츠 차림으로 센트럴 파크의 오솔길을 누비고, 마주치는 울타리들을 뛰어넘으며 적어도 삼 마일은 족히 달린다. 일주일에 세 번, 점심을 먹지 않기 위해 공원으로 나가 맑은 공기도 쐬고 운동도 한다. 컨디션과 몸매에 강박적으로 신경을 쓰는 그는 식이요법에 따라 레

---

* '시니발디'의 '시니(Sini)'에는 '울적한, 침울한'의 뉘앙스가 담겨 있다.

슬리가 설탕과 계피를 넣지 않고 준비해주는 구운 닭고기와 감자만 먹는다. 매일 체조의 격렬한 움직임에, 일련의 복근운동에 열중한다. 아침에 너무 바쁘면 저녁때 거실에 양탄자를 깔아놓고 한다. 스포츠는 그의 규율이자 건강 관리법이다. 그는 늙을까, 살이 찔까, 다시 말해 추해질까 두려운 탓에, 그리고 몸매를 유지하고 정신적으로는 땀을 통해 울분과 앙심을 발산하여 몸 안에 쌓인 나쁜 기운을 몰아내려는 의지에서 규칙적으로 열심히 운동을 한다. 스포츠는 그의 컨디션을 회복시켜준다. 운동 없이 로맹 가리에게 균형이란 있을 수 없었다……

이 금욕주의자에게는 다른 즐거움이 있었다. 중국 음식점, 미국 아가씨들이 보내는 미소, 맨해튼 끝에서 끝까지 뉴욕의 거리들을 따라 홀로 하는 긴 산책. 야밤의 산책을 통해 그는 코란에서 영감을 얻어 제목을 붙인 아프리카 소설, 자연의 영광에 바치는 사가인 『하늘의 뿌리』를 구상한다.

어느 날 저녁, 가리는 테야르 드 샤르댕 신부, 앙드레 말로와 함께 저녁 식사를 한다. 그는 자신이 숭배하는 두 사람을 비교하지 않을 수 없었다. 온화하고 차분하며 말이 없는 한 사람은 너무 깊거나 심각한 주제에 접근하는 것을 애써 피했고, 산만하고 격한 또 한 사람은 헛되이 테야르 신부를 형이상학의 길로 끌어들이기 위해 애썼다. 가리는 『밤은 고요하리라』에서 이렇게 기억한다.

하나는 신과, 또 하나는 물신(物神)들과 마주하는 가상의 박물관이었다…… 말로는 여러 시간 동안 테야르를 대화에, 공중 곡예에 끌어들이려 애썼고, 예수회 신부는 더없이 편안한 미소를 지으며 요리조리 피해다녔다.

두 거물 앞에서 가리는 아직 풋내기에 불과했다…… 두 사람의 대화를 셋이 나누는 이야기로 바꿔놓을 만큼 충분히 유명하지도 해박하지도 않았다. 말로의 생각은 불꽃놀이처럼 화려하게 폭발했다. 한편 테야르는 사교적인 모임에서 마주친 '젊은 작가 외교관' — 잔 코르디에에게 보낸 편지에서 그는 가리를 이렇게 칭한다 — 에게 가끔 딴생각에 빠진 명한 눈길을 보낼 뿐이었다.

가리는 테야르가 편지에서 자신에 대해 '호의적으로' 말했다고 자랑한다. 사실 신부는 지나가면서 그의 이름을 엑스트라로 잠시 언급한 것뿐이었다. 테야르 역시 언론 담당 공보관의 공허한 역할에 염증을 느끼는 한 소설가에게 관심을 갖기에는 자신의 연구와 작품에 골몰해 있었다. 반면 가리에게 테야르는 중요한 인물이었다. 가리는 예수회와 인연을 끊은 고독한 지식인, 사막에 익숙하면서도 어쩔 수 없이 뉴욕의 분주함 속에서 생활해야만 하는 망명자, 거의 파문당하다시피 해 바티칸으로부터 모든 책 출간을 금지당한 신부를 깊이 흠모했다.

가리는 가스통 갈리마르에게 편지를 보내, 신부의 시집을 다시 출간해보면 어떻겠느냐고 권한다. 특히 테야르에게서 미소와 차분함으로 자신을 매료시키는 '마법사'를 발견한다. 그는 신부의 평정심을 부러워한다. '그가 그립다.' 오랜 세월이 흐른 후에 그 온화한 광휘에 향수를 느끼며 가리는 이렇게 쓴다. 테야르에게 깊은 인상을 받은 가리는 『하늘의 뿌리』의 서두와 대미를 장식하는 예수회 신부 타생을 만들어내기 위해 테야르에게서 부랑자 같은 옆모습과 몇 가지 주된 사상을 빌려온다.

테야르 드 샤르댕을 빛나게 하는 내적 평화의 후광을 제외하면, 로맹 가리는 주변에서 분노나 절망의 근원밖에는 발견하지 못했다. 그는 꼬박 두 해 동안 더는 옹호하고 싶지 않은 입장들, 제국주의, 반유럽주의를 위해 용감하게 싸웠다. 그리고 그 부조리한 전투, 패할 게 뻔한 명예의 전투에 완전히 지쳐버렸다. 그는 골리앗과 싸우는 다윗 역할을 했다. 하지만 일개 대변인이 한 나라 전체의 정치를 놓고 무엇을 할 수 있겠는가? 그는 무기를 내려놓고 싶어했다. 유엔의 코미디에 환멸을 느낀 그는 결국 자신을 그토록 즐겁게 해주었던 것들인 마이크, 카메라, 쇼 비즈니스의 서커스에 구역질을 일으키고 만다.

『낮의 색깔들*Les Couleurs du Jour*』은 자신이 키운 신인 여배우를 사랑하는 매니저의 시름과, 미망에서 깨어난 유럽인에 대한 그 여배우의 열정을 이야기한다. 미국에 대한 환멸에서 탄생한 『낮의 색깔들』에는 이미 풍자의 어조가 깔려 있다. 필명으로 발표한 『비둘기를 안은 남자』로도 그의 한은 모두 풀리지 않는다. 미국에 대한 가리의 시선은 일찌감치 냉소와 적의를 띤다.

유엔의 마천루? '외모에 신경을 쓰는 한 문명의 세련된 손짓'……

"유리라……" 한 인물이 말한다. "아름다운 유적으로도 남지 못할까 봐 걱정스럽군요."*

뉴욕에서 베즐레**까지, 『낮의 색깔들』은 매력적인 미국 여자와 나이든 프랑스 참전용사의 격렬하고 완전하지만 불가능한 사랑을 펼쳐 보인다. 늙은 프랑스 참전용사…… 그것은 언젠가 삶이 빚어낼, 숭고한, 만들어진 이미지다. 레니에, 그는 로맹을 닮았다. 그리고 앤은 미래의 진을 닮았다. 로맹이 아직 만나지 못했지만 묘하게도 이 소설을 통해 이미 예고되는 진을.

소설은 언론의 조명을 전혀 받지 못한다. 로맹은 로제 마르탱 뒤 가르가 친구인 아지드 형제에게 쓴 편지, 그가 『낮의 색깔들』의 문학적 질을 칭찬하고 등장인물들에 대해 열광적인 반응을 보이며 그런 작품의 독창

---

* 『낮의 색깔들』에서.(원주)
** 프랑스 중북부 부르고뉴 지방에 있는 마을.

성을 알아보지 못한 채 그냥 지나쳐버린 비평계를 비난하는 편지를 위안으로 삼을 수밖에 없었다.

'비평계가 엄청난 장점과 번쩍이는 개성을 가진 이 책을 빼어난 작품군에 올려놓지 않은 것은 용서받을 수 없는 일이오.' (1953년 1월 31일)

며칠 후인 2월 3일, 로제 마르탱 뒤 가르는 니스의 집에서 흥분에 들뜬 장문의 편지를 써서 가리에게 보낸다.

'당신의 모든 재능이 활짝 피어난 것 같습니다. 당신의 작품에선 대가의 솜씨라 불러야 마땅할, 충만하고 힘찬 뭔가가 느껴집니다. 그렇습니다. 당신의 재능은, 아무리 특별할지라도, 완전히 만족스러워 보이지는 않을지라도, 당신의 예술에서 더 바랄 것이 그리 많지 않으리라고, 당신이 지금 당장 그 놀라운 연장을 가지고 원하는 것은 무엇이든 할 수 있을 거라고 생각하게 만드는 힘과 기량의 수준에 도달했습니다. 사람들이 당신에게 기대하는 걸작 말입니다! 힘을 내세요!'

하지만 앤과 레니에의 사랑 이야기는 독자들의 관심을 얻지 못한다.

이 새로운 실패에 상심한 가리는 조니처럼 복수를 꿈꾼다. 영광을 가져다줄 대작을 쓰게 된다. 이미 그 소설을 구상하고 있었다.

하지만 정치에서 조깅까지, 뉴욕 생활은 그에게서 너무 많은 시간을 앗아가버린다. 그는 보다 차분하고 여유 있는 환경에서 글을 쓸 수 있기를 간절히 바란다. 결국 그는 '무너지고 만다'.

아이젠하워 대통령에 대해 의견을 묻는 CBS 기자에게 가리는 이렇게 대답한다. "골프 역사상 가장 위대한 미국 대통령이죠!"……

그에게는 지평을 바꾸는 일이 시급했다. 다른 곳에서 숨쉬는 것이.

생 종 페르스는 말한다. "떠나자! 떠나자! 이것이 살아 있는 자들의 말이다!"

블랜치 부인의 '남편'

가리는 욕실에 처박혀 있었다. 전화벨이 끊임없이 울려대고, 초인종은 기자나 사진기자 들이 몰려왔다는 것을 알렸다. 기자실의 분위기가 글을 쓰거나 꿈을 꾸는 것이 불가능해진 이스트엔드의 아파트에 갑자기 자리잡았다.

레슬리는 이제 유명한 여자였다! 그녀의 첫 책이 엄청난 성공을 거둔 것이다. 전 뉴욕이, 이어 전 미국이 그녀의 책을 차지하려고 싸운다. 그 사이, 전 유럽이 1954년 봄에 런던에서 처음으로 『야생의 강안에 꽃핀 사랑*The Wilder Shores of Love*』을 출간한 영국 발행인 존 머레이와 번역 계약을 협상한다.

극심한 인간 혐오증으로 폭발 직전의 지경까지 이른 가리는 얼굴을 찌푸린 채 욕조에 걸터앉아, 도대체 자신을 가만히 내버려두지 않고 집까지 찾아와 방해를 하는 기자들에게 저주를 퍼붓는다. 그를 축하하러 온 게 아닌 만큼 더더욱. 그가 그토록 쓰고 싶어하던 베스트셀러가 그의 집에서 나온 것이다. 그의 아내가 그것을 썼고, 아이러니하게도 그 책을 그에게 헌정한다. '내 남편 로맹 가리에게.'

한 미국 기자가 욕실 문 사이로 어깨를 들이밀며 가리의 상처에 소금을 뿌리는 질문을 던진다. "유명 작가의 배우자가 된 기분이 어떠신가요?" 냉소를 띠며 심각한 목소리로 그가 대꾸한다. "그건 내 아내에게 물어봐야지요. 아내는 십 년 전부터 일상적으로 그걸 경험하고 있으니까……"

영국 언론은 입을 모아 레슬리를 격찬했다. 『타임스』는 '미스 블랜치의 빼어난 인물 묘사 재능, 생기와 활력이 넘치는 문체'를, 『데일리 텔레그래프』는 '심리를 파악하는 날카로운 감각'과 '민감한 감수성'을 강조한다. 레슬리는 대중적 성공과 비평계의 갈채를 동시에 얻는다.

『야생의 강안에 꽃핀 사랑』은 19세기에 동양에서 행복과 사랑을 발견한 네 여인의 독특한 운명을 그린다. 첫번째 여자 이자벨 버튼은 탐험가이자 유명한 동양학자 리처드 버튼의 아내로, 남편 덕분에 천일야화의 황홀경을 경험한다. '금발의 술탄'이라는 별명을 가진 두번째 여자, 조제핀 드 보아르네의 사촌인 에메 뒤뷔크 드 리브리는 해적들에게 납치되었다가 '위대한 터키의 진주'가 된다. '사막의 미치광이 백작 부인' 제인 딕비는 영국 궁중에서 파란만장한 삶을 산 후에 어느 베두인족과 운명적인 사랑에 빠지게 된다. 가장 유명한 네번째 여자, 멋진 몸매를 아랍 의상으로 가려 '사막의 코사크'라 불리는, 길들일 수 없는 신비한 슬라브 여자 이자벨 에버하르트는 사하라 사막 오지에서 은총을 맛본다.

레슬리는 빅토리아 여왕의 궁중보다는 하렘에서 더 큰 자유와 행복을 느끼는 관능적인 여주인공들을 선택해 자신을 그들과 동일시한다. 동양에 완전히 매료된 레슬리는 이국을 열렬히 동경하던 소녀 시절의 환상이 뿌리 내리고 있는, 보스포루스 해협과 우랄 산맥 너머 터키, 이집트, 인도 혹은 아라비아에서는 삶이 더 짜릿할 거라고 여긴다. 지나치게 화려하고 달콤한 터키 풍의 배경 속에서 그녀는 자신을 즐겁게 해주고 안심시켜주는, 친근하고 은밀한 영역을 알아본다. 그녀의 상상 세계 속에서 동양은 행복의 배경 그 자체였다.

또한 레슬리는 아무 어려움 없이 네 명의 열정적인 여주인공을 통해 너무도 엄격하고 우울하고 단조로운 서양으로부터의 도피를, 다른 곳에서 활짝 피어날 수 있는 가능성의 탐구를 경험한다. 그녀는 야생의 강안에서 마음을 감동시키는 보물들을 찾고자 한다. 규율, 이성, 관례적인 충고에 완전히 반하는, 법 바깥의 삶은 더없이 행복한 것으로 드러난다. 사랑이 그들을 해방시키고 가득 채워준 것이다.

놀라운 메시지. 서양의 번잡함에서 멀리 떨어진 동양은 명상, 몽환경, 평화로운 마음 등 온갖 즐거움을 약속한다. 하지만 이 책의 가장 확실한 장점은 무엇보다 기품 있는 영어로 쓰인, 레슬리의 날카롭고도 우아한 문체였다.

레슬리는 탄성이 절로 나올 정도로 훌륭히 써냈다. 자료를 뒤져 여주인공들에 대한 조사 역시 철저히 했다. 그녀는 오 년 전부터 런던, 파리, 뉴욕의 도서관들을 찾아다니고, 어렵사리 허락을 얻어 버튼의 사적인 서신과 미출간 원고들을 읽었다. 사막을 경험해보기 위해 튀니지 남부 사막에서 꼬박 한 달을 지내기도 했다. 네 여인의 초상을 그리도록 레슬리를 격려한 사람은 '이슬람 신비주의에서 사용하는 기술적 어휘의 근원'에 관한 에세이의 저자 루이 마시뇽이었다.

MGM 사는 〈금발의 술탄〉의 저작권을 사들여, 1955년에 컬러판 초대형 영화로 제작한다. 에메 뒤뷔크 드 리브리 역은 엘리자베스 테일러가 맡는다.

프랑스에서 이 책은 플롱(Plon) 출판사에서 출간되기 전에 보리스 비앙의 멋진 각색을 거쳐 크리스마스 시즌 특집으로 아홉 회에 걸쳐 『엘 Elle』지에 소개된다. 『엘』은 6개 국어로 번역되었지만 프랑스에서는 아

직 출간되지 않은『야생의 강안에 꽃핀 사랑』이 영국과 미국에서 1954
년도 베스트셀러 1위를 차지했다고 알린다.

　뉴욕에서 로맹 가리는 아내가 대견하기도 하고 소란에 짜증이 나기도
했지만 전혀 질투를 느끼지 않는다고 자부했다. 그리고 그것은 아마도
진실일 터였다. 그는 레슬리의 재능과 문체, 그녀의 성공을 높이 평가했
다. 하지만 자기 안에 너무 많은 이야기와 인물들을 품고 있어, 다른 사
람들의 이야기와 인물들은 늘 더 가볍거나 부차적으로 보였다.

　그들 부부 사이에서 작가는 가리였다. 레슬리는 ― 그녀 자신이 이렇
게 말한다 ― "단지 아내(Just a woman)"였다.

라파스에 떨어진 폭탄

로맹 가리는 크고 흰 손수건으로 이마를 닦고 어딘지 모르게 불안해 보이는 음울한 눈길로 천장에 고정되어 있는 선풍기를 바라보았다. 얼마 전 장 뒤뛰 뒤탕에 이어 볼리비아 영사로 발령을 받은 참이다. 그런데 벌써 한 달 전부터 그는 사람들이 자신의 후임자를 찾아내기를 초조하게 기다리고 있었다. 라파스의 영사관은 식민지 시대의 매력이 물씬 풍기기는 하지만, 그에게는 나머지 세상과 너무 동떨어져 있는 것처럼 보였다. 4,000미터의 고도에서도 운명을 지배하는 것은 어려웠다. 특히 운명이 저 동쪽, 늙은 유럽 대륙에서 결정될 때는.

그는 잠든 빌라에서 여느 아침과 다름없이 글을 쓰고 있었다. 그 무엇도 이 변함없는 리듬을 중단시키지는 못했다. 그런데 그날 12월 3일 아침, 여덟시도 채 안 된 시각에 AFP*의 한 볼리비아 기자가 넋이 나간 하

---

* Agence France-Presse. 세계 5대 통신사 중 하나인 프랑스 통신사.

인을 따라 가리의 사무실로 질풍처럼 달려 들어왔다.

"당신이 노벨 상을 탔대요! 노벨 상을!(Les dieron el premio Nobel! El premio Nobel!)"

가리는 놀라지 않았다. 그는 그 무엇에도 놀라지 않을 만큼 큰 야망을 품고 있었다. 노벨 상? 그는 그 순간 파리에서 벌어지고 있을 일을 너무도 잘 알고 있기에 그 소식에 단 한순간도 혹하지 않았다. 몇 시간 후에 연이어 도착한 그의 발행인과 장 드 립코브스키의 전보가 상황을 정확히 파악할 수 있게 해준다. '공쿠르 상 수상 확실. 파리가 당신을 기다리고 있음.'

사실 프랑스 언론은 낙담해 있었다. 1956년 12월 3일, 공쿠르 상이 프랑스에 없는 작가에게 돌아간 것이다.

따라서 기자들은 공쿠르 아카데미 위원장인 제라르 바우에르의 사진을 여러 각도에서 찍고, 가용 광장과 세바스티앵 보탱 가에서 만 킬로미터 이상 떨어진 티티카카 호숫가에 머물러 있는 수상자의 대리인인 레슬리 블랜치에게 질문을 던질 수밖에 없었다. 갈리마르는 수상자의 아내를 축하하러 온 친구와 팬 들에게 칵테일 한 잔, 과자 안주와 샴페인을 제공했다. 사람들은 안데스 산맥에 있는 수상자의 유령에게 축하 인사를 했다.

로맹 가리의 공쿠르 상 수상에 놀란 사람은 아무도 없었다. '11인단'이 이미 여러 주 전부터 『하늘의 뿌리』의 저자에게 그 상을 약속한 것이다. 미셸 뷔토르의 『시간의 사용*Emploi du Temps*』에 표를 던진 아르망 살라크루와, 앙젤리나 바르댕의 『앙젤리나, 들판의 처녀*Angelina, fille des champs*』에 표를 던진 레몽 크노를 제외한 나머지 심사위원들은 1심부터 한 사람처럼 한목소리를 냈다. 가리를 가장 열렬히 지지한 사람은 롤랑 도르젤레스와 피에르 마크 오를랑이었다. 그들은 큰 어려움 없이 필립 에리아, 알렉상드르 아르누, 제라르 바우에르, 앙드레 빌리의 표를 끌어들였다. 프랑시스 카르코와 장 지오노의 표 역시.

라파스에서 볼리비아 언론의 질문을 받은 가리는 자신의 심정과 공쿠르 상을 둘러싸고 벌어지는 '공작' 사이의 괴리를 보여주는 엄숙한 선언을 한다. 그는 수상의 기쁨에도 불구하고 심각한 어조를 유지하려고 애쓴다.

저는 공쿠르 상을 수상한 기쁨과, 제가 제 책에서 옹호한 자유와 인간 존엄의 이상이 어느 때보다 심각하게 위협받고 있는 현실을 확인하는 슬픔 사이에서 몹시 고뇌하고 있습니다. 이 순간, 인권을 존중하게 하기 위해 세계 모든 작가들이 입을 모아 호소하는데 핵무기라는 대답밖에는 듣지 못하고 있습니다. 1936년부터 제가 손에 무기를 들고 지켰던 것, 저는 그것을 제 삶과 작품을 통해 계속 지켜나갈 것입니다.

벤 구리온 대통령이 이끄는 이스라엘 군대를 도와 이집트 군대를 몰아내고 나세르 중령을 제거하기 위해 프랑스 총리인 사회주의자 기 몰레와 영국 수상 앤토니 이든이 주도하여 군대를 파견한 수에즈에서는 전투가 극으로 치닫는다. 아이젠하워 대통령은 영국과 프랑스 군대의 개입을 격렬히 비난한다. 소련은 핵무기를 사용하겠다고 위협하기까지 한다. 가리는 이미 외무부 장관 크리스티앙 피노에게 미국 전역에 영국과 프랑스군의 개입에 대한 '나쁜 여론'이 조성되고 있다는 사실을 알리기 위해 여러 차례 공문을 발송한 바 있었다. 하지만 1956년의 가을은 헝가리 비극의 계절이기도 했다. 헝가리 전 국민이 '빵과 자유'를 얻기 위해 압제자들에 대항해 들고일어나자, 모스크바는 사태가 걷잡을 수 없는 지경에 이를까 봐 두려워한다. 니키타 흐루시초프는 봉기를 무력으로 진압하기 위해 전차를 보낸다. 부다페스트는 다른 여러 도시와 더불어 전화와 유혈의 도가니로 변하고 만다. 가리의 공쿠르 상 수상을 축하하는 바로 그날, 봉기한 수천 명의 헝가리인들이 사망한다. 헝가리 총리 임레 너지와 헝가리군의 우두머리 폴 말레터 장군은 소련군에게 체포된다. 세계가 극도로 혼란스러웠다. 유엔은 모든 희망을 저버린 채 아무런 역할도 하지 못한다. 소련의 막강한 힘을 깨달은 니키타 흐루시초프는 유엔 총회에 모인 각국 대표들 앞에서 공산주의 진영이 칼을 빼들지 않아도 자본주의 진영은 스스로 몰락하고 말 거라고 예고한다.

꽃이 만발한 라파스의 빌라에서 세계의 불행을 곱씹고 있던 가리는 AFP에 정언(定言)적인 전보를 보낸다. '헝가리의 코끼리들을 구해야만 합니다. 그들은 언젠가 승리의 행진을 다시 시작할 것입니다.'

매력적이지만 소외된 수도, 늘 문화적 사건에 목말라하던 라파스의 사람들은 크게 기뻐한다. '엘 공쿠르 아키!(El Goncourt aqui!)'…… 우리가 공쿠르 상을 탔다! 그들은 대리 대사 역할을 하는 외교관이 거둔 성공을 자기들 것으로 여긴다. 라파스 시의회는 축하연을 열기로 결정하고, 스무 명의 대사는 시청에 모여 프랑스 문화의 위대함이 영원하기를 기원하며 축배를 든다.

외무부로부터 임지를 잠시 떠나도 좋다는 허락을 받은 가리는 공쿠르 상 수상이 발표된 지 엿새 후에 마침내 파리에 도착한다. 언론의 관심이 아직 식지 않아 사진기자들이 오를리 공항에서 수상자를 기다린다. 에어프랑스 카라벨를 타고 서른두 시간을 여행한 끝에 파리에 도착한 그는 구릿빛 얼굴, 더부룩한 머리, 구겨진 옷, 레슬리가 방금 그의 볼에 남긴 선명한 루주 자국에도 불구하고 아주 당당한 모습으로 나타난다.

갈리마르 출판사 지척에 있는 퐁 루아얄 호텔에 여장을 푼 그는 목욕을 하고 커피 한 잔과 감자 하나로 서둘러 요기를 한 다음 기자들이 회견을 갖기 위해 기다리고 있는 호텔 로비로 내려간다.

가리는 긴 여행 끝에 파리로 돌아온 참이었다. 뉴욕에서 라파스까지, 해외를 떠돈 지 벌써 사 년째였다. 미국, 그리고 장 쇼벨 곁에서 대사 서기관으로 몇 달간 일했던 영국 런던, 이어 쇼벨과의 '불화' — 서로 기질이 맞지 않았던 모양이다 ─ 끝에 잠시 발령 대기 상태에 있던 그가 마침내 소설을 끝낼 여유를 가질 수 있었던 지중해 연안의 로크브륀에 이르기까지, 그는 아주 다양한 곳에서 『하늘의 뿌리』를 다듬어나갔다.

1956년 12월의 그날 아침, 가리는 마침내 자신이 신문 1면에 대서특필된 인물이 된 걸 축하할 수 있었다.

이처럼 그는 공쿠르 상 수상이 발표된 날 『콩바 Combat』지에 실린 피에르 드 부아데프르의 기사, '비평가는 왜 완전히 만족해서는 안 되는가?' 를 읽을 수 있었다. 같은 해에 프랑스 아카데미 소설 대상을 수상한 그는 이 기사에서 가리의 전 작품이 이미 '인류를 위한 대장정' 이며 『하늘의 뿌리』가 이 장정에 '장엄하고 파란만장한 새 에피소드를 추가한다' 고 상기시켰다. 그는 이 서사시가 '힘과 비율에 관한 보다 정확한 감각, 덜 무질서한 구성, 보다 명확한 문체' 를 갖지 못한 것을 아쉬워하며, 파리 도착 후 첫날 밤을 보내는 가리의 자존심을 자극하는 문장으로 끝을 맺었다. '우리는 콘래드나 키플링이 그러한 소재를 가지고 써냈을 중편을 꿈꾼다.'

오후에는 폴 귀트가 공쿠르 상 수상자의 초상을 그렸다. '왜가리처럼 긴 다리, 흰색 줄무늬가 그려진 푸른색 윗도리, 가슴 장식처럼 묶은 머플러, 파리의 백작을 연상시키는 가는 콧수염이 그려진 긴 구릿빛 얼굴, 거기에 미국 영화 스타 같은 분위기.'

가리는 순진한 발행인에게 일련의 거짓 정보를 전해주었고, 이 정보는 언론에 그대로 소개된다. 아버지는 러시아 외교관, 어머니는 프랑스 배우였으며, 열한 살 때 귀스타브 도레가 삽화를 그려 넣은 판으로 『돈 키호테』를 읽었다고 밝힌 것이다……

『오로르 Aurore』지의 리포터 질베르 간에게 가리는 '정체를 알 수 없는 우리 시대의 가장 신비로운 프랑스 작가' 로 남아 있었다.

'파리에서 우리는 늘 해외를 떠돌다 비행장의 바람에 인버네스를 휘

날리며 나타나는 그를 아주 드물게 볼 뿐이다.'

맨 처음 문학적 성공을 거뒀을 때부터 가리는 외국 작가로, 자신이 사용하는 언어를 잘 모르는 러시아인 이민자로 여겨질까 봐 두려워했다. 그는 의심을 불식시키기 위해 슬그머니 프랑스인 어머니를 주장하여 프랑스어가 그의 하나밖에 없는 진정한 모어처럼 보이게 한다. 하지만 귀트와 간을 기만하면서도 스스로를 진부하게 만드는 것 또한 두려워한다. 러시아인 아버지, 그것은 대부분의 프랑스인 작가들에게 결여되어 있고, 조지프 콘래드 같은 위대한 망명 문학가들과의 인연을 부각시킬 수 있는 특이한 면모였다.

'그는 마치 최신작 서부극을 홍보하기 위해 온 할리우드 배우 같았다……'

가리는 사람들을 놀라게 했다. 이처럼 공들여 자신을 홍보하고, 자신의 특색인 클라크 게이블 식 콧수염과 도도한 태도, 매혹적인 목소리를 부각시켰다. 뱅센 숲 동물원에서 친구 코끼리들에게 커다란 빵 덩어리를 던져주며 『파리 마치Paris-Match』지를 위해 포즈를 취하거나, 라파스의 시장에서 산, 오렌지색과 녹색이 섞인 볼리비아 면 모자를 쓰고 파리의 거리들을 활보하며 스타를 흉내냈다. 시간이 흐를수록 그의 전설에는 점점 더 살이 붙었다. 그와 인터뷰를 가진 기자 조르제트 엘제는 가리가 연극 순회공연 기획자의 아들이고, 스페인 내전 때는 앙드레 말로와 함께 싸웠으며, 해방 때는 어머니에게 제복과 훈장을 선물하기 위해 어머니의 관을 열게 했다는 소문을 퍼뜨렸다……

연극적으로 허세를 부리고 자신에 관한 근거 없는 소문들을 퍼뜨려 관심을 유도하던 그는 성공하려면 코미디를 해야 한다는 것을 경험을 통해 알고 있었다. 미국에서 미디어의 힘을 확인했기에, 프랑스에서 자신을 위해 그것을 직접 시험해보게 된다. 그는 허풍의 기술을 터득한 직업적 노름꾼처럼 결연한 자세로 스타라는 자신의 새로운 역할을 해낸다. 가리는 일찌감치 하나의 근본적인 원칙, 현대인들에게 자신을 각인시키려면 지나친 솔직함은 해롭고, 재능만으로는 충분치 않으며, 약간의 겉치레가 필요하다는 원칙을 확신한다.

『하늘의 뿌리』의 주인공으로 세상의 무대에 유연하게 적응할 능력이 없는, 그야말로 순수한 이상주의자 모렐은 형제애로 뭉친 코끼리 무리 속에서나 편안해할 일종의 원시인이다. 그는 백인과 흑인 들이 연합해 벌이는 무차별 사냥 — 그가 보기에 이 학살은 홀로코스트의 모든 특징을 나타낸다 — 으로 멸종 위기에 몰린 아프리카 코끼리 떼를 구하기로 결심한다.

모렐이 살아 있는 것은 코끼리들 덕분이다. 아우슈비츠로 끌려간 그는 놀라운 속임수로 배고픔과 추위, 증오를 참아낼 수 있었다. 고통과 절망이 덮치는 최악의 순간, 그는 아프리카 대평원을 질주하는, 나무 방책, 울타리, 덤불 숲, 앞길을 가로막는 모든 것을 짓밟고 돌진하는, 분노에 휩싸인 미치광이처럼 앞만 보고 계속 달려가는 코끼리 한 마리를 상상한다. 매번 극도의 집중력을 발휘하면 똑같은 꿈이 나타나 그에게 다시 힘을 준다. 상상의 코끼리 한 마리가 그의 곁을 지켜주고, 외로움과 싸우도록 도와주며, 희망을 잃지 말라고 말해준다. 친구 코끼리들의 행렬 너머로 펼쳐지는 차드의 끝없는 지평선의 비전은 그에게는 자유의 약속이다.

아프리카에서 그는 빚을 갚는다. 코끼리들을 죽이거나 고문하거나 상처 입히는 사람은 모두 아우슈비츠의 형리들과 똑같은 사디즘, 똑같은 증오를 뿜어내는 적들, 나치들이 된다. 가리는 이렇게 쓴다. '각자에겐 자신의 코끼리들이, 각자에겐 자신의 유대인들이 있다……'

이상주의자, 주변인, 낙오자 들이 모렐과 합류한다. 이미 고래와 풍뎅이, 코알라를 보호한 적이 있는 덴마크 자연주의자 피어 크비스트, 북한군의 고문을 견디다 못해 콜레라와 페스트에 감염된 모기 폭탄을 민간인들에게 투하한 사실을 털어놓았다고 해서 미국인들에게 추방당한 미군 소령 포사이드, 외로움을 견디다 못해 콩 토토를 입양한 심장병 환자인 영국군 연대장 밥콕, 그리고 무엇보다 환상을 품지 않는 독일인 창녀이자 카바레 댄서인 미나가 있다. 그녀는 모렐을 따라 아프리카 오지로 들어간다. '그의 투쟁에는 적어도 때 묻지 않은 뭔가가 있으므로……' 머리를 풀어헤치고, 알 수 없는 순수의 꿈을 찾아 먼 곳을 응시하는, 카키색 셔츠 차림의 미나. 나일론 스타킹과 담배, '주인을 잃고 개장에 갇힌 개'의 눈을 가진 미나. "그에겐 베를린의 누군가가 필요했어요…… 베를린의 누군가가 필요했어요……" 그녀는 소송 내내 이렇게 반복해 말한다.

코끼리를 구하자는 대의에 대한 호감은 모렐을 가장 격렬히 비난한 사람들에게까지 번져간다. 본국의 앞뒤 안 맞는 입장 표명과 비겁함에 점점 더 분노하는, 아프리카를 사랑하는 차드의 총독과 식민지 관리 둘. 그리고 현상을 이해하기 위해 발굴 현장과 화석을 뒤지는 탁월한 고생물학자이자 예수회 신부인 일흔 살의 타생. 말을 우물거리는 법이 없는 사나이로, '동물을 보호하는 것보다는 나병, 기아, 사상충증 그리고 아프리카 부족들의 성적인 제식을 근절시키는 게 더 시급하다'고 생각하는 프란시스코 회 선교사. 고지식한 사람이기는 하지만 모렐의 투쟁에 상징적인 가치가 있을 것을 이해한 파르그 신부 역시 이렇게 열광적으로 말한다. "나는 절망에 빠진 사람들을 좋아하지 않아. 그런 사람을 볼 때마다 엉덩이를 걷어차주고 싶어. 그들은 모두 돼지 같은 놈들이야."

모렐, 그는 '희망을 품고 기다리는 사람, 에스페라도'다. 판관들이 암시하는 것과 같은 인간 혐오자가 전혀 아니다. 상처 입어 미쳐버린, 사납고 위험하게 변해버린 코끼리에 빗댄 '아모크(amok)'가 전혀 아니다. 보통 키에 밤색 머리카락, 보통 사람과 전혀 다를 바 없는 아주 프랑스적인 외모를 지닌 모렐은 전혀 영웅처럼 보이지 않는다. 그에게는 테러리스트의 험상궂은 얼굴과 복수에 대한 갈증이 결여되어 있다. 탄원서로 가득한 가죽 가방을 메고 갈랑갈레의 관목 숲 속을 돌아다니는 부드러운 사람이다. 검지도 붉지도 않은, 아주 푸른, 희망의 색깔을 가슴에 품은.

모렐의 최대 적은 흑인—민족주의자이고, '마우마우'*에 동조하는 소르본 출신의 프랑스 하원의원이며, 군 장성임을 나타내는 다섯 개의 금별이 시커메진 군모를 썼다—와이타리다. 열정적인 모더니스트인 그에게 야생 코끼리 떼는 반드시 청산해야 할 과거의 유물을 나타낸다. 그래서 그는 자신의 나라에서 그것을 없애버리고 싶어한다.

여러 등장인물이 돌아가며 이야기나 대화의 형태를 빌려 직접적으로 전개하는 이야기는 서로 뒤섞이기도 하는 연속적인 빛의 조명을 받는다. 각자가 모렐을 자기 방식대로 본다. 파르그 신부는 투박한 선의를 가지고, 미나는 애정을 담아, 밥콕은 멋을 부리며, 피어 크비스트는 거만하게, 타생은 신중하게, 와이타리는 전사의 분노를 품고…… 모렐은 거의 말을 하지 않는다. 모든 것은 슬픈 기억으로 가득한 그의 눈길 속에, 강박관념 속에 들어 있다.

이 두꺼운 소설의 특징은 무엇보다 매번 다채로움 속에서도 통일성과 서스펜스를 성공적으로 유지하는, 반복적이면서도 서로 다른 이야기들로 이루어진 구성에 있다. 각 등장인물에게는 자기만의 스타일, 자기만의 이야기가 있다. 다양한 관점, 조명 놀이에 취한 독자는 결국 자신의 길을 뚫고 관목 숲 속을 나아가게 된다. 자신의 진영, 자신이 선호하는 화자를 선택할 수 있고, 부총독 생 드니처럼 나무가 되기를 꿈꿀 수도 있고, 미나와 함께 고통 편에 혹은 와이타리와 함께 술수 편에 설 수도 있

---

* 아프리카의 영국령 케냐 주민인 키쿠유족이 1950년에 조직한 반(反)백인 테러 집단. 1963년에 케냐 독립을 이루어냈다.

다. 각자에겐 자신의 코끼리가 있으므로…… 이것이 바로 이 놀라운 소설이 되풀이를 통해 성공적으로 만들어내고 있는 것인, 독자가 소신껏 선택할 수 있는 자유의 분위기다.

『하늘의 뿌리』가 출간되자마자 비평계는 둘로 나뉘어 스타일의 문제를 제기한다. 가리는 '훌륭한 작가'인가 아닌가?

10월 18일, 『르 뷜탱 드 파리 *Le Bulletin de Paris*』를 통해 스테팡 에케가 처음으로 공격의 포문을 연다. 그는 미국 작가인 윌리엄 포크너나 도스 파소스의 예를 잘못 받아들였다고, '구성상의 트릭'으로 '독자의 즐거움을 망쳐놓았다'고 가리를 비난한다. 또한 등장인물들의 엇갈린 관점을 암시하며 『인간 조건 *La Condition humaine*』을 다시 쓰기로 마음먹었을 때는 동사의 어미변화를 가지고 속임수를 써서는 안 된다'고 일침을 놓는다. '가리 씨는 몇 안 되는 전후 소설가들 중 하나이고, 그의 등장인물들은 나름대로의 특징과 색깔, 입체감을 가지고 있다'고, 저자가 '또래의 젊은 작가들보다 훨씬 높은 곳에 시선을 두고 있다'고 지적하면서도 결국 『하늘의 뿌리』를 허영심이 가득한 소설로 평하고는 이렇게 책의 살해를 시도한다. '재능 빼고 모든 것이 엿보이는 작품이다.'

에케는 악의적으로 이렇게 결론짓기까지 한다. '가리 씨는 카뮈 씨나 말로 씨보다는 피에르 불 씨 쪽에 더 가까운 것으로 보인다.'

11월 30일, 『프랑스 디망슈 *France-Dimanche*』에 실린, 겉보기에는 평범한 제목 — '진정 코끼리 사냥꾼들을 죽여야만 할까?' — 이 붙은 기사에서 클레베르 아에당이 바통을 이어받는다. 『하늘의 뿌리』를 끝까지 읽으려면 똑같은 생각, 똑같은 주제(매우 단순한)의 집요한 반복이 주는 피곤함을 이겨낼 수 있어야 한다. 이 반복은 아주 지적인 사람들은 로맹 가리를 읽을 가망성이 없다고 가정하게 만든다.'

장황함과 중복을 꼬집은 그는 무엇보다 문체를 비난하고 어떻게 오류가 그렇게 많은 책을 출판할 수 있는지 분개한다.

클레베르 아에당이 스캔들이라고 외칠 만도 했다. 5,000부를 찍은 『하늘의 뿌리』 초판에는 실제로 상당한 문법적 오류가 있었다. 갈리마르에서 평소와는 달리 저자의 원고를 꼼꼼히 다시 읽어보지 않고 너무 서둘러 출간한 것이다.

가리는 쉼 없이 앞으로 나아가게 밀어붙이는 급작스럽고도 효율적인 영감에 따라 글을 썼다. 펜에 활력을 불어넣는 영감이 사라질까 두려운 나머지 거의 펜을 놓지 못했다. 하지만 그렇다고 해서 수시로 뒤로 돌아가 써놓은 것들을 다시 읽어보고 끊임없이 고쳐 쓰는 작업을 하지 않은 것은 아니다. 그는 단숨에 써내려간 것에 결코 만족하지 않았다. 자신이 추구하는 완벽함을 얻을 때까지 원고를 계속 고쳐나갔다.

하지만 그의 노력에도 불구하고 『하늘의 뿌리』에는 많은 반복이 남아 있었다. 긴박한 액션을 살리느라 급히 써내려갔거나, 아니면 그가 세부적인 사항보다는 폭넓고 전반적인 이야기에 더 민감한 탓에 다시 다듬어 쓸 시간이 없었던 몇몇 거친 문장들 역시. 특히 의무적인 도치, 적절치 않은 연음(리에종)을 무신경하게 지나쳤다. 그리고 니스 고등학교 시절에 프랑스어 우등상을 탔음에도 불구하고 접속법, 특히 3군 동사 접속법 반과거는 전혀 옳지 않게 사용하고 있었다! 아에당은 부정확한 표현들, 예를 들면 'à une grande échelle' 대신 'sur une grande échelle'*을 사용한다고 그를 질책했다……

가리는 자신의 약점을 알고 있었다. 하지만 발행인에게 자신의 책을 '공들여 다듬을' 시간을 주지 않았다. 그의 소설은 탈고되자마자 약간은 무질서하고 거칠어도 급히 출간되어야만 했다.

공쿠르 상 수상 이후에 나온 『하늘의 뿌리』 개정판에서는 확연히 눈

---

* 'Sur une grande échelle' 은 '대규모로' 라는 관용적 표현, 'à une grande échelle' 은 '커다란 사다리로' 라는 일반적 표현으로, 전치사 'Sur' 와 'à' 를 혼동한 것을 지적한 것이다.

에 띄던 오류들이 거의 수정되어 있었다. 하지만 비평가들의 입을 다물게 하기에는 늦은 뒤였다. 가리가 올바르지 못한 프랑스어를 쓴다는 논란이 이미 시작된 것이다…… 이 비난은 그가 숨을 거둘 때까지 따라다닌다. 프랑스에서 문체는 너무 중요해서, 약점을 지적하지 못하도록 아무 내용도 없이 글만 다듬는 탐미주의자의 놀이가 되기도 한다. 편집자의 충분한 검토를 거치지 못한 『하늘의 뿌리』는 오해의 근원이 된다. 하지만 가리는 전혀 동요하지 않고 어떠한 비난에도 대응하지 않는다. 그가 입을 다물고 있는 사이, 독자들은 열광한다. 공쿠르 상 수상이 발표되기 전, 단 삼 개월 만에 무려 십만 부가 팔려나간다. 『하늘의 뿌리』는 전후에 가장 많이 팔린 소설들 중 하나가 된다.

수다스러운 카르망 테시에는 『파리 프레스 *Paris-Presse*』에 독을 퍼뜨린다. 알베르 카뮈가 가리의 어처구니없는 실수들을 고치는 임무, 다시 말해 443쪽에 달하는 소설의 문장 하나하나를 손보는 임무를 맡았다고 주장하여 위대한 카뮈를 거의 문맹에 가까운 또다른 위대한 작가의 대작가(代作家)로 격하시켜놓는다.

다혈질인 알베르 카뮈는 발끈한다. 단순한 편집위원 ─ 카뮈는 갈리마르 출판사에서 원고를 읽어주고 조언해주는 역할을 했다 ─ 취급을 받은 것에 화가 난 카뮈는 황당한 소문을 부인하기 위해 즉각 언론에 공식 성명서를 보낸다. 그는 그 소문이 '완전히 사실무근이며 소문과 관계된 모든 이에게 상처를 입히는' 파렴치한 것이라고 발표한다. 그와 마찬가지로 소문에 연루된 자크 르마르샹과 함께 서명을 한다.

가리는 약간 불쾌해하기는 하지만 미국인들이 경멸에 찬 어조로 '가십'이라 부르는 것에 일일이 대응할 필요가 없다고 주장한다. 소란이 저절로 잦아들도록 내버려둔다.

클레베르 아에당은 허점 많은 가리의 문장에 적대적이기는 하지만 가리의 재능을 인정하고, 심지어는 그의 소설에 '사로잡혔다' ─ 아에당이 직접 한 말이다 — 고 털어놓기도 한다. '로맹 가리가 밀어붙이는 낱말, 문장, 삽입절과 삽입구에서는 어떤 힘이 느껴진다. 그는 자신의 소설에서 독자를 사로잡는 밀도 높은 아프리카를 성공적으로 묘사하고 있다. 그가 그린 모험, 세기의 자식들은 간략하지만 실제적인 존재성을 획득한다. 거의 모든 등장인물이 독자들에게 깊은 인상을 남긴다. 로맹 가리는 우리 세기에 회한에 찬 냉철한 시선을 던진다. 몇몇 장에서는 지난 시절의 열기가 느껴진다.'

문체에 집착하는 편집광들도 얼굴을 찌푸리기는 하지만, 스캔들을 불러일으키며 50년대의 얌전한 문학과 뚜렷이 구별되는, 인도주의적인 마지막 가치에 대한 불안에 찬 관심으로 가장 위대한 20세기 소설들 중 하나를 구현할 수 있는, 열에 들떠 있고 복잡하게 얽혀 있으며 밀도 높은 이 아름다운 이야기를 읽으며 결국 행복을 발견하게 된다.

만만찮은 비평가들이『하늘의 뿌리』에 푹 빠진 팬임을 자처하고 나선다. 앙드레 빌리는『르 피가로 Le Figaro』에 '하늘의 뿌리는 광범위한 호응을 받아 마땅한 예사롭지 않은 책'이라고, 에밀 앙리오는『르 몽드 Le Monde』에 '내가 오랫동안 손에 집어보지 못한, 재능, 독창성, 밀도로 가득한 멋진 책, 힘찬 필력을 갖춘 작가의 책'이라고, 르네 랄루는『레 누벨 리테레르 Les Nouvelles Littéraires』에 '다양한 목소리가 독자들의 의식 깊숙한 곳에서 다양한 울림을 불러일으키는 더없이 강렬한 교향악 같은 소설'이라고 적는다. 랄루는 놀랍게도 이 책을 단숨에, '점심 식사를 하고 읽기 시작해 자정까지' 읽었노라고 털어놓는다. '나는 이 소설의 매력에 푹 빠져 잠시도 눈을 뗄 수 없었다'라고 적고 있다.

끝으로, 앙드레 모루아는『카르푸르 Carrefour』에 '기묘하고, 상징적이고, 방대한 책. 저자는 탁월한 재능, 관대한 정신을 지니고 있다. 프랑스 문학의 미래를 짊어질 작가들 중 하나'라고 쓴다.

논란이 점점 가열되고, 비난과 찬사가 한꺼번에 쏟아지고, 책이 날개

돈친 듯 팔려나가는 와중에, 가리는 로스앤젤레스에 두고 온 한 정부에게 이렇게 쓴다. '내 책이 놀라운 성공을 거두고 있소. 난 이제 중요한 인물이 되었어. 나는 지금 행복에 취해 있소.'

크리스마스 며칠 전, 가리는 그의 성공을 축하하기 위해 열린 화려한 파티의 주인공이 된다. 12월 22일 토요일, 당시 센에우아즈 의원이었던 친구 장 드 립코브스키는 생 제르맹 대로에 위치한 자신의 저택에서 예전에 게르망트 가의 공작 부인들이 연 살롱에 버금가는 리셉션을 연다.

1444년에 귀족이 된 립코브스키 가는 루이 14세 때 프랑스로 귀화한 유서 깊은 폴란드 가문이다. 저택 입구에 들어서면 밝은 녹색 대리석 위에 태양왕과 같은 시대를 산 사람들의 가발과 금실로 수놓은 옷들이 눈에 들어왔다. 바르샤바의 찬란함에 이어 베르사유의 화려함을 두 눈으로 직접 보았던 립코브스키 가 두 조상의 초상화다. 추억, 그림, 가구, 귀족 인감이 찍힌 역사적 오브제들로 가득한 저택 안을 거닐며 가리는 향수와 익살 가득한 눈길을 던졌다. 파티는 귀족과, 그들의 성에서 멀리 떨어진 폴란드의 어두운 거리에서 자란 유대인 아이인 그를 위한 것이었다. 그 모든 것은 그에게 결여되었던 것, 전통과 서약으로 이어진 하나의 역사, 유서 깊은 가톨릭 가문의 부와 기품, 명성, 높은 신분을 표현했다.

리셉션을 위해 저택의 방 열네 개 중 일곱 개가 사용되었다. 정원을 향해 난 작은 서재, 노란색 커튼이 쳐진 타원형 살롱, 18세기의 아이들 초상화가 걸려 있는 또다른 살롱, 초콜릿 색 목재로 내장을 하고 푸른색 벽지를 바른 또다른 서재, 실내장식은 찬란했던 과거를 떠올리게 하는 매력을 지니고 있었다. 여기에는 프루스트가 장 로랭*과 결투를 벌였을

---

* 퇴폐주의 소설가로 악명 높은 가십 기자. 1897년에 『르 주르날』 지에 프루스트에 대해 악의 넘치는 평문을 쓴 탓에 프루스트와 권총으로 결투를 벌이지만, 둘 다 다치지 않았다.

때 프루스트 측 증인이었던, 펜싱 복장을 한 외증조부 귀스타브 드 보르다, 일명 '검객 보르다'의 초상화. 또 여기에는 의학 아카데미 회원으로 말단거대증 전문가였던 외조부 피에르 마리의 잘생긴 얼굴. 그리고 저기에는 초록색 눈에 붉은 머리였다는 장의 말에 로맹 가리가 몹시 마음에 들어한 이자벨 드 립코브스키의 아름다운 흉상.

이 유서 깊은 가문에는 가리를 기분 좋게 해주는 사랑 이야기들이 있다. 하지만 거기에는 폴란드 판타지도 있다. 사람들이 호흡하는 공기에 슬라브적인 향기를 퍼뜨리고 파리에서 열리는 파티에 폴란드적인 어떤 것을 부여하는, 폴란드 귀족 특유의 자태와 손님을 접대하는 특별한 방식, 관대함, 한마디로 딱 꼬집어 표현할 수 없는 묘한 뭔가가 있다.

무엇보다 이 집안에는 여기저기 걸려 있는 드골 장군의 몇몇 사진이 은근히 상기시키는 드골주의자로서의 충성심이 있다. 아버지 앙리와 동생 르네는 강제수용소에서 사망했다. 프랑스 최초의 여성 의원인 장의 어머니 이렌 드 립코브스키 백작 부인은 열렬한 드골주의자였다. 그날 밤, 가리는 딸 자니와 함께 쿠르슈벨로 크리스마스를 보내러 간 그녀의 풍모와 아름다움을 볼 수 없어 못내 아쉬워했다. 뉴욕 시절 이후로 가리와 형제처럼 지내는 장이 모든 것을 준비했다. 그는 클레베르 가(街)의 트레퇴르*인 스콧에게 주문해 테이블별로 나누어 200인분의 식사를 마련했다.

외교계, 정치계, 문학계와 파리의 저명인사들이 로맹 가리에게 축하 인사를 하기 위해 모여들었다. 라 로슈푸코 공작 부인, 대영제국 대사 글래드윈 제브 경, 프랑스 외무부 장관 크리스티앙 피노와 그의 비서실장 루이 족스, 그리고 공쿠르 아카데미의 피에르 쥘리, 펠릭스 가야르, 알랭 사바리, 피에르 올리비에 라피, 톰 파트노트르 부인, 자크 뒤아멜,

---

* 연회 따위에서 주문받아 요리하는 사람.

196

필립 에리아, 제라르 바우에르, 그리고 카르망 테시에까지……

자정에는, 얼마 전에 동남아시아 근무를 끝으로 공직을 떠난 앙리 오프노가 축하 연설을 했다. 생 종 페르스의 몇몇 시구로 장식된, 간결하면서도 뜨거운 애정이 밴 연설이었다.

로맹 가리는 친애하는 대사에게 '늘 글을 쓸 수 있는 여유를 준' 것에 감사하고, 글을 쓰는 동안 자리를 비운 것을 숨기기 위해 탈의실에 항상 지팡이와 모자를 걸어두었던 장 지로두의 예를 들었다. 가리는 외무부에도 『하늘의 뿌리』를 쓸 수 있도록 시간을 준 것에 감사했다.

농담이 오가는 가운데 가리는 뜨거운 감동을 맛보았다. 반은 파리 풍이고 반은 폴란드 풍인 파티는 소외되고 가난하고 친구들의 따돌림에 시달리던 익명의 야심만만한 아이가 어머니가 읽어주는 동화를 자장가 삼아 잠들며 꿈꿨던 장면이었을 수도 있다. 그날 밤, 요정들이 생 제르맹 가의 저택에 모여 로맹을 에워싼다. 영광과 부가 마술 지팡이로 그를 건드렸다. 그는 립코브스키 백작들의 금테 둘린 거울 속에 비친 자신의 모습을 경탄의 눈길로 바라볼 수 있었다. 자신의 별과 그날 밤의 주인공인 자신을 우러러보는 미녀들에게 미소를 보내는, 우아하고 당당한, 거의 귀족적이랄 수 있는 자신의 모습을.

로스앤젤레스의 빛

장검과 깃털 달린 이각모에, 금실로 수놓인 검은 제복을 입은 로맹 가리는 이제 제국의 영사였다. 1956년 7월부터 '그'의 대사가 된 에르베 알팡은 그를 급히 소환해 미국에서 가장 광활한 구역 중 하나를 맡긴다. 태평양과 네바다 사막으로 둘러싸인 그의 관할구역은 파웨스트(Far West)의 도시들이 콘크리트 오아시스처럼 솟아 있는 광대한 정원이다. 애리조나, 뉴멕시코, 남캘리포니아의 열세 개 행정구역인 모노, 인요, 킹스, 샌 루이스, 오비스포, 컨, 샌타바버라, 벤추라, 샌 버나디노, 오렌지, 리버사이드, 임페리얼, 로스앤젤레스.

로스앤젤레스 해안의 종려나무와 바나나나무 아래로 밤에도 훤히 불이 밝혀진 대로들이 마치 고속도로처럼 수 킬로미터에 걸쳐 펼쳐져 있었다. 열대의 겨울에 로맹 가리를 맞이한 것은 거대하고 단조로운 네온의 도시였다. 그의 친구 로베르 뤼크의 관할구역인 샌프란시스코에서는 삶이, 은은하게 번지는 꽃향기 속에서 즐기는 낮잠처럼 부드러울 수 있

198

었다. 하지만 로스앤젤레스에서는 모든 사람들이 비즈니스의 리듬에 따라 분주히 움직였다. 스페인의 유산을 물려받았고 멕시코가 지척에 있는데도, 무위 안일을 즐기는 사람은 거의 찾아볼 수 없었다. 사람들은 심지어 바캉스의 무대에서도, 파티오*나 수영장가에서도 많은 일을 했다. 과로로 신경이 곤두선 사업가들은 그곳에서 스카치와 신경안정제인 '밀타운'으로 불안을 치료했다. 캘리포니아의 푸른 하늘 아래, 로맹 가리는 미국식 코미디의 무대에 오른다. 그는 무대 전면에서 자신의 역할을 훌륭히 해낸다.

프랑스 총영사는 할리우드—아웃포스트 드라이브(Outpost Drive)—에 있는, 한때 돌로레스 델 리오**의 소유였던 멕시코 스타일의 빌라에 거주한다. 뷰익 컨버터블을 타고 다니고, 일찌감치 명성을 누린다. 사람들은 그에 대해 서부의 대사나 다름없다고 말하고, 캘리포니아 사람들은 그의 풍채와 영화배우 같은 얼굴을 좋아한다.

영사 제복—자크 비몽에게 빌린 것—은 텔레비전 카메라 앞에서 포즈를 취할 때 입었다. 특히 미국인들에게 소중한 축제인 라파예트 장군의 미국 도착 기념일에는 이 제복을 보란 듯이 입고 활보했다. 한편 캘리포니아 거주 프랑스인들 모임에는 푸른색이나 회색의 고전적인 외교관 정장에다 이 년 전에 받은 레지옹 도뇌르 수훈자 배지를 달고 나갔다. 하지만 가리는 뉴요커들의 구태의연한 우아함을 포기하고 점점 더 자주 캘리포니아 식으로, 헐렁한 흰색 셔츠와 카우보이 부츠를 입고 신었다. 샌디에이고에서 알록달록한 판초를 장만해 서늘한 할리우드의 밤을 위한 외투로 사용했다. 변장의 즐거움을 발견한 그는 연극에서처럼 분장을 했다. 하지만 무엇보다 기묘하거나 엉뚱한 차림새를 통해 유럽

---

* 포석을 깐 안뜰.
** Dolores del Rio(1905~1983), 멕시코 여배우.

의 케케묵은 순응주의, 그 우아함의 규준에서 벗어나 그가 즐겨 과시하는 자신만의 독창성을 찾고자 했다.

그것은 연극이지만 진실이기도 했다. 그는 넥타이를 벗어던지고 태양의 나라의 헐렁하고 풍성한 옷을 즐겨 입었다. 그는 판초와 부츠, 그리고 미국의 억만장자나 영화 제작자들이 즐겨 피우는 굵은 지노 다비도프에 대한 새로운 열정을 파리까지 가지고 오게 된다.

가리는 라디오 방송국에서 텔레비전 방송국으로, 디너 토론회에서 기자회견장으로, 연단에서 파티장으로 끊임없이 뛰어다닌다. 로스앤젤레스 상공회의소의 이사회(Board of Directors)에 참석해 민주주의의 정의에 대해, ABC의 한 프로그램에서는 프랑스 대학에 대해, 주니어 리그*에서는 프랑스 아가씨들의 덕성에 대해, 또는 로스앤젤레스의 도지사 비스케일러즈가 도시 교도소에서 마련한 점심 식사 때는 프랑스 범죄율에 대해 강연해달라는 요청을 받기도 한다. 8월에는 로베르 뤼크의 초청을 받아 샌프란시스코의 밀즈 대학에서 강연을 하고, 그를 '위원'으로 선정한 주니어 리그의 인기 방송에 출연해 대법원 판사, 유명 정치평론가와 토론을 펼친다.

그는 사진이 잘 받았다. 그것은 이미지를 숭상하는 세계에서는 매우 중요한 강점이다. 그는 잘생긴 주연배우처럼 맑은 눈과 굵은 목소리로 사람들을 매료시키는 법을 알고 있었다. 그의 묘한 억양은 대중의 호기심을 끌었다. 『라이프 매거진Life Magazine』 편집장 랠프 그레이브스에 따르면, "오십 퍼센트는 프랑스적이고, 오십 퍼센트는 러시아적이며, 오십 퍼센트는 유대적이고, 아마 십 퍼센트 정도는 미국적인…… 목소리는 그의 출신과 경험을 반영한다". 프랑스 총영사라는 아주 공식적인 인물 안에는 약간의 미국적인 인종의 혼합—계속된 이주로 지워지지

---

* Junior League, 여자 청년 연맹. 상류 계층 여성들로 조직된 사회복지단체.

않는 흔적 — 이 있었다.

미국 기자들은 저명한 '뉴스 해설자' 푸트만만큼이나 유명해진 로맹 가리를 두고 다툰다. 그의 이미지는 큰 인기를 끈다. 한 광고 대행사에서 그에게 영사 제복 차림으로 면도용 크림 광고에 출연해달라고 제안할 정도로, 월터 웨인저가 폭스 사에서 계획중이던 영화 〈클레오파트라〉에서 시저 역을 맡아달라고 제안할 정도로. 하지만 가리가 우스갯소리로 "내 역"이라고 말한 그 역은 결국 렉스 해리슨에게 돌아간다.

그는 영어를, 아니 영어라기보다는 미국어를 점점 더 유창하게 — 진짜 개척자처럼 입술을 비틀며 — 말한다. 지칠 줄 모르고 인터뷰에 응한다.

그는 이제 단순한 프랑스 외교관이 아니라 삼색 휘장을 두른 국제 쇼 비즈니스의 스타였다. 그는 아메리카를 정복했다.

사이먼 앤 슈스터(Simon & Schuster) 또는 하퍼 앤 로우(Harper & Row) 출판사에서 번역 출간된 그의 책들은 미국 전역에 대량 배포된다. 『하늘의 뿌리 The Roots of Heaven』는 1960년도 베스트셀러 10위에 진입한다. 그런데 미국 독자들은 헨리 밀러나 노먼 메일러와 어깨를 겨루는 이 유럽인의 첫 성공작들인 『인간시장 The Company of Man』(『커다란 탈의실』)과 『낮의 색깔들 The Colors of the Day』을 이미 읽은 터였다.

가리는 도발적인 실루엣을 택한다. 판초를 입어 미국 백인들의 표적인 멕시코 '개들'과 자신이 유사하다는 걸 강조한다. 그리고 무엇보다 그를 프랑스의 대표자로 여기는 사람들을 심히 경악하게 만든다. 외교관이자 작가, 영사이자 스타인 그는 모스크바 극단의 무명 여배우 니나 카체브 혹은 러시아 영화계의 대배우 이반 모주힌에게 물려받았을지 모를 타고난 재능으로 두 가지 역할을 동시에 해낸다.

그는 라스베가스에 리도쇼*를 처음으로 소개한다. 그는 서부의 축제

---

* 프랑스 고급 카바레 문화를 대표하는 쇼.

속에서 생활한다. 감독, 제작자, 예술가, 그리고 할리우드에 있는 자기 소유의 궁궐에서, 거대한 풀장가에서 화려한 파티를 여는 VIP들과 교제한다. 20세기폭스, MGM이나 콜롬비아 사를 지배하는, '메이저'라고들 부르는 대형 영화사의 대주주 대릴 재넉, 루이스 메이어, 해리 콘과 알고 지낸다. 〈바람과 함께 사라지다〉를 제작하고 얼마 전에 〈무기여 잘 있거라〉에 투자한 데이비드 셀즈닉과 함께 저녁 식사를 하기도 한다. '루퍼트 앨런 앤 프랭크 매카시'에서 마릴린 몬로와 에바 가드너, 라나 터너, 데보라 카, 오드리 헵번, 베로니카 레이크, 그리고 당시 18세였던 제인 폰다를 만나기도 한다. 그는 게리 쿠퍼, 그레고리 펙, 프랭크 시나트라와 친하게 지낸다. 진저 로저스와 에롤 플린의 장례식에 참석하고, 콜 포터와 우정을 맺고, 프레드 애스테어가 여는 광란의 파티에 초대받고, 아름다운 시드 채리스를 데리고 볼쇼이 발레단 공연을 구경하러 가기도 한다……

물론 할리우드에 진출한 프랑스인인 샤를 부아예, 루이 주르당, 달리오와도 친분을 쌓는다. 이러한 현지 명사들과 더불어 자신의 관할구역을 잠시 거쳐 가는 또다른 스타들, 모리스 슈발리에, 에디트 피아프, 또는 얼마 전 아네트 스트루아베르와 결혼하고 〈위험한 관계〉를 촬영하러 온 로제 바댕을 집으로 초대한다.

〈벤허〉, 〈십계〉 같은 대작의 귀재인 세실 B. 드 밀이 영사관으로 가리를 찾아와 레지옹 도뇌르 훈장을 요구하기도 한다.

틴설 타운(Tinsel Town),* 오로지 박스 오피스에만 관심이 있는, 겉만 번지르르한 도시. 성공의 현기증 앞에서 외부 세계란 거의 존재하지 않는다. 할리우드 사람들은 달러 — 차갑고 무정한 신 — 를 숭배하고, 가짜 보석의 후광에 둘러싸인 성공을 존중하며, 돈 많고 유명한 사람들

---

* 할리우드의 별칭.

만이 갖는 특별한 광채 앞에서만 허리를 굽힌다.

할리우드의 스펙터클에, 그 위대함과 천박함에 매력과 역겨움을 동시에 느끼는 가리는 서부의 교훈을 가슴에 새긴다. 성공 없이는 가능한 운명도 없고 부드러움, 훈훈한 정, 진정성은 익명 혹은 가난이라는 대가밖에 얻지 못한다는 교훈을. 삶은 광고의 문제, 따라서 허풍의 문제다. 선셋 대로의 냉엄한 법칙은 이미 기질적으로 회의적이고, 철학적으로 시니컬한 프랑스 영사의 가슴속에서 메아리를 일으킨다. 그는 이미 가장 위대한 인물들의 야망과 스타들의 광휘를 가지고 있었다. 대중적 인기의 정상에 도달하는 데 그에게 부족한 것은 오직 하나, 매니저뿐이었다…… 뉴욕과 로스앤젤레스에 사무실을 둔 그의 미국 에이전트 로버트 란츠는 이 금테 두른 유망주의 명성을 위해 동분서주한다. 그사이, 그 도시의 사교적인 소란 속에서도 가리는 매일 아침 영사관 건물에 있는 자기 집 2층에서 세상과 담을 쌓고 계속 글을 써나간다.

그의 작품은 그가 실제 경험하는 것보다 늘 앞서 있었다. 그는 할리우드를 알기 전에 『낮의 색깔들』을 통해 이미 할리우드를 묘사했다. 그곳에 발을 들여놓기도 전에 이미 겉만 번지르르한 무대, 스타들의 허세를 이해했고, 치정 사건들을 짐작했으며, 경박스러운 외양 아래 감춰진 불안을 예감했다. 그는 이미 1952년부터 뉴욕에서 할리우드를 무대로 한 연애소설을 썼다.

빌 괴츠는 세잔과 모네, 마네, 보나르, 반 고흐의 자화상으로 이루어진 인상주의 회화 컬렉션을 소장하고 있다. 저녁 식사가 끝나고 초대 손님들이 아름다운 그림들 앞에 배치된 안락의자에 자리를 잡으면, 갑자기 그림들이 천장으로 올라가고 스크린이 내려오는 동시에 반 고흐의 자화상이 걸려 있던 벽에서 영사기가 나온다. 그러면 빌은 손님들에게, 가리의 표현에 따르면 '끔찍한 졸작'인, 로널드 레이건 주연의 〈매니 스토워의 반항 La Révolte de Mannie Stower〉을 상영한다……

로맹 가리에게 할리우드는 억만장자들과 멋진 몸을 가진 아가씨들, 그리고 슬픔과 술에 전 대스타들이 가면을 쓴 것처럼 분장한 채 벌이는 서커스였다. 또한 할리우드는 모주힌을 떠올린 로맹 가리가 온 도시를 뒤져 마침내 어느 허름한 창고에서 찾아낸 30년대의 명사인 로드 라 로크*나 빌마 뱅키를 까맣게 잊어버린, 자기 작품에 대한 기억도 존중심도 없는 도시였다.

영사관에서 레슬리는 가리를 위해 초콜릿케이크와 뜨거운 감자파이를 준비하는 러시아인 할머니 요리사이자 진정한 '바바 야가'인 카투샤의 도움을 받아, 프랑스 식으로 마늘 양념을 한 양 넓적다리 고기나 올리브유를 친 오리고기를 요리한다.

총영사와 그의 부인은 침실 둘, 식당 하나 그리고 넓은 거실로 이루어진 빌라 지층에 거주한다. 거실은 레슬리가 양탄자와 쿠션으로 뒤덮인 긴 의자 탁타르(taktar)를 중심으로 그녀가 끔찍이 좋아하는 키치 스타일 — 반은 러시아 식이고 반은 터키 식 — 로 꾸며놓았다. 거실 문들은 정원을 향해 나 있었는데, 그곳은 교대로 일하는 두 정원사의 아담하고 섬세한 전쟁터로 변해 그 광경이 신기하게도 매주 바뀌었다. 한 정원사는 멕시코인으로, 무성하고 화려한 것을 좋아해 묘목을 심고 씨를 뿌리고 꽃을 피웠다. 다른 하나는 일본인으로, 불교 선(禪)의 간결한 풍경을 좋아해 불필요한 것을 쳐내고 뽑고 줄였다. 다시 말해, 멕시코인 정원사가 덧붙인 것을 치워버렸다. 레슬리는 훌륭한 영국 여자로서, 꺾꽂이와 식물학 전문가로서 정원의 잔디, 오솔길, 덤불에 매주 다른 분위기를 가져다주는 이 싸움을 재미있어했다. 로맹은 정원보다는 해변을 더 좋아했다.

---

* Rod La Rocque(1898~1969), 미국 영화배우. 헝가리 태생의 여배우 빌마 뱅키(Vilma Bánky, 1898~1991)와 결혼했다.

204

아웃포스트 드라이브의 빌라 2층에서는 여섯 명으로 이루어진 스태프가 총영사를 보좌했다. 특별히 회계를 책임지는 부영사 겸 사무국장인 장 디망생, 가리의 비서인 오데트 드 베네딕티스, 알자스 출신의 문서 담당자 에바 밀러 오웬스, 연금 업무를 담당하는 자클린 클레즈, 후에 보나파르트 대공비가 되는 마리 테레즈 쿠토, 새로 부임한 아이티 섬 출신의 젊은 화가 테오 뒤발이 금발에 체격이 좋고 영리하고 웃음이 많으며 유능한 중심인물인 부영사 이본 루이즈 페트르망을 필두로 조를 형성했다. 로스앤젤레스에 도착한 1959년부터 이본 루이즈 페트르망이 행정 업무를 도맡아준 덕에 가리 — '가리 영사님' — 는 일상적인 서류 업무의 무게에서 해방된다.

본국에서 이 부영사를, 외무부 인사 책임자에게 보낸 서신에서 그가 직접 사용한 용어에 따르면, 이 '진주'를 데려오기 위해 그는 이 년 넘게 기다리며 열 번 이상 편지를 써야만 했다. 그녀와 그 사이에는 오해의 소지가 전혀 없는, 신뢰를 기반으로 한 관계가 곧바로 형성되었다. 가리는 운 좋게도 최고의 보좌관을 만난 셈이었다. 이본 루이즈 페트르망은 일찍이 레지스탕스에 참여했고, 1943년 6월에 프랑스를 탈출한 후로 자유 프랑스 시민이 되었다. 그녀에게 가리의 실루엣은 이미 친근했다. 캠벌리와 런던에서 그와 마주친 적이 있었던 것이다. 기분이 좋을 때면 그녀는 그의 물방울 무늬 머플러를 떠올렸다……

그녀는 나중에 이렇게 말한다. "제가 모신 상관들 가운데 최고였어요. 일을 믿고 맡길 줄 아는 분이었죠."

그녀만 그런 게 아니었다. 가리는 자크 비몽에게 이렇게 쓴다. '마침내 숨을 쉴 수 있게 되었어. 서류에 파묻혀 질식할 지경이었거든.'

당시 영사관이 담당하는 일은 엄청났다. 호적부 관리 책임자인 총영사는 프랑스 공동체에서 일어나는 결혼, 출생, 사망을 확인하고 모든 서류를 프랑스어로 번역해 그의 서명이 들어간 호적부에 옮겨 적어야만 했다. 또한 프랑스인들 사이의 계약을 공증하고, 계약서를 보관하고 그 사본을 발부할 임무가 있는 공증인이기도 했다.

영사관을 거쳐 가는 모든 프랑스인은 자신이 아직 귀화하지 않은 단순 체류자라는 사실을 증명하는 '그린카드'를 제시해야 했다. 그러면 영사관은 매번 본국에 의뢰해 제출된 서류들의 진위를 확인해야 했다. 모든 것을 일일이 꼼꼼하게 확인해야 하는 그 작업은 늘 느리고 단조로웠다. 가리가 무엇보다 지겨워하는 것이 바로 이런 작업이었다.

맨해튼에 집중되어 있는 뉴욕의 프랑스 공동체와는 반대로, 남캘리포니아의 프랑스 공동체는 여러 주에 걸쳐 흩어져 있었다. 교육공로훈장을 수여하기 위해 뉴멕시코의 앨버커키나 애리조나의 피닉스로 달려가야만 했다. 하루는 비버리힐스, 이튿날은 구나비치, 또 그 이튿날은 샌타바버라의 알리앙스 프랑세즈 행사를 주재해야 했다. 로맹 가리의 관할구역에만 알리앙스 프랑세즈가 자그마치 열두 개나 되었다. UCLA 대학 불문과에서 강연도 해야 하고, 은퇴 후 캘리포니아로 이주해 아내와 함께 지내는 아프리카 식민지 전직 총독 집에서 저녁 식사도 해야 하고, 집단으로 이주해 온 로키 산맥의 바스크족 목동들의 성 요한 축제에도 참석해야 했다.

1차 세계대전 전에 조상이 이주해 와서 로스앤젤레스에 정착한 유명한 식당 주인 텍스 형제는 더이상 프랑스 여권을 갖고 있지 않았지만, 영사관과 서로 편의를 봐주는 우정 어린 관계를 유지했다.

롱비치나 샌디에이고에 기항하는 모든 프랑스 화물선, 항공 편으로 프랑스령 적도 아프리카를, 국제항공운송(TAI) 편으로 아이티 섬을 방문하려는 모든 여행객은 프랑스 총영사관에서 비자를 발급받아야 했다. 따라서 영사관에서는 하루 종일 여권에 도장을 찍어주어야 했다.

캘리포니아에는 약 2,000명에 달하는 바스크 사람—그중 일부는 바스크어밖에 할 줄 몰랐다—말고도 두 대학(UCLA와 USC, USC는 로스앤젤레스의 흑인 구역에 위치해 있다)에 적을 둔 교수와 학생, 참전용사, 식당 주인 등 약 5~6,000명의 프랑스인이 거주했다.

탁월한 저작 『뉴욕이 앙굴렘이라 불렸을 때 *Quand New York s'appelait Angoulême*』를 쓴 역사학자로, 해외 거주 프랑스인을 대표하는 상원의원인 자크 위베르가 유세차 캘리포니아를 방문해 영사관에 묵기도 했다.

파리-로스앤젤레스 간 에어프랑스 직항 노선 개통을 축하하러 온 로의 상원의원이자 상원 의장인 가스통 모네르빌은 대리 총영사 앞에서 크게 당황한다. 며칠간 하와이로 피신해 쉬면서 글을 쓰는 가리를 대신해 이본 루이즈 페트르망이 의장 일행을 영접한 것이다…… 나중에 가스통 모네르빌은 자신을 포함한 프랑스 대표단이 "남편을 대신해 까다로운 임무를 훌륭히 수행해낸 로맹 가리 부인의 따뜻한 영접에 크게 감복했다"고 말한다.

가리는 수시로 자리를 비워둔 채 멕시코로 날아가 『새벽의 약속』을 쓰기 시작한다. 소설이 출간되기 사 년 전인 1956년 5월 13일 어머니날, 그는 '미국의 어머니들에게 드리는 연설'을 통해, 감동으로 눈물을 흘리는 청중 앞에서 자신의 어머니가 남긴 편지의 비밀을 밝힌다. 외교적 의무도, 사교계의 유혹도, 새로운 스타 놀이도 그를 본연의 임무에서 벗어나게 하지는 못한다. 그는 할리우드의 소란 속에서도, 하와이의 햇살 아래서도—머리칼 색이 니스 여자처럼 갈색인 스무 살의 미국 아가씨를 데리고 가긴 하지만—매일 글을 쓴다.

'듀티(duty),' 신성한 의무에서 멀리 탈출해 있을 때를 제외하면 정치가 그를 옥죄었다. 프랑스 정세는 알제리 전쟁 발발, 알제리 민족해방전선(FLN)의 테러, 수맘 회의, 1958년 5월 13일 드골 장군의 총동원령으로 어지러웠다.

로맹 가리는 드골주의자들의 입장을 맹렬히 변호한다. 그 때문에 전쟁에 반대하고 자신의 반제국주의적 신념을 전파하기 위해 미국에 온 친구 클로드 부르데와 완전히 결별하게 된다. 가리는 프랑스의 알제리 점령을 옹호하는 신념을 전하기 위해, 거창한 용어들을 동원한 애국적 편지를 부르데에게 보낸다. 부르데는 그 용어들을 '초민족주의적'이라고 평한다.

알제르 봉기 이후, 가리는 익명의 메시지로 전달되는 죽음의 위협에 시달린다. 쇠 파이프로 무장한 알제리 청년 두 명이 빌라 문 앞에서 그를 기다리고 있다가 공격한다. 그는 자신의 근육과 완력, 때마침 문을 열어주러 나온 요리사 카투샤의 호들갑 덕분에 목숨을 건진다. 그는 외무부에 근무하던 자크 비몽에게 편지를 보내어 총기 소지 허가를 요구한다. "내가 프랑스로 돌아가면 그들이 날 가만두지 않을 거야"라고 그는 말한다. 그의 요구는 받아들여진다…… 이십 년 후, 그는 이 권총으로 자살하게 된다.

1959년 9월, 삼 년 전 재선에 성공한 69세의 아이젠하워 대통령은 일 년 전 소련 공산당 총서기 자리에 오른 평화적 공존의 새로운 선구자, 65세의 니키타 흐루시초프의 미국 영토 방문을 받아들인다. 9월 21일과 22일, 로스앤젤레스 땅을 최초로 밟은 소련인은 첫날은 20세기폭스 사에서 점심 식사를 하고, 이튿날에는 로맹 가리도 참석한 세계 문제 심의회 연회에 주빈으로 초대된다.

사적인 서신에서 가리는 흐루시초프를 대배우 추텝킨과 비교하며 그 진정한 연극인, 위대한 정치인에 대해 경외감을 드러내고, 그의 초상을 두 페이지에 걸쳐 길게 묘사한다. 또한 거기서 우리는 러시아의 영혼 ― 흐루시초프의 방문으로 그의 내부에서 일깨워진, 향수를 불러일으키는 친근한 세계 ― 에 대한 묵은 형제애를 발견할 수 있다. 가리는 흐루시초프의 연설을 통역이라는 밋밋한 중계를 거치지 않고 러시아어로 직접 이해할 수 있는 몇 안 되는 외교관들 중 하나였다. 그는 진정한 예술가라 할 만한 흐루시초프의 정치적 마력에 완전히 매료된다.

성스러운 러시아의 아득한 역사로부터 온 코사크, 이젠 늙은 슬라브족 이야기꾼들의 선집에서나 찾아볼 수 있는 민중적인 신명이 배어 있는 언어, 음흉하고 교활하고 능란하고 무거운 언어, 검은 빵을 먹는 자의 결연한 무게를 지닌 언어, 때로는 청중을 압도하기 위해 마르크스주의 논리의 엄격함으로 넘쳐흐르는 원기와 달변을 억누름으로써, 또 때로는 드라마틱한 충격을 창출해내기 위해 명성에 걸맞게 불같이 폭발함으로써 무게를 연출해내는 언어를 말하는 코사크, (……) 예전에 조상이 푸가체프와 함께 행진했을, 자기 종족의 모든 특징을 극단까지 밀어붙인 듯 기적적으로 구현하고 있는 그 쿠르스크 코사크는 경이로운 연극적 재능, 이데올로기에 봉사하는 연극적 기술의 전형적인 예로 내 기억 속에 남을 것이다.

몇 줄 뒤.

흐루시초프의 여행은, 더할 나위 없이 영악한 러시아 농민의 본능, 늘 불행과 공포와 살을 맞대고 살아왔고, 자신에게 권력을 가져다주었지만 생활의 지혜, 뿌리 깊은 현실주의, 술수를 모조리 동원해도 모든 출구가 철저히 봉쇄된 강철 신화에서 벗어날 방법을 찾을 수 없는 농민의 자기 보존 본능에서 나온 탁월한 반사적 행동이다.

이 비범한 정치가에 맞설 미국 측 인사는 아무도 없었다. 또다른 서신에서 가리가 표현한 바에 따르면, '무기력의 극치'였다!
'어쩌다 보니 정황상 방문객들을 맞을 수밖에 없게 된, 정신적으로 덜 떨어진 다양한 인사들'을 매정한 어조로 상기하며, 세계 문제 심의회 연회를 주재한, 언사가 기껏해야 '뇌경색 초기 증세'를 연상시킬 뿐인 풀슨 시장의 어처구니없는 연설'을 개탄하며, 가리는 분통을 터뜨린다.

미국 측은 아이젠하워 대통령의 충고도, 방향 제시도, 엄숙한 경고도 없이, 공화당 출신 대통령이 공화당 출신 시장에게 보내는 구체적인 지시도 없이, 소련과 미국의 관계에 관해 흐루시초프 서기가 미국 방문중에 듣게 될 서너 차례의 핵심 연설 중 하나를 지적으로 가장 노후한 인사에게 맡겨버렸다.

가리는 냉소를 지으며 이렇게 결론짓는다.

자신감을 얻고 승리를 예감한 흐루시초프는 손바닥을 비비며 소련으로 돌아갈 것이다.

가리는 게리 쿠퍼의 미국, 공화국의 전통과 자유를 자랑스러워하고 전 세계에 민주주의와 윤리의 모범을 보여준다고 확신하는, 자수성가한 사람, 보안관, 모르몬 선교사, 청렴한 연방경찰 들이 영웅으로 대접받는, 개척자와 카우보이들의 미국을 사랑한다. 미국인들의 이상주의, 미국에 대한 그들의 믿음은 가리의 내부에 있는, 서부 사람들의 순진함을 아이러니하게 바라보는 회의적인 유럽인을 놀라게 한다. 가리는 미국이 가진 약점들, 신기루들을 정확히 가늠하면서도 미국이라는 나라에 경탄한다. 미국의 효율성, 그 역동성에 깊은 인상을 받지만 '서커스', 매스미디어에 심취한 대중, 피상적이고 쉽게 속아 넘어가는 미국민의 맹종적인 열정을 역겨워하기도 한다. 미국을 구현할 소설 등장인물을 구상하던 가리는 매킨타이어 추기경을 모델로 한 복음주의 목사, 미들웨스트 출신의 신인 여배우, 재녁을 떠올리게 하는 매니저를 만들어내고, 거기에 자유주의 아메리카의 아바타들 중 하나인 남미의 독재자를 덧붙인다…… 닥터 호와트, '자그마한 미국 여자', 찰리 쿤 그리고 알마요 장군. 육 년 후 '별을 먹는 자들 *Les Mangeurs d'Etoiles*'이라는 제목으로 출간되는 소설을 위해 '아메리칸 코미디'를 구상한다.

매킨타이어 추기경과 로스앤젤레스 시장 요티와 친구 사이인 가리는 캘리포니아의 유력 정치인, 영화 제작자 들과 지속적인 관계를 유지한다. 스타들 사이에서도 조금도 어색해하지 않는 프랑스 총영사는 미래의 소설에 쓸 소재들을 수집하면서 마음껏 즐긴다. "그때가 내 인생에서 가장 아름답고 편한 오 년이었어요." 그는 후에 이렇게 말한다.

가리가 스펙터클과 그것이 불어넣는 꿈들에 열중하는 동안, 레슬리의 고양이 노르만이 가리의 침실 벽장 속에서 태어난다. 노르만은 얼룩 수고양이로 자라 여자친구 티티미와 함께 정원의 새들을 사냥한다.

레슬리는 자주 여행을 떠났다. 남편을 일과 쾌락에 빠져들게 놓아둔 채, 로맹과 고양이들을 돌보는 일은 이본 루이즈 페트르망에게 맡기고. 카프카스의 이슬람 저항군 대장 이맘 샤밀*에 관한 책 준비에 여념이 없는 레슬리는 흑해와 카스피 해 사이에서 대부분의 시간을 보낸다. 친구 루시아 다비도바와 함께 카프카스 산악 지대를 둘러보고, 톨스토이의 회상록을 다시 읽고, 톨스토이가 그린 샤밀의 동시대인 하지 무라드의 비범한 초상에서 영감을 얻고, 집요한 조사 끝에 마침내 보스포루스 해안에서 변변찮게 살아가는 이맘의 가족들을 찾아낸다. 이맘의 다섯번째 아들에게서 난 손자이며 범이슬람주의운동의 열성 멤버인 사이드가 위대한 과거의 유물인 조상의 검은 깃발들이 보관된 자신의 초라한 아파트로 그녀를 맞아들인다. 사이드는 레슬리가 어린 시절부터 사랑해온 동양의 문들을 활짝 열어준다. 그녀는 다시 한번 황홀감에 취해 그 안으

---

* Imam Shamil(1797~1871), 체첸의 저명한 종교 지도자. 1824년부터 1859년까지 유럽 침략에 대한 '비서구 저항'의 역사에 길이 남을 저항전을 펼쳤다.

로 발을 들여놓는다.

타타르인의 모습을 지닌 러시아인 로맹이 서부에 매료되는 동안, 레슬리는 전 생애를 지배한 진정한 열정인 이국주의에 사로잡혀 러시아와 터키, 페르시아 국경을 돌아다닌다. 그녀는『야생의 강안에 꽃핀 사랑』의 가벼운 여주인공들과 천길만길 떨어진 곳에서, 무함마드의 민족이 무함마드에 이어 '두번째 예언자'라고 부른, 어둡고 거칠고 신비에 감싸인 영웅 또는 성자를 발견한다. 첫 소설의 관능적이고 경박스러운 분위기와는 전혀 동떨어진 곳에서, 그녀는 차르들의 굴레에서 벗어나기 위해 카프카스의 모든 전투를 치러낸 한 남자의 서사시를 쓴다. 이맘 샤밀은 붉은 턱수염과 자기(磁氣)를 띤 시선을 가진 멋진 인물이었다. 농부이자 산적이었던 그는 자기 민족에게 충실한 위대한 지도자, 애국자, 금은보화와 호의호식을 경멸한 '신의 병사', 신앙과 카프카스에 대한 사랑으로 살아가는 금욕주의자이기도 했다.

샤밀 집안의 양녀가 된 레슬리는 별명 하나를 얻는다. 사이드는 그녀를, 샤밀이 인질로 잡았다가 사랑에 빠져 '진주'라고 부른 아르메니아 기독교도, 푸른 눈에 금발인 샤밀의 세번째 부인처럼 '슈아네트'라 부른다.

대부분 발표된 적이 없는 엄청난 양의 자료를 수집한 레슬리는 타오르는 듯한 이미지와 이야기에 취해 로스앤젤레스로 돌아온다. 그녀가 가져온 러시아 고문서들은 로맹이 번역해준다. 그는 투덜거리면서도 레슬리를 도와주고, 특히 신비로운 친근감을 느끼던 타타르나 체르케스 낱말들의 정의에 깊은 관심을 보인다.

이맘 샤밀에게 사로잡힌 레슬리는 깨알 같은 글씨로 공책들을 채워나간다. 그 작업은 서서히 눈부신 전기의 형태를 취해간다.

레슬리는 사 년 만에 한 민족이 자유의 깃발 아래 펼친 모험을 더없이 생생하고 흥미진진하게 묘사한 연애소설이자 역사 연구서인, 500페이지에 달하는 두꺼운 책을 써낸다. 그녀는 이슬람 부족들의 풍습, 역사, 니콜라이 1세가 보낸 러시아 병사들과의 끊임없는 투쟁을 그린다. 기질이 섬세한 그녀는 외견상 야만적이고 고리타분해 보이는 그들의 사고방식을 깊이 이해하려고 애쓰면서, 생활에서 보여주는 모습 그대로 활기차고 효율적인 문체로 주요한 저작을 완성한다.

『천국의 검 *The Sabres of Paradise*』—알라를 섬기는 부족들의 무기 이름—에 반한 첫 독자는 로맹 가리였다. "당신의 최고 걸작이군." 원고를 읽어보고 그는 이렇게 말한다.

가리는 아무런 시샘 없이 레슬리에게 찬사를 보낸다. 그는 경쟁심을 느끼기에는 자신의 천재성을 너무도 확신했다. 그가 투덜거리는 건, 그녀가 너무 자주 집을 비우는 탓에 혼자서 피곤한 현실—그가 신경 쓰지 않도록 그녀가 알아서 척척 해내는 리셉션, 저녁 식사 등 모든 사교 생활—과 맞서야 했기 때문이다. 의심의 여지 없이 그는 정서적으로도 그녀가 없으면 안절부절못했다. 그녀의 따뜻한 애정과, 그녀가 그를 자극하거나 자신을 방어할 때 사용하는 애교 섞인 놀림이 없으면. 가리는 그들의 일상적인 놀이인 공모감과 유머 없이는 잘 지내지 못했다. 가끔 레슬리는 그를 짜증나게 만들었다. 하지만 그녀만이 세상과 가리 자신—외부 세계의 온갖 초대와 그의 내부에 떠도는 불안—으로부터 그를 보호해줄 수 있었다.

가리는 울적할 때면, 초대 손님들이 두번째 위스키를 마시기 시작할 때까지 욕조에 틀어박혀 나오지 않는 경우가 있었다. 그럴 때면 레슬리는 그가 인상을 찡그린 채 나중에야 나오리라는 것을 잘 알기에, 만면에 웃음을 띠고 대화를 이끌어나갔다.

또 어떤 저녁에는, 가리는 걸쭉한 입담으로 손님들의 배꼽을 빼놓다가도 모두들 가고 나면 갑작스럽고 무거운 침묵에 빠져들기도 했다. 외교의 틀 속에서조차 그는 익숙해지지 못했다. 남들이 부러워하는 외교관의 눈부신 경력을 쌓아가면서도 외로운 늑대로 남아 있었다.

"좋은 아침, 커튼 걷어요! 오늘 아침에는 당신 비극의 제목이 뭐죠?"
레슬리가 놀리는 투로 말한다.

『천국의 검』에서 레슬리는 이러한 가리의 초상을 숨김없이 그린다.
토스카(toska), 이 러시아 낱말은 레슬리에겐 러시아 민족의 특징, 로맹
의 특징으로 보이는 영혼의 아픔, 의기소침과 우수의 혼합물, 타고난 고
통이었다. '러시아 농민들은 고통을 좋아했다. 그것을 한껏 즐겼다.' 로
맹 역시 그 어두운 명상에 빠지는 것을 즐겼는지 모른다.

그는 인정받은 유명 인사였다. 세상에서 가장 아름다운 아가씨들과
교제하고, 할리우드의 거물들과 함께 시가를 피웠다. 텔레비전의 스포
트라이트는 늘 그를 향해 있었다. 그가 쓴 소설들의 명성은 유럽의 좁은
테두리를 훨씬 넘어섰다. 미국에서 그는 프랑수아즈 사강보다 훨씬 널
리 알려져 있었다.

새로운 분위기에 자극을 받은 상상력은 여러 권의 소설 구상으로 표
현된다. 그는 장차 나올 소설 세 권의 주제, 등장인물, 배경을 이미 품고
있었다. 멕시코에서는 『새벽의 약속』이, 라파스에서는 『별을 먹는 자들
Les Mangeurs d'Etoiles』이, 로스앤젤레스에서는 『대양의 형제 *Frère
Océan*』 3부작의 배아가 탄생된다.

카르망 테시에보다 훨씬 표독스러운 로스앤젤레스의 아낙네들이 그
의 뒤를 캐고 다니고, '섹시한 영사'라 칭하며 가십난을 통해 독기 어
린 기사로 그를 몰아세운다. 그는 여자를 좋아한다는 사실을 숨기지 않
는다.

할리우드의 바람둥이로 소문난 가리를 바라보는 프랑스 외무부의 눈
길은 곱지 않다. '그들'은 그가 벌이는 쇼도, 일탈 행위도 높이 평가하지
않는다. 모리스 쿠브 드 뮈르빌은 가리의 이름이 나오면 이부터 간다.

스탈린의 동지이자 정치국원인 아나스타샤 미코얀이 남캘리포니아

를 방문했을 때, 가리는 파리로 전문을 보낸다. 그 전문은 프랑스 외교관의 보고서로는 너무 거칠다는 평가를 받는다. 그는 이렇게 쓴다. '그 나라 사람들이 으레 그렇듯 미코얀 씨는 모든 것의 중심에 서기를 좋아한다……'

에르베 알팡 대사가 아무리 로스앤젤레스 주재 총영사에게 경의를 표하고, '능력 있는 관찰자' '빈틈없는 선전가'라며 가리의 자질을 치켜세우는 편지를 외무부로 보내도, '고위층'은 그를 아주 못마땅하게 여긴다.

그사이, 미국 파웨스트의 프랑스 대변인이라 할 수 있는 가리는 『라이프 매거진』 1면을 장식한다. 1958년 12월 8일, 장장 여섯 쪽—6,000단어—에 걸쳐 드골 장군의 초상을 그린다. 이 초상은 드골 장군을 미국에 알리는 데 백 통의 외교 전문보다 더 큰 효력을 발휘한다.

"가리는 미국인들에게 메시지가 먹혀드는 유일한 프랑스인이었어요." 이본 루이즈 페트르망은 말한다.

미국인들이 드골을 군화를 신고 망토를 두른 시대착오적인 새로운 독재자로 여기는 그때, 로맹 가리의 글—1958년에 이미 600만 부를 발행한 간행물에 실린 만큼 효과는 더욱 컸다—은 미국 내 드골 장군의 평판을 완전히 바꾸어놓는다.

'프랑스를 구하기 위해 홀로 남아 있던 사람 *The man who stayed lonely to save France*'이라는 차분한 제목으로, 가리는 미국인들에게 드골이 누구인지, 드골이 가진 민주주의의 독특한 개념이 무엇인지 설명한다. 개인적인 인연을 결코 내세우지 않고, 가리는 해방자로서의 드골의 역할을 상기시킨다. 무엇보다 새로운 프랑스 정치 지도자의 설득력 있고 매력적인 초상을 그리려고 애쓴다.

드골은 신체적으로 중세 시대의 기사와 흡사하다. 흔히들 그를 손에 칼을 쥐고 자기 나라를 '위대함'으로 이끌어가기로 결심한 위험한 십자군 기사라고 평한다. 유감스럽게도 우리 서구 민주주의 국가에서 누군가 위대함이라는 개념을 들먹이면 사람들은 반발하거나 겁부터 집어먹는다. 나는 서구인에게 묻고 싶다. 인간을 비루함의 보석으로 여기는지, 서구인에겐 민주주의가 정상에 오르는 것을 피하는 방법, 전 인류를 범용함의 세계로 몰아가려는 노력에 불과한지를.*

가리는 드골 사상의 축인 '위대함(grandeur)' — 이 낱말만은 프랑스어로 직접 쓴다 — 이라는 개념을 중심으로 기사를 써나간다.

드골은 여느 사람들처럼 행동하는 것을 스스로에게 허락할 수 없었다. 불가능한 임무를 완수하기 위해, 그는 하나의 전설이 되어야만 했다.**

가리는 신이 보낸 구원자 역할을 하는 데 드골 장군에게 필요했던 모든 비밀 — 연극적인 부분까지 — 을 드러낸다. 가리는 드골의 자존심뿐만 아니라 엄격함과 카리스마도 보여준다.

드골의 친구로 자처할 수 있는 사람은 아무도 없다. 지난 이십 년 동안 그가 내밀한 관계를 유지한 건 가족뿐이었다. 아내와 딸들 — 그중 하나만 살아 있다 —, 아들과 세 손자, 그 나머지는 프랑스였다.***

가리는 드골 장군의 '전략'을 조명하고, 사막을 횡단하는 동안 드골에게 생긴 태도의 변화들을 지적한다. 정치 무대에 등장한 새로운 드골

---

* 위의 인용문들은 저자가 영어를 프랑스어로 번역한 것.(원주)
** 같은 자료에서.
*** 같은 자료에서.

은 예전보다 훨씬 상냥하고 유연하며, 덜 경직되어 있고, 한없이 정치적이다.

역사에서 드골이 차지할 자리는, 개별적인 문제들을 해결하는 단순한 정치적 성공과는 전혀 다른 것에 의해 좌우될 것이다. 그것은 자유와 권위 사이에서 끊임없이 싸우는 프랑스의 비극에 진보와 안정을 가져다줄 해결책을 제시할 수 있느냐 없느냐에 따라 달라질 것이다. 이제껏 어떠한 프랑스 공화국도 그 상반된 두 요구 사이의 균형을 유지하지는 못했다.[*]

인간 드골의 전설과 그가 품은 깊은 감정을 소개하고, 그 인물의 진실, 힘, 휴머니즘을 보여주려고 애쓴 가리는 장군이 헤쳐나가야 할 난관을 일일이 짚어본 다음, 자신에게 소중한 개념 — 우리 각자가 품고 있는 꿈 — 에 대한 성찰로 끝을 맺는다.

드골은 위대함에 건 내기에서 지고, 그의 인간에 대한 환상과 믿음은 언젠가 공산주의 학교에서, 마르크스주의 사회가 가장 혐오하는 것인 이상주의의 마지막 예로 연구될 가능성이 크다.[**]

가리에게 이상주의는 아직 유일한 희망, '우리가 물질주의의 바다 속으로 침몰해가는 것을 막아줄 수 있는 유일한 힘'이다. 그는 이렇게 결론짓는다. '나에게 드골은 가장 큰 기회이자 도전이다.'
열의를 바쳐 임무를 완수한 영원한 드골주의자는 다비도프 담배와 여자친구들, 그의 마약인 문학에 한껏 빠져든다.

---

[*] 위의 인용문은 저자가 영어를 프랑스어로 번역한 것.(원주)
[**] 같은 자료에서.

멋진 서부극들을 제작한 존 포드는 가리에게 자기 모자 — 샌프란시스코의 불록에서 산 카우보이 스타일의 챙 넓은 펠트 모자 — 를 선물한다.

가리는 그 모자를 자신의 박물관에 보관하지 않는다. 머리에 쓰고 파리 시내를 활보한다. '고매한 선구자들'에 대한 경의의 표시로.

운명적인 만남

그녀는 스물 하나, 그는 마흔다섯이었다. 나이로 보면 가리는 그녀의 아버지뻘이었다.

키 162센티미터의 가냘픈 그녀는 그의 어깨에도 닿지 않았다. 그녀에게 말할 때면 그는 허리를 굽혔다.

금발인 그녀는 멕시코인 같은 프랑스 영사 곁에 서면 더욱 창백하고 맑아 보였다. 베네치아 여자들처럼 금빛과 붉은빛이 감도는 머리카락은 가리가 자신의 모든 여주인공들에게 부여한 바로 그 금발이었다. 그녀는 가리가 기억하는 니나처럼 회녹색 눈동자와, 운명 지워진 성을 가지고 있었다. 그녀의 성 시버그(Seberg) — 스웨덴어로 시(See)는 바다를, 버그(Berg)는 산을 뜻한다 — 는 소년 시절 로맹의 보금자리였던 니스의 호텔 메르몽(Mer-Monts, 바다-산)을 뜻하기 때문이다. 그들의 만남에는 뭔가 마법 같은 것이 있었다.

그녀는 유명했다. 가리보다 훨씬 더. 그녀는 오토 프레밍거의 〈잔 다르크*Jeanne d Arc*〉, 그 "국제적 실패작"— 그녀가 직접한 말—에 얼굴을 빌려주었다. 사강 원작의 〈슬픔이여 안녕*Bonjour tristesse*〉에서는 세실 역을 했고, 얼마 전에 고다르의 지도 아래 장 폴 벨몽도와 함께 〈네 멋대로 해라*A Bout de souffle*〉 촬영을 마친 참이었다.

바르도나 마릴린의 물결치는 머리에 도전이라도 하듯 짧게 자른 머리는 목덜미와 목을 드러냈다. 소년이 되다 만 듯한 이러한 모습은 더욱 여성스러워 보이고, 이목구비의 순수함과 얼굴 윤곽의 완벽함을 강조하는, 숱을 친 아주 부드러운 머리털 아래 더없이 연약해 보였다.

그녀의 중성적인 이름 진(Jean)은 동화에 나오는 공기의 요정처럼 '진(Djinn)'으로 발음된다.

매력적인 얼굴을 꼿꼿이 들고 있는 이 젊은 아가씨는 화장을 비웃는 아름다움으로, 처음 본 순간부터 로맹 가리를 빠져들게 만든다. 이런 경우를 '첫눈에 반한 사랑'이라 한다. 운명적인 만남?

1959년 12월, 크리스마스를 며칠 앞둔 어느 날, 그녀는 프랑스 시민이며 영화 제작 지망자이자 변호사인 남편 프랑수아 모뢰이와 함께 프랑스 영사관을 찾는다.

둘은 생 트로페*에서 만나, 일 년 전쯤 미국에서 샴페인 세례를 받으며 결혼식을 올렸다. 갈색 머리에 멋진 미소, 알랭 들롱 같은 매력을 지닌 잘생긴 플레이보이 모뢰이는 최근 영화에 대한 소명을 깨닫고 영화 제작에 뛰어들기로 결심한 터였다. 가리가 미국 대스타들과 맺고 있는 관계를 잘 알고 있는 그는 할리우드에 진출하는 게 관건이라고 판단하고, 영사관에 자신의 명함을 내밀고, 아직은 너무 소심해 나서길 꺼리는 진에게 저녁 식사 초대에 응하라고 종용한다.

레슬리 블랜치는 자신이 로맹 가리의 운명적인 사랑이 될 여인에게

---

* 프랑스 남동부의 관광 휴양지.

220

문을 열어주었다는 사실을 몰랐다.

어느 날 프레밍거가 진에게 피카소의 〈비둘기를 안은 아이〉 복제품을 선물한 것은 우연이 아니다. 그녀는 바로 그 꿈에 잠긴 순수한 아이의 표정, 그 천진난만함, 그 연약함을 지니고 있었다. 가리의 마초적 본능, 지키고 보호하려는 욕구를 일깨워놓는 데는 그녀가 모습을 드러내는 것만으로 충분하지 않았을까? 아니면 반대로 그의 자유에 대한 위협처럼 그녀가 홀연히 나타난 것일까? 가리는 훗날 『별을 먹는 자들』에서 이 첫 감정을 설명한다. 그는 이 작품에서 진과 아주 흡사한 주인공인 '작고 매력적인 미국 아가씨'를 묘사한다.

레슬리가 어머니처럼 느껴지는 반면, 그를 안심시키고 배려와 경험으로 감싸주는 레슬리가 그 자신보다 더 믿음직스럽게, 어쨌거나 자율적으로 보이는 반면, 영사관 객실에 불쑥 모습을 드러낸 작은 아가씨는 전혀 다른 방식으로 그를 감동시킨다.

흔히 말하는 섹스어필…… 하지만 '이상한 나라의 앨리스' — 가리는 그녀를 그렇게 본다 — 는 고인 물 같은 잔잔함으로, 어린애 같은 미소로, 수줍은 듯한 은밀한 표정으로 그를 더 크게 동요시킨다. 가리는 새끼 고양이의 진줏빛 이를 가진 나보코프 식 여주인공, 여인인 동시에 아이 같은 진의 모호함에 매료된다. 아마 그는 자신을 견습 마법사로 상상했을 것이다.

〈잔 다르크〉에서 동정녀 역을 한 진은 사강의 여주인공과 고다르의 미국 대학생 같은 보다 가벼운 역들도 맡았다. 〈슬픔이여 안녕〉에서는 손에 인형을 쥔 채 흰 거들 차림으로 침대에 배를 깔고 누워 포즈를 취했다. 고다르는 그녀에게 샹젤리제의 바람에 휘날리는 미니스커트를 입히고, 벨몽도와 사랑을 나누는 — 수줍게 시트 속에 숨어서 — 유명한 장면에서는 완전히 벌거벗게 만들었다. 그녀는 천사 같은 얼굴을 가진 천진난만한 '팜므 파탈'이다. 가르보나 바르도처럼 이미 그녀 자신의 전설을 가지고 있었다.

이처럼 비둘기와 여인의 면모를 동시에 지닌 시버그는 가리를 매료시킬 수밖에 없었다. 그녀의 금발과 순수함은 가리가 첫 소설에서부터 그렸던 모든 여인들을 떠올리게 한다. 조시아, 조제트, 안, 미나, 모두가 진과 같은 매력을 공유하고 있다. 소설에서 그린 여성적 이상형과 그녀가 너무 똑같아, 그는 자신이 만들어낸 여인들 중 하나와 사랑에 빠진 듯한, 자신의 꿈이 현실이 되는 것을 보고 있는 듯한 느낌을 받는다. 정략적인 결혼 생활과 며칠 밤의 풋사랑 사이에서, 그는―마침내―자신의 꿈에서 뚜벅뚜벅 걸어나온 여인, 자신의 하늘에서 떨어진 여인을 만난다.

그녀가 거기, 두 손을 무릎 위에 올려놓은 채 여학생처럼 얌전히 앉아 있었다. 끊임없이 얘깃거리를 찾는 어른들의 열띤 대화에 놀란 계집아이 같은 넋 나간 표정을 지으며, 레슬리의 수다와 프랑수아 모뢰이의 장광설에 귀를 기울이고 있었다. 진은 입을 다물고 있었다. 자신에게 쏟아지는 가리의 눈길, 얻어맞은 개의 무거운 눈꺼풀 아래 자리한 짙푸른색 눈동자를 의식하며.

진의 영웅은 제임스 딘―그녀는 〈에덴의 동쪽*East of Eden*〉을 일곱 번이나 봤다―과 말론 브란도였다. 하지만 로맹 가리는 그녀에게 깊은 인상을 남긴다. 나중에 그녀는 마치 홀린 것 같았다고 털어놓는다. 마법에 걸린 것 같았다고.

가리는 파리, 런던, 뉴욕에서 인정받고, 스타에게 혈안이 되어 우상을 탐하는 화려한 도시 로스앤젤레스에서 특히 추앙받는 재능을 지닌, 원숙한 경지에 오른 중견작가로서 한껏 무게를 잡는다. 그 자체로 하나의 아메리카인 서부에서, 그는 프랑스 대사로서의 위신을 누렸다. 그것은 진의 눈에 비친 가리의 후광을 배가시킨다.

게다가 그는 여느 사람들과는 다른 모습을 보였다. 몽골족의 콧수염을 기른 영화 스타 같은 얼굴, 칼로 벤 듯한 침묵…… 레슬리와 프랑수아가 끊임없이 대화를 주고받는 사이, 가리 역시 끈질기게 침묵 — 둘이 공유하는 재능 — 을 지키고 있었다.

진도 프랑스를 조금은 알고 있었다. 파리는 물론이고, 잔 다르크 덕분에 동레미를, 프랑수아즈 사강 덕분에 코트다쥐르 해안을 알고 있었다. 게다가 진 부부는 뇌이이의 정원 딸린 집에서 고양이들과 함께 살고 있었다. 니스는? 그곳 역시 알고 있었다. 니스는 진이 영어 억양 없이 발음할 수 있는 유일한 프랑스어이기도 했다. 그녀도 프랑스어를 말했다. 〈슬픔이여 안녕〉을 찍기 위해 라방두에서 연수를 한 덕분에……

입만 연다면 진도 할 이야기가 수없이 많았을 것이다. 스물한 살에 불과했지만, 그녀의 삶 역시 이미 한 편의 소설이었으므로.

그녀의 스웨덴 조상의 성(姓)은 칼슨이다. 신대륙에 도착한 그들은 성을 시버그로 바꿨다. 진은 주민 대부분이 농부나 소매상인인, 인구가 18,000명에 불과한 아이오와의 작은 도시 마셜타운에서 약사와 교사인 부모 사이에서 태어났다. 캐브린 가 1510번지에 위치한 집에서, 학교와 교회와 아버지의 약국 사이를 오가며 자랐다. 코카콜라와 비타민을 먹고 자란 그녀는 스포츠를 좋아하는 건강한 미국 여자로, 동네 청년들이 빼어난 야구 실력을 보여 자신들에게 반하게 만들려고 애쓰는 탭댄스의 여왕이 되었다.

매주 일요일 예배에 참석하고, 아버지가 축도를 하기 전에는 식탁에 앉는 법이 없었다. 어머니가 치는 피아노 반주에 맞춰 찬송가를 부르기도 했다. 그녀는 세상에서 가장 엄격한 종교 중 하나로, 미국에 전파된 후에도 계속 청교도주의적인 가치를 찬양하는 교리를 몸으로 실천하며 어린 시절을 보낸 루터 교 신자다.

아이오와의 점잖은 사람들 틈에서 진은 전통 교육을 받았고, 전쟁, 가난, 망명을 모르는 평화로운 유년을 보냈다. 그랬다, 진은 시골 여자였다. 하지만 평범하지 않은 시골 여자였다.

가리는 부르주아 순응주의에 너무 충실한 이미지를 갖고 있는 미들웨스트를 선험적으로 싫어했다. 그는 시카고로 발령이 난 친구 벨리아르와는 달리, 고리타분하지 않은 캘리포니아로 발령받은 것을 매일 자축했다. 청교도 교회의 규율, 그 엄격한 윤리 원칙과 위선에는 질색했다. 진이 아이오와의 감옥에서 탈출한 것이, 그에게는 예전에 자신이 빌노와 바르샤바에서 도피한 것보다 더 큰 기적처럼 보였을 수도 있다. 그는 그 아름다운 아가씨에게 고향 마을의 치유할 수 없는 상흔이 남아 있을까 싶어 불신의 눈길을 던졌다.

그날 저녁, 진은 내성적이고 겸손해 보였다. 유명 배우치고는 지나칠 정도로. 남편이 사교적 재능을 보란 듯이 펼치고 있는 만큼 더욱더 조신해 보였다. 그녀는 프레밍거와 고다르의 여주인공보다는 겁에 질려 잔뜩 긴장한 계집아이를 더 많이 닮아 있었다…… 자신이 스타가 된 것에 놀란 얌전한 배우였다.

진의 외조모는 서커스단의 곡마사가 되기를 꿈꿨다. 진 자신도 아주 일찍, 시버그 가 사람으로는 드물게 시를 읽기 시작했다. 직접 시를 지어 인디언의 무덤이 사방에 널려 있다는 마셜타운의 강가에서 친구들을 모아놓고 큰 소리로 즐겨 읊어주었다. 아주 어렸을 적부터 그녀는 떠나고자 했다. 고향을 벗어나 그 지역 대도시, 아니면 뉴욕이나 로스앤젤레스 같은 곳에서 성공하고자 했다. 누군가 그녀의 손금을 읽어주거나 카드 점을 쳐줄 필요가 없었다. 성공한 사람, 특히 스타가 되려는 직감과 의지를 동시에 가지고 있었기에……

진에게 연극은 동물에 대한 사랑과 마찬가지로 하나의 소명이었다. 그녀는 자신을 불우한 사람, 사회 낙오자, 약자 들 편에 서게 한 것과 똑같은 열정으로 배우—그것도 위대한 배우—가 되기로 결심한다. 열한 살 때는 학교에 낼 희곡 한 편을 써서 '동물들과 사이좋게 지내자'라는 제목을 붙이고 그녀의 개 러스티에게 바치는 헌사를 쓴다. 고등학교 때는 연극반에 들어가, 제자들 모두가 '엄마'라 부르며 따른 발성법 선생 캐럴 홀링스워스의 충고를 곧이곧대로 따르려고 노력한다. 그녀는 자기 역을 완벽하게 소화해내기 위해 지쳐 쓰러질 때까지 반복해 연습한다.

진은 관대한 만큼 용감했다. 연기나 사랑을 할 때는 건드리기만 해도 깨질 것 같은 자신의 연약함을 전혀 고려하지 않았다.

그녀는 스타의 에고이즘이 전혀 없는, 매우 온순한 스타였다.

가리한테도 동물, 특히 개는 가장 믿음직한 친구였다…… 그리고 연극은 일상생활―때로는 익살극이고 때로는 비극인―의 일부였다. 하지만 무엇보다 가리는 자기와 똑같은 열정으로 자신의 직업, 자신의 예술에 빠져드는 예술가로서의 진의 재능에 이끌렸다.

그녀의 '피그말리온'*은 오토 프레밍거였다. 비록 원작은 버나드 쇼, 시나리오는 그레이엄 그린의 것이긴 했지만, '잔(Jeanne)'을, '자신의 잔'을 찾고자 한 오토는 유럽과 전 미대륙―캐나다에서 '불의 땅'**까지―을 샅샅이 뒤져 18,000명의 후보자 가운데서 그녀를 찾아낸다. 1956년 9월, 시카고의 셔먼 호텔에서 목이 둥글게 말린 검은색 옷을 입고 무리 지어 오디션을 본 결선 후보 3,000명 가운데, 그녀는 마치 군계일학처럼 무리에서 솟아나 까다로운 오스트리아인의 눈에 들었다. 진 시버그는 가장 예쁜 아가씨들을, 최종 결선에 오른 프랑스 후보와 스웨덴 후보를 물리친다. 프레밍거의 눈에 진은 세상에서 가장 순수한 얼굴이었고, 직업적으로는 그를 흥분에 들뜨게 만든 일종의 처녀성을 갖고 있었다. 즉 그는 그녀를 마음대로 빚어낼 수 있을 터였다. 그 아가씨는

---

* 그리스 신화에 나오는 키프로스의 왕이자 조각가. 그는 자신의 여인 조각상 '갈라테아'를 열렬히 사랑했다. 여신 아프로디테는 그의 간절한 기도를 듣고 조각상에 생명을 불어넣어주어 그의 사랑을 이루게 해준다.
** 아르헨티나 남단에 있는 군도의 이름.

그의 '갈라테아'가 된다.

진의 나이 열여덟 살도 채 되지 않은 때였다. 오토는 그녀를 "애야"라고 불렀다. 하지만 연기는 스파르타 식으로 가르쳤다. 십삼 킬로그램이나 나가는 갑옷을 입힌 채 같은 장면, 같은 대사 또는 같은 몸짓을 열 번, 열다섯 번, 스무 번, 진이 울음을 터뜨리며 쓰러질 때까지 호통을 치거나 때로는 욕설을 퍼부으며 반복시켰다. 곧바로 자신의 난폭함을 뉘우치고 그녀의 눈물을 닦아주기는 했지만, 오토는 권력을 남용해 그녀를 고문했다. 그녀는 그를 존경하고 그의 말에 복종했다. 지나치게 겸손한 탓에, 공부를 게을리 해서 꾸중을 듣거나 벌을 받는 계집아이처럼 그의 명령이나 욕설을 모두 받아들였다.

진도 자기 방식대로 저항했다. "그래요, 난 당신이 뒈질 때까지 연기할 거예요!" 어느 날 화가 머리끝까지 치민 그녀가 소리친다. 모욕은 받아들이지만 결코 포기하지 않는다. 그녀에겐 선구자들의 진정한 딸로서의 고집이 있었다. 시버그 가 사람들은 늘 자식들에게 일, 희생, 자기 극복의 기쁨을 가르쳤다.

진은 런던 무대에서 셰익스피어의 작품을 연기해본 경험이 있는 당시 영국의 대배우들—리처드 토드, 핀레이 커리, 펠릭스 에임러—에게 에워싸여 있었다. 그녀는 마셜타운에 있는 고등학교의 작은 무대에서 연기를 배웠고, 연기 경험이라야 뉴저지에서 잠시 아마추어 배우로 활동한 게 고작이었다. 프레밍거를 만나기 전에는 케이프 메이에서 노엘 코워드*의 작품을 연기했다……

〈잔 다르크〉 촬영을 통해, 고통과 눈물을 통해, 한 여배우가 탄생한다. 무시무시한 상징. 화형에 처해지는 장면에서 기술자의 부주의로 진의 몸에 불이 붙고 만다. 하마터면 그 자리에서 끔찍한 죽음을 맞이할

---

* Noel Coward(1899~1973), 미국의 연극배우 겸 희곡작가.

뻔한 것이다! 이 사고로 그녀의 배에는 화상의 흉터가 남는다…… 그녀와 영화의 첫 만남은 고통으로 얼룩진다. 프레밍거는 그녀를 어둠에서 나오게 해주기는 했지만, 희망으로 마냥 들뜬 순진한 시골 아가씨에게 무거운 콤플렉스 — 끔찍한 열등감 — 를 심어놓는다. 모욕으로 억누름으로써, 그는 그녀를 서툴고 겁에 질린 여자로 만들어놓은 것이다. 예전에는 집에서 노래를 부르다시피 자신의 천재성을 확신하던 그녀가 이젠 자신에게 과연 재능이 있는지조차 의심하게 된다.

미국 언론이 입을 모아 프레밍거의 두 창조물인 여주인공과 영화 — 진과 〈잔 다르크〉 — 를 혹평한 만큼 더욱. 『타임』지는 매정하게도 진 시버그를 '잡화점의 불량배들이 밀크셰이크를 마시며 조금씩 뜯어먹기 좋아하는 작은 꿀빵'으로 묘사한다. 대부분의 비평가들이 보기에 그녀는 잔 다르크와는 전혀 어울리지 않게 아직은 '바비 삭서(bobby-soxer)', 짧은 양말 신은 여학생 티가 너무 많이 났다.

파리 오페라 극장에서 열린 첫 영화 시사회 때, 그녀는 위베르 드 지방시가 디자인한 초록색 드레스를 입고 나와 센세이션을 일으킨다. 그녀는 '막심스'에서 저녁 식사를 한다. 하지만 자신이 엄청난 실패작의 주인공이라는 사실을 알고 있었다.

몇 달 후, 오토는 〈슬픔이여 안녕〉으로 그녀에게 두번째 기회를 준다. 분위기는 훨씬 화사해진다. 지중해 해안의 라방두에서, 꽃이 만발한 피에르 라자레프의 빌라에서 촬영하기 때문이었다. 그녀는 프랑스어 억양을 향상시키고, 남프랑스의 정서, 그 부드러움, 그 게으름에 한껏 젖어들기 위해 한 달 내내 그곳에서 혼자 생활한다. 몇 주 동안 — 메르몽 호텔 지척에 있는 — 프롬나드 데 장글레의 한 스튜디오에 묵는다. 남프랑스 해안의 카페 테라스에 앉아 파스티스를 홀짝거리며 가볍게 취한다. 파스티스를 과일과 우유를 섞은 현지 음료로 착각한 탓이다…… 그녀는 사강의 여주인공이 자신처럼 '삶을 즐기는 아주 현대적인 아가씨' 여서 몹시 마음에 들어한다.

행복의 마법은 폭군 같은 프레밍거가 카메라를 들고 나타나자마자 풀리고 만다. 그는 곧 다시 진에게 기적적인 끈기와 참을성이 없으면 견뎌낼 수 없는 난폭하고 억압적인 태도를 취한다. 〈잔 다르크〉의 실패로 신경이 더 날카로워진 그는 부당하게도—그녀로서는 그의 지시에 그대로 따랐을 뿐이므로—그 책임을 그녀에게 돌린다. 그녀에게 물에 젖은 채 웃으며 바다에서 나오는 장면을 스무 번이나 반복하게 한다…… 진은 피로와 두려움에 기절하고 만다.

이제 프레밍거는 그녀에게 조금의 배려도 애정도 없이 노예에게 말하듯, 너무 서툴거나 재능이 떨어지는 학생을 대하듯 말한다. 데이비드 니븐과 데보라 카가 아무리 친절하게 다독여줘도 소용이 없다. 촬영장의 분위기는 견딜 수 없는 지경이 되고 만다. 오토 프레밍거의 호통 소리가 들려오기만 하면 진은 신경발작을 일으키듯 온몸을 부들부들 떨기 시작한다.

1958년 여름의 이 끔찍한 시기에, 그녀는 폴 루이 베이에의 화려한 빌라 '잔 여왕'—묘하게도 이 이름이 너무 자주 반복된다!—에서 프랑수아 모뢰이를 만난다. 프랑수아는 찰리 채플린, 그레타 가르보, 멀 오베론 등 다른 초대 손님들에 비하면 내세울 게 없지만 아주 매력적인 청년들 중 하나였다. 그는 진에게 수상스키를 가르쳐준다. 그리고 식인귀에게서 공주를 구하는 매력적인 왕자처럼, 프레밍거의 난폭함에 시달리는 그녀를 위로해줄 줄 알았다.

이듬해, 한겨울에 미모사 수천 다발로 장식된 '캐피톨 시어터'에서 시사회를 가진 〈슬픔이여 안녕〉은 미국에서 흥행에 실패하고 만다. 『뉴요커 The New Yorker』지는 진의 '엉덩이를 따끔하게 때려줄 것'을 요구한다. 지나치게 얌전 빼는 미국…… 반면 프랑수아 트뤼포는 『아르 Arts』에 실린 한 기사를 통해, 새로운 스타의 매력에 갈채를 보내고 진을

'새로운 여신'으로 떠받든다.

멀리서 보기에 '여신'의 삶은 동화를, 진은 공주가 된 변두리 동네 아이를 닮았지만, 배우라는 직업을 배우는 과정은 너무도 혹독했다.

가리가 만난 것은 스타의 오만함이 없는, 상처 입은 스타였다. 영화계는 그녀를 겁에 질리게 만들었다. 어린 시절의 평화로운 세계에서 뿌리째 뽑히고, 한 식인귀의 손아귀에 던져진 아이오와의 계집아이는 필사적으로 기댈 만한 든든한 어깨를 찾았다. 마셜타운은 멀었다. 그녀를 보호해주던 아빠, 케이크 냄새와 함께 떠오르는 어머니, 개구쟁이 동생들과 언니는 너무 먼 곳에 있었다…… 프랑수아 모뢰이는 그녀의 고통과 불안을 잘 알았지만 그것들을 진정시켜주는 법을 몰랐다. 그녀가 안정을 되찾는 데는 평안과 위안이, 보다 부르주아적이고 보다 가정적인 생활이 필요했을 텐데도, 그는 외출하고, 돌아다니고, 친구들과 어울리는 것을 너무 좋아했다. 그녀는 더이상 아무에게도 말하지 않고, 책이나 미술관으로 도피했다. 뇌이이에서는 앞치마를 두른 채 과자 만드는 일에 몰두하고, 저녁 외식을 위해 옷을 차려입기를 거부했다. 이것이 무엇보다 프랑수아를 화나게 만들었다. 그는 콤플렉스로 가득하고 비사교적인 그녀를 함께 살기 힘든 여자라고 생각하기 시작한다. 그녀는 '친구가 너무 많고 충분히 ……하지 못하다'고 그를 비난한다.

처음에 진은 연기력을 향상시키기 위해 프랑수아 없이 혼자 로스앤젤레스로 왔다. 콜롬비아 사에 있는 이런 뒨의 옛 의상실에서 패튼 프라이스의 강의를 들었다. 극단적 자유주의자이자 반청교도주의자로 2차 세계대전 동안 양심에 따라 병역을 거부했던, 천재적인 재능을 가진 이 괴짜 텍사스인은 진에게 무대에서 긴장을 푸는 법, 스스로를 해방시키는 법, 무엇보다 자발성, 본능, 자연적인 힘 ─ 프레밍거가 강철 코르셋 속에 가둔 모든 것 ─ 을 되찾는 법을 가르쳤다. 진은 무엇보다 스스로를 향상시키려는 욕망에서 힘을 얻는 완벽주의자였다.

가리가 진을 발견했을 때, 그녀는 이미 고다르의 스타였다. 〈네 멋대로 해라〉는 아직 개봉되지 않았지만, 폭풍을 머금은 '누벨 바그'가 준비되고 있고, 스타들이 득실대는 할리우드에서 멀리 떨어진 곳에서 젊은 영화가 태동하고 있다는 풍문이 떠돌았다. 1960년 1월에 『카이에 뒤 시네마 Les Cahiers du Cinéma』가 1면을 할애해 다룬 아이오와 출신의 키 작은 미국 아가씨는 파리 좌안의 여주인공이 되어가는 중이었다.

적어도 고다르는 진을 그녀의 직업과, 촬영의 즐거움과 화해시켜놓는다. 그녀에게 그 영화는 즐거운 파티였다. 분장도 없고, 가벼운 프리쥐니크 원피스와 남자용 셔츠 말고는 다른 의상도 없이, 그녀는 마침내 가출한 아가씨처럼 자유로운 자신을 느꼈다. 고다르는 짙은 색의 두툼한 안경 아래 시선을 감춘 채, 그녀에게 그녀 자신이 되라는 것 외에는 아무런 충고도 하지 않았다. 그녀는 마치 카메라가 존재하지 않는 것처럼, 벨몽도와 함께 행인들 틈에 섞여 파리와 마르세유의 거리를 돌아다녔다. 어느 날, 고다르는 구경거리를 좋아하는 행인들 모르게 그들을 촬영하기 위해 삼륜 오토바이 뒤에 숨기까지 한다.

감독은 아직 채 서른도 되지 않은 나이였다. 도덕적 엄격함 속에서 자란 이 오래된 신교도는 자신이 간직하고자 하는 단 한 가지 규칙인 자유를 제외하고는 모든 원칙을 훌훌 털어버렸다.

진은 벨몽도의 농담에 깔깔대며 웃는다. 유연하고 불손한 이 천부적인 즉흥 연기자는 그녀를 매료시킨다. 상상할 수 있는 연기자 가운데 가장 거리낌 없으면서도 자연스러운, 그래서 가장 덜 할리우드적인 배우이기에. 새로운 촬영팀과 접촉한 그녀는 뜻밖에도 영화가 돈 문제만은 아니라는 사실을, 영화가 하나의 놀이, 나아가 질을 떨어뜨리지 않으면서도 하나의 모험이 될 수도 있다는 사실을 깨닫게 된다. 그녀에겐 격식을 차리지 않고 무람없이 구는 고다르가 무자비할 정도로 냉혹하고 엄격한 프레밍거보다 자신의 예술에 더 깊이 몰두해 있는 것처럼 보였다.

〈네 멋대로 해라〉의 산책은 진에게 전혀 예상하지 못한 즐거움의 정원, 프랑스 식 영화를 향한 문을 열어준다……

진은 유럽에 반한 미국 스타였다……

프랑수아가 테니스를 치거나 진짜 카우보이처럼 채찍으로 병을 깨는 기술을 익히는 사이, 진은 할리우드에서 침울한 멜로드라마 〈어떤 남자에게도 내 비문을 쓰게 하지 마세요 Let no man write my epitap〉를 찍고, 〈네 멋대로 해라〉의 모험을 즐긴 후로는 '오 분마다 분첩으로 콧등을 두드리는 듯한' 느낌이 드는 콜롬비아 사의 스튜디오에서 죽도록 지겨워한다…… 그녀는 프랑스에 향수를 느끼고, 그녀의 회색 눈동자는 파리 얘기만 나오면 빛을 발한다.

가리는 그가 영주처럼 손님을 맞이하는 서부의 그 이상한 지방에서는 그녀보다 더 미국적이면서도 레지옹 도뇌르, 작가로서의 명성, 서재를 가득 메운 책으로는 프랑수아보다 더 프랑스적이었다. 그는 진에게 아주 친근한 동시에 색달라 보였을 것이다. 그녀는 이 애매함에 끌린다.

그리하여 아이처럼 해맑은 모습, 맑은 눈동자, 왼쪽 광대뼈 위에 애교점을 가진 스물한 살의 진이 거기 앉아 있었다. 슬픔과 상처, 그 나이에 벌써 우여곡절로 점철된 과거를 감추는 눈부신 미소를 지으며. 진정한 루터 교도의 용기가 깃든, 몽상에 잠긴 훤한 이마를 드러낸 채……

그날 저녁, 가리와 시버그 사이에는 몇 가지 전설적인 이미지가 있었다. 프랑스 영사 대 프레밍거의 여주인공, 공쿠르 상을 수상한 작가 대 고다르와 트뤼포가 숭배하는 센 강 좌안의 스타, 조금 지나치게 러시아적이고, 조금 지나치게 드골주의자이며, 조금 지나치게 유대적인 프랑스인 대 파리를 사랑하는 미들웨스트의 미국 여자.

또한 둘 사이에는 은밀하고 비밀스러운 관계가, 첫 만남과 첫눈에 반한 사랑의 모든 마법이, 가리가 결코 쓰지 않을 한 편의 소설이 있었다. 『별을 먹는 자들』과 『유로파』, 특히 『흰 개 Chien Blanc』에서 진의 이미지에 따라 여주인공들을 빚어내기는 하지만. 녹음기에 녹음한 자서전 『밤은 고요하리라』에서, 가리는 애써 그녀의 이름을 발설하지 않는다. 레슬리의 이름도. 단 한 번 지나치듯 나오기는 하지만. 몇몇 감정적 모험을 언급하기는 하지만 그에게 진정 중요했던 여자들에 대해서는 함구한다. 진정 사랑했던 여자들은 자기만의 것으로 간직한다.

『유로파』에서 단테스 대사가 사랑하는 여인 에리카 폰 레이덴에게 묻는다.

"정열적으로 사랑받고 있다고 느끼면 어떤 기분이 들죠?"
"당신 먼저……" 그녀가 속삭인다.
"다른 사람의 초상화를 위해 포즈를 취하고 있는 듯한 기분. 당신은?" 그가 말한다.
"아직 꿈을 꾸고 있을 뿐이라는 생각에 조금 슬퍼요……"

황소와 전갈

캘리포니아는 연인에게 무대, 정원, 해변, 양쪽에 호화 호텔이 줄지어 늘어서 있고 화단으로 장식된 고속도로들을 빌려준다. 둘은 첫 만남이 있은 지 며칠 지나지 않아 밀회를 갖기 시작한다. 한 주말은 하와이에서, 다른 주말은 멕시코에서 보낸다. 하지만 그들의 사랑을 오랫동안 숨기지는 않는다. 곧 비버리힐스나 할리우드에서 열리는 여름 저녁 파티에 함께 참석한다.

프랑수아 모뢰이는 프랑수아즈 사강의 소설을 토대로 직접 시나리오를 쓴 영화를 찍기 위해 파리로 돌아갔다. "집사람을 부탁합니다." 그는 프랑스 영사에게 농담조로 이렇게 말한다.

레슬리 블랜치는 눈을 감아준다. 하지만 진이 영사관으로 로맹을 찾아오면 "저 여자가 여긴 또 뭐 하러 온 거야?(What the hell is she doing here again?)"라며 버럭 화를 냈다. 하지만 이 새로운 바람도 그야말로 바람처럼 곧 지나갈 거라고 생각한 게 틀림없다. 레슬리는 내심 깊이 사랑하는 가리에게 집착했다. 그래서 그를 지키기 위해 타협책을 받아들인다. 남편을 아기처럼 품고 있다가도 여행을 하고픈 욕망이 일면 즉시 팽개쳐버렸고, 그의 자유를 구속하기에는 그녀 자신이 자신만의 자유를 너무 소중히 여겼다. 그가 그녀의 여행을 받아들여주기 때문에, 그녀도 그의 부정을 눈감아주려 했다. 지혜와 아량으로 결국 자신이 승리하리라고 확신하며.

가리는 심적으로 레슬리에게 많은 빚을 지고 있었다. 『유럽의 교육』을 쓰기 전, 그가 무명이었을 때, 그녀는 가리를 사랑해주었다. 그가 외교적, 문학적 경력을 쌓는 데 큰 도움을 주었다. 도발적으로 느껴질 만큼 투박한 기질 탓에 경력을 위해 마음에 없는 말이나 행동을 하지 못했고 결코 하지도 못할 로맹과는 달리, 레슬리는 중요한 사람들을 접대하고 매료시키는 법을 알고 있었다. 그녀는 유엔이나 대사관 인사들의 환심을 사고 있을 뿐만 아니라 유명한 예술가 친구들에 둘러싸여 있었다. 로맹을 앵글로 색슨 연극, 영화, 문학계에서 내로라하는 사람들에게 소개한 것은 그녀였다. 그에게 피터 유스티노프, 낸시 밋퍼드, 세실 비튼, 로렌스 올리비에, 제임스 메이슨 또는 로스앤젤레스에 거주하는 올더스 헉슬리를 소개한 것도 그녀였다. 미국 전역에 『야생의 강안에 꽃핀 사랑』을 판매했고 후에 로맹 가리와 에리히 마리아 레마르크*의 에이전트가 될 사업가 로버트 란츠를 만나게 해준 것 역시 그녀였다.

레슬리는 현대적 여성보다는 18세기 귀족 부인에 더 가까운, 사람을 매료시키는 법을 아는 여자들 중 하나였다. 독립적이면서 다소곳하고, 맹렬하면서도 나긋나긋하며, 온 정성을 바쳐 헌신하다가도 이튿날 느닷없이 달아나버릴 수도 있는 아내, 살롱을 이끌어가며 초대 손님들을 풍

---

* Erich Maria Remarque(1898~1970), 1차 세계대전을 다룬 가장 대표적 소설인 『서부전선 이상 없다 Im Westen nichts Neues』의 작가.

부한 교양과 기발함이 뒤섞인 자신의 독특한 매력에 푹 빠지게 만드는 공주, 끝으로 로맹에게 도움을 줄 수 있는 인사들과 돈독한 관계를 맺고 있는 성숙한 여인이었다. 중세 시대의 무훈시에서처럼, 로맹이 기사라면 레슬리는 그를 사교계에 입문시켜주는 귀족 부인이었다.

로맹이 보기에, 레슬리는 아직 가장 훌륭한 여자친구였다. 그는 이 사실을 조금도 의심치 않는다. 평생을 고독하게 보낸 그로서는 그녀가 남녀를 초월해 가장 훌륭한 '친구'라고도 말할 수 있을 것이다.

그는 그녀하고만 작업에 대해 이야기하고, 그녀 앞에서만 자신이 쓴 원고의 발췌본을 읽어준다. 레슬리는 한 문장 혹은 한 장(章) 전체에 대해 충고를 해준다. 그들은 동일한 정열, 동일한 믿음을 공유하고, 비밀스럽고 친근한 영역인 문학에서만은 어느 누구보다 서로를 잘 이해했다. 단어 하나 혹은 문장 하나에 대해 몇 시간이고, 시간에 구애받지 않고 대화를 나눌 수 있었다.

영사관이 정신없이 돌아가는 날인 7월 14일* 아침, 가리 부부의 집에 묵고 있던 로버트 란츠는 놀라운 장면을 목격한다. 레슬리는 소매를 걷어붙이고 앞치마를 두른 채 요리사와 함께 카나페 소스를 준비하고 있었다. 란츠가 전쟁터로 변한 부엌을 서성거리는데, 멍한 눈으로 보아 뭔가에 몰두해 있는 것이 분명한 가리가 눈부시게 흰 옷차림으로 손에 원고 한 장을 들고 부엌으로 들어왔다.

"문체상의 문제가 하나 생겼어!(I have a stylistic problem!)"

난장판으로 변한 부엌에는 눈길 한번 주지 않고 그가 외쳤다. 레슬리는 쥐고 있던 피클과 얇은 파테를 곧 내려놓고는 손을 닦은 뒤 가리가 들고 온 원고를 읽어보고 영어로 로맹과 문체에 대한 논쟁을 시작했다. 끼어들 여지가 없어 자신을 완전한 이방인으로 느끼는 란츠나 축제 따윈

---

* 프랑스 혁명 기념일.

아랑곳하지 않은 채.

아주 강한 끈이 로맹과 레슬리를 하나로 묶고 있었다. 하지만 그는 이미 오래전부터 그녀를 떠날 생각을 하고 있었다. 그는 그녀 곁에서 성장했고, 이제는 버팀대도 어머니의 사랑도 필요치 않은 어른이 되어 있었다. 레슬리는 그의 성적 환상, 정복자로서의 성욕 분출에 걸림돌이 되었다. 그는 다른 곳에서 사랑을 찾았다. 너무 통통하고 육감적이어서 그가 '머핀'이라 부른 미국 아가씨 엘리즈에게 그는 레슬리와 헤어지고 싶다고 털어놓는다. 레슬리는 그를 옭아맸다. 그는 그녀가 없는 다른 삶을 생각했다. 진 시버그를 만나기 훨씬 전부터 이미 이별을 생각하고 있었다.

엘리즈는 로스앤젤레스의 나이트클럽에서 그와 탱고, 폭스트롯, 왈츠를 추었다. 로맹 가리는 멋진 춤 파트너였다. 춤을 즐기고 잘 추었다. 엘리즈는 로맹이 전혀 웃지 않으면서 열띤 목소리로 재미있는 이야기를 들려줘 그녀를 자지러지게 만든 저녁 파티에 대한 기억을 간직하고 있었다……

로맹이 파리와 미국에 정부를 두고 있긴 하지만, 아직 그의 아내이자 친구로 남아 있는 마담 레슬리 블랜치-가리를 대신하겠다고 나설 수 있는 여자는 아무도 없었다. 그가 그녀에 대해 탓할 거라고는 단 한 가지밖에 없었다. 아이를 원치 않거나 가질 수 없는 것. 레슬리의 고양이들은 빈 공간을 채우지 못했다. 어느 날, 가리는 로베르 갈리마르에게 전혀 농담기 없는 어조로 말한다. "여자 하나 구해주게…… 난 아이를 원해. 아이를 갖게 여자 하나 구해주게……"

최초로 사랑이 로맹의 삶의 균형과 평안을 위협한다. 그 사랑은 그가 레슬리와 맺고 있는 부부 관계를, 외교관으로서의 그의 경력을 위험에 빠뜨린다. 외무부는 불륜을 아주 나쁘게 평가했다. 특히 불륜이 드러났을 경우에는. 그리고 이혼은 승진을 막는 오점으로 남았다. 드골 장군과 이본 드골 부인의 윤리는 프랑스의 공식 대표들에게 결혼이라는 성스러운 관계를 존중할 것을 강요했다. 법의 경직성과 관례의 전통주의를 내세워 한 시대 전체가 스캔들로 보이는 결합에 반대했다.

레슬리는 로맹에게 충고한다. "그 미국 아가씨를 정부로 삼아요. 하지만 결혼은 안 돼요. 그건 자살 행위나 다름없어요!"

반면 진은 신실한 루터 교도로서의 원칙에 어긋나는 부정한 상황에 괴로워한다. 그녀가 화면을 통해 연기한 사강과 고다르의 여주인공, 세실과 파트리시아도 그토록 괴로워하는 진을 이해하지 못했을 것이다. 진 시버그는 그녀의 전설에 비친 모습보다 훨씬 덜 영악했다. 머리를 짧게 자른 그 미국 아가씨는 많은 여성들에게, 남성들에 대한 도전, 여성성의 예속적 전통에서 벗어나는 한 방식이자 자연스러움과 자유의 이상을 나타냈다. 고리타분한 법들을 전혀 개의치 않는 젊음 그 자체였다. 그런데 진은 심층적으로는 보다 현명하고 덜 경박한 인물이었다. 그녀는 엄격한 원칙들을 자기 가슴에 새겨놓은 마셜타운의 윤리 속에 자신이 아직 갇혀 있다고 느꼈다. 그녀는 사랑에서 순수함 혹은 절대적 헌신을 찾았다. 거짓도 분배도 타협의 철학도 좋아하지 않았다. 그녀는 속이는 것에, 자신이 혐오하는 불륜 여성의 역할에 고통스러워한다.

레슬리는 말한다. "모든 미국 여자들처럼 그녀는 결혼을 요구하지 않고 사랑하는 법을 몰라요……"

진은 떠난다. 어느 날 아침, 파리로 훌쩍 날아가버린다. 프랑수아 모뢰이의 첫 영화 〈레크리에이션 *La Récréation*〉에 출연하기로 했기 때문이다. 그녀는 영사관으로 찾아가 가리에게 작별 인사를 한다. 그들 사이에는 아직 아무것도 결정되지 않았다. 그들은 앞날이 어떻게 될지 모르는 채 헤어진다.

프랑스는, 트뤼포의 말을 빌리자면 '새로운 여신'의 자리에 등극한 진 시버그를 열렬히 환영한다. 〈네 멋대로 해라〉는 돌풍을 일으킨다. 장 폴

사르트르조차, 장 콕토조차 유행을 불러일으키는, 새로운 스타일을 창조하는 중요한 작품으로 그 영화를 옹호한다. 고다르는 예찬과 숭배 혹은 증오의 대상이 된다. 벨몽도는 만장일치의 동의를 얻어 스타의 대열에 합류한다. 프레밍거 덕분에 이미 유명해지긴 했지만 슬프게도 언론이 갈채를 보내기보다는 꼬집은 탓에 더 유명해진 진은 그녀의 프랑스어에 섞인 영어 억양을 재미있어하며 영화에서 가장 흥미로운 대사, "미셸, 데걸라스*가 무슨 뜻이야?"를 지치지도 않고 따라하는 파리 명사들의 총아가 된다.

프랑스 처녀들은 진과 닮아 보이려고 머리를 짧게 자르고, 화장도 하지 않고 예쁜 척하지도 않아 너무도 수수해 보이는 그 스타처럼 싸구려 프리쥐닉 원피스를 입는 걸 더는 부끄러워하지 않는다. 진은 뇌이이의 아파트 문 앞까지 쫓아오는 열성 팬과 어딜 가나 카메라를 들이대는 파파라치들을 피하기 위해 큼지막한 선글라스로 얼굴을 숨겨야만 했다. 그녀의 사진이 모든 잡지의 1면을 장식한다. 기사들이 산사태처럼 쏟아져 그녀의 영광과 그녀가 보낸 스물두 해의 세월을 다룬다.

로맹 가리는 진이 없는 로스앤젤레스에서 글을 쓴다. 캘리포니아에 있는 빅서 해변에서 시작되고 끝나는 소설, 우수에 젖은 한 편의 꿈을 탈고한다. 이 소설은 레슬리와 함께 멕시코를 여행하던 중에 시작했다. 마야의 피라미드들, 팔렌크나 치첸이차를 구경하는 대신 아내가 식사를 올려 보낸 침실에 처박혀 햇빛도 보지 않은 채 닷새를 보냈다. 가리는 박물관, 기념물, 관광과 모든 관광객들을 혐오했다. 유카탄 반도의 가리는 문화를 기피했다. 사실 그가 글을 쓸 때는 온 세상이 방해물이었다. 그에게는 은거, 침묵이 필요했다. 해변가에 있는 별 네 개짜리 호텔 방이 아니라, 수도사의 독방이 필요했다. 그는 세상 모든 것을 잊고, 멕시

---

* dégueulasse, '역겨운' '구역질 나는'이라는 뜻.

코도 레슬리도 잊고 방에 처박혀 글을 썼다. 그 소설에 사로잡혔다. 그는 사랑의 기억에 몰두해 신들린 듯 썼다. 그는 그 사랑을 불멸의 것으로 만들어놓는다.

소설의 주인공은 그의 어머니다. 마흔여섯의 나이에 그는 마침내 자신의 삶을 이야기할 수 있게 된다. 로맹 카체브의 소설을, 세계대전 동안 빌노에서 시작되어 양차 대전 간의 비참함 속에 니스로 이어지고 드골 장군의 서사시가 끝난 1945년 니스의 한 묘지에서, 백합으로 뒤덮인 무덤에서 완성된 그 긴 모험을.

'어머니의 사랑으로, 삶은 새벽에 당신에게 결코 지켜지지 않을 약속을 한다.'

미국의 어머니들이 『새벽의 약속』을 제일 먼저 접한다. 5월 13일 어머니날, 그는 연단에 올라 소설 몇 쪽을 읽어주었고, 어머니가 숨을 거두기 전에 쓴 편지의 비밀을 밝혔을 때는 뜨거운 눈물과 함께 박수가 쏟아졌다.

며칠 후, 그는 파리로 떠난다. 공식 목적은 소설 출간이지만 진짜 목적은 진 시버그, 그의 사랑을 만나려는 게 분명했다. 그들이 함께 살기 시작한 것은 1960년 봄으로 보인다.

외무부에서는 가리에게 휴가를 주고 중앙행정실로 발령을 낸다. 그는 생 루이 섬에 아파트 한 채를 빌린다. 침실 창문들 아래로 센 강이 흐른다. 진은 아직 프랑수아와 함께 살고 있었다. 하지만 병으로 쓰러져 요양원에서 두 주를 보내야만 했다. 의사들이 면회 금지 명령을 내렸는데도 불구하고, 로맹은 친척을 사칭해 애정 어린 방문을 한다. 진은 기력을 되찾기 위해 마셜타운으로 떠나고, 돌아오자마자 마침내 로맹 가리와 함께 동거를 시작한다.

『새벽의 약속』은 눈부신 성공을 거둔다. 『마치』 『엘』 『마리 클레르』 그리고 여러 대중지 1면이 가리의 사진으로 채워진다. 그는 진과의 관계를 숨기기 위해 숨바꼭질을 하며 아파트 부엌에서 여러 차례 인터뷰를 한다.

진은 공식적으로는 벨샤스 가에서 골동품 가게를 하는 친구 아키 레망의 주소를 대며 그곳에서 묵고 있다고 밝힌다.

그들은 둘 다 계속 이혼 소문을 부인한다. 진은 자신의 사생활을 궁금해하는 모든 기자들에게 "로맹은 친구이자 존경하는 분"이라고 반복해서 말하고, 로맹은 시치미를 뚝 떼고 투덜거리거나 눈을 치켜뜨고 하늘을 올려다본다. 긴 말보다 더 많은 것을 이야기하는 것 같은, 환각에 사로잡힌 듯한 모주힌 식의 눈길로.

7월, 그가 곧 외무부를 떠날 거라는 소문의 진위를 확인시켜달라고 요구하는 『피가로 리테레르 *Figaro Littéraire*』의 기자 모리스 샤플랑에게 그는 이렇게 답한다. "그게 무슨 소리입니까? 그런 일 절대 없습니다. 나는 단지 로스앤젤레스에서 오 년을 보내고 새 발령을 기다리고 있을 뿐입니다……"

하지만 주변인으로, 예술가로 살아가면서, 불륜을 저지르면서, 어떻게 영사 직을 유지하고 장차 대사가 되겠는가? 옷깃을 빳빳이 세운 외무부는 가리에게 새 자리를 찾아주는 것이 전혀 바쁘지 않다는 듯 결정을 미루며 그를 불확실성 속에 방치해둔다. 모리스 쿠브 드 뮈르빌은 가리에게 전혀 호감이 없고, 그의 소설을 읽은 적이 있는지 없는지 기억조차 하지 못했다. 가리가 대사가 될 만한 인물이 전혀 아니라고 판단한 쿠브는 가리의 승진에 단호히 반대했다. 가리의 절친한 친구인 자크 비몽이 1958년부터 외무부 인사과에 근무하고 있기는 했지만, 주무장관 쿠브가 가리에 대해 적대적인 만큼 비몽으로서도 어쩔 수가 없었다.

오 년 동안 영사 직에 머물러 있는 것 자체가 이미 홀대 혹은 망각이었다…… 그런데 앞으로도 '그들'이 그를 중앙행정실에서 바캉스를 보내도록 놔두고 얼마 동안 그를 잊어버리리라는 것은 거의 확실해 보였다.

가리가 죽은 후 ─ 1986년 ─ 에도 모리스 쿠브 드 뮈르빌은 자신의 입장을 재차 확실히 밝힌다. 자신이 장관으로 있는 한, 가리는 결코 대사가 되지 못했을 거라고. 만년 총영사, 외교관으로서 가리의 입지는 좁아지고 있었다.

하지만 당시 『새벽의 약속』의 작가는 사랑과 성공을 만끽하며 가장 멋진 삶을 산다. 그는 십 년은 더 젊어 보였다. 외교관의 점잖은 스타일인 짙은 색 정장과 넥타이를 버리고, 보헤미안 같은 차림새를 택한다. 셔츠를 한껏 풀어헤친 채 밝은 색 머플러를 두르거나, 아마도 그에게 가장 잘 어울리는 옷일 판초를 입고 존 포드의 카우보이 모자를 자랑스럽게 쓰고 다닌다. 턱수염도 더부룩하게 자라도록 내버려둔다…… 이러한 행동 때문에 새로운 발령을 받을 기회는 더욱 축소된다. 그의 머리카락은 점점 자라 목을 덮는다. 프랑스에 막 나타나기 시작한 히피처럼. 그는 계속 시가 ─ 이제는 '몬테크리스토 N° 2' ─ 를 피운다.

공상의 탐구자는 행복을 찾았을까? 그는 진을 사랑한다. 오랫동안 찾아 헤맸던, 아이처럼 천진난만하고 사랑스러운 여인의 이미지를 그녀에게서 발견한다. 그는 그녀의 젊음, 아름다움, 성공을 뿌듯해한다.

질투하지 않기 때문이었다. 로맹은 진이 행복하기를, 활짝 피어나 눈부신 빛을 발하기를 바랐다. 자신의 책이 무엇보다 중요하지만 ─ 아마 그녀보다 더 ─, 글을 쓰는 것이 유일한 신조이긴 하지만, 그는 사랑의 사소한 투정이 전혀 없는, 아주 강하면서도 너그러운 감정을 진에게 쏟았다. 그녀를 세상과 격리시켜 독차지하기 위해 연기를 그만두도록 종용하지 않았다. 정반대였다. 연기를 하도록 격려하고, 여배우를 존중했다. 그녀를 위해 영화 시나리오를 쓸 정도로 그녀를 숭배했다. 〈안나 카레니나〉의 그레타 가르보를 제외하고, 로맹은 진보다 더 훌륭한 여배우를 상상하지 못했다.

로맹 가리는 구박하거나 금지하는 연인이 아니었다. 한때 작가인 여자를 사랑했고 그녀가 뜻대로 경력을 쌓아가도록 내버려두고 또 그녀의 성공을 자랑스러워했던 것처럼, 그는 아무런 시샘 없이 이 젊은 스타를 사랑했다. 그의 남성 우월주의는 그녀에게 맡길 역할들을 꿈꾸는 데 있었다.

레슬리에게 자기 배의 키를 맡긴 것과는 달리, 그는 진을 위한 안내자 역할을 원했다. 진에게 연극을 통해 연기를 향상시켜보라고 충고하고, 아서 밀러의 『다리 위에서 바라본 풍경*A View from the Bridge*』을 읽게 했다. 계획이 성사 단계에 이르렀지만 무대에 서기에는 너무 자신감이 결여된, 카메라 렌즈 없이 직접 관객을 대하기에는 너무 심약한 진은 포기하고 만다.

그해, 진 시버그가 출연한 영화들이 속속 개봉된다. 〈레크리에이션〉에 이어, 모리스 로네와 함께 출연한 장 발레르의 〈성인들*Les Grandes Personnes*〉 그리고 장 피에르 카셀과 함께 출연한 필립 드 브로카의 가벼운 코미디 〈닷새 연인*L'Amant de cinq jours*〉까지. …… 〈닷새 연인〉에서 그녀는 회한에 찬 대사 "사랑은 한낱 거짓, 한낱 거품일 뿐이야. 땅에 닿으면 터져 없어져버리고 말아!"를 남긴다.

진은 이미 가리와, 언론의 호기심을 불러일으키는 비공식 부부가 된다. 언론은 물불 가리지 않고 이 유명한 연인들의 뒤를 좇는다.

진이 먼저 이혼을 한다. 로스앤젤레스에서 로맹과 서로 첫눈에 반한 지 육 개월도 채 지나지 않아, 그녀는 마셜타운 법원에서 이혼 절차를 밟기 시작하고, 프랑수아 모뢰이와 가족의 은근한 반대에도 불구하고 이혼을 얻어낸다. 이렇게 그녀가 먼저 자유로워진다. 로맹 가리를 위해.

그는 아직도 망설이고 있었다. 레슬리가 매달리며 그녀의 사랑이 남긴 유산, 그녀가 자랑스레 여기는 마담 가리라는 이름을 천진난만한 아가씨에게 넘겨주기를 거부하는 만큼 더욱더. 그는 폭풍을 불러일으키기에는 아직 레슬리에게 깊은 애정을 가지고 있었다. 진이 모욕감과 반감을 느끼지 않고 정부라는 신분을 받아들인다면, 레슬리가 분노를 가라앉힌다면, 기자들이 그의 사생활을 캐고 다니지 않는다면, 모든 구속에서 벗어난 진과의 삶은 얼마나 감미롭겠는가. 그는 불평을 늘어놓고는 방에 틀어박혀 나오지 않았다. 아직 진 시버그, 문학, 영화와 결혼하기 위해 레슬리, 외무부와 결별할 것을 결정하지 못하고 있었다⋯⋯

1961년 2월, 진과 로맹은 아시아에서 여섯 주를 함께 보낸다. 방콕과 홍콩, 네팔, 인도에서 그들의 모습이 목격된다. 이어 그들은 미국으로, 뉴욕과 샌프란시스코로 돌아간다. 베네치아에 들러 평범한 연인들처럼 운하 위 곤돌라에서 서로 껴안고 사진을 찍는다.

봄이 되자 그들은 바크 가 108번지 건물 3층에 있는 방 여덟 칸짜리 아파트에 정착한다. 이 아파트는 둘이 함께 임대했다가 나중에 가리가 구입한다. 진은 아파트를 밝은 색으로 꾸미고, 가리가 글을 쓰지 않고 그녀가 촬영이 없을 때 함께 취미 생활을 즐기기 위해 그곳에 화실을 차리는 일부터 시작한다. 그곳은 쉽게 둘로 쪼갤 수 있는 L자형의 묘한 아파트였다. 진은 기자 필립 알렉상드르에게 "불운을 쫓아내야 할 일이라도 생기면" 문 한 짝을 막는 것으로 충분할 거라고 웃으며 설명했다⋯⋯

파리 7구의 그르넬 가와 바빌론 가 사이, 정부 청사와 봉 마르셰 근처, 파리에서 가장 우아하고 고색창연한 구역 중 하나에 위치한 아파트는 한쪽은 거리를 향해, 다른 한쪽은 정문 뒤에 숨은, 밤나무들이 서 있는 넓고 평온한 뜰을 향해 나 있었다. 로맹은 그곳에 무질서를, 진은 현대적 자유분방함을 정착시킨다.

그리고 장밋빛 인생이 시작된다. 진은 반세기 전에 뤼시앵 기트리* 곁에서 하녀 역을 했던 한 할머니의 도움을 받아 프랑스어를 공부한다. 할머니는 진에게 뮈세의 연극을 가르쳐준다. 진은 매일 오후 에콜 뒤 루브르

---

* Lucien Guitry(1860~1925), 프랑스 배우.

에 나가 강의를 듣고, 나중에 앙드레 말로가 직접 서명한 학위를 받게 된다. 로맹은 그녀에게 도스토예프스키와 고골리, 말로를 읽게 한다……

"사랑이 저를 성인으로 만들어주었어요." 자신의 고백이 불러일으킬 모든 스캔들을 무릅쓰고, 진은 『주르 드 프랑스 *Jours de France*』에 이렇게 털어놓는다.

그녀는 머리를 길러 그레이스 왕비처럼 목뒤로 묶어 쪽을 찌었다. 지방시, 라로슈 혹은 웅가로에서 지극히 여성적인, 보다 고전적이고 우아한 옷을 맞춰 입는다. 로맹이 턱수염과 이상야릇한 옷차림으로 상궤를 벗어나면 날수록, 그녀는 파리의 화려하고 우아한 패션에 더욱 열중했다. 그는 앙증맞은 투피스나 실크 드레스를 입은 그녀를, 자신을 공들여 가꾸는 세련되고 여성스러운 그녀를 좋아했다.

진은 그의 발치에 앉기를 좋아했다. 고양이처럼 다소곳이 앉아 그의 말에 귀를 기울였다. 가리는 그녀를 안심시키고 보호해주었다. 그녀는 그의 곁에서 오래전부터 자신에게 결여되어 있던 안정감을 느꼈다. 그녀는 그를 숭배했다. 그가 그렇게 만들었다. 그녀는 본능적으로 그의 권위 아래, 그의 아우라 아래 자리를 잡았다. 그녀도 마음만 먹는다면 얼마든지 그와 인기를 다툴 수도 있었을 것이다. 하지만 그와 경쟁하지 않고 그가 한껏 빛을 발하도록 내버려두었다. 그녀는 얌전하게 그의 지배 아래 안주했다.

친구들 앞에서 가리는 자랑 삼아 말한다.

"이 사람한테 도스토예프스키를 읽게 했어."

"『백치』만요." 그녀가 대꾸한다.

"발자크와 플로베르도 읽게 했지……"

"『보바리 부인』이요." 그녀가 애정이 담긴 목소리로 말한다. "마셜타운에 하루라도 더 머물렀다면 저도 그녀처럼 되었을 거예요."

진은 가리의 천재성을 조금도 의심치 않았다. 레슬리는 천재성이라는 낱말을 상상해내기에는 데뷔 시절의 로맹을 너무 잘 알고 있었다. 경험이 풍부한 작가—그녀의 재능이라는 것이 무엇보다 세심한 기교에 지나지 않긴 하지만—로서, 어떤 책들은 기피하고 대부분의 책은 비판하는 레슬리는 남편을 '탁월한 소설가'로 정의했다. 천재성과는 어감 자체가 다른 평가다. 반면 진은 가리에게 전적으로 헌신했다. 자발적으로 그리고 열렬히. 진에게 로맹 가리는 천재였다. 그것은 의심의 여지가 없는 사실이었다. 그녀는 그의 골수 팬이었다. 그리고 영원히 그렇게 남는다. 그의 생일인 5월 8일에, 그녀는 『새벽의 약속』 두 장을 온 정성을 기울여 직접 영어로 번역해 선물한다.

나이 차이로 더욱 두드러진 권력 관계가 곧 황소와 전갈 사이에, 지배적이고 자아도취적인 남자와 삶을 힘겨워하는 어린 스타 사이에 자리잡는다. 추가 한쪽으로 기우는 이 커플에서, 겉보기에는 로맹이 강자이지만 진도 그에게 큰 파도만큼이나 강력하고 비밀스러운 영향력을 행사한다.

로맹에게는 남성으로서 자부심을 느끼게 해주고 강렬한 유혹의 욕구를 조금이나마 진정시켜주는 그녀가, 그녀의 젊음이, 그녀의 아름다움이 필요했다. 그는 차이, 명암, 편차를 드러내는 색다르고 모호한 그들 커플을 미학적으로 좋아했다. 거울이 비춰주는 자기 모습에서 피그말리온 혹은 마왕의 이미지를 발견하기를 좋아했다. 그녀는 그 작은 체구에서 뿜어져나오는 모든 모순적인 불꽃으로 그에게 영감을 불어넣었다.

어느 날 저녁, 로맹은 펠리시앵 마르소*에게 자신의 사랑을 털어놓는다. "정말 멋지지 않소? 저 조그만 아가씨 안에 여인이 숨어 있을 줄 누

---

* Félicien Marceau(1913~), 벨기에 출신의 프랑스 희곡작가, 소설가, 수필가. 1975년에 프랑스 아카데미 회원으로 선출되었다.

가 알았겠소?"

사실 진은 그를 혼란에 빠뜨리기도 한다. 그녀 내부에 불안과 두려움을, 그녀의 별자리로 모든 상징 중에서 가장 염세적이고 비관적인 전갈의 온 숙명을 품고 있었기 때문이다.

가리는 함께 살기 편한 사람이 아니었다. 걸핏하면 성깔을 부렸다. 시도 때도 없이 불안에 시달리고 의심의 악마를 달고 다녔다. 그는 낙관주의자가 아니었다. 세상의 광경은 늘 그에게 따뜻한 애정보다는 냉소나혐오감을 불러일으켰다. 그는 여자로서는 감내하기 힘든 최악의 결점을가지고 있었다. 글을 쓰는 것이었다. 그가 글을 쓸 때는 세상 어느 누구에게도 신경 쓰지 않았다. 게다가 그는 많이 썼다. 매일 아침, 컨디션이좋건 나쁘건, 건강하건 병이 들었건, 쾌활하건 슬프건 아니면 외적인 근심에 시달리건, 한결같이 글을 썼다. 진의 미소도, 어리광도, 앙탈도 그가 오래전부터 스스로에게 부과한, 그에게는 예술인 동시에 치료인 메트로놈의 리듬에서 벗어나게 할 수는 없었다.

그는 문학으로 모든 것을 치료했다. 그리고 그 무엇에도 문학을 희생시키지는 않을 터였다. 촬영이 없으면 진은 심심해했다. 글을 쓰는 그를방해하다 지치면 옆에서 책을 읽거나 쇼핑으로 돈을 탕진했다. 계산하지 않고 마구 썼다. 그녀 자신을 위해, 특히 친구들을 위해, 또한 로맹을위해. 로맹은 아무 말도 않지만 어린 시절에 가난에 시달린 경험 때문에돈에 관한 한 훨씬 현명하게 처신했다. 이 또한 둘 사이의 차이점 중 하나였다. 한없이 너그러운 진은 버릇이 잘못 든 아이처럼 계산하는 법을몰랐다. 그녀는 오로지 주는 기쁨만을 생각했다.

하지만 그녀는 개미처럼 집요하게 요새를 공격했다. 그들의 사랑을합법화하도록 로맹을 쉴 새 없이 볶아댔다. 로맹이 자신과 결혼하기를,그들의 결합을 공식화하기를 원했다.

레슬리는 물러서기를 끈질기게 거부했다. 자신을 법적인 아내로 남아 있게 해준다면 불륜 관계를 받아들이겠다며, 로맹에게 역공작을 펼친다.

진은 아이를 간절히 원한다. 로맹 역시. 레슬리는 모든 것을 잃고 말 터였다. 로맹과 결혼한 지 십칠 년째 되는 해, 진의 임신 소식을 로맹에게 전해 들은 레슬리는 결국 이혼을 받아들인다.

결별

외교관으로서 가리의 장래는 거센 반대에 부딪힌 것으로 보인다. 모리스 쿠브 드 뮈르빌은 그의 승진에 완강히 반대한다. 쿠브는 장관으로 있는 한 로맹 가리에게 선물을 하지 않는다…… 드골주의자이건 아니건. 이 경우 드골주의자인 것은 그리 중요치 않았다. 그것은 피부의 문제, 억누를 수 없는 알레르기의 문제였다. 가리의 소설을 전혀 읽어보지 않은 것인지, 아니면 읽고도 전혀 기억을 못하는 것인지는 모르지만, 아무튼 쿠브는 소설가 가리를 전혀 높이 평가하지 않는다. 1986년에 모리스 쿠브 드 뮈르빌이 이야기도 제목도 전혀 기억나지 않는다고 단언했을 때, 그것은 철저한 무관심, 뿌리 깊은 반감, 뻔뻔함 아니면 그지없는 솔직함에서 나온 말이었을까? 장관 자신이 가리의 임지를 잊어버렸으면 했을 때—"로스앤젤레스 아니었습니까?"—그리고 그의 뇌리에 새겨졌을 가리에 관한 어떠한 낱말도, 어떠한 일화도 찾아내지 못했을 때, 그것은 잠깐의 부주의, 건망증 아니면 물리칠 수 없는 혐오감 때문이었을까? 성직자 같은 외모, 근엄하고 경직된 태도, 차갑고 오만한 영국식 유머를 가진 장관은 비밀스러운 자기 감정 세계의 빗장을 굳게 걸어 잠근다. 하지만 의무에 대해서는 명백한 입장을 표명한다. "아뇨, 난 어떠한 경우라도 그를 대사로 임명하진 않았을 겁니다. 그를 대사로 임명했어야 했습니까? 왜죠?"…… 눈을 휘둥그레 뜨며, 장관은 묻는다.

가리 쪽에서도 노여움은 앙심의 성격을 띠고 있었다. 쿠브 드 뮈르빌과 관련된 단 하나의 기억. 장관이 미국을 방문했을 때, 총영사는 장관을 디즈니랜드로 데려가 회전목마를 태워놓고 빙글빙글 돌아가는 모습을 바라본다……*

흔히들 생각한 것보다 외교관 직에 훨씬 더 집착한 로맹 가리는 그 직에 남아 있기 위해 모든 것을 시도한다. 그는 인사과장이자 쿠브 드 뮈르빌의 최측근인 자크 비몽과의 우정에 큰 기대를 건다. 하지만 자크 비몽도 장관의 단호한 의지 앞에서는 무기력하기만 했다.

1959년 로스앤젤레스에서, 가리는 이탈리아 총영사 자리를 주선해달라며 비몽에게 편지를 쓴다. 실제로 그는 자신이 너무 미국적으로 변할까 봐 두려워하고 있었다. '다시 라틴 세계에 발을 담글 수 있다면 마음이 한결 놓일 것 같네. 앵글로 색슨 세계가 내 혀까지 점령해버릴 지경이니 말일세. 셔츠를 갈아입듯 문화를 바꿀 수는 없지 않겠나. 나의 근원, 지중해로 되돌아갈 때가 된 것 같네.'

10월 13일, 가리는 베네치아로 보내주기를 요구한다. 11월 18일에는 생각을 바꿔 나폴리 발령을 청한다. 하지만 이튿날인 19일 편지에는 다시 '내가 선호하는 것은 여전히 베네치아일세'라고 적는다. 30일에는 네번째 편지를 보내 다시 한번 베네치아 발령을 촉구한다.

아무리 졸라도 소용이 없었다. 가리는 유형처럼 자신을 짓누르기 시

---

* 『밤은 고요하리라』에서.(원주)

작한 캘리포니아 영사 직을 연장하는 것 말고는 아무것도 얻어내지 못한다. 그는 오 년이란 긴 세월 동안 그곳의 즐거움을 질리도록 맛보았고 자신이 정체되어 있다고, 파웨스트에 평생 방치될 거라고 느낀다.

앞날이 어두워지고 있음을 깨달은 그는 전략을 바꾼다. 절친한 친구 아지드 박사에게 부탁해, '심장 장애' 진단을 내리고 '심장 박동의 이상 급속이 한 시간가량 발작적으로 지속되었으므로' 병가를 명하는 염려스러운 건강 검진 보고서를 작성케 한다. 사실 가리는 모순되는 욕망들 사이에 끼여 폭발 직전의 상태에 몰려 있었고, 이러한 심리적 근심, 불안은 '신체적 증상'으로 나타난다. 1960년 봄, 때맞춰 병가 허락이 떨어진 덕에 '환자'는 『새벽의 약속』이 출간되는 파리로 진을 만나러 갈 수 있게 된다.

그해 말, 무슨 기적을 일으켰는지는 몰라도 비몽이 어렵게 마련한 외무부 언론 담당 홍보관 자리를, 가리는 거절한다. 그는 이렇게 답한다. '싫네. 장관의 그림자가 되긴 싫어.' 그리고 조금 뒤에 이어지는 답. '난 정치적 야망이 없네. 내 야망은 그보다 훨씬 더 크다네.'

그는 지루한 전쟁에 완전히 진이 빠지고 나서야, 1961년 5월 외무부에 십 년간의 휴직을 요청함으로써 외교관 직을 포기하고 만다. 그야말로 어쩔 수 없어서. 평판과는 반대로, 가리는 무엇보다 자신의 예술에 전념할 수 있는 자유를 찾고자 하는 들러리 외교관이 아니었다. 외교 문제에 관심이 컸고, 명예를 좋아했으며, 프랑스를 대표하는 힘들고 매혹적인 역할에 충심으로 헌신했다. 외무부에서 그를 누구보다 더 잘 알고 있었을 장 벨리아르, 자크 비몽, 자크 르프레트, 장 소바냐르그, 샤를 뤼세, 에르베 알팡은 인간 로맹 가리 혹은 작가 로맹 가리에 대해 내심 가혹하고 냉소적인 판단을 내리고 있었을지는 몰라도, 외교관으로서의 자질은 만장일치로 높이 평가하고, 가리의 휴직을 '때 이른' '유감스러운' 혹은 '도무지 이해할 수 없는' 일로 받아들이며 아쉬워한다.

로스앤젤레스의 부영사 이본 루이즈 페트르망은 1986년에도 가리가 '자신이 모신 상관들 가운데 최고'였다고 반복해 말한다.

외교관 직에 대한 가리의 애착을 잘 보여주는 증거. 늘 새로운 정복을 향해 앞만 보고 달려가던 그가 드물게도 뒷걸음쳐 휴직 결정을 번복한다. 휴직을 요청한 지 십팔 개월이 지난 1962년 12월 12일, 그는 인사과장에게 편지를 써 향수에 젖은 어조로, 자신을 이탈리아나 그리스 같은 흥미로운 임지로 발령해준다면 기꺼이 '교회의 품 안'으로 되돌아갈 준비가 되어 있다고 알린다.

'그 직업은 정말이지 따분하다네.' 그는 이렇게 털어놓는다.

하지만 진정한 노르망디 사람이며 완벽한 외교관인 자크 비몽은 가리 없이도 사람들이 잘 지내고 있고, 장관은 차라리 그의 휴직을 마음 편히 받아들이고 있다는 내용만 분명히 드러나는, 이도 저도 아닌 모호한 답장을 보낸다.

'상부의 의중을 내 나름대로 헤아려 정리해본다면, 그들은 자네가 다른 사람들과 똑같은 대리인이 되기에는 외적인 활동에 너무 깊이 개입하고 있다고 ─ 그 활동이 눈부신 성공을 거두는 것은 상황을 악화시키기만 한다네 ─ 평가한다네.'

그리고 편지 말미에 덧붙인다. '시간이 흐르면 여건이 변할 수도 있을 거네' …… 이 수수께끼 같은 말을 굳이 해석하자면, '쿠브 드 뮈르빌이 외무부를 떠나면'이라는 뜻이 될 것이다. 실제로 쿠브가 재무부에 이어 나중에는 마티뇽으로 가기 위해 외무부를 떠나자, 외무부 정보과장 피에르 바라뒤크는 이탈리아 대사로 임명된 에티엔 뷔랭 데 로지에의 청탁에 따라, 로맹 가리에게 로마 문화참사관 자격으로 외무부로 돌아오면 어떻겠느냐고 제안한다.

하지만 1968년에는 가리가 외교관 직을 완전히 포기한 상태였다. 문학과 영화가 모든 자리를 차지하고 있었다. 그는 뷔랭 데 로지에에게 이

렇게 쓴다. '너무 늦었습니다. 저로서는 페이지를 넘겨야만 했어요.'

하지만 한때 드골 장군의 부관이었던 이탈리아 대사가 보기에, '가리가 나라의 종복으로 남아 있기를 원한' 것, '어떠한 경우에도 그가 작가로서의 경력을 쌓기 위해 외교관 직을 그만둔 것은 아니'라는 것, 가리가 '오랫동안, 1962년에도, 자신에게 걸맞은 직책을 요구했다가 번번이 거절당한' 것은 명백했다.

모스크바 주재 대사가 된 자크 비몽은 조르주 고르스에게 가리에 대해 이렇게 말한다. "외무부는 늘 위대한 작가의 아들들은 두 팔 벌려 환영했지만 위대한 작가들에게는 전혀 그렇지 않았습니다."

쿠브 드 뮈르빌이 너무 늦게 외무부를 떠나는 바람에, 로맹 가리는 클로델이나 지로두가 걸었던 길을 걸을 수 없었다. 하지만 쿠브는 그를 외교관의 진부한 일상, 임지를 오가며 세계를 무대로 추는 왈츠, 복도에 퍼지는 조용한 발소리, 칵테일 파티, 리셉션, 극히 배타적인 클럽의 일원이라는 오만한 감정으로부터 해방시켜주었다. 그 덕분에 가리는 자신에게로, 자신의 자유로 되돌아갈 수 있었다.

그는 프랑수아 봉디에게 말한다. "나는 끊임없이 나 자신으로부터 위협받고 있었어. 그래서 모든 것을 허공에 날려보내기로, 일종의 중국식 문화혁명을, 개인적인 차원에서의 전면적인 재검토를 결심했지."

나중에 사직 이유를 설명해야 했을 때, 가리는 쿠브에 대해서는 전혀 언급하지 않는다. 자신의 사생활과 외무부와 자신의 장군의 윤리가 서로 일치하지 않는 데서 오는 정신적 위기를 이유로 든다.

"그때는 내 젊음이 끝나갈 무렵이었어요. 야망과 성공하고자 하는 욕심에 내 본성을, 삶에 대한 내 사랑을 희생시킬 수는 없었습니다."

외교관으로서 보낸 십오 년 동안, 가리는 프랑스 외교팀의 일원으로 마땅히 해야 할 일을 했고, 규칙을, 코드를 존중했다. 진과의 만남은 그를 외무부의 관습—'충심의 요구'라고 그는 쓴다—과 결별하도록 이끈다. 그는 제발 체면을 지키라고, 어떠한 일이 있어도 합법적이고 명예로우며 존중받는 편에 서라고 애원하는 레슬리를 절망에 빠뜨리며 사랑과 스캔들의 길을 선택한다. 진과 새로운 자유를 택한다.

가리는 자신의 '작은 미국 아가씨'를 위해, 그의 소명은 아니었지만, 그보다는 야망 혹은 아주 오랜 꿈의 잔해이긴 했지만, 그에게 매우 중요했고 여전히 중요한 외교관으로서의 경력을 포기한다. 진과의 만남은 그의 개성의 심원한 변화, 그의 삶의 새로운 단계와 일치했다.

'나의 성적인 자유를 지키고 싶어, 더는 드골 장군 곁에서 일할 수 없었다……'*

사랑은 그를 문학으로 이끈다. 그는 하루가 다르게 성공을 다져가고 있는 자신의 책에 아마 좀더 평온한 마음으로, 더 많은 시간을 바칠 수 있게 된다. 그의 미국 에이전트와 갈리마르는 그에게 책 판매량과 관계없이 매달 일정액을 지불하겠다고 약속한다. 잡지 ―『프랑스 수아르 France-Soir』『라이프 매거진』― 도 또다른 수입원이 된다. 영화 역시.

그는 직접 영어로 쓴 『레이디 L Lady L』 ― 레슬리에게 바치는 작별 선물 ― 을 막 끝냈다. 1963년, 그리스어 판이 나오고 몇 달 후 프랑스어 판이 출간되었을 당시, 그 작품은 이미 전 세계에 십 개 국어로 번역 출간되어 있었다.

이 소설의 경우, 가리가 직접 번역한다. 실제로 그는 소설을 완전히 다시 쓰고, '목표를 놓치는 경우가 드문 하얀 무기'**인 영국식 유머의 테러적 측면을 프랑스어로 더 잘 표현하기 위해 끊임없이 손질을 한다.

'레이디 L'은 늙은 귀족 부인으로, 친구 중 하나인 시인 퍼시 로디머 경 ― 사랑하는 여자 앞에서 쩔쩔매는 소심한 타입 ― 에게 자신의 관능

---

* 『밤은 고요하리라』에서.(원주)
** 『레이디 L』서문에서.(원주)

적이고 파란만장했던 과거를 털어놓는다. 영국 왕실 귀족과 결혼하기 전에, 그녀는 한 프랑스 무정부주의자와 사랑을 나누고, 그와 함께 불법적인 몇몇 공작에 참여하기도 한다.

'레이디 L'은 매혹적이고 변덕스럽고 약간은 광적이며, 경박스러운 겉모습 안에 앙심 가득한 끔찍한 의지를 감추고 있다. 그녀는 가장 잔인하고도 코믹한 방식으로 배신한 연인에게 복수를 한다.

'레이디 L', 그것은 물론 흥분하고, 토라지고, 애정과 앙심, 암호랑이의 질투심을 가진 레슬리다. 무엇보다 너무 전형적이고 당당한 그녀의 영국 정신이다. 가리는 '폐하' 레슬리의 언어로 그녀에 대한 소설을 썼다. 단숨에, 단 육 주 만에 썼다. 하지만 사 년 후, 프랑스어 판을 쓰는 데는 구 개월간 공을 들인다.

『레이디 L』은 로맹 가리의 소설 중에서 드골 장군이 가장 좋아한 책이기도 하다. 1963년 6월 23일, 드골은 곳곳에 감탄이 묻어나는 편지를 보내온다.

친애하는 로맹 가리,

당신의 소설 『레이디 L』은 정말이지 대단하오! 몇몇 사람들이 '지나치다'고 말할 정도로. 나는 그 책에서 비범한 재능을 지닌 작가가 펼쳐놓은 유머와 경망스러움의 기적을 보오. 영국인들이 있다는 게 당신에겐 크나큰 행운이오! 당신은 그 행운을 누릴 자격이 충분히 있소!

내 충심을 받아주길 바라며.

가리는 『레이디 L』의 영화 판권을 MGM 사에 십만 달러에 판다.

엄청난 예산─장 도본의 장식과 마르셀 에스코피에의 의상─과 화려한 배역─'레이디 L' 역에 소피아 로렌, 데이비드 니븐, 폴 뉴먼, 클로드 도팽, 필립 누아레, 미셸 피콜리, 카트린 알레그레 그리고 폴란드인

피아니스트 역에 장 비네르 — 으로, 피터 유스티노프는 감미로운 콩트를 연출한다. 이 영화는 메리메*를 떠올리게 하지만, MGM의 돈 잔치 속에서 무겁고 부담스러운 영화로 변하고 만다. 너무 거창한 스펙터클로. 또는 『라 크루아*La Croix*』지의 비평가가 사용한 적절한 용어를 빌리자면, '마시멜로'로.

할리우드에서 레슬리는 이 영화의 조감독 역할을 맡는다. 한창 부부 갈등을 겪고 있으면서도 화면에 오른 자신, '레이디 L'의 운명을 직접 보살피는 일에 집착한다.

---

* Prosper Mérimée(1803~1870), 프랑스 단편소설의 거장. 낭만적 주제에 고전적이고 절제된 문체를 사용했다.

저 이상한 새들

할리우드는 로맹 가리에게 거대한 스펙터클의 문을 열어준다. 초대형 프로덕션들의 수백만 달러가 왈츠를 추는 컬러 영화는 마법의 혹성처럼 그를 유혹한다. 화려한 축제에 얼이 빠진 그는 자신도 모르는 사이에 그 새로운 자성(磁性)에 매료되고 만다. 스튜디오들을 드나들며 직접 카메라를 다루고, 영화를 찍고, 언젠가는 작품의 영역을 영화까지 확대하기를 꿈꾼다.

가리는 『뉴욕 헤럴드 *New York Herald*』 지의 한 기자에게 설명한다. "저는 글을 쓸 때 눈으로 봅니다. 저의 내적 풍경을 가능한 한 자세히 묘사하죠. 그것의 디테일들을 포착하려고 애씁니다…… 영화는 리얼리즘을 추구할 수 있게 해주는 완벽한 매개체입니다."

대릴 재넉이 『하늘의 뿌리』의 영화 제작을 결정하자, 가리는 소설을 직접 각색해 시나리오를 쓴다. 가리에게서 십만 달러에 판권을 산 20세기폭스 사는 대작 〈몰타의 매 *Faucon Maltais*〉〈아스팔트 정글 *Asphalt*

256

Jungle〉〈아프리카의 여왕*African Queen*〉을 만든 존 휴스턴에게 제작
을 맡긴다. 가리에게 전쟁의 추억을 일깨워주는 포르 라미 지역에서 촬
영된 이 영화는 호화 캐스팅을 자랑한다. 모렐 역에 트레버 하워드, 미
나 역에 쥘리에트 그레코, 포사이드 소령 역에 에롤 플린, 미국인 기자
역에 오손 웰즈. 그 외에도 앙드레 뤼게, 피에르 뒤당, 마르크 도엘니
츠······ 재능 있는 배우는 다 모인 듯했다.

돈 역시. 재넉은 예산으로 15억 프랑스 프랑을 책정한다. 120명의 기술
자들이 '재넉 시'와 '휴스턴 시'에서 분주히 움직인다. '재넉 시'는 영화
제작 지원을 위해 프랑스령 적도 아프리카에 일부러 세운 도시이고, 그
곳에서 몇 킬로미터 떨어진 카메룬의 늪지에 있는 '휴스턴 시'는 영화 촬
영팀이 모여 있는 도시다. 21세기폭스 사의 경비 지원으로, 거의 200명에
달하는 인력이 없는 것 없이 갖춰진, 거의 호화판이라 할 수 있는 이동 캠
프에서 오 개월 동안 생활한다. 에어컨, 샤워기, 냉장고, 세탁기가 갖춰진
조립식 주택 100채가 미국에서 수송되어 온다. 물은 식량 — 고기, 야채,
치즈, 생토노레*까지! — 과 함께 일주일에 두 번 프랑스에서 비행기로 공
수되었다. 흑인 소년 900명이 현장에서 채용되어 짐꾼, 급사, 주방 보조
또는 말 잘 듣는 일꾼으로 일했다. 그들은 관습에 따라 맨발로 다녔지만,
제작사의 엄격한 지시에 따라, 손을 씻을 때를 빼놓고는 절대 벗지 못하
는 흰 장갑(이것 역시 미국에서 수입된 것이다)을 끼고 일했다.

가리는 1958년 4월 한 달을 거물 제작자 재넉이 세운 놀라운 도시에
서 보낸다. 재넉의 연인인 쥘리에트 그레코는 싸구려 바나나처럼 포르
라미에 궤짝으로 도착하는 대릴의 시가 '몬테크리스토'를 먹어 치우는
나쁜 습관이 있는 길들인 몽구스**의 이름 '키키(Kiki)'를 본떠 재넉을

---

* 케이크의 일종.
** 인도산 족제비.

'말리코코(Malikoko)'라 불렀다.

뉴욕 팰리스 극장에서 영화 〈하늘의 뿌리〉 시사회가 열린 10월 15일, 불같이 화가 난 가리는 시사회장을 박차고 나와, 자신의 소설을 최초로 스크린에 옮긴 그 영화는 '왜곡'이자 '배반'일 뿐이라고 선언한다. 그가 쓴 시나리오가 초안으로 사용되기는 했지만, 로맹의 표현에 따르면, '돼지들처럼' 글을 쓰는 재넉과 휴스턴이 마음대로 주무른 것이다. 그들은 자연과 코끼리를 보호하는 이야기를 사냥과 스포츠 영화로 만들어놓고 말았다. 영화는 에롤 플린이 무기를 들고 사냥하는 장면으로 시작된다.

가리가 괘씸하게 여긴 것은, 그들이 자신의 생각과 의견은 전혀 고려하지 않은 채 소설을 단지 흥행의 배경으로 이용했다는 사실이다. 게다가 작가의 자존심 역시 형편없이 구겨지고 말았다. 영화 포스터에는 큼지막하게 '대릴 재넉의 걸작'이라고 소개되어 있고, 가리의 이름은 아주 작은 글씨로 '각본 로맹 가리'라고 언급되어 있을 뿐이었다……

작가는 공쿠르 상 수상작에 대한 모욕인 포스터에서 자신의 이름을 아예 빼달라고 요구한다. 레슬리가 농담조로 말한다. "그렇게 해놓으면 사람들은 대릴 재넉이 무슨 대단한 작가인 줄 알 거예요!"

할리우드 사람들에게 영화는 하나의 산업인 반면, 고다르 같은 프랑스 영화인들에게는 제7의 예술이다. 미국에서 영화에 입문하기는 했지만, 가리는 아직 유럽의 흔적을 지니고 있었다. 영화는 그에게 문학이나 음악과 마찬가지로 하나의 표현 형식이었다. 그는 영화를 통해, 자신의 창조력을 쇄신하고 청춘의 샘이 될 새로운 샘에 자신의 재능을 담글 수 있는 가능성을 보았다.

보다 심층적으로는 아마 모주힌의 유령이 그를 초대해, 미래를 나타내기도 하지만 과거에 대한 향수를 휘저어놓기도 하는 이 영역을 서성거리게 만들었을 것이다. 영화는 약간은 가리의 어린 시절이기도 했다…… 가리는 조물주로서, 태어난 지 백 년도 채 안 된 예술을 시도해 보고자 했다. 그리고 그것을 통해 자신의 작품에 더 큰 폭과 새로운 숨결을 부여하고자 했다. 영화를 통해 새로운 약속들이 빛을 발한다.

"글쓰기는 배워지는 게 아닙니다. 그냥 쓰는 거죠." 가리는 『파리 프레스』의 한 기자에게 말한다. 하지만 영화를 찍기 위해서는 카메라와 재봉틀을 '구별하는 법'을 배워야만 했다.

가리는 존 포드의 〈기병대 *The Horse Soldiers*〉와 〈일곱 명의 여인들 *7 Women*〉에서 대사 구성에 참여하고 비공식적인 조언을 하는 것으로 영화에 첫걸음을 내딛는다. 서부영화의 거장 곁에서 제7의 예술에 입문한 것이다.

재넉과 함께 일하면서 영화에 대해 배운 것을 가다듬고, 그 직업의 위험 혹은 그가 영화의 '더러운 이면'이라 부르는 것을 발견한다. 때로는 부질없이 버럭 화를 내며 대들기도 하지만, 외적인 화려함으로 자신을 매료시키는 영화계 거물과 허물없이 지내면서 힘든 수련 과정을 거친다. "잉크가 문학의 원료라면, 영화의 원료는 돈, 오로지 돈입니다." 그는 이렇게 말한다. 돈과 관련된 문제라면 언제든지 소리를 질러댈 준비가 되어 있는 재넉을 따라다니면서, 가리는 영화 산업의 냉혹한 법칙을 확인한다.

그는 시나리오 작가 중 하나로 〈지상 최대의 작전 *The Longest Day*〉 제작에 참여한다. 매일 재넉과 함께 작업할 때마다 책상 위 볼펜 더미 옆에 바나나 한 개를 놓아둔다.

며칠 후, 재넉이 묻는다.

"이 바나나는 뭡니까, 가리? 먹지도 않을 걸 뭐 하러 매일 가지고 옵니까?"

"잊지 않으려고요." 가리가 대답한다.

"뭘요?"

"난 매번 함정에 빠지고 말아요. 당신이 고릴라라는 걸 매번 잊어버리죠. 그래서 내가 누구하고 일하는지 잊지 않으려고 앞에 이 바나나를 놓아두는 겁니다."

그날 이후로 재넉도 가리와 함께 시나리오 작업을 할 때마다 탁자 위에 바나나 한 접시를 올려놓았다.

하지만 포드도 재넉도 로맹 가리에게 영화라는 어려운 예술을 진 시버그보다 더 잘 가르쳐줄 수는 없었다. 둘의 사랑 이야기는 그를 모험에 뛰어들게 만들고, 그는 외교관의 틀에 박힌 생활에서 벗어나, 그의 작은 미국 아가씨가 촬영 현장 사람들과 함께하는 변화무쌍한 떠돌이 생활 방식을 발견하게 된다.

그는 자신의 운명을 진의 운명과 결합시켰다. 우선 그녀에게 아들 알렉상드르 디에고를 줌으로써.

그리고 마침내 그녀를 공식적인 아내로 삼음으로써. 1963년 10월 16일, 그는 코르시카의 태양이 내리쬐는 가운데 사롤라 카르코피노에서 그녀와 결혼하고, 그날 밤에 니스로 신혼여행을 떠난다.

결혼 후, 로맹은 진을 길들이려고 시도한다. 그는 진이 가정과 아이를 맡아주기를, 그레이스 켈리처럼 우아하고 차분하고 모범적인 아내가 되어주기를 바랐다. 그녀도 다소곳이 그의 뜻에 따르려고 애쓴다. 그레이스 켈리처럼 머리를 틀어 올려 쪽을 찌고 하녀를 고용한다. 바크 가의 집에서 저녁 파티를 열고, 로맹에게 기쁨을 주기 위해 집안의 안주인 노릇을 하려고 애쓴다. 하지만 식탁과 메뉴를 준비하는 그녀의 재능은 레슬리보다 훨씬 떨어졌다. 그녀에겐 공식적인 행사에 대한 취향도, 대화에 활기를 불어넣는 열의도 없었다. 그녀는 레슬리보다 진솔하긴 하지만 매우 비사교적이었다. 그녀는 자발적이고 솔직한 감정으로 사람들을 대했다. 거짓말도 겉치레도 할 줄 몰랐다. 그 스타는 가장 꾸밈없는 여자, 인간관계에서 가장 덜 복잡한 여자였다. 저녁 파티를 열 때마다 그녀는 자신이 제 역할을 척척 알아서 할 능력이 없는 어린 계집아이인 것 같은 느낌을 받았다. 이제 사람들을 접대하고 대화를 이끌어가는 것은 가리였다. 그사이, 진은 아무 말 없이 우아하고 수줍은 모습으로 한 구석에 머물러 있었다. 스물다섯의 나이에 이미 유명한 배우이자 한 아이의 어머니이면서도, 그녀는 여전히 자신의 위신과 힘을 의심한다. 성공도 출산도 그녀에게 자신감을 심어주진 못한다. 그녀는 계속 스스로 약하다고 믿고, 약간은 아버지 같은 강한 남자의 어깨에 기대려 한다.

하지만 그들 부부의 삶에 배우로서의 생활 리듬, 방황과 열정을 서서히 부여한 것은 그녀, 겁에 질린 작은 스타였다. 진을 무척이나 사랑하는 가리는 그녀의 일을 돕기 위해 하루하루가 악보처럼 규칙적으로 흘러가는 바크 가의 고요함을 포기한다. 그녀의 가방처럼 세계 방방곡곡, 그녀가 가는 곳이면 어디든 따라다닌다.

알렉상드르 디에고가 태어난 지 한 달도 채 안 되어, 진은 스위스의 클로스터스에서, 어윈 쇼의 소설 두 편을 원작으로 한 콜롬비아 사의 영화 〈프랑스 스타일로*In the French Style*〉를 찍는다. 1월에는 고다르의 단편 〈위대한 사기꾼 *Le Grand Escroc*〉을 찍기 위해 마라케시*로 간다. 4월에는 미국으로 건너가 여름이 끝날 때까지 로버트 로슨의 〈릴리스 *Lilith*〉를 촬영한다. 로맹은 줄곧 그녀와 동행한다.

이처럼 가리는 이미지 사냥꾼이 된다. 진을 수행하며 촬영 현장을 지켜보고, 때로는 즉석에서 대사를 고쳐주기도 한다. 그녀를 따라 뉴욕으로, 이어 메릴랜드로 가서 포토맥 강 폭포 근처에서 촬영하는 로버트 로슨을 유심히 관찰한다. 가리는 남부의 식민지풍 배경 속에서 분주히 움직이는 기술자, 분장사, 소품 담당자 들 틈에 끼어 있는 관찰자다. 그는 이미지들을 기억해두고 영화의 모든 디테일을 연구한다. 관찰하고 머릿

---

* 모로코의 도시.

속에 새겨둔다.

하지만 그는 로슨이 촬영팀을 위해 예약해둔 모텔에 묵기를 거부한다. 여행할 때 가리는 안락한 숙소, 보다 일반적으로 말해서 작업에 몰두할 수 있는 환경을 선호했다. 어딜 가든 그에게는 필기구와 타자기를 놓을 수 있는 넓은 탁자, 그리고 무엇보다도 절대적인 고요함이 필요했다. 그리하여 그는 주로 고급 호텔을 찾고, 임시 거처, 캠프, 카라반, 군중과 소음이 영감을 방해할 수 있는 장소는 결단코 피했다. 게다가 그는 방음용 귀마개의 열렬한 팬이었다! 술집, 카페, 호텔 객실, 어디서나 그것으로 무장을 했다. 잠을 자기 위해서가 아니라 글을 쓰기 위해서.

로크빌에서 진은 할리우드에서 각광받고 있는 피터 폰다, 워렌 비티 곁에서 릴리스를 연기한다. 그녀가 맡은 역할은 정신분열증 환자, 남자들을 홀려 광기와 파괴의 함정으로 몰아넣는 매력과 관능의 악마, 전설적인 릴리스의 현대적 버전이다. 가리는 젊은 아내의 새로운 얼굴, 그녀는 단지 연기일 뿐이라고 여기지만 그녀에게 너무 잘 어울리는 얼굴, 비밀스러운 고통과 숨겨진 불안으로 빚어진 얼굴을 애정 어린 눈길로 바라본다. 그녀에게서 마음을 뒤흔들어놓는 또다른 면모, 릴리스의 끔찍한 시선 속에나 있을 법한, 어둠과 두려움으로 가득한 하나의 미스터리를 발견한다. 그녀의 맑고 부드러운 회색 눈동자 속에는 정체를 알 수 없는 위협이 도사리고 있었다.

영화를 혹평한 『뉴욕 타임스*New York Times*』조차 진의 '자연스럽고 무시무시한' 연기에 대해서는 칭찬을 아끼지 않는다.

릴리스에게 자신을 닮은 친언니처럼 애착을 느낀 진은 로버트 로슨의 아름다운 영화에 대해 늘 자신이 최고의 배역을 맡은 영화였다고 말한다.

로맹 가리는 진 시버그의 열성 팬이었다. 그녀를 '라' 시버그라 부를 정도로. 아내의 거침없고 극적인 연기에, 가장 심원한 불안이나 격렬한 혼란을 표현할 수 있는 인형 같은 얼굴과 몸에 찬사를 보냈다. 그는 그녀가 예외적으로 화면이 잘 받는다고 판단했다. 진은 진정한 광채를 소유하고 있었다. 거의 색깔이 없는, 물처럼 투명한 그녀의 눈에는, 일상생활에서도 그렇지만 특히 화면에서는 희귀한 전기가 흘렀다. 그 광채는 약간은 밋밋한 금발의 아름다움을 환히 밝혀, 그녀를 수시로 — 적어도 햇빛 아래에서는 — 무지갯빛을 발하는 매혹적인 피조물로 바꾸어놓았다.

그는 그녀에게 딱 들어맞는, 그 신비로움에서 릴리스의 진을 능가하는 역할을 만들어낼 생각을 한다. 콜롬비아 사가 진의 순진무구한 겉모습 때문에 그들이 생각하는 것보다 훨씬 더 미묘하고 풍부한 영혼과 재능을 지닌 이 스타에게 배정하는 거의 모든 역할이 하나같이 가리의 마음에 들지 않은 탓이다. 특히 가리는 머빈 르로이의 〈모먼트 투 모먼트 *Moment to Moment*〉에서 생 로랑의 화려한 드레스를 입고 머리에 헤어스프레이를 잔뜩 뿌린 패션모델 같은 진의 모습에 질색한다. 비록 〈오즈의 마법사*The Wizard of Oz*〉를 감독한 머빈 르로이이기는 하지만, 당시 로맹의 눈에는 전혀 마법을 부릴 수 없는 사람처럼 보였다.

진과 로맹은 이 영화를 위해 또다시 파리를 떠나, 로스앤젤레스를 굽어보는 콜드워터 협곡에 위치한 어느 억만장자의 빌라를 빌린다. 수영장과 차 네 대를 주차시킬 수 있는 차고가 딸린 빌라에는 디에고와 스페인인 유모 에우헤니아, 로맹이 『스가나렐을 위하여*Pour Sganarelle*』를 바친 에우헤니아 데 무뇨즈를 묵게 할 방이 충분했다. 이 책을 통해 로맹은 자기 영역, 더이상 공식적인 역할이 아니라 다른 모든 직업으로부터 해방된 작가의 역할 — 그의 책을 읽는 미국 독자들은 그를 여배우 진 시버그의 남편으로도 알아보기 시작한다 — 로 되돌아온다. 가리의 가족은 이러한 캘리포니아 식의 호사스러운 분위기 속에서 1965년 상반기 육개월을 보내고 파리에서 여름을 보낸 뒤, 진이 다시 숀 코널리와 함께 어빈 커슈너의 〈어 파인 매드니스*A Fine Madness*〉를 찍을 수 있도록 크리스마스까지 온 가을을 보낸다. 이 생활이 불씨가 된다. 로맹 가리는 이 생활을 통해 마침내 영화 예술을 시도해보려는 마음을 먹게 된다. 윌리엄 포크너와 스콧 피츠제럴드도 할리우드에 붓을 빌려주지 않았던가?

그전에 그는 자신이 쓴 것 중 가장 두꺼운 책—476페이지—으로, '대양의 형제'란 제목을 붙일 예정이던 3부작의 전주곡인『스가나렐을 위하여』를 탈고한다.

참관인으로 진의 촬영을 관찰하고, 시내 저녁 파티에 참석하고, 풀장 가에서 네 살배기 아들과 놀아주는 틈틈이, 가리는 예술가로서의 사상을 드러내는 이 주요한 책에 마침표를 찍는다. 그는 이 책에, 도달하기 어려운 충일감, 행복을 찾아 꿈을 꾸며 세상을 돌아다니는 경계 바깥의 인물을 등장시킨다. 그것은 돈 후안의 하인 스가나렐, 지혜로운 현실주의자 스가나렐이다. 가리는 주인이 죽은 후 마침내 자유로워진, 스스로 모험을 즐기는 스가나렐의 삶을 상상한다. 이 책은 다양한 사랑, 우여곡절, 인물들로 넘쳐나는 방대한 소설에 대한 변론이며, 가리의 최초이자 유일한 에세이다. 그는 이런 소설을 당시 '누보 로망(Nouveau Roman)'으로 프랑스 문학계를 지배하던 사로트와 로브 그리예 유의 프랑스 전체주의 소설(roman totalitaire français)과 대비시켜, '로망 토탈(roman total)'이라 부른다.

'안티'—안티-등장인물, 안티-줄거리—가 한창 유행하던 시기에, 가리는 음유시인들의 문학에 충실할 것을 선언한다. 그는 자신을 베룰*이나 크레티앵 드 트루아**와 같은 작가로, 이야기꾼 혹은 세상의 발명가로 소개한다. 자신—여기서는 오직 자신의 이름으로만 말한다—을

* Béroul, 12세기 영국계 노르망디 출신의 음유시인. 대표작으로『트리스탄과 이졸데』가 있다.
** Chretien de Troyes(1130?~1195), 12세기에 활동한 프랑스 작가. 궁정 운문 소설의 선구자. 주요 저서로 미완성 소설『페르스발 혹은 성배 이야기』가 있다.

위해 상상의 힘을 주장한다. 상상 세계, 즉 그가 자기 안에 품고 있는 풍경의 선재(先在)를.

'소설의 하인인 나는 맹목적으로 걸작만을 추구하는 스가나렐이다.'

『스가나렐을 위하여』는 이야기꾼을 통해 자기 예술의 테크닉뿐만 아니라 의미까지 분석할 능력을 갖춘 등장인물을 보여준다. 프루스트, 톨스토이 또는 르 클레지오의 작품을 통해, 그는 독자를 멋진 항해 속으로, 창작의 비밀 속으로 이끈다. 가리는 유일하게 이 책을 통해 작가로서의 소명을 뛰어넘어 예술, 문화, 소설에 대한 정의를 내놓는다. 무모하게 라캉이나 바르트를 흉내내지만, 단순한 언어로 지극히 명료하게 무한을 향해 자신의 영역을 열고, 예술가의 자유의 이름으로 법칙과 경계를 거부한다.

문화는……, 어떠한 억압도 용납하지 않는 호흡의 리듬이다.

예술과 소설은 자유의 정복, 현실에서는 결코 도달할 수 없는 인간의 절대적인 해방을 추구하는 작품의 창조 행위다.[*]

관찰, 계량, 객관성의 가치를 찬양하는 기술 시대에, 그는 배짱 좋게도 자신을 마법사로 정의한다. 그리고 천부적인 예술인적 재능, 절대적인 주관성의 영향 아래서만 글을 쓰겠노라고 천명한다. 결연히 시류에 역행하며 자기 작품의 마법을, 그 힘과 환상을 굳게 믿는다. 그는 문학이란 하나의 놀이이고, 작가란 꿈이나 욕망의 숲에서 또다른 현실이 솟아나게 할 수 있는 마법사라고 즐겨 말한다.

가리는 자신을 노동자가 아니라 곡예사와 동일시한다. 내면 깊숙한

---

[*] 『스가나렐을 위하여』에서.(원주)

곳에서 자신의 목소리, 자신의 음악을 찾고자 하고, 무엇보다 주인도 스승도 없는 자유로운 예술가가 되고자 하는 그는 중세 코미디의 또다른 등장인물인 광대, 경이로운 재주를 부리고 늘 의도적으로 자신을 가능한 것의 극단적인 한계, 자신의 재주가 완벽한 실행인 동시에 하나의 업적이 되는 바로 그 한계에 위치하는 광대와 자신을 자주 비교한다.

가리는 창조하는 자유의 이름으로, 그가 보기에 한 개인의 전적이고, 독창적이고, 흉내내는 것이 불가능한 표현일 수밖에 없는 문학의 이름으로, 『스가나렐을 위하여』를 쓴다. 그것은 그가 로스앤젤레스에서 대양의 바람을 맞으며 완성한, 열정적이고 서정적인 책이다. '대양이 숨쉬는 소리'가 들려오는 태평양의 해변에서, 그는 홀로 미국에, 광활한 공간에, 자유의 꿈에 취한다.

시체처럼 뻣뻣하게 굳은 유럽에 비하면, 이곳은 막 태어난 상태의 대륙이다.*

아니나 다를까, 로맹이 그 대륙에서 영감을 얻어 창조해낸 주인공은 날개를 가지고 있다. 그는 족쇄에도 사슬에도 매이지 않은 남자, '새로운 경계'의 정복에 뛰어든 모험가, 피카로(picaro)다. 비록 얼마 뒤 암살당하긴 했지만, 1961년 1월 4일에 존 피츠제럴드 케네디가 미국 국민에게 던진 메시지는 당시 총영사였던 가리의 귀를 솔깃하게 만들었다. 생애 두번째로 가리는 한 정치가에게서 자신이 갖고 있던 신념의 메아리를 발견할 수 있었다. 영화배우를 닮았고, 전쟁 영웅이었으며, 전쟁터에서 형—그의 형 조(Joe)는 폭격기를 몰고 영불해협을 건너다 사망했다—을 잃은 젊은 대통령의 역설은 가리에게 충격을 줄 수밖에 없었다.

---

* 『흰 개』에서.(원주)

가리는 대서양 너머에서 신념을 나눌 수 있는 사람을 만난 것에 기뻐한다. 진, 재키*와 함께 백악관에서 저녁 식사를 한 것은 젊은 대통령에게 매료되고 그의 메시지에 열광한 열렬한 지지자였다.

　　미국에서 보낸 칠 년 동안, 나는 그처럼 매끄럽게 돌아가는 두뇌를 가진 사람을 만난 적이 없다.**

　가리에 따르면, 16세기 스페인 문학의 등장인물인 피카로는, 달 정복에서 유색 인종의 해방에 이르기까지, 케네디에 의해 정의된 새로운 선구자들에게서 그 현대성을 취한다. '미래의 소설은 악당 소설이거나 아니면 존재하지 않을 것이다'***…… 가리의 모든 작품은 본능적으로 세상에 대한 개방, 팽창, 도약이라는 신조에 부응한다.

　미국에서 바라본 유럽은 속도를 잃어가는 행성처럼 보인다. 피카로에게 유럽은 사랑하지만 변화시킬 수도, 도울 수도, 그렇다고 완전히 결별할 수도 없는 여자와 같다. 걷잡을 수 없는 향수 때문에 돌아가긴 하지만 도착하자마자 부리나케 달아난다. 그는 세상을 떠돌다 잠시 그곳에 머문다. 그리고 멀리 떨어져 있을 때 그곳을 가장 사랑한다.

　영화는 이 현대적 자유의 추구에 뿌리를 박고 있다. 로맹 가리에게 영화는 시도하거나 도전해야 할 모험이었다. 그것은 한편으로는 그의 상상 세계를 표현할 수 있는 새로운 수단이고, 다른 한편으로는 그의 작품 목록에, 그가 쓴 소설들 사이에 끼워 넣을 또다른 위업이었다. 음유시인이자 광대인 그는 아무 두려움도 콤플렉스도 없이, 개척자의 열정을 품고 새로운 서부의 정복에 뛰어든다.

---

* 존 F. 케네디 대통령의 부인 재클린 케네디의 별칭.
** 『흰 개』에서.(원주)
*** 『스가나렐을 위하여』에서.(원주)

1966년 봄, 진은 클로드 샤브롤의 〈경계선*La Ligne de Démarcation*〉을 찍기 위해 쥐라 산맥으로 간다. 여름, 로맹은 그녀를 따라 콜롬비아로 간다. 그들은 자크 베스나르의 독특한 영화 〈카리브 해식 찜*Estouffade à la Caraïbe*〉 촬영을 위해 이 개월간 카르타헤나에 머문다. 이듬해, 로맹은 아테네로 날아가 파르테논 신전이 내다보이는 멋진 아파트에 묵으며, 그리스 시골 처녀의 수놓인 긴 드레스를 입은, 금빛으로 그을려 어느 때보다 아름다운 진과 함께 '코린트의 길'에서 이 개월을 보낸다.

그해 여름, 그들은 함께 발레아레스*의 마요르카에 마련한 빌라에, 가리에게는 대양보다 친근한, 보다 푸르고 고요한 지중해가 내려다보이는 그들의 은신처에 은둔한다. 그는 그곳에서 책 한 권과, 마침내 첫 영화를 구상한다. 하지만 아들 디에고와 더 친하게 지내는 법도 배우게 된다.

마요르카에서 가리는 하나의 이미지에 사로잡힌다. 그것은 남미, 죽은 새 수천 마리가 널려 있는, 리마 인근의 광활하고 황량한 해변의 이미지다…… 구아노 섬의 병들거나 다친 새들은 인간이 살지 않는 이 부드럽고 따뜻한 모래 위로 와서 죽는다. 가리는 벌써 십 년 전 볼리비아의 라파스에 근무할 때 페루를 방문한 적이 있다. 하지만 마추픽추도, 잉카의 보물들도 환각에서 곧바로 튀어나온 듯한 이 풍경만큼 그에게 강한 인상을 남기지는 못했다. 이 풍경에서 영감을 얻어, 그는 이미 1962년에 십여 쪽 분량의 단편 하나를 쓴 적이 있다. 하지만 너무도 노골적이고 환상적이어서 우선 『플레이보이*Playboy*』지의 벌거벗은 여자들 틈에 실렸다. 영어로 번역된 「새들은 페루에 가서 죽다*Les Oiseaux vont mourir au Pérou*」는 미국에서 '1964년 최우수 단편' 상을 받았다.

그해 여름 매일 글을 쓰지 않을 때면 진과 함께 시간을 보내는, 마요르카의 내포가 내려다보이는 사랑의 둥지에서, 그는 자꾸 그 단편을 기

---

* 지중해 서부의 스페인령 제도.

억에 떠올린다.

　여자는 에메랄드 빛 원피스에 초록색 스카프를 손에 들고, 고개를 뒤로 젖혀 맨어깨 위에 머리카락을 늘어뜨린 채 물속에 잠긴 스카프를 끌며 암초를 향해 걷고 있었다……

　연출의 주된 디테일은 그의 책 속에 들어 있다. 리마 카니발의 마지막 불꽃이 점멸하는 세상 끝 황량한 해변에, 한때 카스트로와 함께 시에라 마드레에서 싸웠고 아득한 절망을 몰고 다니는 한 오십대 프랑스 남자는 아무도 찾지 않는 호텔을 세웠다. 어느 날 새벽, 가장 아름다운 새처럼 슬픔에 잠긴 한 부드러운 여자가 새들 한가운데에서 바다에 몸을 던지기 위해 그곳까지 온다. 그녀를 구한 프랑스 남자는 대양을 배경으로 '그녀의 젊음을 들이마시며' 사랑을 나누고는, 그녀가 운명 — 신경증 때문이든 억누를 수 없는 성적 욕망 때문이든 계속 바람을 피우면 죽여버리겠다고 다짐한 남편의 사형선고 — 을 맞이하도록 방치한다.
　「새들은 페루에 가서 죽다」는 전쟁 전에 『그랭구아르』지에 실린 가리의 첫 작품 「폭풍우」의 배경과 관능성을 떠올리게 한다. 동일한 강박관념이 이번에는 보다 거친 문체로 표현된다.
　배경과 여주인공이 또다시 로맹 가리의 뇌리를 떠나지 않는다. 그리하여 그는 마침내 그들을 화면에 담기로, 그들을 중심으로 그가 꿈꾸던 영화를 찍기로 결심한다. 영화에는 죽은 새들이 널려 있는 황량한 해변과 초록색 원피스 안에 아무것도 입지 않은 여인이, 가리에게 유혹의 얼굴 자체인 '눈이 모든 자리를 차지하는 아이의 얼굴,'[*] 그가 사랑하는 얼굴, 진 시버그의 얼굴을 가진 여인이 등장할 터였다.

---

[*] 『새들은 페루에 가서 죽다』에서.(원주)

그는 자신의 사랑에서 가장 절망적인 작품에 대한 영감을 얻는다.

진은 어떠한 남자에게서도 만족을 얻지 못해 새들의 울음소리를 들으며 죽으러 페루로 오는, 천진난만한 옆모습을 가진 색광녀 아드리아나다. 그녀는 쾌락을 추구한다. 쾌락에 도달할 수 없다는 사실에 절망한 그녀는 자살을 꿈꾸며 애무에 몸을 내맡긴다. 로맹 가리는 불감증에 걸린 여자를 그린다. 그리고 바다를 배경으로, 육체적 쾌락을 느끼지 못하는 절망이 주된 주제인 드라마를 시적으로 연출한다. 그에게 불감증은 '불가능한 것, 비극적인 것의 진정한 정의'이므로, 아드리아나의 성적 욕구 불만은 '자기 실현을 추구하는 인간 존재의 끝없는 탐색'*을 상징적인 형태로 상기시키고 있다고 봐야 할 것이다. 가리는 『밤은 고요하리라』에서 이렇게 말한다.

　난 늘 사랑을 더욱 열렬히 추구하게 만들 뿐인 이러한 사랑의 실패, 사랑의 결핍에 사로잡혀 있었다.

하지만 그가 진을 위해 이 역을 상상해냈다면, 예술가의 변태적인 놀이로 비칠 수도 있을 것이다.

배신당한 남편 역을 맡은 피에르 브라쇠르는 투명한 눈빛은 아니지만 턱수염이 덥수룩하고 구릿빛으로 그을린 로맹 가리의 얼굴을 거울처럼 재현한다. 그는 영락없는 가리의 목소리인 중후한 음성을 가지고 있었다. 또한 하늘을 올려다보는 작가의 시선과 불안이 떠도는 꿈꾸는 듯한 표정도 멋지게 흉내낼 줄 알았다. 단순한 우연의 일치일까?

아드리아나가 스스로에게서 벗어나도록 돕고자 하는, 흰 셔츠 차림의 레니에 역은 모리스 로네가 맡는다. 가리는 이 등장인물을 위해 『낮의

---

　*『밤은 고요하리라』에서.(원주)

색깔들』에서 주인공의 이름과 마음이 따뜻한 터프가이의 모호함을 빌려온다. 진에게 그는 또다른 가리, 하늘이 내려줬지만 그녀를 구하지는 못할 사랑이었을지도 모른다. 하지만 이것은 즉흥적인 정신분석에 불과하다.

장밋빛 실내복 차림의 다니엘 다리외는 바닷가 갈보 집 여주인 페르낭드 역을 실감나게 해낸다. 장 피에르 칼퐁이 아드리아나를 죽이는 임무를 맡은 남편의 운전사 역을 한다.

"남자들은 지익 하고 싸기 위해 이곳으로 와요……" 다리외는 아주 노골적으로 말한다. 금기를 다루고 있긴 하지만 매우 시적인 이 작품에서 천박한 대사는 이것 하나뿐이다.

옅은 초록색의 이브닝드레스 차림이거나 맨몸에 노란색 목욕 가운만 달랑 걸친 진 시버그는 어느 때보다 아름답고 상처받기 쉬워 보인다. 〈새들은 페루에 가서 죽다〉는 릴리스 이상으로 그녀의 독특한 우아함, 격렬한 폭풍을 감춘 잔잔한 수면의 아름다움을 보여준다. 가리는 때로는 잔인하게, 연기하기 가장 어렵다는 애매한 감정마저도 소화해내는 비극적이고 도발적인 시버그를 드러낸다.

그들 부부의 내밀한 드라마를 화면에 옮겨놓은 것이 아니라면, 그 영화는 그림자, 분신, 진실과 거짓을 통해 로맹 가리의 불안과 환상을 조명하는 것처럼 보일 것이다. 향수와 미완에 관한 성찰인 이 영화는 제법 거칠게 행복에 관한 질문을 제기하고 있다. 제작자이면서 대사 작가, 시나리오 작가, 감독인 가리는 사랑하는 여인에게 사랑의 불가능성에 대한 비극의 주인공 역을 맡긴다.

그는 스페인의 세비야 인근에 있는 해변에서 촬영했다. 날씨가 나빴다. 흐리고 걸핏하면 비가 내렸다. 촬영팀이 묵는 작은 빌라들은 가장 기본적인 안락함마저도 제공하지 못했다. 이틀 혹은 사흘마다 그곳을 거쳐 가는 행상에게 과일과 생선을 샀다…… 가리가 피우는 시가만이 할리우드를 연상시켰다. 유니버설 사가 인색하게 책정한 예산에 맞추려면 필사적으로 싸워야만 했다.

촬영장에서 가리는 진을 '시버그'라고 부르고, 그녀는 한결같이 "예, 달링"이라고 대답한다…… 그는 그녀에게서 눈을 떼지 않고, 그녀는 쉴 때마다 그의 어깨에 바싹 기댄다. 그는 그녀에게 최악의 감정인 수치심을 버릴 것을 요구한다. 헐떡이고 신음할 것을…… 그녀는 잠시 거부하다, 예전에 프레밍거에게 그랬듯, 다른 모든 제작자들에게 그랬듯, 굴복하고 만다. 그녀는 가리에게 복종한다.

가리는 그녀에게 가면처럼 굳은 표정을 짓게 하고, 사진 책임자인 크리스티앙 마트라스를 시켜 그녀 주위에 그 영화의 매력 중 하나인 오팔빛이 쏟아지게 한다. 장면이 끝날 때마다, 그는 진을 품에 안고 아드리아나에 대해, 욕망과 강간, 죽음에 대해 이야기해준다.

〈새들은 페루에 가서 죽다〉의 공식 시사회 때, 그녀는 시사회장을 뛰쳐나가고 만다.

가리에게는―나중에 그가 언론에 설명한 것처럼―하나의 이야기 방식, 그에게서 벗어나 끝내는 그와는 상관없는 것이 되고 말 드라마를 환상과 불안을 통해 연출하는 하나의 방식일 뿐인 그 영화는 진에게 상처를 주고 수치심을 자극한다. 그녀의 사랑에도 큰 충격을 준다. 로맹을 열렬히 숭배하지만, 그가 그녀를 위해 일부러 쓴 두번째 영화 〈킬 Kill〉에 단지 그를 위해 다시 출연할 정도로 그를 사랑하긴 하지만.

프랑스 검열위원회는 10 대 9로 〈새들은 페루에 가서 죽다〉의 상영을 금지시킨다. '여성의 불감증을 절망적이고 비극적인 톤으로 다루고 있어, 동일한 정신적 장애에 시달리는 많은 여성들을 자살로 몰고 갈 위험이 있기' 때문이었다. 상영 금지 처분은 조르주 고르스의 개입이 있고 나서야 풀린다. 〈새들은 페루에 가서 죽다〉는 미국에서도 미국영화협회의 규정에 따라 처음으로 X등급 판정을 받는다.

영화는 프랑스에서도, 미국에서도 실패하고 만다. 스웨덴, 특히 이 영화가 '포르노'로도 '하드'로도 판정받지 않아 — 하지만 이것은 예외다 — 하나의 고전이 된 독일에서나 환영받았을 뿐이다.

'공쿠르 상도 받고 베스트셀러도 써내는 작가가 무엇 때문에 영화를 찍느라 힘을 빼고 있는 걸까?' 『프랑스 수아르』의 독자들을 대신해 프랑스 로슈가 묻는다.

'사랑 때문에.' 로맹 가리는 이렇게 답한다. 그것이 영화에 대한 사랑인지, 한 여자에 대한 사랑인지, 아니면 예술에 대한 사랑인지 분명히 하지 않은 채.

은신처

　지중해의 풍경은 분명 가리가 세상에서 가장 좋아하는 풍경일 것이다. 그는 바다, 태양을 찾았다. 그리고 로크브륀 캅 마르탱*에서 미코노스까지 이르는 해변 어딘가에, 영원한 남프랑스의 배경 속에 자신의 집을 짓기를 꿈꾸었다. 어린 시절의 추억이라곤 눈 덮인 추운 겨울밖에 없는 이 러시아인은 해송과 올리브나무, 지중해 연안의 덤불숲 사이에 머무는 것을 좋아했다. 그는 도마뱀처럼 모래 위에 누워 여러 시간을 보냈다. 일광욕을 즐겼다. 읽지도 말하지도 않고 감정도 감춘 채, 꼼짝 않고 누워 오후 내내 온몸을 태웠다. 그리고 가끔 눈을 떠 먼 바다를 바라보았다.

　그의 첫 은신처는 로크브륀의 옛 마을, 카롤링거 왕조의 성벽 아래, 라 퐁텐 가의 비밀스러운 정원들에 가지를 드리우고 있는, 세상에서 가

---

* 프랑스령 지중해 연안 지역인 코트다쥐르 휴양 지대에 위치한 모나코 공국의 도시.

장 오래되었다고 알려진 사천 년 묵은 유명한 올리브나무에서 그리 멀지 않은 곳에 있었다. 가리의 집은 피크 가의 두꺼운 돌담 뒤, 향기로 가득한 가시덤불 속, 무화과나무들을 둘러싸고 무질서하게 피어 있는 꽃들 사이에 숨어 있었다. 그것은 몬테카를로에서 망통으로 이어지는 해안을 굽어보는 4층 높이의 작은 망루였다.

쿠션, 양탄자, 성상으로 가득한 그곳의 실내장식은 레슬리의 솜씨다. 그녀는 튀니지의 젤라바나 터키의 카프탄* 차림으로, 또는 인도나 페르시아의 숄을 걸치고 그곳을 돌아다녔다. 그녀는 보석과 화장품을 좋아하고, 햇빛 아래서 더없이 화려해 보이는 가장자리 장식이 달린 양산으로 영국인 특유의 창백한 피부를 보호했다.

그사이 피라트 해변에서, 로맹은 바지를 발목까지 걷어 올려 구릿빛 맨발을 드러낸 채 러시아 혹은 니스 출신의 친구들 틈에서 하루를 보냈다. 카페에서는 행색은 다 달라도 할 일 없이 빈둥대기는 마찬가지인 정체를 알 수 없는 사람들과 어울렸다. 자신은 물밖에 마시지 않으면서 파놀** 식의 호탕한 분위기를 즐기기 위해 모든 손님에게 파스티스를 한 잔씩 돌리기도 했다. 그는 사 마력짜리 자동차를 몰거나, 어두컴컴하고 서늘한 골목길을 따라 걸었다.

아침이면, 온전히 그의 영역인 탑 꼭대기 층에서, 레슬리의 고양이들만 소리 없이 드나드는 고독 속에서 글을 썼다.

이혼과 함께 그는 그 집을 레슬리에게 양보하고, 새로운 사랑을 위한 새로운 둥지를 찾는다. 그는 그리스에 마음이 끌린다. 진이 한 어부에게 구입한, 미코노스의 어느 바닷가 외딴집에서 몇 해 여름을 보낸다. 그들에게 편지를 할 때는 겉봉투에 '양복점 주인 조셉 씨 집'이라고 써야 한

---

* 젤라바는 아랍인의 긴 망토, 카프탄은 셔츠 모양의 기다란 상의.
** Marcel Paul Pagnol(1895~1974), 프랑스 작가이자 영화 제작자. 무대 희극의 대가였고, 탁월한 영화 제작으로 호평을 받았다.

다. 그 섬에서도 그의 습관은 변치 않는다. 쓰고, 수영하고, 일광욕을 한다. 그리고 항구의 카페 테라스에 늙은 바다표범처럼 죽치고 앉아, 지나가는 누더기 진 차림의 히피들과 햇볕에 까무잡잡하게 탄 키 큰 금발 아가씨들을 바라본다.

하지만 곧 카탈루냐의 지중해가 두 사람을 유혹한다. 1963년 아들이 태어난 직후, 로맹 가리는 진과 함께 발레아레스에 정착한다.

아직 전혀 개발되지 않은 이 군도의 들쭉날쭉한 해안은 명상에 빠져들게 만드는, 거칠고 당당한 아름다움을 지니고 있었다. 이비사는 이미 파리 분위기가 물씬 배어 있고, 접근이 어려운 포르멘테라는 파리에서 너무 멀리 떨어져 있었다. 가리는 마요르카 남동부에 있는 푸에르토 데 안드레츠 ─ 잘 아는 사람들은 그냥 푸에르토라 부른다 ─ 를 선택한다. 그곳은 가끔 억만장자들의 요트가 닻을 내리는 어부들의 항구였다. 대규모 이주 이전에는 발레아레스 제도의 생 트로페 항이라 할 수 있는 곳이었다.

그 작은 천국을 알려준 건 친구 사샤 카르도 세소예프였다. 그리하여 가리는 우선 섬을 둘러보기 위해, 항구에서 십 킬로미터 떨어진 곳에 있는 현대식 해수욕장 '파구에라'에서 한 해 여름을 보낸다. 그는 진과 함께 아몬드나무들 사이에 세워진 로스 알멘드로스 호텔에 숨는다. 그러고는 푸에르토가 훤히 내려다보이는, 잡목 숲으로 뒤덮인 언덕 발치에 자리잡은 몰라(Mola)를 택해 집터를 매입한다.

상트페테르부르크에서 태어나 러시아 혁명을 피해 이주해 온 러시아인 건축가가 집 설계를 맡는다. 베를린에서 마드리드까지 방랑한 끝에 결국 마요르카에 정착한 페드로 오트줍은 바우하우스*를 졸업했고, 얼굴이 온통 수염으로 뒤덮인 비밀스럽고 시적인 인물로, 곧 가리의 친구

---

* 독일 바이마르에 있던 조형학교.

가 된다. 가리만큼 입이 무거운 그는 가리만큼 코끼리에 푹 빠져 있기도 했다. 오트줍은 그의 다차(datcha)*를 『하늘의 뿌리』를 연상시키는 조각상들로 장식했다. 그 장식들이 가리에게 다른 추억을 일깨워줬을지도 모른다. 개중에는 구러시아에서나 볼 수 있던 각종 성상과 상아로 만든 그리스도 상도 있었으므로. 하지만 그들은 결코 그들의 뿌리에 관한 얘기는 나누지 않는다. 페드로는 로맹이 어디서 태어났는지조차 알지 못했다…… 로맹은 누구나 그렇듯 가슴 가장 깊은 곳에 품고 있는 이상적인 집, 페드로가 그의 꿈에 충실하게 지어내야 할 집을 묘사하는 것으로 만족한다.

그 집의 이름 '시마론(Cimarron)'은 스페인어로, 굴레를 벗은 자유로운 말 혹은 반란을 일으킨 노예를 뜻한다. 시마론은 무어인의 성을 닮았다. 해변의 붉은 바위들 위에 세워진 널찍한 하얀 집은 요새의 벽만큼이나 두꺼운 석회 벽 뒤에 숨어 있었다. 망루는 가리만의 영역이었다. 그는 세상과, 집 반대편에 묵는 디에고와 유모의 외침과, 진이 좋아하는 노란색과 흰색으로 치장한 살롱에서 접대하는 초대 손님들과 격리된 채 그곳에서 작업을 했다.

밤이 되면 푸른 탐조등들이 꽃, 선인장, 종려나무, 해변과 정원 사이에 마련된 풀장을 훤히 밝혔다.

망루 1층에는 침실과, 멕시코 정원처럼 잎이 두툼한 식물들로 가득한 옛날식의 널찍한 욕실이 있었다. 환하고 시원한 2층에는 로맹이 바다를 바라보며 글을 쓰는 작업실이 있었다. 꼭대기에는 뙤약볕에 노출된 테라스가 지붕을 대신했다. 로맹은 글을 쓰다 지치면 그곳에서 일광욕을 즐기며 세상에서 가장 아름다운 광경 ― 붉은색 절벽에 둘러싸인 작은 만에서 아내와 아들이 놀고 있는 모습 ― 을 바라보았다.

---

* 러시아어로 '시골 별장'이라는 뜻.

그는 평화로운 마요르카에서, 자신을 속세의 소란과 격리시켜주는 성벽 뒤에서, 갈매기 울음소리에 귀 기울이는 것을 좋아했다.

가리는 자신의 성탑에서 새벽부터 글을 쓴다. 온 집안이 잠들어 있는 여섯시부터 아홉시까지. 그러고는 바다가 내려다보이는 책상을 떠나 아침을 먹기 위해 항구로 내려간다. 그는 가판대에서 신문을 사서 인근 바에 자리잡는다. 바 주인이 크루아상과 약간 쓴맛이 나는 스페인 커피를 가져다준다. 푸에르토에서는 로맹 가리가 말없는 사람이란 걸 누구나 알고 있었다. 사람들은 그런 그를 그 모습 그대로 사랑했다. 또한 '아침식사' 동안에는 아무도 그를 방해하지 않았다. 사실 그는 그곳에서도 계속 자신의 책을 생각한다. 그는 또다시 글에 매달리기 위해 시마론으로 돌아간다. 잠시 해수욕. 진이 곧 일어난다. 디에고가 물안경을 쓰고 물속으로 뛰어든다. 가리는 햇볕에 몸을 말리고 점심을 먹기 위해 다시 항구로, 미라마르로, 어부들의 집으로 내려간다.

가끔 페드로를 만나 바다에서 하루를 보내기도 한다. 그들 두 부부는 오트줍 부부의 배 '마리아 돌로레스'를 타고 거대한 도마뱀들—'드래곤'—이 서식하는 무인도 드라고네라의 먼 바다까지 나간다. 드라고네라는 그곳에 물건을 보관하는 어느 밀매업자의 소유지여서, 그곳에 배를 대는 것은 위험했다. 그들은 내포에서 수영을 하기도 하고, 성게와 멍게를 잡아 즉석에서 까치밥나무 열매 주스와 함께 먹기도 한다. 진은 커다란 밀짚모자를 쓰고 있고, 디에고는 불가사리들을 채집한다. 무용수 출신으로 여전히 마드리드에서 쇼를 여는, 발퀴레 같은 외모를 지닌 니스 여자 니콜 오트줍은 '마리아 돌로레스'의 승객들에게 삶의 활력과 기쁨을 전해준다.

로맹과 진은 상드와 쇼팽이 살았던 발데모사 수도원을 방문한다. 그들은 새로운 경치를 구경하며 캅 포르멘테라까지 차를 몬다. 하지만 둘 다 기질적으로 관광을 즐기지 않았다. 진은 집이나 해변에서, 혼자 혹은 니콜과 함께 빈둥거리는 것을 더 좋아했다. 그사이, 가리는 작업실에 처박혀 글을 쓰거나 태양을 꿈꾼다.

일 년 내내 그 섬에 거주하는 작은 공동체는 펠리시앵 마르소의 소설들을 연상시키는 정취로 가리 부부를 에워쌌다. 가리는 어떤 책에서도 그 섬 생활을 묘사하지 않는다. 글은 마요르카에서 썼지만 영감은 다른 곳에서 얻었다. 섬사람들은 그들 섬에서는 영주처럼 살 정도로 부유했지만, 그들에겐 태양의 황금빛에 물든 감옥으로 변해버린 마요르카를 떠나기에는 너무 가난했다. 그들은 늦게 일어나고, 수영도 거의 하지 않았으며, 특히 밤에는 푸에르토나 팔마의 바에서 엄청나게 술을 마셨다. 축제를 열고 여름 방문객들을 초대해 들뜬 분위기 속에서 멜랑콜리를 달래기도 했다. 로맹 가리는 마요르카 빌라의 안뜰에서 춤을 추는 진을 바라보았다.

어느 날, 카탈루냐 화가 호세 마리아 바스코네스가 파티를 열어 로맹 가리와 피터 유스티노프를 함께 초대한다. 손님들이 정원의 유칼립투스들 아래 작은 식탁별로 앉아 식사를 끝낼 무렵, 유스티노프가 손님들의 관심을 독차지한다. 그가 모든 손님, 특히 여자 손님들에게 독특한 매력을 발산하는 아름다운 러시아인의 목소리로 재미있는 이야기를 늘어놓는 바람에 가리는 곧 식탁에 홀로 남게 된다. 가리의 후광은 그 멋진 배우 때문에 박살이 난다. 이 일로 그는 오랫동안 유스티노프에게 앙심을 품는다.

대륙 변두리에 있는 마요르카는 이런 드문 사교 생활 말고도, 로맹과 진에게 태양과 바다를, 행복을 위한 폭염을 제공한다. 평화로운 항구에 있는 요새 같은 집은 그들의 사랑, 그들 둘만의 고독을 보호해준다.

그런데 어느 날, 시마론의 경관이 망가지고 만다. 지방자치단체에서 생활 하수가 쏟아지는 하수구를 로맹 가리의 해변 바로 옆에 만들기로 결정한 것이다. "제기랄! 사람들 배설물이 모두 거기로 나오는 거야!"

그는 사샤 카르도 세소예프에게 이렇게 말한다…… 홧김에 그는 매년 8
월은 그에게 비워주겠다고 약속한 사람들에게 그 집을 팔아버린다. 두
해 연속 그곳에서 여름을 보내지만, 아마도 너무 무거워져버린 추억이
배어 있는, 더는 자신의 것이 아닌, 그 집을 결정적으로 포기하고 만다.
   그후로도 그는 햇빛이 작열하는 또다른 은신처를 찾아 끊임없이 헤맨
다. 그리스와 모리스 섬, 그리고 또다시 코트다쥐르 해안을 둘러보고,
결국에는 주아니의 로에 집을 짓게 한다. 하지만 그곳에는 거의 머물지
않는다. 만년에는 이곳저곳 여행을 다니느라. 하지만 무엇보다 가슴에
늘 고통스럽게 간직한, 하나의 집, 하나의 안식처에 대한 향수 때문에.

상상 속의 두번째 아버지

1970년 11월 12일 목요일, 프랑스는 상중(喪中)이었다. 프랑스 곳곳에 조기가 내걸렸다. 그날 아침, 노트르담 성당에서는 마르티 추기경이 맨 앞줄에 앉은 공화국 대통령 조르주 퐁피두를 비롯해 팔십 명의 왕과 국가 수반들이 모인 가운데 미사를 거행했다. 성당 앞에 군집한 수천 명의 파리 사람들이 장군의 명복을 빌었다.

오후 세시, 콜롱베*에서 조종이 울렸다. 프랑스의 모든 교회에서도. 장군이 땅에 묻힌 것이다. 장군은 유언을 통해, 꽃도 화환도 없이 아주 조촐하게, 조문 사절 없이 가족끼리만 장례를 치러달라고 요구했다. 삼색기로 둘려진 관은 제4기병대의 병사 하나가 모는 마차에 실려 라 부아스리(La Boisserie)**를 떠났다. 콜롱베 청년 열두 명이 주제단까지 운구

---

* 샤를 드골의 고향 도시.
** 샤를 드골의 사저가 있던 곳.

를 하고, 마을 사제, 장군의 조카인 프랑수아 드골 신부 그리고 랑그르 대주교인 아통 주교가 그 뒤를 따랐다. 성당 맨 앞줄에는 가족들이 자리하고 있었다. 검은 베일을 쓴 이본 드골이 해군 중령인 아들 필립의 팔에 의지해 서 있었다. 그녀 옆에 딸 엘리자베트 드 부아시외가 서 있고, 그 뒤에 미국에서 돌아온 두 손자, 샤를과 이브가 서 있었다. 또 그 뒤에는 부아시외 장군과 그의 아이들, 그리고 드골 부인의 동생과 그 가족들이 서 있었다.

콜롱베 시의원들은 그들에게 지정된 자리인 좌중 맞은편에 자리하고 있었다. 가족과 의원들 뒤로 350명의 해방훈장 수훈자들이 서열에 따라 열을 짓지 않고 뒤섞여 들어왔다.

로맹 가리는 1944년에 로렌 부대를 지휘했던 군사령관 푸르케 장군의 헬리콥터를 얻어 타고 아침에 도착했다. 맨머리에 턱수염은 덥수룩하고, 머리칼은 길게 늘어뜨린 채로. 그는 사복 차림을 한 해방훈장 수훈자들의 검은색 외투와 정장 틈에서 단연 눈에 띄었다. 유독 그만 낡은 파일럿 점퍼, 삼십 년 전 자유 프랑스에서, 하트퍼드와 런던에서 입었던 추억의 점퍼를 꺼내 입고 왔기 때문이다. 어깨가 약간 끼긴 했지만, 그는 마치 마지막 개선행진을 위해서인 양 차려입고 이곳에 오고자 했다. 가슴 깊숙이 옛 참전용사를 품고 있는 그는 레지옹 도뇌르 훈장과 해방훈장, 무공훈장을 다시 꺼냈다. 훈장들이 자랑스럽게 그의 가슴을 장식했다. 이렇게 훈장과 전투복으로 영웅적인 과거를 보란 듯이 과시한 사람은 오직 그뿐이었다. 자기 시대의 용맹성을 상기시키는 유물들을 창고에서 꺼내 온몸을 치장한 사람은 오직 그뿐이었다.

사람들은 그것이 무엇보다 경의와 충성심의 표현이라는 것을 이해하지 못한 채, 그의 '변장'을 비난한다.

묘지로 가는 길에, 가리는 가스통 팔레브스키과 쥘 뮈라시올, 어깨 위에 망토를 걸친 채 넋이 나간 듯 유령 같은 얼굴을 하고 있는 앙드레 말로를 따라 걸었다. 해방훈장 수훈자들은 초록색과 검은색의 두 가지 색깔 리본을 보고 알 수 있는데, 그 리본에는 뒷면에 그들의 좌우명, '그는 고국에 봉사함으로써 승리를 쟁취했다(Patriam servando victoriam tulit)'가 새겨진 로렌 십자가 — 검이 가로지르는 십자가 — 가 달려 있었다. 가리는 장군 제복 차림의 미셸 푸르케와 앙드레 말로 바로 뒤에서 걸었다. 그는 훈장과 68세대식의 장발 — 이것이 몇몇 동료의 심기를 어지럽혀놓는다 — 때문에 매우 격식 있으면서도 자유분방해 보였다. 1944년 어느 날 밤, 그가 쓴 첫 원고를 읽는 것을 끈기 있게 들어주었던 룸메이트 피에르 루이 드레퓌스는 모든 해방훈장 수훈자들을 파리까지 실어다준 특별편 기차 안에서 불같이 화를 내며 도대체 부끄러운 줄 모른다고 그를 비난한다. 가리가 해명을 하기는커녕 그의 멱살을 붙잡는 통에, 동료들이 달려들어 둘을 떼어놓는다.

묘지에서 가리는 1948년에 스무 살의 나이로 요절한 딸 안(Anne) 곁에 누워 쉬고 있는 장군의 무덤 앞에서 잠시 묵념을 했다. 한 사진사의 카메라가 그 순간 슬픔에 젖은 그의 눈길을 포착한다. 삶과 전투, 고뇌가 남긴 흔적이 역력한 노인의 굳은 얼굴에서 더욱 강한 인상을 주는 그 눈길을 포착한다.

밤이 되자 주룩주룩 비가 내리는 가운데, 수십만의 인파가 추억의 평석에 꽃을 내려놓기 위해 개선문까지 샹젤리제 대로를 따라 묵묵히 걸어 올라갔다. 바크 가의 집에서, 가리는 미국 독자들을 위해 마지막 고별사, 「프랑스였던 그 사람에게 바치는 시가Ode to the man who was France」를 단숨에 써내려간다.

11월 20일, 『라이프 매거진』은 거창한 수사도 허영심도 없는 이 멋진 텍스트를 게재한다. 그는 단 한 문장만으로 드골의 죽음이 자신에게 어떤 것인지 표현해낸다. '한 노인이 사라졌다. 그와 함께 내 젊음도 가버렸다.'

'그토록 깊이 믿었던 모든 것이 없어지기는커녕 내게 영원히 남았다.' 슬픔을 거부하며, 젊은 시절을 돌이켜보며, 그는 아주 달콤한 평화, 영원의 감정에 젖어들었다. 죽음이란 '하찮은 것들에서 벗어나 먼 곳으로 떠나는 것'과 다름없었다. 가리가 '현실적인 몽상가'로, 돈키호테와 산초 판사가 혼합된 인물로, 프랑스 역사 천년을 구현할 수 있는 유일한 연극의 등장인물로 묘사한 드골은 무대를 떠난 후에도 오랫동안 관객을 사로잡는다. 가리는 자부심만을 느끼고 싶어했다. 기쁨까지도.

지난 삼십 년 동안 내 모든 사랑, 내 모든 신뢰를 바쳤던 사람이 1940년의 그 암울했던 시절에 우리와 묵시적으로 맺었던 계약의 모든 조항을 충실히 이행한 후 세상을 떠났다.

현대에 들어 처음으로 프랑스인들은 하나의 모델을 갖게 되었다. 드골의 가장 위대한 작품은 아마도 유작이 될 것이다. 그의 죽음은 그의 정치보다 더 깊은 흔적을 프랑스에 남길 것이다. (……) 아마도 드골은 살아 있을 때보다 죽어서 더 큰 영향력을 발휘할 것이다.*

최초이자 최후의 드골주의자, 무조건적인 충성을 바치는 골수 드골주의자, 해방훈장 수훈자들의 동지인 로맹 가리는 어떤 다른 무리, 어떤 다른 기사단에도 속하지 않는다. 늑대, 다시 말해 침울하고 고독한 인간, 자유로운 인간인 그는 어떠한 정파에도, 어떠한 클럽에도, 프리메이슨 단에도 가담하지 않는다. 패거리도 그룹도 좋아하지 않는다. 조직적인 투쟁을 하지 않는다. 해방훈장 수훈자들과 절친하게 지내고 그들 중 하나인 것을 자랑스러워한 그는 6월 17일의 정기모임에는 단 한 번도

---

* 『라이프 매거진』에 실린 가리의 기사 발췌문. 작가가 프랑스어로 번역한 것.(원주)

빠지지 않는다. 하지만 그들 가운데에서도 자신의 독창성을 일깨우는 복장이나 수염 같은 디테일을 통해 자신을 차별화한다. 정예들 한가운데에 있으면서도 단체 정신을 참아내지 못한다. 늘 자신의 개성을 드러내야만 했다.

그는 어떠한 집단 탄원서에도 서명하지 않는다. 가두 행진은 결코 하지 않는다. 정치적 에세이는 결코 쓰지 않는다. 그의 작품은 모두 소설이다. 어떠한 소설에서도 드골적인 영감이나 해방훈장 수훈자들의 모험을 소재로 삼지 않는다. 자기 홍보를 그토록 잘하고, 자신의 전설을 다듬어나갈 줄 아는 가리였지만, 자기 직업을 위해 '그의' 전쟁이나 형제들을 이용한 적이 결코 없다. 한때 영웅이었지만, 결코 영웅임을 뽐낸 적이 없다.

그는 『새벽의 약속』의 한 장에서 1940년의 대탈주, 아프리카 행군, 프랑스 공습을 다룬다. 오로지 자조(自嘲)의 형태로만. 자서전이라는 책의 성격상 전쟁과 관련된 이 부분을 쓰지 않을 수 없었다. 그는 스스로를 비웃으며, 자신의 무공은 완전히 삭제한 채 전쟁을 이야기한다. 말년에 가서 해방훈장 수훈자들에 관한 책을 쓸 작정을 하고, 그 단체의 새 총재가 된 시몽 장군에게 그 의사를 밝힌다. 그는 생존자들에게 나이, 출신, 참여했던 작전과 받은 훈장 목록을 묻는 설문지를 보낸다. 푸르케, 랑쿠르, 시몽을 비롯한 몇몇 사람과는 개인적으로 인터뷰를 하기도 하지만 결코 그 책을 쓰지는 않는다. 소설의 정령에 사로잡힌 그는, 역사가처럼 호적에 관한 정보들을 무미건조하게 나열할 수 없는 그는 실제로 체험하지는 않았지만 고문서 뭉치보다는 직감과 감수성에 기대어 더 잘 상상해낼 수 있는 이야기 한 편을 지어낸다. 그것은 1940년과 1945년 사이에 독일 협력자들과 가짜 레지스탕스들이 암약하는 프랑스 자유 지역과 폴란드 국경 리투아니아의 한 몰락 귀족의 성을 무대로 펼쳐지는 사랑 이야기다. 그는 마지막 소설 『연』을 '기억에' 바치고, 헌사와 함께 모든 해방훈장 수훈자들에게 한 권씩 보낸다.

해방훈장 수훈자들은 대부분 로맹 가리를 좋아했다. 푸르케 장군과 랑쿠르 장군은 그의 친구였다. 하지만 그중 몇몇은 그의 장점을 인정하고 그와 동지애를 나누기는 했지만, 지나치게 '튀는' 그를 못마땅하게 여겼다. 하지만 그들은 모두 앵발리드 명예의 전당에서 열린 그의 장례식에 모여 옛 전우의 관을 둘러싸고 묵념을 올리게 된다.

가리에게 해방훈장 수훈자들은, 자주 만나지는 않았지만 깊이 사랑하는 하나의 가족이었다. 위대한 레지스탕스였던 장 벨리아르 대사가 말하듯, "가리는 프랑스인이 아니었다. 자유 프랑스인이었다". 가리는 자신이 보기에 아무것도 잊지 않으려 하는 이 작은 전사들의 그룹이 구현하는 자유를 평생 굳게 믿었다.

가리는 결코 드골 장군의 측근이 아니었다. 장군을 자주 만나지도 못했고, 앙드레 말로처럼 지척에서 협력자나 조언자로 일한 적도 없다.

그들의 첫 만남은 재앙이었다. 경멸에 찬 표정을 짓고 있는 흰옷 차림의 장군 앞에서, 가리는 여자로 변장한 채 프렌치 캉캉을 추었다. 1941년 프랑스령 적도 아프리카의 방기에서 있었던 일이다. 전쟁중에 그는 장군을 딱 한 번 보았다. 드골이 '프리 프렌치 에어포스(Free French Air Force)'로 알려진 프랑스 비행사들을 사열한 세인트 아탄에서. 가리는 장군의 연설 중 자신의 생각과 일치하는 단 하나의 역사적 문장을 기억하고 있었다. "독일인들은 패하고 말 것입니다. 현대적 화기를 갖추긴 했지만 그들의 정신은 이미 지나가버린 야만의 시대에 속하는 것이니까요."

1945년 7월 14일, 개선문 아래에서 가리에게 레지옹 도뇌르를 수여한 것은 바로 드골 장군이었다.

삼십 년 동안에 가리가 엘리제 궁에 사적으로 초대받은 건, 1957년 1월 1일 화요일, 단 한 번뿐이었다. 장군은 얼마 전『하늘의 뿌리』로 공쿠르상을 수상한 그를 축하해주려 했다. 장군의 수첩 1월 1일 17시 칸에 적힌 가리의 이름 앞에는 C. L.(Compagnon de la Libération, 해방 동지)이라는 이니셜이 적혀 있었다.

가리는 소설이 출간될 때마다 첫 권을 '충심으로 경의를 표하며'라는 헌사와 함께 장군에게 바쳤다.

장군은 호의적인 짤막한 답장을 보내왔다. 1960년 7월 3일, 로스앤젤레스 프랑스 영사관으로 보낸 답장에는 이렇게 씌어 있었다.

친애하는 로맹 가리,

『새벽의 약속』은 정말 훌륭한 책이오. 아주 즐겁게 읽었고 적잖은 감동을 받았소. 당신의 탁월한 재능이 돋보였소. 당신이 절정기에 올랐다는 것을 느낄 수 있었소. 그리고 나는 '우리의 것'이었고 지금도 '우리의 것'인 모든 이유로 당신이 대가로서의 문학적 경력을 쌓아가는 것을 보면서 몹시 기뻐하고 있소.

『우리 고매한 선구자들에게 영광 있으라 *Gloire à nos illustres pionniers*』— 가리는 '고매한 선구자에게'라는 헌사와 함께 이 책을 장군에게 보냈다 — 를 읽고 난 후 바크 가에 있는 가리의 집으로 보낸 1962년 7월 9일의 답장에서, 드골은 그에게 우정과 찬탄을 전하고, 작가로서의 경력을, '다시 말해 상승세'를 계속 이어가라고 말한다. '내가 막 읽은 각 단편의 각 행마다 당신의 재능이 배어 있구려. 그중에서도 가장 마음에 든 건 「가짜 *Le Faux*」였소. 하지만 다른 단편들도 아주 좋았소.'

1962년 가을, 가리는 장군이 '장르 섞기'를 즐기는, 열 명에서 열두 명으로 이루어진 '절친한 사람들과의 점심 식사'에 초대되어 엘리제 궁으로 간다.

네 쌍의 부부가 초대되었다. 파리 15구 의원이자 통신부 장관인 자크 마레트와 그의 부인, 부인이 한때 장군의 비서로 일한 적이 있는 리옹

의원 에두아르 샤레, 산업부 장관 비서실장인 레몽 바르와 이브 바르, 그리고 로맹 가리와 진 시버그.

장군이 자신은 오히려 열정적이고 행복한 경험을 했지만 스포트라이트가 쏟아지는 가운데 하루 종일 촬영하느라 고생이 심하겠다며 젊은 여배우에게 지대한 관심을 보였다고 바르는 전한다. "생각하시는 것보다 훨씬 더하다"고 그녀는 대답한다.

식사중에 가리는 전쟁 이후 지속되어온 유럽 정책을 옹호하고, 용감하게도 유럽의 안녕이 없다면 프랑스의 안녕도 없을 거라고 강조한다. 당시는 막 로스앤젤레스에서 돌아온 가리가 발령 대기 상태에 있던 시기다.

"그래, 이제 뭘 할 작정이오, 로맹 가리?" 장군이 묻는다.

"글을 쓸 겁니다." 신중하지 못하게, 약간은 너무 성급하게, 스스로의 앞길을 막으며 가리가 대답한다.

장군은 하마슐드가 번역한 생 종 페르스의 시로 곧 화제를 돌린다. 그들의 서로에 대한 충실한 우정은 어떤 합의, 더군다나 어떤 정치적 행동의 공모에는 결코 도달한 적이 없다.

1967년에 가리가 정보부 장관 조르주 고르스의 비서실로 들어가 지식인과 예술인의 관계를 담당하게 된 것은 순전히 공화국 대통령 비서실장이자 가리의 친구인 에티엔 뷔랭 데 로지에의 개인적인 추천 덕분이었다.

게다가 조르주 고르스는 부하로 일한 가리에 대해 안 좋은 기억을 갖게 된다. 그는 작가의 '잦은 부재'와 '이기주의'에 대해 불만을 토로한다. 가리가 그 직책을 받아들인 건 오직 그의 영화 〈새들은 페루에 가서 죽다〉를 검열에서 벗어나게 하기 위해서였을 거라고 고르스는 주장한다. 어쨌거나 가리는 그 싸움에서 이긴다. 또한 디드로의 작품을 영화화한 자크 리베트의 〈수녀 *La Religieuse*〉에 내려진 상영 금지 조치도 해제하길 원한다. 가리는 고르스의 비서실에서 일한 것에 대해 이렇게 말한다.

누구나 잘못 생각할 수 있습니다. 저는 당시 뻔뻔스럽게도 탄압을 일삼던 검열위원회를 깨부수고 싶었어요.

1968년 5월,* 가리는 미코노스에서 — 이것이 바로 고르스가 말한 잦은 부재다 — 정보부 장관에게 냉랭하고 격하기까지 한 편지를 보내, 자신은 '학생들 편'이라고 선언하고 사의를 표한다. 드골주의자들은 가리의 이러한 태도를 영 마음에 들어하지 않았다. 가리를 규율을 모르는 방약무인한 인물로 여겼다. 그는 드골주의자들 내부에서조차 단독 행동을 했다.

이것이 로맹 가리와 앙드레 말로의 가장 큰 차이점이다. 말로는 장관이었다. 반면 가리는 경계를 정하기 어려운 영역, 오로지 그만이 잘 알고 있고 그가 자신의 자유라고 부르는 영역을 휘저으며 요란스레 돌아다녔다. 시마론, 길들여지지도 않고 길들일 수도 없는 말, 이 단어는 한 쌍의 장갑처럼 그와 딱 맞아떨어졌다.

그의 드골주의는 아주 오래된 사랑, 아주 강하고 불손한 감정, 어쩌면 하나의 철학일지도 모른다. 프랑스 역사상 가장 끔찍한 시기에 가리의 유일한 신조인 자유를 구현한. 드골주의는 가리가 정치에서 희망할 수 있는 최고의 것, 공화국의 위대함이라는 이상을 제안한다.

그는 극단주의자들 — 파시즘과 공산주의 — 을 증오했다. 하지만 대

---

* 전후 프랑스의 정치, 경제, 사회, 문화 전반에 대한 저항으로 학생 혁명이 일어난다. 여기에 노동자들이 가세해 드골의 정책에 반기를 든다. 68혁명을 통해, 권위와 명성의 상징인 드골은 물러나고, 프랑스는 대학교육, 엘리트 문화의 대중화, 성 혁명을 통한 여권 성장을 이루어낸다.

중의 범용한 요구에 영합하는, 적당히 물질주의적인, 슬프고 무기력한 체제 또한 그만큼 경멸했다. 그는 드골에게서 리더가 아니라 역사를 바꿀 수 있는, 1940년처럼 버려진 민족을 승리의 민족으로 변모시킬 수 있는 '늙은 마법사' — 가리가 붙인 별명 — 를 발견하고 사랑했다.

가리는 모든 정치인들을 몰아서 경멸했다. 기 몰레든 장 르카뉘에든 발레리 지스카르 데스탱이든. '50년대에 가장 안 좋았던 기억'에 대해 질문을 받은 그는 '제4공화국 의원들'이라고 대답한다.

하지만 그는 1차 투표에서는 오로지 지스카르를 떨어뜨리기 위해 시라크에게 표를 던진 후, 1974년 3월에 실시된 대선 2차 투표에서는 제4공화국의 전형적인 표본인 미테랑을 찍는다.

그가 조금의 유보도 없이 전적으로 숭배한 정치가는 평생 충성에 기반을 둔 우정을 다진 드골뿐이었다.

하지만 장군은 그를 총애하지 않았다. 신중하고도 친절하게 가리와는 거리를 유지했다. 가리도 그것을 알고 있었다.

『밤은 고요하리라』에서, 가리는 장군이 만날 기회가 있을 때마다 특히 앙드레 말로에 대한 얘기를 했다고 털어놓는다. 장군의 팡테옹에는 자신이 작가로, 예술가로 올라 있지 않다는 것을 가리는 알고 있었다.

하지만 그는 그것에 조금의 앙심도 품지 않았다. 정반대로, 드골은 가리가 겸손 — 가리가 다른 사람들 앞에서는 절대 보이지 않은 감정 — 을 내보인 유일한 인물이다. 1970년에 드골의 비서실장을 지낸 바 있는 피에르 르프랑이 장군에 관한 책을 써달라고 부탁했을 때, 가리는 단호히 거절했다. 피에르 르프랑이 부질없이 계속 졸랐지만 대답은 매번 부정적이었다. "아뇨, 저는 쓸 수 없습니다. 저는 그 책을 써서는 안 됩니다. 전 충분한 프랑스인이 아니니까요."

오래전에 프랑스인이 되었고, 거기다 자유 프랑스인이기까지 한 사람이 내세운 납득할 수 없는 구실. 하지만 가리는 드골 앞에서는 — 오직 그 앞에서만은 — 이민자라는 과거에 대한 콤플렉스, '이방인'이라는 느낌을 떨쳐버리지 못했다. 아마 그러한 인물에 대한 글을 쓰기 위해서는 프랑스 태생이고 가톨릭교도여야만 한다고 생각했거나, 앙드레 말로라는 이름을 가져야 한다고 생각했을 것이다……

1967년 12월 8일, 문학예술계 인사들을 위한 저녁 파티 때, 가리는 진 시버그와 함께 다시 엘리제 궁을 찾았다. 드골은 편안하고 밝은 얼굴로 다양한 분야의 스타들에게 인사를 건넸다. 그 자리에는 기병 차림의 브리지트 바르도, 페르낭델, 모리스 슈발리에, 장 뒤투르, 놀랍도록 멋진 루드밀라 체리나, 질베르 베코, 루이 드 퓌네스, 푸른 드레스 차림의 미셸 모르강, 부르빌, 로베르 이르쉬, 마오쩌둥 스타일 튜닉 차림의 위그 오프레,* 밝은 색조 바탕에 줄무늬가 있는 정장 차림의 장 폴 벨몽도, 그리고 초록색의 새 아카데미 회원복 차림의 모리스 드뤼옹 — 그는 바로 그날 오후에 아카데미 프랑세즈 회원이 되었다 — 이 참석했다. 예술가 자격으로 초대된 가리는 반골답게 외교관 차림을 하고 나타났다. 엘리제 궁 입구에서 찍은 사진을 보면, 목에 비로드를 댄 짙은 색 외투를 입고 있다.

키 작은 금발의 진은 밝은 색 모피 차림으로 옆에 서서 다정하게 미소를 짓고 있는 반면, 활기 없는 나날을 보내던 가리는 고개를 빳빳이 세운 채 굳은 표정을 짓고 있다. 우선 그는 아무리 유명한 예술가들 모임이라 할지라도, 어떤 패거리 모임에든 짜증을 냈다. 아마 발길을 돌려 집으로 돌아가고 싶었을 것이다. 게다가 11월 27일 기자회견중에 장군이 '유대 민족, 자신감에 차 있고 위압적인 엘리트 민족'에 관해 한 발언 때문에 그는 아직 화가 나 있었다.

또다른 해방훈장 수훈자 프랑수아 자코브처럼, 가리는 공개적으로 항

---

* 페르낭델, 루이 드 퓌네스, 미셸 모르강은 영화배우, 모리스 슈발리에, 부르빌은 배우 겸 가수, 질베르 베코는 가수 겸 작곡가, 위그 오프레는 가수, 장 뒤투르는 작곡가이다.

의하고자 했다. "프랑스 유대인들은 우리와는 다른 민족에 속한단 말인가?" 그는 화를 내며 이렇게 말하고는, 드골의 정의는 자유 프랑스에도, 드골의 프랑스에도 적용될 수 있다고 덧붙였다.

당시 정보부 장관 비서실에 근무하던 가리는 뒤늦게나마 정치―드골의 정치라 할지라도―가 자신에게 맞지 않다는 것을 깨닫고 있었다. 이것은 그가 『밤은 고요하리라』에서 직접 밝힌 말이다.

1958년, 장 벨리아르가 국회의원 선거에 출마해보지 않겠느냐고 제안했을 때도 가리는 단호히 거절했다. 그는 엄밀한 의미에서의 어떠한 정치적 활동에도 참여하지 않게 된다.

1963년 니스에서 개최된 신공화국동맹(UNR)* 전당대회 때 '미국 사랑(l'Amour de l'Amérique)'에 대해 연설한 것을 제외하고는. 하지만 그는 이 연설에서 드골의 반미주의가 대세를 이루던 분위기를 거스르며 케네디 대통령의 정치를 열렬히 옹호했다! 얼음처럼 굳은 청중은 박수조차 치지 않았다. 그러자 당시 신공화국동맹 당수였던 자크 보멜이 황급히 끼어들었다. "로맹 가리가 지극히 개인적인 입장에서 발언했다는 것을 밝혀두고자 합니다."

가리가 연설하고 나서 몇 분 지나지 않아, 케네디 대통령이 암살되었다는 소식이 전당대회가 열린 륄 호텔로 날아든다.

가리에게 정치는 본질적으로 불경하고 무례하며 도발적이기까지 한 문학, '고독의 작품' '진정한 가치의 추구'**와는 양립할 수 없는 것으로 보였다.

"나는 아무도 달가워하지 않는 내 역할을 했다."*** 그는 자신이 드골

---

* 1958년에 드골 지지파에 의해 결성된 프랑스 정당. 1968년에 공화국민주동맹(UDR)으로 명칭을 바꾸었다.
** 『스가나렐을 위하여』에서.(원주)
*** 『밤은 고요하리라』에서.(원주)

의 정치에 잠시 참여한 것을 이렇게 평한다.

가리는 드골에게 충실하면서도 자신의 드골주의를 서슴없이 아이러니의 시험대에 올렸다. 집에서 그리고 작품 속에서까지 그는 드골을 '노인네'라 불렀다.

진 시버그도 가리를 따라 드골을 '비밀스러운 노인'이라 불렀다.

가리는 성스러운 이미지, 성유물, 밀랍상 들을 경멸했다. 그는 이미 『튤립』에서 레지스탕스라는 낱말에 대해 더없이 엉뚱한 정의를 내린 바 있다. '샤를 드골이라는 부족장의 지휘 아래 프랑스 군대가 독일을 점령한 1940년부터 1945년까지 독일 국민이 침략군에 대항해 전개한 저항운동. 샤를 드골은 결국 스탈린그라드에서 중국인들에게 패배하고, 폐허로 변한 파리에서 정부 에바 브라운과 함께 자살한다.'

장군이 사망한 후 그를 기려 파리 솔페리노 거리에 샤를 드골 연구소가 설립되었을 때도, 개소 기념 강연회에 초대된 가리는 연단에 오르기를 거부한 채 다리를 벌리고 의자에 걸터앉아 질문에 답한다.

드골주의는 제겐 하나의 추억입니다. 모든 나라에 때때로 도래하는 것과 같은 역사적 순간, 만남, 프랑스를 스치고 지나간 숨결이었죠. 그런데 이젠 끝나버렸습니다. 어쩔 수 없다면 잘된 거죠. 앞으로 다른 순간, 다른 만남, 다른 숨결이 있을 겁니다. 그것은 마지막이 아니었습니다. 생생하게 살아 있는 어떤 것이었어요. 방부 처리하여 보존할 수 있는 그런 것이 아닙니다.*

가리는 타고난 소수파였다. 좌파든 우파든 다수는 피했다. 그는 단독행동을 더 좋아했다. 그에게 열정을 불어넣을 수 있는 유일한 인물상은,

---

* 『밤은 고요하리라』에서.(원주)

그의 호감을 살 수 있는 유일한 그룹은 '최후의 부대', 1940년 런던의 프랑스인들처럼 수적 열세에도 불구하고 고군분투하는, 사면초가에 빠진 부대일 것이다. 1968년 5월, 그는 바리케이드를 치고 있는 학생들을 혼자 방문한다. 어두운 색 정장 차림으로, 가슴에 레지옹 도뇌르 훈장을 달고. 장군의 부름에 즉각 응해 샹젤리제의 행진에 합류한다. 이번에는 방랑자 차림으로, 바람에 스카프를 휘날리며. 하지만 군중을 보고는 집으로 되돌아간다. 가리는 사람이 부족할 경우에만 부름에 응했다……

드골주의 내부에서도 그는 저격수였다. 대열의 전위에도 후위에도 서지 않고 결연히 동떨어져 지냈다.

또한 정치인들에 대해서는 일종의 테러리스트 사상가였다. 신랄한 유머로 기존 가치를 무너뜨리고, 자신에게 아무리 소중한 것이라도 모든 체제와는 거리를 두고자 했다.

해방훈장 수훈자들끼리의 가족적인 모임을 제외하고, 가리가 프랑스에서 자신의 드골주의를 드러낸 적은 단 한 번도 없다. 그의 작품에서도 드골주의에 대한 신앙고백은 전혀 찾아볼 수 없다. 미국에서 영어로, 아주 조심스러운 용어로 표현한 것을 빼놓고는. 이 신앙고백에서 가리는 자기 개인의 역사보다는 장군의 '위대함'을 전면에 내세웠다.

그는 세 차례에 걸쳐 전선에 나선다. 첫번째는 장군이 정치 무대로 되돌아오고 제5공화국 헌법이 국민투표에 부쳐진 1958년의 일로, 가리는 적대적이거나 불신의 눈길을 보내는 미국인들에게 드골이 누구인지를, 절대적 민주주의자로서의 드골의 개인사와 자질을 설명한다.

1969년에 있었던 두번째 개입은 편지의 형태로 이루어진다. '나의 장군께, 안녕히, 사랑과 분노를 담아.(To Mon Général, farewell, with love and anger.)'

그 편지는 프랑스가 마지막으로 드골을 거부한 국민투표 직후인 5월 9일에 발표된다. 가리는 자신의 충성심과 그의 하야에 대해 느끼는 분노를 표하기 위해 이 편지를 쓴다. '나의 장군……' 이 말만 프랑스어로 씌어 있다.

　　원스 어폰 어 타임…… 옛날 옛적에 유럽 대륙에 두 나라가 있었다. 하나는 프랑스라 불렸고, 다른 하나는 드 골이라 불렸다.*

　　더 랜드 드 골…… 드 골 나라는 천 년이 넘는 역사를 지니고 있었고, 위대함의 이상을 찾아 나선 전설적인 인물들, 왕, 영웅, 기사 들로 가득했다.**

　가리는 아이러니를 담아, 그가 '미니 프랑스' 라 부르는, '실제보다 더 위대해 보이려고 애쓰다 지쳐버린 프랑스인들로 가득한,' 사회보장제도의 나라로 프랑스가 되돌아가는 것을 축하했다.

　그는 '위대한 인물은 이제 구식' 이라고 말하고는, 드골의 하야는 정치적 계산에 따라 드골이 자초한 일이라고— '당신은 당신에게 끌려오는 오천만 프랑스인들을 대표하느라 지쳐버렸기 때문입니다. 당신의 하야는 실패를 피할 수 있는 유일한 방법이었습니다.' — 결론짓는다.

　동포들에게 적의를 품고 있고, 자신이 '작은 프랑스' 혹은 '카망베르' 라 부르는 것을 경멸해 마지않는 그는 투표 결과에 대해 이렇게 빈정거린다.

　　프랑스인의 오십삼 퍼센트는 드골을 더이상 대통령으로 삼지 않겠다고 결정했습니다. 우리는 이 때늦은 굴욕의 표시에 찬사를 보내지 않을

---

* 영어로 쓰인 문장을 작가가 프랑스어로 번역한 것.(원주)
** 『라이프 매거진』에서.(원주)

수 없습니다.

세번째는 드골이 서거했을 때 『라이프 매거진』에 실린 보다 차분한 어조의 조사(弔辭)다.

자살하기 오 년 전, 가리는 머리를 아주 짧게 깎고 가느다란 콧수염만 남기고 깔끔하게 면도하고서, 초췌한 얼굴에 향수에 젖은 눈길로 TF1에서 기획하고 다니엘 코스텔이 진행을 맡은 드골 장군 서거 5주년을 기념하는 특별 방송 〈드골, 프르미에르 *De Gaulle, première*〉에 출연한다. 감회에 젖은 가리는 장군이 "자기 생애의 남자"였다고 털어놓는다.

내가 죽고 난 후에, 그러니까 이삼십 년 후에, 내 아들이 화면에서 드골 장군과 함께 있는 나를 보게 될 거라 생각하니 재미있군요……

엉뚱한 언동의 영원한 아마추어로서, 가리는 드골을 돈 후안과 페기*의 미묘한 혼합으로 정의하고, 드골에게서—예전에 흐루시초프에게서처럼—연극인, 코미디언의 면모를 찾고, 그의 정치보다는 인물 됨됨이를 전적으로 옹호하며, 장군이 자신에게는 이미 오래전에 "시간을 초월하는 역사적 기념물의 면모"를 띠었다고 설명한다.

전설이 되어버린 그 인물 안에는 아마도 한 아버지의 얼굴이 숨어 있었을 것이다. 가리가 즐겨 말한 것처럼, "어느 누구의 아들도 아닌" 사생아 가리, 더이상 카체브라 불리지 않는 가리, 때때로 그를 낳았을지도 모르는 위대한 유령 모주힌의 꿈을 꾸는 가리는 드골을 통해 또다른 아버지를 상상할 수 있었다.

---

* 샤를 페기(Charles Péguy, 1873~1914), 기독교와 사회주의, 애국주의 등을 마음속 깊이 신앙으로 삼고 실천한 프랑스 시인이자 철학자.

그는 드골에게서 태어났다. 자유 프랑스는 그에게 이름을, 긍지를 주었다. 그는 치기에 불퉁거리지만 속은 아주 따뜻한 불량소년처럼 드골과 함께 성장했다. 어려운 시기마다 ― 1940년, 1958년, 1969년 ― 부름에 응했고, 장군을 위해, 장군을 보호하기 위해 싸웠다. 다시 말해, 글을 썼다.

모주힌은 가리의 상상 세계를, 환상을 채워준다. 드골은 평생 가리가 아쉬워했던 사람, 안내자 혹은 등대로서의 아버지를 구현한다. 1970년 11월, 가리는『라이프 매거진』에 이렇게 쓴다.

드골주의는 제게 정신적인 힘, 영적인 고양, 인본주의적 신앙, 하나의 빛입니다.

흰 개와 검은 표범

　걷잡을 수 없는 분노에 푸른 눈마저 검게 물들어버린, 격분에 찬 남자. 분노에 휩싸여 『흰 개』를 쓴 것은, 울분에 치를 떨며 공개적으로 격렬하게 반항하는 남자다. 그는 이 년 전인 1966년, 음산한 유머로 친유대인파와 반유대인파를 동시에 조롱하는 『칭기즈 콘의 춤 *La Danse de Gengis Cohn*』을 출간한 것으로 인종차별주의와는 개인적인 계산을 끝냈다고 믿었다. 미국은 또다시 '문제'에 직면해 휘청거린다. 흑인들에게 평등권을 줘야 할까 말아야 할까? '각자에겐 자신의 유대인이 있다'고 그는 예전에 썼다. 그런데 '이제 각자에겐 자신의 깜둥이가 있다'…… 삶은 그를 맨 앞좌석에 앉혀, 흰 미국과 검은 미국이 자기 얘기만 일방적으로 지껄이며 손에 칼을 빼 들고 팽팽히 대치하는 폭력극의 관객으로 만들어놓는다.

　1968년 4월 4일, 멤피스(테네시 주)에서 마틴 루터 킹 목사가 살해당한다. 인종차별주의 전쟁이 미국을 강타한다. 당시 진 시버그는 할리우드에서 리 마빈, 클린트 이스트우드와 함께 파라마운트 사에서 제작하는 막대한 예산의 코미디 뮤지컬 〈페인트 유어 웨건 *Paint your wagon*〉을 찍고 있었다. 제작자인 조슈아 로건은 셜리 맥 레인과 오드리 헵번을 제치고 진을 택했다.

일 년 전에 정보부 장관 조르주 고르스의 비서실로 들어간 로맹 가리는 프랑스에서 '종교재판의 마지막 유물'인 검열제도를 철폐하기 위해 맹렬히 투쟁한다. 그는 진을 보기 위해 삼 개월 동안 무려 열두 번이나 대서양을 건너고, 바크 가와 콜드워터 협곡의 집을 오가며 생활한다. 비록 〈새들은 페루에 가서 죽다〉가 흥행에 실패하기는 했지만, 거기서 보여준 명연기 덕분에 진 시버그는 할리우드에 다시 입성한다. 프랑스에서 경력을 쌓은 그녀는 서른 살의 나이에 진정한 할리우드 스타가 된다. 새로운 기회가 그녀에게 미소를 보낸다. 그녀는 향후 이 년 동안 찍을 멋진 영화들을 계약한다. 딘 마틴, 버트 랭카스터, 재클린 비셋과 함께 조지 시튼의 〈공항 *Airport*〉에도 출연하기로 되어 있었다. 이어서 데이비드 존슨, 리 캅과 함께 버니 코발스키의 〈마초 칼라한 *Macho Callahan*〉에도. 부자에다 유명하고 독립적이며 열여덟 살 적만큼이나 아름다운 진은 가리와의 부부 생활에서 벗어나 먼 바다로 떠나가는 배처럼 점점 멀어져간다. 로맹은 숨을 헐떡이며 그녀를 쫓아다니고, 파리에서 로스앤젤레스로 쉴 새 없이 날아간다. 하지만 쉰넷의 나이에 또다시 이주하는 것은 거부한다. 그는 아내 곁에서 단란하게 살아가게 해줄 미국 이민보다는 두 집 사이를 오가는 유목민의 생활을 더 좋아한다. 아들 디에고 곁에 늘 함께 있어주고 싶지만 끊임없이 떠나야 하는 것이 그는 못마땅하다. 계속 글을 쓰기는 하지만, 여행도 시차도 작품에 대한 그의 집중력을 떨어뜨리지는 않지만, 그는 진 빠지는 이 리듬을 오래 견뎌내지 못한다.

그해 가을, 로맹과 진은 이혼하기로 합의한다.

1968년은 절정기를 누리는 스타 진이 혼신을 다해 반인종차별주의 투쟁에 뛰어든 해다. 제인 폰다나 말론 브란도처럼, 그녀는 흑인 게토와 베트남 전쟁, 백인 아메리카의 '부르주아적'이거나 '반동적'인 모든 정책에 반대해 투쟁을 벌이는 억만장자이자 좌파 전사인 배우들의 대열에 합류한다. 유명 배우들의 이러한 입장 표명은 물론 관대함에서 비롯된 경우도 많지만, 홍보 효과를 노리고 코미디를 펼치는 배우들도 상당수 있었다. 가리는 진에게 '현실 참여 작가'의 태도만큼이나 그를 짜증나게 만드는 '현실 참여 배우'의 위험과 우스꽝스러움에 대해 끊임없이 경고한다. 로스앤젤레스에서 열린 가난한 흑인들을 위한 기금 모금회에 참석한 가리는 『흰 개』에서 그 얘기를 하면서, 말론 브란도를 '양탄자 위에 오줌을 갈기는 거실의 복슬 개'로 취급했다. 그는 자신을 과시하는 스타들을 혐오했다.

진은 달랐다. 그녀의 현실 참여는 새삼스러운 게 아니었다. 어린 시절에 시작된 것이다. 따라서 그녀의 직업에도, 1968년에 유행한 사상에도 빚진 것이 전혀 없었다. 오로지 순수한 마음에서 비롯된 것이다. 그녀는 열네 살 때 이미 가장 오래된 흑인 보호 협회로 1954년에 대법원에서 학교의 인종차별 정책 철폐를 얻어낸 바 있는 '유색 인종의 지위 향상을 위한 국가적 운동(National Association for the Advancement of the Coloured People, NAACP)'의 회원이었다. 흑인 공동체가 철길 건너편, 양갓집 규수들은 접근조차 하지 않는 도시 한 귀퉁이에 위치해 있어 흑인들이 거의 눈에 띄지 않는 마셜타운에서, 진의 NAACP 가입은 이미 스캔들이었다. 당시 그녀의 아버지는 그런 운동 단체에는 왜 가입했느냐며 호되게 꾸짖었다. 삶에 무뎌지지 않는, 어린 소녀처럼 감수성이 민감한 진 시버그는 천성적으로, 고통에 시달리는 모든 것에 대해, 그 무엇도 그 누구도 진정시킬 수 없는 연민을 느꼈다. 불의와 고통을 목격하고 존재의 가장 깊은 곳까지 충격을 받은 진은 즉각 반발하여 십자군 원정에 나선다. 그녀 나름대로. 상처 입은 개, 고양이, 새 들을 모아 돌본다. 자기 집을 히피, 거지, 유랑자 들에게 개방한다. 어느 날 저녁, 그녀는 수입이 너무 적다며 불평을 늘어놓는 택시 운전사에게 아내에게 선물하라며 자신의 밍크코트를 벗어주기도 한다. 그녀는 빌려주지 않는다. 준다. 그녀는 세상에서 가장 너그러운 여자였다.

제인 폰다와는 달리, 진이 모임에서 발언을 하는 경우는 매우 드물었다. 모처럼 발언할 기회가 와도, 그녀는 스타의 번쩍임이라곤 조금도 찾아볼 수 없는 잠긴 목소리로 머뭇거리며 말했다. 가리의 경고 때문에, 하지만 무엇보다 타고난 소심한 성격 때문에, 그녀는 남의 눈에 띄지 않게, 겸손하게 '대의'에 봉사하기 위해 스스로를 감추었다. 반면 문들은 활짝 열어놓았다. 콜드워터 협곡에 있는 그녀의 아름다운 집은 곧 집회장, 위험에 처했거나 도피중인 전사들의 은신처로 변했다.

인종차별주의 반대 투쟁은 진과 로맹 사이에 멋진 화합의 터전을 마련해줄 수도 있었을 것이다. 가리는 작품을 통해 백인이든 흑인이든, 폴란드인이든 유대인이든, 모든 개인의 권리를 옹호했다. 『칭기즈 콘의 춤』은 웃음소리가 울려 퍼지는 가운데 인간의 평등에 대한 그의 믿음을 명확하게 드러낸다. 유대인을 비웃는 유대인에 대한 변론, 그것은 껄끄럽고 분노에 찬 유머의 책, 신념의 책이지만, 각 패거리, 계층 또는 인종의 배타성을 적대시하는 공화주의적 인본주의자의 책이기도 하다.

'칭기즈 콘'은 스물두 해 전부터, 전쟁이 끝나자 형사로 변신한 나치 '샤츠(Schatz)'의 의식 속을 떠돌며 그를 끈질기게 괴롭히고 그가 잠든 사이 장난삼아 그에게 이디시어를 가르치는 ─ '잠재의식, 내 친한 친구들에겐 그게 없었으면 해.' ─ 강제수용소에서 죽은 사람의 유령이다.

내 이름은 콘, 칭기즈 콘이다. 나는 유대인 희극 배우다. 난 예전에 이디시 카바레에서 아주 유명했다. 처음에는 베를린의 슈바르츠 식세에서,

그다음에는 바르샤바의 모트케 가네프에서, 그리고 마지막으로는 아우슈비츠에서.

가리는 일부 반인종차별주의자들의 허위의식과 위선도 인종차별주의만큼이나 혐오했다. 말론 브란도의 '과시(show off)'에 알레르기 반응을 보인 것과 마찬가지로, 『흰 개』에서 그는 진 시버그 주위에 우글거리는, 대뜸 수천 달러를 수표로 끊어주고 허위의식을 사는 할리우드의 특권층을 비난한다. 흑인들에겐 그런 사람들을 칭하는 용어가 있다. 포니(phonies), 즉 '사기꾼'이다.

그는 진의 순수성을 인정했다. 하지만 다른 모든 스타들과 마찬가지로 스스로 감당하기에는 너무 버거운 투쟁에 뛰어든 그녀를 이상주의자로, 순진한 이상주의자로 몰아세운다.

로스앤젤레스에 도착하자마자 가리는 분통을 터뜨린다. 화가 나 병이 — 신체적으로 — 날 지경이었다. 그는 밤늦게까지, 아내가 집을 비웠을 때조차 백인과 흑인 투사들이 진을 치고 있는 '자신의' 집을, 진의 집을 발견했다. 스튜디오에서 촬영이 없을 때면 진은 각종 회합, 모임을 쫓아다녔다. 아니면 '대의'를 함께하는 친구들과 줄곧 통화중이거나.

(가리는 민망해서 '대의'라는 말을 늘 인용 부호로 묶어 사용했다. '그 낱말은 너무 자주 사용되어 반쯤은 죽어버렸다.'*)

그는 '그의' 진에게 빌붙어 먹고사는 기생충 같은 존재들, 『흰 개』에서 이야기하고 있듯, 흑인들 등에 올라타고 자기 홍보에 열을 올리는 억만장자 제작자와 스타들, 기부금으로 주머니를 채우면서도 기부자들에게 욕설을 퍼붓는, 조소적이고 공격적이며 백인들과 똑같은 인종차별주의자인 흑인들을 견뎌내야만 했다. 가리에 따르면, 그들은 진을

---

* 『흰 개』에서.(원주)

이용했다.

　돌이킬 수 없는 것 앞에서는 늘 그렇듯, 가리는 도발로 대응한다. 그는 노골적으로 싫은 표정을 지었다. 아니면 할리우드의 선한 사마리아인들 앞에서, 한창 마르크스주의적인 담론이 오가는 가운데, '한 개비 가격이면 인도의 한 가족을 열흘 동안 충분히 부양할 수 있는'[*] 하바나산 시가를 피워 물며 손님들을 비웃었다.

　가리는 차라리 폭력을 믿으라면 믿겠지만 자비의 정신은 결코 믿지 않았다.

　미국 서커스는 그를 화나게 했다. 그는 자신을 백인으로도 흑인으로도 느끼지 않았다. 어느 인종 편에도 서려 하지 않았다. 그 자신의 피, 동유럽의 혼혈도 그에게는 더 나은 '대의'로 보이지 않았다. 가리에게는 인간만이, 다시 말해 성이나 피부 색깔의 차이가 없는 인간 존재만이 투쟁해 보호할 만한 가치가 있었다.

　그는 복수와 증오의 노란 별을 달기를 거부하듯, 백인이 흑인에 대해 느끼는 죄책감을 나눠 갖기를 거부했다. 이번에는 자기와는 상관없는 전쟁에서 멀찍이 떨어져 있으려 했다.

　진은 미국 여성으로서 이 문제에 책임이 있다고 느꼈다. 그것에 로맹은 격노한다. 그는 그녀에게서, 그가 그녀의 '이중의 죄책감'이라 부른 것, 지나치게 돈 많고 유명한 영화 스타로서의 죄책감과, 원죄, 잘못, 자기 과실(mea culpa)을 믿는 루터 교도로서의 죄책감을 사정없이 분석해낸다. 그는 사람들에게 이용당하고 있다고, 너무 쉬운 먹잇감, '호구' 노릇을 하고 있다고 그녀를 비난한다.

　그녀는 천진난만한 논리로 그의 시니컬한 비판에 반박한다. 그는 이렇게 쓴다. '자신보다 몇 세기나 더 젊은 여자와 결혼했을 경우, 나이 차

---

[*] 『흰 개』에서.(원주)

이는 끔찍한 것이 되고 만다…… 특히 나처럼 볼테르와 라 로슈푸코를 등에 짊어지고 있을 경우에는.'

진은 자기를 바침으로써 가리의 개인주의를, 잦은 모임과 지나치게 많은 '친구들'로써 조용히 지내려는 그의 욕구를 거스른다. 가리는 평화로운 가정에서 차분하게 글을 쓰고 싶어한다. 진은 그에게 폭풍을 강요한다.

그녀는 한없는 관대함으로, 가난하게 태어나 '절약'을 늘 삶의 첫번째 규칙으로 여기는 인색한 남자를 화나게 했다. 쉰넷의 나이에도 가리는 여전히 '결핍'을 두려워해서 벌어 모은 것을 항상 신중하게 썼다.

진에게 돈은 우정과 사랑을 위해 쓰일 때만 가치가 있었다. 가리는 창문으로 돈을 내던지고 있다고 그녀를 비난한다. 그녀는 그를 아르파공*으로 — 그가 소장한 프랑스 고전들을 읽은 터였다 — 취급했다.

　　더이상 못 견디겠어. 1,700만 미국 흑인들을 집에 두는 건 직업 작가에게도 지나친 일이야……**

무엇보다 그는 젊은 아내가 청춘의 함정들을 피해 갈 수 있도록 이끌어주고 싶어했다. 그 자신의 경험과 성숙함, 사랑으로 그녀가 분별을 되찾게 해주고 싶어했다. 그런데 그녀는 점점 그에게서 벗어났다. 그가 보기에 바보짓의 극치, 또는 그가 늘 말하는 대로 표현하자면 '멍청한 짓거리'인 스타의 투쟁에 뛰어들기 위해.

하지만 어느 누구도 — 가리조차 — 진 시버그를 바꿔놓을 수는 없었다. 어느 누구도 좀더 이기적으로 또는 좀더 신중하게 처신하라고 그녀

---

* 몰리에르의 『수전노 L'Arare』의 주인공.
** 『흰 개』에서. (원주)

를 설득할 수 없었다. 자신의 십자군 원정에 뛰어든 그녀는 시간도, 재산도, 심지어 목숨도 아낄 줄 몰랐다.

진은 아메리카의 잔 다르크이기도 했다. 그녀는 로맹 가리가 '진정성의 유혹'이라 부르는 것, 예술가라면 언젠가 필연적으로 느끼게 되는, 더이상 연극 무대가 아니라 삶의 무대에 뛰어들고자 하는 욕망과 드잡이를 하고 있는 배우였다. 이 열정은 진실에 대한 내적 욕구에 의해 한없이 증폭된다.

실제로 〈블랙 파워 *Black Power*〉는 진에게, 그녀가 자기 안에 살아 있다고 느끼는, 아직 어떠한 영화도 표출시키지 못한, 강력한 감정으로 충만한 인물을 '진정으로' 연기할 기회를 준다. '번, 베이비, 번(*Burn, baby, burn*),' 그녀 내부에는 세상이 아니라 자신을 불살라버리고자 하는, 위험천만한 모험을 강렬하게 끝까지 살아내고자 하는 욕망이 있었다. 금발의 부드러움 안에는 늙은 남편의 현명한 충고로는 결코 다스릴 수 없는 격렬한 충동이 숨어 있었다.

『태양의 형제』의 두번째 권인 『죄인 *La Tête Coupable*』에 나오는 콘(Cohn)의 이 슬픈 문장은 진에게서 영감을 받아 쓴 것이다. '내 말해주지, 그대여, 한 남자와 여자가 서로 잘 모를 때는 사랑할 수 있어. 심지어 아주 아름다울 수도 있지. 하지만 그들이 서로 잘 알게 되면 사랑은 더이상 가능하지 않아.'

당시 진과 로맹은 이혼 절차를 밟는 중이었고, 디에고는 바크 가에서 아버지와 함께 살았다. 진은 그들과 크리스마스를 함께 보내기 위해 파리로 왔다. 칸막이 벽이 가정을 완전히 해체시키지는 않은 채 두 부분으로 나누어놓았다. 큰 아파트는 로맹의 것으로 남았다. 하지만 문 하나만 열면 같은 층계참에 있는 진의 방 세 칸짜리 아파트로 통하고, 또 그 아파트는 디에고와 에우헤니아가 거주하는 아래층과 연결되었다.

미국에서 진은 가죽 점퍼와 베레모 차림의 흑인 과격파 '검은 표범들'과 연결되어 있었다. 그들은 화염병과 자동화기를 사용해 백인 인종 차별주의에 대항하여 전 미국을 공포에 떨게 했다.

'검은 표범들', 그것은 진의 삶 속으로, 가리의 작품 속으로 파고드는 폭력이었다. 네이팜탄 같은 것, 3,000마리 야수를 훈련시켜 '돼지들'―'검은 표범들'은 미국 경찰관들을 이렇게 불렀다―에 대항해 싸우도록 만드는 치명적이고 대개는 범죄적인 놀이 같은 것이었다.

젊은이들―1968년의 젊은이―모두가 평화를, 사랑을 믿었다. 장발에 꿈꾸는 눈을 가진, 상냥한 방랑자들의 메시지를 믿었다. 미니스커트 찬성, 베트남 전쟁 반대, 마리화나 찬성, 네이팜탄 반대, 사랑을 하세요, 전쟁 말고…… 마틴 루터 킹 목사의 말씀을 잊기를 원하는 '검은 표범들'은 캘리포니아의 히피들 사이에 끼어, 가난, 탄압, 보수주의에 반대를 외쳤다. 하지만 히피들이 꿀로 대항할 때 그들은 무기로 반격했다. 가리는 『흰 개』에서 한 흑인 친구에 대해 이렇게 쓴다.

그는 자기 시대를 사는 청년, 다시 말해 썩어빠진 전통의 무게를 양 어깨에 짊어지기를 거부하는 반항아였다.

곳곳에 설치된 바리케이드, 뜯겨나간 포석, 자욱한 최루탄 가루, 1968년 5월, 프랑스에도 혁명의 물결이 몰아닥친다. 가리는 바크 가와 '셰리프(Chez Lipp)' 사이를 오가며 지낸다. 가는 줄무늬 모직 정장을 차려입고 가슴에는 레지옹 도뇌르 훈장을 꽃처럼 단 채 생 제르맹 거리를 거니는 그를 보고 비위가 틀린 한 젊은 혁명가가 그에게 "더러운 속물!"이라고 소리를 지른다. 나중에는 한 기동대원이 똑같은 길에서 찢어진 청바지와 낡은 스웨터 차림에 머리까지 장발인 가리를 보고 "비열한 놈!" 취급을 한다. 신분증을 보지 않았다면 당장 그를 차에 실어 갈 태세였다. 로맹 가리는 늘 다른 곳에 있고, 늘 혼자였다……

가리는 정보부 장관 비서실에 사표를 제출한다. '학생들의 힘을 탄압'한다며 지나치게 비판하고, '탄압자들'과 손잡기를 거부한 것이다.

5월의 투쟁을 바라보며 젊은 시절에 대한 향수에 젖어들기도 하지만, 가리는 미국에 남겨두고 온 젊은 아내, 그곳에서 프랑스 대학생들이나 소르본 대학의 웅변가들보다 훨씬 더 격렬하고 더 잘 무장된 혁명가 친구들 때문에 나날이 무거워지는 위협에 시달리며 용감하고도 위험하게 살아가고 있는 젊은 아내를 잠시도 잊을 수가 없었다. '번, 베이비, 번,' 이 슬로건이 그해만큼 그를 공포에 떨게 한 적은 결코 없을 것이다.

그의 것이기도 한 진의 고양이들 — 샤마코와 방 그리고 로맹의 친구인 샴고양이 마이 — 이 독이 든 음식을 먹고 죽은 채로 발견된다.

진은 전화로 살해 위협을 받는다. 누군가 그녀의 승용차를 파손하고, 부엌 창문에 사격을 가한다. 하지만 그녀는 로스앤젤레스를 떠나기를, 또는 '대의'를 버리기를 거부한다.

로맹 가리는 영어로『흰 개』이야기를 끝낸다.

『흰 개』는 로맹 가리가 실제 사건에서 느낀 당혹감을 표현한다. 2월에 로스앤젤레스에서, 그는 목걸이도 없는 길 잃은 개 한 마리를 맞아들인다. 그 개는 독일산 회색 셰퍼드로 '주둥이 오른쪽 구석에 애교 점처럼 무사마귀가 나 있고, 코 주변의 털이 다갈색으로 물들어 있었다'. 그는 그 개에게 러시아어로 작은아빠 혹은 할아버지를 뜻하는 '바트카 (Batka)'라는 이름을 붙여준다. 집에서 키우던 개 샌디와 세 마리 고양이와 금방 친해진 그 개가 마음에 들어, 가리는 더없는 애정의 표시로 그 개를 샌디와 마찬가지로 '요 녀석'이라 불러준다. 그는 좋아하는 개들을 모두 그렇게 불렀다.

그런데 어느 날, 그 착한 셰퍼드가 집배원의 목을 노리고 달려든다. 이튿날에도 똑같이 사납게 송곳니를 드러내고 주둥이에 거품을 문 채, 풀장의 필터를 점검하러 온 직원을 공격한다. 또 그 이튿날에는 진의 친구를. 로맹이 신속히 개입하지 않았다면 아마 그들 모두를 물어 죽이고 말았을 터였다. 그런데 공교롭게도 그 세 사람은 모두 흑인이었다…… 바트카는 백인을 보호하도록, 다시 말해 흑인을 공격하도록 특별히 훈련받은 남부의 개, 인종차별주의자의 개였던 것이다. 냄새로 흑인을 구별해낸 순간, 살인견으로 돌변한 것이다.

할리우드에 있는 어느 동물원의 주인인 친구가 그 개는 '치료가 불가능하다'고 충고했는데도, 그는 '흰 개'에게 도전해보기로 결심한 한 흑인 조련사에게 바트카를 맡긴다. 조련사는 가리의 기대 이상으로 임무를 완수해, 바트카를 검은 개— 백인을 공격하도록 조련된 개—로 변모시켜놓는다.

실제 사건을 바탕으로 한 바트카의 우화는 로맹 가리의 삶의 한 장을 요약해 보여준다. 그것은 미국 역사의 한 에피소드에 대한 그의 증언일 뿐만 아니라, '검은 표범들'과 진과의 개인적 청산이기도 하다. 보편적 관용의 윤리를 위해 흑백 갈등 바깥으로 물러섬으로써, 그는 진을 단념하고 결국 그녀를 스스로 선택한 운명에 방치한다.

도울 수도, 변화시킬 수도, 결별할 수도 없는 여자를 사랑하는 것은 힘든 일이다.

가리는 간혹 돌아오는 진이 언제든 사용할 수 있도록 방 몇 칸을 비워둔 채 조용한 바크 가에서 아들과 함께 사는 쪽을 택한다. 이혼 절차가 진행중이었지만, 가리의 표현에 따르면, 그것으로 그들이 갈라설 수는 없었다. '우린 이혼이 갈라놓기에는 너무 가깝습니다.' 그는 『해럴드 트리뷴Herald Tribune』에 털어놓는다.

1970년 봄에 『흰 개』 프랑스어 판이 출간되었을 때, 진 시버그는 가리에 관한 모든 인터뷰를 거절한다. 가리는 관계를 완전히 끊을 수 없어,

진과 함께 여름을 보낸 푸에르토 안드레스에서 습관대로『흰 개』를 프랑스어로 직접 번역한다.

같은 시기인 1970년 3월, 진은 로맹 가리에게 임신 사실을 알린다.

그녀는 멕시코에서 삼 개월 동안 진행된 버니 코발스키의 영화 〈마초 칼라한〉 촬영을 막 끝낸 참이었다. 멕시코 수도 북부인 두랑고 지방의 참혹한 풍경은 그녀에게 큰 충격을 준다. 비쩍 마른 아이들이 수 헥타르에 걸쳐 펼쳐져 있는 빈민굴에서 몰려나와 배우들 캠프 주변을 맴돌며 개처럼 먹을 것을 구걸했다. 고통과 불의를 보면 참지 못하는 그녀는 즉각 혁명을 부르짖는 대학생들 편에 선다. 또다시 그녀는 돈을 대고, 비밀 회합에 참석하고, 멕시코 정부와 공권력을 공개적으로 격렬하게 비난한다. 멕시코 내무장관이 코발스키를 찾아가 여배우를 "제발 좀 가만히 있게" 해달라고 요청할 정도로……

진은 자신이 본 것을 시로 표현한다. 이 시는 앙리 토마*의 잡지로 앙토냉 아르토**가 책임 편집한『옵시디안*Obsidiane*』제5호에 실린다.

멕시코
두랑고에 있는
부자들 집 담은 아주 높고
깨진 유리 조각이 꽂혀 있다.
(……)
멕시코
두랑고에 있는
빈민들 집은 슬프지만 반겨준다

---

* Henri Thomas(1912~), 프랑스 시인, 소설가.
** Antonin Artaud(1896~1948), 프랑스 시인이자 배우, 연극 이론가.

밤은 아주 춥다

(……)

아몬드는 그 아이들 같은 눈을,

아이들은 가난의 눈을 갖고 있다.

자코모 레오파르디와 장 필립 라리외 사이에, 장 폴랭과 프랑수아 보다에르, 에르망 멜빌, 그녀의 열성 팬인 앙리 토마의 시와 나란히 실린 진 시버그의 시는 슬프고 따뜻해 보인다.

공식적으로 진은 아직 몇 개월 동안은 가리 부인이었다. 그녀는 바크 가로 돌아와 곧 태어날 아기의 배내옷과 기저귀를 준비한다. 7월 1일자로 이혼이 선고되지만, 그녀는 가리와 함께 마요르카로 가서 그곳에서 1970년 여름을 보낸다. 새로운 행복을 위해 모든 것이 제자리를 되찾고 있는 것처럼 보였다.

니콜 오트줍은 말한다. "진은 임신하면 더 예뻐지는 여자들 중 하나였어요. 아이를 기다리는 그녀는 환한 빛을 발했죠. 진은 행복해했어요. 모든 것에도 불구하고."

저 멀리 지평선에 나타난 시커먼 먹구름이 폭풍을 예고한다.

우울증에 시달리던 진은 가리의 충고에 따라 절대 안정을 취하기 위해 스위스로 떠난다. 그녀는 마테호른 발치에 있는 가르미 데 제르마트 호텔에 묵는다. 그녀는 그곳에 혼자 있었다. 로맹은 그녀를 따라가지 않았다. 그는 『프랑스 수아르』지가 청탁한 르포 때문에 아프리카에 가 있었다.

진은 심심풀이 삼아, 자기 이야기에서 영감을 얻은 소설 『트윙클리 Twinkly』를 쓰기 시작한다. '트윙클리'는 '검은 표범들'이 그들의 대의를 지지하는 스타들을 지칭하는 이름이다. 하지만 스위스조차 진을 구하지는 못한다.

8월 17일, 미국 잡지 『뉴스위크*Newsweek*』는 600만 독자들을 위해 배우 진 시버그―그녀의 이름이 분명히 밝혀져 있다―가 '아버지가 로맹 가리가 아니라, 그녀가 캘리포니아에서 만난 한 흑인 과격 행동주의자인(기자는 아예 단정적으로 말한다) 아이'의 출산을 기다리고 있다는 기사를 싣는다. 완전히 격리된 상태에서 그 기사를 읽은 진은 치욕과 분노로 정신적 혼란에 빠져든다. 그 혼란은 치명적인 것으로 밝혀진다.

소문의 진위를 떠나, 진 시버그는 사람들이 자신의 삶에 대해 이러쿵저러쿵 떠들어대는 것을 용납할 수 없었다. 그녀는 흥분 상태에 빠져 잠을 이루지 못하고 '비방'과 '거짓'―그녀 표현에 따르면―을 부인하기 위해 여기저기 계속 전화를 걸어댔다. 며칠 후, 그녀는 헬리콥터 편으로 제네바 주립병원으로 이송되어, 8월 23일에 그곳에서 몸무게가 1.8킬로그램이 채 안 되는 여자 아이를 조산한다. 그 아이는 인큐베이터 안에서 이틀도 채 버티지 못하고 죽고 만다.

로맹 가리는 제네바에서 니나 하르트―로맹의 어머니 이름에서 딴 니나, 미합중국 독립선언문 서명자 중 한 사람인, 진의 먼 조상 존 하르트에서 딴 하르트―의 죽음을 지켜본다. 그의 딸은 두 반항인, 체제에 순응하지 않았던 한 여자와 자유를 수호했던 한 남자에게서 이름을, 그리고 그에게서 가리라는 성을 물려받았다.

　어머니와 아이가 성스러운 시절이 있었다. 남자들에겐 그들을 돕고 보호하는 것이 의무였다. 야만적인 짐승들 사이에서도. (……)

로맹은 제네바에서 글을 써서 『프랑스 수아르』지에 보낸다. 8월 28일자 『프랑스 수아르』에 실린 '거대한 칼*Le Grand Couteau*'이라는 제목의 간단하고 격한 글에서, 저자는 『뉴스위크』지를 직접 공격한다.

나는 일종의 내재적 정의에 대한 온 믿음으로, 갓 태어난 바크 가의 계집아이가 살아날 거라고 믿으려 애쓰고 있다. 하지만 의사들에 따르면, 『뉴스위크』지가 일을 멋지게 해치웠을 확률이 팔십 퍼센트라고 한다.

지금은 새벽 세시다. 그 파렴치한 도살 시도가 성공할지 실패할지 알기 위해 우리는 기다리고, 기다리고, 또 기다려야 한다. 하지만 이미 법의학자들과 증인들, 변호사들이 인큐베이터 안에서 떨고 있는 저 작은 존재 주위에서 무시무시한 카니발을 벌이고 있다. 자신의 백인 아내 위에 올라타고 있을 선민(選民)들을 안심시키기 위해……

아이는 제네바 주립병원 영안실에서 방부 처리된 뒤 미국으로 이송되어 마셜타운 리버사이드 묘지에, 이 년 전 교통사고로 사망한 진의 남동생 데이비드 시버그 옆에 묻힌다. 로맹 가리는 아이의 장례식에 참석하지 않는다.

아무런 장식도 없는 묘비에는 이렇게 새겨져 있다. '니나 하르트 가리, 1970년 8월 23일~25일.'

여자와 여행

    일 년 내내 마요르카, 말레이시아 또는 모리스 섬의 태양에 그을려, 나이가 들면서 야위고 곧고 건장한 앤서니 퀸을 점점 더 닮아가는 로맹 가리는 가공의 조상 타타르인들의 과거와 다시 연결된다. 그 역시 자신의 보물을 찾아 세상을 돌아다닌다. 또다시 유목민 혹은 떠돌이 광대가 된 그는 종종 가방도 꾸리지 않은 채, 몽골족이 초원의 말을 타고 다니듯 비행기를 이용해 지구촌 곳곳을 돌아다닌다.

    "늘 다른 곳에 뭔가가 있다는 느낌이 들어. 나도 모르겠어. 뭔가가, 누군가가 있는 것 같아. 그게 존재한다면 찾아다니면 돼." 가리는 프랑수아 봉디에게 말한다.

    가리는 공들여 이루어낸 영광 속에 안주하기보다는, 떠나려는 욕망에 떠밀려 고독한 모험가의 또다른 삶을 창조해낸다. 비행기는 그에게 오랜 길동무였다. 정기선이든 전세기든, 비행기를 타고 창공을 날 때면, 그는 조금씩 젊어졌다.

『라이프 매거진』『프랑스 수아르』에 이어『트래블 앤 레저*Travel and Leisure*』같은 미국 잡지들이 가리를 리포터로 기용해, 쉽게, 비용을 들이지 않고 여행이라는 마약에 빠져들 수 있는 기회를 제공한다.

1971년, 가리는 멕시코, 나이로비, 포르 루이를 여행한다. 1972년, 그의 여권에는 삼십여 개의 입국 비자가 찍힌다. 지부티, 사나, 카불, 세이셸, 방콕, 쿠알라룸푸르…… 아프리카에서 아시아로, 남미에서 폴란드로, 그는 진부한 일상에서 벗어나 다른 세계들을 경험해보기 위해 국경을 넘고 경치를 바꾼다. 싱가포르, 시애틀, 타이즈* 또는 몸바사**에서 색깔, 향기, 음악을 수집하고, 상상력의 팔레트를 쇄신시킨다. 하지만 이국적 정취보다는 변화에 더 많이 끌린다. 그는 예전부터 관광에는 취미가 없었다. 피라미드, 서커스, 박물관 등 의무적인 관광 코스에는 관심이 없었다. 발길 닿는 대로 해변, 거리, 시장을 돌아다니며, 중국, 케냐, 인도, 멕시코인 친구들과 사귄다. 사진도 찍지 않고, 메모도 하지 않는다.

예전에 레슬리 손에 이끌려 파리 보주 광장에 있는 빅토르 위고의 집을 방문했을 때도, 그는 '문화'에는 전혀 관심을 두지 않고 성유물로 가득한 진열창에 기대어 샌드위치를 먹었다. 안내원이 집을 일주할 동안, 그는 거기서 꼼짝도 않았다. 레슬리가 그의 입가에 묻은 빵 부스러기를 닦아준 다음 팔을 잡아끌고 나올 때까지…… 가리는 외국에 나가도 거의 아무 곳도 방문하지 않았다. 유카탄 반도에 갔을 때도 마야 신전에는 차가운 눈길을 지나치듯 한번 던졌을 뿐이다.

가리의 관심을 끄는 것은 다른 것이었다. 예를 들면, 그가 산책하듯 유유히 거닐며 생생히 목격한 삶 같은. 그는 유랑하는 히피처럼 꾀죄죄

---

* 예멘 남부의 예멘 고원에 있는 도시.
** 동아프리카 케냐의 항구 도시.

한 모습으로 피낭*의 한 카페에 앉아 보고, 듣고, 꿈꾼다. 미친 듯이 찾아 헤매던 행복, 무엇보다 '자신에게서 해방되는' 데 있는 행복에 거의 도달한, 연꽃 위에 가부좌를 틀고 앉은 현자처럼 평온한 얼굴로.

쉰일곱 살의 작가는 이미 국제적 명성을 얻고 있었다. 핀란드에서 세르비아-크로아티아까지, 모든 유럽 언어뿐만 아니라 영어, 일본어, 그리스어로까지 번역된 그의 소설 열다섯 편은 세계 어느 나라의 도서관에나 꽂혀 있었다. 로맹 가리는 끊임없는 여행을 통해 자신의 신화를 유지하는 범세계적인 소명을 가진 작가였다. 여행은 무엇보다 부르주아적인 파리 7구의 고정된 이미지로부터 달아날 수 있게, 문단을 호령하는 베테랑 문인의 포즈 속에 굳어버리지 않게 도와준다.

여행은 잊을 수 있게, 스스로를 잊을 수 있게 해준다. 그는 어느 날 아침 불쑥, 가방도 꾸리지 않고, 자신의 악마에게 떠밀려 파리를 훌쩍 떠난다. 오직 어디론가 떠날 목적으로. 아무 행선지나 골라 표를 사서는 다른 어딘가에서 사흘— 때로는 더 길게, 때로는 더 짧게— 을 보낸 후에 바크가로 되돌아온다. 자신의 항구로 돌아온 늙은 선원처럼, 한결 차분해지고 젊어진 모습으로, 머릿속에는 아름다운 이야기를 가득 담은 채.

하지만『트래블 앤 레저』를 위한 말레이시아 탐방 기사와, '홍해의 보물'이라는 제목을 붙이고 싶은 그의 바람과는 달리 '홍해의 지옥'이라는 제목으로『프랑스 수아르』에 실린, 예멘에 관한 일련의 기사들을 제외하면, 가리가 여행을 소재로 삼아 써낸 이야기나 소설은 전혀 없다. 그에게 중요한 건 출발과 모험뿐이었다. 파리의 테두리 속에 너무 오래 머물러 있다보면 밀실공포증 환자인 그는 답답함을 느꼈고, 그러면 단절과 쇄신의 욕구에 시달렸다.

『라이프 매거진』편집장 랠프 그레이브스나『프랑스 수아르』편집장

---

* 말레이시아에 있는 섬.

피에르 라자레프는 로맹 가리가 칠레나 팔레스타인에 대해 상세하고 심도 깊고 객관적인 분석을 해낼 수 있는 걸출한 리포터가 아니라는 것을 분명히 알고 있었다. 그들은 그를 작가로 높이 평가했다. 그들이 세계 곳곳에 보낸 것은, 여행을 좋아하고 모험을 즐긴 헤밍웨이, 상드라르 또는 케루악과 같은 성향을 가진 작가로서의 가리였다. 그의 서명이 들어간 주관적이고 독창적인 글을 얻기 위해.

『라이프 매거진』을 위해 그가 케냐에서 코끼리에 대해 한 조사는 '친애하는 코끼리'에게 보내는 재미있고 애정 어린 편지의 형태를 취한다. 이 편지에서, 로맹 가리는 '아우슈비츠의 유대인들'처럼 멸종 위기에 직면해 있는 오랜 친구의 초상을 그린다. 그는 늘 상상력이 필요로 하는 경계 없는 자유로운 공간을 상기시키는 아프리카의 대지를 묘사한다. 그리고 르포 기사 대신 연애편지로 말미를 장식한다. 피터 비어드의 멋진 흑백사진에 통상적으로 붙는 사회학적이고 해부학적인 해설 대신, 일종의 시가 붙어 있다. '친애하는 코끼리 씨, 당신은 우리의 마지막 순결입니다.'

이처럼 가리는 『라이프 매거진』 크리스마스 특집호 권두에 실릴 바다에 대한 기사도 시 「힘과 약속 *Puissance et promesse*」 한 편으로 대신한다.

그가 예멘을 헤맨 건 하나의 눈길을 찾기 위해서였다. 아덴, 아스마라, 모가디슈, 어딜 가든 사람들은 그곳에 성서에 나오는, 얼굴이 몹시 아름다운 여인들이 있다고 말한다. 룻*인 동시에 사바의 여왕인 여인들이…… 그는 베두인 목동, 예멘 병사 또는 부트르** 위에서 분주히 움직이는 어부들 사이에서, 얼기설기 얽힌 사나의 좁은 골목들에서, 눈부신

---

* 구약성서에 나오는 모압 여인의 이름.
* 아라비아의 작은 돛단배.

진홍과 인디고 빛깔의 베일 아래 감춰진 여인들의 비밀을 꿰뚫기 위해 애쓰며, 오토바이를 타고 호데이다 항에서 타이즈의 옛 수도까지 장장 500킬로미터를 헤매고 다닌다. 진짜인지 아니면 부분적으로는 꿈에 지나지 않는 것인지 어느 누구의 증언을 통해서도 증명되지 않은 이 오토바이 여행을 통해, 가리는 파리 떼와 회교 사원들 사이에서 놀라운 인물들—서유럽을 구하고자 하는 러시아 스파이, 사막 중의 사막인 루브알칼리 한가운데 궁궐을 세운 호텔 사장, 또는 홍해의 해적이 되어버린 프랑스 공군의 옛 교관—을 만난다. 결국 그가 필사적으로 찾고 있던 눈길, 마법적인 눈길을 보여준 것은 타이즈 궁궐 관리인, 옛 헤자즈 지방의 이븐 마루프였다고 한다.

나는 한 어린 계집아이의 눈에서 아라비아의 모든 역사를, 죽음과 시간이 망각의 작업을 완수했다고 믿는 바로 그곳에서 그 무엇에도 굴복하지 않고 생생히 살아 있는 모든 것을 보았다.

가리가 지부티에 간 것은 아비시니아, 나일 강, 소말리아 사이 어딘가에서 사라져버린 '프랑스 제국의 위대한 유령'을 찾아내기 위해서였다. '그룹 노마드' 혹은 '백색 비행 중대' 사나이들에 대한 향수에 빠져들지 않고도 마침내 결국 '형제들'을 찾아낸다. 게들에게 점령당한 한 모래섬을 관리하며 살아가는 옛 프랑스 총독 또는 지금도 디엔비엔푸에서 전쟁이 한창이라고 믿고 있는 전직 대위를…… '지부티에서는 유령들이 태양과 함께 깨어난다.'

매 여행—그가 이야기하지 않은 과테말라, 모리스 섬 또는 펀자브 여행까지—은 소설의 탐색이자, 자신을 다양화하고 다른 사람으로 다시 태어나고 우연이 만나게 해준 인물들을 통해 다른 하늘 아래에서 다른 삶을 살고자 하는 시도였다. 그는 종종 이렇게 말한다. "나는 타자다."

소설가는 자신을 무대에 올리기를 원치 않는다. 그는 책을 쓰는 동안은 자신의 것으로 받아들일 새로운 정체성을 찾았다. 자신의 세계에서 벗어나 머나먼 곳으로, 완전히 낯선 목적지를 향해 수시로 날아가는 그는 자신에게서 벗어나 완전히 다른 사람이 될 수도 있었다. 자신에 대한 환상, '그의' 가리를 줄곧 품고 다니지만, 자신이 아닌 인물로 다시 태어나기 위해 변신할 수도 있었다. 모든 나라, 모든 인종, 모든 계층 출신인, 매번 그 자신이면서 매번 다른, 그의 소설 주인공들의 놀라운 다양성은 여기서 기인한다. 로맹 가리의 소설가적 재능은 바로 이 환생의 힘에 있다.

"내겐 나의 '나'로는 충분하지 않다." 가리는 또한 이렇게 말한다. 바크 가의 아파트는 고요했다. 아침이면 비서가 출근해 세 시간 동안 그가 구술하는 것을 받아 적었다. 이후에는 훌쩍 커버린 디에고가 한쪽에서 여러 차례 들락거렸다. 하지만 그는 멀리 있는 진이 불안했다. 니나가 죽은 후로 예전의 아름답던 여인은 광채를 부쩍 잃어버렸다. 푸른빛이 감돌던 회색 눈동자는 완전히 잿빛으로 변해버렸다. 작은 요정은 슬픔에 갉아 먹혀 서른두 살의 나이에 이미 늙어버린 터였다.

걷잡을 수 없는 혼란이 그녀를 덮쳐 삼켜버린다. 바크 가는 여전히 그녀의 기항지로 남아 있었다. 그녀는 자신의 아파트를 가리의 아파트와 분리시키는 칸막이 벽 건너편에서 어떠한 애정의 말로도 달랠 수 없는 삶의 아픔을 끌고 다니고 있었다. 참회를 들어주고 슬픔을 달래주는 아버지에게 돌아오듯 끊임없이 로맹에게 돌아오지만, 그녀는 이제 더는 위안도 마음의 안정도 얻을 수 없었다. 적어도 로맹을 통해서는. 그가 아직 어떻게든 보호해주려 애쓰는 사랑하는 여인은 길을 잃은, 이성을 잃은 계집아이가 되어버렸다. 그녀는 그의 지붕 아래에서, 그의 영역 안에서 고분고분 그의 뜻에 따르며 살아갔다. 그는 그녀를 인도하려 애썼다. 하지만 진의 불안은 그의 노력을 허사로 만들어버린다.

로맹은 훌쩍 여행을 떠나 진의 불행으로부터 달아나기도 하지만, 다른 방식으로, 문학을 통해, 첫 소설에서처럼 맑은 피부, 초록색 눈동자, 세월이 흘러도 퇴색하지 않는 열정을 지닌 여주인공들에게 집착하여 달아나기도 한다. 『마법사들』의 테레지나와 『유로파』의 에리카는 다가갈 수 없는 스타들, 더없이 숭고한 이상적인 진들이다.

로맹은 『스가나렐을 위하여』에서 이렇게 쓴다. '예술 작품은 삶을 완전히 소유할 때까지 향유하고자 하는, 모든 것이 되고자 하는 욕구다.'

그는 활기 넘치고 행복에 대한 향수가 배어 있는 소설, 『유로파』와 『마법사들』을 동시에 준비한다. 이 소설들은 너무 평온하고 부드러워서 마치 그의 삶을 덮친 폭풍에서 멀찌감치 떨어져 쓴 것처럼 보인다. 다른 주제와 다양한 인물들을 바탕으로 한―하나는 계몽주의 시대의 유럽인이고, 다른 하나는 차르와 마법사들의 어두운 시대에 던져진, 베네치아에 사는 러시아인이다―이 두 소설은 읽는 이의 마음을 달래주는 묘한 힘을 지니고 있다. 바크 가를 짓누르는 근심 속에서 건져 올린 이 두 소설은 놀랍게도 희망을 나타내고 있다. 로맹 가리에게 작품은 도피처, 혹은 실낙원이었다.

하지만 진은 그의 뜻대로 되지 않는다. 그가 문학에서 보여준 힘도 그녀 앞에서는 무용지물인 듯 보인다. 진은 그의 힘에 부쳤다. 그녀는 그의 첫 실패작일까?

로맹 역시 다른 만남을 통해 그녀로부터 달아난다. 늘 실망과 욕구 불만에 싸여 되돌아오기는 하지만. 그는 로베르 갈리마르에게 그 여자들 중 하나에 대해 이렇게 말한다. "천상 여자였어. 기껏 베네치아에 데려갔더니 날 산 마르코 광장에 내버려두고 옷가지를 사러 가버리더군……" 유행을 좇는 멋쟁이 아가씨, 양갓집 규수, 기자, 대학생, 오며 가며 유혹한 여자들은 그의 꿈 깊은 곳에서 그의 모든 소설에 대한 영감을 불어넣어주는 운명적인 사랑의 대용품일 뿐이다.

진은 계속 로맹을 매료시킨다. 그녀는 가리의 두번째 영화 〈킬〉의 여주인공이 된다. 하지만 그 영화는 그의 사랑처럼 그를 배신한다.

쥘 다생의 〈새벽의 약속〉은 가리의 소설과 삶을 완전히 잘못 각색한 영화였다. 가리는 샹젤리제 거리에 새로 생긴 퓌블리시스 영화관의 스크린 위로, 화려하지만 천박한 드레스를 입은 멜리나 메르쿠리(니나 역), 갈색 머리의 호인 같은 프랑수아 라풀(어린 시절의 로맹 가리 역), 6일 전쟁 승리자의 아들 아사프 다얀(성인이 된 로맹 가리 역)이 스쳐 지나가는 것을 못마땅한 눈길로 바라본다. 진부한 장면들 속에서 자신의 어머니, 자기 자신 혹은 자신의 소설을 알아볼 수 없는 것에 절망하며, 배반들…… 그리하여 그는 두번째 영화를 만들기로, 〈새들은 페루에 가서 죽다〉의 경우처럼 시나리오부터 제작까지 모든 것을 직접 맡아 하기로 결심한다. 이 새로운 시도가 안고 있는 모든 위험, 특히 소설가로서 '그의' 충실한 독자들에게 실망을 안겨줄 수도 있는 위험을 무릅쓰고……

'킬'은 '죽여라!'라는 뜻이다. 애당초 이 영화에는 헤로인 밀매자들이 취급하는 마약 이름 중 하나인 '토탈 데인저(Total Danger)'라는 제목—영화 제작자로서 보다 큰 야심을 품고 있던 가리는 영어와 프랑스어 표기가 똑같은 이 제목을 선택한다—을 붙이기로 되어 있었다. 〈킬〉은 경기관총을 든 진과 스물다섯 구의 시체가 등장하는 액션, 서스펜스, 폭력 영화로 소개된다.

이 영화는 마약상들을 규탄하고 마약의 폐해를 경고하는 팸플릿 영화이기도 하다. 『프랑스 수아르』를 통해 가리는 선언한다. "나는 마약을 증오합니다. 인간 존재의 자기 통제력을 파괴하는 모든 것을 끔찍이 싫어하니까요."

인터폴 마약국 수사관으로, 국장 쿠르트 유르겐스의 밀명을 받고 세계 마약 시장을 장악한 거물 마약상들이 회합을 갖는 중동의 한 나라로

파견된 제임스 메이슨과 스티븐 보이드는 아직 정체가 드러나지 않은 배후 조종자인 조직의 최고 보스를 찾아내야만 한다. 그들의 수사는 수사관들 중 하나의 부인—진 시버그—이 남편 몰래 작전의 무대에 먼저 나타나 말썽을 일으키는 바람에 꼬일 대로 꼬이고 만다. 진은 알리바바처럼 헐렁한 바지 차림으로 모험을 찾아 나선, 가정이라는 고치를 깨고 나와 무장 테러리스트가 되는 중산층 부인 역을 해야 했다.

니나 하르트의 비극이 있은 지 육 개월도 채 안 된 시기에, 가리는 시버그에게 지독하게 힘든 역할을 맡긴다. 그녀는 히스테리, 신경증에다 이번에도 색정에 시달리는, 절망에 빠져 걸핏하면 폭력으로 반응하는 여자 역을 해야 했다. 영화가 시작되면, 무미건조한 결혼 생활에 따분해진 그녀가 축음기로 정글의 소리를 들으며 기분 전환을 하고…… 잔 다르크처럼 짧게 자른 금발 위에 아프리카 스타일의 가발을 써서 스스로를 주변화시킨다. 그녀의 남편은 "흑인이나 흉내내며 살고 있다!"고 그녀를 비난한다. 그녀—영화 속에서는 에밀리—는 권총으로 벽에 걸린 표적을 쏘아—검은 혁명에 적극적으로 참여한 여배우의 과거, 그녀의 좌파적이고 반부르주아적인 성향을 적나라하게 드러내는 반항적 이미지—그의 비난에 답한다.

가리는 시버그를 조금도 배려하지 않는다. 『흰 개』에서처럼 〈킬〉에서도, 그는 찬탄과 원망의 이중 음조를 바탕으로 연주를 한다. 가리를 위해 진은 아름다움, 스타의 광채를 되찾는다. 이 영화에서 그녀는 아직 더없이 멋졌다. 하지만 그것이 마지막이 된다. 꺼질 듯 꺼질 듯 꺼지지 않는 사랑으로 진과 결합한 가리는 그녀가 개인적이면서도 직업적인 침체에서 벗어날 수 있도록 돕기 위해 〈킬〉을 쓴다. 그는 진을 자극하기 위해 해내기 힘든 역할을 맡긴다.

진은 항의하지 않는다. 벨기에 기자와 가진 인터뷰에서, 그녀는 자신이 구현하는, 혼란에 빠진 등장인물을 '삶이 자신에게서 달아나고 있다고 느끼는 여자'라고 정의한다.

진은 흑인 과격파의 투쟁에 참여했듯, 가리의 투쟁에도 동참한다. 그녀에게도 마약은 인종차별주의만큼이나 위험한 재앙처럼 보였다. 그녀는 정당한 '대의'를 위해서라면 얼마의 희생을 치르더라도 언제든 투쟁에 나설 준비가 되어 있었다. 그녀는 가리에게 에밀리 역에 대해 어떠한 이의도 제기하지 않는다. 늘 그랬듯 자신의 이해는 조금도 고려하지 않고, 전혀 흥정하려 들지 않고, 자신의 모든 것을 내던진다. 앞서 말한 기자에게 밝히고 있듯, 아마 그녀는 가리를 '전적으로 신뢰'하고 있었을 것이다. "그가 원한다면 당장 내일이라도 그와 함께 또다른 영화를 찍을 거예요."

진의 몇몇 친구들은 특히 로맹 가리가 진에게 준 두 역할—아드리아나, 에밀리—때문에 로맹 가리를 끔찍하게 싫어했다. 하지만 진이 모든 것을 넘어서서 정신적 지주, 일종의 아버지, 평생의 친구로 남아 있는 남자에 대해 앙심을 품은 적이 결코 없다는 것만은 한결같이 인정했다.

가리는 〈킬〉을 처음에는 스페인 마드리드에서, 나중에는 알리칸테 근처의 엘체 오아시스에서 겨울에 십 주 동안 〈새들은 페루에 가서 죽다〉에서와 똑같은 회색 하늘 아래에서 촬영했다. 촬영 중간에 짬이 나면 진은 친구들과 함께 자전거 하이킹을 떠났다. 가리의 격려 덕분에 그녀는 비극을 겪은 후 처음으로 우울증에서 벗어나 삶의 의욕을 되찾는다. 한 무리의 미녀들이 젖가슴을 드러낸 채 마약 시장의 보스들을 호위하고, 억만장자 악당들의 성적 환상에 복종한다. 마지막 장면은 멀리 터번을 쓴 채 낙타 등에 올라탄 등장인물들이 예멘의 변치 않는 풍경을 상기시키는, 종려나무 숲을 따라 펼쳐진 늪지대에서 촬영되었다.

인간 사냥의 급박한 리듬에 따라 거칠게 전개되는 〈킬〉은 제작자의 증오가 드러나는 도발적인 영화다. 1972년 1월 19일에 마르세유에서 열린 시사회 때, 가리는 선언한다. "마약 밀매상은 살인자들입니다. 그들을 제 손으로 직접 죽일 수는 없어 영화를 통해 했습니다. 진정한 살육을."

그날, 행사의 주인인 조르주 크라벤*이 선별한, 노아유에서 기다리는 샴페인 파티에 대한 기대감에 부푼 관객들이 본 것은 강간, 참수, 낭자한 선혈, 산더미처럼 쌓인 시체들, 수사관과 부르주아, 마약상들에게 소리를 질러대는 관능적이고 퇴폐적인 진의 이미지뿐이었다. 똑같은 주제를 다룬 영화로, 육 개월 후에 개봉된 〈프렌치 커넥션French Connection〉은 연일 만원을 이룬다. 하지만 〈킬〉은 엄청난 실패를 맛본다. 마르세유에서만이 아니라……

미국은 이탈리아에서만 박수를 받은 도발적 성격 탓에 분노에 찬 비판의 대상이 된 가리의 영화를 사지 않는다. 〈라 몽타뉴 La Montagne〉의 리우 루베에게 그 영화는 '미국 B급 누아르 영화의 부산물'이고, 『콩바』의 앙리 샤피에에게는 '아주 나쁜 영화'였다. 이방 오두아르는 『르 카나르 앙셰네 Le Canard Enchaîné』에 '극도로 저속한 영화' 또는 '완전 실패작'이라고 쓴다. 『라 나시옹 La Nation』은 '실패로 끝났다'고 평하고, 신예 작가 디디에 드쿠앵은 『레 누벨 리테레르』에 실린 평에서 '가슴 아픈 일'이라고 결론짓는다.

훨씬 시적이고 독창적인 작품인 『새들은 페루에 가서 죽다』에 대해서도, 그가 쓴 어떠한 소설에 대해서도, 가리는 이처럼 만장일치의 비판을 받은 적이 결코 없다. 프랑스에서는 아무도 〈킬〉을 좋아하지 않았다. 어느 누구도 영화인 로맹 가리의 재능을 옹호하지 않았다. 앙리 샤피에는 한 기사에서 자신이 숭배하는 소설가가 그런 영화로 자신의 이미지와 명성을 더럽히고 있다고 한탄하기까지 한다. 그의 소설이 나올 때마다 제일 먼저 사서 읽는 충실한 독자들도 이 영화에 대해서는 관대하지 않았다. 그들은 〈킬〉을, 그 메시지와 폭력성, 음탕함을 외면했다.

---

* Georges Cravenne(1914~), 프랑스 영화 아카데미와 '세자르 상'을 창설한 영화인.

영화는 가리의 불안을 진정시켜주고 회한을 달래주는 문학보다, 그가 품고 있는 분노를 더 잘 드러내준다. 무정부주의자의 깃발처럼 검고 붉은 영혼은 예술가의 영혼이다. 그 색깔은 절망 혹은 반항의 색깔이다.

그의 영화 두 편은 어둠의 힘―울화와 공포―을 드러낸다. 첫번째 영화가 더 큰 예술적 성공을 거두긴 했지만. 그에 비해, 어둠에서 벗어난 그의 소설들은 더욱 밝아 보인다.

하지만 〈킬〉은 『흰 개』 이래로 해소되지 않은 분노, 가리의 개인사와 진의 비극, 『뉴스위크』지를 상대로 한 소송 준비 때문에―당시 미국 신문사 측 변호사는 로베르 바댕테르였다―더욱 증폭된 그의 분노를 모아놓았다. 가리와 시버그는 변호사 쿠르노와 변호사협회 회장 아리기가 요구한 500,000프랑보다 훨씬 적은, 15,000프랑과 45,000프랑을 피해보상금으로 각각 받아낸다. 브라크몽 판사가 주재한 파리 제17경범재판 법정은 '사생활 침해'는 인정하지만 『뉴스위크』지가 아이의 죽음에 '직접적인 책임이 있는 것은 아니'라고 판결한다.

10월 4일, 가리는 파리 법원에 출두한다. 모스그린 색 양복, 카우보이 부츠, 넥타이 대신 머플러, 머리 위에 걸쳐 얹은 선글라스로 화려하고 생뚱맞게 차려입은 그는 아프리카 오지에서 막 촬영을 마치고 돌아온 일종의 영화인, 또는 그리스나 태국에서 막 돌아오느라 면도할 시간도 없어 친구―신사보다는 마피아에 더 가까운―에게 양복 한 벌 겨우 빌려 입고 온 여행자처럼 보인다. 간단히 말해, 그의 자유분방함과, 우아한 취향에 대한 혐오감이 확인되는 변장 속에서도 그 자신을 닮은 로맹 가리는 멋지면서도 우스꽝스럽다.

저는 어느 누구보다 언론의 권리와 자유를 존중합니다. 하지만 문제가 제기됐습니다. 언제 그 자유가 언론의 파시즘으로 변하는지 알아내야 하는……

감정이 복받쳐서인지 그의 목소리는 떨린다. 아직 굵고 부드럽긴 하지만 그것은 이미 늙은이의 목소리였다. 그날, 자신의 정당한 권리를 주장한 그의 연설은 나이를 반영했다. 쉰여덟의 나이에 가리는 늙어가고 있었다. 많이 지쳐 있었다.

그러한 무지막지한 압력에 대항해, 금전의 힘에 대항해 어떻게 싸우겠습니까? 여러분들께 한 가지 예만 들자면, 이 소송이 지속되는 한 미국에서 제 책이 더이상 출간되지 않을 거라는 말이 들려오고 있습니다.

가리의 '대의'가 승리를 거두기는 하지만, 그것은 상처뿐인 승리였다. 그의 이름을 지닌 니나 하르트는 금세 잊혀지고 만다. 진은 단편영화 〈조조는 발을 보여주고 싶어하지 않는다 *Jojo ne veut pas montrer ses pieds*〉를 만든, 장래가 촉망되는 스물일곱 살의 영화감독 데니스 베리와 재혼한다. 그 부부는 바크 가의 똑같은 번지이기는 하지만 안뜰을 향해 있는, 다른 건물의 아파트에 정착한다. 디에고는 아버지의 집에, 바로 옆에, 정서적인 균형을 깨지 않은 채 서로의 자율성을 보호하기 위해 일부러 그려놓은 듯한 테두리 안에 머문다.

작고 호리호리한 몸매에 백금발인 열아홉 살의 새 비서 마르틴 카레가, 로맹 가리가 자살할 때까지 십 년 동안 작가를 흠모하는 헌신적인 협조자의 역할—그녀 자신은 결코 그의 정부가 아니었다고 주장한다—을 하기 위해 무대에 등장한다. 오전 아홉시 반에 바크 가에 도착하자마자, 그녀는 로맹 가리의 구술에 따라 미래의 소설들을 기록하는 일에 몰두한다. 가리는 하나의 이미지, 실루엣, 디테일에서 즉흥적으로 태어난 첫 문장을 출발점 삼아 이야기 한 편 전체를 구성한다. 그는 미리 작업 계획을 짜지 않고, 데카르트적인 치밀한 구성보다는 들끓는 영감에 따라 쓰는 것을 더 좋아한다. 마르틴 카레는 가리가 불쑥 내뱉는 문장을 타이핑한다. 가리가 타이핑한 글을 심사숙고해 고쳐놓으면, 비서는 결정적인 상태가 될 때까지 여러 번에 걸쳐 다시 깨끗하게 타이핑한다. 책상 가까이 있는 엄청난 크기의 버들 광주리 쓰레기통에 초고들이 쌓여간다. 탈고를 하지 않는 한, 가리는 아무것도 버리지 못하게 한다. 산더미처럼 쌓인 종이들이 소설에 마침표를 찍을 때까지 소중히 보관된다.

가리의 작업실은 안뜰의 우거진 나뭇잎들이 내다보이는 넓은 방이다. 그곳에서 그는 책들에 파묻혀, 구운 흙으로 만든 하마, 코끼리 컬렉션, 그리고 탁자 위의 카드 점쟁이 구슬 옆에 놓인 돈키호테 나무상과 같은 물신(物神) 오브제들을 벗 삼아 글을 쓴다. 그는 프랑스 로슈에게 이렇게 설명한다.

난 글을 안 쓰고는 배길 수가 없어요. 생리적인 욕구지요. 글을 안 쓰면 병이 나고 맙니다. 내게 그건 일종의 배설 과정이지요.

가리가 그렇게 밤낮없이 작품에 매달린 적은 한 번도 없었다. 모든 여흥, 외교, 정치, 영화 그리고 스스로 삼가지 않았다면 크나큰 즐거움이었을 파리의 사교 생활까지 포기한 그에게는 고독과 소설들, 애견 샌디밖에 남지 않았기 때문이다. 덴마크 혈통이 약간 섞인 잡종 개로 아주 온순하고 바리톤으로 짖는 노란 '늙은 멍청이' 샌디는 한때 진과 함께 살았지만 스타의 바쁜 일정 탓에 진이 돌볼 수 없게 되자 가리의 둘도 없는 벗이 되었다. 아침 일곱시만 되면 그는 샌디를 끌고 산책을 나간다. 그리고 바크 가의 인도에서, 역시 막 침대에서 일어나 생 제르맹 사냥개 율리시스를 끌고 나온 로제 그르니에와 마주친다.

가리의 하루는 가이에 부인이 1937년부터 꾸려온 바크 가 93번지의 '브라자' 카페에서 시작되었다. 그녀는 가리에게 진한 블랙커피와 크루아상―그가 스스로에게 허락한 유일한 진미인 크루아상이 없었다면 그에게 파리의 새벽은 더는 축제가 아니었을 것이다―을 갖다 준다. 일곱시 또는 아무리 늦어도 일곱시 반, 대개는 가리가 개시 손님이었다. 그는 긴 의자에 앉아 에스프레소를 마시며 신문들을 탐독한다.『르 피가로』『르 마탱』『르 코티디앵』『해럴드 트리뷴』을. 세상과 삶에 굶주린 사람처럼『렉스프레스』『르 푸앵』『마치』『타임스』『라이프』그리고『뉴스위크』까지……

그는 집으로 돌아가기 전에 생 제르맹 대로와 라스파이 대로가 만나는 사거리 조금 못 가서 있는 생선 가게까지 걸어 내려간다. 그리고 가게 카운터에 서서 스프라츠(spratz)―훈제한 다섯 가지 생선―를 손가락으로 집어먹는다.

아홉시부터는 작품과 함께 틀어박힌다. 점심 시간이 되어서야 바크가 108번지에서 나와, '셰 리프'에 들러 주로 송아지 머릿고기―그가 가장 좋아하는 메뉴―를 먹는다. 가끔은 아리따운 아가씨와 함께, 보다 드물게는 로베르 갈리마르 같은 친구와 마주 앉아, 대개는 혼자서. 로제 카제스는 식사를 하며 파리의 광경을 즐길 수 있도록 그에게 가장 좋은 자리를 내준다. 평소보다 손님이 많아 식당이 북적댄 어느 날, 좋은 자리를 원하는 명사들의 요구에 난감해진 카제스가 움푹 들어간 곳에 있는 약간 안쪽 자리를 배정하자, 가리가 굵고 낮은 목소리로 항의했다. "이것 봐요, 카제스, 날 화장실로 보내는 거요?……"

'셰 리프'에서 점심 식사를 한 후, 그는 마르틴 카레가 어김없이 제자리에 앉아 그가 맡겨놓고 간 종이들을 붙들고 씨름하고 있는, 그의 세계로 되돌아간다. 그는 고치고, 다시 쓰고, 이야기들을 만들어내고, 책을 다듬고, 또다른 책을 구상하고, 미래의 모든 책들에 대한 구상을 기록한다.

머리를 식히기 위해『플레이보이』와『뤼 Lui』를 뒤적이기도 한다. 그리고 일주일에 두세 번 샹젤리제나 오데옹으로 영화를 보러 간다.

가리는 푸르 가의 단골 양복점에서 맞춘 온갖 색깔의 실크 셔츠, 특히 붉은색과 보라색 셔츠를 보란 듯이 입고 다닌다. 그는 크리스티앙 오자르의 의상, 기수 부츠, 진, 두툼한 스웨터, 카키색의 군용 레인코트를 좋아한다. 추기경처럼 멕시코 보석, 황옥 또는 자수정을 둥글게 간 반지 두 개를 검지와 중지에 끼고 다닌다. 재녁처럼 매달 시가 값으로 400달러를 지출한다…… 그는 온갖 장르를 뒤섞어 자신을 치장한다. 예술가 패션, 마피아 두목 스타일, 베테랑 리포터 룩, 부르주아적 겉치레. 샤르베 와이셔츠와 줄무늬가 쳐진 푸른색 정장에, 붉은색 리본이 달린 레지옹 도뇌르 훈장을 달고 여전히 외출할 수 있었다.

신사로서 여자들의 손에 키스할 줄도 알고, 새로 유혹한 여자에게 꽃을 보내고 달콤한 밀어를 속삭일 줄도 알았다…… 하지만 일상적인 담화는 허물없는 만큼 상스러울 수도 있는 짐수레꾼의 어휘로 장식한다. 그는 의상으로 자신의 개성과 색깔을 드러내는, 외모를 공들여 다듬는 남성적인 댄디였다. 옷 입는 방식에서 기상천외하고 파격적이고 즉흥적인 시도를 즐기는 그이지만, 한 가지 패션만은, 동성애자 패션만은 결단코 거부한다. 그는 여자처럼 나약해 보일까 봐 걱정하고, 옷을 선택하는 데는 결연히 마초로 남아 있고자 했다. 여름에 튀니스*나 마라케시를 연상시키는, 바람에 휘날리는 흰색 옷차림을 할 때도.

남성적 전통과 맥을 같이하는 이러한 사나이 기질을 제외하면, 이미 옷차림을 통해 고전적이지도 자유분방하지도, 단정하지도 상스럽지도, 진부하지도 진짜 엉뚱하지도, 도시적이지도 변두리적이지도 않은, 도무지 분류가 불가능한 자신만의 스타일을 드러냈다. 하지만 파리의 거리를 활보하는 그의 실루엣은 전쟁 전의 외투를 고집스럽게 입고 다니는 아라공이나, 아무렇게나 파카를 걸치고 다니는 사르트르의 실루엣만

---

* 튀니지의 수도.

큼이나 익숙하고 친근한 것이 된다. 그는 자신의 살아 있는 광고판으로서, 스파게티 웨스턴*에 나오는 멕시코 무뢰한들처럼 챙이 넓은 펠트 모자와 덥수룩한 턱수염을 과시하고 다닌다…… 군중에게 충격을 주고, 그들의 뇌리에 자신의 신화 혹은 우편엽서의 가리를 심어놓고자 한다. 그는 언제나 하나의 역을 연기한다. 이번에 그가 연기한 것은 모험가이자 작가, 러시아 출생의 유대계 프랑스인인 일종의 헤밍웨이, 간단히 말해 분류가 불가능한 인물의 역할이다. '셰 리프'의 테라스에서 그가 구현한 인물은 사실 그의 '나', 로맹 가리의 세번째 혹은 네번째 환생이다.

레슬리 블랜치는 말한다. "다 가짜였어요. 진짜 로맹을 감추기 위한 하나의 포즈…… 한 편의 연극이었어요."

진짜 로맹…… 여러 개의 가면 속에 감춰진, 레슬리가 아직 애정을 담아 "내 착하고 귀여운 로맹"이라 부르던 그 사람. 그녀는 그의 콩키스타도르 갑주(甲冑)들을, 잔인하고 일그러진 얼굴을 가진 그의 인디언 인형 컬렉션—가리가 로스앤젤레스에 근무할 때 앙드레 말로에게 선물해 함께 나눈 열정—만큼이나 싫어했다.

로맹 가리는 분장을 좋아했다. 레슬리 블랜치와 함께 살던 시절, 스페인 정복자 같은 모습을 하기 위해 칠흑같이 검은 크레용으로 자기 눈썹과 턱수염 옆쪽을 칠한 적도 있었다. 그것도 아주 진하게. 그는 도발을 위해 그런 연극을 한 것이 아니라, 아마 거기서 피부를 바꿔 입는, 잠시 다른 인물이 되는 실제적이고 깊은 쾌감을 느꼈을 것이다. 때때로 온통 가죽 옷, 그것도 검은색 가죽 옷으로 차려입는, 스페인 귀족 혹은 노상강도 같은 구릿빛 얼굴을 가진 그는 푸른 바다색의 고전적인 정장을 해도 전혀 놀랍지 않았다. 때로는 정중한 신사, 때로는 창녀의 기둥서방을

---

* 몇몇 미국 배우를 빼고 모두 이탈리아 배우들을 고용하고, 또 이탈리아나 스페인에서 제작해 영어로 더빙한 서부영화.

연기하며 스타일의 기준에서 벗어났다. 그의 패션은 그만의 것이고, 그의 옷장은 무대 의상들로 가득했다.

자신의 아이콘들에 충실한 로맹 가리는 무엇보다 힘과 유혹을 나타내는 사나이 역을 좋아했다. 그것은 그가 가장 잘할 수 있고, 여러 변주를 통해 그가 가장 충실했던 역할이다. 그리고 평생 여자들이 몹시 마음에 들어한 역할이기도 하다. 터프가이의 용모, 거친 매너에도 불구하고 그는 겉모습 뒤에 살가운 애정과 민감한 감수성의 보물들을 감추고 있던 듯하다. 그 때문에 그의 소설을 읽은 여자들이 가장 쉽게 그에게 빠져들었다. 여자들과 함께 있을 때 그는 행복을 그리워하는 마초가 되었다. 그들 모두를 보호해주면서 그들로부터 위안을 얻는…… 그들 중 하나는 회상한다. "그가 자기 연민에 빠져 매 맞은 개 같은 표정을 짓고 있으면 그의 삶에서 모든 불행을 몰아내주고 싶었어요……"

가리는 또한 여자들을 웃길 줄도 알았다. 부질없는 연애로 한가한 시간을 때울 때만. 그는 런던이나 캘리포니아에 있을 때처럼 나이트클럽에 여자를 더이상 데려가지 않는다. 그는 수시로 상념에 빠져든다. 아가씨들 중 가장 멋진 아가씨, 막 열아홉 살이 된 피터 유스티노프의 딸 파블라를 앞에 두고도 몇 시간 동안 말없이 딴생각에 빠져 있기도 한다.

그는 자신의 건강을 걱정한다. 상상에 의한 지나친 불안과 걱정으로, 실제로 아프기 시작한다. 그는 오랜 친구 아지드 박사에게 자신이 상상해내서 머릿속에서만 앓고 있는 모든 질병에 대해 진단을 내려달라고 졸라댄다. 과대망상증은 점점 악화되고, 그는 젊은 시절에 매독이 차지했던 공포증의 자리를 대신 차지한 암의 참화에 사로잡혀 있었다. 그가 아지드에게 말한다. "얼마 안 있으면 내 나이 육십이야, 빌어먹을!" 그는 나이를 받아들이지 못했다.

"로맹은 늙는 것을 끔찍하게 싫어했어요." 그보다 연상인 레슬리 블랜치는 설명한다. "나이 사십에 벌써 자기가 늙어버렸다고, 끝장났다고 믿었죠…… 언젠가 내게 이렇게 말하더군요. '레슬리, 도대체 당신은 어떻게 당신 나이 생각을 전혀 안 해?' 늙는 걸 좋아하는 사람은 아무도 없어요. 하지만 로맹의 경우, 그것은 하나의 강박관념이었죠."

실제로 가리는 시드는 것, 약해지는 것, 또는 추해지는 것을 끔찍하게 싫어했다. 미리부터 그것을 두려워했다.

나이 육십의 문턱에서, 슬픔의 기운이 바크 가의 아파트를 무겁게 짓누른다. 가리는 자신이 자기 작품의 주인이듯 자기 삶의 주인이라고 느끼지 못한 채 전율에 몸을 떨며 시간이 지나가는 것을 바라본다. 글을 쓰지 않을 때는 시곗바늘이 돌아가고 있다는 걸, 자신은 이제 더이상 최고의 걸작을 추구하는 젊은 신예가 아니라 이미 긴 과거를 가진 노작가라는 것을 떠올린다.

사는 것이 급해진 그는 자신이 아직 알지 못하는 것 혹은 잃어버린 것, 또다른 영토 혹은 사랑을 발견하기 위해 여자와 여행에 대한 욕구에 빠져든다. 어느 날 아침 훌쩍 멕시코로 떠나기도 하고, 젊은 여자 소설가를 피렌체로 데려가기도 하고, 즉흥적인 결정에 따라 쿠알라룸푸르로 날아가기도 한다.

쓰는 것이 급해진 그는 작품, 그가 그 안에 품고 있는 완전한 작품을 완성하기 위해 중요한 소설 두 편을 서둘러 끝내고, 발행인 혹은 금전적인 필요보다 더 끔찍한 악마, 작가들을 창작의 도형수로 만드는 악마의 재촉에 떠밀려 글을 쓰는 펜의 노예처럼 세번째에 이어 네번째 소설에 뛰어든다. 가리는 그런 저주받은 자들 중 하나였다. 그는 자신에게 평생 글을 쓰라는, 평생 작품에 헌신하라는 선고를 내린다. 1972년의 『유로파』와 1973년의 『마법사들』은 비평적 성공을 거두기는 하지만, 신문기자들이 삼십 년 전부터 그의 소설을 읽느라 벌써 지쳐버린 듯, 이전 소설들이 발표되었을 때와 같은 흥분과 논란은 불러일으키지 못한다.

크라스노다르 지방에 있는 라브로보의 참나무 숲에서 자란, 『마법사들』의 주인공 포스코 자가(Fosco Zaga)는 표트르 대제 때 러시아에 둥지를 튼, 유서 깊은 베네치아 곡예사 집안의 마지막 후예다. 천문학자이자 점쟁이인 그의 아버지 주세페 자가(Guiseppe Zaga)는 예카트리나 대제를 치료했다. 사촌들이 어릿광대, 곡예사, 복화술사 또는 줄타기꾼인 것처럼, 그는 작가다. 마법사다.

아버지의 아내로 불타오르는 듯한 머리카락과 에메랄드 빛 눈동자를 가진 열여섯 살 베네치아 여자인 테레지나를 미친 듯이 사랑하는 포스코 자가는 내전, 유대인 박해, 페스트로부터 그녀를 구하기 위해 갖은 재주를 부린다. 가리의 작품 중 가장 완성도가 높은 것 중 하나인 이 소설에서, 가리는 시간과 세기를 자유자재로 오가며 어린 시절의 잃어버린 러시아를 관통하는 가장 멋진 여행을 이야기한다. 가리는 때로는 테레지나를 진처럼 쿠레주* 스타일로 입히고, 때로는 푸슈킨 백작의 무도회에서 춤을 추도록 옛날 공주의 흰 드레스를 입혀, 현실과 픽션의 세계를 교묘히 뒤섞어놓고, 마법의 대가로서 가장 아름다운 상상의 자서전 한 편을 창조해낸다. 그 또한 포스코 자가와 같은 마법사, 이미지 밀매자, 곡예사 ― 소설가 가리가 오래전부터 자신의 직업에 대해 내린 정의들 ― 이므로. 러시아의 미스터리에서 베네치아의 축제까지, 그는 예술가 혹은 마법사의 재능으로 군중들에게 즐거움을 주기 위해 세상을 떠돌아다닌 음유시인과 광대 들을 통해 자신의 이야기를 찾는다.

포스코 자가는 이렇게 쓴다. '수많은 얼굴들을 통해, 우리는 끊임없이 단 하나의 초상만을 그린다.'

바크 가의 저녁, 로맹 가리는 혼자다. 가리가 밤새 돌아다니며 즐기길 좋아한다는 전설이 있기는 하지만, 그는 일찌감치 잠자리에 든다. 이틀

---

* André Courrèges(1923~), 프랑스 패션 디자이너. 60년대 이전의 우아하고 고상한 패션에서 벗어나 젊고 발랄한 스타일을 선보였다. 이후로 재킷과 슬랙스 차림이 여성 정장으로 자리잡았다.

날 일찍 일어나 작업을 하기 위해…… 흰 벽에 걸린 젠킨스와 리벤슈타인의 그림들이 격렬한 빛깔들을 투사하고 있다. 디에고 자코메티가 제작한 책꽂이와 푸른빛이 감도는 알레친스키의 풍경화가 방을 거만하게 굽어보고 있다. 거기 예술가들 사이에서, 로맹 가리는 판초로 몸을 감싼 채 마지막 남은 아바나를 피운다. 유령과 망상이 그의 고독을 달래준다.

남작

가리의 소설 대부분에는 그가 하나의 기호나 봉인처럼 등장한다. 그
는 남작(baron)이라 불린다. 때로는 소문자(baron)로, 때로는 대문자
(Baron)로. 그가 폰 푸츠 주 스테른(von Putz zu Sterne)이라는 우스꽝
스러운 이름을 자신에게 부여하고, '푸치(Putzi)'라는 재미있는 별명으
로 자신을 부르게 하는 『유로파』와, 더 간단히 폰 프리트비츠(von
Pritwitz) 남작으로 등장하는 『칭기즈 콘의 춤』을 제외하고.

그가 정확히 누구인지, 어디서 왔는지는 아무도 모른다. 먼 조상이 아
마도 프러시아, 게르만 혹은 슬라브 계통일 거라고, 그의 뻣뻣함과 위풍
당당함으로 보아 어쩌면 튜턴족 기사들의 후예일 거라고 막연히 추측할
뿐이다. 어쨌거나 그는 인형극의 인형처럼 불쑥 등장한다. 이제 막 가리
의 소설을 읽기 시작한 탓에 아직 가리를 알아보지 못하는 독자는 어리
둥절해할 정도로, 아무런 예고도 없이.

소설에 등장할 때마다, 흠잡을 데 없는 동시에 우스꽝스러운, 유행이

지난 촌스러운 우아함을 지닌 그의 모습은 한결같다. 화사한 색조의 줄무늬 정장, 카나리아 색깔의 조끼, 나비넥타이, 포마드를 바른 머리, 가는 콧수염, 페카리 가죽 장갑, 말라카 대나무 지팡이, 경마장에서 주로 쓰는 중산모자.

공들여 치장한 그는 군인처럼 뻣뻣한 자세로 서 있거나 앉아 있다. 대개는 조각상처럼, 또는 석화된 나무 둥치처럼 꼼짝도 하지 않는다. 그에게 움직임은 낯선 것이다. 가끔 자신에게 허락하는 유일한 몸짓은 혐오감에서 비롯된 반사적 행동으로, 손가락 끝으로 소매에 묻은 먼지를 털어내는 것이다. 그는 자신이 불쑥 뛰어든 모험, 고뇌하는 가리의 주인공들 사이에서 청결에 대한 강박관념을 키운다. 그는 무엇보다 세상의 불결함을 두려워한다. 늘 흐릿하고 고정된, 아무 표정이 없어 무섭고도 음울한 눈길, '삶과 너무 고통스러운 충돌을 일으키는 바람에 자신의 내부로 추락해버린'* 남자의 눈길로 세상을 바라본다.

주위에서 무슨 일이 일어나건 조금도 동요하지 않고 천천히 시가를 피운다.

그는 좀처럼 속내가 드러나지 않는, 노름꾼의 수수께끼 같은 얼굴을 하고 있다. 하지만 말이 없을 뿐만 아니라 노름도 하지 않는다. 고집스럽게 침묵을 지키고 있어, 말하기를 두려워하거나 의사소통을 끔찍이 싫어하는 듯한 인상을 준다. 벙어리에다 의기소침한 그는 스위스에서 부잣집 아들들이 롤스로이스에 그를 감금했을 때도 생리적 욕구가 견딜 수 없는 지경에 이르러서야 벌떡 깨어나 인간 언어와 다시 연을 맺으며 "쉬!" 그리고 이어 "응가!"** 라고 외친다.

모든 소설 속에서, 그는 현실감을 상실한, 무례하고 엉뚱하고 정신 나

---

* 『유로파』에서.(원주)
** 『게리 쿠퍼여 안녕히 *Adieu Gary Cooper*』에서.(원주)

간 인물로 특징지어진다. 다른 등장인물들과도 이야기와도 아무런 관계가 없는, 소설 속에 난데없이 끼어든 진정한 훼방꾼으로, 광인으로.

그가 등장하자마자 소설에는 조롱의 분위기가 도입된다. 남작은 분명 그와는 아무 상관도 없는 이야기 속에 혼란을 심어놓는다. 자신의 순진무구함, 혐오감, 아이러니, 무(無)의 철학과 더불어, 거기 그렇게 있다.

의심할 여지 없이, 그는 아무것도, 어느 누구도 믿지 않는다. 사랑도, 남자도, 여자도, 자신도, 무엇보다도 신을. 그는 역사—"이 파리 똥"*—와 전 세계를 사정없이 비웃는다.

그에게 유일하게 절대적인 것은 참여에 대한 거부이고, 유일하게 정치적인 것은 내면에 머물러 있으려는 단호한 결의다. 그는 움직이지 않고, 말하지 않고, 사랑하지 않고, 기도하지 않고, 투표하지 않는다……그리고 소설에 발을 들여놓은 것이 난감하다는 듯, 깜짝 놀라게 만들거나 겉도는 것 말고 다른 역할은 하지 않는다.

그는 놀림감이다. 이 소설에서 저 소설로 꼭두각시처럼 끌려다니며 놀림당하는 광대. 당나귀처럼 고집스럽게 인간 희극의 가장자리에 서 있는, 무기력과 침묵으로 일관하는 얼빠진 인물, 회복 불가능한 백치는 풍자의 대담함에서, 로맹 가리가 상상해낸 인물들 중 가장 '가리적'이기도 하다.

남작, 그것은 인간과 삶에 대한 혐오감을 드러내는 가리의 슬픈 얼굴이다. 가리의 독특한 철학, 무신론과 상처 입은 인본주의의 혼합물이다. 그것은 가리가 무에 대해 느낀 유혹, 사실은 가리의 첫번째 자살이다. 왜냐하면 가리가 기수(旗手)로 선택한 그 인물은, 우리는 모르지만 그를 실의에 빠뜨리고 내면 세계로 침잠하게 만든, 굳게 닫혀 뚫고 들어갈 수 없는 감시탑처럼 그를 가둬버린 어떤 숙명적인 사고로 불행에 빠진

---

* 『유로파』에서.(원주)

사람이기 때문이다. 남작은 배꼽이 빠질 듯한 유머와 함께, 회한에 찬 생각, 준엄하고 비관적인 세계관인 환멸의 색깔을 구현한다.

지나친 자존심 때문에, 남작은 세상사에 말려들기를, 손을 더럽히기를 거부한다. 코를 집게로 집고 손에는 장갑을 낀 채 수시로 먼지를 털며, 동양의 원숭이 세 마리와 똑같은 태도를 보인다. 아무것도 보지 않고, 아무것도 말하지 않고, 아무것도 듣지 않는 것…… 불가능한 단 하나의 지혜.

분명 가리는 자신의 허무주의적 신념을 전하는 이 인물에게 애정을 갖고 있었다. 남작은 공식 신분증만 보고 판단하자면 가짜 귀족이지만, 가장 우월하고 고귀한 계급, 즉 관조자의 계급에 속한다는 그의 자부심으로 보면 진정한 귀족이라 할 수 있다.

모르긴 해도 그는 세상을 혐오하면서 편하게 산 유일한 사람이다.*

남작에게도 거위 깃털 펜을 쥐는 일이 일어난다. 현대를 완강히 거부하는 인물이기에. 하지만 모로코 가죽으로 장정한 그의 책에는 글을 쓴 흔적이 전혀 없다. 말하는 것은 이미 참여하는 것이라는 사실을 이해한 그는 친구인 악당 로페 데 베가가 '인간사'라 부른 것에 대해서는 이방인으로 남아 있고자 한다.

남작이 저질렀다고 결코 비난할 수 없을 유일한 범죄는 적과의 협력이다.**

---

* 『별을 먹는 자들』에서.(원주)
** 『유로파』에서.(원주)

남작은 이오네스코, 카프카, 쿤데라를 떠올리게 한다. 남작 역시『왕은 죽어가다 *Le Roi se Meurt*』『케이 *K*』혹은『야쿱 *Jakub*』에서와 같은 부조리의 인물이기 때문이다. 하지만 남작은 가리에게 속한다. 초상이 루마니아나 체코 같은 동유럽 국가의 풍자시를 상기시키긴 하지만, 신체적으로나 정신적으로나 영락없는 폴란드인이기는 하지만, 남작은 그 유명한 소설가의 윙크, 너무도 잘 통제된 이야기의 흐름에 혼란을 심고 선량한 독자를 공황에 빠뜨리는 하나의 방식이다.

오쟁이 진 남편, 그것도 구제 불능의 오쟁이 진 남편인 남작은『칭기즈 콘의 춤』에서 스타가 된다. 상징적으로 전 인류와 두 개의 물방울처럼 꼭 닮은 매력적인 색녀이자 최고의 미녀인, 그의 아내 릴리는 마주치는 모든 남자들과 바람을 피운다. 불감증에 걸린 그녀는 매번 점점 더 아득해지고 점점 더 도달할 수 없는 것으로 드러나는 지고한 행복을 여전히 믿는다. 남작은 침울하고 정신 나간 사랑으로 그녀를 뒤쫓는다. 너무 의연하고 차분하고 무뚝뚝한 그는 그녀의 배신도 욕정도 이해하지 못한 채, 유대인이 박해당하고 홀로코스트가 벌어지고 릴리가 성범죄들을 저지르는 와중에도, 그럭저럭 스핑크스의 평화를 유지한다.

『별을 먹는 자들』에서, 남작은 그의 우아함과 차분함에 깊은 인상을 받은 남미의 한 독재자, 피에 취한 괴물에게 행운의 상징이 된다.『죄인』에서, 폴리네시아인들은 그를 신으로, 티키(tiki)*로 섬긴다. 남작이 저 너머의 세상과 소통한다고 확신한 그들은 그에게 제물을 바치고 온갖 소원을 빈다……『커다란 탈의실』『낮의 색깔들』또는『하늘의 뿌리』에서, 남작은 초연한 모습으로 등장한다. 금방이라도 웃음에서 터뜨릴 것처럼 양 볼을 잔뜩 부풀린 채, 이야기가 긴박하게 돌아가는 중요한 순간에 뽀옹 하고 방귀를 뀌어대며……

---

* 인류를 창조한 신.

미스터리가 없다면 인간은 고깃덩어리에 불과할 것이다.*

가리가 혐오감과 비밀스러운 상처를 함께 나누는 친구, 형제, 스스로를 패러디하려는 욕구와 취향에 따라 창조해놓고 마음껏 비웃는 분신, 이 온순한 괴짜는—아무리 역설적이고 엉뚱해 보일지라도—하나의 난간이기도 하다. 남작은 서정적인 환상으로부터 가리를 보호해준다. 가리의 수호천사다. 가리는 위대한 몽상가들이 쉽게 빠져드는 함정인 이상주의에 대한 유혹을 남작을 통해 해소한다.

"그는 이상주의자야. 치켜뜬 눈이 저 높은 곳에 있는, 너무 아름답고 중요한 별들을 향해 있어서 자신에게 무슨 일이 일어나고 있는지는 돌아볼 생각조차 않지. 자기는 생각하지 않아. 오직 인류만 생각하지. 바론 씨, 당신은 독일어를 하십니까?" 라데츠키가 말했다.
"이상주의자란 게 도대체 뭐죠?" 알마요가 물었다.
"이상주의자란, 지구란 곳이 자기 아이가 살기엔 그리 좋은 곳이 못 된다고 생각하는 창녀의 아이지." 라데츠키가 설명했다.**

남작, 이 코믹한 인물은 가리에게 삶의 절도와 꿈의 위험을 일깨워준다. 매사를 심각하게 여길 수도 있었을 소설가는 이 익살극의 인물을 통해, 외교계든 문학계든 실력자 집단에 들어가는 것을 스스로 금지한다. 낄낄거리며, 어쩌면 삶이 그렇게 심각한 것이 아닐지도 모른다는 사실을 일깨워주는 무정부주의자가, 아니 그보다는 무정부주의자의 패러디가 거기 있다.

---

* 『밤은 고요하리라』에서.(원주)
** 『별을 먹는 자들』에서.(원주)

내가 더는 여기 없을 때, 아니 그전에라도, 다른 소설가들이 남작을 물려받아 계속 이어갔으면 좋겠어요. 그것은 우정 어린 윙크가 될 겁니다.[*]

---

[*] 『밤은 고요하리라』에서.(원주)

카니발

새로운 작가가 탄생한다. 로맹 가리의 마지막 가면인 에밀 아자르가. 러시아어로 '가리'가 '태워라'를 의미하듯, '아자르'는 '구워라'를 의미한다. 그는 자신에게 고갱의 사생아처럼 에밀이라는 이름을 부여한다. 가리의 작품에 단 한 번 등장하는 에밀은 '칭기즈 콘'의 모험 마지막 편인 『죄인』에서 보잘것없는 역을 맡는다. 걸작들을 모사하는 엉터리 화가 에밀은 사생아, 누군가의 아들이라는 것 빼고는 아자르와는 머나먼 관계, 있을 법하지 않은 관계뿐이다.

가리 자체가 이미 가명이다. 그의 진짜 이름, 유일한 정체성이 되어버린, 공식화된 합법적인 가명. 1956년, 가리가 유엔에 관한 우화 『비둘기를 안은 남자』를 출간하면서 '포스코 시니발디'라는 이탈리아 식 필명을 사용한 것은, 무엇보다 프랑스 외무부의 신경을 건드리지 않기 위해서였다. 당시 외교관이었던 가리는 코메디아 델라르테를 연상시키는 이 일곱 음절 뒤에 자신을 감춘다. 하지만 이미 전쟁 전에, 그러니까 외무부에 신경을 쓰지 않아도 되던 시절에, 그는 친구 르네 아지드 앞에서 자기 이름이 아닌 다른 이름으로 작품을 발표할 가능성을 분명히 밝힌 바 있다. 그는 단 하나의 피부, 단 하나의 삶 속에 갇혀 지내야 한다는 생각에 몸서리쳤다. 그리하여 소설을 통해 매번 끊임없이 다른 사람이 되고자 했다. 하지만 1974년이 되어서야, 정체를 바꾸는 단순한 쾌감 외에 별다른 이유 없이, 다른 이름으로 책을 출간한다.『스테파니의 얼굴들 Les Têtes de Stéphanie』은 샤탄 보가트(Shatan Bogat)라는 터키-페르시아 식 필명으로 출간된다. 신비에 싸인 저자와 마찬가지로 가공의 인물인 역자 '프랑수아즈 로바가 영어를 프랑스어로 옮겼다'는 설명과 함께. 하지만 책 판매가 영 부진하자 발행인은 방침을 바꾸어, 낯선 필명보다는 훨씬 지명도가 높은 본명으로 '스테파니'를 소개하자고 로맹 가리에게 제안한다. 가리의 양해를 얻은 로베르 갈리마르는 '프랑스 퀼튀르(France-Culture)'의 한 라디오 방송에 출연해 그 소설에서 저자를 드러내는 모든 것, 로맹 가리의 이전 작품들과 한 가지에서 나온 작품이라는 것을 강변하는 강박관념, 환상, 유머, 문체 등을 일일이 지적한다. 하지만 그의 메시지는 금방 잊혀진다. 로맹 가리가 한 후기에서 입장을 자세히 설명하지만 그 역시 바람처럼 지나가버린다. 가리는 이렇게 쓴다.

『스테파니의 얼굴들』이 사람들이 가끔 수군대는 말투로 '연애소설'이라 부르는 것이라서 내가 필명을 선택했다고 믿는다면, 그것은 오류일 것이다. 나 자신이 가끔 책을 통해 다른 사람이 되고자 하는, 나 자신과 조금 떨어지고자 하는 욕구를 느끼기 때문에 그렇게 했을 뿐이다.

가리는 이미 주변에서 상상적인 이름뿐 아니라 그 이름을 구현해줄 사람을 모색한다. 이와 마찬가지로 어릴 적 친구 사샤 카르도 세소예프에게 자신이 쓸 탐정소설에 저자인 것처럼 카르도라는 이름으로 서명해달라고 부탁한다. 또한 런던에 거주하는 한 불가리아인 친구에게는 자기 대신 무대에 서달라고 제안하기도 한다. 그는 두 사람 모두에게 거절당한다.

여자로 변장해 자신의 연극을 '클라라 가줄'이라는 이름으로, 서정시들을 '히아신스 마글라노비치'라는 이름으로 발표한 메리메처럼, 가리는 자신에게 가짜 이름을 가진 가면을 부여한다. 가리의 경우, 이러한 문학적 유희는 위장보다는 환생에 가깝다. 왜냐하면 『유럽의 교육』 시절의 가리만큼이나 신선한 아자르라는 서명에는 새로운 청춘, 새로운 출발의 유혹, 다시 시작하고픈 욕망이 숨어 있기 때문이다.

『유로파』와 『마법사들』을 쓴 해인 1973년, 가리는 3월부터 12월까지 뷔를레스크* 소설이자 고골리의 슬픈 유머가 배어 있는 고독에 관한 우화인 『그로 칼랭Gros-Câlin』을 쓴다. '그로 칼랭'은 가족도 친구도, 과거도 미래도 없는 인물로 IBM에 다니는 회사원 미셸 쿠쟁이 막 키우기 시작한 길이 220센티미터짜리 비단뱀의 이름이다.

"쿠쟁, 자넨 왜 하필이면 정겨운 동물들을 다 제쳐두고 비단뱀을 키우나?" 부서장이 물었다.

"비단뱀들도 아주 정겨워요. 본성적으로 사교적이죠. 친친 감기잖아요."

쿠쟁은 사랑받지 못하는 것의 범주에 드는, 독 없는 뱀에게 우정을 느낀다. 그 역시 애정에 굶주려 있기 때문이다. 직장 동료인 멋진 가이아나** 여자 드레퓌스 양을 미친 듯이 사랑하지만 너무 소심하고 서툴러서

---

* 고귀하고 웅장한 주제를 비속화해 회극적 효과를 내는 문학 장르.
** 남아메리카 북동부의 국가.

감히 내색조차 하지 못하는 쿠쟁의 고독을 달래줄 수 있는 것은 비단뱀 뿐이다.

　비단뱀이 당신 몸을 친친 감을 때, 허리와 어깨를 조이면서 당신 목에 머리를 기댈 때, 열렬히 사랑받고 있다는 것을 느끼려면 눈만 감으면 된다. 그것이 바로 내가 온 존재를 바쳐 갈망하는, 불가능한 일의 끝이다……

　가리는 이 소설을 마르틴 카레에게 받아 적게 하지 않는다. 첫 소설처럼 자기 손으로 직접 쓴다. 그 뒤에 마르틴이 원고를 타이핑하고, 그 사이 가리는 작고 까만 회계사 노트에 그것을 정서한다. 저자가 자신이라는 증거를 남기기 위해. 아자르라는 이름으로 낸 소설들은 늘 이런 식으로 하게 된다.

　이 작품은 가리와 닮았다. 이 소설에서는 그의 비관적이면서 냉소적인 세계관, 이상주의, 시니시즘을 큰 어려움 없이 발견할 수 있다. 『유럽의 교육』 이래로 그것들은 변하지 않았다. 아자르는 세상을 비웃는 로맹 가리의 소설인 『튤립』 『칭기즈 콘의 춤』과 같은 계보에 속한다. 가리의 대작들—『하늘의 뿌리』에서 『마법사들』까지—은 저자가 걸어온 정도(正道), 공식적이고 진지한 작품, 말하자면 그의 앙드레 말로적인 측면인 반면, 해학적인 소설들은 익살과 풍자, 막스 브라더스와 찰리 채플린에 대한 정열을 표현한다. 아자르는 익살극 쪽에 서되, 〈죽은 영혼들Ames mortes〉식의 슬픈 익살극 쪽에 선다.

　하지만 이 작품은 말장난, 통사법과 문법과 어휘의 비틀기, 언어의 절단과 개그로 보리스 비앙과 레몽 크노 사이 어디쯤에 위치시킬 수 있는, 문체의 혁신을 가져온다. 첫 페이지에 그는 이렇게 쓴다.

　출구를 찾지 못한 채로 이미 많이 굴러먹은 단어들을 사용하라고 요구한다면, 그것은 내게 아주 끔찍한 일이 될 것이다.

가리는 익살스럽고 엉뚱하고 간결한 문구들로 폭발하는, 친근한 구어체이지만 은어는 찾아볼 수 없는 새로운 문체를 만들어낸다. 하지만 아자르의 문체적 단초들은 아주 재미있고 음울한 주석, 웃음을 유발시키기 위해 일부러 비틀어놓은 문장으로 가득한 소설들인『튤립』『칭기즈 콘의 춤』『죄인』에 이미 존재한다. 사람들이 뭐라든, 이 작품의 정신과 형식 속에는 가리가 존재한다.

단, 문제는 가리가 방해가 된다는 사실이다. 우선 존중받을 만한 위상 — 해방무공훈장, 레지옹 도뇌르 훈장, 드골주의자, 프랑스 영사, 공쿠르 상 수상자 — 때문에, 그리고 삼십 년간이나 글을 써온 경력 때문에. 아무리 불량배처럼, 거지처럼 입고 다녀도 사람들은 가리 같은 중진 작가에게는 더이상 새로운 것을 기대하지 않는다. 가리는 그의 내부에 있는, 진정한 독자들만이 알아볼 수 있는 무정부주의자를 구현해줄 가명을 찾기 시작한다. 이제 막 탈고해 아직은 아는 사람이 작업실에서 비밀리에 함께 일한 마르틴 카레밖에 없는, 마음씨는 곱지만 불행하고 수줍음을 많이 타고 유머로 가득한 주인공의 이야기는, 앞으로 그가 쓸 소설들의 원형이 될 수도 있을 터였다. 이 주인공은 독특한 어조와 분위기를 갖고 있다. 이 주인공에게 또다른 모험처럼 가공의 저자를 부여하지 못할 이유가 어디 있겠는가? 이때부터 로맹 가리에게는 이 소설만으로 충분하지 않았던 듯하다. 가리는 소설을 실제 삶까지 확장시켜, 작품뿐 아니라 저자까지 소설화해, 자신을 상상적 인물, 책의 주인공으로 만들어놓고 싶은 욕구를 느낀다.

자신이 내놓는 새 책을 읽는 것이 하나의 벌과(罰課)인 양 이제 자신의 작품에는 식상한 눈길 한번 휙 던지고는 외면해버리는 비평가들 때문에 자존심이 상한 가리는 장난을 한번 쳐보기로, 자신의 펜에 가면을 씌우기로 결심한다. 그는 아자르라 불리게 된다. 어떤지 한번 보게. 세상을 속여 더 못한 반응을 얻는지, 더 나은 반응을 얻는지 보게, 최소한 진부하고 밋밋한 해설 대신 진정한 평가를 받을 수 있는지 보게. 새 피부 속에 그를 재탄생시킨 이 필명은 신예 작가의 때 묻지 않은 순결과 신선함을 가져다준다.

신중을 기하고, 비밀이 너무 일찍 누설되어버린 『스테파니의 얼굴들』의 나쁜 선례를 되밟지 않기 위해, 그는 발행인에게도 알리지 않고 혼자 행동하기로 결정한다. 그리하여 우선 갈리마르 출판사를 대상으로 아자르의 코미디를 펼친다. 『그로 칼랭』을 탈고한 가리는 매우 복잡한 시나리오를 상상해낸다. 그는 마요르카 섬에서 사귄 친구들 중 하나로, 최근에 브라질에 정착한 사업가 피에르 미쇼에게 리우데자네이루에서 세바스티앵 보탱 가로 원고를─아자르를 소개하기 위해 비서에게 받아 쓰게 했을 편지와 함께─보내달라고 부탁한다. 미쇼는 에밀 아자르를 오랑에서 태어난 프랑스인으로, 전쟁중에는 카뮈와 알고 지내기도 했으며, 불법 낙태 시술로 프랑스 사법 당국에 쫓겨 남미로 도피한 의사로 갈리마르에 소개한다. 그리고 저자가 신분 노출을 극도로 꺼리므로 그를 만나는 것은 불가능하다고 덧붙인다……

전쟁중에 알베르 카뮈와 알고 지낸 적이 있다는, 확인이 불가능하고 막연한 먼 과거사 말고는 어떠한 소개나 추천도 없이 익명으로 배달된 아자르의 원고는 일반 투고의 의례적인 코스를 거친다. 통과해야 할 첫 번째 관문은 검토자들의 의견이다. 클로드 파라지는 '가벼운 정신착란'이라 부른 감수성에 매료되긴 하지만 '큰 흥미를 느끼지는 못했다'는 것을 감추지 않는다. 콜레트 뒤아멜은 '너무 광적'이지만 '놀랍다'고 평한다. 레몽 크노에게 '이 소설은 이오네스코, 셀린, 니미에 비앙이 만나는 지점에 위치해 있다'. 하지만 '원고에 동봉된 편지로 보아 저자가 자만심에 젖어 있고 골치 아픈 인물임이 분명해 보인다'. 아자르가 관문을 통과할 수 있게 해준 인물은 크리스티안 바로슈였다. 그녀는 『그로 칼랭』을 통해 '갖가지 성격의 열렬한 즐거움'을 느낀다. 그녀는 이렇게 쓴다. '난 웃고 빈정거렸다. 눈시울을 적셨다. 숙연해졌다가도 그런 나를 비웃었다. 간단히 말해 난 주인공과 함께했다…… 정신을 차릴 수 없게 하고 혼을 빼놓는 소설이다. 생생하게 살아 있는 어떤 것이다. 간단히 말해, 출간해도 좋을 소설이다.'

그녀와 콜레트 뒤아멜의 변론 덕분에, 원고는 두번째 관문인 독서위원회로 넘겨진다. 통과하기 매우 어려운, 유명 작가들과 출판사의 유력 인사들로 구성된 독서위원회는 두 가지 이유로 망설인다. 한편으로, 텍스트 자체는 마음에 들어한다. 전체적으로 다시 손질을 해야 하긴 하지만. 그들은 특히 제목을 마음에 들어하지 않는다. 그보다는 저자의 다른 이미지인 '파리에 온 비단뱀의 고독'을 더 선호한다. 다른 한편으로, 그들은 저자의 정체에 불안해한다. 어딘지 수상쩍은 구석이 있는 투고자, 낙태 시술을 한 것으로 보아 품행이 가톨릭과는 거리가 멀고, 묘하게도 카뮈와 알고 지냈다고 주장하는 식민지 태생의 프랑스인, 외국 땅에 도피중이어서 아는 사람도 없고 만날 수도 없는 사내가 그들 눈에는 신뢰가 가지 않을 뿐 아니라 위험해 보이기까지 한다. 특히 레몽 크노가 격렬히 반대한다. 신인의 작품으로 보기에는 이야기를 이끌어가는 솜씨가 너무 뛰어나고, 어조 또한 너무 독창적이고 자신감에 차 있다고 지적한다. 그는 아자르를 서툴고 순진하기보다는 능란하고 교활하다고 평한다. 간단히 말해, 크노는 『파리에 온 비단뱀의 고독 *La Solitude du python à Paris*』에서 어떤 늙은 능구렁이의 솜씨를 감지한다. 공쿠르 아카데미 회원이자 『플레이아드 백과사전』 편집 책임자이며 『피에로 *Pierrot*』와 『자지 *Zazie*』의 저자인, 위엄 있는 인물 레몽 크노는 아자르 뒤에 어떤 불량한 형제, 판타지와 뷔를레스크를 마음대로 다루는 예술가, 이미 오래전부터 문학의 길을 걸어온 동료 작가가 숨어 있음을 느끼지 않을 수 없었다. 판결은 2월이 되어서야 나온다. 클로드 갈리마르는 아자르의 첫 소설을 갈리마르에서는 출간하지 않기로 결정한다. 하지만 재능 있는 작가를 그냥 썩히는 위험을 무릅쓰고 싶지 않아, 원고를 자기 소유의 다른 출판사인 메르퀴르 드 프랑스(Mercure de France)로 보내게 한다. 아내 시몬 — 그녀는 당시 메르퀴르 드 프랑스를 운영하고 있었고, 수완이 좋아 피에르 장 주브 같은 약간 격한 기질을 가진 작가들과도 좋은 관계를 유지하고 있었다 — 이라면 저자와 마음을 맞출 수도 있을 거라고 생각한다. 사실 원고에 동봉된 편지는 저자의 '까다로운' 개성을 예고하고 있었다.

메르퀴르는 설립자 알프레드 발레트가 세운 전통에 따라, 남 앞에 나서기를 꺼리는 위대한 시인들의 작품을 계속 출간하고 있었다. 세련되면서 가톨릭적이고 자유분방하면서도 옛 프랑스의 향기를 물씬 풍기는, 18세기에 지어진 콩데 가의 낡은 저택에 자리잡은 메르퀴르는 오랫동안 출판사의 정신을 대표한 레미 드 구르몽, 폴 레오토의 본거지였고, 프랑시스 잠, 조르주 뒤아멜, 레옹 블루아의 출판사였다. 메르퀴르는 명성도 추천장도 없고, 문학계의 보호도 받지 못하는 한 작가에게, 가리가 거친 언어로 '창녀의 자식'이라 부른 수상쩍은 인물에게 문을 활짝 열어준다. 원고가 마음에 든 시몬 갈리마르가 미셸 쿠르노와 함께 확실치 않은 그 작은 책의 성공을 시도해보기로 결정한 것이다.

바크 가에서 로맹 가리는 쾌재를 부른다. 공작이 멋지게 먹혀든 것이다. 그는 순진하게도 자신의 소설에서 재능밖에 발견하지 못한 발행인의 뒤통수를 멋지게 한 방 때린 것을 재미있어한다. 출간이 메르퀴르의 몫으로 돌아간 것에도 한결 마음을 놓는다. 그렇게 되면 그의 원래 발행인, 그의 영원한 발행인을 떠나지 않은 셈이 되니 그 일당을 배신한 것도 아니기 때문이다. 또한 그것은 법적으로나 재정적으로 미래에 있을지도 모르는 협상을 용이하게 해줄 수도 있을 터였다. 가리는 메르퀴르가 피에르 미쇼를 통해 보내준 계약서에 에밀 아자르라는 이름으로 서명하고, 앞으로 쓸 다섯 권의 책을 메르퀴르에 준다고 약속한다.

1963년부터 메르퀴르 드 프랑스를 이끌어온 시몬 갈리마르도 계약을 승인한다. 그녀는 무엇보다 미셸 쿠르노의 판단을 믿었다. 미셸 쿠르노는 메르퀴르 출판사의 문학 책임자, 또는 적어도 그 정도의 권위를 갖춘—그는 방랑자 같은 매력과, 팔리지 않는 어렵고도 독창적인 책들에 대한 거의 광적인 취향으로 권위자의 역할을 훌륭히 해낸다—인물로, 『르 누벨 옵세르바퇴르Nouvel Observateur』의 기자이기도 하고, 예전에 『엔에르에프』에서 『마르티니크Martinique』라는 아주 희귀한 소설을 낸 적도 있다. 미셸 쿠르노는 처음에는 인상을 찌푸린다. 『파리에 온 비단뱀의 고독』은 그가 좋아하는 유의 작품이 전혀 아니었다. 쿠르노는 이 소설이 그가 가장 격분하는 것인, 잘 팔리는 책이 될 거라고 확신하기까지 한다. 그는 제목과 결말을 특히 마음에 들어하지 않는다. 제목에 관해서는 피에르 미쇼가 쿠르노를 안심시킨다. 저자가 붙인 원래 제목은 '그로 칼랭'이었는데, 갈리마르가 '파리에 온 비단뱀의 고독'을 강요했다고…… 쿠르노는 갈리마르에게 보낸 쪽지에 쓰고 있듯, 그에게는 '끝없이 매듭을 이루는 순환적인 정신착란'으로 남을 그 작품에는 '그로 칼랭'이라는 제목이 딱 들어맞는다고 생각했다. 결말이 남았다. 고독으로 환각에 사로잡힌 주인공이 비단뱀으로 변신하는 마지막 오십 쪽이. 자신의 분신, 자신의 창조물이 되어 자르댕 다클리마타시옹*에 갇힌 쿠쟁 그로 칼랭이 환호하는 군중 앞에서 연설을 한다. "저는 다릅니다, 세상 모든 사람들처럼!" 그는 이렇게 외치고는, 묘하게도 진짜 저자의 운명을 예고하는 이 슬로건으로 끝을 맺는다. "껍데기를 부숴버리자!"……

처음에는 사실적이었던 이야기가 이처럼 난데없이, 미셸 쿠르노가

---

* 파리 불로뉴 숲에 있는 동물원.

'마치 아주 영악한 친구가 카바레에서 긴 독백을 하는 듯하다'고 평한 환상적인 장면으로 끝난다. 미셸 쿠르노는 저자가 마지막 오십 쪽을 삭제해야만 출간해주겠다고 버틴다. 삭제해도 썩 마음에 들진 않지만 '진지한 논거가 바탕에 깔려 있는 재미있고 흔치 않은 소설이고, 흔한 말장난에 종지부를 찍는 자유로운 목소리'를 감지했기 때문에 출간을 결정했다는 토를 달며. 가리는 소심한 젊은이처럼 미셸 폴롱의 데생을 책 표지로 쓰게 해주면 결말 부분을 삭제하겠다고 대답한다…… 가리는 아무도 알지 못하는 그 예술가를 개인적으로 몹시 좋아했다. 얼마 전 가리가 폴롱에게서 수채화 한 점을 샀는데, 흥미롭게도 폴롱은 이런 헌사를 썼다. '로맹 가리 쿠퍼에게……'

1974년 가을, 책이 출간되자 비평가들은 9월 27일자 『르 몽드』지의 기사 제목 '놀라운 발견'이 보여주듯, 전체적으로 뜨거운 반응을 보인다. 『그로 칼랭』의 유머와 익살스러운 어조에 반한 자클린 피아티에는 '하늘에서 뚝 떨어진' 것 같다고 쓰며 그 보물을 반긴다. 그녀는 이 소설을 '20세기 인간에 대한 초현실주의적인 풍자'라고 정의한다. 미셸 모르는 『르 피가로』지에 실은 글에서 아자르에게 박수를 보내고, '친구로서 레지옹 도뇌르 훈장'을 수여한다! 『렉스프레스 L'Express』지의 향도 중 하나로 『새벽의 약속』 이래 거의 주기적으로 로맹 가리의 작품들을 혹평해온 단호한 반가리주의자 마티외 갈레조차 이번에는 '시와 다름없는, 새롭고 엉뚱하고 기발한 언어'에 찬사를 보내고, 기사 제목을 '내 사랑 비단뱀'이라 붙인다. 하지만 독서에 이력이 난 갈레는 에밀 아자르에게서 '세관원 루소로 변장한 어떤 중견 작가'를 감지해내기도 한다. 크노 같은 작가들 쪽으로 방향을 잡는 바람에 도중에 길을 잃고 말지만.

베일에 가려진 저자의 정체가 사람들의 머리를 뜨겁게 달군다. 편집실마다 에밀 아자르 뒤에 숨은 작가를 두고 내기가 벌어진다…… 미스터리가 사람들의 궁금증을 더욱 자극하고, 여러 이름이 언급된다. 『르 누벨 옵세르바퇴르』지는『그로 칼랭』을 쓸 만한 작가로 루이 아라공과 레몽 크노를 꼽는다. '그것은 대가의 작품일 수밖에 없기 때문이다.' 가리는 언급되지 않는다. 불법 낙태 수술을 한 전과가 있는 무면허 의사의 정체를 밝히기 위해 경찰 기록까지 뒤진 기자들은 기록에 없는 에밀 아자르 대신, 우연히 찾아낸 레바논 테러리스트 하밀 라자를 주목한다. 아자르(Ajar)가 라자(Raja)의 아나그램이라는 것…… 이어 에밀은 장난을 즐기는 작가들의 '집단적인' 산물로 여겨진다…… 자클린 피아티에는 『스테파니의 얼굴들』의 샤탄 보가트를 언급한다. 단지 문학적 참조 사항으로, 필명의 예를 들 목적으로. 실제로 로맹 가리를 떠올리는 사람은 아무도 없었다…… 마침내 사람들은 미셸 쿠르노를 의심하기 시작한다. 그때부터 쿠르노는 어딜 가든 의심의 눈길을 보내는 사람들에게 필사적으로 항변해야만 했다. "아자르는 내가 아니란 말이야!"

알아맞히기 놀이를 하는 아이들처럼, 비평가들은 일제히 아자르의 정체를 찾아 헤매지만 찾아내지 못한다. 단 한 사람, 헝가리에서 망명한 작가 크리스틴 아르노티가 진실에 아주 가까이 접근하지만 과녁에 명중시키지는 못한다. 일종의 신비스러운 직감으로, 아르노티는 오랑에서 태어났다는 자칭 식민지 출신 프랑스인의 텍스트에서 그녀가 잘 알고 있기에 착각할 리가 없는 어떤 친근한 향기, 어떤 슬픔과 유머…… 동유럽의 슬픔과 유머를 느낀 터였다. 그녀는『르 파리지앵 리베레 *Le Parisien Libéré*』지에 이렇게 쓴다. '아자르, 그 '오랑 사람'은 체코인의 유머와 러시아인의 불안을 지니고 있다……' 그리고 얼마 후『파리 포슈 *Paris-Poche*』에 실은 글에서는, 『그로 칼랭』에 사로잡혀 그 책을 독자들에게 추천하며 더 깊이 파고든다. '아자르는 파리 좌안의 고골리, 어둠에 잠긴 파리의 푸슈킨이다……' 독특한 예언가인 아르노티는 도래할 대단원을 예고하기까지 한다. '아자르는 새로운 '심리 문학(Psycho-littérature)'으로 가는 문을 열었다. 그것이 그를 파멸시키지 않고 치료해주기를!'

하지만 어느 누구도, 단 한 사람도, 로맹 가리가 안개에 휩싸인 흐릿한 모습으로, 그의 장난에 미스터리와 시정(詩情)을 부여하는 인물과 더불어, 자신의 것과 유사하면서도 다른 이야기와 문체를 만들어냈다는 것을 알아차리지 못한다.

미셸 쿠르노와 같은 열정적이고 꼼꼼하고 주의 깊은 독자도 가리가 파놓은 함정을 피하지는 못한다. 하지만 사실 쿠르노에게는 약점이 있었다. 로맹 가리의 작품을 읽은 적이 거의 없었다. 1945년에 쿠르노가 기자로서 처음 쓴 기사가 잡지『퐁텐Fontaine』에 실린『유럽의 교육』에 관한 평론이긴 하지만, 그동안 쿠르노는 너무 진부해 보여 읽어도 분명 지겹기만 할 것 같은 작가의 작품은 거들떠보지도 않고 지냈다. 그는 베스트셀러도, 만인에게 추앙받는 문호도 좋아하지 않았다. 사실 쿠르노는 로맹 가리의 소설을 외면해왔다. 나중에 이 사실을 조금도 부끄러워하지 않고 시인한다. 그는 보쉬에, 라신 혹은 장 주네 같은 작가의 작품을 더 즐겨 읽었다. 하지만 로맹 가리를 개인적으로 알고 있었다. 파리 7구에서 어쩌다 마주치면 함께 커피를 마시기도 하고, 같은 해에 각자 만든 영화에 같은 배우―1967년 가리의〈새들은 페루에 가서 죽다〉와 쿠르노의〈푸른 골루아즈Les Gauloises bleues〉에 연이어 출연한 장 피에르 칼퐁―를 출연시키기도 했다.

게다가 미셸 쿠르노의 아내인 작가, 그것도 러시아 작가인 녤라 비엘스키는 프랑스 소설가 중 유독 로맹 가리의 작품만을 즐겨 읽었다. 그녀는 크리스틴 아르노티와 마찬가지로 그녀에게도 어쩔 수 없이 푸슈킨과 고골리를 연상시키는 이야기꾼과 우정을 쌓는다. 하지만 그녀 역시 아자르에게서 가리를 분간해내지는 못한다……

1974년 가을, 문학상을 향한 경주에서 에밀 아자르는 곧 위험한 유력 후보로 주목받는다. 르노도 상 심사위원단이 그를 수상자로 결정하려 한 것이다. 진짜 저자라고 누구나 알고 있는 미셸 쿠르노에게 르노도 상을 주기로…… 사태가 심상찮게 돌아가자 스캔들이 일어날까 봐 불안해하기는 하지만, 로맹 가리는 자신의 익살극을 밝히기에는 아직 너무 이르다고 판단한다. 문학상 수상은 아자르의 정체를 밝힐 수밖에 없게 만들어, 가리에게 그토록 큰 즐거움을 주던 역할, 가리가 자신의 책에서 늙은 예술가 혹은 늙은 보헤미안을 통해 여러 차례 시도한 인형술사의 역할을 앗아가버릴 참이었다.

그리하여 가리는 수상 거부 의사를 밝히는 편지 두 통을 작성해 아자르라는 이름으로 서명한 다음, 르노도 상 심사위원인 막스 폴 푸셰와 알랭 보스케에게 보내, 수상자가 발표되는 날 자신의 '사전 거부 의사'를 밝혀달라고 부탁한다. 놀라기도 하고 기분이 상하기도 한 다른 심사위원들은 다른 후보자에게 월계관을 씌워준다. 그해 공쿠르 상은『레이스 뜨는 여자 *La Dentellière*』의 파스칼 레네에게, 테오프라스트 르노도 상은『낯선 곳으로의 여행 *Voyage à l'étranger*』의 조르주 보르조에게 돌아간다.

출판계에, 특히 갈리마르 출판사에 에밀 아자르의 비밀을 알고 있는 이가 한 사람 있기는 했다. 클로드 갈리마르의 사촌이며 설립자 가스통 갈리마르의 동생인 자크의 아들, 로베르 갈리마르가 그였다. 오래전부터 로맹과 친구처럼 지내온 그는 알아맞히고 말고 할 게 없었다. 메르퀴르 드 프랑스와『그로 칼랭』출판 계약을 맺기 얼마 전, 가리가 비밀을 꼭 지켜달라는 부탁과 함께 직접 로베르에게 아자르의 정체를 밝혔으므로.

갈리마르 출판사에서, 로베르 갈리마르는 우선 원고를 들고 와서 그와 절친한 사이인 카뮈의 이름을 들먹이는 피에르 미쇼를 만났다. 미쇼는 로베르에게 한 주 내로 답변을 받고 싶다는 아자르의 명백한 의지를 전한다. 그 유예 기간은 지키기 어려운 탓에, 로베르는 미쇼에게 시간을 좀더 달라고, 적어도 두 주는 필요하다고 말한다. 그날 저녁, 그는 집에서 저녁이나 같이 먹자는 가리의 전화를 받는다.

바크 가의 아파트로 들어서던 로베르는 로맹과 나란히 서 있는 피에르 미쇼를 발견한다.

"일이 어떻게 된 건지 알겠나?" 가리가 웃으며 말한다.

로베르는 비밀은 꼭 지키겠다고 맹세하지만, 멀찍이 떨어져서 바라보는 말없는 공모자 이외의 역할은 할 수 없다고 입장을 밝힌다. 뜻하지 않게 비밀을 알게 된 로베르는 약속대로 침묵을 지킨다. 가리의 우정은 클로드와 시몬 갈리마르를 일상적으로 접하는 로베르 갈리마르에게는 독이 든 선물이었다…… 하지만 우정을 지키기 위해, 그는 아무 말도 하지 않는다. 가족에게도 비밀을 발설하지 않는다.

로베르 말고 에밀 아자르의 비밀을 알고 있는,『그로 칼랭』원고를 타이핑한 마르틴 카레와 진 시버그 역시 입을 열지 않겠다는 약속을 충실히 지킨다.

프랑스 독자들이 신예 에밀 아자르를 발견하는 사이, 로맹 가리는 지하철 경고문에서 제목을 따온 스물두번째 소설로 성 불능과 노쇠에 대한 두려움을 주제로 삼은 『이 경계를 넘어서면 당신의 표는 더이상 유효하지 않습니다 Au-delà de cette limite, votre ticket n'est plus valable』를 발표한다.

『낮의 색깔들』에서도 화자로 나온, 환갑을 훌쩍 넘긴 화자 자크 레니에는 스물다섯 살의 브라질 아가씨 로라 — 갈색 머리에다, 드레퓌스 양과 함께 로맹 가리의 작품을 통틀어 눈동자가 초록색이 아닌 유일한 여주인공 — 를 첫사랑처럼 열렬히 사랑한다. 젊은 시절에는 정열적인 남성미의 신화를 남긴 멋진 연인이었고 나이가 들어서도 권력의 외적 기호를 쌓아가는 자크는 — 한 회사의 대표이사이고, 레지스탕스 시절의 무훈을 상기시키는 훈장을 자랑스레 과시하고 다닌다 — 피로감, 특히 성욕 감퇴에 시달린다. 어느 날 아침 베네치아에서 또래 친구로부터 사랑의 기술적 어려움을 겪고 있다는 속내 이야기를 들은 후로, 그 역시 의심과 불안에 사로잡힌다. 그 뒤로 자크는 노쇠의 위협과 강박관념에 시달리며 살아간다. 슬그머니 찾아와 점점 더 강박적이고 파괴적으로 변해가는, 성 불능에 대한 두려움이 레니에를 사로잡고, 사랑을 망쳐놓고, 행복의 기회를 파괴한다. 사랑하는 여자를 더는 '만족시켜줄 수' 없는, 또는 영웅적인 노력을 통해서만 성관계를 가질 수 있는 레니에는 처음에는 의학을 통해, 이어 성적 환상을 통해 기적적인 치료법을 모색한다. 결국 그는 자살을 생각한다.

'트로피에 집착하는 취향은 나이가 들어도 사라지지 않는다.' 자신과 닮은 점이 한두 가지가 아닌—나이, 레지스탕스에서 공을 세운 전력, 여자에 대한 정열, 여자를 정복해 자신을 과시하고자 하는 남성적 강박관념, 행복에 관한 회의, 블랙 유머—레니에에 대해, 가리는 이렇게 쓴다. 가리처럼 젊은 시절을 그리워하는 레니에는 소설 속에나 등장하는, 엄마 품처럼 포근하면서도 관능적이고 부드러우면서도 뜨거운, 완벽하고 이상적인 여자의 이미지를 통해 첫사랑의 꿈을 필사적으로 좇는다. 가리가 다른 이름으로 영점에서 경력을 다시 시작해 문학에서 청춘을 만들어내는 것과 마찬가지로, 레니에는 운명적인 사랑, 그의 몸과 영혼의 진정한 여주인, 그의 첫사랑일 수도 있었을 로라를 너무 늦게 만나게 한 자신의 나이에 저주를 퍼붓는다. 『그로 칼랭』과 『이 경계를 넘어서면 당신의 표는 더이상 유효하지 않습니다』는 둘 다 회한에 찬 가슴 쓰린 사실 확인서—하나는 문학의 힘, 또 하나는 사랑해주지 못하는 슬픔에 관한—인 동시에 나이에 대한 도전이기도 하다.

성(性)을 주제로 한 제23회 〈아포스트로프*Apostrophes*〉*에 초대받은 가리는 검은 벨벳 정장, 줄무늬 넥타이, 연한 청색 와이셔츠 차림으로

---

* 프랑스의 유명 텔레비전 문학 대담 프로그램.

출연한다. 이러한 공식적인 정장 차림의 로맹 가리에게 에밀 아자르를 연상케 하는 것은 아무것도 없었다. 그는 때때로 큼지막한 흰색 손수건을 꺼내 얼굴을 닦고, 양복 저고리 깃에 자꾸 떨어지는 골루아즈 담뱃재를 털어낸다. 그의 머리카락은 모두 하얗게 세다시피 했다. 아들 디에고의 충고에 따라 가리는 말끔하게 면도를 했다. 때때로 하늘을 올려다보는 그의 눈은 맑고 푸르다. 그는 이미 아름다운 손을 가늘게 떠는 노인이었다.

초대된 두 의사, 얼마 전에『성기능 장애 남성들에게 보내는 공개 서한 *Lettre ouverte aux mal-baisants*』을 출간한 장(Zwang) 박사와,『사랑해, 인본주의적 성에 관한 붉은 책 *Je t'aime, le livre rouge de la sexualité humaniste*』의 저자로 일명 '마스터베이션의 사도'인 메냥 박사의 담론은 피를 얼린다. 그들은 섹스 챔피언들에게 밝은 앞날은 전혀 예고하지 않고, 돈 후안들에게 힘든 축제의 나날을 경고한다…… 자크 로랑은『라 부르주아즈 *La Bourgeoise*』를 옹호하며 지나치게 학문적인 토론에 섹시하고 매혹적이고 문학적인 시정을 부여하고, 사랑에 대해, 그 격렬함과 부드러움에 대해 변론을 편다. 즉흥적이고 단도직입적인 가리가 불만이 가득한 목소리로 장 박사에게 불쑥 묻는다. "박사, 남자나이가 도대체 몇 살이나 되어야 발기하지 않아도 될 권리를 갖게 되는 거요?" 찬물을 끼얹은 듯 분위기가 어색해진다.

잠시 후, 기적의 처방을 기다리는 표정으로 가리가 다시 묻는다. "박사, 더이상 훌륭한 파트너가 못 될 때는 어떻게 해야 하죠?"

얼마 전에 가리와 마찬가지로 성 불능과 노쇠를 다룬『천국에서 멀리 *Loin du Paradis*』를 출간한 장 프뢰스티에의 재기 넘치는 농담에도 불구하고, 가리는 나머지 시간 내내 인상을 찌푸린 채 거의 아무 말도 하지 않는다.『그로 칼랭』의 매력에 저항한 몇 안 되는 비평가 중 하나로『르 누벨 옵세르바퇴르』지에 이 소설을 '뮤직홀의 한 레퍼토리'라고 평한 프뢰스티에는 자신이 에밀 아자르 곁에 앉아 있다는 사실을 모른다…… 바로 옆, 베르나르 피보* 왼쪽에 앉은 가리는 딴생각에 빠져 있는 기색이 역력하다. 그는 다른 출연자들이 이야기하게 내버려둔 채 몽상에 잠겨 있다. 말할 차례가 돌아오자 가리가 설명한다. "제 소설 주인공은 성 불능이 되면 어쩌나 하는 불안에 사로잡혀 있습니다. 자신감을 잃어가고 있는 거죠……" 그런데 피보가 곧바로 소설이 저자 자신의 고백이냐 아니냐 하는 진정성의 문제를 제기하자 가리는 웃으며 대답한다. "제가 소설을 쓰는 것은, 제 삶이 아닌 다른 사람들의 삶을 살아보기 위해서입니다."

피보가『이 경계를 넘어서면 당신의 표는 더이상 유효하지 않습니다』에 나타난 음울하면서도 가차 없는 유머의 힘을 지적하자, 술도 마약도 입에 대지 않는 로맹 가리 대신 프뢰스티에가 절망에 대해 대답한다. "자살보다는 마약이나 알코올의 힘을 빌려 도피하는 게 아마 더 나을 겁니다……"

이때부터 온갖 소문이 떠돌기 시작한다. 가리는 성 불능이다, 돈 후안이 성관계를 갖지 못하거나 성 기능에 문제가 있다, 게다가 그는 요즘 글을 덜 쓴다, 써도 예전보다 훨씬 못하다, 매번 같은 얘기만 쓴다, 노망이 들었다…… '세 리프'에 가도 사람들이 안됐다는 표정으로 가리를 바라본다. 가엾은 가리, 동정보다는 빈정거림이 더 많이 묻어나는 그들의 눈길은 이렇게 말하는 듯하다. 바람둥이라는 가리의 명성은 돌연 퇴색해버린다. 그의 이성 관계 역시 위험에 처한다. 바크 가의 전철역에서, 가리는 멀리 지나가는 아름다운 레진 데포르주를 소리쳐 부르고는 웃으며 말한다. "내가 쓴 걸 곧이곧대로 믿으면 안 돼!"

『이 경계를 넘어서면…』은 큰 충격을 준다. 가리는 전혀 우회적이지

---

* Bernard Pivot(1935~), 〈아포스트로프〉의 사회자.

않은 거친 표현으로 해묵은 공포를 드러낸다. 그는 수컷의 전능함이라는 금기를 깨고 '진짜 사나이들' 사이의 묵시적 결탁, 존중의 계약을 파기한다. 영원한 정복자, 인간-신, 벼락을 휘두르는 벌거벗은 제우스의 전설을 훼손시키는 것을 두려워하지 않는다. "서유럽은 남성의 쇠퇴로 몰락해가고 있어요." 그는 베르나르 피보에게 이렇게 단언한다. 상징적으로 볼 때, 연애소설인 『이 경계를 넘어서면…』은 상처받기 쉬운—레지스탕스에서 공을 세운 터프가이라 할지라도—존재의 연약함에 대한 콩트이기도 하다.

가리의 몸 역시 나이를 속일 수는 없었다. 그는 나이—예순하나—보다 더 늙어 보였다. 아주 미약하긴 하지만 목소리와 손도 떨렸다. 그는 불안에 시달린다. 죽마고우 아지드 박사가 항불안제 트랑센을 처방해준다.

파리에서 대개 글을 쓰며 보내는 그의 나날은 평온했다. 걷잡을 수 없는 불안이 찾아오면 가리는 훌쩍 떠났다. 여기저기 아무 데나. 스위스나 예멘으로. 마요르카나 모리스 섬으로.

바크 가에서, 그는 저녁때까지는 일종의 평화를 유지하는 데 성공했다. 글을 쓸 때는, 다시 말해 낮에는 슬픔과 두려움을 극복했다. 하지만 밤이면 어둠에 짓눌린 듯 기진맥진해 침실에 처박힌 채 구리 침대에 누워 지냈다. 오후가 끝날 무렵의 그 위험한 시간에는 여자들이 찾아와 달래주었다. 하루하루가 그럭저럭 지나갔다. 하지만 점점 더 무거운 고독이 로맹 가리를 짓눌렀다.

'그는 자신의 세계 챔피언 이미지를 자살로까지 밀어붙였다.' 그는 강렬한 영감에 취해 자신의 주인공에 대해 이렇게 쓴다.

하이에나들이 자신에 대해 무슨 소리를 해대건, 가리는 계속 글을 쓴다. 작품 속의 그는 아무도 알아볼 수 없을 정도로 젊고 영감이 넘친다. 사람들은 그가 이미 끝났다고 평가했다…… 온 세상이 그를 성 불구자라고 믿고 있는 동안, 가리는 에밀 아자르를 창조해내고, 또 하나의 걸작인 '자기 앞의 생'을 사는 어린 소년의 이야기를 쓴다.

판타스틱 코미디

    로맹 가리가 『스가나렐을 위하여』에서 길게 언급한 '로망 토탈'에 대한 꿈, 작중인물과 작가에 대한 꿈이 구체화된다. 조각들―무면허 의사, 낙태 시술자, 법을 어긴 범죄자―을 끼워 맞춰 만든 전설과 독특한 신화―뿌리 없는 망명객, 방랑자, 20세기의 낙오자―를 갖춘 유령 같은 인물인 에밀 아자르는 자신에게서 가공 인물, '가짜'의 냄새를 맡는 사람들의 의심을 불식시키기 위해 인간의 형상을 취해야 할 터였다. 그런데 가리에 따르면, 예술가는 현실보다 더 실제적이고 생생한 픽션을 창조해야만 한다. 따라서 가리는 인형을 내세워, 환상적인 코미디의 무대 위에서 그를 조종해야 했다.

    로맹 가리의 집안사람인 조카 폴 파블로비치가 에밀 아자르 역을 맡는다. 그의 진짜 정체는 비밀로 간직되어야만 했다. 우리는 배우가 극중인물과 얼마나 흡사한지 보게 된다…… 1975년 가을, 그는 피란델로* 식의 연극에 모습을 드러낸다.

폴 파블로비치는 가리의 외사촌인 디나의 아들이다. 니나 카체브의 오빠 일리야 오시포비치의 딸인 디나는 니스에 오랫동안 거주하며 전쟁 전의 음울한 시절부터 프랑스 가에 있는, 영세한 보석점 겸 시계점인 '오 뤼비(Au Rubis)'를 운영했다. 로맹보다 여섯 살 위인 디나는『그로 칼랭』이 출간되던 해에 예순여섯의 나이로 카오르의 정신병원에서 사망했다. 그녀는 몬테네그로 출신의 유고슬라비아인과 결혼했다. 그녀의 남편은 니스의 스크리브 호텔과 콩티낭탈 호텔 지배인으로 일했지만 파산해 일찌감치 세상을 떠났다. 니나 카체브처럼 찢어지게 가난할 정도는 아니지만, 그녀 역시 늘 궁핍에 시달리며 평생을 살았다. 러시아어로 대화를 주고받는 디나와 로맹은 쿠르스크의 유대인 할머니 베일라 오크진스카 밑에서 컸다.

폴의 할아버지이자 로맹의 외삼촌인 일리야는 구성원이라고 해봤자 몇 안 되는 집안에 소란과 판타지의 기억을 남겨놓았다. 상습 도박꾼 — 포커, 바카라, 룰렛 — 으로 프랑스 가의 보석점을 세운 것도, 딸에게 물려줄 수도 있었을 얼마 안 되는 재산을 말아먹은 것도 그였다. 일리야는 이미 로맹에게 돈을 빌려 쓰곤 했다…… 일리야는 니스에 있는 디나의 창고에 지금은 사라져버린 원고들을 쌓아두었던, 미친 듯이 장황하게 글을 써대는 작가였던 듯하다.

니나 카체브가 죽은 해인 1942년 2월 5일에 니스에서 태어난 어린 폴에게, 로맹은 의지할 수는 있지만 대하기 거북하고, 도움은 주지만 쉽게 다가설 수 없는 아버지처럼 여겨졌다. 로맹은 폴의 학비 — 하버드 대학 육 개월 연수비까지 포함해 — 를 대고, 사촌누이인 디나에게 재정적인 도움을 주고, 그녀의 치료비와 입원비를 계산하고, 바크 가 108번지의

---

* 루이지 피란델로(Luigi Pirandello, 1867~1936), 이탈리아 극작가이자 소설가. 대담하면서도 천재적인 재능으로 희곡과 무대극을 부흥시킨 공로를 인정받아 1934년에 노벨 문학상을 받았다.

건물 7층에 있는 옛날 하녀 방을 간이 숙소로 개조해 폴을 묵게 했다. 폴
은 방랑자의 환경 속에서, 떠돌이 집시의 무질서 속에서, 보헤미안처럼
생활했다. 그는 니니라고도 불리는 젊은 아내 아니와 어린 딸과 함께 그
곳에 묵었다.

　로맹은 폴을 '조카'라고 소개한다. 폴은 직업이, 적어도 일정한 직업
이 없었다. 배관공, 트럭 운전사, 화가, 이삿짐 센터 짐꾼으로 일하기도
하고, '삼촌'의 소개로 갈리마르 출판사에서 원고를 정서하는 일을 하
기도 한다. 그는 로제 그르니에가 엄격하지만 흡족한 눈길로 바라보는
가운데, 글 쓰는 작업과 관련된 여러 가지 일을 한다. 아름다운 필체, 이
미지와 문장 감각을 지니고 있는 만큼, 폴은 쉽게 대필가 역할을 맡는
다. 겨울이 되면, 로맹이 선물한 모피 외투를 걸치고 돌아다녔다. 그것
은 문학과 외교에서 성공을 거두지 못했더라면 로맹 자신의 모습이었을
지 모를 캐리커처를 보여주는 제2의 아들을 위해 로맹이 폴란드에서 사
온 것이다.

　우선 신체적으로, 풍성하고 덥수룩한 검은 머리칼, 굵고 검은 콧수염,
검은 눈, 아시아인처럼 툭 불거진 광대뼈를 보면, 폴 역시 로맹만큼이나
프랑스인으로 보이지 않는다. 동유럽인―러시아인이나 유고슬라비아
인―의 두상, 삼촌과 닮은 푸른 눈을 제외하면, 거류 외국인과 같은 얼
굴이었다. 건달처럼 가죽 옷이나 진을 즐겨 입고 가끔 강도나 테러리스
트처럼 빵모자를 쓰는 건장한 체격의 폴은 로맹 가리가 가끔 공들여 연
출하는 무뢰한의 모습을 원래 갖고 있었다. 그는 외로운 늑대처럼 주변
인의 실루엣을 질질 끌며 파리와 남프랑스를 돌아다녔다. 그는 집시였
다. 눈은 환히 빛을 발하고, 말투는 시원시원하고 서정적이었다. 아마도
천재적인 만큼 게을렀을 것이다.

　폴은 로맹 가리를 깊이 사랑했다. 가리의 모든 작품을 읽고, 모든 이
야기, 모든 등장인물들을 기억에 새겨두었다. 그는 소설을 탐독하는 문

학 애호가였다. 러시아 작가들을 알고 있고, 가리와 고골리, 가리와 푸슈킨을 비교할 수도 있었다. 그는 열정적인 독서가였다. 하지만 외할아버지 일리야는 예전에 러시아어로 오십 편이 넘는 드라마를 쓴 펜의 편집증 환자였던 반면, 폴은 가끔 이것저것 막연하게 끼적일 뿐, 남에게 보여주지도 끝내지도 않았다. 하지만 그에게는 재능이 있었다. 낱말과 문장으로 장난을 칠 줄도, 멋진 표현과 간략한 정의를 찾아낼 줄도 알았다. 그는 아직 작품이 없는 시인이었다.

로맹 가리는 허수아비로 내세울 인물을 찾고 있었다. 중개인이자 사자(使者)인 피에르 미쇼는 폴 파블로비치가 천재적으로 연기한 진정한 에밀 아자르 앞에서 지워지고 만다. 폴은 에밀에게 자신의 해진 옷, 산적 같은 얼굴, 부르주아라면 질색하는 기질, 천박하면서도 시적인 스타일을 빌려준다. 아자르 역은 폴에게 너무도 잘 어울렸다. 마치 제2의 피부처럼. 어느 날 폴 자신마저 혼동을 일으킬 정도로.

로맹 가리는 에밀 아자르 이름으로 내고자 하는 두번째 소설 『돌들의 애정La Tendresse des pierres』을 막 탈고한다. 그것은 벨빌의 블롱델 가에 있는 엘리베이터 없는 건물 7층에 자리잡은 로자 아줌마 집에서 일어난 일이다. 로자 아줌마는 아우슈비츠를 경험했고 오래전에 '엉덩이로 자신을 지켜낸' 나이 든 유대인 여자다. 로자 아줌마는 '잘못 태어난 아이들을 위한 하숙집', 다시 말해 '자신을 지키는' 여자들이 온갖 색깔의 아이들을 유기하는 탁아소를 열었다. 열 살가량의 모하메드, 일명 모모가 로자 아줌마 집에서의 생활, 자신에게 남은 단 하나밖에 없는 어머니에 대한 사랑을 이야기한다. 모모는 한때 매춘부였던 뚱뚱하고 남자 같고 못생기고 머리카락도 듬성듬성한 그 아줌마를 온 가슴으로 사랑한다. 모모가 낡은 우산으로 만든 인형 '우산 아르튀르'만큼이나. 모모에게는 아버지가 없다. 로자 아줌마 집에는 '모세'나 '바나니아'라는 다른 아이들도 있다. 끝에 가서 로자 아줌마가 죽자, 모모는 그녀를 지하 창고인 '유대인의 구멍', 로자 아줌마가 더럭 겁이 날 때마다 가서 숨는 은신처로 끌고 내려간다. "꼭 이유가 있어야 겁이 나는 건 아냐." 로자 아줌마는 모모에게 이렇게 말하곤 했다…… 모모는 그녀 얼굴에 리폴런*을 칠해주고 훔친 향수를 뿌려준 다음, 함께 죽기 위해 곁에 눕는다.

진동하는 냄새의 근원지를 찾아 사람들이 문을 부수고 들어왔을 때, 나는 그녀 옆에 누워 있었다. 사람 살려! 이런 끔찍한 일이! 그들은 비명을 질러댔다. 그들은 그녀가 아무리 아파도 그녀가 살아 있을 때는 비명을 지를 생각을 하지 않았었다. 살아 있는 사람에게서는 냄새가 나지 않으니까.

놀랍고 특이한 소설을 손에 쥐었다는 것을 깨달은 메르퀴르 드 프랑스는 망설이지 않고 흥분에 들떠 『돌들의 애정』의 출간을 준비한다. 그들은 피에르 미쇼에게, 브라질에 있는 에밀 아자르에게 발행인의 '승낙'이 떨어졌다고 전해달라고 부탁한다.

제목을 이미지로 나타내기 위해, 미셸 쿠르노는 종교화처럼 실루엣으로 처리된, 벌거벗은 여자와 아이를 나타내는 앙드레 프랑수아의 판화를 표지로 삼을 생각을 한다.

쿠르노는 저자에게 몇 가지 상세한 내용을 묻고, 몇 문장의 문체 수정 — 메르퀴르 드 프랑스의 문학 책임자로서 늘 하는 진부한 작업 — 을 제안하고 싶어한다. 그는 메모를 작성해 에어프랑스 편으로 에밀 아자르에게 전해달라고 피에르 미쇼에게 부탁한다…… 그런데 에밀 아자르가 미쇼를 통해, 자신은 리우데자네이루에서 비행기 편으로 직접 갈 테니 제네바에 있는 베르그 호텔에서 만나자는 전갈을 보내온다. 신비에 싸인 작가를 마침내 만날 수 있게 되어 신이 난 시몬 갈리마르와 쿠르노가 아

---

* 에나멜 도료의 일종.

무리 기다려도, 아자르는 나타나지 않는다. 첫번째 약속은 미끼였다.

보름 후, 새 약속이 잡힌다. 이번에는 쿠르노 혼자 간다. 만남은 쿠르노가 "알제리 민족해방전선의 은신처 같았다"고 말한, 제네바 변두리의 무알보 주택 지구에 있는 현대식 건물 8층에서 이루어진다. 사실 그곳은 가리가 몇 년 전부터 스위스에 묵을 때 주소지로 사용하던 곳이다. 탁자 하나에 안락의자 둘뿐, 방은 거의 비어 있었다. 권총 한 정이 탁자 위에 놓여 있다. 이번에는 '아자르'가 먼저 와 있다. 그가 직접 문을 열어준다.

미셸 쿠르노는 나중에 이렇게 말한다. "나는 '그'가 에밀 아자르라는 것을 단 한순간도 의심하지 않았습니다. 그 남자는 에밀 아자르일 수밖에 없었어요. 감히 이렇게 말할 수 있다면, 그는 어느 모로 보나 딱 들어맞는 얼굴을 하고 있었습니다. 내가 『그로 칼랭』과 『돌들의 애정』을 읽으며 상상한 모습 그대로였죠. 산적 같으면서 광기에 차 있고, 묘하고, 어딘지 모르게 불안한…… 아뇨, 난 한순간도 의심하지 않았습니다. 그 남자는 에밀 아자르의 용모, 목소리, 스타일을 갖고 있었어요……"

폴 파블로비치는 일종의 개별 시험을 통해 처음으로 무대에 등장한다. 작품에 대해 일말의 허점이라도 보이면 바로 간파할 수 있는 발행인과의 차분하지만 위험한 대면을 통해. 실제로 쿠르노는 그가 진짜 아자르가 맞는지 시험해보려 했다. 그래서 그가 쓴 텍스트의 몇몇 애매한 부분에 대해 질문을 했다. 이곳에 장 표시를 해야 할까요, 말아야 할까요? 여기는 직설법보다는 접속법이 낫지 않을까요? 이러저러한 반복이나 파격적인 문장 구조는 고쳐야 할까요, 말아야 할까요?……

"아자르는 매번 준비된 답을 갖고 있었습니다. 진짜 작가처럼 말이에요. 그는 자신의 텍스트를 속속들이 알고 있는 것 같았어요. 내가 어떤 단어를 다른 단어로 바꾸자고 제안했을 때도, 그는 조금도 망설이지 않았습니다. 아무런 어려움 없이 다른 단어를 생각해냈죠. 대개는 더 나은 것으로. 즉흥적으로 수정해내는 그는 아주 능숙한 '프로'처럼 보였습니다. 그가 저자가 아닐 수도 있다는 생각은 결코 할 수 없었습니다. 그는 절대적으로 믿을 만했습니다."

새벽 한시에 시작된 만남은 동틀 무렵까지 이어진다. 파블로비치는 술과 커피로, 그리고 아마도 아자르 역을 완벽하게 해내고자 하는 욕망으로 끊임없이 자신에게 채찍질을 해댄 반면, 쿠르노는 점점 지쳐간다. 아자르는 스승인 미국 작가들, 그중에서도 특히 토머스 핀천에 대해 많이 언급한다. 대면이 끝날 무렵, 자기 연기에 도취된 그가 층계참에서 묻는다. "쿠르노, 로맹 가리에 대해 어떻게 생각하십니까?" 저자의 뜬금없는 질문에 당황한 쿠르노는 "그게 이번 일과 무슨 관계가 있는지" 이해하지 못했다……

바크 가의 진짜 연출가는 즐거워 어쩔 줄을 모른다. 파블로비치의 첫 활약에 고무된 가리는 탐정소설에서처럼 파블로비치에게 가짜 신분증과 자동차등록증을 만들게 한다. 동시에 그는 변호사들을 고용한다. 변호사 페르낭 보사와 지젤 알리미가 일종의 소설계 마피아, 머리가 둘 달린 인물의 일거수일투족을 기록하기 위해 합류한다. 그들과 또다른 변호사들은 아자르가 죽을 때까지 그를 수행한다.

로맹 가리의 시나리오에서 첫번째 허점을 발견한 것은, 폴의 아내 아니 파블로비치다. '돌들의 애정'이 『게리 쿠퍼여 안녕히 *Adieu Gary Cooper*』의 젊은 여주인공 제스 도나휴가 한가한 시간에 쓴 소설 제목이었던 것이다! 그 책의 출간은 이미 예고되었고, 수천 부가 인쇄되어 있는 상태였다. 독자들이 거기서 뭔가를 발견해내지 않을까 두려운 나머지, 로맹 가리는 마지막 순간에 책 제목을 바꾸고자 한다. 그런데 '자기 앞의 생 *La Vie devant soi*'이란 제목을 찾아낸 것은 십오 년 전부터 메르퀴르 드 프랑스에서 책을 만들어온 질베르 미나졸리였다. 나중에, 너무 늦게서야, 가리는 쓴다. '그 작품에는 '구트 도르*La Goutte d'Or*'*라는 제목을 붙였어야 했다'……

동시에 가리는 작품의 저작권을 보호하기 위해 몇몇 조치를 취한다. 영어 번역에 대한 독점권과 영화 각색에 따른 권리를 보장받기 위해 아자르가 메르퀴르 드 프랑스와 맺은 계약을 수정하게 한다. 『자기 앞의 생』은 메르퀴르의 해외 판권 담당자 니콜 부아예의 부지런함과 수완 덕분에 영어 이외에도 22개 국어로 번역된다.

파리의 소식통들은 『자기 앞의 생』이 문학상을 수상할지도 모른다고 수군거리기 시작한다. 공쿠르 아카데미 회원인 미셸 투르니에는 시몬 갈리마르를 찾아와, 자신과 몇몇 동료들이 에밀 아자르에게 상을 주고 싶어하는데, 심사위원들 대부분이 저자가 정말 존재하는지, 다시 말해 아자르가 위장 필명이 아닌지를 확인해두고 싶어한다고 털어놓는다. 시몬 갈리마르는 솔직하게, 자신은 아자르를 직접 만나보지 못했지만 미셸 쿠르노가 제네바에서 만나 대화를 나누었다고, 따라서 살과 뼈로 된 아자르라는 저자가 실제로 존재한다고 대답한다. 로맹 가리도 이 대화를 전해 듣긴 하지만, 자신의 인형이 문학상 경주에 휩쓸리는 것을 막지는 못한다. 이렇게 해서 아자르는 파트릭 모디아노(『슬픈 빌라 *Villa triste*』), 크리스티앙 샤리에르(『하늘의 과수원 *Les Vergers du ciel*』, 피에르 장 레미(『삶을 꿈꾸다 *Rêver la vie*』)와 함께 공쿠르 상 수상 후보자들 중에 끼게 된다.

시몬 갈리마르와 미셸 투르니에의 대화 소식을 접한 로맹 가리는 시몬을 위해 일종의 정상회담을 갖기로 결심한다. 그러면 그녀가 저자의 보증인을 자처하고 나서, 공쿠르 상 심사위원단 전체를 안심시킬 수 있을 터였다. 시몬과 지척에 살면서도, 가리는 그녀를 코펜하겐까지 달려가게 만든다!

외견상 그 장소는 로맹 가리의 전기와도, 그가 알제리 출신의 아자르

---

* 다양한 인종이 거주하는 파리 18구의 지역 이름.

를 위해 만들어낸 전기와도 아무런 관계가 없었다. 그는 추적이 불가능하도록 실타래를 헝클어놓는다. 그렇기는 하지만 먼저 초상을 그려 아자르의 전설을 만들어놓는 것을 잊지는 않는다. 뉴욕에 정착한 멜빌*, 멕시코에 닻을 내린 라우리**처럼 뿌리 없는 작가이자 세계 시민인 유목민 아자르는 엉뚱한 환경 속 — 적어도 파리에서 봤을 때는 — 에서, 이국적인 도시 리우데자네이루, 국제 도시 제네바 그리고 이제 안데르센과 카렌 블릭센의 고국이자 동화를 위해 이상적으로 선택된 땅인, 대륙 북단의 덴마크 같은 곳에서 살 수밖에 없었다.

가리는 폴을 보내 아자르의 집을 직접 물색하게 한다. 폴은 아니와 함께 코펜하겐을 둘러본 끝에 볼둠베이 8번지 — 파리의 바크 가에서 정확히 1,500킬로미터 떨어진 — 에 있는, 소나무와 느릅나무에 둘러싸인 나무 집을 임대한다. 그것은 작은 정원을 향해 베란다가 나 있는, 덴마크의 전통적이고 수수한 전원주택이었다.

"안녕하세요, 에밀 아자르!" 문턱을 넘으며 시몬이 소리쳤다. 폴 파블로비치는 이렇게 쓴다. '존재하지 않는 사람에게 그처럼 우아한 목소리로 인사하는 걸, 난 들어본 적이 없다.'***

시몬 갈리마르는 1박 2일을 아자르 부부와 함께 보낸다. 고풍스러운 거실에서, 오스트리아 피아노 옆에서, 베란다에서 발트 해로부터 불어오는 부드러운 바람을 쐬며, 차와 함께 내온 훈제 생선과 산딸기로 저녁 식사를 하며, 그들은 함께 수다를 떤다. 아자르는 흰색 벨벳 저고리 — 그림을 마무리하는 마지막 터치 — 를 입고 있었다.

시몬은 공쿠르 상 심사위원들에게 나눠줄 책들을 가지고 온 터였다.

---

* Herman Melville(1819~1891), 미국 작가.
** Clarence Malcolm Lowry(1909~1957), 영국 작가.
*** 『사람들이 생각한 남자 L'Homme que l'on croyait』, 폴 파블로비치, 파야르 출판사.(원주)

파블로비치는 책마다 일일이 헌사를 쓴다. 물론 에밀 아자르의 서명과 함께…… 파리로 돌아온 시몬은 에밀 아자르에 대해 보증을 선다. 아자르가 집에서 친절히 맞아주었고, 그와 함께 이야기를 나누었으며, 언론사에 홍보용으로 돌릴 책에 몸소 서명까지 해주었으므로.

아자르의 존재에 대한 신빙성을 높이기 위해, 미셸 쿠르노는 시몬이 돌아오자마자『르 몽드』지의 기자 이본 바비를 코펜하겐으로 보내자는 아이디어를 낸다. 파블로비치는 바비에게도 시몬의 방문에 대비해 준비한 시나리오를 그대로 반복한다. 9월 30일자『르 몽드』지에 실린 장문의 기사에서, 바비는 파블로비치가 한 모든 거짓말 또는 모든 코미디를 사실로 만들어놓는다.

파블로비치는 모험이 진행되는 동안 멋들어지면서도 위험하게, 다시 말해, 진심으로 거짓말하는 법을 배우게 된다. 예를 들어, 그는 바비에게 빌나와 니스, 자기 어머니에 대해 이야기한다…… 전혀 예상하지 못한 가리가 그런 건 도대체 뭐 하러 지껄였느냐고 호되게 꾸짖을 그런 얘기들을. 파블로비치는 거짓말하지 않으면서 거짓말을 하는 불장난을 한다. 현장에 없고 파리에 있는 조물주 대신, 반은 진실이고 반은 거짓인 대본을 즉흥적으로 지어내가며 놀이를 한다. 로맹 가리가 상상해낸 연극의 무대 전면에서, 폴 파블로비치는 자기가 쓴 악보를 보고 연주한다. 아자르의 집을 선택한 것이 그이듯, 할 말을 결정한 것도 그였다. 아무 간섭도 받지 않고. 그는 가리가 짜놓은 픽션의 틀에서 벗어나 추적의 실마리가 될 수도 있는 이름들을 거명하고, 활주로를 훤히 밝혀줄 표지들을 설치한다. 자신의 역할에 취한 탁월한 연기자 폴은 가리가 자신을 통해 구현하고자 한 인물과는 다른 인물, 지나치게 방대한 소설 속의 이방인이 아니라, 공통된 과거를 가진 집안사람을 진솔하게 연기한다. 오히려 로맹 가리가 자신의 연극을, 변모된 아자르의 행보에 맞춰야 할 참이었다.

시몬 갈리마르도, 이본 바비도 그가 연기하고 있다는 사실을 눈치채지 못한다. 연기자가 너무 뛰어나기에, 그가 연기하는 인물과 너무 잘 어울리기에, 사람들도 그들을 혼동한다. 낭만적인 베란다에서 저녁 식사를 한 시몬과 이본은 각기 에밀 아자르에게서, 교외의 전원주택에서 생활하는 약간 투박하지만 교양 있고 묘한 매력을 가진 한 남자를 발견한다. 아자르는 더이상 신화적인 작가가 아니었다. 그는 얼굴, 외양, 집 그리고 지리멸렬하기는 하지만 하나의 과거를 가지고 있었다. 인형이 생명을 얻어 스스로 공연을 펼친다. 그것은 조금씩 주인의 손아귀에서 벗어나 주인을 앞지르려 든다.

이처럼 에밀 아자르는 미스터리로 자신의 피조물을 감싸려 한 로맹 가리의 의도와는 반대로, 이미 가리와 마찬가지로 코트다쥐르에서 가리의 어머니처럼 헌신적이고 피곤에 절은 어머니 곁에서 자랐고, 가리처럼 러시아와 폴란드를 거쳐 이주해 온 자신의 과거를 찾아낸다. 『새벽의 약속』 전체가 바비와 가진 인터뷰에 반영되어 있었다. 그런데 『자기 앞의 생』이 어머니와 아들의 사랑 이야기, '동이 틀 무렵 삶이 당신에게 하지만 결코 지키지는 않는 약속'에 대한 소설인, 또다른 『새벽의 약속』이 아니라면 무엇이겠는가.

첫번째 계약 위반. 폴 파블로비치는 발행인에게 자신의 사진—너무 낯설어, 명의 대여인에 불과하다고, 존재하지 않는다고들 의심하는 작가의 얼굴을 기자들이 서평과 함께 실을 수 있도록, 시몬 갈리마르가 코펜하겐에 머무르는 동안에 부탁한 사진—을 보낸다.

바다를 배경—그곳이 과들루프라는 것은 나중에야 밝혀진다—으로 찍은 사진에서, 구릿빛으로 그을린 피부에, 바람에 머리카락을 휘날리는, 진과 흰 티셔츠 차림의 폴은 수영 코치 혹은 애프터 셰이브 크림 광고에 나오는 남성적인 모델을 닮았다. 이목구비가 흐릿해서 아직 아무도—파블로비치를 자주 봤던 로제 그르니에나 테레즈 드 생 팔조차—

로맹 가리의 조카를 알아보지 못한다. 이처럼 폴은 얼마 동안 가면 없이 맨얼굴로, 하지만 아직은 완전히 익명으로 에밀을 연기한다.

『하늘의 뿌리』가 출간되었을 때 비평계가 적대적인 두 그룹으로 나뉘어 대립한 것처럼, 『자기 앞의 생』에 대해서도 격렬한 논쟁이 벌어진다. 비평계는 격찬과 신랄한 혹평을 앞 다투어 쏟아낸다. 『르 몽드』는 아자르의 충실한 독자인 자클린 피아티에가 쓰고 있듯, 아자르를, 그의 '놀라운 두번째 작품'을 지지한다. 『르 피가로』도 호평한다. 『렉스프레스』에서 마티외 갈레는 갈채를 보낸다. 『르 카나르 앙셰네 Le Canard Enchaîné』의 이방 오두아르는 '보석처럼 순수한 재능' '가슴을 뒤흔드는 바로크 걸작'이라고 외친다. 오래전부터 가리 비판에 앞장섰던 이 비평가는 '이번 시즌 최고의 사랑 소설'이라고 결론짓는다. 『르 푸앵 Le Point』의 막스 폴 푸셰는 『자기 앞의 생』을 L. F. 셀린의 『밤의 끝으로의 여행』과 비교한다. 『자기 앞의 생』의 멜로에 감동해 지지자 진영으로 넘어온 장 프뢰스티에는 결국 『르 누벨 옵세르바퇴르』에 호의적인 서평을 쓴다⋯⋯

반면 『르 마가진 리테레르 Le Magazine Littéraire』의 클로드 미셸 클뤼니는 혐오감을 드러낸다. 저자의 '골수 인종차별주의' '천박한 쾌활함'을 비난하고, 작품에 대해서는 '비시 정권 아래에서나 상을 받을 만하다'고 혹평한다⋯⋯ 공산당 기관지 『프랑스 누벨 France Nouvelle』의 기 코놉니키는 아자르의 '순진한 휴머니즘'과, 아자르의 스타일에 알레르기 반응을 보이는 대부분의 비평가들처럼 그의 '교활함'을 비판한다⋯⋯ 『안전성냥 Allumettes Suédoises』의 저자인 로베르 사바티에마저 뭔가 속임수가 있다고, 에밀 아자르는 잘 알려진 소설가의 '대작자(代作者)'일 수밖에 없다고 확신한다.

로맹 가리를 아주 좋아하고, 예를 들면 그들 둘 다 즐겨 읽는 루이와 마르크 샤두른*과 같은 잊혀진 시인들의 시에 대해 그와 함께 이야기를 자주 나누는 로베르 사바티에는 어느 날, '셰 리프'의 카운터와 마주 보는 식탁에서 가리와 함께 점심 식사를 한다. 사바티에가 대뜸 묻는다.

"혹시 자네가 아자르 아닌가?"

"무슨 소리! 자네마저 그런 허튼 소리를 할 텐가!" 가리가 대답한다.

가리는 버럭 화를 내어—"나한텐 내 작품이 있네. 난 그걸로 충분해!"—사바티에에게 확신을 심어준다. 아카데미로 돌아간 사바티에는 동료들에게 장담한다. "의심할 여지가 없네. 어쨌거나 가리는 아자르가 아닐세!"

어떤 이들은 계속 아자르는 아자르가 아니라고 믿는다. 흐릿한 사진에 실린 수영 코치의 얼굴, 『르 몽드』에 실린 애매하기 짝이 없는 인터뷰는 아자르라는 이름 뒤에 숨은 진짜 작가를 찾으려는 독자들을 미궁에 빠뜨리려는 위장 전술에 불과하다고. 또 어떤 이들은 에밀 아자르를 추적한다. 흔치 않은 스포츠맨, 하역 인부 혹은 기둥서방의 외모를 가진, 코펜하겐 볼둠베이 8번지에 사는 남자를 뒤쫓는다. 폴 파블로비치는 가리의 명령에 따라 카냐 뒤 코스에 있는 자기 집으로 잠적한다.

파리의 가을은 폭풍에 휩싸인다. 새 시즌을 맞는 문학계가 이처럼 크고 작은 회오리바람에 휘말린 적은 결코 없었다. 장 에데른 알리에는 '공쿠르 상을 부패에서 해방시켜라!'라는 새로운 슬로건을 내걸고 안티-공쿠르 상을 만들어, 리샤르 르누아르 가에서 두 차례 살인을 저질렀다는 혐의로 종신형을 선고받아 교도소에 수감된 상태에서 소설 『프랑스에서 태어난 어느 폴란드 유대인의 추억 Souvenirs d'un Juif Polonais né en France』을 쓴 피에르 골드만에게 수여하려 한다. 골드만이 안티 상을 단호히 거절하자, 알리에는 공쿠르 상 심사위원인 프랑수아즈 말레 조리스

---

* Louis Chadourne(1890~1924), Marc Chadourne(?), 프랑스의 형제 소설가, 시인.

의 집에 몰로토프 칵테일*을 던져 이 상을 상테 교도소에 수감된 작가 자크 티외루아에게 수여하기로 결정한다. 격분한 작가들이 교도소 앞에 있는 상테 카페에 모여 티외루아의 소설 『고용인의 몸짓 *Le Geste de l'employé*』에 시상하기로 한다. 그사이, 어느 무명의 항의자가 아르망 살라크루의 얼굴에 크림파이를 던지고, 또다른 항의자는 미셸 투르니에에게 토마토주스를 뿌린다. 그라세, 쇠유 출판사에서 몰로토프 칵테일이 터지고, 갈리마르가 테러 위협에 시달리는 동안, 공쿠르 상 심사가 보안 기동대의 철통같은 경호 속에서 이루어진다. 알리에는 드루앙**의 살롱에 티외루아의 원숭이를 풀어놓겠다고 예고한다……

분쟁을 선동하는 작가들에 비해, 지방에 은둔하고 있던 에밀 아자르는 아직 정체가 베일에 가려져 있긴 하지만 적어도 신중하고 평화적인 현인처럼 보인다. 진위를 의심받고 있는 이 인물은 일단 항의나 보복에 앞장서는 사람은 아닌 것으로 비친다. 게다가 그의 작품은 공쿠르 상 후보작들 중에 끼어 있었다. 저자가 아직은 안개에 휩싸인 지평선 저 멀리 아른거리는 신기루에 불과하긴 하지만, 영향력 있는 심사위원들은 『자기 앞의 생』에 표를 던질 준비가 되어 있었다.

바로 그 무렵 카오르 출신인 『르 푸앵』지의 기자 자크 부제랑이 아자르의 정체를 추적하기 시작한다. 전화번호부를 뒤지고, 출판사를 돌아다니며 질문을 하고, 이본 바비의 인터뷰를 가능한 한 모든 각도에서 꼼꼼히 살펴본 그는 신비에 감싸인 아자르의 이력에서, 아자르가 의학 공부를 했다고 밝힌 툴루즈라는 도시 이름을 발견해낸다. 그런데 툴루즈에서는 대학생들이 모두 서로 알고 지냈다. 파리 고등사범학교를 나오긴 했지만 자크 부제랑에게는 툴루즈에서 대학을 다닌 친구들이 아주

---

* 사제 화염병.
** 파리에 있는 레스토랑으로, 이곳에서 아카데미 회원들이 모여 공쿠르 상 수상작을 결정했다.

많았다. 그는 아자르의 사진을 들고 다니며 친구들에게 보여준다. 어느 날 저녁, 함께 식사를 하기 위해 모인 자리에서 친구들 중 하나가 랑그*억양이 섞인 목소리로 외친다.

"이거 알렉스잖아!"

카오르에서처럼 툴루즈에서도 친절하고 자유분방하며 좌파 성향을 띤 청년으로 널리 알려진 폴은 알렉스라 불렸다. 사람들이 그를 폴이라 부르지 않은 이유는 아무도 기억하지 못했다. 알렉스는 카오르 고등학교에서 대학입학 자격시험을 통과했고, 툴루즈 대학에서 법학 강의를 들었다. 십오 년의 세월을 건너뛰어 마침내 그를 알아본 부제랑은 알고 보니 알렉스의 일 년 선배 동문이었고, 알렉스의 여자친구 아니는 부제랑이 사귄 여자친구의 동생이었다. 그리고 1958년 아니면 1959년에는 부제랑이 아니 언니의 결혼식에 증인으로 참석하기도 했다……

부제랑은 즉시 어머니의 R6를 빌려, 『르 푸앵』지의 사진기자 롤랑 알라르를 태우고 카냐 뒤 코스에 있는 파블로비치의 옛날 집을 향해 질주한다. 그는 앞치마 차림으로 정원에서 빨래를 널고 있는 아니를 발견한다. 붉은 단풍나무에 둘러싸여 있는 로의 가을은 햇살이 좋았다. 알렉스는 날씨가 좋은 참에, 이웃집 — 그러니까 가리의 집 — 작업실에서 회반죽을 만들고 있었다.

친구로 찾아간 부제랑은 냉대에 이어 분노의 벽에 부딪힌다. 알렉스는 인터뷰를 허락하지 않는다. 익명을 지키고 싶다고, 계속 비밀리에 글을 쓰고 싶다고 항변한다. 부제랑이 계속 부탁한다. 진실을 캐는 것이, 무엇보다 신문사를 위해 최초로 그리고 독점으로 특종을 찾아내는 것이 기자의 의무라고 역설하며. 부제랑은 거래 은행 지점장 집에서 점심 식사를 하고 있던 『르 푸앵』지의 편집장 클로드 앵베르에게 전화를 걸어 아자르

---

* 프랑스 남부 지방.

를 바꿔준다. 앵베르는 어떻게든 인터뷰를 받아들이게 하려고 설득한다.

알렉스는 잠시 자리를 뜬다…… 그 틈을 이용해 가리에게 전화를 걸어 어떻게 해야 할지 물어본다. "파리로 올라와." 가리가 대답한다.

그날 저녁, 부제랑은 문학과 작가, 예술에 대해 폴이 늘어놓은 재치 넘치는 수다로 이미 다섯 장을 채워 반쯤 만족하지만, 한 물에서 놀았던 옛 친구가 왜 그렇게 경계심이 많고 신중한 인물로 변했는지 — 점심이나 같이 하자며 전원의 식탁으로 초대하긴 했지만 — 그리고 사진을 안 찍으려고 왜 그렇게 많은 핑계를 둘러대는지 여전히 궁금해하며 파리로 올라온다.

이튿날, 바크 가의 7층에서 로맹 가리와 함께 그럴듯한 시나리오를 짜느라 밤을 꼬박 샌 후에야, 폴-알렉스-에밀은『르 푸앵』측에서 비공식 점심 식사 자리를 마련한 갈랑드 가의 '오베르주 데 되 시뉴' 식당으로 간다. 작가이자『르 푸앵』의 문화부장인 자크 뒤크슨과 자크 부제랑이 그를 구워삶으려 든다. 아주 점잖게. 그리고 부제랑의 우정 때문에, 알렉스의 익명에는 전혀 손대지 않고 인물 묘사와 독점 인터뷰를, 그들의 사진기자가 곧 찍을 아자르의 사진과 함께 싣기로 한다. 그들은 그의 실명도, 그가 거주하는 프랑스 지방 이름도 공개하지 않을 터였다. 식사가 끝난 후, 롤랑 알라르는 센 강 강둑에서, 노트르담 성당 앞에서, 뿌연 연기로 가득한 어느 카페에서 알렉스의 사진을 찍는다. 사진 속의 아자르는 얼굴을 반쯤 가리는 방한모를 쓰고, 계속 손으로 입을 가리고 있다. 도피중인 탈주범처럼.

폴은 인터뷰에 두 가지 조건을 내건다. 우선 익명을 보장해줄 것. 그리고 인쇄에 들어가기 전에 부제랑이 쓴 두 기사를 개인적으로 미리 볼 수 있게 해줄 것. 물론 가리에게 보여주기 위한 조치였다. 더는 사태를 완전히 통제할 수 없게 되자, 가리는 단지 방향만 잡아주려고 애쓸 뿐 일이 돌아가는 대로 내버려둔다.

가리는 이중으로 재미있어한다. 한편으로는 『르 푸앵』지의 논설위원 피에르 비야르가 아자르라는 이름 뒤에 숨어 있을지 모를 작가군에 크노와 아라공에다 가리의 이름도 덧붙이게 했기 때문이고, 다른 한편으로는 아자르 역을 맡기기 위해 선택한 인형이 전혀 예상치 못한 탁월한 연기자의 재능을 보이고 있었기 때문이다. 알렉스는 천재적인 작가 흉내를 기가 막히게 내고, 돋보이는 문장 감각에 임기응변의 재주까지 갖추고 있으며, 미스터리를 부풀릴 줄도 알았다. 물론 가리가 인터뷰 전에 조언을 해주고, 자신에게 영향을 끼친 작가들 — 미쇼, 카사노바, 르 클레지오 — 의 이름을 일러주기도 했다. 그런데 알렉스는 인디언 전사처럼 궁지에서 벗어났다.

"글을 쓰는 것은 손안에 물을 담으려고 애쓰는 것과 같습니다. 늘 갈증에 시달리죠." 알렉스는 놀라 입을 다물지 못하는 부제랑에게 이렇게 말한다. 그리고 덧붙인다. "모모는 결코 저 자신이 아닙니다. 재치 넘치는 꼬마 녀석이죠." 또는 "진실에는 두 가지가 있습니다. 어떠한 속임수도 용인하지 않는, 타인과의 일상적인 관계에서의 진실이 있는가 하면, 온갖 속임수를 쓸 권리가 있는 작가의 진실도 있죠."

그리고 이렇게 멋진 말도 한다. "제 이야기 속에는 사실임 직한 것이 전혀 없습니다."

공쿠르 상이 발표되는 주간인 11월 10일자와 17일자 『르 푸앵』지에 실린 두 기사 — 하나는 인물 묘사, 또 하나는 인터뷰 — 는 에밀 아자르의 미스터리를 밝혀주는 것처럼 보인다. 아자르는 존재한다, 사람들이 그를 직접 만났다, 그는 사생활, 아니 사생활보다는 그냥 자기 삶을 보호하려는, 매우 민감하고 사교성 없는 친구다. 그는 이렇게 위협한다. "사람들이 제 정체를 알아내면 저는 글을 그만 쓸 겁니다."

11월 17일 월요일, 아르망 라누가 8차 투표까지 간 공쿠르 상 심사 결과를 발표한다. 『자기 앞의 생』에 여섯 표, 디디에 드쿠앵의 『경찰관 *Le*

Policeman』에 세 표, 파트릭 모디아노의 『슬픈 빌라』에 한 표. 전원 만장일치로 아자르에게 표를 던진 테오프라스트 르노도 상 심사위원들은 그들이 뽑은 유망주를 포기해야만 했다. 그들은 시인 장 주베르의 작품을 수상작으로 선택한다.

공쿠르 상 수상과 함께, 허수아비 아자르는 공적인 인물이 된다. 원칙상 어떠한 작가도 같은 상을 두 번 수상할 수 없으므로, 로맹 가리는— 변호사 지젤 알리미의 조언에 따라 — 그 주 목요일에 폴에게 수상을 거절하는 편지를 쓰게 한다. 『시르트의 강변 *Rivage des Syrtes*』이 수상작으로 뽑혔을 때 쥘리앵 그라크가 그랬던 것처럼, 그는 '공쿠르 상 수상은 작품을 통해서만 만인과 소통하고자 한 본인이 책이 출간된 후로 겪고 있는 여러 가지 어려움을 배가시킬 것'이라고 쓴다. 하지만 공쿠르 아카데미 위원장 에르베 바쟁은 엄숙한 어조로 답한다. '아카데미는 수상 후보자가 아니라 책에 대해 투표한다. 공쿠르 상은 탄생이나 죽음이 그렇듯 수락될 수도 거부될 수도 없다. 아자르 씨는 수상자로 남을 것이다.'

공쿠르 상 수상으로, 가리는 자신의 작품이라고 밝힐 기회를 가질 수도 있었다. 다른 이름으로, 제로 상태에서 출발해 자신을 쇄신시키고 역량을 다시 과시하려 했다면, 그 내기에서는 이미 이긴 셈이었다. 대명천지에 자신을 드러낼 수도 있었다. 하지만 그는 게임을 계속한다. 자신의 그림자가 사방으로 돌아다니게 놔둔다. 아마도 스캔들에 휩싸이고 싶지 않아서, 보다 확실히 말하자면 어디까지 갈 수 있는지 보고 싶은 그 지독한 호기심 때문에……

앞서 공쿠르 상을 수상했던 다른 작가들과 함께, 1975년 공쿠르 상 수상작에 대해 질문을 받은 가리는 이렇게 대답한다. "『그로 칼랭』은 아주 좋았지만『자기 앞의 생』은 아직 읽어보지 못했습니다. 저자가 앞으로도 계속 익명을 유지할 수 있을 것 같지는 않군요."

남프랑스 지방에서는 동요가 인다. 『르 푸앵』지에 실린 아자르의 사진이 돌아다닌다. 카오르 사람들이 그를 알아본다. 이번에는 『라 데페슈 뒤 미디 *La Dépêche du Midi*』가 아자르의 뒤를 캔다. 당시 『라 데페슈 뒤 미디』의 통신원으로, 후에 로 지역 하원의원이 되는 마르탱 말비는 카오르의 강베타 대로―폴 파블로비치 같은 독서광에게는 친숙한 주소― 에 있는 서점 주인 피에르 라가르드와 인터뷰를 한다. 『라 데페슈 뒤 미디』가 에밀의 비밀을 종식시키고 진짜 정체를 밝힌다. 에밀은 알렉스라고도 불리는 폴 파블로비치다. 그는 로 지역 가족수당기금공단 전직 책임자의 딸과 결혼했다. 그는 라 바스티드 뮈라 인근에 있는 카냐 뒤 코스에 거주하고 있다. 그리고 특기 사항, 알렉스는 로맹 가리의 조카다……

『라 데페슈 뒤 미디』는 아자르-파블로비치의 호적을 발표하여, 로맹 가리가 어둠에서 나와 자신이 쓴 코미디의 무대 위로 올라가게 만든다. 곧 제2막이 열릴 참이었다. 가리는 더이상 유일한 주인이 아니었다. 상황이 그가 통제할 수 있는 선을 넘어서기 시작한 것이다.

바크 가에서는 기자들이 그의 아파트를 포위한다. 충계에 진을 친다. 하지만 가리는 문을 열어주지 않는다. "빌어먹을!" 블라인드를 통해 밖을 내다보며 가리는 소리친다. 지겨운 전쟁에 지친 그는 결국 충계참에 나타나 사진기자와 리포터 들에게 파블로비치는 오지 않을 거라고, 너무 민감한 그는 지금 '공황 상태'에 빠져 있다고, '그를 벼랑 끝으로 몰아서는 안 된다'고 설명한다.

그날 밤, 『르 몽드』지 기자인 자클린 피아티에가 가리의 아파트 문을 두드린다. 그녀는 삼십 년 전부터 책이란 책은 모조리 읽어온 터였다. 그녀는 『자기 앞의 생』의 예전 제목이 나와 있는 『게리 쿠퍼여 안녕히』 한 권을 팔에 끼고 있었다. 그녀는 로맹 가리에게 모든 정황으로 볼 때 에밀 아자르는 그일 수밖에 없다고 설명한다. 아자르-파블로비치가 지난달에 이본 바비에게 준 정보가 가리의 전기에, 『새벽의 약속』에 모조리 나와 있는 것이 그 증거라고! 로맹 가리는 피아티에에게 결백을 주장하고, 자신은 그 일과는 아무런 관계가 없다고, 아자르는 폴이라고, 그들 사이에 닮거나 겹치는 점이 있다면 그저 같은 집안사람이기 때문이라고 강변한다. 예술가 집안에서 삼촌이 조카에게 영향을 끼치는 것보다 더 자연스러운 일이 어디 있느냐며. 분명히 뭔가가 있다고, 가리가 말처럼 그렇게 결백하지는 않다고 확신한 피아티에는 완강히 버틴다…… 피아티에는 떠도는 소문을 부인하고, 가리가 아자르가 아니라는 걸 확인시켜주는 서류를 작성해 직접 서명해주지 않으면 돌아가지 않겠다고 선언한다. 가리가 쓰고 서명한 선언문은 이튿날 『르 몽드』지에 실린다. 그는 이 선언문에서 명예를 걸고 약속을 하지도, 맹세를 하지도 않는다. 단지 아자르가 다른 사람이라는 자신의 확신을 밝힐 뿐. 따라서 그것은 완전한 거짓말은 아니었다.

이튿날 세바스티앵 보탱 가에 있는 사장 사무실에서, 가리는 클로드 갈리마르에게 자신은 결코 에밀 아자르가 아니라고 선언한다. 거짓말 놀이, 아니 그보다는 가장 놀이에 기만이 뿌리를 내린다.

며칠 후, 『오로르』지는 거리에서 기자를 밀치고 사진기를 빼앗으려 달려드는 파블로비치의 사진을 로맹 가리의 논평과 함께 싣는다. '그가 어떻게 될지 정말 두렵습니다. 그가 정신적으로 폭발 직전의 참혹한 상태에 빠져 있다는 것을 느낄 수 있으니까요!'

그후로 언론계와 출판계의 눈에는, 로맹 가리가 자신보다 천재적이고 뛰어난 '조카'의 인기에 편승하려는 것처럼 비친다. 그 자신의 소설들을, 가리의 소설들을 신고전주의 전통의 영역으로, 존중할 만하지만 판에 박힌 영역으로 밀어내버리는, 강력하고 무정부주의적인 새로운 숨결로 무장한 채 파블로비치 가문에서 태어난 에밀 혹은 폴, 그 가짜 아자르의 인기에.

아자르, 그것은 고함을 지르며 때려 부수는, 현대적이고 반항적인 예술이었다. 반면 가리는 낡아버린 틀에 얽매인 구식 소설 작법을 대표하는 인물로 보였다. 아자르는 젊음이었다. 반면 가리는 고리타분한 늙은 이들 쪽으로 미끄러져갔다…… 벌써 여러 주 전부터 베스트셀러 1위 자리를 지키고 있는 『자기 앞의 생』에 비해, 같은 해에 출간된 『이 경계를 넘어서면 당신의 표는 더이상 유효하지 않습니다』는 7위 자리를 지키는 것도 힘겨워한다. 『이 경계를 넘어서면…』이 성공작이라면, 『자기 앞의 생』은 최고작이었다. 특히 가리의 소설 『이 경계를 넘어서면…』은 전체적으로 살롱에서 사양길에 접어든 돈 후안들에게 던지는 것과 같은 조롱 섞인 동정, 경멸감 속에서 읽혔다. 이 소설은 무기력한 늙은이의 슬픔을 이야기하는 것처럼 보였다. 반면 『자기 앞의 생』은 자기 재능의 주인, 혹은 가리가 말하는 자기 힘의 주인, 영감이 들끓는 작가의 걸작처럼 눈부셨다.

이듬해에 로맹 가리가 『여인의 빛 *Clair de Femme*』을 출간하자, 험담을 좋아하는 사람들은 그가 에밀 아자르를 표절하려 한다고, 조카를 모방하려 한다고 수군대고, 가리의 소설에서 확연히 드러나는 '아자리즘 (ajarisme)'—가리의 노쇠와 끝나가는 삼촌에 대한 조카의 우월성을 나타내는 증거—을 지적하며 즐거워한다. 아자르의 별은 가리의 것보다 훨씬 밝은 빛을 발한다.

어느 날 아침, 피에르 다니노스*와 그의 아내는 바크 가에서 우연히 로맹 가리와 마주친다.

"아자르는 읽어보셨습니까?" 아무것도 모르는 부부가 순진하게 묻는다.

"끄응……" 가리는 앓는 소리를 낸다.

"한번 읽어보세요. 유명하니까." 다니노스 부부는 이렇게 말하고는 가벼운 발걸음으로 자리를 뜬다.

---

* Pierre Daninos(1913~2005), 프랑스 작가.

자기가 친 거미줄에 걸린 인물

에밀 아자르는 훌훌 날아오른다. 로맹 가리는 제네바로 떠난다. 그리고 무알보 주택 지구에서 보름 만에 237쪽짜리 소설 『가짜 *Pseudo*』— 아자르의 세번째 작품 — 를 쓴다. 이 소설을 쓰기 위해 가리는 모든 사람들이 『그로 칼랭』과 『자기 앞의 생』의 진짜 저자로 여기는, 유명 인사가 된 조카 폴 파블로비치의 피부 속으로 들어간다. 그는 폴로 하여금 공적인 무대에서 퍼레이드를 펼치게 해놓고, 정작 자신은 마지막 추적자들을 따돌리기 위해 그들에게 걸맞은 이야기를 만들어내려는 의지를 다지며 밀실에 틀어박힌다. 이제 그들의 정체성은 상실되고, 뒤얽히고, 하나에서 다른 하나로 미끄러진다. 폴은 로맹이 만들어낸 대로의 에밀을 구현하고자 애씀으로써, 그리고 작품의 진정한 주인인 로맹은 자신의 펜과 상상력에서 나온 인물이 글 밖에서 자신의 삶을 살고 있다고 믿게 만듦으로써. 『가짜』에서, 로맹은 폴인 양 이야기한다. 폴이 에밀 아자르를 만들어냈으므로…… 이 새로운 책에서, 로맹은 파블로비치를 흉내낸다. 심지어 그를 실제와 허구를 오가는 소설적인 인물로 재창조한다.

"보바리 부인은 바로 나다." 플로베르는 이렇게 말했다.

"에밀은 바로 나다." 로맹은 폴에게 이렇게 말하게 한다. 마치 폴이 진짜 쓰는 것처럼.

폴과 에밀을 뒤섞고 둘의 성격을 자신에게 부여하며, 로맹 가리는 완전한 자유를 누리면서 글을 쓴다. 자신이 만들어낸 인물에게서 영감을 얻어, 주인공이 자기가 직접 짠 거미줄, 치명적인 함정으로 끌려들어갈 수 있는 거미줄에 걸려 몸부림치는 악의 넘치는 이야기를. 속임수는 그만이 알고 있는, 전적으로 소설의 차원에 속하는 진실과 혼동될 정도로 다듬어진다.

그전에, 가리는 원칙적인 동의를 얻기 위해 제네바에서 파블로비치에게 전화를 건다. 이 통화에 대해서는 나중에 두 사람이 이야기한다. 내용은 거의 일치한다.

파블로비치 버전.

"여보세요, 폴? 폴…… 내가 책 한 권을 쓰고 있어…… 그리고 그건 네 얘기야. 내 책에 손대진 않을 거지? 내 맘대로 쓸 수 있다는 걸 확실히 해둬야겠어. 내 책에 손대진 않을 거지? 말해봐."

"예."

"그렇다면 안심이군."*

가리 버전.

---

*『사람들이 생각한 남자』, 폴 파블로비치, 파야르 출판사.(원주)

"여보세요, 폴? 내가 그 소설에서 폴 파블로비치라는 인물을 완전히 새로 만들어냈어. 정신착란증 환자야. 나는 고뇌를 표현하고 싶었고, 그 고뇌를 너한테 떠넘긴 거야. 그것은 또한 나 자신과의 갈등을 해소하는 것이기도 해. 더 정확히 말하자면, 사람들이 내 등에 붙여준 전설 같은 꼬리표와의 갈등 말이야. 나 자신도 완전히 새로 만들어냈어. 소설의 두 작중 인물이야. 괜찮지? 이의 없지?"

"없어요."*

『가짜』에서 '나' 라고 쓰인 폴 파블로비치 — 아니 그보다는 자신을 폴 파블로비치라고 여기면서 '나' 라고 쓰는 가리 — 는 정신병원을 밥 먹듯이 드나드는 정신질환자다. 인격 장애, 강박신경증, 환각 증세를 보인다. 그는 미치광이다.

내 피부에 문제가 있다. 내 것이 아니기 때문이다. 유산으로 물려받은 것이다. 나는 유전적으로, 치밀한 계획에 따라 그것으로 감싸였다. 누구 짓인지는 몰라도. 특히 밤에, 혈당 수치가 최하로 곤두박질치는 새벽 네 시경이면, 그것은 안에서 겁에 질려 울부짖는다.

그는 트랑센으로, 알코올과 바륨으로 자신을 이겨내려 한다. 하지만 그의 병은 진정제로는 치료되지 않는다. 사실 그는 두려워 죽을 지경이다. 그는 자신과 다른 사람들과의 관계를 힘들어하는, 정신 질환뿐만 아니라 세상의 불행 때문에 고통스러워하는, 일종의 '산 채로 껍질 벗겨진 사람' 이다. 주위를 바라보는 것도, 핵폭탄, 칠레, 비아프라** 또는 남아

---

* 『에밀 아자르의 삶과 죽음 *Vie et Mort d'Emile Ajar*』, 로맹 가리.(원주)
** 1967년에 나이지리아로부터 독립해 비아프라 공화국이 되었지만, 나이지리아 내전으로 1970년에 붕괴되었다.

프리카 공화국 쪽을 바라보는 것도 자신으로 존재하는 것만큼이나 괴로운 일이다…… 아직 뭔지 알 수 없지만 곧 닥칠 위험을 기다리며, 신체적인 불편, 병적인 징후 또는 온몸을 떨거나 소리를 지르는 발작 증세로 표출되는 불안감과 드잡이를 하며 살아간다. 하지만 세계 최고 정신과 의사의 보살핌을 받는 이 중증 환자는 사실 운명에 대한 명철한 의식 때문에 결국 절망의 나락으로 떨어지고 만, 다정다감하고 연약한 사내다. 이 인물은 유머, 얼음처럼 차가운 유머를 가지고 있다. 한 경관이 그를 이란의 통치자와 혼동할 때, 우리는 그가 우리가 믿고 있던 그 사람이 아니라는 것을 알게 된다. 알렉스-폴이 의미심장한 헛소리로 평화롭게 잠든 모든 사람들을 깨워놓았다는 것을.

　　나는 나 자신을 빼기 위해 모든 것을 시도했다. 하지만 그것에 도달한 사람은 아무도 없었다. 우리는 모두 더해진 자들이다.*

　공쿠르 상 수상으로 방어 시스템이 파괴되자, 광고 때문에 겁에 질린 폴은 '자신의 내부로 파고들어' 악의 근원으로 거슬러 올라간다. 거기에 『가짜』의 진정한 주제, 불안이 자리잡고 있다.
　알렉스 곁, 아니 그보다는 맞은편에는, 보호자인 동시에 박해자, 수호천사인 동시에 형리인 통통(삼촌) 마쿠트가 있었다. 레지옹 도뇌르 훈장 수훈자, 전직 외교관이자 유명 작가, 그것은 조카가 그린 로맹 가리의 풍자화—사실은 멋진 아이러니를 담아 가리가 자신을 그린 풍자화—가 분명하다. 두려움에 떠는 조카에 비해 통통 마쿠트는 살찌는 것 말고는 어떠한 불안도 느끼지 않는, 강하고 균형 잡히고 야심만만하고 시니컬한 인물이다. 그는 스위스에서 살을 빼는 치료를 받는다! 『가짜』

---

*『가짜』에서.(원주)

에서 삼촌은 조카와 정반대되는 인물로 묘사된다.

아자르는 병원을 전전하며 치료법처럼 글을 쓴다고 주장한다. '나는 유명한 작가였고 두려움과 전율에서 늘 두둑한 문학적 자산을 끌어낼 줄 알았던 통통 마쿠트를 생각했다……'

『가짜』에서, 가리는 우스꽝스러운 인물로, 대가로 보이기 위해 심각한 표정으로 시가를 피워대는 일종의 광대로 나온다. 반면 아자르, 다시 말해 폴은 광기의 힘으로 마침내 삼촌을 포함한 세상 모든 사람들에게 자신의 천재성을 증명한다. 통통 마쿠트는 '돈을 벌기 위해' 소설을 쓰고 이야기를 지어내는 반면, 미친 만큼이나 사심도 없는 아자르-알렉스는 혼란스럽고 엽기적인 절름발이 악마의 담론으로 강한 인상을 남긴다.

마키아벨리의 정신이 로맹 가리를 사로잡는다. 오로지 그는 글을 쓰고 있는 것이 자신이 아니라 조카이고, 따라서 조카가 이처럼 자신을 냉혹하게 평가한다는 것을 믿게 만들기 위해, 자신을 실제보다 더 못하게, 익살스럽거나 음산한 색깔로 묘사한다.

또한 사실처럼 보이게 하기 위해, 그들 둘과 관계가 있는 과거의 인물들, 모든 것을 잃은 도박꾼이자 모든 것에 실패한 작가인 할아버지 일리야 오시포비치, 그리고 광기와 절망에 빠져 정신병원에서 세상을 떠나 아들의 미래를 예고하고 설명해주는 심성 고운 여인인 '그'의 어머니, 실제로는 그의 사촌인 폴의 어머니 디나를 소설에 등장시킨다.

『가짜』는 이야기라 할 만한 것 없이 그냥 종이 위에 쏟아낸, 마티외 갈레가 정확히 지적하고 있듯, 저자가 유령과 두려움을 몰아내기 위해 '토해놓은' 거친 텍스트다. 정신이상자가 충동적으로 쓴 작품으로 보일 수도 있는, 때로는 제법 시적인, 격렬하고 광기 어린 텍스트다. 하지만 실제로 『가짜』는 정반대로 전혀 미치지 않은, 오히려 광기를 가지고 장난을 치는 작가가 철의 손으로, 자동적이 아니라 자동적으로 보이려는 의도에 철저히 부합되는 글쓰기를 통해 용의주도하게 써내려간 작품이다.

약 1000쪽에 달하는 세 가지 버전의 『가짜』를 써놓고 213쪽의 결정판이
나올 때까지 계속 고쳐나갈 정도로.

　가리는 이 소설에서 대립적인 조명 아래 자신의 공식적인 얼굴과 반
사회적인 얼굴, 위압적인 얼굴과 불안에 찬 얼굴, 폭군의 초상과 외로
운 늑대의 초상, 주인과 희생자 ― 자기 운명의 주인, 공포의 희생자 ―
를 번갈아 보여주며 두 사람 노릇을 즐긴다. 모든 것을 알고 읽으면, 글
을 쓰는 것이, 일부러 서툰 티를 내며 소설을 구성하고 지휘하는 것이
가리라는 것을 알고 읽으면, 『가짜』는 매력적인 동시에 끔찍한 소설로
드러난다. 물론 그것은 하나의 놀이다. 하지만 존재를 가지고 노는 놀
이, 신성모독적인 놀이, 감히 이렇게 말할 수 있다면, 프로메테우스적
인 놀이다.

　조카의 얼굴과 영혼으로 변장한 채, 가리는 점점 더 깊어지는 개인적
인 불안과 담판을 벌인다. 아주 오래전부터, 소년 시절부터, 그는 우울
증에 시달려왔다. 때로는 영감에 사로잡힌 낭만주의자처럼 미친 듯이
글을 써대고, 또 때로는 완전히 탈진해 말하지도 움직이지도 못하는 상
태에 빠지고 마는, 때로는 과하고, 또 때로는 충분치 못한, 휴식을 취하
거나 자신에게 만족하는 경우가 극히 드문, 그의 조울병은 대다수 예술
가들처럼 그를 극단으로 밀어붙인다. 그는 절도 있는 사람들의 평온함
에는 결코 도달하지 못한다. 『하늘의 뿌리』 이래로 이십 년 전부터, 글을
쓰지 못하게 방해하는 탓에 무엇보다 두려운 이 우울증과 싸우기 위해,
그는 약물을 복용해온 터였다.

　천성적으로 불안에 잘 빠져들긴 하지만, 가리에게는 많은 능력, 의지,
에너지가 있었다. 하지만 삶은 불안에 맞서려는 그의 노력과 투쟁을 꺾
어놓는다. 그로서는 통제하기 힘든 불안 ― 특히 진 시버그 쪽에서 오
는 ― 에 수시로 사로잡힌다.

　『가짜』에서 신경쇠약의 유령은 낮과 밤에 화학적으로 채찍질과 혼곤

한 잠을 명령하는 진정제와 우울증 치료제의 약명으로 모습을 드러낸
다. 트랑센, 할로페리돌, 아나프라닐, 바륨*…… 신경안정제, 불안치료
제, 단조와 장조의 약품들, 그것은 약물에 바치는 세속적인 시가(詩歌)
이다. 하지만 가리가 개인적으로 복용하던 약물의 목록은 아니다.

이유야 어떻든, 가리는 늘 자신의 어려움과 문제를 감추고, 『가짜』에
서 희화화한 이미지, 어떠한 균열도 없이, 바위처럼 단단한 남자의 이미
지만을 자신에게 주려 했기 때문이다.

『가짜』에서, 주치의인 코펜하겐의 정신과의사, 우스꽝스럽고 소름 끼
치는 크리스티안센 박사의 보호 아래 약물로 근근이 살아가는 것처럼
보이는 것은 바로 파블로비치다. 그런데 실제로 폴은 정신병원에 입원
한 전력이 전혀 없다.

가면들의 현란한 춤. 로맹 가리가 베끼고 재창조하는 대로의 파블로
비치, 흉내와 거짓말을 일삼는 정신병자 파블로비치는 그의 도피와 위
장을 전혀 이해하지 못하는 비평가들의 마녀 사냥에 쫓기는 실패한 천
재 시인을 자처한다. 스스로 희화화한 대로의, 적어도 비평가들이 단순
화시켜놓은 대로의 가리는 부드러운 애정, 막대한 재산, 시가 연기로 조
카를 괴롭힌다. 로맹 가리는 『가짜』가 쓰이던 끔찍한 시기에 파블로비
치가 느낄 수도 있었을, 삼촌과 조카의 관계를 묘사한다. 그는 삼촌에
대한 조카의 증오를, 조카에 대한 삼촌의 질투를 그린다. 추적자들을 혼
란에 빠뜨렸겠지만, 반만 허구이거나 반만 뒤집힌 감정을 그린다. 가리
는 라미나그로비스**의 발톱에 놀아나는 장난감인 폴의 근본적인 불안
을, 결국 그에게서 벗어나 이젠 그로서도 감당할 수 없다는 것을 분명히
느끼고 있는 모험을 온몸으로 겪고 있는 피조물인 아자르 앞에서 그가

---

* 『가짜』에서.(원주)
** 라블레(François Rabelais, 1483~1553)의 소설에 등장하는 고양이들의 왕.

느끼는 공포처럼 분석한다.

『가짜』에서 '나'는 삼중 인간, 에밀-폴-로맹이다. '나'는 복수(複數)다. 창조자에서 등장인물-배우를 거쳐 피조물에 이르는, 여러 정체성의 중복이다. 현실과 꿈, 진실과 속임수가 하나의 소설 속에서 조직적으로 뒤섞인다. 허구는 해독 불가능하고, 진실과 떼어놓을 수 없는 것이 되고 만다.

'그'가 거기 있었다. 나를 취해 내가 되어버린 누군가가, 어떤 정체성이, 영원한 함정이, 부재의 현존이, 불구가, 기형이, 절제(切除)가. 에밀 아자르가. 나는 나 자신을 구현했다. 나는 고정되고, 붙잡히고, 꼼짝도 못하고, 쥐이고, 궁지에 몰려 있었다. 말하자면 나는 존재했다.

'그'는 두려움에 떨며 『가짜』를 쓴다. 사방에서 추적을 받으며. 벌 떼처럼 그를 쫓는 '형사들의 끊임없는 붕붕거림 속에서'. 발각의 위험에 시달리는 그는 속임수로 인해 자신의 평판과 위신, 무엇보다 그가 영광보다 소중히 여기는 명예가 더럽혀지는 걸 막고 싶어한다. 그는 명예를 잃고 싶지 않았다. 또는 예를 들어 해방훈장 수훈자 동료들에게, 엉뚱하고 질 안 좋고 천박하고 무정부주의자에다 정신병원을 드나들며 도발을 일삼는 인물을 창조해내고 그의 이름으로 서명한 것이 바로 자신이라는 것을 알리고 싶지 않았다. 또한 법에, 책임을 못 지겠다며 하나씩 '사건'—장난에서 시작되어 점점 더 조직적인 기만으로 변해가는—에서 손을 떼는 변호사들에게 위협받는 가리는 공쿠르 상 심사위원들, 갈리마르 출판사 관계자들, 자신에게 농락당한 기자들에게도 치러야 할 대가가 있을까 봐 두려워한다. 임박한 위험을 꼽아보는 그의 머릿속으로 손해배상의 긴 목록이 작성된다. 마지막으로 세금 문제까지 대두된다. 실제로 그의 가명이 아닌 다른 사람을 통해 신고해야 할 액수들이……

로맹 가리는 자신의 익살극에 대해 변론을 펴거나 고백을 통해 짐을 덜기보다는, 시작된 게임을 끝까지 밀고 나가는 쪽을 택한다. 그 너머, 위험을 무릅쓰고 마침내 한계에 대한 해묵은 두려움을 극복하는 모험, 어떠한 위협보다 더 강한 이야기 꾸미기의 욕구가 그를 막무가내로 이끌 모험 속으로, 자신의 소설 속으로 뛰어드는 쪽을 택한다. 그리하여 그는 계속한다. 자기가 자신을 새롭게 창조한다는 완벽한 환상과 다른 여정에 대한 향수를 품고서, 계속 아자르와 가리를 동시에 연기한다.

『가짜』와 함께 파블로비치가 삼촌 가리에게 새로운 숨결을 불어넣어주고, 파블로비치의 개성, 모습, 스타일이 소설가에게 약간의 광기, 적어도 약간의 기묘함을 제공해준 것은 분명하다. 로맹과 에밀이 뒤섞인 이 이야기 속에서는 모든 것이 진실인 동시에 꾸며낸 것이다.

'그는 유토피아의 종말을 원했을 것이다.'*

『가짜』가 출간된 후로, 비평가가 거기서 길을 잃지 않는 것은 불가능해졌다. 가리는 그 작품에서 모든 것을 설명한다. 하지만 뒤집힌 자료들을 통해. 그는 자신에게 좋은 역할도 부여하지 않는다. 좋은 역할은 폴, 알렉스, 에밀의 몫이다. 글을 쓰는 것은 그이므로. 가리가 비밀리에 그에게 펜을 빌려주었으므로.

모든 진실이 거기 있다. 하지만 어긋난 형태로. 파블로비치가 『게리 쿠퍼여 안녕히』 81쪽의 통통 마쿠트에게서 훔쳐왔다고 주장하는 '돌들의 애정'이라는 제목, 자신은 작품을 끝까지 완성시킬 능력이 없는 재갈 물린 작가 — 이렇게 털어놓거나 고발한 것은 바로 가리다 — 이며 아자르라는 이름으로 출간한 세 편의 작품이 사실은 그의 병적인 내면의 고백에 불과하다고 털어놓는 작가 파블로비치의 고통과 무기력, 변호사들의 이름, 통제할 수 없는 저자의 익살 앞에서 그들이 느끼는 분노, 메르

---

* 『가짜』에서.(원주)

퀴르 출판사와 맺은 계약에 집어넣은, 영화 각색과 영어 번역 독점권에 관한 특별 조항은 진실이다. 심지어 에밀의 공모자 알리에트라는 멋진 역으로, 또는 그녀 자신의 이름으로, 로의 견실한 아가씨 자격으로 등장하는 아니 파블로비치도…… 시몬 갈리마르도, 이본 바비도…… 특히 지옥의 한 쌍으로 변해가는 삼촌과 조카 사이의 어렵고 긴장된 관계까지도.

특히 악마적인 한 장(章)에서, 파블로비치는 통통 마쿠트에게 '증거'를, 아니 '사랑의 몸짓'을 얻기 위해 『자기 앞의 생』의 원고를 다시 필사해달라고 애원한다. 요컨대 그는 삼촌과 자기의 글을 다정하게 뒤섞기를 원한 것이다!

편집병적인 발작이 극에 달하는 그다음 장에서, 파블로비치는 공쿠르상과 자신의 텍스트를 훔치려 했다고 통통을 비난한다. 이에 소설 속의 가리, '시체를 뒤져 소지품을 훔치는 도둑'은 이렇게 응수한다. '난 내가 쓰지 않은 작품의 저자로 통하고 싶진 않아. 내겐 내 손으로 직접 쓴 작품들이 있어. 그리고 난 그것들이 자랑스러워!' 이 거짓 고백, 이 진짜 불안 속에서 독자가 어떻게 소설의 한계를 넘어 현실로 넘쳐흐르는 창조물과 드잡이를 하는 작가의 술책을 명확히 알아볼 수 있겠는가? 『가짜』의 주인공 파블로비치는 결국 가슴을 치며 이렇게 외친다.

나는 에밀 아자르다! 단 하나밖에 없는! 나는 내가 쓴 작품들의 아들이자 아버지다! 나 자신의 아들이자 아버지다! 나는 진짜다!*

혹시라도 비밀이 누설되는 것을 막기 위해 바크 가로 돌아온 가리는 이번에는 폴에게 원고의 타이핑을 맡긴다. 이렇게 해서 폴은 자신의 허

---

* 『가짜』에서.(원주)

구적인 자서전을 보게 된다. 원고를 맡기기 전에, 삼촌은 조카에게 자신은 '연기자'에 불과하며 아자르 작품들의 '저자'는 로맹 가리라고 밝히는 자술서를 쓰고 서명하게 한다…… 그때부터 '연기자'는 바크 가에 은둔하는 '특별 비서'가 된다. 그는 두 달 동안 하루에 열 시간씩 완결판이 나올 때까지 『가짜』의 연속적인 판본들을 타이핑한다. 너무 사실 같고, 너무 내밀하고, 어떠한 수치심도 배려도 없이 적나라하게 까발려 때로는 너무 창피하기도 한 자신의 이야기를. 폴은 매력과 환상으로 가득한 어릿광대일 뿐만 아니라, 약에 취해 살아가는 진짜 미치광이로 소개된다.

이번에는 파블로비치가 사기극의 스타가 된다. 저주받은 시인의 전설을 갖춘 망나니 작가 '가짜'는 세상 사람들뿐 아니라 자신에게도 자신의 천재성과 재능에 대한 확신을 심어놓는다. 그는 글을 쓸 줄 안다. 작가다. 그 이미지가 파블로비치의 피부에 들러붙는다. 곧 파블로비치는 그것을 벗겨낼 수 없게 된다. '가짜'는 갈망하던 것들 너머로, 꿈이 실현되는 영토로 자신을 이끈다. 속임수를 쓰는 한 산문을 통해.

'나는 엉덩이가 빨간 원숭이 한 마리를 등에 업고 있었다.' 그는 나중에 이렇게 쓴다.*

처음에는 영악한 익살꾼이었던 파블로비치의 역할은 가리가 함정을 교묘히 다듬어감에 따라 점점 무거워진다. 파블로비치는 희비극적인 인물, 거짓말을 즐기는 인물, 자신에 대해 거짓말을 하고, 물론 자의는 아니지만 기꺼이 삼촌의 거짓말에 묻어가는 인물이 된다. 폴은 이제 단순한 공모자가 아니다. 소설이라는 장기판 위에 놓인 졸이 된다. 하지만 계속 가리에게 봉사한다. 치밀한 논리에 따라 전개되는 에밀의 모험에 매료되어, 열정적으로. 파블로비치는 이야기 속의 인물에게 몸을 빌려

---

* 『사람들이 생각한 남자』, 폴 파블로비치, 파야르 출판사.(원주)

줄 뿐만 아니라 영혼을 주고, 영감을 불어넣어주고, 자신의 이야기, 가족, 성격, 자신의 피를 준다. 아자르는 바로 그였다. 적어도 그는 결국 그렇게 믿게 된다. 아자르는 파블로비치마저 혼동을 일으킬 정도로 그를 닮았으므로.

타자수이자 독자이자 당사자인 파블로비치는 이제 가리의 손안에 든 재료에 불과했다.

가리의 숨 가쁜 리듬을 좇으려고 애쓰고, 책상 위에 차곡차곡 쌓여가는, 불규칙하고 거친 글씨―가로 막대가 없는 티, 비와 흡사한 에프, 난삽하고 미완성으로 끝나는 에이, 오, 지를 해독해내기란 여간 어렵지 않다―로 뒤덮인 종이들을 타이핑하고 또다시 타이핑하는 폴은 문학적 창작 작업을 가장 가까이에서 지켜보는, 배우인 동시에 봉사자인 특별한 관객이고, 작품에 매료된 첫 독자였다.

텍스트의 강력한 파라노이아는 내게 격렬한 영향을 미쳤다. 내게는 더 이상 확실한 지표가 없었다. 그 바깥, 실제 삶에서, 그것은 사실이기도 하고 거짓이기도 했다. 그 안, 로맹의 글 속에서도, 그것은 사실이기도 하고 거짓이기도 했다. 나도 어쩔 수가 없었다. 나는 조금씩 이끌려갔다. 그것은 나보다 훨씬 강했다.*

가리는 폴의 뼛속까지, 폴이 애써 감추거나 무시하려 한 것까지, 억압된 욕망이나 공포까지 파고들었다. 파블로비치는 이렇게 쓴다. '그것은 즐거운 관장(灌腸)이었다.'**

가짜 가명―폴은 나중에 한 책에서 이렇게 말한다―을 떨쳐버릴 수

---

* 『사람들이 생각한 남자』, 폴 파블로비치, 파야르 출판사.(원주)
** 같은 책.

없었던 폴은 상황을 견뎌내기 위해, 실제로 진정제와 암페타민을 마시거나 삼키기 시작한다. 그는 자신의 모델 혹은 복사본과 점점 더 닮아갔다! 밀실에서 이루어지는 가리와 파블로비치의 협력은 악몽으로, 파라노이아로 변해간다. 폴은 텍스트 때문에 몸의 병을 앓는다. 그리하여 복수하기 위해 일부러 로맹을 골리려 든다. 특히 글쓰기에 몰두하지 않는 시간에 가리가 끔찍한 불안에 시달린다는 것을 알고는, 가리에겐 끔찍한 시간인 오후가 끝날 무렵이나 저녁을 이용해 초인종을 누르고는 잽싸게 제자리로 달려와 꼼짝도 하지 않고 일에 몰두하고 있던 척한다. 자리에서 일어나 문을 열어주러 간 가리는 아무도 없는 것을 발견하고는 놀란다. 그 일이 반복되자, 가리는 환청을 들은 게 아닐까 의심하고 자신이 미쳐가고 있다고 믿기 시작한다! 복수심에서 비롯된 잔인한 장난은, 반은 범죄자 소굴이고 반은 유령의 집처럼 변해가는 바크 가의 분위기 조성에 일조한다.

장소도 플롯도 없고, 얼굴도 거의 안 나오는 『가짜』는 무엇이 진실이고 거짓인지 분간할 수 없는 상황 속에서, 둘 혹은 세 인물이 벌이는 이러한 숨바꼭질을 익살스럽게 이야기한다. 이 숨바꼭질에서, 로맹 가리는 수상쩍은 능력을 가진 유령 '디부크(dibbuk)'처럼 다른 인물들의 마음속으로 미끄러져 들어간다. 이 책은 매춘부 총회 장면으로, 창녀들 가운데 마침내 최고의 자리에 오른 예술가에 대한 시니컬한 묘사로 끝난다! 『칭기즈 콘의 춤』의 코믹을 떠올리게 하는, 『가짜』의 공격적이고 신성모독적인 코믹은 가장 엄격한 금기를 비웃고, 멋진 문학 소품이자, 이성과 광기의 경계를 넘나든 한 인간의 증언이 된다.

아침이면 로맹 가리는 『가짜』를 공들여 다듬었다. 그리고 1976년 12월부터는 오후마다 차분한 여비서 마르틴 카레 곁에서 『여인의 빛』을 쓴다. 그는 두 소설을 동시에 쓰고, 로맹 가리와 에밀 아자르의 경력을 한꺼번에 쌓아간다.

창작 작업에는 빈틈없이 관리해야 하는 재정적 문제가 뒤따랐다. 로맹 가리는 책의 판매, 계약, 번역, 각색을 주의 깊게 체크했다. 『그로 칼랭』이 5만 부, 『자기 앞의 생』이 120만 부로, 인세만 해도 막대한 금액이었다. 로맹 가리는 파블로비치를 레몽 뮈탱에게 보내 세금을 어떻게 나누어 내야 할지 조언을 듣게 한다. 뮈탱은 갈리마르, 루이 아라공, 장 주네, 로랑스 뒤렐의 세금 컨설턴트였다. 뮈탱은 후에 로맹 가리와 에밀 아자르의 컨설턴트가 된다. 같은 인물, 같은 작가라는 것을 모르는 채, 모든 사람들과 마찬가지로 에밀 아자르가 폴 파블로비치라고 여기며.

모쉬 미즈라이가 영화로 만든 〈자기 앞의 생〉과, 장 피에르 로슨이 영화화한 〈그로 칼랭〉의 영화 각색에 관한 협상도 파블로비치가 맡는다.

창작과 작품 관리로 바빴던 시기인 아자르 시절은, 로맹 가리에겐 두 개의 서명 아래 이루어졌지만 실제로는 단 한 명의 작가가 이루어낸 왕성한 창작 활동의 시기였다. 진짜 사건은 가면을 쓴 채 무대 뒤에서 전개되고, 무대 위에는 비밀스러운 연극의 일부밖에 드러나지 않는, 열정적이고도 어두운 시기였다.

소설가 가리를 익히 알고 있는 베테랑 독자들을 속여 넘기기 위해, 파블로비치는 가리의 명령에 따라 『가짜』 원고를 들고 갈리마르 출판사를 직접 찾아간다. 그는 대담하게도 로제 그르니에를 찾아가 개인적인 의견을 묻는다! 그르니에는 이십 년 전부터 로맹 가리의 원고를 손질해온 인물이었다…… 그르니에는 『가짜』를 읽고 마음에 들어한다. 하지만 누군지 훤히 짐작할 수 있는 소설 속 인물, 그의 오랜 친구가 보면 몹시 언짢아하게끔 묘사된 인물인 통통 마쿠트 때문에 걱정스러워한다. 폴이 방문한 지 이틀 후, 가리가 그르니에를 우연인 양 저녁 식사에 초대한다. 그리고 그르니에는 조카가 한 몹쓸 짓을 넌지시 알려주려 한다! 가리는 태연한 표정으로 그의 말을 듣고는, 젊은 세대가 스스로 날도록 놔

뒤야 한다고, 『가짜』를 읽게 된다 하더라도—아직 안 읽어봤기 때문에!—폴의 의도를 비난할 의사는 전혀 없다고 선언한다. 파블로비치를 표절로 고소하고 싶지 않다고 말한다. 가리는 로제 그르니에에게 이렇게 설명한다. "작가로서 제 입지를 굳히기는 했지만 그 녀석은 내 조카네. 그 녀석이 작품을 쓰기 위해 내 작품에서 영감을 얻는 것은 어찌 보면 당연한 일이지!"

메르퀴르 드 프랑스에서는 미셸 쿠르노가 새로운 텍스트의 출간 시기를 놓고 저울질을 한다. 쿠르노는 『가짜』가 저자의 경력에는 도움이 되지 않을 거라고, 아자르를 위해서나 메르퀴르를 위해서나 『자기 앞의 생』처럼 '대중성'이 있는 다른 작품을 먼저 발표하는 게 나을 거라고 판단한다. 쿠르노의 망설임에 불안해진 시몬 갈리마르는 『가짜』의 출간을 나중으로, 다시 말해 '진짜' 소설을 한 편 더 발표한 뒤로 미루는 게 낫겠다고 아자르에게 전하게 한다. 메르퀴르는 때를 기다리고, 가리는 초조해한다. 쿠르노는 아자르에게 다른 원고를 달라고 조른다. 실제로는 가리가 쓰기를 거부하는 것이고, 『가짜』가 서점에 나오지 않는 한 넘겨주기를 꺼리는 것인 원고를.

어느 날 아침 여덟시, 가리는 클로드와 시몬 갈리마르의 자택으로 전화를 건다. 당장, 다 함께, 그들 집에서 만나고 싶다는 용건이다. 아홉시에 가리는 위니베르시테 가에 있는 그들 아파트의 초인종을 누른다. 자신의 발행인과 아자르의 발행인에게, 그는 메르퀴르가 『가짜』의 출간을 자꾸 미루는 바람에 조카가 노발대발하고 있다고 전한다……

책은 결국 몇 개월 뒤인 이듬해 봄에 출간된다.

미셸 쿠르노는 표지에 쓸 이상적인 삽화로, 피부로 뒤덮인 속이 텅 빈 머리 두 개를 옛 판화 컬렉션에서 본능적으로 찾아낸다. 『가짜』에서 '이중적' 글쓰기를 감지한 것이다. 쿠르노는 파블로비치에게 말한다. "폴, 이건 불가능해요. 이 문장은 당신 게 아닙니다. 이건 당신이 쓴 게 아니에요. 누군가가 당신과 함께 썼어요!"

누가 봐도 로맹 가리라는 것을 알 수 있는 통통 마쿠트 때문에 불안해진 시몬 갈리마르는 가리가 원한다면 부분적인 삭제도 받아들이겠다는 약속과 함께 『가짜』의 원본을 바크 가로 보내게 한다. 그녀가 보기에 『가짜』는 작가의 사생활뿐만 아니라 양심에도 침해를 가하고 있었기 때문이다. 1975년 12월 22일, 로맹 가리는 더없이 너그럽게도—더없이 영악스럽게도—이렇게 답장을 쓴다.

친애하는 시몬,

폴이 오늘 아침 그 특유의 눈으로 내게 와서는 새로 쓴 원고를 내밀며, "내가 삼촌을 똥구덩이 속으로 끌고 들어가니" 삭제하고 싶은 내용이 있으면 삭제해달라고 부탁했소.

나는 이 편지를 통해 폴이 나에 대해 이러한 절차를 밟았다는 걸, 내가 그 원고를 읽기를 거부했다는 걸, 내가 에밀 아자르-파블로비치와 그 발행인의 책임을 사전에 면제해주며, 이 편지를 통해 명예훼손과 관련된 어떠한 법적 소송도 제기하지 않을 것임을 증명하는 바이오. 따라서 그는, 당신은, 당신들은 내 쪽에서 소송을 제기할지도 모른다는 걱정은 조금도 하지 말고 전적으로 자유롭게 원고를 출간해도 좋소.

『가짜』는 실제 세계에 대한 문학의 승리, 연금술에 의한 하나의 변환이자 스캔들이었다. 스스로 살아갈, 자신의 저자를 휩쓸어갈 책이었다. 좌파 드골주의자 신문의 편집부장이자 전직 작가이며 라디오 기자이기도 한 장 미셸 루아예는 '프랑스 앵테르France-Inter'에서 '속임수'에 대한 방송을 기획 진행한다. 유머에 특히 민감한 루아예는 로맹 가리의 소설을 광적으로 좋아하는 독자이기도 했다. 『유럽의 교육』은 그에게 가장 멋진 추억을 남겨준 작품 중 하나로 남아 있었다. 그런데 그는 에밀 아자르의 문체와 정신에서 그가 익히 알고 있고 몹시 좋아하는 문체와 정신, 즉 로맹 가리의 목소리를 느낀다. 1976년 초,『르 푸앵』지에 실린 한 기사에서, 루아예는 두 작가의 소설에 대한, 간략하지만 효과적인 비교 분석을 시도한다. 그는 폴 파블로비치가 엄연히 존재하므로 확신을 갖지는 못한 채, 그들의 문체와 성격에 놀라운 유사성, 적어도 어떤 공통점이 있다고 결론짓는다. 간단히 말해, 아자르의 작품에서 로맹 가리의 흔적을 막연하게나마 감지한 것이다.

『가짜』가 출간되어 의심에 종지부를 찍기 전인 1월 29일, 가리는『르 푸앵』지 윗선을 통해 장 미셸 루아예에게 분노에 찬 편지를 보낸다.

선생,
내가 당신을 만난 적이 있는지는 모르겠소만,『르 푸앵』지에 실린 당신의 공작, "아마도"라는 말로 당신 자신을 보호해가면서 한 젊은이의 작품을 내 것으로 돌려 그의 날개를 꺾어놓으려는 당신의 공작은 남 애기 좋아하는 파리 사람들도 거들떠보지 않을, 근래에 보기 드문 멍청한 짓거리요. 나는『르 몽드』지와 다른 지면을 통해 이미 그 헛소문을 부인한 바 있소. 당신도 그걸 모르지는 않을 것이오. 그렇다면 나를 상대로 한번 해보자는 뜻인 것 같은데, 어디 한번 해봅시다.
로맹 가리

1949년에 『커다란 탈의실』에서 그는 이미 이렇게 썼다. '들키지 않는 것, 그것은 위대한 예술이다.'

출중한 동시대인에게 보내는 작별 인사

앙드레 말로가 75세의 나이로 사망한다. 1976년 11월 23일 화요일, 베리에르 르 뷔송에 위치한 빌모랭 가(家) 소유의 살페트리에르 병원으로 옮겨진 말로의 임종은 가족과 몇몇 친구들이 지켜보았다. 얼굴이 드러난 채로 영안실에 안치된 그의 유해 앞에, 가깝게 지내던 사람들이 하나씩 찾아와 묵념을 했다. 루드밀라 체리나*는 로맹 가리와 진 시버그가 영안실을 찾았고, 영안실로 들어갈 때 로맹 가리가 진이 함께 들어가는 것을 허락지 않았으며, 그 혼자 앙드레 말로를 마지막으로 방문했다는 것을 기억하게 된다. 진이 울음을 터뜨렸고, 대기실에서 로맹을 기다렸다는 것도.

아침에 십여 명밖에 안 되는 사람들이 장례식에 참석했다. 전처 루이

---

* Ludmila Tcherina(1926~2004), 프랑스 발레리나. 16세에 '그랑 발레 드 몬테카를로'에 입단하면서 사상 최연소 프리마 발레리나가 되었다. 영화배우로도 활동했다.

즈의 조카인 소피 드 빌모랭, 문화부 차관 프랑수아즈 지루, 해방훈장 수훈자 동지회 회장 부아랑베르 장군, 루드밀라 체리나, 로맹 가리, 진 시버그……

11월 27일 토요일, 국장(國葬)이 치러진 루브르의 쿠르 카레에서, 로맹 가리는 해방훈장 수훈자들 틈에 끼어 서 있었다. 마흔 개의 횃불이 식장과, 묘하게도 이 세속적인 미사를 주재하러 온 이집트 고양이 상 — 고인의 마스코트 동물 — 의 순수한 옆모습을 훤히 밝혀주었다.

공화국 수비대가 만 명의 파리 시민, 가족, 친구 그리고 내각의 전 각료들 앞에서 베토벤 소나타 12번, 〈산화한 영웅들을 위한 행진곡 *La Marche pour les héros morts*〉을 연주한다. 이어 확성기에서 말로의 녹음된 목소리, 다급하고 혼란스러워 알아듣기 힘든 목소리가 저세상으로 간 마법사의 마지막 메시지처럼 울려 퍼진다. 음산하면서도 키치적인 그 순간, '왕들의 뜰'에서 총리 레몽 바르가 역사적인 발언을 한다. "프랑스인들은 프랑스가 누리는 명예의 한 부분이 앙드레 말로라는 이름을 갖고 있다는 사실을 알아야만 합니다."

가리는 큰 충격에 휩싸여 있었다. 짙은 색 정장으로 간소하게 차려입고, 고양이 여신 곁에 서서 루브르에 울려 퍼지는 젊은 시절의 메아리, 투쟁의 메아리인 〈빨치산의 노래 *Chant des Partisans*〉에 귀를 기울였다.

의식의 모든 것이 그가 사랑하는 것, 그 자신이었던 것에 부응한다. 레지스탕스와 문화, 정치와 예술, 추억과 명예, 그의 삶을 이끈 가치들, 등대들이 그 자리에 모두 모여 있었다. 가리가 에밀 아자르의 광대극을 무대에 올린 바로 그 순간, 앙드레 말로의 죽음은 그에게 진지함과 위대함을 고취시킨다. 막 사라진, 온 프랑스가 한마음으로 기리는 그 남자는 가리에겐 하나의 모델로, 자기 세기를 가장 잘 반영할 줄 알았고 그 세기를 이용하고 그 세기에 봉사할 줄 아는 작가였다. 의심의 여지 없이 그는 가리가 가장 되고 싶어한 것의 거울, 자기 시대의 살아 있는 전설이었다.

익살극이 한창 벌어지는 사이, 아자르가 정체성, 정박할 항구 또는 피난처를 찾아 거리를 돌아다니는 사이, 또다른 가리—별을 먹는 자, 가리—는 어마어마한 재능을 가진 거짓말과 코미디의 달인, 광대인 동시에 마법사였던 인물, 가리가 언젠가 한 소설에서 창조해낸 베네치아의 마법사들인 자가(Zaga) 부족의 일원이 되기에 충분한 자격이 있는 인물인 앙드레 말로의 특별한 운명에 대해 명상했다.

두 사람은 서로를 잘 알았다. 삼십 년 동안 그들은 자주, 거의 언제나 단둘이서 만났다. 말로가 드골 장군의 문화 담당 비서관으로 일한 1945년부터는 생 도미니크 가에서, 나중에 앙드레 말로가 문화부 장관으로 재직할 때는 청사가 있는 발루아 가나 불로뉴에 있는 말로의 자택에서. 삼십 년 동안 말로의 비서실장으로 일한 알베르 뵈레는 그들이 "거의 일 년에 한 번씩, 기회가 닿을 때마다 아무런 격의 없이, 즐거이" 만났다고 기억한다. 장관 재직 시 방명록은 불태워지고 사신(私信)은 접근이 금지되어 있어, 여기서 그들이 나눈 대담의 빈도와 지속 시간에 대한 보다 기술적인 정보를 제공하는 것은 불가능하다. 하지만 알베르 뵈레는 전쟁이 끝난 후 인사차 말로를 찾아온 제복 차림의 젊은 가리를 또렷이 기억하고 있다. 알베르 뵈레는 『유럽의 교육』의 저자에 대해 "쉽게 잊혀지지 않는 얼굴"이라고 말하고, 두 사람의 관계를 "서로를 존경하는 깊은 관계"라고 정의한다. "말로는 가리를 무척 좋아했습니다." 그는 간단히 이렇게 말한다.

'존경' 혹은 '애정', 이 두 단어는 측근들, 드골주의자들 또는 해방훈장 수훈자들이 자주 사용했다. 하지만 흠모의 감정은 로맹 가리 쪽이 더 강했다. 말로보다 열세 살 아래인 가리는 그를 전적으로 경배했다. 늘 그렇듯 그 경배에도 유머가 배어 있긴 하지만. 『밤은 고요하리라』에서 '앙드레'를 '전대미문의 높이까지 수직 상승하기는 하지만 늘 천장을 뚫고 올라가지 못하고 제자리로 다시 떨어지고 마는' 칼리오스트로*와 피카소, 파우스트의 혼합물로 묘사하기는 하지만.

드골 장군이 중심이 된 모임을 통해, 다양한 출간 행사를 통해 서로 얼굴을 보기는 했지만, 두 사람이 서로를 더 잘 알게 된 것은 미국에서다. 유엔 프랑스 대표단 대변인에 이어 총영사 직을 역임한 가리는 레슬리 블랜치와 함께, 혹은 당시 장관이었던 말로를 혼자 데리고 다니며 뉴욕이나 워싱턴, 로스앤젤레스의 박물관들을 구경시켜주었다. 말로로 하여금 호피족의 인형들, 화려한 장식 기술로 그 골수 박물관학자를 매료시킨 애리조나 인디언 직조공과 도공 들을 발견하게 해준 것은 가리였다. 박물관을 강제수용소만큼이나 싫어한 가리가 문화부 장관을 위해, 박물관에는 절대 발을 들여놓지 않는다는 원칙을 깬 것이다!

말로는 로맹 가리의 두 아내와도 만났다. 알베르 뵈레에 따르면, 말로는 진 시버그의 아름다움과 매력에 강한 인상을 받았다고 한다.

젊은 시절에 로맹 가리의 마음을 사로잡은 것은, 사바나의 개척자이자 신전의 약탈자, 아시아의 정복자인 말로의 거침없는 무정부주의였다. 스무 살의 가리는 말로처럼 『인간 조건』의 명쾌하고 자신만만한 문체로 거칠고 남성적인 이야기들을 쓰고 싶어했다. 『그랭구아르』 시절, 그의 단편들이 발표된 시절, 가리는 눈부시고 고뇌에 찬 서른세 살 젊은 스승의 자취를 좇기를 꿈꿨다. 서른 살의 가리를 매료시킨 것도, 드골 장군의 친구이자 예찬자로 오만한 전제군주처럼 모든 것을 자신의 기준에 따라 판단하고 알아들을 수 없는 말로 최면을 거는 이 마법사였다. 아마 가리로서는 말로의 운명이 부러웠는지도 모른다.

파리 교외 봉디의 한 식품점에서 태어나, 가리가 몸담고 있는 갈리마르 출판사를 거쳐, 문화부 장관으로 발루아 가에 입성한 말로는 정상을

---

* 유럽에서 이름을 날린 사기꾼, 마술사, 모험가.

향한 거침없는 질주를 계속했다. 적어도 가리로서는, 높이 평가하는 말로의 작품 ― 가리를 사로잡은 몇 안 되는 프랑스 작품 중 하나, 혹은 유일한 작품 ― 처럼 그가 거둔 성공, 그가 쌓은 경력이 부러웠을 것이다.

하지만 가리는 말로와 자신은 스승과 제자 사이가 아니며, 그에게서 어떠한 영향도 받지 않았다고 밝힌다. 가리는 동시대인들 중 가장 걸출한 인물이라 할지라도 타인의 목소리를 베끼거나 흉내내거나 혹은 재생산하기에는 자신의 목소리를 찾는 일에 너무 몰두해 있었기 때문이다. 1967년 3월, 폴란드 기자 K. A. 옐렌스키에게 가리는 이렇게 털어놓는다. "나와 말로 사이에 공통점이 많다고 나도 느낍니다. 하지만 그의 소설 작품이 내게 영향을 미쳤다고는 생각지 않습니다."

문학적으로는, 예술가로서는, 『알텐부르크의 호두나무 *Noyers de l'Altenburg*』의 저자*보다는 조지프 콘래드나 블라디미르 나보코프가 더 가깝게 느껴진다고 가리는 늘 설명해왔다. 콘래드나 나보코프처럼 가리는 고국으로 망명한 자였다. 콘래드나 나보코프에게 영어가 그랬듯 가리에겐 프랑스어가 입양 언어이긴 하지만, 그는 러시아어나 폴란드어보다는 프랑스어로 자신을 더 잘, 더 열정적으로 표현했다. 콘래드, 나보코프 혹은 조제프 케셀처럼, 가리는 조상의 것도 어머니의 것도 아닌 언어, 어딘지 모르게 그에게 낯선 것으로 남아 있었겠지만 그의 예술의 도구이자 관건이 되어버린 언어를 소유하고 제어했다. 가리는 폴란드인 콘래드가 영국 작가로 남아 있듯, 자신의 뿌리와 망명지 중간쯤에 발을 디디고 있는 프랑스 작가로 남을 것이다. 『밤은 고요하리라』에서 그는 이미 이렇게 썼다.

나는 내 혼혈 속에 내 모든 문학적 뿌리를 담그고 있다. 나는 사생아다.

---

* 앙드레 말로.

『로드 짐 *Lord Jim*』에서 『롤리타 *Lolita*』*에 이어 『마법사들』까지, 가리의 진정한 가족은 오히려 어린 시절로부터, 과거로부터 뿌리 뽑힌, 어떤 국가 혹은 어떤 유럽의 경계를 훨씬 넘어서는 상상 세계를 가진 예술가들이다. 가리가 말로의 소설에서 발견하고 즐거워한 것도, 한계에서 게임을 벌이는, 끊임없이 다른 지평을 추구하는 능력이다. 현대 프랑스 소설에서는 찾아보기 힘든 개방성과 너그러운 아량, 꿈의 모험가들인 스가나렐과 포스코 자가에게 걸맞은 악당 같은 소명이다.

하지만 가리와 말로를 더욱 근접시키는 것은 전설에 대한 믿음, 예술이 산 채로 실제 삶 속으로 들어올 수 있다는 확신이다. 허구 분야에서 말로는 분명 실제와 상상, 경험과 꿈, 혹은 진짜와 가짜를 똑같은 외양 속에 녹여낼 수 있는 능력을 가진 마법의 달인, 천재적인 마법사다. 장 라쿠튀르가 설명한 것처럼, 말로 역시 '가면과 실제' 놀이를 했고, 자기 삶의 마법사로서 역사적 소재와 소설적 소재를 마구 뒤섞어놓았으며, 카드를 변조하고 흔적을 지워버렸다.

말로가 죽기 전날, 레지 드브레**는 『르 몽드』지에 이렇게 쓴다. '말로는 진실 따윈 아랑곳하지 않았다. 그는 소년 시절부터 세상은 오직 이미지의 틀, 신화—걸이로서만 존재한다고 믿었다.' 말로에게나 가리에게나, 진실과 문학 사이에는 경계가 없었다.

삶을 연극의 무대로 삼고, 자신의 신화를 만들어내며, 어떠한 외부의 규칙에도, 가능한 한 어떠한 객관성에도 부응하지 않는 그들만의 진실에 충실한 그들은, 상상력이 뛰어난 기이한 인물들인 동시에 강력한 의지로 뜻한 바를 끝까지 밀어붙이는, 기획과 조작의 명수였다. 하지만 말로가 너무 멋지게 자신의 전설을 완성한 그곳에서, 말로의 작품과 삶,

---

* 『로드 짐』은 조지프 콘래드, 『롤리타』는 블라디미드 나보코프의 작품.
** Régis Debray(1940~), 프랑스의 대학교수이자 저널리스트. 60년대에 쿠바에서 카스트로와 함께 혁명에 참여했다.

말로가 흉내내고 내보이고 되고자 했던 모든 것을 신성화한 그 기이한 의식(儀式)에서, 가리는 스스로 질문을 던진다. 내가 세우려 했던 전설은 나를 벗어나는 중일까, 아니면 앙드레 말로처럼 나도 끝까지 게임의 주인으로 남을 수 있을까? 달리 말해, 나는 내가 '힘'이라 칭하는 것이 내가 창조한 것의 한계를 넘어서지 않도록 제동을 걸어 제때 멈춰 설 수 있을까?

아자르는 가리를 위험한 비탈로 끌어들이고 있었다. 통제하기 어려운 가리의 꼭두각시는 가리를 벗어나고 추월해 그 옆에 더 거침없고 화려한 모습으로 또다른 전설을 세우려 했다. 로맹 가리가 자신의 것으로는 결코 선택하지 않았을 전설, 언젠가 아자르가 배후 조종자를 폭로하고 말 전설을.

말로, 한 친구가 죽었고, 등대 하나가 또 꺼졌다.

그 전해인 『자기 앞의 생』의 해에 영어 — '숨가쁨 *The Gasp*' — 로 썼고 그해 프랑스에서 '영혼 충전 *Charge d'Âme*'이라는 제목으로 출간될 예정이던 소설의 프랑스어 판 서문에서, 유명한 미국 비평가가 언젠가 '영혼 수집가'로 정의한 가리는 이렇게 쓰고 있다.

영혼이라는 낱말은 이제 낡아버렸다. 그 낱말은 모든 진지한 문학적 어휘에서 추방되었다. 그것은 시대에 뒤떨어진 고어, 떨리는 목소리로 서정을 노래하고, 이젠 인류의 성(聖) 쉴피스에 속하는 퇴물에 불과하다. 흔한 말로, 그것의 시대는 갔다.

하지만 가리는 그 낱말을 부정하지 않는다. 시대의 분위기에 근거를 둔 영웅적이고 희극적인 우화 『영혼 충전』에서, 주인공인 학자 마르크 마티외(『죄인』에서 주인공으로 나왔던 인물)는 놀라운 첨단 연료인 일종의 신플루토늄, 영혼이 육신을 떠날 때 발산하는 에너지를 모으는 시스템을 발명해낸다…… 마티외는 그 에너지를 집적기로 모아 건전지에 저장한다. 이렇게 해서 사랑하는 여인은 죽은 후에도 100와트짜리 전구 형태로, 한때 레지스탕스였던 이웃집 노인은 시트로엥 자동차 모터 속에서 살아남을 수 있게 된다! 이처럼 마티외는 '삶의 역동적인 소여(所與)'인 영혼을 가지고 그야말로 혁명적인 기술, 곧 인류의 마지막 기회로 여겨지는 기술을 개발한다. 마티외는 '비인간화'로부터 세상을 구하고자 한다. 그는 결국 알바니아 국경에서 약혼녀 메이와 함께 폭탄에 뛰어들고, 역사와 진보에 희생된다.

가리와 함께 소설 속 인물들이 고인을 추모한다. 『영혼 충전』 속에서 말로는 어떻게 될까? 어떤 모터 속의 어떤 배터리? '앙드레'와 함께, 공상 속에서 가리를 인도했던 그토록 신비스럽고 그토록 우애 넘쳤던 앙드레는 점점 짙어가는 고독 속에 가리를 버려둔 채 훌쩍 떠나가는 한 줌의 영혼이었다.

여인—아이의 죽음

진이 죽었다. 1979년 9월 8일, 실종 팔 일째 되던 날, 경찰이 파리 16구의 제네랄 아페르 가에 주차된 흰색 르노5에서 푸른색 담요를 뒤집어쓴 채 앞좌석과 뒷좌석 사이에 웅크린 그녀의 사체를 찾아냈다. 그녀 옆에는 빈 광천수 병 하나와 바르비투르산제* 튜브 하나가 뒹굴고 있고, 손에는 아들에게 보내는 메시지가 쥐여 있었다.

전문가들은 자살로 결론짓는다. 하지만 진은 적어도 외관상으로는 행복을 되찾은 듯 보였다. 그녀의 나이 마흔한 살이었다.

8월 29일 저녁, 진은 한 남자친구에게 극장에 데려가달라고 부탁했다고 한다. 코스타 가브라스가 가리의 소설을 바탕으로 만든 영화 〈여인의 빛〉을 보려 했던 듯하다. 하지만 이것은 확인할 수 없는 사실이다.

로미 슈나이더가 리디아 역을, 이브 몽탕이 미셸 역을 맡았다. 남자는

---

* 수면제의 일종.

여자에게 버림받고, 여자는 남자를 잃었다. 그들은 각각 있을 수 없는 결합을, 이상적이고 도달할 수 없는 절대적 사랑을 꿈꾸며 절망 속에서 살아간다.

작가의 작품에 충실할 줄 알았던 유일한 영화감독 코스타 가브라스가 소설 속 대화, 로맹 가리의 문체를 그대로 살린 만큼 픽션은 더 큰 충격을 주었을 것이다. 영화가 상영되는 내내, 진은 몽탕의 목소리를 통해 늘 귓가를 맴돌던 또다른 목소리를 알아들을 수 있었을 것이다.

"이건 사랑 이야기요, 리디아. 그리고 이건 끝날 수 없소. 이것이 거품처럼 사라지기에는 난 한 여자를 너무 사랑했소."[*]

검은 드레스 차림의 더없이 아름답고 매력적인 로미는 삶에 상처 입은(어린 딸은 교통사고로 죽고, 남편은 충격으로 실어증 환자가 되어버린다) 쉰 살의 여인을 연기한다.

"어떻게 된 거죠, 당신과 나? 부부 문제와 이 모든 건?"
"부부 문제, 그게 도대체 뭐요? 문제가 있든지, 아니면 부부가 있든지 그런 거요."
"자주 힘들고, 괴로워요. 엇갈리고, 가라앉고, 망가져버려요."

실제로 영화를 봤다면, 그 소설을 읽었다면, 진은 리디아의 부드러움, 충만함을 부러워했을지도 모른다. 리디아, 그것은 진이 맡았을 수도 있는 역할이다. 그 작품은 고독과, 위로받고자 하는 존재들의 갈망을 너무도 잘 표현하고 있으므로. 그것은 일종의 사랑의 외침이다. 메아리 없는.

한 여자를 온 눈으로, 온 아침으로, 온 숲과 들, 샘과 새들로 사랑했을

---

[*] 『여인의 빛』에서.(원주)

때는 아직 충분히 사랑하지 않았다는 걸, 세상은 당신이 해야 할 모든 것의 시작에 불과하다는 걸 우리는 안다.[*]

8월 29일 밤, 진은 잠자리에서 일어나 담요로 온몸을 감싼 채 욕실로 가 주치의가 처방해준 두 달치 바르비투르산제를 챙긴 다음, 욕실 등을 켜둔 채 나와, 자동차 열쇠를 집어 들고 롱샹 가의 스튜디오를 떠난다. 안경을 잊고 나왔다. 평상시에는 안경 없이 운전하지 않는 그녀다. 그녀는 300미터 정도 떨어진 주택가에 자신의 소형 르노5를 주차시킨다. 여름 끝 무렵, 인적이 거의 없는 그곳에서, 그녀는 죽어간다.

여배우의 사체는 팔 일 후인 9월 8일 토요일에야 발견된다. 월요일, 독물 중독 검사와 함께 부검이 실시된다. 법의학자 앙드레 드퐁주 박사와 독물 중독 전문가인 쥘리에트 가라 박사는 여배우가 한편으로는 바르비투르산제의 과다복용 — 혈중 농도가 리터당 20밀리그램에 달했다 — 으로 인한 자율신경 장애에 의해, 다른 한편으로는 급성 알코올중독 — 혈중 알코올 농도가 리터당 4그램이면 혼수상태에 빠지는데, 당시 진 시버그의 혈중 알코올 농도는 리터당 7.94그램이었다 — 에 의해 사망했음을 확인한다.

전문가들에 따르면, 걸을 수조차 없는 상태에서 하물며 자동차를 모는 것은 절대 불가능했을 거라고 한다. 그런데 수사관들은 사체 주위에서 어떠한 술병도 발견하지 못했다. 진이 사망한 지 구 개월 후, 기 졸리 판사는 '인명 구조 태만죄'를 저지른 X에 대해 예심을 명한다. 하지만 사인에 대한 결정적인 답변은, 적어도 공개적으로는, 전혀 없었다.

9월 10일, 로맹 가리는 기자회견을 연다. 세바스티앵 보탱 가의 갈리마르 출판사 사무실에 운집한 기자들 앞에서 그는 미연방수사국(FBI)

---

[*]『여인의 빛』에서.(원주)

을 고발한다. "진 시버그는 FBI에 의해 파멸되었습니다. 저희가 이혼 수속을 밟고 있던 1970년, 이 기관은 미국 굴지의 신문에 진이 '검은 표범'들 소속의 한 극단주의자의 아이를 기다리고 있다는 기사를 실었습니다. 저는 그 아이가 제 아이였다는 걸 지금도 굳게 믿고 있습니다. 하지만 이 모함으로 진은 병들었고, 아이는 태어나자마자 죽고 말았습니다. 그때부터 진은 정신질환자가 되고 말았습니다. 태어나자마자 죽은 그 아이의 생일이 돌아올 때마다 그녀는 자살을 시도했습니다."

가리는 진이 8월의 그 밤 이전에도 일곱 번이나 자살을 시도했다고 구체적으로 밝힌다.

이미 잊혀진 니나 하르트의 이야기를 상기시키면서, 가리는 진이 삼년 전에 자신에게 넘겨준, FBI에서 유출된 서류들을 언론에 공개한다. 그는 큰 목소리로, 영어로, FBI 요원들이 왜 아내를 모함하고 그녀의 이미지를 흐려놓으려 했는지를 밝혀주는 문장들을 읽어내려간다. '진 시버그는 '검은 표범들'을 재정적으로 지원했다. 따라서 우리는 그녀를 무력화시켜야만 한다.'

로맹 가리 옆, 기자회견 테이블 뒤에는 그의 아들 디에고가 말없이 서 있었다. "언론을 통해 제 아들은 제 소설들 중 하나를 바탕으로 한 영화가 아들 엄마의 죽음에 간접적인 책임이 있다는 기사를 읽었습니다. 그것은 거짓입니다. 제가 진에 대해 말한 건, 다른 소설이었습니다."

삶에 대한 작품의 영향, 『여인의 빛』이 진의 자살에 끼친 영향을 완강히 부인하며, 가리는 진을 평등과 자유를 얻어내기 위한 흑인들의 투쟁을 돕는 전사로만 여겨 제거하려 한 FBI의 '더러운' 공작의 희생자인 진 시버그의 순교의 증거를 하나씩 나열한다.

붉게 충혈된 눈, 쉰 목소리, 부들부들 떨리는 손, 복받쳐오르는 감정을 억제하지 못하며 말을 토해내는 가리는 이미 노인이었다. 하지만 논거는 이론의 여지가 없기를 원한다. 보고, 만지고, 확인할 수 있는 서류들이 거기 있었다. 그는 자신이 내린 결론을 굽히지 않는다. "1961년부터 1969년까지 저는 지극히 정상적인, 건강한 여자와 함께 살았습니다. 아주 균형 잡혀 있지 않았을지는 모르지요. 영화 스타들은 다들 신경이 예민하니까요. 그 사건이 있은 후, 그녀는 정신질환자로 변해버렸습니다…… 그녀는 사산한 아이에게 사로잡혀 지냈습니다."

분명 가리는 진의 명예를 회복시켜주고자 했다. 그녀의 절망에 정당한 이유를 마련해주고자 했다. 그녀의 이상주의가 그녀를 얼마나 불안하게 만들었는지, 그녀의 관대함이 그녀의 평판을 얼마나 위태롭게 만들었는지 보여주고자 했다. 이튿날, 르네 아지드와의 전화 통화에서 가리는 개인적으로 이렇게 말한다.

이제 끝났네. 내가 해야 할 일을 했네. 그녀도 만족할 거라고 믿네.

대다수 사람들은 가리의 개입을 스캔들로 여겼다. 이 연출을 '볼썽사납다' '외설적이다' 또는 '음산하다' 또는 '부적절하다' 또는 '이해가 얽힌 천박한 짓거리다' 라고 평하며, '가리가 자기 선전을 한다'고 말하기까지 했다. 가리는 이렇게 항변한다.

그것은 내가 진에게 갚아야 할 빚이었다. 사실을 바로잡을 수 있었기에 난 지금 더없이 마음 편하다. 그녀의 이미지는 영원히 순수하게 남을 것이다.

그는 모든 인터뷰를 거절한다.

9월 14일, 진은 몽파르나스 묘지의 노란 꽃다발과 백합들 아래 묻힌다. 구경꾼, 사진기자, 유명한 친구 들이 바라보는 가운데, 그녀의 무덤 주위에 모인 아들과 전남편들은 각자 그녀의 관 위에 장미 한 송이씩을 내려놓는다.

자신의 유령들에게 홀린 마법사

1980년 겨울 어느 날 아침, 모리스 슈만은 노선을 몰라 지하철에서 헤매고 있는 로맹 가리와 우연히 마주친다. 슈만은 그에게 길을 가르쳐준다. 상원의원이자 북부 지방의 전 하원의원이며, 해방훈장 수훈자이자 1974년부터 아카데미 프랑세즈 회원으로 있던 슈만은 오랜 친구의 변해버린 모습에 큰 충격을 받는다. "겁이 날 정도였습니다." 그는 이렇게 말한다.

며칠 후, 찬성표가 상당수 나올 거라고 확신한 슈만은 가리에게 '심심풀이 삼아' 아카데미 프랑세즈에 들어오라고 제안한다. 얼마 전 조제프 케셀이 사망한 뒤였다. 가리의 선배, 그 우정 어린 그림자의 자리가 후계자를 기다리고 있었다. 사실 슈만이 보기에 가리는 케셀과 너무 많이 닮았다. 슈만에겐 『하늘의 뿌리』의 저자가 『불행의 탑 *Tour du malheur*』 저자의 자리를 물려받는 게 너무 당연해 보였다. 둘은 프랑스로 망명해 전 작품을 프랑스어로 쓴, 러시아 태생의 유대인, 니스 고등학교 동문,

자기 나름의 방식을 따르긴 했지만 둘 다 소설에 대양과 모험의 바람을 불어넣을 줄 아는 작가였다. 게다가 케셀은 가리가 소설가로 데뷔할 때 후원을 해주기도 했다. 모리스 슈만은 거듭 조른다. 그리하여 가리는 초록색 예복을 입고 새로운 연극을 펼칠 수 있는 무대인 아카데미 프랑세즈를 잠시 꿈꾼다.

하지만 후보 등록은 하지 않는다. 1980년 3월 7일, 결국 『어느 자유 프랑스인 *Un Français libre*』의 저자 미셸 드루아가 케셀의 자리를 물려받는다.

그해, 가리는 아카데미 프랑세즈에서 설립자의 뜻에 따라 '사상과 문체의 질, 독립과 자유를 추구하는 정신을 높이 살 만한 저작을 발표한 프랑스 작가'에게 최초로 수여하기로 한 폴모랑 상(Prix Paul-Morand)마저 거절한다. 그 상의 수여자로 로맹 가리를 적극 추천한 사람은 그리스와 라신, 탈레랑에 관한 여러 저작의 저자이며, 자키 클럽(Jockey-Club) 회원이고, 문인 단체인 '마르셀 프루스트의 친구들(Amis de Marcel Proust)' 회장인 앙리 드 레니에의 자리를 물려받은 아카데미 회원으로, 가리의 열렬한 팬인 자크 드 라크르텔이다.

가리는 그 새로운 문학상을 사전에 거절하는 편지를 미셸 데옹에게 보낸다. "자존심과 너그러움이 엿보이는 결정"이라고 데옹은 말한다. 한편으로는 레지스탕스에서 활동했던 그가 '페탱주의자'였던 폴 모랑의 이름을 딴 상을 받을 수 없기 때문이고, 다른 한편으로는 그보다 덜 알려진 작가들에게 격려와 상이 돌아가는 게 더 바람직하기 때문이었다. 문제의 상을 자신이 특히 높이 평가하는 젊은 작가 장 마리 르 클레지오가 수상하자, 가리는 몹시 흡족해한다.

그런 종류의 영예는 더이상 가리의 관심사가 아니었다.

1979년 가을, 가리가 그 전해에 써놓은 에밀 아자르의 마지막 소설 『솔로몬 왕의 고뇌 *L'Angoisse du roi Salomon*』가 출간된다. 우연의 일

412

치일까, 진이 죽은 후로 그는 더이상 아무것도 쓰지 않는다. 이 새 소설 역시 연애소설이다. 프레타포르테 남성복으로 큰돈을 번, 여든넷이 넘은 나이에도 '젊은이'보다 정정하고 활기차고 멋을 부리는, 러시아 태생의 유대인 솔로몬 루빈슈타인, 일명 '바지의 왕'은 쓸쓸한 말년을 보내는 노인들을 돕기 위해 'SOS 우정'이라는 재단을 설립한다.

전화만 걸면 따뜻한 격려와 도움을 받을 수 있습니다. 이것이 바로 흔한 말로, 정신적 도움이라 일컫는 것이죠.

솔로몬은 특히 젊은 택시 운전사 자노를 고용해 불행한 '선인(先人)'들—그는 노인들을 이렇게 칭한다—에게 꽃, 절인 과일 등 선물을 실어 나르는 임무를 맡긴다.

선인들은 예전의 모습을 간직하고 있지 못한 이들이다. 그들은 청춘, 아름다움, 사랑, 꿈, 그리고 때로는 이마저 잃었다.

『솔로몬 왕의 고뇌』는 『이 경계를 넘어서면 당신의 표는 더이상 유효하지 않습니다』처럼, 가리를 사로잡고는 있지만 그가 유머로써, '불안을 해소하는 데는 제일가는 유대인의 유머'로써 다루고자 하는 노쇠에 관한 책이다. 하지만 이 소설은 죽기 싫어하는 '바지의 왕'과, 실제로 30년대에 잠시 유명했던 여가수 코라 람네르의 불멸의 사랑을 다룬 이야기이기도 하다. 솔로몬은 그녀의 부정 혹은 경박스러움에도 불구하고 그 '선인'을, 아마도 영원을 담보해주는 존재로서 끈질기게, 감동스러울 정도로 끈질기게 사랑한다.

자노는 편집증을 가지고 있다. 독학자다. 조금이라도 미심쩍은 단어가 있으면 『라루스 사전』을 뒤진다. 어느 날 그는 사전에서 발견한다.

'불멸, 죽음에 예속되지 않는 것. 이 단어는 늘 내게 큰 기쁨을 준다. 그 것이 거기, 사전 속에 있다는 걸 아는 것만으로도 가슴이 뿌듯해진다.'

사랑이라는 낱말의 의미에 대해, 자노는 여섯 권짜리 『그랑 로베르 사전』에 이어, 열두 권짜리 『위니베르살리스 백과사전』을 뒤진다……

각 장이 미스탱게트, 리나 케티, 디나 파를로의 오래된 노래 후렴구로 마무리되는 『솔로몬 왕의 고뇌』는 우화 혹은 비극을 바탕으로 한 재미난 이야기를 들려준다. 프랭스드갈 정장에 물방울 무늬 나비넥타이, 요컨대 고령에도 '과감하고 자신 있게', '쉽사리 죽을 사람이 아니라는 것을 금세 느낄 수 있는 방식으로' 차려입은 솔로몬 씨는 한때 레지스탕스에서 활동했던 씩씩한 노인의 불굴의 낙관주의, 정복 정신, 드높은 사기를 소설에 전해준다.

"내가 거저 홀로코스트에서 살아남은 게 아니네, 이 사람들아. 난 아주, 아주 오래 살 거니까 다들 명심해두게나!"

로맹 가리의 유대인 뿌리들이 수면으로 올라온다. 예전에는 깊이 파묻혀 보이지 않던 것들이 점점 더 자주 눈에 띄고 강력해진다. 칭기즈 콘, 로자 아줌마, 솔로몬, 대량 검거와 가스실에서 기적처럼 살아남아 하나같이 세월과 불행의 흔적을 안고 있는 노쇠한 인물들이 전면에 나서서, 보다 큰 안락 혹은 부를 누리지만 그들에겐 어느 때보다 더 위험해 보이는 인류에게 서슴없는 질타를 가한다. 솔로몬 씨는 말한다.

"이건 수치야. 젊어지기에는 세상이 하루가 다르게 무거워지고 있어."

미국 친구 윌리엄 스타이런—가리는 코네티컷에 있는 스타이런의 집에서 아자르의 마지막 소설을 집필했다—과는 달리, 가리는 어떠한 유대인 박해도, 어떠한 홀로코스트도 되살리길 원치 않는다. 아우슈비츠 소설을 쓰길 원치 않는다. 스타이런이 『소피의 선택 *Sophie's Choice*』을 통해 강제수용소에 수용된 유대인 여자의 삶을 묘사한 반면, 가리는 프랑수아 봉디에게 말했듯이, '이스라엘보다는 이탈리아에서 사는' 걸 더 선호한다…… 어떤 주제에 상처를 입을 때마다 그렇듯, 가리는 차가운 유머로, 솔로몬 왕의 유머—모든 사람의 반응을 거스르는, 그의 진영을 형성할 사람들의 반응조차 거스르는 일종의 모순 정신—로 슬그머니 빠져나간다.

"유대인이라는 사실이 자네에게 뭘 의미하지?" 예전에 『밤은 고요하리라』에서 봉디가 그에게 물었다.

"날 진절머리 나게 하는 하나의 방식이지." 가리는 이렇게 대답했다.

『밤은 고요하리라』에서, '이스라엘의 편집광적인 인종차별주의자', 다시 말해 '시온주의 광신자'라 부른 사람들에 대해서나, 반드레퓌스주의자, 반유대주의자 들에 대해서나 똑같이 격렬한 반응을 보이는 가리는 자유롭기를, 주변부에 머물러 있기를, 모든 분파주의, 심지어 진 시버그와 같은 극단적인 반인종차별주의에서도 벗어나기를 원한다.

'난 타고난 소수자다. 다수의 강한 자들에게 난 반대다.'

말년에 이른 가리의 등장인물들은 그의 기원에 뿌리를 내린다. 그들은 거의 대부분 노인이고 유대인이다. 아자르처럼, 가리 자신처럼. 그의 소설에 등장하는 인물 중에서 유대인은 언제나 다른 사람들보다는 아니지만 더 전형적인 방식으로 고통당하거나 고통당했던 인물로 표상된다. 그의 소설에서 유대인은 다른 사람들보다 더 많은 이야기와 전설을 담고 있는 인간의 원형이다. 가리는 코의 생김새처럼, 어떤 특수한 정신의 형태를 가진 유대인의 전형을 만들어놓고 마음껏 놀려댄다. 하지만 그는 인종차별주의자로 여겨지지 않는다. 그 인물이 바로 그 자신의 거울이므로.

"이젠 창녀들한테 가고 싶군!" 솔로몬은 당당히 말한다.

게토를 증오하는 가리는 유대성(judaïté)의 게토에 다른 사람들과 함께 갇히는 것을 거부해왔다. 그는 『라르슈 L'Arche』의 독자들을 위해 리샤르 리시아에게 이렇게 대답했다. "내 전 작품은 근본적인 인간, 본질적인 인간의 탐구입니다." 유대인— 아서 쾨슬러가 정의한 바에 따르면, '인간의 극단적 경우'—은 마음이 순수한 창녀, 천재 음악 소년, 남작 혹은 곡예사, 줄타기 광대처럼 가리의 소설에 자주 등장해 불안과 번민을 코믹하게 털어놓는, 분명 가리가 각별한 애정을 느끼는 친근한 인물이다.

가리의 눈은 "현실을 꿈꿀 줄"— 그는 이렇게 즐겨 말했다— 알았다. 그는 모든 소설에서 자신을 알아볼 수 있게 해주는, 반은 현실적이고 반은 시적인 독창적인 방식으로 자신의 비극과 강박관념을 다룬다.

"낭만주의자?" 봉디가 그에게 물었다.

"똥에 비하면 그렇다고 할 수 있지." 그는 또 이렇게 대답했다.

솔로몬과 코라의 사랑 이야기를 쓰면서, 가리는 자신이 '선인'이 되어가고 있는 것은 아닌지 자문했을지 모른다. 나이와 고독에서 영감을 얻고 얼마 안 남은 희망을 어루만지며 쓴 이 스물아홉번째 작품은 그가 먼 길을 걸어왔다는 것을 말해준다. 가리는 늙었다. 외로웠다. 아들이 있고, 레일라가 곁에 있는데도.

레일라 첼라비는 짧게 커트한 파마 머리와 옆모습이 크레타 섬의 공주 같은, 무용수처럼 키가 크고 늘씬한 마흔 살의 젊은 여자였다. 터키 출신의 아버지와 보르도 출신의 어머니 사이에서 태어난 그녀는 일 년 전부터 가리의 곁을 지키고 있었다. 가리는 울적한 기분 탓에 하마터면 가지 않을 뻔한, 텔레비전 방송국 사람들과의 저녁 식사에서 그녀를 만났다. 직업적으로 춤을 추고 노래를 부르는 레일라는 단번에 그를 매료시켰다.

레일라는 독립적이지만 뜨거운 열정에 빠질 수도 있는, 차분하고 과묵한 여자였다. 로맹은 그녀를 고양이에 비유했다. 그녀는 이혼녀로, 슬하에 아들 하나를 두었다. 그녀는 점심 식사, 저녁 식사에 지인들을 초대하고, 무엇보다 최근 몇 년 사이 진의 죽음과 아자르의 서커스 때문에 더없이 무거워진 로맹 가리 특유의 불안한 분위기에 평화롭고 따뜻한 존재감을 주어, 바크 가에 새로운 여성적 질서를 가져다준다.

그녀는 불교에서 영감을 받은 책인, 앨리스 베일리의 『영혼의 빛 *La Lumière de l'âme*』과 마하트마 모리야의 『모리야 정원의 잎들 *Les Feuilles du jardin de Morya*』을 읽는다. 이 책에는 아마 이런 메시지가 들어 있을 것이다. '상상력은 삶과 비교될 수 없다.'

1980년 초, 로맹 가리의 마지막 작품 『연』이 출간된다. 『연』은 아자르의 우여곡절과 솔로몬의 고뇌 뒤에 평화와 화해가 느껴지는, '기억'에 바쳐진 책이다. 화자인 뤼도는 단순함과 순진함, 이상주의로 『유럽의 교육』의 주인공 야네크를 떠올리게 하는 젊은이다.

고아인 뤼도는 노르망디에서, 직업은 시골 집배원이지만 진짜 소명은 연을 만드는 장인인 삼촌 앙브루아즈 플뢰리의 손에서 자라난다. 노르망디 농부들은 뤼도의 삼촌을 '살짝 맛이 간 집배원'이라 부른다. 뤼도는 천재적인 기억력을 가지고 있다. 아무것도 잊지 못한다. 제곱근도, 말도, 얼굴도. 게다가 삼촌에 따르면, 그것은 플뢰리 가 사람들의 유전적 결함이다. 대대로 뛰어난 기억력을 타고난 그들은 아무것도 잊지 못했다……

1930년 당시 열 살인 뤼도는 어느 날 그가 거주하는 라 모트 근처에서 그가 막 따놓은 딸기를 모조리 먹어 치우는, 눈이 뒤집힐 정도로 매력적인 푸른 눈의 금발 소녀를 만난다. 소녀의 이름은 릴라 브로니카로, 노르망디에 있는 집안 소유의 성으로 방학을 보내러 온 폴란드 귀족의 딸이다.

뮌헨 협정*이 맺어질 즈음, 프랑스 꼬마의 베레모를 주머니에 꽂은 뤼도는 릴라의 초대를 받아 폴란드에 가 있다. 뤼도는 소녀를 사랑하는 또다른 꼬마 독일인 한스 폰 슈베덴과 결투를 벌인다. 특히 뤼도는 로맹 가리의 첫 소설에서 야네크 트바르도브스키를 사로잡았던 발트 해의 숲과 풍경을 발견한다.

『연』은 세계대전 발발, 프랑스 점령, 상륙 작전 그리고 해방의 드라마 — 저자에게 여전히 익숙한 희비극적 방식에 따라 묘사된 드라마들 — 를 통해 이야기한 사랑의 콩트다. 사랑과 가족의 전통에 따라 레지스탕스에 들어간 뤼도의 기억은 부셴발트로 끌려간 앙브루아즈 삼촌의 연처럼, 변함없는 사랑과 믿음의 하늘을 드높이 비행한다.

로맹 가리의 작품에서는 처음으로, 선인과 악인, 동료들과 '더러운 자식들'이 갈라서서 대립하지 않는다. 반대로『연』에는 우스꽝스러운 레지스탕스, 호감 가는 협력자, 인간적인 독일인, 야만적인 프랑스인들이 등장한다. 마치 어떤 초월적인 지혜, 지고의 공정함이 역사를 심판하는 듯 보인다. 모든 반목이 멈추고, 마구 뛰던 가슴이 잠잠해진다. 가리의 소설 —『마법사들』이후로 — 이 삶과 화해한 것처럼 그토록 평화롭게 보인 경우는 결코 없었다. 따뜻한 희망이 뤼도와 릴라의 운명을 이끈다. 적어도 그것이, 연들이 생기 넘치는 갖가지 색깔과 형태로 가리가 묘사한 마지막 하늘에서 보여주는 이미지다.

가리의 작품 중에는,『튤립』에서『솔로몬 왕의 고뇌』까지, 번민과, 의심, 두려움이 배어나는 책들과,『유럽의 교육』에서『마법사들』까지, 묘한 평화와 위안을 전해주는 책들이 있다. 하지만 그의 저작은 이 천진난만하고 쾌활한 이미지, 노르망디 하늘에 펄럭이는 연들로 마감될 터

---

* 1938년에 독일과 영국, 프랑스, 이탈리아 사이에 맺어진 협정으로, 체코슬로바키아 서쪽의 주데텐란트가 독일에 합병되었다.

였다.

그의 마지막 해인 1980년, 가리는 1979년의 마지막 몇 달과 마찬가지로 더이상 아무것도 쓰지 않는다.

그가 질색하는 육체적인 노쇠가 매일 조금씩 더 무겁게 그를 짓누르기 때문이다. 『솔로몬 왕의 고뇌』의 자노는 이렇게 말한다. "시간은 정말 끔찍해. 아기 바다표범을 잔인하게 살해하는 놈들처럼, 시간은 산 채로 당신 피부를 조금씩 벗겨내지." 사실 진의 죽음에 큰 충격을 받은 가리는 하루하루를 힘들게 살아간다. '사랑하는 여인의 죽음은 벼락과 같다.' 사고로 조제트 클로티스를 잃은 앙드레 말로는 이렇게 썼다. 그것은 가리에게도 마찬가지였던 듯하다. 곁에서 가리를 지켜본 증인들로서는, 진의 자살—주된 원인은 아닐지라도 가리를 절망시킨 유일한 원인—이 그의 정신 상태를 크게 악화시켰다는 것은 의심할 여지가 없었다.

가리는 이제, 십이 년 전에 그가 이혼한 후로 바크 가의 아파트에 들어와 생활한 유일한 여인 레일라 첼라비와, 증인들이 말년의 가리를 지탱해준 가장 큰 사랑이었다고 한결같이 말하는 아들 디에고 곁에서만 위안을 찾는다. 가리는 이미 프랑수아 봉디에게 밝힌 적이 있다. "아들이 하나 있는데, 그 녀석만 생각하면 가슴이 훈훈해져."

레일라는 로맹 가리가 보인 부성의 깊은 뿌리에 대해 이렇게 말한다. "아들에 대해 그는 늘 무슨 일로든 걱정했어요. 아들의 공부에 대해, 장차 무엇을 하며 살 것인지에 대해. 아들이 혹시 글을 쓸지도 모른다는 생각에 노심초사했죠. 그가 죽은 후에 디에고가 맞닥뜨릴 어려움을 상상하며 불안해했어요. 아들에게 모든 것을 주려 했던 것 같아요. 걱정 없이 살 수 있도록."

디에고가 태어난 직후, 가리는 한 기자에게 아들이 자신을 닮지 않았으면 좋겠다고 털어놓았다. 그는 자신의 성격이 아이를 짓누를까 봐 두려워했다.

레일라는 또 이렇게 말한다. "그는 아들에게 무엇이든 부족한 게 있을까 봐 두려워했어요. 아들에겐 아무것도 거절하지 않았죠. 로맹은 성격이 극도로 예민했는데, 아들이 그 점을 닮을까 봐 늘 걱정했어요. 아들이 더 냉정하고, 더 이기적이고, 더 많은 걸 갖추기를 바랐어요. 그래서 그걸 위해 모든 걸 다 했죠."

가리가 자살한 지 사 년이 지난 뒤에 출간된 책 『한없이 깊은 사랑 L'Infini côté coeur』에서 레일라는 이렇게 자문한다. '잘한 일인지 못한 일인지 누가 말할 수 있겠는가? 하지만 그 아이가 더없이 큰 사랑을 받았다는 사실만은 분명하다!'

1979년 11월에 베를린에 가 있던 가리는 그 달 23일에, TF1에서 일하던 여자친구 아녜스 들라리브에게 편지를 보낸다. '친애하는 아녜스, 여긴 정말 진절머리 나. 부탁인데, 디에고한테 전화 한 통 해주겠소⋯⋯' 그는 자기가 없는 며칠 동안 아들을 보살펴달라고 아녜스에게 부탁한다.

이 년 전에도, 그는 각별한 사이인 전 외무부 인사과장 자크 비몽에게 아들을 늘 지켜봐달라고, 혹시라도 자신이 죽으면 보호자 역할을 해달라고 부탁했다. '그 아이가 가능한 한 프랑스적인 교육을 받을 수 있도록⋯⋯' 가리는 이렇게 썼다.

그는 아지드에게도 외아들 ─ 레일라는 "그의 사랑"이라고, 아녜스 들라리브는 "그의 삶의 열정"이라고 말한다 ─ 의 장래에 대한 걱정을 끊임없이 털어놓았다.

1979년, 디에고는 대학입학 자격시험을 통과한다. 그리고 1980년 7월, 가리는 아들을 법적으로 독립시킨다. 당시 디에고는 열일곱 살이었다. 디에고는 나중에 이렇게 말한다. "그건 저를 무척 고려하신 행동이었어요. 아버지는 제가 대학입학 자격시험에 합격할 때까지 보살펴주셨죠. 아버지는 제가 성인이 됐다고 생각하셨어요."

미성년자였던 디에고의 때 이른 독립은 떠나기 전에 모든 것을 마무리

해두려는 가리의 의지를 엿볼 수 있는 첫 신호다. 변호사들은 로맹 가리로부터 에밀 아자르와 유산 상속과 관련된 꼼꼼한 지시를 받는다.

그런데 온갖 근심거리가 비 오듯 쏟아진다. 우선 아자르가 어리석은 짓거리들을 해댔다. 파블로비치는 더이상 시키는 대로만 하는 꼭두각시가 아니었다. 모든 것이 마치 '코미디 배우'가, 예를 들면 '출연료'를 올려달라고 요구하며 협박꾼 노릇을 하려 드는 것처럼 진행되었다. 파블로비치에겐 어느 정도의 권리가 있을까? 이십 퍼센트, 사십 퍼센트 아니면 오십 퍼센트? 이 때문에 삼촌과 조카 사이는 험악해진다. 게다가 조카는 점점 더 진짜 아자르 행색을 하려 든다. 완전히 허구적인 인물로 살겠다는 듯. 심지어는 메르퀴르 드 프랑스에 자신을 편집위원으로 위촉해달라고 요구해, 폴 레오토의 자리를 차지하고 앉아서는 자기와 같은 젊은 천재 작가를 발굴해내는 작업에 매달린다. 시몬 갈리마르는 발행인으로서의 그의 능력을 미심쩍어하지만 일 년간 그를 믿어보기로 결정한다. 로맹 가리의 조카의 심기를 될 수 있으면 건드리지 말라는, 클로드 갈리마르의 충고도 이 결정에 한몫을 한다. 손에 원고를 들고 메르퀴르의 나선형 층계를 황급히 오르내리는 파블로비치의 분주한 모습은 결국 시몬에게 강한 인상을 심어준다. "뭔가 아주 중요한 일을 하는 사람 같았어요!" 그녀는 이렇게 털어놓는다.

출판사를 지배하겠다는 당찬 야심을 품은 파블로비치는 얼마 동안 그 이상한 성격으로 공포와 웃음을 심어놓으며 출판사를 휘젓고 다닌다. 당시로선 가장 '흥미로운' 작품들의 저자였던 그에게 감히 낯을 붉히지 못하는 간부진에게는 '마피아'처럼 굴기도 하다가, 친절한 전화교환원 자클린이 초콜릿 빵을 사다줄 정도로 애처로운 소년이 되기도 하고, 문장 재구성, 문체 수정 등을 제안하며 젊은 작가 폴라 자크와 함께 그가 들고 온 원고를 손질하면서 노회한 프로를 흉내내기도 한다.

이 엉뚱한 짓거리에 격분한 로맹 가리의 뜻을 거스르며 거의 막무가 내로 메르퀴르에 입성한 파블로비치는 일 년 반을 버티고는 결국 시몬 갈리마르에게 쫓겨나고 만다. 그녀는 말한다. 발행인 놀이를 하려 들기보다는 글을 쓰는 게 좋겠다고……

그사이, 가리는 치밀하게 계획한 아자르 작전이 자신의 통제를 벗어나고 있다는 생각에 분통을 터뜨리기도 하고 불안에 휩싸이기도 한다. 그가 취한 조치란, 검은색 표지의 노트 몇 권에 아자르의 서명이 들어간 원고들을 손수 필사해 은행 금고에 보관해둔 것과, 끊임없이 졸라대는 파블로비치에게 새 원고 초안을 넘겨주지 않은 것뿐이다.

대중적인 미스터리만은 여전했다. 모든 사람에게 아자르는 파블로비치였다.

하지만 바크 가에서 익살극은 곧 악몽으로 슬며시 변한다. 아자르는 사르트르의 방 안을 날아다니는 파리들처럼 그 창조자에게는 너무 직접적인 위험이 되어버린다.

봄이 끝날 무렵, 두번째 근심거리인 세금 문제가 대두된다. 가리는 여러 가지 질문에 대답해야만 했다. 하지만 그것은 계좌 추적도 없는 일상적인 세무조사, 단순한 정보 요구였던 것으로 보인다. 특히 국외 판권에 대한. 가리는 발행인의 충고에 따라, 8월 중순에 갈리마르의 세금 담당 컨설턴트를 찾아간다. 훨씬 복잡한 경우를 접해본 컨설턴트는 말한다. "그 조사는 별것 아니었어요. 걱정할 필요가 전혀 없는 것이었죠. 그런데 이런 경우 많은 저자들이 터무니없게도 심문이나 가택 수색을 상상하며 초조해해요. 더구나 그 조사는 별 어려움 없이 금방 끝났습니다."

하지만 가리에게 이 세무조사는 엄청난 중요성을 띠었다. 그것은 강박관념과 고문으로 변한다. 그는 계속 그 생각만 하고, 아지드, 클로드 갈리마르나 미셸 데옹—8월 말, 가리는 휴가가 끝날 무렵의 며칠을 스페자이*에 있는 이 작가의 빌라에서 보낸다—에게 끊임없이 그 얘기를 한다. 그리스—가리는 여름을 보내기 위해 포로스 섬에 있는 빌라 하나를 임대한다 — 조차 그를 강박관념에서 해방시켜주지 못한다. 푸른 하늘과 그리스의 태양 아래서도, 데옹과 함께 문학에 대해 얘기를 나누며 기분 좋게 산책을 하면서도, 가리는 당황해 갈피를 못 잡는 사람으로 남게 된다.

파리로 돌아온 가리는 그 일이 해결될 때까지 자신의 세금 담당 컨설턴트에게 거의 매일 전화를 걸었다. 때로는 위니베르시테 가에 있는 컨설턴트의 집에서 오후가 끝날 무렵의 한두 시간을 함께 보내기까지 했다. 컨설턴트는 이렇게 말한다. "아주 매력적인 사람이었어요. 불안에 지쳐 도움을 구하는 사람이기도 했고요."

세무조사는 로맹 가리가 일상적으로 겪는 고통에 불안을 가중시킨다. 그는 자신이 쳐놓은 함정에 걸려들고 말았다고 느끼기까지 한다. 그만큼 그는 노쇠에, 아자르에게, 그리고 심지어 성공에까지 한꺼번에 내몰리고 있었다. 7월에는 아들과 함께 진 시버그의 자살과 관련해 열린 X에 대한 예심에 손해배상 청구인으로 참석한다. 여배우의 참혹한 최후만으로는 충분치 않았다. 가리는 수사를 끝까지 지켜보며 기어코 시시비비를 가려야만 했다.

가리는 이미 여러 차례 자살을 꿈꾸었다. 『새벽의 약속』에서는 적어도 세 차례, 어린 시절 폴란드에서, 청소년 시절 니스에서, 그리고 하릴없이 전투를 기다리던 아프리카에서 자살의 유혹을 느꼈다고 털어놓았다. '프랑스-아메리카 연맹' 회장이었던 장 벨리아르는 60년대에 뉴욕에서 가리가 '미친 사람처럼' 전화를 걸어와 자살하겠다고 말한 어느 날 밤을 기억하고 있었다. 다행히도 벨리아르가 플라자 호텔에 제때 도착해, 창밖으로 몸을 던지려는 가리를 달래어 맨해튼에 있는 자기 집으로 데려가 재웠다. 아지드 박사 역시 죽음의 강박관념에 시달리고 여러

* 그리스의 섬.

차례 자기 손으로 생을 마감하고 싶다는 의사를 밝히는 친구를 진정시켜야만 했다.

가리는 작품에서 죽음 자체에 대해 더없는 경멸감을 표시했다. 『밤은 고요하리라』에서 그는 이렇게 선언한다.

"죽음은?"
"너무 과대평가됐어요. 다른 걸 찾으려고 애써봐야겠죠."

『여인의 빛』에서, 개와 원숭이 조련사인 세뇨르 갈바가 펼치는 이 인상적인 장광설에서처럼, 가리는 늘 죽음에 대고 주먹 감자를 먹였다.

"세르비아어로 죽음을 뜻하는 단어는 **스므르트**입니다. 제가 7개 국어를 할 줄 알지만, 죽음을 이르는 최고의 이름, 가장 적절한 음을 찾아낸 건 슬라브족이었어요. 세르비아어로는 **스므르트**, 러시아어로는 **스미에르트**, 폴란드어로는 **시미에르치**…… 살무사, 파충류와 같은…… 우리 서유럽에서는 음이 훨씬 고상해요. 모르, 무에르테, 토드…… 하지만 **스므르트**는…… 어떻게 들으면 다리 사이로 빠져나가는 지저분한 방귀 소리 같죠…… 전갈의 독보다 훨씬 강한 독성을 지닌. 일반적으로 저는 사람들이 죽음에 지나친 경의를 표한다고 생각해요."

땅과 불의 별자리인 황소좌에서 태어난 가리는, 깊게 보면 의지가 강한 인간, 운명을 이끌기를 좋아하는 인간인 동시에 꿈에 취한 인간이었다. 아들을 위해 영광과 부를 꿈꾼 어머니를 위해, 빌노의 젊은 이민자는 먼 길을 걸어왔고, 아카데미 프랑세즈에 입후보하라는 권유를 받을 정도로 유명한 프랑스 작가가 되는 쾌거를 올린다. 그는 운명을 받아들였고, 임무를 완수했으며, 명성과 부를 얻었다. 가리와 아자르는 이름 높고 부유한 인사가 되었다. 그것은 그가 혼자만의 힘으로, 고된 작업으로, 천재성으로 일구어낸 두 가지 승리다.

'돈이 아주 많긴 했지만 솔로몬 씨는 철저한 외톨이였다.' 한창 성공 가도를 달리던 와중에, 스스로 완성했다고 판단한 여정의 종착지에서, 가리는 스스로 목숨을 끊는다. 겉보기에는 너무 눈부시지만, 그의 삶은 그가 비밀스레 간직하고자 한 불안, 솔로몬이 말한 세상처럼 짊어지고 가기에는 너무 무거워져버린 불안에 떠밀려, 서서히 종말을 향해 나아간다. 『유로파』에서 단테스는 이렇게 말한다.

저는 삶 자체의 희생까지 받아들이는 삶의 미학만큼 인간에게 걸맞은 윤리는 없다고 생각합니다.

바로 단테스처럼 가리는 죽음을 선택한다. 그것은 그가 예술가로서 남긴 마지막 작품이 될 터였다.

또한 그 죽음은 숙명처럼 만성적인 질병의 모든 증상을 나타낸, 그에게 단 하루의 휴식도 허락지 않은 절망의 한 표현이기도 하다. 그 죽음은 하루가 다르게 그의 목을 조여오는 노쇠 속에, 그가 깊이 사랑한 여인의 죽음 속에, 독립할 나이가 된 아들의 성장 속에, 서른 편의 소설 속에, 두번째 공쿠르 상 수상 속에 마지막 작품과 함께 돌아올 수 없는 지점에 이른 그의 작품 자체 속에, 이미 똬리를 틀고 있었다. 나중에, 크리스마스를 며칠 앞두고, 알렉상드르 디에고 가리가 밝힌 바처럼. "아버지는 더이상 건설할 것도, 말할 것도, 할 것도 없다고 여기셨어요. 당신의 작품이 완성되었기 때문에 진행중인 소설이 단 한 편도 없었죠. 아버진 지난해 제가 대학입학 자격시험에 합격할 때까지 보살펴주셨어요. 제가 이제 어른이 됐다고 생각하셨죠. 그래서 떠나신 겁니다."

온갖 이유를 들 수 있겠지만, 로맹 가리의 죽음은 그의 마지막 미스터리로 남는다. 그의 마지막 몸짓은 벼락처럼 세상을 놀라게 만든다. 사람들은 설명하지 못할 터였다. 자살한 숱한 사람들과 마찬가지로, 가리는 더는 말이 없을 것이다.

파리에 주룩주룩 비가 내리던 1980년 12월 2일 오후가 저물 무렵, 가리는 권총을 입에 물고 방아쇠를 당긴다. 사용된 권총은 특수 38구경, 스미스 앤 웨슨(Smith & Wesson) 리볼버, 넘버 7099.983이다.

붉은색 목욕 가운을 씌운 베개에 머리를 대고—아마 상처를 숨기고, 분명 그를 발견할 레일라나 아들에게 피투성이 얼굴을 이내 들키지 않기 위해—붉은색 내의를 입은 채 침대에 누워, 그는 오른손에 쥔 권총의 방아쇠를 당긴다. 그의 머리는 멀쩡했다. 두개골은 날아가지 않았다. 피도 거의 흘리지 않았다. 법의학자의 표현에 따르면, 가리는 '푸른 눈을 크게 뜬 채 차분하고 온화한 표정'을 짓고 있었다. 법의학자는 이렇게 덧붙인다. "멋지고 인상적인 죽음이었습니다."

그날, 가리는 '레카미에' 식당에서 클로드 갈리마르와 함께 점심 식사를 하며 지난 삼 개월 동안 완전히 끊었던 시가에 마지막 불을 붙인다. 그러고 나서 갈리마르의 운전기사가 집까지 태워다주겠다는 걸 한사코 거절하고, 안개비 같은 싸라기눈을 맞으며 걸어서 집으로 돌아간다. 따라서 살아 있는 그를 마지막으로 본 사람은 그의 발행인이었다.

얼굴을 감추고 침대에 누워 있는 로맹을 발견한 것은, 미용실에서 막 돌아온 레일라 쳴라비였다. 그녀는 그날 예외적으로 일찌감치 오후 여섯시경에 귀가해 있던, 같은 건물에 사는 심장병 전문의 그로고자 박사에게 즉시 도움을 청한다. 죽음을 확인하는 것 말고 의사가 할 일은 없었다. 경찰도 진술서를 받는 것으로 만족한다. 파리 7구의 젊은 법의학자 미셸 들라뤼 박사가 법의학 연구소로 옮겨진 로맹 가리의 시신을 검시했다. 그는 '의심할 여지 없는' 자살로 결론짓는다.

가리는 침대 발치에 편지 한 장을 남겼다. 경찰이 즉시 수거해 가리라는 것을 알고 있던 가리는 예비조치로, 클로드 갈리마르가 다음 날 받아 공개할 수 있도록 우편으로 똑같은 편지를 보냈다. 레일라의 속옷 속에도 사본 한 부를 넣어두었다. 며칠 후, 그녀는 그가 아들에게 보내는 다른 편지 한 통과 함께 그것을 발견한다.

J 데이

진 시버그와는 아무런 관계도 없다. 상심한 열성 팬들은 다른 데 가서 알아보시길.

분명 신경쇠약 탓으로 돌릴 수도 있을 것이다. 하지만 그런 경우라면 그 병이 내가 성인이 된 후로 줄곧 지속되어왔고, 그것을 앓으면서도 내가 작품 활동을 잘해왔다는 것을 인정해야만 할 것이다.

그렇다면 왜? 해답은 아마 내 자전적 작품의 제목인 '밤은 고요하리라'와, 내 마지막 소설의 마지막 구절인 '더 잘 말할 수 없기 때문에'에서 찾아야 할 것이다. 나는 마침내 나 자신을 완전히 표현했다.

로맹 가리

앵발리드의 장례식

　더없이 아름다운 어느 겨울날 오후, 앵발리드에 북소리가 울려 퍼진다. 열한 명의 비행기 조종사가 프랑스 삼색기로 덮이고 그 위에 로맹 가리의 훈장들을 얹은 쿠션이 놓인 관을 메고 생 루이 교회 안으로 서서히 나아갔다.

　알렉상드르 디에고 가리와 레일라 첼라비는 자살하기 몇 달 전에 마지막 영예의 소망을 밝힌 고인의 유지를, 추억 속에 모인 해방훈장 수훈자들과 앵발리드라는 영광스러운 무대에서 마지막으로 함께하고자 한 바람을 받들고자 했다. 12월 9일 화요일 14시 30분에 그 깃발들, 위대한 역사의 유물인 그 찢어진 깃발들 사이에서 거행된 것은 한 병사의 장례식이었다. 교회 안에서는 종교 의식 대신, 묵념과 기억에 바쳐진 긴 침묵이 이어졌다.

　해방훈장 수훈자 동지회 회장인 시몽 장군이 추도사를 했다. 시몽 장군은 특히 다양한 면모를 가진 인물에게 바치는 찬사를 통해, 한 자유

428

프랑스인이 벌인 모험, 아프리카와 영국에서 치른 전쟁, 그의 모든 무공을 기렸다. 그는 '프랑스의 적 말고는 다른 어떠한 적도 없었던' 고인에게 경의를 표하고, 가리의 말을 인용해 자유 프랑스는 '가리가 영원히 속하고자 했던 유일한 인간 공동체'였다고 상기시켰다. 로렌의 옛 부속 사제 고다르 신부는 관 앞에서 마치 가리가 살아 있는 양 직접 말을 걸며 '참전 동지들의 고통'을 표현했다.

평생 불가지론자였던 고인을 위해 예배나 기도 대신 〈죽은 자들에게 바치는 나팔 소리 *La sonnerie aux morts*〉와 국가 〈라 마르세예즈〉가 연주된다. 그런데 교회 안에서 고인의 엉뚱한 행동에 익숙한 참전 동지들조차 깜짝 놀랄 일이 벌어진다. 갑자기, 관능적이고 힘차고 낯선 목소리, 프랑스 군인들 틈에서 조국의 오래된 민요를 부르기 위해 온 폴란드 여가수 안나 프루츠날의 목소리가 울려 퍼진 것이다. 가리와 잘 아는 사이였던 안나 프루츠날이 아름답고 허스키한 목소리로, 예전에 니스에서 니나가 아들에게 폴란드어로 흥얼거려주었던, 어린 시절의 발라드 곡 〈르 네그르 비올레 *Le Nègre violet*〉를 바친다. 그토록 엄숙하고 프랑스적인 장소에서는 좀처럼 들을 수 없는 음악이지만, 향수로 가득한 노래는 장례식에 참석한 모든 사람들에게 스캔들은커녕 깊은 감동을 안겨준다. 그것은 추억의 음악, 로맹 카체브의 머나먼 과거에서 울려 나오는 메아리였다.

이처럼 로맹 가리의 이야기는 이 충성 의식으로 완성된다. 프랑스와 옛 동지들에 대한 충실함, 또한 자신의 뿌리, 어린 시절에 대한 충실함, 과거의 자신과 그가 사랑한 것에 대한 충실함.

이튿날, 장 도르메송은 『르 피가로』지에 이렇게 쓴다. '그곳에는 많은 유령들이 있었다. 그곳에는 어느 7월 14일, 개선문 아래에서 로맹의 가슴에 훈장을 달아준 드골 장군이 있었다. 그곳에는 그와 같은 전투에 참여했지만 영영 돌아오지 못한 사람들이 있었다. 그곳에는 그의 작품에 나오는 모험가, 영웅, 무정부주의자 들이 있었다. 특히 그곳에는 부드러운 속삭임으로 미리 그의 운명을 그린 그의 어머니가 있었다. 그곳에는 그가 그토록 큰 즐거움과 불안의 틈바구니 속에서도 살아볼 만한 가치가 있던 멋진 삶을 살아가는 동안 그를 숭배하고 사랑했던 모든 사람들이 있었다.'

장례식 참석자 제일 앞줄에는, 시몽 장군 옆에 알렉상드르 디에고가 군복 스타일의 긴 검은 망토 차림으로 꿋꿋하게 서 있었다. 그 옆의 레일라는 심각한 표정이지만 눈물을 흘리지는 않았다. 그녀는 눈까지 내려오는 종 모양의 모자를 쓰고 있었다. 둘째 줄에는 망통에서 달려온 레슬리 블랜치가 다비 크로켓 식의 모피 모자를 쓰고 서 있었다. 또 그 뒤에는 가깝게 지낸 친구들이 있었다. 르네 아지드 박사의 모습은 보이지 않았다. 가리의 자살 소식에 큰 충격을 받은 그는 니스에 몸져누워 있어야만 했다. 백여 명의 초대 손님 가운데에는 국회의장 자크 샤방 델마스, 외무부 장관 비서실장 올리비에 스티른, 모리스 드뤼옹, 미셸 드루아, 클로드 루아, 피에르 르프랑, 조프루아 드 쿠르셀, 자크 마쉬의 모습도 보였다. 드골 장군의 참모가 참전 동지들과 함께 가리를 수행했다.

클로드 갈리마르, 로베르 갈리마르, 몇몇 작가 그리고 익명의 군중이 『새벽의 약속』『흰 개』『레이디 L』의 저자에게 작별 인사차 이 마지막 의식을 지켜보기 위해 왔다. 장 도르메송은 사람들이, 특히 여자들이 가리가 연출한 연극의 마지막 장면을 지켜보며 많이 울었다고 지적한다.

하지만 명예의 전당에서 경건한 마음으로 묵념을 하는 산 자들 너머에서는, 고인의 가족이었던 '유령들', 니나 하르트 가리와 진 시버그, 혹은 그의 소설 속 인물들, 특히『유럽의 교육』에서『마법사들』에 이르기까지 그의 상상 세계를 한 번도 떠나지 않고 그와 그의 독자들을 위해 바이올린으로 그의 향수와 쾌활함, 고통을 끊임없이 연주한 광대 차림의 유대인 소년도 지켜보고 있었다. 가리가, 자기 마음의 색깔대로 세상을 노래하게 했던 분더킨트가 그곳에, 그 연극의 무대 위에 있었다는 것은 의심할 여지가 없다.

아마도 가리에게 꿈의 길을 열어주었을 최초의 마법사 이반 모주힌의 유령은 1927년에 알렉상드르 볼코프의 걸작을 통해 세인의 뇌리에 영원히 각인된 카사노바의 환상적인 푸른 눈과 잘생긴 얼굴을 하고서 자신과 닮길 바랐던 아들, 혹은 가짜 아들의 관 위를 날아다녔다.

로맹 가리의 시신은 페르 라셰즈 묘지에서 불태워진다. 1981년 봄인 3월 15일, 레일라 셸라비는 고인의 유지에 따라 지중해의 로크브륀 캅 마르탱 만 앞바다에, 오랫동안 그의 것이었던 풍경 앞에 유해를 뿌린다.

1981년 7월 3일, 폴 파블로비치는 비밀을 지키겠다는 약속, 아자르의 정체를 밝히는 문제는 알렉상드르 디에고 가리와 갈리마르 출판사에 일임하겠다는 약속을 깨고 〈아포스트로프〉에 출연해, 에밀은 자신이 아니라 로맹 가리라고 밝힌다. 그는 자신의 모험에 관한 책인 『사람들이 생각한 남자』를 출간한다.

며칠 후, 가리가 1979년 3월 21일에 써놓은 42쪽짜리 텍스트인 『에밀 아자르의 삶과 죽음 *Vie et Mort d'Emile Ajar*』이 『엔에르에프』의 표지를 달고 서점에 모습을 드러낸다. 여전히 미심쩍어할 사람들을 위해, 이 책에는 둥그스름하고 신경질적이고 구불구불한 가리의 필체를 알아볼 수 있는 소설 원고의 몇몇 사진―『그로 칼랭』 1쪽, 『자기 앞의 생』 248쪽, 『솔로몬 왕의 고뇌』 1쪽―이 실린다. 자살하던 날, 가리는 이 서류를 우편으로 로베르 갈리마르와 그의 마지막 변호사인 조르주 키에만에게 보냈다. 11월 30일자로 변호사에게 친필로 남긴 지침에는 이렇게 기록되어 있다. '이 서류의 발표 날짜는 로베르 갈리마르가 내 아들과 합의해 결정할 것입니다.' 가리는 최후의 순간까지 아무것도 되는 대로 놔두지 않았다.

로맹 가리는 이 텍스트의 발표로 야기될 한바탕 소란의 덕을 보려 하지도 않았고, 노골적인 혹은 기분 나쁜 몽타주의 성공을 즐기려 하지도 않았다. 그는 소중한 관객들의 의견은 묻지도 않은 채, 자신의 작품이 완성되었다는 느낌을 음미하며 먼저 떠나는 쪽을 택했다.

하지만 비평가들이 좌절의 흔적을 조금이라도 찾아내려 헛되이 애를 쓴, 짧고 칼날처럼 날카로운 마지막 텍스트에서, 그는 자신에게 '서정적인 환상'의 눈부신 본보기인 변장의 온전한 의미를 제시하고, 자기 운명의 더없이 명철한 주인으로서 삶에 대해 스스로 이렇게 결론짓는다.

한바탕 잘 놀았소. 고마웠소. 그럼 안녕히.

로맹 가리 연보

1914 5월 8일. 러시아 모스크바에서 출생. 제1차 세계대전 발발.

1917(3세) 모스크바를 떠나 리투아니아의 빌나로 이주.

1922~1923(8~9세) 빌나를 떠나 폴란드 바르샤바에 정착.

1927(13세) 리투아니아와 폴란드를 거쳐 프랑스 니스에 정착.

1932(18세) 첫번째 대학입학 자격시험(바칼로레아) 합격.

1933(19세) 두번째 대학입학 자격시험 합격. 엑상 프로방스의 법과대학에 입학. 10월, 엑상 프로방스에 도착. 뤼시앵 브륄라르(Lucien Brûlard)라는 가명으로 소설 「죽은 자들의 포도주 *Le Vin des Morts*」 투고.

1934(20세) 파리에 정착. 파리 법과대학에 입학.

1935(21세) 2월 15일, 유력 주간지 『그랭구아르 *Gringoire*』에 단편 「폭풍우 *L'Orage*」 게재. 7월 14일, 프랑스인으로 귀화.

1938(24세) 장교 양성 과정을 마치고, 살롱 드 프로방스에 이어 아보르로 부임하지만 공군 장교로 임관하지 못함.

1940(26세) 2차 세계대전 발발. 8월 8일, 자유 프랑스 공군(FAFL)에 자원 입대. 11월 18일, '토픽' 비행 중대로 발령받아 아프리카로 이동.

1941(27세) 3월, 옛 중앙아프리카공화국의 수도 방기에 파견. 깊이 흠모하는 샤를 드골 장군과 첫 조우. 8월, 하이파를 거쳐 다마스쿠스에 도착. 9월, 장티푸스로 병원에 육 개월간 입원.

1942(28세) 어머니 니나 카체브, 암으로 사망. 9월에 창설된 '자유 프랑스' 공군 예하의 로렌 비행 부대에 배속됨.

1943(29세) 복부에 심각한 부상을 입은 채로 폭탄 투하 임무를 성공적으로 수행함.

1944(30세) 첫 소설 『유럽의 교육Education Européenne』이 영국에서 '분노의 숲'이라는 제목으로 출간됨. 일곱 살 연상의 레슬리 블랜치를 만나 결혼. 6월 18일, 로렌 부대원들과 함께 해방무공훈장을 받음.

1945(31세) 2차 세계대전 종전. 7월 14일, 로렌 비행 부대 대위로 참전한 공을 인정받아 샤를 드골에게 레지옹 도뇌르 훈장을 받음. 『유럽의 교육』 출간. 이 작품으로 비평가상 수상. 10월 25일, 이등 대사 서기관으로 프랑스 외무부에 들어감.

1945~1947(31~32세) 불가리아 소피아 주재 프랑스 대사 서기관으로 재직.

1946(32세) 『튤립Tulipe』 출간.

1948(34세) 외무부 유럽 분과로 발령.

1949(35세) 『커다란 탈의실*Grand Vestiaire*』 출간.

1949~1950(35~36세) 스위스 베른 주재 프랑스 대사 서기관으로 재직.

1951(37세) 10월 9일, 그의 성(姓) '가리(Gary)'가 합법화됨.

1952(38세) 『낮의 색깔들*Les Couleurs du Jour*』 출간.

1952~1954(38~40세) 미국 워싱턴 주재 프랑스 대사관의 '대변인 겸 언론 담당 공보관'으로 재직.

1956(42세) 볼리비아 라파스 주재 프랑스 대사관 영사로 재직. 『하늘의 뿌리 *Les Racines du Ciel*』 출간. 이 작품으로 공쿠르 상 수상. 미국 영사로 발령받으면서 할리우드에 진출.

1958(44세) 포스코 시니발디(Fosco Sinibaldi)라는 필명으로 『비둘기를 안은 남자 *L'Homme à la Colombe*』 출간.

1959(45세) 12월, 21세의 영화배우 진 시버그와 만남.

1960(46세) 『새벽의 약속 *La Promesse de l'aube*』 출간.

1961(47세) 레슬리 블랜치와 이혼. 외무부에 십 년간의 휴직 요청하면서 외교관 직 포기.

1962(48세) 단편 「새들은 페루에 가서 죽다*Les Oiseaux vont mourir au Pérou*」 「우리 고매한 선구자들에게 영광 있으라*Gloire à nos illustres pionniers*」 발표.

1963(49세) 『레이디 L *Lady L*』 출간. 10월 16일, 진 시버그와 결혼. 아들 알렉상드르 디에고 출생.

1964(50세) 「새들은 페루에 가서 죽다」로 미국에서 최우수 단편상 수상.

1965(51세) 『스가나렐을 위하여 *Pour Sganarelle*』 출간.

1966(52세) 『칭기즈 콘의 춤 *La Danse de Gengis Cohn*』 출간. 미국에서 『별을 먹는 자들 *Les Mangeurs d'étoiles*』 출간.

1967~1968(53~54세) 정보부 장관 비서실에 재직.

1968(54세) 영화 〈새들은 페루에 가서 죽다〉 감독. 가을, 진과 합의 이혼. 『죄인 *La Tête coupable*』 출간.

1969(55세) 미국에서 『게리 쿠퍼여 안녕히 *Adieu Gary Cooper*』 출간.

1970(56세) 8월 23일, 진 시버그에게서 낳은 딸 니나 하르트가 태어난 지 이틀도 안 되어 사망. 『흰 개 *Chien Blanc*』 출간.

1971(57세) 『홍해의 보물 *Les Trésors de la Mer Rouge*』 출간.

1972(58세) 『유로파 *Europa*』 출간. 영화 〈킬 *Kill*〉의 시나리오를 쓰고 연출.

1973(59세) 『마법사들 *Enchanteurs*』 출간.

1974(60세) 샤탄 보가트(Shatan Bogat)라는 필명으로 『스테파니의 얼굴들 *Les Têtes de Stéphanie*』 출간. 에밀 아자르라는 이름으로 『그로

칼랭*Gros-Câlin*』 출간. 로맹 가리 본명으로『밤은 고요하리라*La Nuit se calmera*』『이 경계를 넘어서면 당신의 표는 더이상 유효하지 않습니다*Au-delà de cette limite, votre ticket n'est plus valable*』 출간.

1975(61세) 에밀 아자르라는 이름으로『자기 앞의 생*La Vie devant soi*』 출간. 이 작품으로 공쿠르 상 수상.

1976(62세) 로맹 가리 본명으로『여인의 빛*Clair de Femme*』『영혼 충전*Charge d'Ame*』 출간. 에밀 아자르라는 이름으로『가짜*Pseudo*』 출간.

1979(65세) 9월 8일, 실종 팔 일 만에 진 시버그의 시체 발견. 에밀 아자르의 마지막 소설『솔로몬 왕의 고뇌*L'Angoisse du roi Salomon*』 출간.

1980(66세) 로맹 가리 본명으로『연*Les Cerfs-volants*』 출간. 12월 2일, 권총자살로 생을 마감함.

1981 7월,『에밀 아자르의 삶과 죽음*Vie et Mort d'Emile Ajar*』 출간.

1984 『비둘기를 안은 남자』 최종본 출간.

1997 1958~1970년에 영어로 쓴 산문집『프랑스였던 그 사람에게 바치는 시가*Ode à l'Homme qui fut la France*』가 프랑스어로 번역 출간. 1977년에 『르 몽드』에 게재된 「불가능한 일의 정복*Conquérant de l'impossible*」이 책으로 출간.

찾아보기

442

지은이 **도미니크 보나**Dominique Bona

전기 작가, 소설가, 문학 비평 기자. 1953년 프랑스 페르피냥 출생. 파리 소르본 대학에서 현대문학 박사 학위를 받았다. 국영 라디오 방송국인 '프랑스 퀼튀르'와 '프랑스 앵테르'에서 일했고, 『르 코티디앵 드 파리』, 『르 피가로』 등의 일간지에서 문학 담당 기자로 일했다. 1981년 소설 『도둑맞은 시간』을 발표하며 본격적인 작가의 길로 들어서 『말리카』로 1992년 앵테랄리에 상을, 『에벤 항의 필사본』으로 1998년 르노도 상을 수상했다. 첫 전기인 『로맹 가리』로 1987년 아카데미 프랑세즈 전기 부문 대상을 수상했으며, 살바도르 달리와 폴 엘뤼아르와 막스 에른스트의 뮤즈였던 갈라의 삶을 그린 『세 예술가의 연인』으로 메디테라네 상을, 뛰어난 인상파 화가였음에도 여성이라는 이유로 기억에서 사라져버린 베르트 모리조의 생을 다룬 『베르트 모리조, 상복을 입은 여인』으로 공쿠르 창작 기금과 보자르 아카데미에서 수여하는 베르니에 상을 수상했다.

옮긴이 **이상해**

1960년 부산에서 태어났다. 한국외대 대학원 불어과를 졸업하고 프랑스 스트라스부르 대학, 릴 대학에서 박사 과정을 수료했다. 『측천무후』로 제2회 한국출판문화대상 번역상을 수상했으며, 현재 전문번역가로 활동중이다.
옮긴 책으로 『베로니카, 죽기로 결심하다』 『악마와 미스 프랭』 『11분』 『느빌 백작의 범죄』 『샴페인 친구』 『푸른 수염』 『시라노』 등이 있다.

문학동네 교양선
로맹 가리

1판 1쇄 2006년 9월 28일 | 1판 4쇄 2018년 1월 30일

지은이 도미니크 보나 | 옮긴이 이상해 | 펴낸이 염현숙
책임편집 오영나 | 편집 신선영 | 디자인 이승욱 유현아 | 저작권 한문숙 김지영
마케팅 정민호 정진아 함유지 김혜연 강하린 | 홍보 김희숙 김상만 이천희
제작 강신은 김동욱 임현식 | 제작처 (주)상지사P&B

펴낸곳 (주)문학동네
출판등록 1993년 10월 22일 제406-2003-000045호
주소 10881 경기도 파주시 회동길 210
전자우편 editor@munhak.com | 대표전화 031) 955-8888 | 팩스 031) 955-8855
문의전화 031) 955-3576(마케팅) 031) 955-2652(편집)
문학동네카페 http://cafe.naver.com/mhdn

ISBN 89-546-0217-7 03860

www.munhak.com

1980년 12월 2일 파리에서 권총 자살로 생을 마감한 로맹 가리는 1914년 모스크바에서 유태계 러시아인으로 태어나 프랑스인으로 살았다. 에밀 아자르라는 필명으로도 유명한 이 문학적 천재는 파리에서 법학을 공부했고, 2차 세계대전 당시 로렌 비행 부대 대위로 참전해 레지옹 도뇌르 훈장을 받았다. 참전중에 쓴 첫 소설 『유럽의 교육』으로 1945년 비평가상을 수상하며 일약 작가적 명성을 떨쳤다. 『하늘의 뿌리』로 1956년 공쿠르 상을 받은 데 이어, 1975년 에밀 아자르라는 가명으로 발표한 『자기 앞의 생』으로 공쿠르 상을 두 번 수상함으로써 전 세계 문학계에 일대 파문을 일으켰다. 주요 작품으로 『자기 앞의 생』, 『새들은 페루에 가서 죽다』, 『그로칼랭』, 『마지막 숨결』, 『솔로몬 왕의 고뇌』, 『가면의 생』, 『새벽의 약속』 등이 있다.

새들은 페루에 가서 죽다 로맹 가리 소설 | 김남주 옮김

야망과 열정의 인간이었으며, 꿈과 모험을 사랑했던 로맹 가리의 진면목을 확인케 하는 열여섯 편의 기발하고 멋진 소설들. 인간의 자기기만에 대한 날카롭고 흥미진진한 적발과 풍자로 우리를 쓸쓸하지만 심오한 성찰의 시간으로 데려간다. 인간의 그 오랜 분석(糞石) 위에 앉아 아직 오지 않은 '인간'을 기다리며 지금-이곳의 안타까운 인간의 얼굴을 발굴해내는 작가의 정교한 손길에서 인간과 삶에 깃든 도저한 진실과 감동을 느낄 수 있다.

자기 앞의 생 에밀 아자르 장편소설 | 용경식 옮김

로맹 가리가 에밀 아자르라는 가명으로 발표해, 프랑스 문학사상 유례없는 두 번의 공쿠르 상 수상을 낳은 문제의 소설. 열네 살 소년 모모가 들려주는 신비롭고 경이로운 이야기 속에는 아름다우면서도 아이러니하고 수줍은 인생의 모든 비밀이 숨겨져 있다. '사람은 사랑 없이 살 수 없다'는 작은 진실을 통해 생의 진정한 가치를 깨달아가는 보통 사람들의 비범한 이야기.

마지막 숨결 로맹 가리 소설 | 윤미연 옮김

로맹 가리의 유작. 그가 21세의 무명 문학청년이었을 때 처음으로 발표한 단편 『폭풍우』를 비롯해, 로맹 가리의 알려지지 않은 작품과 미완성 소설 일곱 편을 묶었다. 로맹 가리의 청년 시절부터 노년기까지의 작품세계를 폭넓게 이해할 수 있는 여러 가지 주제의식과 소재들을 발견할 수 있다.

그로칼랭 로맹 가리 장편소설 | 이주희 옮김

파리에 사는 서른일곱 살 독신남 미셸 쿠쟁은 통계 일을 하는 샐러리맨으로, 대도시의 무의미하고 표면적인 인간관계 속에서 애정결핍에 시달리다 결국 거대한 비단뱀 그로칼랭을 데려다 기르며 애정을 쏟기 시작한다. 고독과 몰이해가 아닌 다양성에 대한 이해와 사랑으로 가득한 삶을 꿈꿨던 로맹 가리의 열망이 담긴 특별한 작품. 출간 당시 삭제되었던 미공개 결말을 포함한 결정판 국내 최초 출간!